BASTEI
LÜBBE

Von Richard Dübell sind die folgenden
Bastei Lübbe Taschenbücher lieferbar:

12935 Der Tuchhändler
14393 Der Jahrtausendkaiser
14757 Eine Messe für die Medici
15102 Die schwarzen Wasser von San Marco

Über den Autor:

Richard Dübell, geboren 1962, lebt mit seiner Frau und zwei Söhnen bei Landshut. Nach dem erfolgreichen literarischen Einstieg mit seinen ersten beiden Historienkrimis DER TUCHHÄNDLER und DER JAHRTAUSENDKAISER bescherte sein dritter Roman EINE MESSE FÜR DIE MEDICI dem Autor zum ersten Mal den Sprung auf die Bestsellerliste. Seither zählt er zu den beliebtesten Autoren im Bereich des Historischen Romans.

RICHARD DÜBELL

Das Spiel des Alchimisten

HISTORISCHER ROMAN

BASTEI LÜBBE

BASTEI LÜBBE TASCHENBUCH
Band 15354

1. Auflage: August 2005

Vollständige Taschenbuchausgabe
der im Ehrenwirth Verlag erschienenen Hardcoverausgabe

Bastei Lübbe Taschenbücher und Ehrenwirth Verlag
in der Verlagsgruppe Lübbe

Published by arrangement with
Michael Meller Literary Agency, München

Umschlaggestaltung: Atelier Versen
Titelbild: Brooklyn Museum of Art / CORBIS
Satz: Kremerdruck GmbH, Lindlar
Druck und Verarbeitung: GGP Media GmbH, Pößneck
Printed in Germany
ISBN 3-404-15354-5

Für Auguste Dupin,
aber mehr noch für Timothy Underhill

Ich beschwöre euch, Unholde und Dämonen,
wer ihr auch sein mögt, ob Tag- oder
Nachtgestalten, im Namen des Vaters und
des Sohnes und des Heiligen Geistes,
dass du Schaden tust und Übel diesem Diener
Gottes …

Mittelalterliche Beschwörungsformel

DRAMATIS PERSONAE

PETER BERNWARD
Ehemaliger Untersuchungsbeamter des Bischofs von Augsburg
Ist zu vielen Dämonen in seinem Leben begegnet, um noch welche heraufbeschwören zu wollen

GREGOR VON WELDEN
Derzeitiger Untersuchungsbeamter des Bischofs von Augsburg
Versucht nicht nur die Herrschaft über seine Verdauung in den Griff zu bekommen

MARIA BERNWARD
Tochter von Peter Bernward, Witwe von Johann Kleinschmidt
Ist in dunkle Tiefen hinabgestiegen, deren dunkelste die in ihrer Seele ist

HILARIUS WILHELM
Alchimist
Wollte Gold machen und hat stattdessen das Tor zu seiner eigenen Hölle aufgestoßen

ALBERT KLOTZ

Bischöflicher Leibkutscher a.D.

Hat schon immer gewusst, dass man Pferden nicht vertrauen darf

ELISABETH KLOTZ

Enkelin von Albert Klotz, Küchenangestellte im Haus Hoechstetter

Behält trotz der Küchendünste einen klaren Blick

LUTZ

Hausknecht

Ein Mann, der ständig auf dem Sprung ist

KARL HOECHSTETTER

Faktor des Hauses Hoechstetter

Betet erfolgreich um Heilung von seinen Gichtschmerzen

MARTIN DÄDALUS

Ehemals Filialleiter des Hauses Hoechstetter in Bologna

Hat viel mit Ludwig Stinglhammer gemeinsam

LUDWIG STINGLHAMMER

Buchhalter von Ulrich Hoechstetter

Ist für den Fall von hoher Wichtigkeit, denn er ist eines der Mordopfer

DES WEITEREN:

Ein Truppe Gaukler mit offenen Armen für neue Attraktionen

Ein Totengräber, der mehr über die Toten weiß, als es die Lebenden wahrhaben

Ein Obstverkäufer, dessen größte Qual seine größte Liebe ist

Zwei Schreiber, die eine gespaltene Auffassung von Loyalität haben

Ein Vater, der den größten Schmerz seines Lebens durchlebt

IN IHREN HISTORISCHEN ROLLEN:

JOS ONSORG
Procurator civitatis
Kämpft gegen den Schatten seines gehängten Vorgängers Ulrich Schwarz (Herr, gib ihm die ewige Ruhe!)

JAKOB FUGGER
Patriziersohn
Bereitet sich auf eine schwierige Aufgabe in Italien vor

ULRICH HOECHSTETTER
Patrizier und Kaufherr
Muss als Herr seines Hauses auf viele Anforderungen zugleich reagieren

PETER VON SCHAUMBERG

Kardinal, Legat, ehem. Bischof von Augsburg

Seit fast zwanzig Jahren tot, aber noch immer mehr als präsent

JOHANN VON WERDENBERG

Derzeitiger Bischof von Augsburg

Hält seine Mitarbeiter an kurzen Leinen

JOHANN LANGENMANTEL

Stadtratsmitglied

Stammt aus altem Adel und besitzt eine gesunde Gelassenheit

Der Flügelschlag des Engels

1.

Schließlich folgten sie meinem Vorschlag, die Tür aufzubrechen.

Sie waren zu zweit: blasse Gesichter, schmale Schultern, gebeugte Rücken und dünne Waden; Schreiber, die die Gestalt angenommen hatten, die ihr Broterwerb ihnen aufzwang. Das Gesicht des einen war mit dunklen Punkten übersät, die sich in seine Haut eingeätzt hatten, wenn er sich mit tintenfleckigen Fingern die Pickel aufkratzte. Der andere mochte vielleicht schnell schreiben können, sprachlich war er weniger gewandt: Er stotterte. Der Picklige klopfte sicherheitshalber noch ein letztes Mal, dann schlug er mit der flachen Hand gegen das Türblatt, um die Tür aus dem Schloss zu sprengen. Die Schläge hörten sich nicht lauter an als das Klopfen vorher und zeigten leider ebenso wenig Wirkung.

Ein unseliges Geschick hatte den Stotternden zum Redner der beiden Schreiber gemacht. »H-h-hört nicht«, lautete sein Kommentar.

Die Wartenden im Schreibzimmer von Ludwig Stinglhammer sahen mich erwartungsvoll an. Es waren nur drei Leute, aber es war auch noch früh am Morgen.

Ich hatte mich mit den ersten Schreien der Hähne auf den Weg gemacht. Stinglhammer war der Buchhalter von Ulrich Hoechstetter und als solcher ein einflussreicher Mann. Ich hatte erwartet, dass seine Arbeitsstube voll von Bittstellern sein würde, wurde aber angenehm überrascht: Vor mir in der Reihe der Wartenden befand sich lediglich ein mittelgroßer Mann mit einem unruhigen Lächeln und in Begleitung eines stämmigen, offensichtlich schwachsinnigen Knaben; nach mir kam ein Bäcker, der einen warmen Duft nach Mehl und Ofen hereinbrachte und eine Reihe von unterschiedlich geformten Brotringen an einem Unterarm aufgehängt hatte, als wolle er Stinglhammer fragen, welche Sorte ihm am besten gefalle. Wir hatten uns gegenseitig zugenickt, ermessen, wie lange der jeweilige Vorgänger für sein Anliegen brauchen werde, und den Beteuerungen der Schreiber geglaubt, dass Stinglhammer jeden Moment komme. Danach hatten wir gewartet. Die Schreiber hatten mit uns gewartet. Lange.

»*Etwas* fester«, ermunterte ich die Schreiber. Der Picklige zögerte und zog eine Miene, die Angst verriet, Angst vor seinem Arbeitgeber, Angst davor, sich endgültig lächerlich zu machen, vor allem aber Angst vor dem, was sich möglicherweise hinter der Tür verbarg. Das Gefühl hing beinahe greifbar im Raum, wie der leise, langsame Schlag einer Trommel, die ein düsterer Musikant in einem versteckten Raum des Hauses spielt. Es hing über halb Augsburg; selbst der Lärm in der Schankstube der Herberge, in der ich mich gestern einquartiert hatte, war gedämpft gewesen. Die Stadt meiner Kindheit und Jugend hatte mich mit angehaltenem Atem und geballten Fäusten willkommen geheißen.

Der picklige Schreiber hob die Hand erneut und drosch mit aller Kraft gegen die Tür.

»G-g-geht nicht.«

Nachdem wir auf das Erscheinen Stinglhammers gewartet hatten, bis die ersten Sonnenstrahlen durch die kleinen, dick verglasten Fenster der Schreibstube hereinfielen und die Pergamente auf den Pulten aufleuchten ließen, wurden die Schreiber nervös. Einer von ihnen versuchte vorsichtig, die Tür zur Arbeitsstube des Buchhalters zu öffnen, doch sie war verschlossen. Nach kurzer Beratung trabte er nach draußen und kam eine Viertelstunde später wieder, um zu melden, dass Stinglhammer nicht zu H-h-hause sei. Seine Dienstboten hatten ihn in seiner Arbeitsstube im Hoechstetter'schen Hause vermutet. Die Schreiber berieten sich, was zu tun sei, der schwachsinnige Knabe ließ einen langen Spuckefaden auf sein Wams niederhängen und starrte ihm philosophisch nach, der Bäcker sortierte missmutig seine Brotringe um, und ich verdrehte die Augen und schickte mich darein, noch ein wenig länger zu warten.

Der Stotterer hatte schließlich den Mut aufgebracht, gegen die Tür zu klopfen und nach Stinglhammer zu rufen, mit einem Gesicht, als wecke er einen schlafenden Drachen auf. Welche Qualitäten der Buchhalter von Ulrich Hoechstetter auch besaß, seinen Untergebenen einen Höllenrespekt einzujagen zählte zweifellos dazu. Der Schreiber hatte ein zweites Mal geklopft und dann an der Tür gehorcht.

Als er blass wurde, stellten sich meine Nackenhaare auf.

»Was ist los?« Der Ton meiner Stimme hatte den Bäcker von seinen Brotringen und den Begleiter des Schwachsinnigen aufschauen lassen. Der Knabe blieb unbeeindruckt und ermaß weiterhin die Länge seines Spuckefadens. Ich sah seinem Aufpasser ins Gesicht und erntete ein zuckendes, nervöses Lächeln, das aussah, als könne er ebenso gut im nächsten Moment in Tränen ausbrechen.

»Ich h-h-h-höre was …«

»Was?«

»Ein K-k-knurren … heilige Maria Mutter Gottes.« Fleckige Finger schlugen ein rasches Kreuzzeichen und verschwanden dann zwischen knabbernden Zähnen.

»Vielleicht nimmt er gerade ein zweites Morgenmahl«, brummte der Bäcker, aber es war nicht wirklich witzig.

»Brecht die Tür auf«, sagte ich. Und da waren wir nun.

Ich stand auf und horchte selbst an der Tür. Was immer der Schreiber gehört hatte, es war verstummt. Etwas steckte von innen im Schloss und verwehrte mir einen Blick hindurch – der Schlüssel.

»Von innen abgesperrt«, brummte ich.

»H-h-heilige Maria …«

Ich rief Stinglhammers Namen und schlug gegen die Tür, und da war es wieder. Ich zuckte zusammen. Es hatte sich so böse angehört, als hätte jemand versucht, ein ausgehungertes Tier von seiner Beute zu verscheuchen.

»Haben Sie es gehört?«, stieß der Begleiter des blöden Knaben atemlos hervor. »Was war das?«

»H-h-heilige Maria Mutter Gottes.« Fingerknabbern, Kreuzzeichen, Fingerknabbern. Die Lippen des Schreibers färbten sich allmählich schwarz, wo sein Speichel die Tinte auflöste.

Ich holte aus und schlug so fest ich konnte gegen die Tür. Sie rumpelte heftig im Schloss. Und was sich auch in Stinglhammers Stube aufhielt, es antwortete mit einem schrillen Fauchen. Ich fuhr von der Tür zurück.

»Das ist kein Mensch«, flüsterte der Bäcker und beeilte sich, ebenfalls das Kreuz zu schlagen. Der Begleiter des Knaben ballte die Fäuste.

Ich winkte die Schreiber zu mir, hielt mich an ihren Oberarmen fest und spannte mein rechtes Bein. Ich holte tief Atem, dann trat ich gegen das Schloss.

Die Tür flog mit einem Splittern auf, das man sicher bis auf die Gasse hören konnte. Ich taumelte zur Seite. Die Tür knallte an die Wand und schlug wieder zurück; dann rutschte sie aus der oberen Angel und schwang sanft und langsam wieder auf, bis sie mit einem leisen Klopfen gegen die Wand stieß und ihre Bewegung stoppte. Der Schlüssel, der meine Attacke überstanden hatte, fiel jetzt mit einem Klimpern auf den Holzboden, das lauter in meinen Ohren klang als das Aufbrechen der Tür.

Der Bäcker spähte mir über die Schulter. Stinglhammers Arbeitsstube war klein, eine Kammer, in der ein verschrammter Tisch und ein Stuhl Platz fanden. Sie hatte nur ein winziges Fenster – nicht größer als die Öffnung eines Taubenschlags –, das mit einem Öltuchrahmen verstellt war. Eine Tranfunzel auf dem Tisch war heruntergebrannt, eine weitere, die von einer Kette an der Decke hing, ausgekippt. Der Fußboden war voller Ruß. Der Duft nach frischem Brot, den der Bäcker verströmte, konnte nicht gegen den Geruch an, der aus der unbelüfteten Arbeitsstube drang.

Stinglhammer saß in dem Stuhl, der eher ein verkratzter, alter, mit Leder bezogener Thron war. Er war jenseits aller Hilfe. Auf seiner Schulter saß ein schlankes, dunkles Ding, das uns mit funkelnden Augen und weit aufgerissenem Rachen entgegenfauchte. Ich sog den Geruch ein, der mir aus der Arbeitsstube entgegenschlug, und spürte, wie mir schwindlig wurde. Hinter mir hörte ich ein Stoßgebet flüstern. Das schwarze Ding auf Stinglhammers Schulter neigte seinen Schlangenkopf.

»Das ist ja bloß ein verdammtes Frettchen«, sagte der Bäcker. »Kein Grund zur Panik.« Seine Bemerkung war ebenso fehl am Platz wie die vorherige.

Das Frettchen trank Stinglhammers Blut.

Der schwachsinnige Knabe stieß ein gutturales, sinnloses Lachen aus.

Der stotternde Schreiber ließ die Finger aus seinem Mund fallen. »Jemand muss die W-w-wache holen«, sagte er, dann beugte er sich nach vorn und übergab sich.

2.

Die Wachen bewegten sich mit der Grobheit von Männern, die in ihrer Arbeit geübt sind; schon von daher konnten sie keine Ratsbüttel sein. Sie trugen das Rot des Bischofs und kurze, neu wirkende Spieße, mit denen sie uns – so ruppig, wie es offenbar sein musste – zu den Pulten der Schreiber drängten. Sie waren fünf; die übliche Anzahl für Patrouillengänge. Mit ihnen kam der ranzige Geruch von Kleidung herein, in der zu lange gestanden, gelaufen, gegessen und geschlafen worden ist. Ich fand die Anzahl, in der sie auftraten, übertrieben, bis ich einen längeren Blick in die Augen warf, die im Schatten ihrer Eisenhüte funkelten, und die nervöse Spannung darin sah. Auch die Wachen hörten den dumpfen Trommelschlag der Angst. Ihr Anführer baute sich vor der Tür zu Stinglhammers Stube auf, die anderen stellten sich in einem lockeren Kordon um uns herum. Der Truppführer berührte mit der Stiefelspitze den frischen Fleck auf dem Boden, der das gewesene Morgenmahl des stotternden Schreibers darstellte, und warf uns einen verächtlichen Blick zu. Dann trat er in die Tür und spähte in die Stube. Wir hörten das Frettchen, das sein Revier fauchend verteidigte, und ich sah eine gewisse Genugtuung auf dem Gesicht des Stotterers, als der Truppführer zurückzuckte.

»Was ist das für ein Vieh?«, rief er ärgerlich.

»Das ist ein F-f-f-f… das gehört H-h-h-h… wir hörten es t-t-t-t…«

»Das ist Stinglhammers Frettchen«, sagte ich. »Der Bau hier ist wahrscheinlich von Mäusen verseucht. In der Ecke, beim Kamin, steht sein Käfig.«

»Was mischen Sie sich hier ein?«

»Der Käfig ist offen.«

»Wer zum Teufel sind Sie überhaupt?«

»Ein Durchreisender.«

»Dann halten Sie den Mund, wenn Sie nicht gefragt werden.«

Ich zuckte mit den Schultern und versuchte, mich nicht zu ärgern. Der Truppführer betrachtete mich aufgebracht und trat dann von der Tür zurück. Er hatte den Fuß nicht über die Schwelle gesetzt. Anscheinend erwartete er jemand Höherstehenden, dem der erste Schritt gebührte; und er war sicher nicht unglücklich darüber, dass er die Kammer mit dem Toten darin nicht als Erster betreten musste.

»Was für eine Sauerei ist hier passiert?«, fuhr er die Schreiber an.

Der Stotterer mühte sich ab, das Wenige zu erklären, das ihm klar war: die verschlossene Stube, der nicht auffindbare Stinglhammer, die aufgebrochene Tür. Der Wachführer blickte in meine Richtung, aber ich beachtete ihn nicht. Der Begleiter des schwachsinnigen Jungen starrte den Bäcker an.

»Was haben Sie gesagt?«, flüsterte er.

»Der Todesengel«, grollte der Bäcker. »Er geht wieder um.«

»Was meinen Sie damit?«, fragte ich.

»Ulrich Schwarz am Galgen, das war nicht genug. Er geht wieder um und erschlägt die Sünder.«

»Was war mit Ulrich Schwarz?«

»Er war der Bürgermeister. Er ...«

»Ruhe«, befahl der Truppführer. »Sonst verstehe ich noch weniger von dem, was dieser Idiot stammelt.«

Der stotternde Schreiber verstummte betroffen. Sein Gesicht färbte sich puterrot, und sein Adamsapfel hüpfte. Der Bäcker sah zu Boden, ohne zu verbergen, dass er den Wachführer nicht für voll nahm. Nach einem Moment des Zögerns zupfte er aus einem der Brotringe ein daumengroßes Stück und steckte es in den Mund, während er einen raschen Blick zur offen stehenden Tür von Stinglhammers Stube warf. Er zuckte mit den Schultern und rupfte ein weiteres Stück heraus. Sein Unterkiefer bewegte sich methodisch, und er nickte leicht: Das Backwerk war gelungen. Der schwachsinnige Knabe betrachtete ihn wie ein Hündchen, das seinem Herrn zusieht, wie er einen Knochen abnagt; er wischte sich mit dem Handrücken über das Kinn und hinterließ einen glänzenden Spuckefleck.

Der Wachführer starrte den stotternden Schreiber an, während dieser sich durch eine chronologischere Darstellung der wenigen Ereignisse dieses Morgens mühte und stockend auf den Höhepunkt zusteuerte, nämlich die Entdeckung von Stinglhammers Leichnam. Dass der Wachführer ihn fixierte, als halte er ihn für den Täter, beeinflusste die Redegewandtheit des Schreibers nicht gerade positiv. Der Bäcker kaute, der Schwachsinnige schluckte und ließ seinen Magen knurren, der Begleiter des Knaben sah so grün aus, als habe er den Leibhaftigen erblickt, und nebenan hockte die schlangenhafte Gestalt des Frettchens auf der Schulter seines Herrn und leckte das Blut, das diesem aus Nase und Mund gelaufen war.

»Jemand sollte das Vieh wieder in seinen Käfig sperren«, brummte der Bäcker mit vollen Backen, als habe er meine Gedanken gelesen.

Einer der Wachen nahm plötzlich Haltung an und schlug seinem Anführer gegen den Oberarm. In der Eingangstür zur Schreibstube stand ein hoch gewachsener, hohlwangiger Mann, der sich mit schmalen Augen orientierte und seinen Blick dann auf die offene Tür zu Stinglhammers Stube heftete. Der Wachführer hieß den Schreiber zu schweigen und eilte zu dem Neuankömmling hinüber. Er setzte ihn mit ein paar hastigen, leisen Worten ins Bild. Der Mann nickte, ohne den Wachführer anzusehen. In seinem Gesicht fielen vor allem die hellen, von dunklen Wimpern umrahmten Augen auf, die zu brennen schienen, wenn er etwas genauer in Augenschein nahm, und die schmale, prominente Nase, deren Größe durch die hohlen Wangen unterstrichen wurde und auf deren Rücken ein Höcker saß, der sie hervorspringen ließ wie den Schwibbogen einer Kathedrale. Das Haar lag in einem dünnen Kranz auf seiner hohen Stirn, und als er den Kopf umwandte, sah man die Tonsur eines Klerikers.

»Der Tote ist dort in der Stube?«, fragte der Neuankömmling.

»Jawohl, *questor.*«

Ich horchte überrascht auf; der Neuankömmling war der Burggraf des Bischofs.

»Ist es der Buchhalter von Ulrich Hoechstetter?«

»Sieht danach aus, wenn man das Blut und alles abzieht.« Der Wachführer versuchte ein verächtliches Grinsen, das misslang und zu einer Grimasse gerann, als der Burggraf ihm einen strengen Blick zuwarf. Er räusperte sich verlegen. »Ich habe die Stube nicht betreten, *questor*«, sagte er.

»Verdächtige?«

Der Wachführer wies auf unser kleines Grüpplein, und der Burggraf streifte uns mit einem mehr als oberflächlichen Blick. Der Bäcker schmatzte herausfordernd, doch seine Provokation wurde nicht angenommen. Er schien selbst nicht unfroh darüber zu sein.

Der Burggraf – Beamter des Bischofs und seit dem Zweiten Augsburger Stadtrecht eine Gestalt, um deren Kompetenzen Stadt und Bischof erbittert stritten, ohne dass dabei mehr herausgekommen wäre als dass die Gewalt des Burggrafen immer weiter abnahm – klopfte sich mit einem massiven hölzernen Stab an die Unterschenkel. Bischof Peter hatte zu Lebzeiten der Stadt mehrfach vorgeworfen, dass deren Vogt seinem Burggrafen das Leben in allen Dingen schwer mache und ihn in seiner Rechtsausübung behindere. Alles, was die Stadt zugestanden hatte, war eine Prüfung der Sachlage gewesen, und Bischof Peter hatte noch ein weiteres schwebendes Verfahren neben all den anderen Händeln, die er gegen den Stadtrat führte, am Hals. Konsequenterweise war ich nie darauf scharf gewesen, die Stelle des Burggrafen zu übernehmen, und Bischof Peter hatte sie mir nie angeboten. Von Rechts wegen wäre ich als Untersuchungsbeamter der Untergebene des Burggrafen gewesen – faktisch erhielt ich meine Befehle von Bischof Peter, der sich mir gegenüber stets wie ein grummelnder, doch wohlmeinender Vater verhalten hatte und der in dieser Hinsicht seinen Burggrafen noch auffälliger entmachtete als es die Stadtbehörden schon taten. Wann immer das Amt des Burggrafen neu zu besetzen war (es gab nicht wenige, die es freiwillig aufgaben), ging unter den bischöflichen Beamten der Scherz um, dass der Bischof auf der Suche nach jemandem sei, der ihn in der letzten Zeit nicht ordentlich gegrüßt oder seine Arbeit nicht zur Zufriedenheit erledigt hätte, um ihn in das frei gewordene Amt zu befördern. Ab und zu gab es einen, den der Titel lockte und die damit verbundenen Einnahmen aus den Gewerbeabgaben und den Bußgeldern für falsche Maße, Gewichte und dergleichen. Ich hatte dem Bischof als Schreiber gedient, bevor ich einer seiner direkten Mitarbeiter wurde, daher wusste ich, dass auch diese Geldquelle ständig knapper wurde und der Rat sich im Allgemeinen vor die Sünder stellte, die die Abgaben nicht bezahlen wollten.

Der amtierende Burggraf setzte sich in Bewegung und strebte mit langen Schritten auf die Kammer des toten Stinglhammer zu, sowohl kraft seiner Amtsbefugnisse als auch aufgrund seines geringen Ansehens in der Stadt vollkommen fehl am Platz. Ich war schon erstaunt gewesen, dass die Schreiber die Waibel des Bischofs alarmiert hatten – dass diese ihren Burggrafen zurate zogen, verblüffte mich noch mehr.

Die Wachen lockerten den Ring, den sie bildeten, ein wenig, als der Burggraf die Stube betreten hatte. Sie waren selbst neugierig genug, sehen zu wollen, was er darin tat, und so ermöglichten sie auch uns, den Tatort erneut in Augenschein zu nehmen. Die Schreiber blieben, wo sie waren, und der Schwachsinnige folgte uns nur, weil er den Broten am Arm des Bäckers auf der Spur bleiben wollte; der Bäcker, ich und der Begleiter des Knaben spähten jedoch über die Rücken der Wachen hinweg. Ich hatte genügend Menschen gesehen, die gewaltsam zu Tode gekommen waren, als dass ich noch scharf auf einen derartigen Anblick gewesen wäre. Was mich interessierte, war, was der Burggraf des Bischofs tun würde. Der Begleiter des blöden Knaben schien ebenfalls wenig Lust zu haben, die Szene der Gewalt erneut in Augenschein zu nehmen, doch irgendetwas zog ihn mit der Faszination des Grauens dorthin. Der Bäcker machte sich inzwischen über den zweiten Brotring her. Wenn er die Ringe tatsächlich Stinglhammer hatte zeigen wollen, war ihm mittlerweile zu Bewusstsein gekommen, dass dieser garantiert keine Beurteilung mehr dazu abgeben würde. Sein vollmundiges Kauen sollte gelassen wirken, doch schien es eher seiner eigenen Beruhigung zu dienen.

Der Burggraf wischte mit dem Stiefel über die Rußspuren auf dem Boden und verzog das Gesicht. Sein Blick fiel auf das kleine Fenster.

»War das geschlossen?«

Der Wachführer drehte sich um, und der stotternde Schreiber nickte unglücklich.

»Und die Tür?«

»Wurde aufgebrochen, *questor.*« Ein Daumen deutete auf mich, ohne dass der Burggraf aufgesehen hätte. »Der Schlüssel liegt noch dort auf dem Boden.«

Der Burggraf stemmte die Arme in die Hüften und sah sich in der Kammer um. Plötzlich zeigte er auf das Frettchen, das ihn feindselig anbleckte, und brüllte: »Schafft das Vieh hier raus, zum Teufel noch mal! Was für eine Schweinerei! Seid ihr alle blöde geworden?« Er trug dünne lederne Handschuhe und mehrere Ringe an den Fingern, deren Steine im Licht aufblitzten.

»Wir wollten nichts anfassen, *questor*. Sie haben letztes Mal gesagt …«

»Ich weiß, was ich gesagt habe. Schafft das widerliche Vieh weg, oder muss ich euch Beine machen?«

Das Frettchen verteidigte seinen Platz mit Fauchen und Zähneschnappen, bis der Wachführer es am Genick packte und mit weit ausgestrecktem Arm aus der Stube trug. Einer der Waibel schlich mit abgewandtem Blick zum Käfig des Tiers und trug ihn hinterher. Sie verstauten das kratzende und beißende Biest darin und atmeten sichtlich auf, als der Riegel zuschnappte. Das Frettchen kauerte sich auf den Boden und funkelte aufgebracht nach draußen. Dann begann es, sich mit den Vorderpfoten und einer bläulichen Zunge die Lefzen vom Blut seines Herrn zu reinigen. Es zog die Aufmerksamkeit des Schwachsinnigen auf sich, der sich plötzlich in Bewegung setzte und – ein beinahe liebevolles Lächeln auf dem halb offen stehenden Mund – zu dem Frettchen hineinstarrte. Er machte ein paar lockende Geräusche mit der Zunge.

Der Burggraf betrachtete unterdessen die zusammengesunkene Gestalt des Buchhalters. Er schüttelte den Kopf. »Was ist mit Herrn Georg? Wenn sein Vater nicht da ist, ist er der Hausherr, oder?«

»Schon benachrichtigt«, meldete der Wachführer.

»Was sagt er?«

»Sie sollen alles Nötige veranlassen; er ist in einem wichtigen Gespräch.«

»Hat sich die Familie Hoechstetter mit der Stadt überworfen?«, fragte ich leise den Bäcker. Er schüttelte den Kopf. »Warum lässt Georg Hoechstetter dann den Burggrafen hier herumschnüffeln und nicht den Vogt?«

»Wahrscheinlich eine Frage der Kompetenz«, erklärte der Bäcker mit vollem Mund, und ich wusste nicht, ob es ernst oder sarkastisch gemeint war.

Der Burggraf hob den Stab und wirbelte ihn mit einer eleganten Drehung herum. Das Ende, das er bisher festgehalten hatte, zeigte nun nach vorn; es lief in einer geschnitzten Faust aus, aus der ein einzelner Finger ragte wie eine Anklage. Das Material der Hand war gelblich-rissig, und einen unguten Moment lang glaubte ich, es handele sich um eine mumifizierte Gliedmaße. Dann erkannte ich, dass die Hand aus Elfenbein war. Sie war hässlich, teuer und wirkte noch beklemmender als der Leichnam, auf den sie sich richtete.

»Herr Stinglhammer«, murmelte der Burggraf und tat so, als würde er zur Begrüßung nicken, während der speckige elfenbeinerne Totenfinger unentwegt auf den Buchhalter wies, »lassen Sie uns anfangen.«

Die Faust war die verlängerte Hand des Burggrafen und ihr ausgestreckter Finger sein Untersuchungsinstrument. Der

Finger schob sich unter Stinglhammers Kinn und versuchte, den Kopf zu heben; der *rigor mortis* schien noch nicht eingetreten. Er hakte sich in Stinglhammers Hemd ein und zog es von der Brust weg; glitt über das Kugelbäuchlein des Toten und zu einem Handgelenk an einem schlaff über die Lehne des Stuhls hängenden Arm; probte auch die ebenso schlaff herunterhängende Hand und hielt erstaunt inne, als das tote Gelenk Widerstand leistete; zuckte hinüber zur zweiten Hand, die auf der anderen Seite herabhing, und stieß auf den gleichen Widerstand; und während der Burggraf am anderen Ende seines Stabes befremdet die Brauen runzelte und nachdachte, wurde mir klar, dass die Starre den Toten doch bereits erfasst hatte. Es war nur so, dass sein Genick gebrochen war.

Der Finger aus Elfenbein ließ von dem Toten ab und tickte überlegend auf das Holz des Tisches. Schließlich bückte sich der Burggraf und spähte unter den Tisch, und da alle Wachen es ihm gleichtaten, bückten wir Zeugen uns ebenfalls. Die Beine des Buchhalters waren ausgestreckt und lagen über Kreuz, die Stiefelspitzen zeigten senkrecht nach oben. Alles, was ihn in seinem Stuhl hielt, war die Schwere des Todes; und es war unmöglich, dass er ihm in diesem Stuhl begegnet war.

Zwei von den Wachen machten das Kreuzzeichen und deuteten mit abergläubisch aufgerissenen Augen auf Stinglhammers Füße.

»Der Teufel hat ihn geholt und seine Füße zum Hohn übereinander gelegt wie die unseres Heilands am Kreuz«, flüsterte einer. Der Burggraf fuhr herum.

»Wo sind die Schreiber?«, bellte er.

Wir drei anderen wurden beiseite gestoßen, als die beiden Unglücklichen zur Tür hereingeführt wurden. Sie schluckten krampfhaft.

Der Stotterer versuchte, dem Anblick des Toten und dem kalten Blick des Burggrafen gleichzeitig auszuweichen, und heftete seine Augen schließlich Hilfe suchend an den Herrgottswinkel. Das Kruzifix war voller Ruß und stand verkehrt herum. Während die Wachen erneut zu flüstern und sich zu bekreuzigen begannen, sank der Schreiber vor Entsetzen beinahe in die Knie.

»Der Mann ist seit mehreren Stunden tot«, knurrte der Burggraf, der den Stab mit der perversen Faust am Ende fester umklammerte, als er dem Blick des Schreibers folgte. Er wandte die Augen mit Mühe von dem geschändeten Christus ab. »Wie lange wart ihr gestern Abend hier?«

»Aber H-h-h-herr, was m-m-meinen Sie denn …?«

»Halt den Mund. Du bist verdächtig. Dein Freund dort auch.«

»A-a-a-aber …«

Der Burggraf deutete auf das Fenster. »Hier kommt nur etwas sehr Kleines durch – höchstens eine Katze. Stinglhammers Genick ist aber gebrochen. Ich sag dir was: Das kann nur etwas sehr Großes getan haben.«

»Der Flügelschlag des Azrael«, flüsterte einer der Waibel dumpf, achtete jedoch darauf, dass der Burggraf es nicht hörte.

»Die T-t-t-tür …«

»Wer sagt, dass sie wirklich verschlossen war? Vielleicht habt ihr zwei kümmerlichen Figuren es so aussehen lassen, damit jemand anderer sie aufbricht und dann bezeugt, dass sie von innen abgesperrt war?«

Der Bäcker warf mir einen Blick zu; ich schüttelte den Kopf. Ich habe nicht unmäßig viele Türen während meines Lebens eingetreten, aber doch genug, um zu erkennen, ob sie offen oder zugeschlossen waren.

»Ich fordere die Bahrprobe«, sagte der Burggraf kühl.

»Jetzt gleich?«, rief der Wachführer.

»Wann sonst?«

»Jawohl, *questor.*«

Ich fing einen raschen Blick des Mannes auf, der den schwachsinnigen Knaben begleitete; er sah sofort wieder beiseite, aber auch er wirkte überrascht von der Entscheidung des Burggrafen.

»Unsinn«, murmelte ich leise.

»Was?«, murmelte der Bäcker darauf.

»Die Bahrprobe. Ausgemachter Unsinn.«

»Sagen Sie das nicht. Ich habe erst von einem Fall in Nürnberg gehört, wo ein Mann seine Frau erschlagen hatte. Als man ihn zu ihrem Leichnam führte, begann das Blut zu fließen wie ein Bach, und …«

»Wenn die Zeugen sich ihre Redelust aufheben könnten, bis sie an der Reihe sind, wäre ich ihnen sehr verbunden«, sagte der Burggraf mit einer kalten Wut, die echter wirkte als der Jähzorn, mit dem er den Wachen begegnete. Der Bäcker zog den Kopf ein und stopfte sich einen Brocken des dritten Brotrings zwischen die Zähne. Nach einem kurzen Moment bot er mir etwas an; ich lehnte ab. Er zuckte mit den Schultern, ohne beleidigt zu sein.

Der Wachführer trat neben den stotternden Schreiber, dessen Gesicht mit einem Schweißfilm überzogen war. Er fasste ihn unter und schob ihn so nahe wie möglich an den Toten heran. Der Schreiber machte ein winselndes Geräusch und drehte das Gesicht zur Seite.

»Fass ihn an«, befahl der Burggraf.

Der Wachführer packte ein Handgelenk des Schreibers und stupste mit einer vergeblich widerstrebenden Hand voller Tintenflecke an die Schulter des Leichnams. Einige Herzschläge lang starrten alle auf die eingetrockneten Blutspuren in Stinglhammers Gesicht.

»In Ordnung, weg mit ihm«, sagte der Burggraf enttäuscht.

Der zweite Schreiber war kooperativer, wenn auch nicht weniger widerwillig. Er atmete auf, als Stinglhammers Leichnam genau wie vorher keine Reaktion zeigte.

»Die beiden waren es also nicht«, fasste der Wachführer zusammen und erntete dafür einen giftigen Blick seines Herrn.

Der Burggraf ließ die Schultern sinken und klopfte wieder gegen seinen Unterschenkel. Der Wachführer wurde angesichts dieser Ratlosigkeit mutiger.

»Wenn Sie gestatten«, sagte er leise, »dann sehen Sie doch nur: der viele Ruß auf dem Boden, der Gestank nach Asche, das Kreuz unseres Erlösers auf den Kopf gestellt …«, er schluckte aufgeregt, »und ein winziges Fenster und eine von innen versperrte Tür, sodass kein Mensch die Stube betreten oder verlassen konnte …«

»Der Todesengel«, sagte der Bäcker mit angehaltenem Atem und kam den Wachen damit zuvor.

»… es war der Leibhaftige. Herr im Himmel, steh uns bei.«

»Bei all der Schlechtigkeit in der Welt hat der Teufel viel zu viel zu tun, um sich jeden Sünder einzeln zu holen«, erklärte der Burggraf unbeeindruckt, und zum ersten Mal war ich mit ihm einer Meinung.

»Aber *questor*, die Zeichen … und nicht nur hier …«

»Schluss. Ich will diesen Unfug nicht hören. Die Bahrprobe zeigt nur, dass die beiden Jammergestalten es nicht waren. Ich finde den Mörder.«

»Was soll nun geschehen?«, fragte der Wachführer nach einer beinahe peinlichen Pause, die bewies, dass der Burggraf ihn keineswegs überzeugt hatte.

»Ich rede mit Herrn Hoechstetter. Für mich wird er sein Gespräch unterbrechen.«

»Und die Zeugen? Wollen Sie sich die Männer nicht vornehmen?«

»Natürlich will ich das!«, fuhr der Burggraf auf. »Was fällt dir ein, so unverschämt zu fragen?«

»Jawohl, *questor*.«

Hinter uns ertönte ein Geräusch wie das enttäuschte Greinen eines Kindes, das man von seinem Spielzeug wegzerrt; nur dass dieses Kind mehr als hundertfünfzig Pfund wiegen musste. Der schwachsinnige Knabe wurde von seinem erwachsenen Begleiter vom Frettchenkäfig weggezogen. Der Mann wedelte mit einem Finger vor seinen Lippen herum, und der Idiot machte ein tragisches Gesicht, verhielt sich aber still. Er warf einen sehnsüchtigen Blick auf das Tier, das ihm die kalte Schulter zeigte, während er dem Zug seines Aufpassers folgte. Ich fing dessen Blick auf und erntete wieder das Lächeln, das in seinen Mundwinkeln zu ersterben schien, während sich in seinen Augen Angst spiegelte. Er flehte mich wortlos an, mich ebenso still zu verhalten wie der Knabe. Die beiden verschwanden fast ohne Geräusch durch die Tür.

Die Wachen trieben uns von Stinglhammers Arbeitsraum zurück in die Schreibstube. Die Sonne hatte mittlerweile eine Position erreicht, die ihre Strahlen von den Schreibpulten weg auf den rohen Holzboden der Stube kriechen ließ, sodass der Raum plötzlich aufleuchtete, als wäre ein derart unpassender Kontrapunkt zu der blutigen Szene in dem Kämmerchen nebenan vonnöten. Ich hörte das erschrockene Keuchen, als der Wachführer den stotternden Schreiber grob am Wams packte und aus der Arbeitskammer zu zerren versuchte, und dann hörte ich die Stimme des Wachführers, der kaum hörbar »Gute Geister, steht uns bei!«, hervorstieß, und ich drehte mich um.

Beide Männer starrten auf den Boden vor Stinglhammers Tisch. Niemand hatte den Rußspuren darauf größere Aufmerksamkeit zukommen lassen; die stille Gestalt des Toten in seinem abgewetzten Thronsessel hatte alle Blicke auf sich gezogen. Nun war es anders, und nun schimmerte auch die düstere Kammer im Licht, das von außen auf den Öltuchrahmen fiel und sichtbar machte, was vorher von Dunkelheit verhüllt gewesen war. Sie standen wie gebannt, zwei Feinde, die der plötzliche Schreck einte; und auf einmal schien der Wachführer den Schreiber nicht mehr nach draußen ziehen zu wollen, sondern sich an ihm festzuhalten. Das Gesicht des Burggrafen wurde starr, als er ihren Blicken gefolgt war, und es verlor an Farbe.

Der Ruß auf dem Boden war nicht nur Schmutz gewesen, den ein nachlässiges Reinigen des Kamins oder ein heftiges Aufstochern der Asche verursacht hatte. Die achtlosen Tritte des Burggrafen hatten zwar das meiste verwischt, aber was noch sichtbar war, genügte, um ein Prickeln zwischen meinen Schulterblättern hervorzurufen, das mir den Rücken hinablief wie ein Guss kaltes Wasser.

Ich erinnere mich.

Ich hatte etwas Ähnliches schon einmal gesehen. Es war erstaunlich, wie sehr ich das Geschehnis verdrängt hatte.

Ich habe Schuld auf mich geladen.

Es war, als hätte es nur des geeigneten Moments bedurft, dass es wieder aus der Dunkelheit auftauchte, seit mehr als zwanzig Jahren aus meinem Gedächtnis verdrängt und so taufrisch und böse wie damals, eine Erinnerung, die mein halbes Leben lang verborgen gewesen war und nun so heftig durch die plötzlich geöffnete Tür in meinen Schädel sprang, dass ich erstarrte. Ein barbarisches Symbol, mit der Kante einer eisernen Handfessel in die dunkle Wand der Gefängniszelle gekratzt wie eine helle Narbe auf ädrigem, braunem Fleisch: fünf Kreise und ein Trigramm, in dessen Zentrum etwas Geronnenes klebte und Haarbüschel dazwischen. Ich spürte, wie mir schwindlig wurde, wie mir damals schwindlig geworden war. Und heute wie damals dachte ich ganz unpassend: Fall jetzt nur nicht um vor all den Leuten. Ich hörte eine Stimme, und ich spürte eine Hand auf meiner Schulter, aber das war nicht heute, das war damals, und Gregor von Weldens ruhige, brüchige Stimme sagte:

Du kannst nichts dafür, Peter. Er hat sich selbst gerichtet.

War es wirklich so erstaunlich, dass ich die Erinnerung verdrängt hatte? Ich spürte das schale Gefühl des Versagens wieder und erinnerte mich an den Eindruck, etwas ganz anderes losgelassen zu haben, als ich beabsichtigt hatte.

Der Ruß auf dem Fußboden stellte ein Symbol dar. Einen Ring. Ein Dreieck. Weitere Ringe. Es war so grob geformt, dass es schien, als sei es aus dem Wirken unbekannter Kräfte entstanden. Es war ein magischer Kreis. Es waren fünf magische Kreise, die das Dreieck überlagerten, und der innere war das Tor, durch das einem Dämon Zutritt in unsere Welt gewährt wird.

Wir standen aufgereiht an einem der Schreibpulte, während die Wachen darauf warteten, dass der Burggraf die Kammer wieder verließ. Ich konnte nicht sehen, was er darin tat, aber ich vermutete, dass er sein Werk vollendete und die Zeichnung auf dem Boden vollends zerstörte. Die Lähmung, die die Schreiber, die Waibel und selbst den Bäcker befallen hatte, ließ seine Arbeit sinnvoll erscheinen – wenn nur die Hälfte der Augsburger

Bürger so reagierte wie die Männer hier, würden die Umstände des Mordes an Ludwig Stinglhammer die Stadt in Angst und Schrecken versetzen, wie es sonst nur die Pest vermochte. Die dumpfe Stimmung in der Schankstube am Vorabend wies ebenfalls darauf hin.

In meinem Mund war noch immer der schale Geschmack meiner eigenen Galle. Ich war wütend darüber, mit welcher Heftigkeit die Geschichte von damals mich überrollt hatte – und wie hilflos ich mich gefühlt hatte, dreiundzwanzig Jahre später und doch keinen Tag davon entfernt. Ich war wütend darüber, wie viele Kammern es in meiner Seele gab, die ich verschlossen geglaubt hatte und die nun eingetreten waren, so wie ich die Tür zur Arbeitsstube des Ermordeten eingetreten hatte.

Schließlich kam der Burggraf heraus und zog die schief in ihren Angeln hängende Tür zu. Sein Gesicht hatte die normale Färbung wieder angenommen, seine Augen waren zusammengekniffen. Er räusperte sich.

»In welcher Reihenfolge sind die Bittsteller hier aufgetreten?«, fragte er und bekam seine Stimme erst während des Sprechens wieder vollends in die Gewalt.

Der stotternde Schreiber blickte sich um und entdeckte, was bisher nur ich wusste: Wir waren zwei Mann zu wenig. Seine Augen glänzten wie im Fieber ob dieser neuerlichen Entdeckung, und sein Mund bewegte sich, ohne dass ein Wort über seine Lippen gekommen wäre.

»Mann«, stöhnte der Wachführer, »mach das Maul auf. Der Kerl hat nicht nur einen Mühlstein an der Zunge hängen, er ist auch sonst ein vollkommener Esel.«

Der Schreiber zuckte und war nun völlig außerstande, sich auszudrücken. Der Wachführer machte Anstalten, ihn am Kragen zu packen. Ich beschloss, meinen Ärger auf mich selbst an dem groben Kerl auszulassen.

»Wer ist wohl der größere Esel«, sagte ich laut, »der, der es zum Schreiber in einem der mächtigsten Häuser Augsburgs gebracht hat, oder der, dem zwei Zeugen davongelaufen sind, ohne dass er es bemerkt hätte?«

Der Wachführer wirbelte herum und starrte mich an. Sein Mund öffnete sich, doch in seiner Fassungslosigkeit war seine Zunge ebenso gefesselt wie die des Schreibers. Er brauchte nur den Bruchteil einer Sekunde, um zu begreifen, dass ich Recht hatte. Ich gab den Blick des Burggrafen, der überrascht auf mich gefallen war, zurück. Da ich mit dem Rücken gegen das hell erleuchtete Fenster stand, war mein Gesicht ein dunkler Fleck für ihn; doch seine Augenbrauen zogen sich zusammen, als er jetzt zum ersten Mal von jemandem außer seinen Männern, den Schreibern und dem Toten Notiz nahm – von mir. Er tat einen Schritt auf mich zu und stierte mich an, und plötzlich weiteten sich seine Augen.

»Guten Morgen, Gregor«, sagte ich. »Wie gehen die Geschäfte?«

3.

Zum ersten Mal war ich im Sommer des Jahres 1441 auf Gregor von Welden aufmerksam geworden. Ich zählte elf Jahre, und meine Welt bestand im Wesentlichen aus dem Zirkel der Ministranten, die Bischof Peter und den Vikaren des Doms und von Sankt Moritz bei den Gottesdiensten halfen. Meine Mitstreiter waren meine Brüder, mehr als jene unglücklichen kleinen Würmer, die meine Mutter in Abständen schmerzvoll zur Welt brachte und nach wenigen Monaten oder Jahren ebenso schmerzvoll zu Grabe trug; der Bischof war mehr mein Vater als der düstere, ständig arbeitende Mann, der murmelnd durch das Haus ging und seinen einzigen überlebenden Sohn erst bemerkte, wenn er ihm beim Spielen zwischen die Beine geriet; und die Pröpste, Vikare, Priester und Kapläne der bischöflichen Stiftungskirchen waren der Ersatz für die Oheime und Mentoren, die das abweisende Gehabe meines leiblichen Vaters längst aus dem Umkreis der Familie verscheucht hatte. Selbst wenn ich nicht für den Gottesdienst eingeteilt war, schlich ich im Morgengrauen aus unserem Haus und stellte mich im Dom, in Sankt Moritz, Sankt Peter oder Sankt Gertrud ein, um der Messe zu lauschen und meine Freunde bei ihren Verrichtungen zu beobachten. Ich beneidete sie, wenn der Bischof selbst das Hochamt bestritt, denn er pflegte mit dem Messwein, der aus seinem eigenen Keller kam, stets großzügig umzugehen. Und ich lauschte wie sie mit Spannung seinen donnernden Predigten, die an Lautstärke zunahmen, wann immer er mit der Stadt wegen der Rückgewinnung der alten bischöflichen Rechte im Streit lag. Genauso litt ich mit ihnen, wenn der Propst von Sankt Peter den Gottesdienst abhielt, der aus der angesehenen Familie der Rehlinger stammte und ständig ergrimmt war über den sekundären Status, den seine Kirche gegenüber dem Dom einnahm, und jede kleine Unaufmerksamkeit mit schmerzhaften Rippenstößen vergalt, die er so geschickt verteilte, dass sie den Messebesuchern niemals auffielen.

Wir waren eine Gruppe von zwölf Jungen im Alter zwischen acht und vierzehn Jahren, die ständig zusammenhingen und in Waldstücken außerhalb des Jakobertores oder in der Wolfszahnau im Lech badeten, sich Stechen auf imaginären Streitrossen über imaginären Planken lieferten oder – im Fall der älteren Burschen – seufzend Sonette an ebenso imaginäre Geliebte verfassten. Der Bischof nannte uns zuweilen seine zwölf Apostel, doch das tat er nur, wenn er den Messwein allzu reichlich in den Kelch gegeben hatte. Wie die Jünger des Herrn hielten wir zusammen und sahen zu Bischof Peter als der letztgültigen Instanz in allen geistigen und weltlichen Fragen auf; und wie für die Apostel kam auch für uns der Tag, an dem alles, was wir zu wissen dachten und zu fühlen geglaubt hatten, auf die Probe gestellt wurde.

Sie waren nur zu dritt, aber durch ihre Gewalttätigkeit machten sie ihre geringe Anzahl mehr als wett. Ihr Anführer war ein großer, ungeschlachter Kerl mit blondem Schopf und wasserhellen, dicht zusammenstehenden Augen. Sein Name war Veit; er lebte mit seiner Mutter in der verrufenen Gegend hinter dem Jakobertor. Während er mit seinen Kumpanen durch die Gassen um das Pilgerhaus strich und den verkrüppelten Bettlern und den anderen Gassenkindern Tribut abpresste, verdiente seine Mutter ihren jämmerlichen Lebensunterhalt damit, dass sie sich für die Pilger hübsch machte (dies war der Euphemismus, den die älteren Ministranten kichernd und mit bedeutsamem Augenrollen verwendeten, wenn die jüngeren sie über das Thema befragten; als ich selbst zu einem der älteren Ministranten wurde, gebrauchten wir untereinander alle anderen Ausdrücke, die uns in den Sinn kamen und in unseren Lenden kitzelten, wenn wir über die Frauen sprachen, die sich in den Badehäusern beim Jakobertor oder heimlich in ihren Bruchbuden prostituierten). Es ging die Legende, dass Veit der Bastard von Georg Onsorg war, einem der Augsburger Patrizier, dessen Familie Bischof Peters Vorgänger, Bischof Anselm, so viel Geld geliehen hatte, dass Bischof Peter ihm das Dorf Göggingen verpfänden musste. Onsorg äußerte sich meines Wissens nie zu der angeblichen Vaterschaft; ob er im Stillen Geld fließen ließ, war mir nicht bekannt. Tatsache war, dass Veits Mutter kurze Zeit als Magd im Onsorgschen Hause beschäftigt gewesen war und dass die Söhne von Georg Onsorg ebenfalls hoch gewachsene, blonde Hünen waren, die ihre Gesprächspartner mit tief liegenden, klaren blauen Augen musterten. Veit war außerdem von bestürzend heller Hautfarbe und selbst im Sommer so blass wie ein neumodischer Geck, der einen Hut groß wie ein Wagenrad trägt, damit die Sonne seine Haut nicht bräunt. Die Stadtbehörden hatten ein Auge auf ihn, griffen jedoch nicht ein: Vorerst war er nichts als ein Regulativ, das die Aktivitäten im Jakoberviertel in gewissen Bahnen hielt und ihnen den Überblick erleichterte. Wenn er zu einer mächtigeren Einflussgröße würde, könnte man immer noch Maßnahmen ergreifen und ihn aus der Stadt prügeln lassen. So lebte er – ignorant gegenüber dem Umstand, dass mit steigender Ausweitung seiner Macht in Wahrheit die Sanduhr immer schneller für ihn lief – eine Existenz als Aaskrähe inmitten von eingeschüchterten Sperlingen und genoss es, dass die Spiele von Kindern und die Gespräche von Krüppeln verstummten, wenn er in ihre Nähe kam. Wir nannten ihn Fisch, seiner hellen Haut und seinem starren Blick wegen, und waren froh, dass er sich im Wesentlichen darauf beschränkte, die Angehörigen seiner eigenen sozialen Schicht zu belästigen; wenn wir sicher sein konnten, dass er es niemals erfahren würde, machten wir rohe Witze über ihn, seine Mutter und den Dreck, in dem er lebte.

Bis er und seine Kumpane eines Sommertages in der Wolfszahnau auftauchten, als vier von uns, ich eingeschlossen, im Lech herumpaddelten, jeder nackte Jungenkörper eine römische Kriegsgaleere, und die Seeschlacht von Marcus Antonius vor Alexandria nachstellten.

Sie standen plötzlich am Ufer, an der einzigen Stelle, die

nicht von Wurzeln und toten Bäumen unzugänglich gemacht worden war, und glotzten zu uns herein. Wir glotzten zurück, die Gewissheit, ein kraftvolles Schiff voller bis an die Zähne bewaffneter Seesoldaten zu sein, plötzlich vergehend und stattdessen eine andere Gewissheit zurücklassend: dass heute ein Teil unserer Unschuld verloren gehen würde.

Dann sprang der Fisch stumm ins Wasser, ohne sich die Mühe zu machen, seine Lumpen vom Leib zu reißen, und kraulte heftig platschend auf uns zu.

Wir spritzten auseinander, ein Flottenmanöver, das Marcus Antonius' Strategen alle Ehre gemacht hätte. Die Freunde des Fischs sprangen ihm hinterher, ungeschicktere Schwimmer als er, der selbst nicht geschickt war, aber um nichts weniger gefährlich. Sie kreischten, als die Kälte des Wassers an ihre Körper drang. Der Fisch schnappte einen von uns, den zehnjährigen Änderlin Rem; einer seiner Freunde streckte die Faust aus und verkrallte sich in meinen Haaren. Ich schrie auf und warf den Kopf hin und her, aber er war stärker als ich und zog mich zu sich heran. Ich strampelte mit den Füßen und versetzte ihm einen Stoß in den Magen. Er verzog den Mund und schlug mir mit dem Handrücken über das Gesicht, doch sein Griff in meinem Haar lockerte sich. Ich entwand mich ihm und flog förmlich über das Wasser, den anderen Flüchtenden nach. Wir schafften es, uns ans Ufer zu retten. Sie schrien uns Schmähungen zu, aber sie hatten ihre Beute: Änderlin, um den sie sich sammelten und der in ihrer Mitte Wasser trat, stumm, mit weit aufgerissenen Augen, sein Gesicht blass auf dem dunkelgrünen Wasser, und sein Keuchen drang lauter zu uns als das Gebrüll der Angreifer.

Änderlin sah nicht zu uns herauf, und er rief uns nicht um Hilfe. Wir wären auch nicht gekommen. Wir standen triefend am Ufer und sahen hinüber, wie die Wölfe sich um das Rehkitz drängten, jeder mit klopfendem Herzen vor Angst und klopfendem Gewissen vor Scham. Änderlin erwartete keinen Beistand. Wäre einer von uns an seiner Stelle gewesen und er stattdessen in Sicherheit, er hätte nicht anders gehandelt als wir. Sein

Schweigen machte uns unsere Schäbigkeit doppelt bewusst, und ich dachte voller Panik: Wenn wir uns alle zusammentun, können wir sie von Änderlin ablenken und ihnen alle davonschwimmen, ihnen vielleicht sogar Angst einjagen, hier im Wasser, in dem wir uns sicherer bewegen als sie; sie sind doch nicht viel älter als wir. Aber ich wusste gleichzeitig, dass ich nicht einmal zurück ins Wasser gesprungen wäre, wenn meine Freunde es getan hätten, und ich brauchte sie nicht anzusehen, um zu wissen, dass es ihnen nicht anders erging. Vor einer Minute waren wir alle Brüder gewesen, gewiss, füreinander durchs Feuer zu gehen; in diesem Moment waren wir die Überlebenden der Herde, die beobachteten, wie die Raubtiere einen der ihren zerrissen, vage dankbar, dass es ihn erwischt hatte und nicht sie.

Sie begannen damit, Änderlin unterzutauchen. Der Arm des Fischs bewegte sich wie ein langsamer Pumpenschwengel: untertauchen, hochkommen lassen, untertauchen. Seine Kumpane lachten wie blöde, er lachte nicht. Seine Augen blickten konzentriert, und seine Zähne waren gefletscht. Änderlin wollte Atem holen, wenn er an die Oberfläche kam, doch das, was vor allem in seinen weit geöffneten Mund geriet, war Wasser. Er gurgelte, hieb mit den Armen um sich und begann zu ertrinken. Untertauchen, hochkommen, untertauchen. Die sanfte Strömung des sommerlich trägen Flusses begann sie abwärts zu tragen. Wir hörten das pfeifende Atemholen Änderlins, sein Husten und Spucken und das Lachen der Freunde des Fischs, und dann hörten wir über unsere Schultern eine laute Stimme rufen: »Drei Säue versuchen einen Otter zu ertränken. Das hab ich noch nie gesehen.«

Wir kannten Gregor von Welden vom Sehen. Er war wenig älter als ich, etwa dreizehn, der Sohn des Strassvogtes von Schwabmünchen, um das der Bischof und die Stadt zu jener Zeit heftig rangen. Der Vogt war Bischof Peter zugetan und oft im Bischofspalast gewesen, um sich mit seinem Lehnsherrn zu beraten. Manchmal hatte sein Sohn ihn begleitet. Er hatte sich mit hellen, neugierigen Augen umgesehen, wenn sein Vater neben dem massigen Bischof herschritt und er versuchte, mit den beiden Erwachsenen Schritt zu halten; zuweilen hatte er uns zugenickt, wenn er und die Männer im Dom an uns vorbeieilten, doch wir hatten ihn mit der kleinen Jungengruppen eigenen Herablassung ignoriert. Wir wussten nicht, wie er jetzt zu uns herausgefunden hatte und weshalb er hier war; er überragte uns alle um mindestens einen Kopf, hatte breitere Schultern und vor allem das selbstbewusste Auftreten eines Herrensprösslings, und wir wichen beiseite und überließen ihm das Feld, auf dem wir ohnehin keinen Versuch gemacht hatten, uns zu behaupten.

Der Fisch ließ Änderlins Haare los und machte eine Handbewegung, wie um eine Fliege zu verscheuchen. Änderlin kämpfte sich matt zum gegenüberliegenden Ufer und klammerte sich an überhängende Äste. Wir hörten sein Keuchen und dann sein Schluchzen.

»Was hast du gesagt?«, rief der Fisch mit überschnappender Stimme.

»Ich habe euch Säue genannt«, erwiderte Gregor bedeutend ruhiger.

»Holt ihn euch«, sagte der Fisch zu seinen Kumpanen und begann, langsam zum Ufer zu paddeln.

Seine Freunde waren dem Ufer näher und schneller. Sie begannen, sich an dem ausgewaschenen, halb überhängenden Stück Erde und Gras hochzuziehen, das das Ufer darstellte. Gregor zögerte keine Sekunde. Anders als wir war er angezogen – Hemd, Hose und halbhohe Stiefel. Er holte aus und trat dem ersten der beiden Jungen ins Gesicht. Dieser ließ los und fiel ins Wasser zurück. Der andere schrie zornig auf und versuchte sich Gregors Fuß zu angeln, doch der sprang zurück, trat so heftig er konnte nach der klammernden Hand und dann in den vor Schmerz aufgerissenen Mund.

Wir sahen ebenso entgeistert zu wie der Fisch, der sich mühsam Wasser tretend an der Oberfläche hielt und gegen das Gewicht seiner nassen Lumpen ankämpfte. Die Strömung nahm ihn weiter mit nach unten. Es war nicht die Einmischung

Gregors, die uns am meisten überraschte; es war die brutale Rücksichtslosigkeit, mit der er die Freunde des Fischs immer wieder vom rettenden Ufer wegtrat, wenn sie versuchten, dem Wasser zu entkommen. Nach ein paar Attacken wendete sich das Blatt, und sie versuchten nicht mehr, Gregor zu erwischen, sondern ihr Leben zu retten. Das Wasser war kalt, ihre Kleider zogen an ihnen, und ihre Schwimmkünste waren nicht so ausgeprägt, dass sie dem nassen Element auch nur ein bisschen vertraut hätten. Ihre Gesichter waren nun so blass wie das Änderlins, ihre Augen ähnlich weit aufgerissen. Als der eine von ihnen eine gewaltige Portion Wasser schluckte und sich in seiner Angst, ertrinken zu müssen, an seinen Kumpan klammerte, sodass beide unterzugehen drohten, wurden sie von Panik überwältigt. Sie wirkten wie zwei ängstliche Frösche, die vor einer Ringelnatter fliehen, als sie sich mehr auf das Uferstück warfen denn zogen, und sie schrien gleichzeitig Bitten und Flüche.

Gregor trat sie wieder zurück ins Wasser. Sie spritzten und platschten und versuchten hustend und würgend an der Oberfläche zu bleiben. Ihre Lippen waren aufgeplatzt, ihre Nasen bluteten, doch die größten Wunden in ihren Gesichtern waren die Augen, die zu uns heraufstarrten. Sie ließen sich abtreiben, dem Fisch hinterher, der schon weit entfernt war und gegen das Untergehen kämpfte. Wir sahen ihre Köpfe kleiner werden und dann in einer Flussbiegung hinter den weit überhängenden Bäumen verschwinden.

»Du kannst rüberkommen«, rief Gregor dem zitternden Änderlin zu, als keiner von uns Anstalten machte, sich zu regen. Änderlin, der sich noch immer gegenüber an den Ästen festhielt, schwamm so schnell er konnte auf unsere Seite. Gregor bückte sich, hielt ihm die Hand hin und zog ihn herauf. Änderlin rollte sich zusammen und begann zu weinen. Ich bückte mich mit Knien, die so steif waren, als hätte ich sie niemals im Leben gebeugt, und klopfte ihm ungeschickt auf den Rücken.

Gregor sah mich. »Du blutest«, sagte er. Ich hatte es noch nicht gemerkt. Er grinste, dass sein mageres Gesicht rund um die ausgeprägte Nase viele Falten zeigte. »Hast mit deinem Zinken gegen eine Faust gehauen, was? Brutaler Kerl.«

»Warum hast du das getan?«, stieß ich hervor.

»Sie hätten deinen Freund ersäuft.«

»Nein, das …« Ich wies auf das nasse Ufer, wo die Freunde des Fischs um ihr Leben gekämpft hatten. Gregors Grinsen verzog sich, bis zu viele Zähne sichtbar waren.

»Hunde muss man prügeln, damit sie kuschen.«

In der Abendmesse brüllte der Bischof noch lauter als gewöhnlich durch den Dom. Er hatte den Kampf um die Gerichtshoheit in Schwabmünchen verloren, und Gregors Vater, der Strassvogt, war zu ihm gekommen, um ihn darüber zu informieren, dass er die Seiten gewechselt und sich den Gegnern des Bischofs, den Stadtbehörden, angedient habe und angenommen worden sei. Während des schwierigen Gesprächs zwischen den einstigen Verbündeten war Gregor vor den Stadtmauern umhergestreift und hatte den Weg zu uns gefunden.

Der Fisch hatte die Niederlage aus seinem Gehirn verdrängt; unsere Befürchtung, dass er und seine Kumpane uns einzeln abpassen und umbringen würden, erfüllte sich nie. Er blieb der Schrecken der Gassenkinder und Bettler des Jakoberviertels, bis die Stadtväter an einem kalten Tag eineinhalb Jahre später seine Mutter auf dem Perlach an den Schwanz eines Esels binden, ihr das Oberkleid aufreißen und ihren bloßen Rücken mit Ruten ausstreichen ließen, während der Esel sie durch die Gassen aus der Stadt zerrte. Der Fisch wurde gefesselt hinterdrein geführt, blond und blass und reglos starrend wie eh und je, fast einen Kopf größer als die Waibel, die ihn in die Mitte genommen hatten. Des Fischs Mutter hatte ihr Gewerbe entweder zu sorglos betrieben oder zu aufdringlich versucht, dem mächtigen Georg Onsorg Geld abzupressen. Sie wurden beide aus der Stadt verbannt und taumelten – sie mit zerschundenem Rücken und er mit gefesselten Händen – in den regnerischen Spätherbsttag und eine ungewisse Zukunft hinein, in der die Städte und Dörfer im weiten Umkreis der Reichsstadt Augsburg angehörten und die Verurteilten aus ihrem Einflussbereich hinausgeißeln würden, ob es regnete oder schneite oder draußen die Wölfe auf den Feldern heulten.

Nach diesem Tag im Sommer 1441 war es zwischen Änderlin Rem und uns nie mehr wie zuvor; und noch etwas änderte sich. Gregors Vater besuchte den Bischof nicht mehr, und es dauerte lange Jahre, bis ich den Sohn wiedersehen sollte.

4.

»Es ist lange her«, sagte Gregor.

Dann überraschte er mich, als er einen Schritt vortrat und mich umarmte. Er klopfte mir auf den Rücken und drückte mich fest an sich; ich erwiderte seine Begrüßung eher unbeholfen. Der Wachführer beobachtete uns mit offenem Mund.

Gregor machte sich los und sah mir grinsend ins Gesicht. Seine Hände griffen noch einmal herzlich an meine Schultern.

»Petrus der Fels!«, rief er, und meine Überraschung wurde sauer angesichts des unwillkommenen Necknamens, mit dem er mich immer belegt hatte. Wie früher machte ich gute Miene dazu. »Ich hoffe, nicht *du* hast den Kerl da drin auf dem Gewissen.«

»Nicht dass ich wüsste.«

»Hast dein Pensum an Morden für dieses Jahr wohl schon hinter dir?«

Ich zuckte mit den Schultern und war mir der Blicke bewusst, die wegen Gregors ungestümer Begrüßung, vor allem aber wegen seines schlechten Scherzes auf uns ruhten. Gregor schüttelte lächelnd den Kopf. Sein schmales Gesicht zeigte dabei mehr Falten als früher, und das Haar hing weniger lang in seine hohe Stirn; doch ansonsten hatte die Zeit an ihm weniger Spuren hinterlassen als an mir. Unter seinen Augen lagen Schatten, seine Mundwinkel waren angespannt; das aber hatte nichts mit dem Zahn der Zeit zu tun. Er schien meine Gedanken zu erraten, denn er schlug mir spielerisch gegen den Bauch.

»Sieht so aus, als wären die Jahre gut zu dir gewesen.«

Sie waren es nicht, doch das konnte er nicht wissen.

»Ich habe Erfahrungen gesammelt …«

»… und Gewicht«, vollendete er mit breitem Grinsen. »Hast

du nach deinem Weggang einen ruhigeren Herrn gefunden als Bischof Peter?«

»Du hast leicht reden. An dir ist nie was hängen geblieben.«

»Ein Mann und seine Börse sollten die gleiche Gestalt haben.« Er strich sich über den flachen Bauch. »Da muss ich noch was zulegen.«

Plötzlich legte er mir den Arm um die Schultern und drehte mich zu den neugierig starrenden Waibeln herum.

»Das ist Peter Bernward. Er war mal der zweitbeste Wachhund, als seine Exzellenz Peter von Schaumberg noch Bischof war.«

Ich brauchte nicht nachzudenken, wen Gregor für den erstbesten Untersuchungsbeamten der damaligen Jahre hielt. Dabei erinnerte ich mich, dass seine Meinung und die Bischof Peters nie im Einklang gewesen waren. Zugleich nahm ich die Grüße der Wachen halb verlegen entgegen. Gregor zog mich nochmals zu sich heran.

»Wir nannten ihn alle Petrus«, erklärte er gut gelaunt und mit Besitzerstolz.

In Wahrheit hatte mich nur Gregor so genannt. »Der Fels. Weil man sich immer darauf verlassen konnte, was er sagte und was er tat. Stimmt's?«

Ich nickte ergeben. Er ließ den Arm sinken und sprach etwas leiser weiter. »Ich sag dir was: Das ist nicht gerade eine gute Zeit, die du dir für deine Rückkehr ausgesucht hast.«

»Was ist hier los – abgesehen von ihm?« Ich deutete zu Stinglhammers Arbeitsstube.

»Ich erkläre es dir später. Besuch mich.«

»Ich wollte eigentlich ...«

»Nur ein paar Augenblicke. Wir haben uns so lange nicht gesehen. Sechs, sieben Jahre, oder?«

»Vierzehn.«

»Unglaublich. Du musst kommen. Dieser Tage finde ich kaum noch Zeit, etwas anderes zu tun, als zu arbeiten. Wenn Bischof Johann nicht in der Stadt ist, stehe ich praktisch in seinen Stiefeln.«

Bischof Johann schien die Befugnisse des Burggrafen mächtig erweitert zu haben; oder Gregor übertrieb. So wie er mich Petrus genannt hatte, hatte ich ihn Gregor der Große genannt – allerdings nur, wenn ich wütend auf ihn war. Der echte Gregor der Große war jener Papst gewesen, der ein Gespür dafür besessen hatte, wer gerade das größte Schwert in Händen hielt und in welche Windrichtung er sein Mäntelchen zu hängen hatte. Zum Lohn dafür hatte ihn die Kirche heilig gesprochen. Ich hatte es bald wieder aufgegeben, Gregor mit diesem Namen zu beschimpfen: Während ich mich insgeheim über meinen Spitznamen ärgerte, hatte Gregor den Eindruck erweckt, gar keinen geringeren Vergleich erwartet zu haben.

»Ich hoffe, du hältst keine Gottesdienste ab?«, sagte ich in einem Versuch, einen Scherz zu machen.

»So wie Bischof Peter damals?« Er lachte auf und wechselte zu einem fehlerhaften Latein. »Die Stadtherren fressen sich satt und kümmern sich einen Dreck um euer geistiges Wohl, und ihr habt nicht mal den Anstand, wenigstens am Sonntag den Dom zu füllen. Wenn ihr Schafe wärt, würdet ihr noch freiwillig ins Maul des Wolfs springen, statt zu eurem Hirten zu gehen.« Er machte den grollenden Bass Bischof Peters gut nach, allerdings nicht seine geschliffene lateinische Sprache, um die ihn ein Cato beneidet hätte. »Sie haben nie auf ihn gehört, und dabei hat er so laut geschrien.«

»Wahrscheinlich, weil sie kein Wort verstanden haben.«

Gregor lachte und schlug mir auf die Schulter. »Das kann schon sein, ich hab ja auch nie was verstanden.« Leiser sagte er: »Komm zu mir, damit wir reden können. Bitte.«

»Na gut. Vielleicht kannst du mir sogar behilflich sein. Ich suche …«

»Was ist mit den Zeugen, die abgehauen sind?«

»Ich kenne die beiden nicht. Ein Mann in den Zwanzigern mit einem schwachsinnigen Knaben, vielleicht sein jüngerer Bruder. Frag die Schreiber. Ich bin erst gestern Nachmittag hier angekommen.«

»Warum hast du sie nicht aufgehalten?«

»Warum hätte ich es tun sollen?«

Er sah mich an, als hätte ein Lieblingsschüler seinem Lehrer unerwartet die größte Dummheit seines Lebens erzählt. »Hier ist ein Mord passiert!«

»Die beiden können es wohl kaum gewesen sein, sonst hätten sie nicht wie der Bäcker und ich darauf gewartet, dass Stinglhammer zur Audienz bittet.«

»Jeder ist schuldig, bis seine Unschuld bewiesen ist.«

»Ich auch?«, fragte ich mit einem halben Lachen. Er starrte mich eine Sekunde lang unverwandt an, dann grinste er und packte mich am Arm. Für meinen Geschmack hatte sein Zögern zu lange gedauert, auch wenn es aufgesetzt gewesen war.

»Natürlich nicht.« Gregor sah mich an. »Also, ich rechne mit dir.«

Ich nickte, beinahe gegen meinen Willen.

»Ich muss hier noch ein bisschen was tun, die Zeugen verhören und so weiter – und Georg Hoechstetter informieren. Der Mann wartet auf mich. Geh ruhig schon vor zum Fronhof. Ich bin zu Pferd hier, ich hole dich wieder ein – ist ja nicht weit. Ich sag dir was: Wenn nicht, mach's dir in meiner Arbeitsstube bequem und warte. Es dauert nicht lange.«

»Bin ich damit hier entlassen?«

»Es sei denn, du willst den Mord gestehen.« Er strahlte und wandte sich im nächsten Atemzug an den Bäcker. »Was haben Sie von Ludwig Stinglhammer gewollt?«, fuhr er ihn an und ließ ihn gar nicht zu Wort kommen. »Was soll der Unfug mit den Brotringen?«

Ich nickte dem stotternden Schreiber zu, der mir ein dankbares Lächeln sandte, und trat hinaus in den weiten Tordurchgang des Hauses und von da in den Sommermorgen. Hinter mir hörte ich den Bäcker aufgebracht erklären, dass für die Verabschiedung des jungen Ambrosius Hoechstetter Brot zu liefern sei und er Ludwig Stinglhammer von der Qualität seiner Waren habe überzeugen wollen, bevor sich die Zunftkollegen um den Auftrag bewerben könnten. Das Mannloch im Tor des großen Hoechstetter'schen Familienpalastes fiel ins

Schloss. Daneben stand ein weiterer Waibel im roten Tuch des Bischofs – sein Eisenhut warf im Sonnenlicht glitzernde Reflexe – und hielt die Zügel eines Rappen, dessen Sattel und dessen metallbeschlagenes Zaumzeug die Sonne noch blendender widerspiegelten. Das Tier musste teuer gewesen sein; sein Fell war so schwarz, dass es wie sein eigener Schatten auf dem grell beschienenen Pflaster stand. Die Satteldecke war lang genug, dass sie beinahe bis auf den Boden hing, und von weichem, weißem Leder, das wahrscheinlich täglich aufwändig gepflegt wurde. Die Sonne lag strahlend auf den Dächern, der Kruppe des Pferdes, dem Gewand des Waibel und auf dem staubigen Granit des Pflasters, und in den schmalen Gässchen sammelte sich bereits die erste Hitze. Ich drehte mich zu dem Haus um, in dem ein Toter neben einem rußgemalten Symbol für eine Dämonenbeschwörung gefunden worden war, und stellte fest, dass ich fror.

Ich beeilte mich nicht besonders, zum Fronhof hinauf zu gelangen. Der Anblick des erwachenden Lebens in meiner alten Heimatstadt reichte beinahe aus, die Gedanken an den Ermordeten und was mit seinem Anblick in mir aufgestiegen war, zu unterdrücken. Ich hatte gedacht, Augsburg nie vermisst zu haben – lediglich Bischof Peter, meinen Ersatzvater, Mentor, Freund und Auftraggeber, den ich wegen des ungesühnten Todes zweier Kinder während des Markgrafenkrieges im Streit verlassen und nie mehr wiedergesehen hatte. Doch schon am Vortag, als ich die Stadt durch das Vogeltor betreten hatte, war mir klar geworden, dass dies nur ein weiteres Verdrängen gewesen war. Statt den direkten Weg über Kesselmarkt, Milchmarkt und an der kleinen Kirche von Sankt Martin vorbei zum Dom hinauf einzuschlagen, tat ich die paar Schritte um die Ecke herum zum Zentrum des städtischen Lebens. Als sich der vor frühmorgendlichem Leben wimmelnde Rathausplatz vor mir öffnete, blieb ich stehen.

Plötzlich bedauerte ich, dass Jana nicht mitgekommen war. Meine Gefährtin hatte sich nicht dazu überreden lassen, den

Umweg über Augsburg zu machen. Ich vermisste sie, ich machte mir Sorgen um ihre Gesundheit und die Sicherheit ihres kleinen Trosses, und ich hätte sie bei der schwierigen Aufgabe, die ich mir in Augsburg gestellt hatte, gern an meiner Seite gehabt. Doch es hatte sie und unsere werdende Familie mit aller Macht nach Hause gezogen, nach Krakau. Jetzt, im Licht der Morgensonne in den Gassen der Stadt, die meine Heimat gewesen war, konnte ich sie besser verstehen.

Der gedrungene Perlachturm über der Westfassade von Sankt Peter warf seinen Morgenschatten über den Platz und über die Verkaufsläden, die sich unter die Vordächer an seinem Fuß duckten. Es war Donnerstag, kein besonders ausgewiesener Markttag, und so war der Perlachplatz, der im breiteren Schatten der Dreiergiebel des Rathauses und seinem schlanken Glockenturm lag, nicht von den Handkarren der Bauern zugestellt. Vom Fischmarkt, ebenfalls kühl und blau im Schatten zwischen Sankt Peter und dem Rathaus, wehten die stets präsenten Fischdüfte herüber; auf dem Pflaster blinkten Fischschuppen. Der dünne Finger des Afraturms über den Gebäuden an der Westseite des Brotmarktes stand im vollen Morgenlicht, das Tanzhaus weiter unten zwischen Holz- und Weinmarkt wandte seine Fassade nach Norden und stand im Halbschatten. Auf dem Brotmarkt, der am Südende des Perlachplatzes begann und bis vor die Flanke des Weberhauses führte, standen einige der zweirädrigen Transport- und Verkaufswagen der hiesigen Bäcker, ihre Dächer aufgespannt und auf dem Pflaster stehend wie eine Kolonie von Muscheln mit aufgeklappten Schalen, die darauf warteten, dass die Käufer herbeiströmten. Wenn der Rat seit meinem Weggang keine neue Marktordnung erlassen hatte, dann durften die einheimischen Bäcker heute auf dem Brotmarkt ihr altbackenes Brot verkaufen, während den Bäckern aus der Umgebung der Platz vor dem Barfüßertor zugewiesen war. Zwischen den Karren drängte sich vor allem das ärmere Volk, schimpfte und handelte, wie es Brauch war, rief und lachte, kaufte und bettelte. Ich drehte mich einmal um mich selbst, blinzelte in die Sonne, die über den Giebeln des Rathauses stand, und spähte in die Tordurchgänge der Patrizierhäuser. Ich war wieder zu Hause.

Dann merkte ich, dass etwas nicht stimmte.

Vielleicht war es die Sonne, die zu grell schien; oder zu trüb. Vielleicht waren es die Hausfrauen und Mägde, die zwischen den Ständen der Bäcker umhergingen und weniger auf die ausgelegten Waren als aufeinander zu achten schienen und sich aus dem Augenwinkel musterten, anstatt sich zu grüßen. Vielleicht waren es die Bäcker selbst, die mit weniger Vehemenz als sonst feilschten und sich während der Verkaufsgespräche manchmal plötzlich umdrehten, als fühlten sie, wie ihnen jemand kalt über die Schulter grinste. Vor dem Eingang zum Rathaus standen mehr Waibel als sonst, und statt den jungen Mädchen Komplimente nachzurufen, fingerten sie nervös an ihren Spießen. Wenn sie dann doch einmal nach einer Hübschen riefen, klang es eher aggressiv und beleidigend. Die Bettler lamentierten lauter als früher, während ein kleines Grüpplein Aussätziger, in ihren schmutzigen Lumpen wie verhüllte, grässlich lebensechte Puppen über den Fischmarkt wankend, stiller war als üblich. Hinter dem Tanzhaus, vom Weinmarkt her, erhoben sich trunken streitende Stimmen zu einem Krakeelen, für das es noch viel zu früh am Tag war. Um den oberen Teil des Perlachturms kreisten schwarze Schwingen, Raben, deren metallisches Flattern plump gegen das elegante Gleiten der Turmfalken wirkte, die früher um den Turm geglitten und die von den Raben offenbar vertrieben worden waren.

Als sich eine Abteilung Stadtwachen von Sankt Moritz her durch den Brotmarkt drängte, wichen die Leute zurück und rückten nicht wie üblich näher. Die Wachen zerrten eine Frau mit aufgelösten Haaren, angstbleichem Gesicht und zerrissenen Kleidern mit sich, deren Hände vor dem Leib gefesselt waren und deren bloße Füße kraftlos über das Pflaster schleiften. Einige der Zuschauer zischten, aber ihre Lautäußerungen schienen ebenso kraftlos zu sein wie das Stolpern der Verhafteten. Sie bildeten eine breite Gasse für die Wachen, als schleiften die Männer einen tollwütigen Hund mit sich, der sich jederzeit losreißen könnte. Plötzlich erhob sich eine Hand mit abgespreiztem Zeige- und kleinem Finger und stach in die Richtung der Frau, und andere Hände folgten und machten das Zeichen nach, während sich da und dort Gesichter abwandten und rasch vor die Augen geschlagene Handflächen einen weiteren Schutz vor dem bösen Blick boten.

Die Verhaftete starrte mit aufgerissenen Augen ins Leere und taumelte dem Zug des Lederriemens nach, der sich von ihren gefesselten Händen zur Faust des Wachführers zog. Dabei schien der Riemen länger zu sein als nötig und der Kordon um sie herum weniger eng als gewöhnlich. Sie atmete rasch und flach und als die Gruppe an mir vorüberkam, sah ich, dass ihre Lider zuckten, und hörte ihr unwillkürliches, unbewusstes Stöhnen. Ich wusste nicht, was sie getan hatte, aber das Volk reagierte, als schleiften die Waibel ein Gift spritzendes Monstrum durch ihre Mitte. Hastige Finger schlugen das Kreuzzeichen, bis die Wachen mit ihrem Opfer im Rathaus verschwanden.

Das Leben auf dem Brotmarkt und auf dem Perlachplatz versuchte wieder zum Normalzustand zurückzukehren und vermochte es nicht, die Stimmen noch gedämpfter als vorher. Wenn sich etwas geändert hatte, dann nur, dass jetzt Grüppchen zusammenstanden, wo man sich zuvor misstrauisch beäugt hatte, und verkniffene Münder besprachen flüsternd, wovon man gerade Augenzeuge geworden war. Ich sah weitere Kreuzzeichen, die mit fliegenden Händen auf Stirnen, Kinne und Oberkörper gemalt wurden. Meine Gedanken wanderten zu Jana; ich fühlte auf einmal eine vage Erleichterung darüber, dass sie meinem Drängen nicht nachgegeben hatte, mit mir zusammen diesen Abstecher nach Augsburg zu unternehmen.

»Er geht um«, flüsterte mir eine Stimme ins Ohr, und ich fuhr herum. Ein blasser älterer Mann sah mich mit flackernden Augen an, die Wangen eingekerbt, das Kinn schlecht rasiert, und während er einen Schritt zurücktrat wie eine bedrohte Ratte, huschte ein falsches Lächeln auf seine Lippen, ebenso rattenhaft. »Er geht um, und man hört ihn gehen. Aber es sind nicht seine Schritte, die man hört, nein, es ist das Schlagen seiner schwarzen Flügel, und wenn sie zusammentreffen, verlischt ein Leben wie ein Docht, den man zwischen den Fingern zerdrückt.« Er lachte raschelnd, als versuche er, das Geräusch zweier zusammenschlagender Flügel nachzuahmen. Ich starrte ihn mit trockenem Mund an.

»Hüten Sie sich, denn er ist unter uns«, sagte der Mann mit einer Miene, die nun wohl Besorgnis ausdrücken sollte. »Der Würgeengel, Herr, denn niemand anderer ist es. Sein Haar ist schwarz, sein Gesicht ist weiß, seine Augen brennen, sein Gewand hat die Farbe der Mitternacht, und seine Flügel sind wie die eines Raben. Er ist unter uns, und die auf seiner Liste stehen, holt er sich. Der Tod ist nur ein Flügelschlag«, er klatschte in die Hände, und ich zuckte unwillkürlich zusammen. »Talisman?«

Plötzlich hielt er ein geflochtenes Etwas in die Höhe, eine grobe Form, von noch gröberen Fingern aus Stroh geflochten, und ließ es in meine Handfläche fallen. Es war ein Dreieck, in das Kreise eingearbeitet waren, kunstlos gemacht, kaum erkennbar, in seiner verzerrten Gestalt umso erschreckender. Ich riss die Hand zurück, als hätte es mich verbrannt. Der Talisman fiel auf den Boden.

»Er ist aus dem Kreis geboren«, flüsterte der alte Mann, »und dahin will er zurück, und doch ist der Kreis das Einzige, das uns vor ihm schützt. Auch der Engel des Todes muss sich der Ironie der alten Gesetze beugen. Ist das nicht erheiternd?«

Er bückte sich und hob seine Ware auf, nur ein verkommener alter Kerl, der versuchte, mit der Angst ein Geschäft zu machen, doch als er wieder zu lachen begann, hörte ich den Flügelschlag des Todesengels und nicht die matte Stimme eines Bettlers, der dem Tod selbst viel näher stand als ich.

Ich beschwöre euch, Unholde und Dämonen …

Die sonnenbeschienenen Fassaden der Häuser waren zu hell, ihre Schattenseiten zu dunkel, und das Krächzen der Raben, die endlos über dem Platz zirkelten, zu laut. Ihr Schreien und das Lachen des alten Mannes schienen plötzlich das Einzige zu sein, was zu hören war.

Ich dachte wieder an den Toten im Hoechstetterhaus und an einen anderen Toten, viele Jahre zuvor. Ich machte kehrt und floh fast in Richtung des Bischofspalastes.

Der Dom, der Bischofspalast, seine Wirtschafts- und Wohngebäude und die staubigen Flächen dazwischen, die für Rennen über die Planken benutzt wurden, bildeten ein eigenes Viertel, fast so etwas wie eine Festung innerhalb der Stadtgrenzen: den Fronhof. Der Burggrafenturm erhob sich wie eine trotzig geballte Faust am westlichen Ende der Häuserreihe, in der die Domherren wohnten. Ich ignorierte die Bettler, die unter den Torbögen kauerten und die Hände ausstreckten, und stieg die Treppe empor auf der Suche nach Gregor. Der Turm wirkte seltsam verlassen, als habe sich seit Wochen niemand mehr darin aufgehalten. Er hatte zwei Stockwerke, das obere bereits unter der Dachneigung, und beide Stockwerke bestanden aus je einem mittelgroßen Raum: der Lebensbereich des Burggrafen im ersten Geschoss und ein kombinierter Lager-, Archiv- und Trockenraum unter dem Dach. Gregors Raum war niedrig, unregelmäßig erleuchtet von den Sonnenstrahlen, die durch die kleinen Ostfenster fielen und in deren Bahnen Staubpartikel aufleuchteten wie ein verwirrender, tanzender Sternhimmel. Darin standen etliche wuchtige Truhen, eine davon, mit einem hochlehnigen Stuhl davor, offenbar als Schreibtisch verwendet. In dem Stuhl kauerte ein kleines Männchen und rechnete unter Zuhilfenahme seiner Finger und eines Holzbretts mit verschiedenfarbigen Rechenkügelchen Zahlenreihen auf einem Pergament zusammen. Ein Bett war nicht vorhanden. Wie es aussah, hatte Gregor den Bischof dazu überreden können, ihm einen Schlafplatz im Bischofspalast zu genehmigen. Ich erschauerte in der unerwarteten Kühle des Turminneren und räusperte mich. Das Männchen blickte auf und informierte mich demütig, dass der *questor* für die Dauer der Abwesenheit Seiner Exzellenz Bischof Johanns seinen Wirkungskreis in den Bischofspalast umgesiedelt habe und seine Arbeit von dort aus erledige. Ich bedankte mich und fragte mich gleichzeitig, ob der Bischof davon wusste.

Als ich am Turnierplatz vorbei zum Eingang des Palastes schritt, wärmte die Sonne mich wieder auf. Die große Mittelplanke, die bunte Bemalung zerkratzt und zerstoßen von den metallumhüllten Körpern derjenigen, die von ihren Pferden gestoßen und von der Planke unsanft aufgefangen worden waren, stand zwischen den tief ausgetretenen, staubigen Spurrinnen der Pferdehufe. Ein vertrocknetes Lorbeerkränzchen mit einem Tuchfetzen daran, dessen Farbe die Sonne längst zu einem Nichts gebleicht hatte, lag abseits. Ich stieß es mit dem Fuß an und stellte mir für einen Moment die Enttäuschung der Dame, die es ihrem Favoriten gegeben hatte, vor, als dieser den staubigen Boden küsste statt später – als Sieger – ihren leidenschaftlich geöffneten Mund. Ich ließ das Kränzchen liegen, so wie es der gestürzte Herr hatte liegen lassen, als seine Knappen ihn vom Platz trugen und angesichts der schmerzlichen Flüche aus dem Inneren seiner verbeulten Rüstung die Köpfe einzogen. So wie es dalag, war es ein Zeichen der Lächerlichkeit eines ganzen Standes, der noch in hundert Jahren nicht würde wahrhaben wollen, dass das wahre Leben sich auf den Marktplätzen dieser Welt abspielte und nicht auf den Turnierplätzen. Dann musste ich wieder an das Erlebnis auf dem Brotmarkt vor wenigen Minuten denken, und meine Spottlust verflog.

Im Bischofspalast suchte ich nicht erst nach Gregor. Ich marschierte ohne Verzug zum Arbeitsbereich des Bischofs. Niemand hielt mich auf, bis ich im Vorzimmer zum bischöflichen Arbeitsraum eintraf. Erst die streitenden Männerstimmen, die daraus hervordrangen, ließen mich innehalten.

Ich erkannte Gregors raue Stimme; die andere Stimme war mir unbekannt, doch sie gehörte offensichtlich jemandem, der vor dem Burggrafen nicht den geringsten Respekt hatte. »Mischen Sie sich gefälligst nicht in unsere Angelegenheiten!«, brüllte sie.

»Ich mache die Sache zu *meiner* Angelegenheit!«, schrie Gregor zurück.

»Das wagen Sie nicht.«

»Wollen Sie mich aufhalten?«

»Was heißt hier aufhalten? Sie sind nur der Burggraf. Ohne unsere Erlaubnis können Sie in der Stadt nicht mal in eine Ecke pinkeln.«

»Ich pisse auf die ganze Stadt, wenn es mir passt!«

Ich hörte ein Scheppern, als habe einer der beiden Streithähne etwas einen Tritt verpasst.

»Gleich nach dem alten Bischof Peter sind Sie der größte Idiot, der mir je begegnet ist. Sehen Sie nicht, wer hier in der Stadt die Macht hat?«

»Verschwinden Sie, bevor ich die Waibel hole und Sie verhaften lasse. Sie sind hier auf dem Territorium der Kirche.«

Die Tür flog auf, und ein Mann stürmte heraus: hochrotes Gesicht, wirres Haar, seine Kleidung eine Mischung aus braunen und schwarzen Stoffen. Um seinen Hals hing eine schmalgliedrige Kette ohne Anhänger, in einer seiner Fäuste zerknüllte er eine schmucklose Kappe. Er stutzte, als er mich sah, drehte sich auf dem Absatz herum und brüllte zu Gregor hinein: »Ich habe mich geirrt, Sie sind ein noch größerer Idiot.«

Ich zog die Augenbrauen hoch und nickte dem Aufgebrachten zu. Er stampfte mit dem Fuß auf und presste sich die Kappe mit einer brüsken Bewegung auf den Kopf. »Was wollen Sie vom Burggrafen?«, schnappte er.

»Nicht, dass es Sie was anginge«, sagte ich ruhig, »aber ich bin ein alter Freund.«

»Das glauben auch nur Sie«, knurrte er, »der Mann hat keine Freunde.«

Ich deutete auf die Kette vor seiner Brust. »Sie sind der *procurator civitatis*?«

»Noch so ein Schönschwätzer. Hier sprechen wir gemeindeutsch, nicht lateinisch.«

»Was ist denn los?«

»Warum fragen Sie nicht Ihren alten Freund?« Er wandte sich nochmals über die Schulter an Gregor: »Wir werden ja sehen, was Bischof Johann zu alldem sagt.«

Gregor war ihm bis zur Tür gefolgt. »Seine Exzellenz und

ich befinden sich stets in vollkommener Übereinstimmung«, erklärte er herablassend.

»Worüber? Dass es in der Nacht dunkel wird und Jesus Christus am Kreuz gestorben ist?«

»Unter anderem …«

Der Mann schnaufte verächtlich und schob sich an mir vorbei. Er hätte mich mit der Schulter angestoßen, wäre ich nicht einen Schritt beiseite getreten. Wir sahen ihm zu, wie er hinausstapfte und die Tür zum Vorraum hinter sich zuschlug, dass der Windstoß bis zu uns herüber spürbar war. Gregor seufzte. Er rieb sich den Bauch und verzog das Gesicht.

»Man braucht sich nicht zu wundern, wenn man Probleme mit der Verdauung hat«, murmelte er. »Man ist nur von Narren umgeben.«

»Wer war das?«

Gregor winkte ab. Er trug noch immer Sporen an den Stiefeln und hielt ein flaches Barett in der Hand. Wie es schien, war er eben erst angekommen – und sein streitlustiger Gesprächspartner hatte ihn bereits erwartet.

»Komm rein«, sagte er und trat beiseite. »Tut mir Leid, dass du das mit anhören musstest.«

»Er hatte eine Kette um den Hals wie der Bürgermeister …«

»Das *war* der Bürgermeister. Bist du jetzt zufrieden?«

»Was wollte er von dir?«

Gregor massierte immer noch seinen Bauch. Er warf mir einen ungehaltenen Blick zu, doch dann ließ er die Schultern sinken und stieß die Luft aus. Er sah auf seine Stiefelspitzen und schüttelte den Kopf.

»Tag und Nacht könnte ich hier arbeiten – das heißt, das tue ich ja schon, und was hat mir das Ganze gebracht? Einen trägen Darm. Ich bin so verstopft, dass ich kaum mehr essen kann.« Er lachte freudlos und breitete die Arme aus. »Sieh mich an: Dein alter Freund Gregor von Welden ist unten rum so zugeknöpft wie eine alte Klosterschwester.«

»Wozu legst du dich mit der Stadt an? Du wirst den Kürzeren ziehen.«

»Alte Tradition vielleicht?« Er wies auf einen Hocker, der vor dem mächtigen Tisch stand, an dem sein Herr zu arbeiten pflegte, wenn er im Palast war. Es war nicht der Tisch, den Bischof Peter benutzt hatte. Es waren auch nicht Bischof Peters Teppiche, die an den Wänden hingen, und selbst der Boden war nicht mehr der alte ausgetretene Holzboden, über den mein damaliger Mentor ungeduldig gestapft war, wenn etwas nicht zu seiner Zufriedenheit verlief. Bischof Johann hatte den Räumlichkeiten sein eigenes Siegel aufgedrückt, bis zu dem harten steinernen Mosaik, das die quietschenden Bohlen ersetzt hatte. Warum war ich enttäuscht? Was hatte ich nach all den Jahren seit Bischof Peters Tod erwartet?

»Was sagt der Bischof dazu? Ich habe gehört, Johann von Werdenberg geht mit der Stadt vorsichtiger um als Bischof Peter seinerzeit. Kommst du ihm nicht in die Quere?«

»Setz dich, Peter. Du stehst hier herum wie ein Bittsteller.« Gregor marschierte mit raschen Schritten zu dem Platz hinter dem Tisch und ließ sich auf den Stuhl des Bischofs sinken. Seine Sporen klangen auf dem Steinboden. »Der Bischof ist froh, wenn ich mich um seine Angelegenheiten kümmere.«

»Dann hast du ja einen guten Stand bei ihm.«

»Den besten.«

»Eine aufgebrachte Beschwerde des Stadtrats bei Kaiser Friedrich kann das leicht ändern, besonders wenn sie mit einer Andeutung verbunden ist, dass das Geld aus Augsburg nicht mehr so leicht in des Kaisers Säckel fließt, wenn er den Bischof und seine Leute nicht im Zaum hält.«

Gregors Augen verengten sich. »Bischof Johann schätzt meine Person höher ein, als du dir vorstellst. Vielleicht wäre er nicht von allem begeistert, was ich als junger Mann getan habe, aber wir haben ja alle unsere kleinen Geheimnisse, nicht wahr?«

Ich blinzelte überrascht und spürte, wie ich innerlich zurückzuckte. »Meine Worte waren keine Drohung«, sagte ich heiser.

Gregor hob beide Hände und machte ein erschrockenes

Gesicht. »Meine auch nicht, um Gottes willen. Nun setz dich doch endlich.«

Ich ließ mich auf dem Hocker nieder. Wenn Bischof Johann seine Bittsteller stehen ließ und seinen Gästen den Hocker anbot, dann zeugte das beiden gegenüber nicht gerade von Aufmerksamkeit. Der Hocker war so niedrig, dass ich eher darauf niederfiel als mich zu setzen, und dann kauerte ich mit hochgezogenen Knien da wie ein Bauer, der von seinem Grundherrn ausgescholten wird, und musste zu Gregor aufschauen. Wir sahen uns an und wussten offenbar beide nicht, wie wir die entstandene Pause überbrücken sollten.

»Ich freu mich, dich zu sehen«, sagte Gregor dann.

»Danke. Ich war einigermaßen überrascht, dich ...«

»... als Burggraf vorzufinden?« Er lächelte. Ich hatte etwas anderes sagen wollen. »Den Traum, den Bischof von seinem Stuhl zu verdrängen, habe ich inzwischen aufgegeben und mich mit dem Posten seines Stellvertreters begnügt. Man muss realistisch bleiben.«

»So sieht der Bischof das Amt des Burggrafen?«

»So sehe ich es«, erklärte er mit der unbewussten Arroganz, die mich schon immer aufgebracht hatte.

»Und dein Auftritt heute im Hause Hoechstetter? Das war es, was mich ...«

»Das ist eine schlimme Sache, nicht wahr? Aber keine Angst. Ich weiß zwar noch nicht, wer es getan hat – das wussten wir damals auch in den seltensten Fällen, nicht wahr? –, aber ich sag dir was: Ich kriege ihn, darauf kannst du dich verlassen.«

»Warum du?«

Er wirkte erstaunt. »Wer denn sonst?«

»Die Hoechstetter gehören nicht zum Klerus. Die Stadt ist für diesen Mord zuständig.«

»Pah, die Stadt. Das meinst du doch nicht ernst?«

»Sie haben es sogar vermocht, Bischof Peter das Leben schwer zu machen.«

»Er hat es falsch angepackt. Ich und Bischof Johann folgen einer ganz anderen Strategie.«

»Den Bürgermeister anzuschreien? Das war auch die Strategie von Bischof Peter.«

Gregor schlug die Augen nieder und lächelte verlegen. »Ja, da habe ich mich hinreißen lassen. Aber du kennst Jos Onsorg nicht – er ist ein Dorn im Fleisch.«

»Jos Onsorg ist der Bürgermeister?«

»Als Nachfolger von Ulrich Schwarz. Gewählt haben sie ihn nicht, er hat nur die Geschäfte übernommen, weil er Erfahrung hat. Er hat im Lauf der letzten Jahre schon viermal die einjährige Amtsperiode als Bürgermeister absolviert. Ich erwarte jeden Moment, dass sich der Rat zusammensetzt und einen neuen Bürgermeister bestimmt, der nicht aus dem Schwarz'schen Dunstkreis stammt.«

»Und was war mit Ulrich Schwarz?«

Gregor packte einen imaginären Strick und tat, als würde er eine Schlinge um seinen Hals zuziehen. »Aufgeknüpft.«

»Weshalb?«

»Wozu willst du das wissen?« Gregor grinste und lehnte sich zurück. »Erzähl mir lieber, wie es dir ergangen ist in den letzten Jahren. Schwarz ist tot und verscharrt. Du hast ihn doch gar nicht gekannt. Er gelangte erst in den Dreizehnerausschuss, als du Augsburg schon längst verlassen hattest.«

»Ich habe jemand sagen hören, er sei der Erste gewesen, den der Todesengel sich geholt hat.«

»Der Todesengel, zum Teufel noch mal! Schwarz war ein Aufrührer, wenn du es schon genau wissen musst.«

Von draußen tönte gedämpftes Wiehern herein. Gregors Aufmerksamkeit verlagerte sich zum Fenster. Er stand auf und schritt hinüber. Sein Gesicht verzog sich zu einem Lächeln, als er nach draußen sah. Er hantierte mit dem Fensterriegel und öffnete den Flügel mit einem ungeduldigen Ruck. Dann blickte er zu mir herüber.

»Komm schon, das musst du dir ansehen.«

Ungelenk und mit der festen Absicht, mich nie mehr darauf niederzulassen, stand ich von dem Hocker auf. Das Fenster des bischöflichen Arbeitszimmers ging auf den Turnierplatz hinaus.

Dort führten gerade ein paar Pferdeknechte das schwarze Ross, das mir bereits vor dem Hoechstetterhaus aufgefallen war, zu den Ställen an der Nordflanke des gewaltigen Gebäudekomplexes. Mit dem Stolz des Besitzers deutete Gregor auf das prachtvolle Tier.

»Schau dir den schwarzen Teufel an. Ist das nicht ein herrliches Pferd?«

»Die Mähre des Bischofs?«, fragte ich, um ihn zu ärgern. Er ließ sich nicht darauf ein.

»Nein, meines. Ein Wallach, weil man als Kleriker keinen Hengst reiten darf, aber ich vermute, der Schinder hat nicht alles weggeschnitten.« Er stieß mich mit dem Ellbogen an. »Auf jeden Fall nicht das Temperament. Ich sag dir was: Ich habe es noch nicht lange, aber es ist mir schon teurer als so mancher Mensch hier in der Stadt.«

Er beugte sich zum Fenster hinaus und schrie nach unten: »Passt bloß auf, ihr ungeschickten Tölpel. Wenn dem Pferd oder dem Sattelzeug auch nur ein Härchen gekrümmt wird, seid ihr schneller im Loch, als ihr ausspucken könnt. Sattelt es ab und gebt ihm zu fressen, alles andere ist nicht eure Aufgabe.«

Die Pferdeknechte unten sahen sich an und nickten dann ergeben zu uns herauf. Gregor schloss das Fenster mit einem befriedigten Lächeln und marschierte zurück zu seinem Thron. Ich blieb am Fenster stehen und lehnte mich an die Brüstung. Gregor schien es nicht zu bemerken. Er starrte auf die dunkel glänzende Arbeitsfläche des Tischs nieder. Sie war vollkommen leer. Wenn es Pergamente zu wälzen gab, hatte Gregor sie gut verstaut. Er schnippte nach etwas, das den ungebrochenen Glanz der Arbeitsplatte verunreinigte, und seufzte dann.

»Dieser Palast, der Fronhof, die gesamte Bischofspfalz – das ist alles ein riesiger Sauhaufen«, murmelte er. »Die ganze Stadt ist ein Sauhaufen. Ich ruiniere meine Gesundheit, aber danken tut es mir keiner.«

Ich sah durch das geschlossene Fenster in den Hof hinunter und beobachtete die Knechte, die das Pferd umständlich absattelten, ihre Arbeit eine lautlose Pantomime. Ich bereute bereits,

Gregors Aufforderung nachgekommen zu sein und ihn im Bischofspalast aufgesucht zu haben. Was mich betraf, schien unsere Freundschaft die Zeiten nicht überdauert zu haben. Vielleicht war sie niemals so eng gewesen, wie ich gedacht hatte. Doch dann erinnerte ich mich, dass es etwas gab, wobei ich seine Hilfe brauchte.

»Was ich dich fragen wollte …«, begann ich.

Er schaute auf und grinste mich an. »Du wirst lachen, das sagen sie alle. Ich wollte Sie was fragen, *questor*, können Sie mir helfen, *questor*, wir brauchen Ihren Rat und so weiter …«

Ich schüttelte den Kopf. »Vergiss es.«

»Ach, komm, sei nicht beleidigt. Ich habe doch nicht dich gemeint.«

»Tatsächlich.«

Gregor machte ein betretenes Gesicht. »Mist! Also gut, entschuldige. Aber du musst verstehen, was ich für Wochen hinter mir habe. Und denk mal dran, wie dieser Tag angefangen hat. Ich wette, du rennst auch nicht die ganze Zeit mit einem Lächeln auf dem Gesicht herum. Damals bist du immer ziemlich schnell an die Decke gegangen.« Er kicherte. »Ich erinnere dich nur an den Domherrn, der immer alle Dokumente, die er einmal in Händen hatte, kopiert haben wollte – ob sie ihn nun etwas angingen oder nicht. Du hast ihm irgendwann mal angedroht, ihn eigenhändig zum Fenster hinauszuwerfen, nur mit seinen verdammten Dokumenten als Polster, und zwar zu einem Zeitpunkt, an dem auf dem Hof Reiterspiele veranstaltet würden. ›Und Sie werden sich schneller festtreten als Ihre elenden Pergamente!‹, hast du gerufen. Wie hieß der Kerl noch gleich?«

»Fehreneck irgendwas«, sagte ich und grinste unwillkürlich. Auch ihn hatte ich vergessen gehabt.

»Ich sag dir was: Als der Bischof mich zum Burggrafen machte, musste ich erst mal jeden Einzelnen hier zur Arbeit antreiben … glaubst du, auch nur irgendwas passierte von allein? Daran war nicht zu denken. Aber ich habe es geschafft, ihnen allen Respekt einzuflößen. Heute sieht es ganz anders aus.«

Die Knechte unten hatten Gregors Pferd abgesattelt. Ich wurde eigentlich nur deswegen erneut auf sie aufmerksam, weil Gelächter gedämpft an meine Ohren drang. Es klang unterdrückt, und die dicken bleiverglasten Fensterscheiben taten das ihre, um den Lärm zu dämpfen. Gregor an seinem Platz würde nichts hören. Sie standen im Kreis um Gregors Sattel herum, den sie umgedreht auf den Boden gelegt hatten.

»Die Pferdeknechte da unten zum Beispiel«, sagte Gregor. »Nicht mal imstande, ein Pferd nach einem scharfen Ritt richtig trocken zu reiben oder ihm die Hufe zu polieren. Und das Zaumzeug. Ich hab sie mir alle vorgenommen, jeden einzeln und dann noch mal gemeinsam … ich sag dir was: Die dachten, sie können mit mir Schindluder treiben.«

Die Knechte spähten vorsichtig nach oben. Ich zog instinktiv den Kopf ein. Nach ein paar Sekunden sah ich wieder hinaus. Sie starrten alle mit hängenden Köpfen den Sattel an.

»Jetzt zucken sie schon zusammen, wenn ich nur in den Stall trete. Den meisten Menschen muss man erst die Macht zu fühlen geben, die einem Gott gegeben hat, damit sie erkennen, wer das Sagen hat.«

Es dauerte einen Moment, bis ich verstand. Sie starrten nicht den Sattel an, sondern ihren Urinstrahlen nach, die auf die Unterseite des Sattels plätscherten. Ihr Gelächter war erneut zu hören, unterbrochen von sichernden Blicken nach oben. Sie schienen sich den Inhalt ihrer Blasen speziell für Gregors Rückkehr aufgehoben zu haben; es plätscherte auf den Sattel, bis er in einer Lache schwamm.

»Es war genau wie damals, als alle dachten, ich hätte keine Ahnung von meiner Arbeit. Und Bischof Peter mochte mich zuerst auch nicht, weil mein Vater sich auf die Seite der Stadt stellte … dabei habe ich mich doch in seinen Dienst verdingt … der alte Brummbär hat seinen Zorn ganz schön lang an mir ausgelassen, bis ich ihn davon überzeugte, wie wertvoll meine Arbeit für ihn war. Meine Leute hier haben mittlerweile auch gelernt, dass der Burggraf keine Witzfigur mehr ist wie früher, sondern eine Macht, mit der man rechnen muss. Das Amt wird durch den Mann bestimmt, der dahinter steht, findest du nicht?«

»Sicher«, sagte ich und sah den Knechten zu, wie sie mit ein paar obszönen Gesten so taten, als entlüden sie Übleres als ihren Urin auf die Unterseite von Gregors Sattel. Dann befassten sie sich mit dem Rappen. Zwei hielten seinen Kopf fest und ihm die Nüstern zu, der dritte blickte nach oben – ich ging wieder in Deckung –, und das Pferd empfing einen schmerzhaften Kniestoß in die Rippen. Es versuchte den Kopf nach hinten zu werfen und zu wiehern, doch die Griffe der beiden anderen Knechte waren zu fest. Sie grinsten über die ganze Breite ihrer Gesichter.

»Sagst du mir nun endlich, was ich für dich tun kann?«

Das Pferd versuchte auszubrechen und tänzelte wild auf der Stelle. Aus den Stallungen näherte sich ein weiterer Mann, durch das dicke Glas im Fenster nichts weiter als eine verzerrte Figur, die erst ein Gesicht erhielt, als sie näher kam. Eine Erinnerung regte sich in meinem Kopf, ohne dass ich sie hätte zuordnen können. Der Mann war gebeugt und schlurfte mehr, als er ging; das wenige Haar, das seinen Schädel umgab wie der klägliche wehende Flaum an der Spitze eines Sumpfgrashalms, war ebenso weiß. Er war alt, doch er hatte sich eine kräftige Stimme bewahrt, und diese erhob sich, als er die Knechte wissen ließ, was er von ihren Kapriolen hielt. Ich sah aus dem Augenwinkel, wie Gregor plötzlich aufhorchte. Der Schall der tragenden Altmännerstimme durchbrach das dicke Fensterglas mühelos, was das rohe Gelächter der Knechte nicht vermocht hatte. Gregors Augen zogen sich vor Wut zu schmalen Schlitzen zusammen.

»Das ist doch …«, stieß er hervor und sprang auf.

Die Knechte draußen zogen die Köpfe ein und ließen die Beschimpfungen des Alten auf sich niederprasseln. Er riss ihnen die Zügel von Gregors Rappen aus den Händen, und so wie das Pferd scheute und zur Seite hin auswich, schien es fast, als suche es hinter der zerbrechlichen Gestalt des alten Mannes Schutz. Die Knechte malten mit den Zehen verlegene Kreise in den Schmutz. Als der Alte sie wegscheuchte, schielten sie zu unseren Fenstern herauf und machten einen erleichterten Eindruck, seinem Zorn zu entkommen. Gregor stützte sich neben mir auf das Fenstersims und starrte ungläubig nach unten. Der Alte versuchte, gleichzeitig die Zügel des Pferdes festzuhalten und den Sattel aus der Urinpfütze zu heben. Es war ein mächtiger Sattel, wie gemacht für das Streitross eines finanzkräftigen Adligen und zu schwer für ihn, wenn er die Zügel nicht fahren lassen wollte. Gregor räusperte sich aufgebracht.

»Dieser alte Trottel raubt mir den letzten Nerv!«, knurrte er. Er fummelte mit vor Wut ungeschickten Händen den Fensterriegel auf und beugte sich nach draußen. Der alte Mann stemmte den Sattel auf seine Hüfte, ließ ihn jedoch wieder fallen. Die Beschläge klingelten.

»Was machst du da, du verdammte Laus!«, brüllte Gregor mit sich überschlagender Stimme hinunter. »Gibt es was, wofür du nicht zu dumm bist?«

Der Alte wandte sein Gesicht nach oben und kniff, um ein klares Bild bemüht, die Augen zusammen. Seine buschigen Augenbrauen waren ebenso weiß wie sein Haupthaar. Er taumelte ein wenig, als das Pferd am Zügel riss.

»Das Vieh läuft weg, wenn ich es nicht festhalte«, rief er nach oben und machte eine Kopfbewegung zu Gregors unruhigem Rappen hin. Seine Stimme klang durch das offene Fenster noch lauter; in einem gewaltigen Dom würde der Priester vorn am Altar sie wahrscheinlich noch hören, wenn sie ganz am anderen Ende flüsterte. Ihr Besitzer schien zudem nicht in der Lage, sie zu dämpfen – oder ihre Lautstärke zu hören.

»Sieh zu, dass du ihn in den Stall bekommst«, bellte Gregor zurück. Er knallte das Fenster zu und wandte sich brüsk ab. Ich beobachtete, wie der Alte den Kopf schüttelte und sich dann mühsam in Bewegung setzte, den Rappen hinter sich herzerrend. Den Sattel ließ er liegen.

»Ich hätte einem der Knechte auftragen sollen, sich um das Tier zu kümmern«, sagte Gregor und ballte die Fäuste. »Auf die ist wenigstens Verlass, seit ich sie mir vorgenommen habe.

Aber der alte Idiot … wahrscheinlich kann er sich seinen eigenen Namen nur deshalb merken, weil er ihn dauernd ins Ohr gebrüllt bekommt.«

»Wenn er zu alt ist, warum kann er dann sein Gnadenbrot nicht in Ruhe auf der Kaminbank verzehren?«

»Das verstehst du nicht. Wenn du hier einem den Finger gibst, reißt er dir den Arm aus. Nein, nein.« Er zuckte unzufrieden mit den Schultern. »Ich kann ihn nicht von der Aufgabe entbinden. Darauf wartet der alte Knabe doch nur. Er würde mich noch auslachen, statt mir dankbar zu sein.«

»Es ist sicher furchtbar, nur von Narren umgeben zu sein«, sagte ich. Doch der Sarkasmus war an Gregor verschwendet; er hatte ebenso wenig ein Ohr dafür wie der Alte unten für die Tragweite seiner Stimme.

»Ein wahres Wort«, seufzte er. Dann hellte sich seine Miene auf. »Wenigstens sind wir jetzt zu zweit.«

»Wie meinst du das?«

»Na, du bist zurück. Wenn der Bischof wieder da ist, werde ich dich ihm vorstellen. Ich könnte jemanden gebrauchen, der mir hilft, diesen Augiasstall unter Kontrolle zu halten.« Gregor stieß mich in die Seite. »Wie in alten Zeiten, nicht? Ich sag dir was: Wenn ich den Bischof darum bitte, setzt er dich sicher wieder in die Position ein, die du bei Bischof Peter innehattest. Ist das ein Angebot?«

»Ich bin hier, um mit meiner Tochter zu sprechen«, sagte ich.

»Aber das ist doch selbstverständlich. Richte ihr meine besten Grüße aus, willst du?« Plötzlich ergriff er meine Hand. »Diese Geschichte mit dem toten Stinglhammer … da könntest du mir wirklich helfen. Du hast doch nichts verlernt seit damals, oder?«

»Ich wollte um *deine* Hilfe bitten.«

Er blinzelte, sichtlich aus dem Konzept gebracht, dass ich sein Angebot nicht sofort voller Begeisterung akzeptierte. Immerhin versuchte er, meiner Gesprächsrichtung zu folgen. »Richtig, das hast du gesagt. Hast du dich jetzt entschieden, nicht mehr eingeschnappt zu sein? Eine Hand wäscht die andere ... sag schon, was ich für dich tun kann. Geld?«

»Maria, meine Tochter ...«

»Maria? Ich dachte, sie heißt ... wie war das noch gleich ...«

»Ich habe zwei Töchter«, sagte ich irritiert. »Die ältere heißt Sabina, die jüngere ...«

»Maria. Entschuldige, es war mir entfallen. Warum hast du mir nie mitgeteilt, dass sie wieder in Augsburg ist; ich hätte doch was für sie tun können?«

»Gregor«, stieß ich mühsam beherrscht hervor, »Maria ist verschwunden.«

»Verschwunden? Wie verschwunden?«

»Maria und ihr Mann wohnten in einem der Häuser, die Ulrich Hoechstetter gehören; du weißt schon, am Oberen Hundsgraben.«

Gregor nickte ungeduldig. »Ulrich Hoechstetters Vater hat sie erbaut. Erst hieß es, sie werden für die Armen errichtet, aber dann hat Hoechstetter sie an seine Fernkaufleute vermietet und ihnen dafür kräftig die Prämien gekürzt.« Er grinste und schüttelte den Kopf. Ich presste die Lippen zusammen.

»Und wenn einer der Männer auf Reisen umkam«, sagte ich grimmig, »den Witwen und ihren Kindern sofort das Wohnrecht entzogen und sie zwangsweise mit einer anderen Familie zusammengepfercht, bis sie von allein das Feld räumten. Und von den Ausquartierten hat er für diese generöse Gnade noch mal Miete kassiert.«

»Tatsächlich?« Gregor zog die Augenbrauen hoch. »Das hätte ich Ulrich Hoechstetter gar nicht zugetraut. Er ... na, was soll's.« Er winkte ab, doch das Thema schien ihn zu beschäftigen. Schließlich brummte er: »Würde mich nicht wundern, wenn er gar nichts davon weiß. Wer hat dir das denn zugetragen?«

»Ich hatte viele Gespräche mit den Bewohnern, als ich an jeder Tür auf der Suche nach Maria anklopfte. Sie alle sagten ...«

Gregor sprang plötzlich auf und setzte mit ein paar Riesensprüngen um den Tisch herum auf das Fenster zu, auf dessen Sims ich saß. Ich verstummte überrascht. Er riss wie vorher schon den Fensterflügel auf und beugte sich hinaus.

»Ich wusste es, ich wusste es!«, knirschte er. Dann brüllte er so laut, dass es im ganzen Hof widerhallte: »Albert, du alter Narr, du hast den Sattel draußen liegen lassen!« Er keuchte und starrte mich an. »Entschuldige.«

»Ich entschuldige mich«, erklärte ich. »Ich habe schon zu viel von deiner Zeit beansprucht. Viel Glück noch weiterhin.«

Ich machte mir nicht die Mühe, ihm die Hand zu geben. Während er erstaunt den Mund öffnete, rutschte ich von meinem Sitz und marschierte zur Tür.

»Peter, was soll denn das?«

»Vergiss es, Gregor.«

Ich hörte, dass er mir hinterherlief. Ich hatte die Türklinke schon in der Hand. Er hielt meinen Arm fest.

»Die Stimmung in der Stadt ist zurzeit so, dass es einem Vater durchaus schlaflose Nächte bereiten kann, wenn eines seiner Kinder abgängig ist«, erklärte er beinahe mitfühlend.

Ich ließ die Schultern sinken und sah ihm in die Augen.

»Ihr Mann ist auf der letzten Reise gestorben, habe ich Recht?« Er zuckte mit den Schultern. »War nicht schwer zu erraten. Du bist gekommen, um sie mit nach Hause zu nehmen. Oder hast du sie aufgesucht, weil du die näheren Umstände seines Todes kennst und ihr mitteilen wolltest?«

Ich räusperte mich. »Beides.«

»Hast du was damit zu tun?«

Wenn er sich auf eine Sache einließ, war er ausgesprochen scharfsichtig. Das war der Grund, weshalb Bischof Peter ihn in seinem Dienst behalten hatte; wie es auch Gründe dafür gab, dass er ihn nie protegiert oder als Freund betrachtet hatte. Stets hatte ich das Rennen gemacht, wenn es um die Gunst des Bischofs ging. Wenn man Gregor etwas zugute halten musste, dann, dass er mich nie hatte merken lassen, sollte er mich deswegen gehasst haben.

»Ich bin daran schuld«, sagte ich. Er sah mich abwartend an, doch ich beabsichtigte nicht, ihm mehr darüber mitzuteilen.

»Dann war das auch der Grund für deinen Besuch bei Stinglhammer – die Suche nach deiner Tochter.«

»Ich hoffte, irgendjemand im Haus Hoechstetter würde wissen, wo sie ist; oder wenigstens, was sie sagte, bevor sie verschwand.«

Gregor drückte gegen die Tür, und nach einem Moment des Zögerns ließ ich zu, dass er sie wieder schloss.

»Wir sind doch Freunde«, sagte er und legte die andere Hand auf meinen Arm. »Ich werde alles tun, was in meiner Macht steht.«

Er zog mich zurück zum Fenster. Einen Augenblick lang war ich überzeugt, dass er nachsehen wollte, ob der alte Mann den Sattel nun weggeschafft hatte, und wollte mich losreißen; doch er ließ das Fenster geschlossen und starrte durch die Butzenscheiben hinaus auf den Dom und die Mauern und Tortürme, die die Bischofspfalz umgaben. Dann rieb er sich den Bauch und schüttelte den Kopf. Aus der Nähe gesehen, wirkte die Haut unter seinen Augen schmutzig grau.

»Die Stimmung in der Stadt …«, begann er und verstummte wieder. »Damals war es genauso.«

Ich nickte stumm; ich wusste nur zu gut, worauf er anspielte.

»Wir waren überzeugt, die Geschichte sei vorbei, als dieser unglückliche Junge sich im Kerker das Leben genommen hatte. Sogar die Bitte, einen Inquisitor zu senden, wurde wieder zurückgezogen.«

Er wandte sich vom Fenster ab und sah mich an.

»Du hast damals geglaubt, wir hätten den Falschen erwischt, nicht wahr?« Er sah wieder zum Fenster hinaus und schien sich zu fragen, wieso er das Thema überhaupt angeschnitten hatte.

Vor mehr als zwanzig Jahren war in Augsburg ein Wolf umgegangen. Wir hatten etwas gefangen, aber niemand hatte mir glauben wollen, dass es ein Schaf gewesen war. Ein Tod in einer feuchten Gefängniszelle, der Abschluss einer Mordserie, und jedermann war davon überzeugt gewesen, dass der Tote vor dem in der Wand eingeritzten Trigramm der Mörder war, der die wohl verdiente Strafe bekommen hatte. Am Ende hatte auch ich daran geglaubt.

Doch war ich tatsächlich davon überzeugt gewesen?

Das wirkliche Ende war, dass ich die Geschichte verdrängt hatte. Jetzt öffnete sich das Buch wieder, und eine unsichtbare Hand schrieb sie weiter. Mein Herz klopfte heftig beim Gedanken an Maria.

»Peter, du musst mir helfen. Man erwartet große Dinge von mir. Ich schaffe es auch allein, aber mit dir zusammen ist es leichter. Ich habe nicht so viel Zeit.«

»Du hast vergessen, dass ich hier selbst etwas zu erledigen habe.«

»Habe ich nicht.« Er rang sich ein Lächeln ab, und es schien, als müsse er seine Gedanken mit Gewalt in ein anderes Fahrwasser zwingen. »Wenn dein Schwiegersohn für die Hoechstetter arbeitete, dann ist es für deine Tochter nicht so einfach, sang- und klanglos zu verschwinden. Allein deshalb nicht, weil sie Geld braucht, um zu überleben. Es gibt einen Fonds für die Witwen und Waisen der Männer, die im Dienst der Familie umkommen, und wenn sie nicht mehr in einem der Häuser wohnt, die den Hoechstetter gehören, müsste ihr stattdessen ein Witwenpfennig ausbezahlt werden. Du brauchst nur zu fragen, wohin das Geld geht – oder warten, bis sie es sich abholt.«

»Ich kann mir nicht vorstellen, dass heute im Hause Hoechstetter jemand bereit ist, über derartige Dinge zu sprechen.«

»Du musst mit dem richtigen Mann reden.« Er verschränkte die Finger und ließ die Gelenke knacken. Dann drehte er sich mit einer übertriebenen Gebärde um und eilte hinter den Tisch. Er streckte die Hand nach einem Federkiel aus. »Ich schreibe dir eine Empfehlung an Georg und Ambrosius Hoechstetter persönlich. Das sind die Söhne des alten Ulrich, die ihn vertreten, solange er auf Reisen ist. Ich sag dir was: Mein Name öffnet dir dort Tür und Tor und vor allem die Ohren; das ist das Wichtigste.« Er nahm ein Pergament aus einem Fach, wendete es hin und her und kniff die Augen zusammen, während er las, was darauf stand. Dann griff er nach einem in einen hölzernen Griff gefassten Stein und begann, die beschriebene Seite abzureiben. Er arbeitete mit ungeduldigen Handbewegungen, und als das Pergament an einer Stelle einknickte und dann riss, schlug er aufgebracht mit der Faust darauf. Er begann zu schreiben, kaum dass die alte Schrift ein wenig blasser geworden war. Während der Federkiel tanzte, sah er zu mir herüber und zwinkerte. »Und damit gehst du nicht zurück ins Haus Hoechstetter, sondern schnurstracks zum Friedhof von Sankt Ulrich.«

»Es ist noch jemand aus dem Haus Hoechstetter gestorben?«

Er unterzeichnete mit einer Signatur, die den restlichen freien Platz des mit wenigen neuen Zeilen beschriebenen Pergaments benötigte, und reichte das Empfehlungsschreiben über den Tisch. Ich schlenderte hinüber und nahm es an mich. Die Tusche glänzte feucht und war in der rauen Oberfläche der abgeriebenen Seite verlaufen. Gregors Schrift war steil und beinahe unleserlich.

»Er heißt Martin Dädalus. Einer von Ulrich Hoechstetters Vertrauten im Ausland. Er war erst seit diesem Frühling wieder zurück in Augsburg.«

»Der Tod kommt immer dreimal ins Haus.«

»Diese Ansicht kannst du den jungen Hoechstettern mitteilen; mal sehen, ob sie sie beruhigend finden.«

»Ich kann dir nicht helfen«, sagte ich. »Ich muss meine Tochter finden und danach schnellstens Jana nachreisen …«

»Wer ist Jana?«

»Lange Geschichte, Gregor. Du hast zu wenig Zeit für sie.«

»Dann komm in meinen Dienst; du kannst in Ruhe nach deiner Tochter suchen, mir helfen, diese Geschichte hier aufzuklären … und wir haben genügend Muße zum Plaudern.«

Ich zwang mich zu lächeln und schüttelte den Kopf. Gregor lächelte mit der gleichen Anstrengung zurück.

»Dädalus kommt heute Vormittag unter die Erde. Du triffst die Familie Hoechstetter mit Sicherheit auf dem Friedhof.

Sprich die Söhne einfach an; und sag ihnen auch gleich, dass ich die Sache mit Stinglhammer bald geklärt haben werde.«

»Ich dachte, du hättest Georg Hoechstetter heute Morgen noch gesprochen?«

»Nein, er hat wohl auf mich gewartet, musste aber schließlich zur Beerdigung.« Das sagte er mit so großer Unschuld, dass ich überzeugt war, er glaubte es selbst. Er ließ sich in den Thronsessel des Bischofs zurücksinken und grinste zu mir herauf.

»Siehst du«, sagte er und breitete die Arme aus, »obwohl du mich nicht unterstützen willst, setze ich alle Hebel in Bewegung, um dir zu helfen. Das nennt man Freundschaft, oder?«

»Danke.«

»Hör auf. Was mir gehört, gehört dir. Wie damals, oder?« Gregor bückte sich, um in dem Fach nach Dokumenten zu suchen. Es machte den Eindruck, meine Audienz sei vorbei. Ich verabschiedete mich und machte mich erneut auf den Weg zur Tür.

»He, Peter«, rief er plötzlich. Als ich mich umdrehte, strahlte er übers ganze Gesicht wie ein Grundherr, der seinem Pächter erklärt, welche Ehre es ist, wenn er den Herrn und seine Freunde anlässlich ihres nächsten Jagdausflugs eine Woche lang auf eigene Kosten bewirten und beherbergen darf. »Wenn du dein kleines Mädchen gefunden hast, besuch mich mit ihr zusammen. Ich habe sie seit Ewigkeiten nicht gesehen.«

»Du hast sie noch nie gesehen«, sagte ich.

»Natürlich habe ich. Das hast du bloß vergessen.«

Als ich an einem der Fenster vorbeikam, blickte ich nach draußen. Der alte Mann war unten und schleppte den schweren Sattel stückchenweise in Richtung Stall. Er legte ihn ab, richtete sich auf und drückte sich die Hände ins Kreuz. Dann sah er zu dem Fenster hinauf, aus dem Gregor zu ihm hinuntergerufen hatte, nicht zu dem, aus dem ich hinausspähte. Der Alte blickte sich um, ob ihn jemand auf dem Hof beobachtete, dann griff er sich an den Schritt und machte eine obszöne Geste zu Gregors Fenster hoch. Sie passte so wenig zu seiner weißhaarigen, würdigen Gestalt, dass ich unwillkürlich lächeln musste. Ich drehte mich zu Gregor um, doch der tat immer noch, als suche er nach einer bestimmten Unterlage. Er sah hoch.

»Hm?«, machte er. »Ist noch was?«

»Lebwohl, Gregor. Danke für die Hilfe.«

»Du kommst wieder. Du bist ein Jagdhund. Du hast Blut geleckt.«

»Du verwechselst mich mit Stinglhammers Frettchen.«

Er verzog das Gesicht vor Ekel. Ich öffnete die Tür und blickte in das Gesicht eines Knaben, in dessen Blick milder Anteil an seiner unmittelbaren Umgebung war und dahinter nichts. In einer anderen Ecke des Vorzimmers drehte sich ein unscheinbarer Mann um und riss die Augen vor Erstaunen auf, als er mich erblickte. Der Schreiber an seinem Pult versuchte etwas zu sagen und schloss dann den Mund, als er erkannte, dass nur ich es war, der aus dem Zimmer seines Herrn kam.

»Gregor«, sagte ich über die Schulter, »es wartet Arbeit auf dich.«

»Sag den Bettlern, ich habe keine Zeit.« Er blickte nicht auf.

»Für die wirst du dir Zeit nehmen.«

»Ach?«

»Es sind die beiden Zeugen, die dir heute Morgen verloren gegangen sind.«

5.

Der Begleiter des Knaben warf mir sein merkwürdiges Lächeln zu und zog gleichzeitig den Kopf ein. Der Knabe, den weder mein plötzliches Auftauchen noch meine Stimme erschreckt hatte, streckte den Kopf nach vorn und versuchte, um die Tür herum zu spähen. Aus der Nähe roch er erstaunlicherweise wie ein kleines Kind, das zu lange Zeit in der Nähe des Feuers verbracht hat, nach Milch und Brei, gesunder Verdauung und kaltem Rauch. Er grinste, als er Gregor an dem großen Tisch aufspringen sah, winkte ihm zu und grunzte etwas in seine Richtung.

»Was zum …«, begann Gregor.

Ich winkte dem Begleiter des Knaben und öffnete die Tür zur Gänze. Sein Schützling spazierte an mir vorbei und steuerte mit größter Selbstverständlichkeit auf die Hauptattraktion des Raumes zu, den hinter dem Tisch stehenden Gregor, dessen Miene sich zusehends verfinsterte. Der Mann drückte sich durch die Tür und nickte mir scheu zu. Ich nickte zurück. Dann schloss ich die Tür wieder von innen und blieb bei ihr stehen. Der Begleiter des Idioten tat ein paar Schritte in den Raum. Er blickte zwischen Gregor und mir hin und her. Der Knabe war an Gregors Tisch angekommen und entdeckte entzückt die Lichtreflexe auf der blank polierten Schreibplatte.

»Na was ist denn!«, bellte Gregor und lehnte sich mit den Fäusten auf die Tischplatte, als wollte er im nächsten Augenblick über sie hinwegspringen.

Der Mann zuckte vor Gregors Lautstärke zurück und hob abwehrend die Hände.

»Ich möchte Ihnen meine Hilfe anbieten«, flüsterte er dann.

Gregors Augen weiteten sich, und sein Gesicht färbte sich dunkel.

»Das ist doch mal was anderes«, sagte ich, bevor er losbrüllen oder ersticken konnte. »Sonst wollen alle immer nur Hilfe von dir, ich eingeschlossen.«

Gregors Blick zuckte in meine Richtung und schien imstande, ein Loch in ein Stück Holz zu brennen, dann jedoch atmete er tief aus und straffte die Schultern. Er richtete sich auf.

»Ich bin der Burggraf«, erklärte er schließlich. »Worum geht es denn?«

»Ich – wir – waren heute Morgen bei Ludwig Stinglhammer …«

»Sie haben sich heute Morgen widerrechtlich vom Tatort entfernt.«

Der Mann seufzte. Er hatte eine sanfte Stimme, die gegen Gregors unterdrückte Wut wie das Flüstern eines Klosterschülers wirkte und den Zorn des Burggrafen eher zu reizen als zu besänftigen schien. Er sah sich vorsichtig nach mir um, doch schien er nicht wirklich Beistand zu erwarten. Wie ein Mann, der gewohnt ist, dass noch seine nobelsten Absichten bestenfalls mit Undank vergolten werden, senkte er den Kopf und biss sich auf die Lippen. Seines Gebarens wegen hatte er in Stinglhammers Schreibstube wie ein noch junger Mann gewirkt; im härteren Licht des bischöflichen Gelasses traten die Falten um seine Augen und seine Nasenflügel deutlicher hervor und rückten ihn eher in ein Alter, das von dem meinen und Gregors höchstens noch zehn Jahre entfernt war. Der Knabe, der Gregors Ausbruch fasziniert beobachtet hatte, richtete seine Aufmerksamkeit wieder auf die Tischplatte. Er kniff die Augen zusammen, bückte sich und versuchte, neue Lichtspiegelungen auf der Tischplatte zu entdecken.

»Es war wegen der Wachen … und wegen des toten Mannes. Ich … wir …«

»Haben … wir … auch einen Namen?«, fragte Gregor mit betont falscher Freundlichkeit.

»Ich heiße Hilarius Wilhelm«, flüsterte der Begleiter des Knaben. Den Schwachsinnigen stellte er nicht vor.

»Und wobei, verehrter Meister Wilhelm, glauben Sie, mir helfen zu können?«

»Ich kann den Mord aufklären.«

Gregor warf mir einen verblüfften Blick zu und begann dann zu grinsen. Der Schwachsinnige imitierte sein Verhalten; er grinste ebenfalls. Gregor warf ihm einen irritierten Seitenblick zu und heftete seine Augen dann wieder auf den gebückt dastehenden Bittsteller.

»Natürlich, warum war mir das nicht von Anfang an klar?«

Ich wandte mich ab und griff nach der Türklinke. Ich hatte kein Verlangen danach, zuzusehen, wie Hilarius Wilhelm und sein Schützling von Gregor zuerst mit ätzendem Spott und dann mit Zorn konfrontiert würden. Gregor würde sich die Gelegenheit nicht entgehen lassen, sein Mütchen an den beiden zu kühlen; und da Wilhelm zumindest wegen seines Verschwindens aus Stinglhammers Schreibstube verdächtig war, würde er sich in der Wahl seiner Mittel kaum zurückhalten. Wilhelm war ein Narr, den Burggrafen aufzusuchen – und wenn man sein Anliegen in Betracht zog, war er ein großer Narr.

»Und ich kann die weiteren Morde verhindern«, erklärte Wilhelm, und meine Hand erstarrte auf dem Weg zur Klinke. Ich drehte mich um. Gregor stand da wie vom Donner gerührt.

»Wer sagt denn, dass noch weitere geschehen werden?«, krächzte er.

»Haben Sie in der Stube des toten Mannes etwas gefunden? Etwas, das dort nicht hingehörte?«

Gregor kniff die Augen zusammen. Der Schwachsinnige verlor das Interesse daran, ihn nachzuäffen. Sein Blick wurde wieder von der schimmernden Tischplatte angezogen. Er runzelte die Stirn. Offenbar hatte etwas sein Missfallen erregt. An einer Stelle, wo Gregor eine seiner Hände aufgestützt hatte, befand sich ein stumpfer Fleck. Ich merkte, dass ich die Türklinke noch immer umfasst hielt, und ließ sie los.

»Was meinen Sie?«, fragte ich so nebenbei wie möglich. Wilhelm spähte über eine Schulter zu mir herüber und lächelte sein verzweifeltes Lächeln, ohne zu antworten.

»Wer sind Sie?«, fragte Gregor mit gefährlichem Unterton.

»Mein Name …«

»Den haben Sie uns schon mitgeteilt. *Was* sind Sie?«

»Ich kann Ihnen helfen, glauben Sie mir!«, sprudelte Wilhelm hervor. »Lassen Sie mir nur freie Hand und sorgen Sie dafür, dass ich überall freien Zutritt bekomme …«

»Der Kerl ist verrückt«, sagte Gregor mehr in den Raum hinein als zu mir. Ich stellte mich hinter Wilhelm auf, und der schmächtige Mann sah beunruhigt zu mir hoch. Er konnte sich nicht entscheiden, wem er seine Aufmerksamkeit widmen sollte, Gregor vor ihm oder mir hinter ihm. Es war eine billige Verhörtaktik und nicht immer erfolgreich, dennoch war sie mir stets lieber gewesen als der Gang zum Gefängnis hinüber und zu dem kleinen engen Raum mit den Daumenschrauben, Gewichten und Streckmechanismen.

»Was soll in Stinglhammers Arbeitsstube gewesen sein?«, fragte ich. Wilhelm blinzelte. Ich wusste bereits, worauf er anspielte, doch ich wollte es von ihm selbst hören. Ich dachte an meine Tochter Maria und an die Beerdigung, zu der ich hätte eilen sollen; doch noch mehr dachte ich an jene Tage, an denen Gregor und ich ähnliche Verhöre geführt hatten – an deren Ende ich schließlich den Falschen in den Tod getrieben und dennoch eine Mordserie beendet hatte. Falsch, korrigierte ich mich, falsch. Nicht beendet, sondern unterbrochen. Etwas war wieder aus dem Schlaf erwacht.

Wilhelm ließ die Schultern sinken. »Ich bin ein Alchimist«, gestand er. Der Schwachsinnige räusperte sich lautstark und spuckte einen Batzen Schleim in seine Handfläche, klatschte diese auf den Tisch und begann den Inhalt heftig grunzend dort hinzureiben, wo der stumpfe Fleck gewesen war. Gregor sprang zurück, als wäre vor seinen Augen eine Schlange aus der Tischplatte geschnellt.

»Gottverdammt!«, brüllte er fassungslos.

»Ich kann helfen, ihn zu fassen«, stotterte Wilhelm. »Er muss in den Kreis zurückgetrieben und gebannt werden.«

»Fangen Sie dieses Ferkel hier ein!«, kreischte Gregor und

deutete auf den Knaben, der mit dem Polieren fertig war und den nass glänzenden Fleck voller Stolz präsentierte. Als er bemerkte, dass die von ihm behandelte Fläche nun noch stärker glänzte als der Rest des Tisches, weiteten sich seine Augen in plötzlicher Abenteuerlust. Er räusperte sich erneut.

»Verschwinden Sie ganz schnell von hier«, sagte ich zu Wilhelm. »Ihresgleichen können wir nicht gebrauchen.«

»Aber hören Sie denn nicht? Es geht nicht darum, Gold zu machen oder ein Elixier zu brauen. In dieser Stadt geht ein Dämon um ...«

Ich packte ihn am Arm. »Raus hier«, sagte ich und schob ihn auf die Tür zu.

»Hör auf!«, brüllte Gregor in höchster Lautstärke. Der Schwachsinnige lächelte freundlich zu ihm auf und hob die Hand, um mit einer neuen Ladung Körperflüssigkeit einer weiteren Stelle des Tisches zu erhöhtem Glanz zu verhelfen. Gregor holte mit der Faust aus. Der Schwachsinnige zuckte zusammen und fiel vor dem Tisch auf die Knie. Er hob die Arme über den Kopf und begann zu wimmern. Gregor fiel in dem Versuch, so schnell wie möglich um den Tisch herumzukommen, fast über seine eigenen Füße.

»Der Junge«, stammelte Wilhelm und streckte den freien Arm aus. Ich schob ihn so heftig gegen die Tür, dass sie erzitterte. Der kleine Mann ächzte.

»Keine Beschwörungen!«, zischte ich und starrte in ...

die toten Augen in dem schrecklich zugerichteten Gesicht unter der klaffenden Schädelwunde und die unsägliche Masse, die in der Mitte des Trigramms an der Zellenwand geronnen war

... Wilhelms aufgerissene Augen und die Schweißtropfen, die auf seine Stirn traten. »Keine Gesänge, keine rückwärts gesprochenen lateinischen Verse, kein Salz ins Feuer, kein ›Ich beschwöre dich, verfluchter Geist‹, kein gar nichts!«

Ich schob ihn im Takt meiner Worte wieder und wieder gegen die Tür, während er versuchte, über meine Schulter zu spähen.

»Der Junge«, stöhnte er.

Ich drehte mich um. Der schwachsinnige Knabe war unter den Tisch gekrochen und wimmerte wie ein kleines Kind. Gregor versuchte fluchend nach ihm zu treten, doch der Knabe rutschte auf Händen und Knien aus der Reichweite seiner Tritte, bis er auf der anderen Seite des Tisches herauskam. Gregor schüttelte eine Faust und hastete um den Tisch herum, um sein Opfer dort abzufangen. Der Junge floh wieder zurück in die Deckung des schweren Tisches und schrie auf, noch bevor ihn einer der Fußtritte treffen konnte. Sein Gesicht war ein jämmerlich aufgerissener Mund und Rotz und Tränen. Ich drückte Wilhelm ein letztes Mal gegen die Tür, dann schrie ich, so laut ich konnte: »Gregor, du Idiot, lass den Jungen in Ruhe!«

Gregor fuhr herum und stierte mich an. Er deutete mit zitternder Hand auf den Tisch. »Sieh dir das an«, keuchte er, »was das Schwein angestellt hat. Sieh dir die Sauerei an!«

»Lass ihn in Ruhe«, sagte ich erneut. »Er ist blöde, merkst du das nicht? Er kann nichts für das, was er tut.«

Der Junge unter dem Tisch schluchzte. Gregor fletschte die Zähne. Er ballte die Fäuste und hieb auf die Tischplatte. Der Junge schrie auf. Gregor bückte sich.

»Halt's Maul!«, brüllte er. Dann kam er mit raschen Schritten in die Mitte des Raums und deutete auf Hilarius Wilhelm.

»Mach, dass du hier rauskommst!«, zischte er. »Das Ferkel dort gehört in einen Käfig, und wenn du es nicht sofort hervorzerrst und zusammen mit deinem eigenen traurigen Hintern aus meinem Palast entfernst, dann ... ich sag dir was: Ich sorge dafür, dass ihr *beide* in einem Käfig landet ... auf halber Höhe des Perlachs, und die Käfigschlüssel lasse ich einschmelzen.«

Wilhelm kroch seitwärts zwischen mir und der Tür hervor. Ich trat einen Schritt zurück und senkte die Hände. Wilhelms Mundwinkel zuckten, und sein Gesicht war totenblass. Ich bedauerte, was ich gesagt und getan hatte.

Der Knabe kroch zögernd ins Freie und ließ sich von Wilhelm auf die Beine stellen. Er warf Gregor ängstliche Blicke zu, als sein Beschützer ihn in Richtung Tür führte. Ich machte noch einen Schritt beiseite und öffnete die Tür.

»Bitte!«, sagte Wilhelm, als sie an Gregor vorbeischlurften.

»Raus.«

Wilhelm ließ den Kopf hängen. Der Junge schniefte noch einmal und wischte sich mit dem Handrücken über das Gesicht. Dann hob er den Blick, die eben durchgestandene Angst schon wieder vergessen, und sah mich an. Sein breiter Mund verzog sich zu einem Lachen. Er deutete auf meine Brust. Ich sah an mir herunter. Die Kragenverschnürung meines Hemdes war bis zu meinem Brustbein hinunter aufgegangen, und Janas Medaillon blinkte. Sie hatte es abgenommen und mir übergestreift, als wir uns außerhalb der Tore Münchens getrennt hatten, bevor sie die Straße nach Ingolstadt und ich die nach Augsburg einschlug. Der Junge grunzte entzückt.

»Das gehört mir«, hörte ich mich sagen.

Der Junge lachte und ließ sich widerstandslos von Wilhelm weiterzerren. Er machte nicht einmal Anstalten, den Schmuck anzufassen. Als sie draußen waren, sprang Gregor zu mir herüber und knallte die Tür zu. Er atmete auf.

»Es ist noch viel zu früh am Tag für so einen Blödsinn«, brummte er und schüttelte den Kopf.

Ich öffnete die Tür wieder.

»Hat er wirklich gesagt, er ist ein Alchimist?«, fragte Gregor staunend.

»Ja.«

»So ein Irrsinniger. Was sucht er hier? Die Behörden haben den Befehl ausgegeben, alle zu verhaften, die sich mit Okkultismus, Zauberei oder Nigromantie befassen. Jos Onsorg ist ein Hexenfresser; so ein mieser kleiner Scharlatan kommt ihm gerade recht. Entweder er lässt ihn aufhängen, weil er ein Betrüger ist, oder er lässt ihn verbrennen, weil er mit Dämonen im Bund steht.«

»So sehr fürchtet man sich in dieser Stadt?«

»So sehr fürchtet Jos Onsorg sich.«

»Wir hätten damals ...«, begann ich.

»Wir haben das Richtige getan. Vielleicht den Falschen erwischt, aber das *Richtige* getan.«

»Nein«, sagte ich. »Wenn die Angst, die in Augsburg herrscht, berechtigt ist, haben wir das Falsche getan. Wir haben aufgehört, bevor wir fertig waren.«

»Deine Tochter?«

»Wenn ich sie gefunden habe, nehme ich sie mit.«

»Es tut mir Leid.«

»Ja, mir auch.« Dabei wusste ich nicht, was mir Leid tat. Vielleicht der Tag, an dem ich geglaubt hatte, Gregor und ich seien Freunde. Ich wandte mich ab.

»Ich muss zu einer Beerdigung«, sagte ich.

6.

Der Himmel war verschleiert, als ich wieder ins Freie trat, um Martin Dädalus auf seinem letzten Weg zu begleiten. Irgendwann nach meinem Eintreten in den Bischofspalast hatte sich dort oben eine Faust geballt und das unnatürlich tiefe Blau ausgelöscht, das sich in den Morgenstunden über den Dächern erhoben hatte. Der Himmel hatte nun jede Tiefe verloren; er drückte die Hitze in die Gassen hinab, die Luft schien zu stehen. Es ist nie ein gutes Zeichen, wenn ein Unwetter sich noch vor dem Mittag zusammenbraut. Der Fronhof war so menschenleer wie bei meiner Ankunft. Ich erinnerte mich, dass trotz der Abneigung, die die Augsburger Bischof Peter entgegenbrachten, sein Palast und dessen Umgebung doch immer von Menschen gewimmelt hatten: Bittsteller, Beschwerdeführer, Händler, Pächter und Lehensnehmer. Entweder hatte der neue Bischof Johannes eine andere Politik eingeführt; oder es lag an seiner Abwesenheit und daran, dass der Burggraf seine Geschäfte zu führen versuchte.

Ich mied die Märkte im Herzen der Stadt mit ihren Städeln und Marktständen und ging über den Gansmarkt in Richtung der nach Gögging gelegenen westlichen Stadtmauer. Sankt Ulrich lag im Süden der Stadt, fast direkt hinter dem Roten Tor. Ich hatte kein Bedürfnis danach, mich die ganze Strecke lang durch das Menschengewühl zwischen Brotmarkt und Weinmarkt zu schieben. Noch immer hatte ich das streitlustige Grölen der frühmorgendlichen Betrunkenen im Ohr und mehr als das die Gesichter in der Menge vor Augen, als man die Hexe abgeführt hatte. Gregor hatte Unrecht; es war nicht nur Jos Onsorg, der Angst hatte.

Sankt Anna war eine kleine Kirche, die eng zwischen den

sie umgebenden Häusern stand, ein geschäftsmäßig schlichtes Gotteshaus in einer geschäftsmäßigen Umgebung, in der näheren Nachbarschaft das Zunfthaus der Metzger, ein Seelhaus für arme, obdachlose Frauen, eines der jedermann zugänglichen Bäder und die nur von außen schmucklose Kapelle der Goldschmiedezunft. Hatte mich auf dem Gansmarkt noch das Geschnatter der Tiere umgeben, die sich zusammendrängten und nervös in den milchigen Himmel spähten, war ich in der Gasse, die an Sankt Anna vorbei zum Gögginger Tor führte, fast völlig allein. Direkt vor dem Kirchenportal stand eine kleine Gruppe bunt gekleideter Menschen, von einem lockeren Ring Zuschauer umgeben, die offensichtlich nur stehen geblieben waren, weil sie nichts Besseres zu tun hatten. Ich hörte das Klingeln von vielen Glöckchen.

Ein kleiner Hund versuchte, auf den Rücken einer Ziege zu springen, während diese mit hängendem Kopf dastand und es über sich ergehen ließ; der Hund hechelte mit weit heraushängender Zunge und seine Augen waren blank vor Angst. Er schien zu klein für den großen Satz, der von ihm verlangt wurde, die Hitze drückte ihn nieder und ließ seine Flanken pumpen, und das Halsband mit dem Dutzend Glöckchen machte seine Aufgabe nicht leichter. Unter den Rufen der Zuschauer trippelte er in gebückter Haltung herum und versuchte, eine bessere Absprungbasis zu finden. Die Menschen in den bunten Kleidern waren Gaukler, die für einen Auftritt auf dem Marktplatz probten und sich dazu in diese vergleichsweise stille Seitengasse zurückgezogen hatten. Der Mann, der für den Ziegentrick zuständig war, ließ eine kurze Lederpeitsche neben dem Hund auf das Pflaster knallen, und das kleine Tier jaulte auf und kroch seitlich davon. Die Peitsche knallte ein weiteres Mal, diesmal auf der anderen Seite des Hundes, der in seiner Fluchtbewegung erstarrte. Sein Herr bellte einen Befehl, und er winselte und kauerte sich noch enger an den Boden, die Augen starr auf den Rücken der Ziege gerichtet. Plötzlich machte er einen unbeholfenen Satz und schnellte hoch auf das Hinterteil der Ziege. Dort konnte er jedoch keinen Halt fassen und ruderte mit den Pfoten, rutschte herab und biss seinem unfreiwilligen Reittier in die Hinterbeine, um sich zu halten. Die Ziege schlug aus, der Hund wirbelte durch die Luft und schlitterte über das Pflaster, und schon klatschte das Ende der Peitschenschnur wieder links und rechts von ihm auf den Boden, um jeden Gedanken an Flucht im Keim zu ersticken. Der Hund kam auf die Beine und schnappte nach der Peitsche, bis sie leicht seinen Rücken streifte und er sich laut aufheulend duckte.

»Ich hab gedacht, es würde der Ziege schon beim letzten Versuch zu dumm werden«, sagte einer der Umstehenden.

»Vielleicht solltet ihr es mal andersrum versuchen – die Ziege springt dem Köter auf«, schlug ein anderer vor und erntete Gelächter. Der Mann, der mit dem Hund übte, machte ein finsteres Gesicht. Er ging mit einem langen Schritt auf das kleine Tier zu und packte es im Genick, hob es in die Höhe und starrte in die hervortretenden Augen.

»Du lernst es, oder du kommst in die Suppe!«, knurrte er. Die Zuschauer lachten, und er zwinkerte ihnen zu. »Keine Angst, Herrschaften«, rief er dann, »der Hund verstellt sich nur. In Wirklichkeit beherrscht er den Trick ganz vorzüglich. Kommen Sie zu unserer Vorstellung beim Tanzhaus, dann werden Sie es sehen.«

Er schüttelte den Hund und setzte ihn wieder zurück auf den Boden; das Tier duckte sich und wich zurück, die Lefzen über die Zähne gezogen und knurrend. Sein Herr lachte.

»Sehen Sie, das ist der beleidigte Künstlerstolz.« Er deutete auf den Mann, der vorgeschlagen hatte, den Trick anders herum vorzuführen. »Der war's! Zerreiß ihn!«

Der Hund ließ die Augen nicht von seinem Herrn. Der angesprochene Zuschauer knurrte grinsend in Richtung des Hundes. Schließlich seufzte der Gaukler und zog ein handspannenlanges Stück getrocknetes Fleisch aus seinem Rock. Er bückte sich und hielt es dem aufgebrachten Hund vor die Schnauze.

Ich drehte der Szene den Rücken zu und ging weiter. Hinter mir hörte ich die Zuschauer lachen und Witze reißen. Schließlich klatschte jemand in die Hände, und nach und nach fielen weitere ein. Ich brauchte mich nicht umzudrehen, um zu wissen, dass der Hund das Stück knorpeligen, ledrigen Fleisches angenommen hatte und jetzt flach auf dem Bauch lag, um daran herumzukauen. Er schleuderte die zähe Wiedergutmachung herum. Seine Glöckchen klingelten wie die eines Narren.

Das Latein des Priesters war so lustlos und ungeschliffen, dass ich kein Wort von seiner Rede verstand. Er las aus einer Bibel, die ein Ministrant aufgeschlagen vor ihm in die Höhe hielt; ein zweiter schwenkte einen Weihrauchkessel, dessen Schwaden in der Hitze aufdringlich nach Brand rochen und zu Boden sanken, statt zum Himmel aufzusteigen. Dädalus war ein umhüllter Körper auf seinem Totenbrett, der neben dem offenen Grab lag. Er schien wohlhabend genug gewesen zu sein, sich ein Einzelgrab leisten zu können. Etwas abseits standen vier Männer in schlichter dunkler Kleidung, die die Hände gefaltet und die Köpfe gesenkt hatten. Noch weiter abseits sah ich eine Frau, so stumm wie die Männer. Es ist ein Zeichen von Wertschätzung, wenn die Frauen am offenen Grab klagen und laut weinen; für den Fall, dass die Angehörigen eines Verstorbenen das Gefühl haben, mit der Wertschätzung des Hingeschiedenen sei es nicht so weit her, gibt es Klageweiber, die man bezahlen kann, um den äußeren Schein zu wahren. Niemand schien dies bei der Beerdigung von Martin Dädalus in Betracht gezogen zu haben. Der Ministrant schwenkte den Weihrauchkessel heftig; die Temperaturen waren nicht so, dass ein Leichnam die Zeit seiner Aufbahrung und den Weg bis zu seinem Grab schadlos überstand. Dazu war der Friedhof ein kleiner, gedrängter Platz, der die zusätzliche Hitze erhielt, die von der Flanke des Kirchenschiffs abstrahlte; der Priester und die Ministranten schwitzten. Insgesamt nahm sich das kleine Grüpplein, das den Verstorbenen begleitete, trotz der Enge des Friedhofs lächerlich aus.

Ich beugte mich zu dem Mann hinab, der gleich mir durch einige Gräber von der Beerdigung getrennt stehen geblieben war, nicht weit des Tores, als hätten wir beide es nicht für richtig empfunden, uns der Zeremonie weiter zu nähern.

»Welche von den Männern da vorn sind die Brüder Hoechstetter?«

Er zuckte mit den Schultern. »Die Hoechstetter? Von denen ist keiner dabei.«

»Ich dachte …«

»Das sind der Priester von Sankt Ulrich, die Ministranten und die Männer, die den Leichnam hergetragen haben.«

»Wer ist die Frau?«

»Kenne ich nicht.«

»Dädalus' Witwe vermutlich; aber warum steht sie dann so stumm da?«

»Sie meinen, es sollte wenigstens ein Mensch um ihn weinen?«

»Sie ist verschleiert.«

Mein Gesprächspartner kniff die Augen zusammen und blinzelte in den Himmel. Er war ebenso schlicht gekleidet wie die Männer vorn am Grab; seine Hände waren groß und grob, und er hielt sie vor dem Leib gefaltet. Nach einer Weile wandte er den Blick vom Himmel und heftete ihn auf mich.

»Es machen sich genügend Leute Gedanken um Martin Dädalus, das dürfen Sie glauben.«

»Ich hatte erwartet, dass er auf dem Domfriedhof beerdigt wird, nicht hier. Das Grab der Hoechstetter befindet sich dort, und wie man hört, war er ein Vertrauter von Ulrich Hoechstetter. Mit der Reichsunmittelbarkeit von Sankt Ulrich kann es eigentlich nichts zu tun haben; im Tod gehen die Leute dorthin zurück, wo ihre geistliche Heimat war, ganz egal, welchen Bürgerstolz sie im Leben an den Tag gelegt haben.«

Der Mann sah mich von oben bis unten an. »Sie sind kein Augsburger?«

»Ich war es mal. Es war früher meine Heimat.«

»Man kann nicht eine frühere Heimat haben. Es gibt nur eine Heimat – wo man geboren wurde und aufgewachsen ist.«

»Es ist lange her.«

»Bischof Johann oder Bischof Peter?«

»Wie bitte?«

»In welcher Ära haben Sie hier gelebt?«

»Ich wusste nicht, dass es diese Einteilung gibt.«

»Haben Sie sein Grab besucht?«

»Das von Bischof Peter, meinen Sie?«

Er nickte.

»Warum machen sich die Leute Gedanken um Martin Dädalus?«, fragte ich.

»Sein Genick war gebrochen, als man ihn fand, nachdem man die Tür zu seiner Schlafkammer eingetreten hatte.«

Ich starrte ihn an. Das Leiern des Priesters drang dumpf an mein Ohr. Normalerweise sangen die Freunde und Verwandten des Toten an seinem Grab Psalmen und sprachen Gebete, so wie sie es in den zwei Tagen der Totenwache taten. Doch neben Dädalus' Leichnam war es in den letzten achtundvierzig Stunden mit Sicherheit so still gewesen wie jetzt bei seiner Beerdigung. Ich fragte mich, wie es in weiteren zwei Tagen sein würde – wenn Ludwig Stinglhammer zur Erde zurückkehrte.

Gregor musste gewusst haben, dass Martin Dädalus keines natürlichen Todes gestorben war. Er hatte es nicht für nötig gehalten, mich einzuweihen, nachdem ich ihm meine Dienste verweigert hatte. Ich verstand nun, welch großer Druck auf ihm lastete. Während man im Hause Hoechstetter auf die Klärung eines Mordes wartete, geschah ein zweiter. Plötzlich spürte ich einen kühlen Hauch im Nacken; es konnte auch ein verirrter Luftzug gewesen sein, der die schweißnassen Haare dort aufstellte. Mindestens ein Mann hier in Augsburg erwartete, dass es noch weitere Morde geben würde.

»Die Schlafkammer war von innen verschlossen«, sagte mein Gesprächspartner. »Das Fenster war mit einem Rahmen zugestellt und verriegelt. Niemand konnte hinein. Niemand, der drinnen war, konnte hinaus.«

»Und dennoch …«

»… hat etwas seinen Kopf gepackt und ihm den Hals umgedreht wie einem Kätzchen. Wissen Sie, wie viel Kraft es braucht, um einem erwachsenen Mann das Genick zu brechen?«

»Hat man etwas Auffälliges in seiner Kammer gefunden?«,

hörte ich mich fragen. Das Gesicht meines Gesprächspartners wirkte auf einmal ebenso verschlossen, wie vorher jenes von Gregor von Welden. Er rückte einen Schritt von mir ab.

»Es herrschte eine ziemliche Unordnung«, sagte er langsam. »Er hat sich gewehrt – Dreck und Staub überall. Eine merkwürdige Frage, oder?«

»Welche Aufgabe hatte Dädalus im Haus Hoechstetter?«

»Sie haben damals für Bischof Peter gearbeitet.«

»Das ist richtig.«

»Er hatte jede Menge Spürhunde.«

»War Dädalus ein Spitzel im Auftrag Ulrich Hoechstetters, der darauf aufpassen sollte, dass seine Söhne während seiner Reise keinen Unfug anstellen?«

Früher hatte ich die Kühle nicht gespürt, die sich in ein Gespräch einschlich, wenn man zugab, Beauftragter von Bischof Peter zu sein. Ich hatte des Bischofs ehrliche Sorge gesehen hinter seinen Bemühungen, die alten Rechte des Adels wieder herzustellen, und den Menschen hinter der beinahe undurchdringlichen Maske aus Anmaßung und groben Reden gekannt; ich hatte Stolz gefühlt, als sein Vertrauter zu gelten. Ich hatte mir vorgemacht, dass der Hass, den die Augsburger ihm gegenüber empfanden, ebenso vorgeschoben war wie seine Arroganz und eher Ausdruck einer Haltung war als eines Gefühls.

»Wenn man den Lebensweg eines Mannes daran misst, wie viele Trauernde sich zu seiner Beerdigung einfinden, dann hat es sich Dädalus jedenfalls nicht zur Aufgabe gemacht, Freunde zu gewinnen«, erklärte mein Gesprächspartner.

Das Schlagwerk der Kirchturmuhr setzte mit einem dünnen Läuten ein; damals war es Gegenstand des Streits zwischen Bischof Peter und den Pfarrherren von Sankt Ulrich gewesen. Der Priester am Grab hielt inne und sah nach oben. Er räusperte sich und begann einen letzten Monolog.

»War das Haus Hoechstetter beim Gottesdienst?«

»Ich war nicht in der Kirche.« Der Mann trat wieder einen Schritt auf mich zu, obwohl es nicht so wirkte, als habe er seine plötzliche Abneigung gegen mich überwunden. Ich blinzelte, als er zu grinsen begann.

»Was tun Sie dann hier? Sind *Sie* der einzige Freund des Toten?«

»Ich warte, bis der Priester fertig ist.«

»Und dann?«

Er grinste noch breiter. »Lege ich den teuren Verblichenen hinein und schaufle das Grab zu.«

»Sie sind der Totengräber!«

»Sie waren einer von Bischof Peters Bluthunden. Sie sind ein Fremder geworden. Gehen Sie dorthin, wo Sie jetzt hingehören.«

»Ich glaube nicht, dass ich nun verfemt bin, nur weil ich mit Ihnen gesprochen habe. Der Mann zählt, nicht sein Beruf.«

»Sie sind verfemt, wenn Sie zugeben, was Sie früher getan haben«, erklärte er, aber seine Stimme war sanfter geworden. Er musterte mich nochmals. »Als ich noch ein Leben hatte, war ich Metzgergeselle. Bei einer Hinrichtung rollte mir der abgeschlagene Kopf eines Verurteilten vor die Füße. Ich packte ihn und warf ihn dem Henker zurück. Ich war jung und betrunken und dachte mir nichts dabei.«

»Wer ist die Frau?«, fragte ich.

Er wandte sich ab und sah zu der Beerdigung hinüber. Der Priester bückte sich sichtlich unwillig und hob eine Faust voll Erde auf. Er streute etwas davon ins Grab und etwas über den Leichnam von Martin Dädalus. Dann schlug er das Kreuzzeichen und wandte sich ab, gefolgt von den Ministranten. Die Männer, die den Leichnam hergetragen hatten, hoben die Köpfe und blickten fragend zu uns herüber. Der Totengräber nickte und straffte sich.

»Besuchen Sie das Grab von Bischof Peter«, sagte er und schritt über die Grabplatten hinüber, um einen Mann ohne Freunde unter die Erde zu bringen.

Der Körper von Martin Dädalus rutschte über das schräg gehaltene Totenbrett ins Grab; sanfter als ich erwartet hatte. Inzwischen war die Wirkung des Weihrauchs verflogen und die Helfer des Totengräbers verzogen die Nasen, als das Bewegen der Leiche die Gerüche aufsteigen ließ. Das Totenbrett legte der Totengräber auf den Leichnam, bevor er und seine Helfer sich bekreuzigten. Ich warf einen Blick zu der verschleierten Frau hinüber, die noch immer so reglos wie zuvor stand. Sie hatte während der ganzen Zeremonie nicht einmal das Kreuz geschlagen, und ich begann daran zu zweifeln, dass sie eine Angehörige des Ermordeten war. Die Glocke klang immer noch dünn – danach zu urteilen, war sie die bösen Worte nicht wert gewesen, die seinerzeit zwischen Bischof Peter und den Pfarrherren gefallen waren. Der Totengräber und seine Helfer griffen nach hölzernen Schippen, die neben dem Grab gelegen hatten, und begannen, die lose Erde hineinzuschaufeln.

Plötzlich gab sich die Frau einen Ruck und trat an das Grab heran. Sie stand einen Moment unschlüssig da, dann griff sie in eine lederne Gürtelbörse und nahm etwas heraus. Sie drehte es zwischen den Fingern und schleuderte es dann in das offene Grab. Der Totengräber bekreuzigte sich nochmals, während die Frau sich umwandte und dann zum Ausgang des Friedhofs strebte; ihre hastige Gangart erinnerte mich an jemanden. Der Totengräber sah zu mir herüber. Er wirkte überrascht.

Ich ging zu Dädalus' Grab. Der Totengräber wartete auf mich.

»Haben Sie so etwas schon gesehen?«, fragte er und deutete auf das, was dem Toten soeben ins Grab gelegt worden war. Ich biss die Zähne zusammen und nickte.

Es war von ungelenken Händen aus Stroh gefertigt worden. Vor wenigen Stunden hatte ein Bettler versucht, mir eines davon zu verkaufen, und zwischen den paar Schaufeln Erde auf dem Totenbrett sah es nicht weniger obszön aus als in dessen schmutzigen Fingern. Das Totenbrett lag schief auf dem Körper, den es bedeckte, und die verhüllte Gestalt lugte ein wenig darunter hervor, als begehrte auch sie zu wissen, was man ihr als letzte Gabe mitgegeben hatte. Fliegen schwärmten aufgebracht darüber, und der Geruch, der das Grab umgab, schien irgendwie zu dem kleinen, kruden Symbol zu passen.

»Aus Kreide oder aus Ruß oder aus Stroh – oder nur in die Wand geritzt. Es bedeutet immer dasselbe: Zurück in den Kreis.«

»Was meinen Sie damit?«

Ich begegnete dem Blick des Totengräbers, ohne ihn wahrzunehmen. Diesmal sah ich nicht den Jungen auf dem Kerkerboden vor mir. Ich wusste plötzlich, an wen mich die hastige Gangart erinnerte. Sie hatte sie von ihrer Mutter geerbt.

»Maria«, sagte ich.

7.

Beim Tor holte ich sie ein.

»Verzeihung …«

Durch nichts gab sie zu erkennen, dass sie mich gehört hatte. Sie trug ein steifes Tuch auf dem Kopf, das sie über der Stirn so eingerollt hatte, dass es stramm saß. Der Rest des Tuchs hing üblicherweise wie eine halblange Schleppe über den Rücken hinab. Sie hatte ihn jedoch vor das Gesicht gezogen und es fast ganz damit verhüllt. Ich sah den Schwung eines Wangenknochens und den Lidschnitt der Augen, und mein Herz begann schneller zu schlagen.

»Maria?«

Sie wandte sich seitwärts, um durch das Tor zu schlüpfen. Schon früher war sie ein Ebenbild ihrer Mutter gewesen, und die wenigen Linien, die ich von ihrem Gesicht gesehen hatte, waren mir noch so gut bekannt wie vor zehn Jahren. Bevor ich wusste, was ich tat, hielt ich sie am Arm fest.

»Maria, bitte!«

Auf meine Berührung hin fuhr sie herum und riss sich los, aber sie blieb stehen. Das Tuch rutschte von ihrem Gesicht und ich sah meiner toten Frau in die Augen.

Wie in dem Bemühen, mit dem Namen auch das Aussehen ihrer Mutter anzunehmen, waren die Gestik, die Mimik und die Gesichtszüge meiner Tochter Maria denen meiner Frau stets verblüffend ähnlich gewesen; dementsprechend war sie auch diejenige, die sich mit ihr am stärksten verbunden gefühlt hatte. Als wir noch eine Familie waren, hatte mich dies amüsiert, als wir keine mehr waren, hatte ich es als Qual empfunden, meine Tochter anzusehen und jedes Mal zu glauben, meine verstorbene Frau habe das Grab hinter der Holunderhecke auf meinem Hof verlassen und sei wieder zu mir zurückgekehrt. Meine Tochter Maria hätte während der Jahre der Erstarrung meinen Beistand am nötigsten gebraucht. Doch ich hatte meine Pflichten an ihr ebenso versäumt wie an meinen anderen Kindern. Vielleicht hatte ich mich vor ihr sogar noch mehr zurückgezogen, denn es war, als seien ihre Gesichtszüge nur dazu da gewesen, mich damit zu verspotten.

Damals hatte es mir in meiner bodenlosen Trauer nicht geholfen, dass jemand um mich herum war, der aussah wie meine tote Frau an dem Tag, als ich sie geheiratet hatte. Und das Ebenbild, das mir jetzt gegenüberstand, war nicht das der lebendigen, fröhlichen, zupackenden Maria, es war das der Frau, die besinnungslos auf dem Bett in der Kammer lag und nicht einmal mehr so weit zu Bewusstsein kam, dass ich von ihr hätte Abschied nehmen können.

Sie war so blass, dass die Venen durch ihre Haut zu dringen schienen. Ihre Augen waren von grauen Schatten umgeben und glanzlos, und ihre Lider zuckten. Sie war fünfundzwanzig Jahre alt; ihre Mutter war zehn Jahre älter gewesen, als sie starb. In den beiden Gesichtern war kaum ein Unterschied zu sehen, nur, dass meine Tochter womöglich noch erschöpfter wirkte als die Sterbende und mindestens ebenso weit vom Leben entfernt. Ich ließ ihren Arm los und fühlte das Bedürfnis, sie zu umarmen, mit der gleichen Stärke wie den Drang, einen Schritt zurückzuweichen.

Eine Woge aus Zärtlichkeit und Ablehnung zugleich schwappte in mir hoch. Es war falsch gewesen, nach Augsburg zurückzukehren. Es war falsch gewesen, Jana nicht mitzunehmen, um die Geister der Vergangenheit abzuwehren. Und das Falscheste war gewesen, auf die Suche nach meiner Tochter zu gehen.

Vielleicht hätte ich es nie getan, gäbe es nicht einen schrecklichen Grund dafür. Ich habe niemals geglaubt, zu den Menschen zu gehören, die sich ihrer Vergangenheit mit Bravour zu stellen vermögen.

In Marias Augen war kein Erkennen zu lesen.

»Ich bin's …«, hörte ich mich sagen.

Ich hatte sie von irgendwoher zurückgeholt, und es war ein weiter Weg gewesen bis zu diesem Friedhof und dem Mann, der vor ihr stand. Sie blinzelte, ohne zu lächeln.

»Vater.«

Ich streckte die Arme aus in einem Versuch, sie an mich zu ziehen, doch angesichts ihrer unbewegten Miene und ihrer starren Haltung zögerte ich erneut. Der Augenblick war vertan. Ich ließ die Arme sinken.

Ich räusperte mich. »Wie geht es dir?«

»Gut.«

Sie schien weder überrascht, dass ich in Augsburg war, noch, dass wir am Grab von Martin Dädalus zusammentrafen. Ich dachte an das nigromantische Symbol, das sie ihm auf seinen letzten Weg mitgegeben hatte. Dabei verwirrte mich ihre Gegenwart in stärkerem Maß, als ich es für möglich gehalten hätte; ständig schoben sich die Bilder meiner verstorbenen Frau zwischen mich und meine Tochter. Maria wirkte an allem so uninteressiert, als seien ihre Gedanken ihrem Körper längst schon vorausgeeilt und befänden sich bereits am Ziel ihrer hastigen Flucht vom Friedhof.

»Ich muss gehen«, sagte sie plötzlich.

»Ich habe dich gesucht«, sprudelte ich hervor. »Ich bin nur deinetwegen nach Augsburg gekommen. Du warst nicht mehr in dem Haus …«

»Johann ist tot.«

»Warum hast du dich nicht an mich gewandt? Warum hast du nicht nach Hause geschrieben, als du deine Bleibe verlassen musstest? Es gibt jemanden, der das Geschäft in Landshut für mich führt, man hätte dir geholfen.«

»Ich musste das Haus nicht verlassen.«

»Nein?«

Sie blickte durch mich hindurch. Ihre Haltung widersprach dem, was sie sagte, als sie flüsterte: »Ich wollte es …«

»Aber, Maria, als Witwe, ganz auf dich allein gestellt. Du machst dich ja unmöglich …«, ich bemerkte, dass ich ebenfalls etwas anderes sagte als das, was mir eigentlich auf dem Herzen lag.

»Was willst du hier?«

Maria war das einzige meiner Kinder, das mich stets geduzt hatte, auch in Gegenwart Fremder. Sie war die Einzige, der ich es hatte durchgehen lassen, ohne sie zurechtzuweisen. Ich starrte sie an und hörte, wie ich erneut der Wahrheit auswich: »Ich wollte nur sehen, ob es dir gut geht.«

»Es geht mir gut.«

»Bist du sicher?«

Sie antwortete nicht. Nach all den Jahren stand ich meiner Tochter gegenüber, und sie war weiter von mir entfernt, als sie es in der Zeit der Trennung jemals gewesen war. Ihre Hände zupften an ihrem Rocksaum. Die Nähte waren vollkommen ausgefranst.

»Wo lebst du jetzt?«

»Ich muss gehen.«

»Ich muss dir etwas mitteilen.« Ich holte Atem und griff nach der Wahrheit und hatte das Gefühl, das Falsche zu tun. »Über Johann. Deinen Mann.«

»Du hättest nicht herkommen sollen.«

»Wir können gemeinsam von hier weggehen. Komm mit nach Hause.«

»Ich bin zu Hause.«

Ein Schauder lief mir über den Rücken. Es hatte sich angehört, als meine sie den Friedhof. Mir fiel ein, dass es für ihren verstorbenen Mann hier nicht einmal ein Grab gab. Seine Leiche war in der Nähe des Galgens vor der Stadtmauer von Florenz verscharrt worden, wenn die Behörden Gnade gezeigt hatten. Wenn nicht, hing er noch daran, den Raben zum Fraß und dem nächsten Verurteilten zum grässlichen Kameraden seiner letzten Atemzüge. Ich deutete auf die Stelle, an der die Totengräber Erde auf Dädalus' Leichnam warfen. »Kanntest du ihn?«

»Nein.«

»Was suchst du dann hier?«

»Ich weiß, was er getan hat.«

»Deswegen das Symbol?«

»Was willst du wirklich, Vater?« In ihre gefühllose Stimme, die das Einzige war, das in keinster Weise an ihre Mutter erinnerte, hatte sich plötzlich ein kühler Hauch gemischt.

»Es gibt etwas, das du noch nicht weißt. Wir müssen reden.«

»Jetzt auf einmal?«

»Ich weiß, ich habe viel versäumt ...«

»Alles.«

»Es ist nicht zu spät.«

Ich hatte sie erreicht; durch die Erschöpfung und Abgestumpftheit und durch ihren Panzer aus Desinteresse hindurch hatte ich plötzlich etwas in ihr erreicht. Es war der Schmerz, den ich ihr und all meinen Kindern zugefügt hatte, und es tat weh zu erleben, dass er all die guten Erinnerungen, die sie vielleicht von mir hatte, vollkommen überdeckte. Ich merkte, wie meine Hände trotz des schwülen, drückenden Wetters kalt wurden. Wenn ich ihr mitteilte, was ich zu sagen hatte, würde es vermutlich endgültig zu spät sein für sie und mich.

»Wo lebst du jetzt?«, fragte ich nochmals. »Ich könnte bei dir unterkommen und die Herberge verlassen.«

»Nein.«

»Warum nicht?«

Ich bekam keine Antwort. Ihre Hände zupften an der ruinierten Naht ihres Rocks.

»Wenn du nicht alleine lebst – ich meine, ich könnte das verstehen, du brauchst dich nicht zu schämen vor mir.«

Sie hob ihren Blick, und zum ersten Mal sah sie mir länger als für einen unangenehmen Moment in die Augen.

»Ich bin Witwe, Vater!«, erklärte sie mit Nachdruck.

»Ja, ich weiß.«

»Ich bin meinem Mann eine treue Frau gewesen.«

»Ich teile deinen Schmerz.«

Maria blinzelte. »Wirklich? Ist es nicht mehr dein eigener Schmerz, den du fühlst?«

»Es hat sich alles geändert.«

»Das hat es.«

»Wusstest du, dass Dädalus ermordet wurde?«

Ihrem Schweigen war weder Überraschung noch Bedauern anzumerken.

»Das Trigramm aus Stroh«, sagte ich, »sollte es ihn beschützen, oder die Lebenden *vor* ihm?«

8.

»Was weißt du davon?«

»Mehr als du denkst, mein Kind.«

»Nach all den Jahren fällt dir ein, dass ich dein Kind bin.«

Ich sagte so ruhig ich konnte: »Ich verstehe, dass du zornig bist.«

Ihre Augen flackerten. Ich erschrak beinahe, wie abrupt die Wandlung kam. »Jeder sagt, er versteht mich!«, stieß sie hervor. »Weißt du, wer mich wirklich versteht? Das weißt du nicht. Du am allerwenigsten. Was weißt du von mir? Was wusstest du von Johann?«

»Dass ich mich in Florenz mit ihm getroffen habe, ist dir bekannt?«

»Wo sie ihn umgebracht haben«, sagte sie bitter.

»Maria, ich weiß mehr über die Geschichte …«

»Ich weiß alles, was ich wissen muss! Ich kenne seinen Mörder!«

Ich schluckte und verstummte. Auf einmal wurden mir die Knie weich und meine Hände womöglich noch kälter. Die Wangen meiner Tochter hatten jetzt Farbe bekommen, doch gesund sah sie nicht aus. Ich hatte ihr sagen wollen, wer der wirkliche Mörder ihres Mannes war, aber nun versetzte es mich in rasende Angst zu erfahren, dass sie anscheinend schon Bescheid wusste. Der Himmel drückte auf die Türme und die stolzen Bürgerhäuser Augsburgs herab, nicht weniger schwer als die Erde auf den frisch verscharrten Leichnam wenige Schritte von uns entfernt. Das Gewitter wälzte sich auf seinem Weg von den Bergen langsam heran; in Landsberg mochte es bereits den Tag zur Nacht gemacht haben. Ich war seit dem Vorabend in meiner ehemaligen Heimatstadt, und alles, was ich bis jetzt vermocht hatte, war, schmerzliche Erinnerungen wachzurufen.

Als wir uns außerhalb Münchens getrennt hatten, hatte Jana mir gesagt, es sei vergebliche Liebesmüh, die Fehler der Vergangenheit gutmachen zu wollen. Sie hatte wie immer besser als ich gewusst, was mein eigentliches Anliegen war. Angeblich hatte ich die Absicht, meiner verwitweten Tochter zu gestehen, dass ihr Mann den Weg zum Galgen meinetwegen angetreten hatte; in Wahrheit hatte ich jedoch auf mehr gehofft.

Komm mit mir nach Hause, Maria. Ich habe eine neue Familie gefunden. Lass uns so tun, als wäre es möglich, meine alte Familie darin wieder zusammenzuführen.

»Du musst beide Seiten sehen«, sagte ich.

»Du redest vom Verstehen? Die längste Zeit meiner Kindheit warst du ein Schatten, der nichts verstand, außer dass ihm Leid zugefügt worden war. Niemand konnte etwas dafür, dass Mutter starb. Doch du hast Sabina, Daniel und mich jeden Tag fühlen lassen, dass du uns die Schuld gabst!«

»Euch? Ich habe immer nur mir selbst die Schuld gegeben.«

»Und jetzt predigst du mir, ich solle beide Seiten sehen? Mein Mann ist umgebracht worden. Für mich gibt es nur eine einzige Seite.«

»Ich war wie tot, als ich eure Mutter beerdigt hatte. Ich weiß, dass ich mich an euch versündigt habe. *Jetzt* weiß ich es. Es gibt so vieles, das ich dir erzählen muss – gute und böse Dinge.«

»Kannst du mir erzählen, wie ich wieder leben soll nach Johanns Tod? Nachdem alles, was mir von ihm geblieben ist, schmerzvolle Erinnerungen sind? Das kannst du nicht. Das kann ich von dir am allerwenigsten lernen.«

»Aber ich kann dir helfen zu verstehen …«

»Ich habe alles verstanden, was es in dieser Sache zu verstehen gibt!«, schrie sie. »Ulrich Hoechstetter hat meinen Mann umgebracht! Er hat den Strick nicht geknüpft, an dem sie ihn wie einen gemeinen Verbrecher hängten, aber er hat die Hände geführt, die es getan haben!«

Die Totengräber blickten neugierig herüber. Ihre dunkle Kleidung wies noch dunklere Streifen auf, wo sie vom Schweiß durchtränkt war. Dädalus' Grab war nur noch ein flacher Hügel frisch aufgeschütteter Erde, der schon nach dem zu erwartenden Gewitterregen in den nächsten Stunden einzusinken beginnen würde.

Marias Augen waren trocken. Ich hatte Tränen erwartet. Vielleicht hatte sie schon zu viele vergossen. Mir war nur zu bewusst, dass ich auch dafür verantwortlich war. Im Nachhinein fragt man sich oft, ob man anders hätte handeln können; das tat auch ich und wusste keine Antwort. Florenz schien weiter zurückzuliegen als nur ein paar Monate. Ich schämte mich für meine Erleichterung, als ich den Namen dessen hörte, den Maria für den Mörder ihres Gatten hielt. Dabei war mir nichts klarer, als dass es nur einen Menschen geben konnte, der Maria die Wahrheit über die kurze Bekanntschaft zwischen ihrem Vater und ihrem Mann mitteilen konnte. Und dieser Mensch war ich.

»Was hat man dir denn erzählt?«, fragte ich.

»Mir hat man gar nichts erzählt. Ich bin nur die dumme Witwe, der man ein paar Pfennige auszahlen musste, weil es der Brauch verlangte. Ich bete täglich, dass die Herren des Hauses Hoechstetter für jede Leitersprosse büßen, die Johann auf seinem letzten Gang steigen musste.«

»Hast du gehofft, Ulrichs Söhne hier zu treffen? Um ihnen am Grab von Martin Dädalus Vorwürfe zu machen?«

»Glaubst du, ich wusste nicht genau, dass sie hier nicht erscheinen würden?«

»Aber das Trigramm. Was für eine Bedeutung hat es, dass du es Dädalus als Totengabe ins Grab geworfen hast, und was hat er mit alldem zu tun?«

»Als Johann mich mit nach Augsburg nahm, war ich ihm dankbar, aus deinem Schattenhaus in Landshut fliehen zu können. Doch ich hatte nur den einen gegen den anderen Schatten eingetauscht. Als man erfuhr, dass ich deine Tochter bin, hieß es überall: ›War Ihr Vater nicht die Kreatur des verdammten

Bischofs? Es ist natürlich nicht Ihre Schuld.‹ Und dabei konnte man ihnen ansehen, dass sie das Gegenteil dachten. Johann hat zu mir gehalten, selbst als wohlmeinende Freunde ihm erklärten, dass dein Name – mein Name! – nicht gut in das Haus eines aufrechten Augsburger Bürgers passe.«

»Haben dein Mann und Dädalus sich gekannt?«

»Weswegen bist du hier, Vater? Du sagst, du willst mit mir reden, und die Hälfte deiner Fragen gilt dem Mann, der dort drüben unter die Erde gebracht wurde.«

»Gib mir die Gelegenheit, dir alles zu erklären.«

»Geh nach Hause, Vater. Wo immer das ist.«

»Wo ist deines?«

Sie biss die Zähne zusammen und sah mich hasserfüllt an.

»Maria, gib mir eine Chance.«

»Und versuch nicht, mir nachzuschnüffeln! Ich war noch ein kleines Mädchen, als du für den Bischof gearbeitet hast, aber ich wusste damals schon, was deine Hauptaufgabe war.«

Sie drehte sich abrupt um und eilte mit dieser so schmerzlich an meine verstorbene Frau erinnernden Gangart davon. Aus den Wolken, die sich im Westen formiert hatten, drang das erste Donnergrollen herüber, doch das Sausen in meinen Ohren war lauter. Maria bog um die Ecke und verschwand hinter der Seitenflanke der Kirche. Wenn sie mich geschlagen hätte, hätte mich das nicht mehr aus dem Gleichgewicht gebracht. Was hast du erwartet, du Narr?, fragte ich mich. Dass deine Kinder dir um den Hals fallen, wenn du angekrochen kommst? Was wird Maria erst von dir halten, wenn sie von den wirklichen Ereignissen in Florenz erfährt und von deiner Rolle beim Tod ihres Mannes?

Ich wünschte, ich hätte Jana um Rat fragen können.

Ich wünschte, ich hätte Bischof Peter um Rat fragen können.

Ich setzte mich in Bewegung und lief hinter Maria her. Sie jetzt gehen zu lassen schien mir plötzlich der größte Fehler, den ich in dieser Situation begehen konnte. Doch die Kirchenglocken von Sankt Ulrich hatten nicht nur die Zeit geschlagen, sondern auch die Gemeinde zur Messe gerufen, jetzt, da die Beerdigung vorüber war, und die Kirchenbesucher trafen in Trauben auf dem engen Platz vor dem Hauptportal ein, atemlos von ihrem Weg in der drückenden Hitze und beunruhigt in die Wolken starrend, die sich wie ungeheure Fäuste nach der Stadt reckten. Als ich mich durch die Hälfte der dicht stehenden Menschen gedrängt hatte, musste ich einsehen, dass ich Maria aus den Augen verloren hatte.

Der Himmel verdunkelte sich rasch.

Schon wieder hatte ich alles falsch gemacht.

Wind kam auf.

9.

An Martin Dädalus' Grab hatten sich zwei verspätete Trauernde eingefunden. Als ich näher kam, erkannte ich Hilarius Wilhelm und seinen schwachsinnigen Knaben. Ich wusste nicht, woher sie gekommen waren, denn sollten sie den Friedhof nach mir betreten haben, hätte ich sie sehen müssen. Sie standen in geringem Abstand zu dem frisch aufgeworfenen Erdhügel, als wären sie aus einem der umliegenden Gräber heraufgestiegen. Wilhelm stand ungelenk da und ließ die Arme an den Seiten herabhängen wie jemand, der an einer Last zu lange und zu schwer geschleppt hat. Der Junge hatte den Blick nach unten gerichtet. Er gab kleine, faszinierte Laute von sich. Wilhelm drehte sich um, als er meine Schritte hörte, und trat unwillkürlich beiseite. Ich konnte erkennen, was den Jungen diesmal fesselte: ein kleines helles Ding auf dem Boden. Der Totengräber oder einer seiner Helfer hatte Marias nigromantisches Symbol aus dem Grab gefischt. Der Schwachsinnige ging in die Hocke und reckte den Kopf so weit er konnte nach vorn, bis seine Nase nur noch wenige Handspannen von dem strohgeflochtenen Zeichen entfernt war. Aus seinem Mund kamen jetzt heisere Geräusche; erst nach einigen Momenten wurde mir klar, dass er sang.

Ich ging um den Knaben herum und gab dem ungelenken Trigramm einen heftigen Tritt mit der Stiefelspitze. Es sprang hinüber auf den flachen Erdhügel von Dädalus' Grab, wo es liegen blieb wie eine Verschmutzung. Der Junge setzte sich vor Schreck auf den Hosenboden und starrte mit geweiteten Augen zu mir herauf. Ich seufzte und hielt ihm die Hand hin, um ihn hochzuziehen. Er ergriff sie nicht, sondern kroch rückwärts wie ein Krebs, bis er genügend Abstand zwischen meine Füße und sich selbst gebracht hatte.

Wilhelm blickte mit zuckenden Mundwinkeln zu mir herüber.

»Jemand wollte, dass es mit ihm beerdigt wird«, sagte ich. Das schien Wilhelm noch mehr zu erschrecken als meine Grobheit.

»Wer?«, stieß er mit aufgerissenen Augen hervor.

»Ich selbst hätte es am liebsten verbrannt.«

Wilhelm atmete aus. Seine Schultern sanken herab. Er musterte mich, bis sich wieder dieses um Vertrauen heischende, verzerrte Lächeln auf seine Lippen stahl, das noch resignierter wirkte als am Morgen.

»Das Feuer kann das Stroh verzehren«, erklärte er, »aber nicht die Furcht.«

Ich kam unbehelligt bis Sankt Anna. Inzwischen war das grelle Mittagslicht einem diffusen Dämmer gewichen, der besser in die Abendstunden eines langen Tages gepasst hätte. Der Wind fegte die dumpfwarme Luft mit langen Böen durch die Gassen wie aus einem Ofen kommende Atemzüge. So lange er nicht zu plötzlichen Sturmstößen erwachte und den Staub der Gassen aufpeitschte, würde das Gewitter nicht losbrechen. Mehrere Glocken hatten jetzt das Mittagsläuten aufgenommen. Ihr Ruf und das drohende Unwetter hatten fast alle Menschen aus den Seitengassen vertrieben; selbst Brot- und Weinmarkt würden unter diesen Umständen beinahe menschenleer sein. Ich schwitzte und kniff die Augen zusammen gegen den Wind und die Sandkörner, die er vor sich hertrieb.

Die Gaukler waren noch immer auf ihrem Platz, doch die meisten ihrer Zuschauer waren gegangen. Der kleine Hund war ebenfalls noch immer da; seine Künste hatten sich nicht verbessert. Sein Meister hatte jegliches gauklerhafte Gehabe abgelegt und fletschte die Zähne vor Wut über die Ungeschicklichkeit des kleinen Tiers. Mir widmete er keinen Blick. Die Peitsche in seiner Hand machte kleine Bewegungen, und die angststarren Augen des Hundes klebten an den Pendelbewegungen, die das Ende der Peitschenschnur über dem Pflaster beschrieb.

»Dädalus war erst der Anfang.«

Ich fuhr herum. Wilhelm und sein Begleiter hatten mich eingeholt. Der Alchimist sah mich flehentlich an; der Schwachsinnige hielt seine Hand und schielte beunruhigt in die tief hängenden Wolken und das nicht enden wollende Donnergrollen, das aus ihnen herabklang. Dann entdeckte er den Hund und vergaß, dass er sich vor dem Gewitter fürchtete. Entzückt machte er sich von der Hand Wilhelms los.

»Was wissen Sie darüber?«, stieß ich hervor.

»Es wird weitere Morde geben.«

»Was wollen Sie? Sich wichtig machen? Warum gehen Sie nicht und drehen irgendeinem alten Trottel ein Jugendelixier an?«

Wilhelm schüttelte den Kopf.

»Angst vor Jos Onsorg und seinen Hexenjägern?«

»Der Bürgermeister ist meine geringste Sorge.«

»Das haben die Grubenleute damals auch geglaubt. Und es gibt sie nicht mehr.«

»Es gibt immer Menschen, die den Glauben an sich verloren haben und einem Symbol nachlaufen, das einer in die Höhe hält. Dem goldenen Kalb etwa ...«

»... oder einem getrockneten Stück Pferdekot, das jemand den Stein der Weisen nennt«, setzte ich garstig fort.

Wilhelm schlug die Augen nieder. »Wollen Sie mich bei den Behörden anzeigen?«

»Ich will, dass Sie verschwinden. Ihresgleichen bringt Unheil.«

»Die Totengräber haben das Gleiche über Sie gesagt.«

Der kleine Hund bellte. Wilhelms schwachsinniger Knabe hatte sich auf den Boden gekniet und machte lockende Geräusche, woraufhin der Hund sich vor ihm auf den Bauch kauerte und hektisch mit dem Schwanz wedelte. Der Junge lachte und fuhr damit fort, den Hund anzulocken, der hin- und hergerissen war zwischen dem Verlangen, sich bei jemandem etwas Liebe abzuholen, und der Angst vor der Peitsche auf der anderen Seite. Die Gaukler beobachteten die Szene mit nervöser

Neugier; der Besitzer des Hundes verzog finster das Gesicht. Als der Hund zu jaulen begann, jaulte der Junge fröhlich mit.

»War es damals nicht genau so?«, fragte Wilhelm und blinzelte nervös. »Zwei Morde, und jeder hatte Angst, dass ein dritter geschehen würde?«

»Es gab keinen dritten Mord. Und es gab einen Mörder, der sich selbst überführte.« Ich sagte es gegen meine Überzeugung.

»Man hat versucht, es den Grubenleuten anzuhängen.«

»Die Grubenleute waren nichts als Sektierer.« Auch das waren nicht meine eigenen Worte. Es waren nicht einmal die Bischof Peters, der damals ausnahmsweise mit der Stadt zusammengearbeitet hatte, um die Morde an den beiden jungen Frauen aufzuklären. Die Behörden hatten die Grubenleute kurz zuvor aus der Stadt vertrieben, und der Bischof fürchtete, einige von ihnen könnten heimlich zurückgekommen sein. »Es spielt keine Rolle, was die Burschen glauben und ob sie denken, Gott habe die Bibel höchstpersönlich mit einem Federkiel geschrieben, den er dem Erzengel Gabriel aus dem Flügel gerupft hat«, hatte der Bischof gesagt. »Wenn sie zurückgekommen sind, dann hängen sie ihnen die Morde an und dann gibt es hier ein Pogrom wie im Judenghetto. Das Einzige von den Grubenleuten, das die Stadt dann noch verlässt, ist der Rauch, der von ihren Scheiterhaufen aufsteigt.«

»Wenn wir das Schwein nicht rechtzeitig finden, das die beiden Weiber umgebracht hat, wird Blut fließen«, hatte er dann angefügt. »Und das wird nicht mal der Herrgott verhindern können.«

Es war Blut geflossen, aber die einzigen Hände, an denen es klebte, waren die meinen.

»Lassen Sie mich helfen«, sagte Wilhelm.

»Sie reden mit dem Falschen. Der Burggraf ist der Mann, den Sie überzeugen müssen.«

»Der Burggraf ist Ihr Freund.«

Ich beschloss, nichts dazu zu sagen. Wilhelm begann von neuem.

»Er hört auf Sie.«

»Er hört auf niemanden als sich selbst.«

»Sie irren sich.«

»Woher wollen Sie das wissen? Haben Sie einen kleinen schwarzen Dämon geschickt, der dem Burggrafen auf der Schulter hockt und ihn seufzen hörte: Wenn mir nur jemand sagen würde, was ich tun muss?«

»Um das zu sehen, bedarf es keines Dämons.«

Der Besitzer des Hundes ließ die Peitsche durch die Luft knallen, um zu zeigen, dass die Pause vorüber war. Der Hund presste sich verzweifelt auf den Boden und versuchte dann von neuem, der Ziege auf den Rücken zu springen. Mittlerweile war er nichts als ein völlig verängstigtes, erschöpftes Bündel Fell, das sich nicht einmal auf dem Rücken der Ziege hätte halten können, wenn man ihn hinaufgehoben hätte. Er prallte gegen die Hinterbacken der Ziege und entging mit knapper Not einem neuerlichen Hufschlag, was der schwachsinnige Knabe mit gerunzelter Stirn betrachtete.

»Sie müssen den Kreis nicht fürchten«, sagte Wilhelm. »Er ist nur ein Werkzeug.«

»Ich fürchte ihn nicht, ich hasse ihn.«

»Ist das nicht das Gleiche?«

Ich sah ihn grimmig an.

»Was geschehen ist, ist geschehen«, seufzte Wilhelm. »Ich kann es nicht rückgängig machen. Aber ich kann weiteres Unglück verhindern. Wer war die Frau am Grab von Martin Dädalus?«

»Hatten Sie sich während der Beerdigung irgendwo zwischen den Gräbern verkrochen?«

»Ich war in der Nähe. Ich wollte nicht, dass uns jemand sieht. Worüber haben Sie mit der Frau gesprochen?«

»Kümmern Sie sich um Ihre Angelegenheiten.«

»Das kleine Symbol«, fragte er hartnäckig. »Woher hatte sie es?«

»Ein Bettler auf dem Brotmarkt verkauft sie. Aber woher es stammt, ist nicht die Frage.«

»Richtig. Wichtiger ist, warum sie es ins Grab gelegt hat.«

Die Gaukler lachten plötzlich. Der Knabe hatte sich hinter der Ziege auf den Bauch geworfen, ungeachtet der vielen frischen Nüsschen, die das Pflaster dort zierten. Der Hund zögerte keinen Augenblick: Er machte eine Satz auf das breite Kreuz des Knaben und sprang von dieser Position aus mühelos auf den Rücken der Ziege, die überrascht meckerte. Der Hund bellte mit überschnappender Stimme und bemühte sich, nicht in letzter Sekunde wieder herunterzufallen. Sein kleines Schwänzchen bewegte sich so hektisch wie der Flügel eines Vogels. Wenn er hätte grinsen können, hätte er es getan. Der Junge auf dem Boden grunzte laut vor Begeisterung, während der Besitzer des Hundes die Augen zusammenkniff, doch als die anderen Gaukler zu klatschen begannen, entspannte sich sein Gesicht. Er sah von dem Jungen auf dem Boden zu uns herüber und zurück. Der Hund jaulte und bellte wie ein Verrückter seinen Triumph heraus.

»Wenn Sie etwas wissen, dann reden Sie«, sagte ich zu Wilhelm.

»Was ich weiß, nutzt in diesem Fall nichts.«

»Wie soll Ihre Hilfe dann aussehen?«

Der Gaukler, dem der Hund gehörte, trat plötzlich neben uns. »Der Knabe – gehört er zu euch?«

Wilhelm blickte ihn überrascht an. »Ja.«

»Ist er dein Bruder?«

»Nein.«

»Wir könnten ihn gebrauchen. Er könnte die Leute zum Lachen bringen.«

»Er bleibt bei mir.« Wilhelm zeigte sein schüchternes Lächeln.

»Er ist blödsinnig. Früher oder später wird er dir lästig. Wir könnten ihm ein paar Kunststücke beibringen.«

Wilhelms verzerrtes Lächeln erstarb. »Ich brauche ihn«, sagte er.

Der Gaukler riss die Augen auf und schaffte es gleichzeitig, eine anzügliche Miene zu machen. »Was? Ich kann nicht glauben, dass du und er zwei Florentiner seid …«

»Er ist mein Medium.«

Das Grinsen wich aus dem Gesicht des Gauklers, als er die Bedeutung der Antwort erfasste. Dann trat er rasch einen Schritt zurück und hob eine Hand gegen Wilhelms Gesicht, die Faust geballt, Zeige- und kleinen Finger gestreckt. Seine Gefährten drängten sich eng zusammen. Einer griff nach den Hörnern der Ziege und zerrte sie zu sich heran, ein anderer schnappte sich den schwankenden Hund und hob ihn in die Höhe, bevor er abspringen konnte. Der Knabe auf dem Boden blickte verwirrt um sich, bis der Besitzer des Hundes die Peitsche hob und neben ihm auf den Boden knallen ließ. Der Junge schrie auf und kroch auf dem Bauch zu uns herüber. Als er Wilhelms Beine erreichte, umklammerte er sie und wimmerte furchtsam.

Ich wandte mich ab und schritt davon. In meinem Rücken hörte ich die Flüche der Gaukler, wie sie Wilhelm und den Knaben aufforderten, auch zu verschwinden. Der Alchimist stellte den Jungen auf die Beine und lief mir nach.

»Warum verachten Sie mich?«, keuchte er.

»Ich verachte nicht Sie, sondern das, was Sie sind.«

»Aber ich kann diese Morde beenden.«

»Nicht Sie. Nicht mit Ihren Methoden.«

»Es sind die einzigen, die hier nutzen.«

Ich blieb stehen. Der Wind fuhr mir in die Haare, Sand prasselte in mein Gesicht. In wenigen Augenblicken würde das Gewitter losbrechen.

»Selbst die Gaukler hassen Sie«, sagte ich. »Können Sie denn die Zeichen nicht erkennen? Verschwinden Sie, solange Sie es noch können.«

Ich wandte mich ab, und diesmal lief er mir nicht hinterdrein. Aus der Entfernung blickte ich mich noch einmal um. Er war in der Gasse stehen geblieben und ließ den Kopf hängen. Der Junge hatte wieder seine Hand genommen. Aus der Distanz wirkten die Rollen vertauscht: Der bullige Schwachsinnige schien den schmalbrüstigen Alchimisten zu führen anstatt umgekehrt. So oder so wandelten sie auf dem falschen Pfad.

Nebel

1.

Das Unwetter brach los, als ich über den Turnierplatz im Fronhof eilte. Es gab einen gewaltigen Windstoß, der den Sand in Schleiern vor mir herwirbelte. Als ich am anderen Ende ankam, fiel bereits der Regen in so dichten Tropfen, dass das Wasser vom Boden bis in mein Gesicht hochspritzte. Ich rannte die letzten Schritte und brachte mich im Eingang des Bischofspalastes in Sicherheit. Das Wasser lief mir aus den Haaren und ins Gesicht. Hinter mir rauschte der Regenvorhang herab und erfüllte die Luft mit dem erdigen Geruch frisch angefeuchteten Staubs.

Der Schreiber in Bischof Johanns Stube fuhr herum, als ich mit großen Schritten an ihm vorbei zu der geschlossenen Tür eilte, hinter der sich das Allerheiligste des Bischofs und dessen Burggrafen befand. Er streckte die Hand aus und öffnete den Mund, doch ich war durch die Tür, bevor er einen Ton herausbekam. Der dumpfe Knall des zuschlagenden Türblatts übertönte jede noch folgende Lautäußerung aus seinem Mund.

Gregor schreckte hoch und sein Gesicht verzerrte sich vor Ärger. Dann erkannte er, wer unangemeldet in die Arbeitsstube des Bischofs gestürmt war. Als er meinen Aufzug sah, kniff er kurzsichtig die Augen zusammen, blickte daraufhin zum Fenster und wirkte erstaunt, dass der Regen daran in langen Schlieren herablief. Er fuhr sich mit der Handfläche über das Gesicht und bemühte sich um ein Lächeln; er wollte etwas sagen, doch mit einer Handbewegung schnitt ich ihm das Wort ab. Ich war so wütend auf ihn, dass ich ihn nur deshalb nicht am Kragen packte und aus dem Stuhl hochzerrte, weil ich außer Atem war.

»Was für ein Spiel spielst du mit mir?«

Gregor ließ sich zurücksinken. Er versuchte, ein unschuldiges Gesicht zu machen.

»Keiner aus der Familie Hoechstetter war am Grab von Dädalus.«

Er antwortete nicht. Wahrscheinlich ahnte er, dass meine Wut nicht nur daher rührte. Ich stapfte bis zu seinem Tisch und lehnte mich über die Tischplatte.

»Beruhig dich, Peter …«

»Was hast du mir bezüglich Martin Dädalus verschwiegen?«

»Was hast du denn erfahren?«

»Hat Georg Hoechstetter dich mit der Klärung des Mordes an Dädalus beauftragt, oder hast du dich ihm jetzt, nach Stinglhammers Tod, aufgedrängt?«

»Onsorg und der Stadtvogt sind zu sehr damit beschäftigt, hinter vermeintlichen Hexen und Sektierern herzuspüren. Ihnen fehlt die Kompetenz, den Fall zu lösen.«

»Also bist du angerückt und hast erklärt, du könntest die Geschichte viel schneller aufklären als jeder andere. Welche Rolle spielst du in der Angelegenheit? Was hast du davon, dass du das Bistum in Dinge verwickelst, die es nicht betreffen? Den Beweis, dass du besser bist als der Stadtvogt und seine Leute?«

Gregor sagte nichts. Ich richtete mich auf und trat ans Fenster. Der Regen prasselte dagegen, als schleuderte jemand Fäuste voller Steine gegen die Scheiben. Es war so dunkel draußen wie in der Dämmerung. Von den Glasscheiben drang die Kühle, die das Gewitter mitgebracht hatte, in die stickige Wärme der bischöflichen Arbeitskammer, ohne die Dumpfheit zu vertreiben. Donner rollte ohne Unterlass.

Gregors Augen folgten mir, als ich mich auf der Fensterbank niederließ. Er sah niedergeschlagen aus. Die Blitze warfen seinen Schatten zuckend an die Wand hinter dem Stuhl des Bischofs; es schien, als richtete sich der eigentliche Besitzer hinter ihm auf und bedeutete ihm, dass er dafür zu klein war. Der Schreiber öffnete die Tür und hielt einen brennenden Docht in die Höhe. Gregor gab ihm einen müden Wink, und der Mann schlurfte heran und zündete umständlich ein paar Unschlittlichter an. Wir schwiegen, bis er wieder draußen war.

»Welche Aufgabe hatte Dädalus?«

»Er war ein paar Jahre Leiter des Hoechstetter'schen Handelshauses in Bologna. Erst seit diesen Frühling war er wieder zurück in Augsburg.«

»War er in Ungnade, dass niemand aus dem Haus Hoechstetter zu seiner Beerdigung gekommen ist?«

»Ich weiß es nicht.«

»Aber du wusstest, dass er seinen letzten Weg allein antreten würde.«

»Ich konnte es aus verschiedenen Andeutungen schließen.«

»Hatte Onsorg ein Auge auf ihn geworfen?«

»Was meinst du damit?« Gregor war ehrlich verwirrt.

»Vielleicht wurde Dädalus mit Hexerei oder Dämonenbeschwörung in Verbindung gebracht?«

»Das ist absurd.«

»Hast du nachgefragt?«

»Nein, verdammt noch mal. Aber der Mann kannte hier doch keinen. Die einzigen Menschen, zu denen er näheren Kontakt hatte, waren Hoechstetters Buchhalter und die Leute, denen gegenüber er Rechenschaft über die Führung der Filiale ablegen musste. Abgesehen davon hat er noch ein paar Nutten in der Jakobervorstadt aufgesucht. Das ist alles ... ich sag dir was: Man hat ihn noch nicht einmal auf dem Markt gesehen.«

»Du hast ja doch Erkundigungen eingezogen.«

»Das ist alles, was ich herausgefunden habe.«

»Und nun?«

»Nun ist einer von den wenigen Leuten, mit denen Dädalus Umgang pflegte, ebenfalls umgebracht worden. Das gibt der Geschichte eine neue Wendung.«

»Ich habe gehofft, dass dir das auffallen würde«, sagte ich. Er fuhr nicht auf, sondern sah mich nur verdrossen an.

»Gieß du nur auch deinen Spott über mir aus.«

»Ich hasse es, wenn man mich zu manipulieren versucht.«

»Dabei warst du früher selbst recht gut darin. Du hast immer gesagt, das Beste sei, jemandem die Überzeugung einzugeben, dass er meint, aus eigenen Stücken zu handeln, anstatt ihn mit Gewalt zu etwas zwingen zu müssen.«

»Lenk nicht vom Thema ab.«

Er seufzte. »Was willst du hören? Dass es mir Leid tut? Wie oft habe ich mich nun schon bei dir entschuldigt, seit wir uns heute Morgen wiedergesehen haben? Ist das vielleicht einer Freundschaft wie der unseren würdig?«

»Was du versucht hast, ist jedenfalls keiner Freundschaft würdig.«

»Zum Teufel, ja, es war mies! Jetzt habe ich es gesagt! Ist dir wohler?« Er wies zum Fenster hinüber und wartete ab, bis ein lautes Donnergrollen verklungen war. »Kann ich sonst noch was für dich tun, außer dir einen Unterschlupf zu gewähren, bis es zu regnen aufhört?«

»Nein, kannst du nicht.«

»Hervorragend«, brummte er. Er sah mich an und ließ die Schultern sinken. Dann schüttelte er den Kopf. »Ich hatte mich so gefreut, dich zu sehen.«

»Vielleicht kann ich doch etwas für dich tun«, sagte ich.

»Und das wäre? Mir einen Arschtritt geben, damit mir nicht nur der Kopf wehtut?«

Ich stand auf und streckte mich. »Ich will dir helfen«, erklärte ich.

Er riss die Augen auf. Sein Kiefer sank herab. »Du willst *was*?«

»Ich helfe dir, die beiden Morde aufzuklären.«

Gregor saß bewegungslos da. Seine Brauen waren zusammengezogen. Er forschte in meinem Gesicht. Dann glättete sich seine Stirn, und ein Lächeln stahl sich langsam in seine Mundwinkel. »Ehrlich? Ich werd verrückt!«

»Bild dir bloß nicht ein, du hättest mich mit deiner plumpen Manipulation geködert.«

Er wäre nicht er gewesen, hätte er nicht ein wenig breiter

gegrinst und gesagt: »Ich wage gar nicht, darüber nachzusinnen, was sonst deine Beweggründe sein könnten«; und ich, der ich gewusst hatte, was er sagen würde, dachte: Und du wirst sie auch niemals erfahren.

»Was hast du als Nächstes vor?«, erkundigte ich mich.

»Ich wollte zu Stinglhammers Gesinde. Der Kerl hat wenigstens ein paar Leute hinterlassen, die man befragen kann. Ich wollte nur warten, bis der Regen aufhört.«

»Wenn ich dich später dabei unterstützen kann …«

»Ich bitte darum!« Er sprang plötzlich auf, und ein so breites Grinsen verzog sein Gesicht, dass seine Nase hervorsprang wie der Schnabel eines Raben. »Du lieber Himmel, Peter! Ich glaube es noch gar nicht.« Er streckte eine Hand aus, und ich schüttelte sie, schon wieder entnervt von seiner pompösen Gestik. »Herzlich willkommen.«

»Schon gut.«

Er lachte und rieb sich Hände. »Geht in Deckung, dunkles Gesindel«, kicherte er. Dann erhob er die Stimme und rief nach dem Schreiber. Dessen Gesicht war reglos, als er die Tür öffnete und hereinspähte.

»Lass mein Pferd aufsatteln; die Arbeit ruft.«

Der Schreiber warf mir einen Blick zu. Gregor deutete auf mich.

»Dieser Mann hat ab sofort freien Zugang in den Palast und in meine Arbeitsräume. Er ist mein Untersuchungsbeamter.«

Der Schreiber brummte: »Wie Sie wünschen, *questor*«, und trat den Rückzug an.

»Solange ich die Geschäfte des Bischofs vertrete, kannst du mich mit Exzellenz anreden«, sagte Gregor. »Das habe ich, glaube ich, schon oft genug gesagt.«

»Verzeihung«, sagte der Schreiber und schlüpfte hinaus. Über die natürliche Servilität eines Untergebenen gegenüber einem Höhergestellten hinaus schien er von Gregors Zurechtweisung nicht sonderlich beeindruckt zu sein.

»Um eines klarzustellen – ich bin nicht dein Untersuchungsbeamter.«

»Na ja, natürlich nicht. Aber einem einfachen Geist muss man einfache Erklärungen liefern, oder?«

»Wir führen diese Ermittlung als gleichberechtigte Partner durch. Wir informieren uns gegenseitig über alles Wichtige, was wir herausgefunden haben – und keiner unternimmt wesentliche Schritte, ohne mit dem anderen vorher darüber gesprochen zu haben.«

»Lieber Gott, ja, kein Problem.«

»Andernfalls verschwinde ich sofort, egal, ob der Fall gelöst ist oder nicht.«

Gregor lächelte. »Du kannst mir viel erzählen, aber dass du mitten in den Ermittlungen zweier Morde aufhörst, weil dein Partner dich mal aus Versehen schief angeschaut hat, das glaube ich nie und nimmer. Ich sag dir was: So gut kenne ich den alten Petrus dann doch.«

»Es ist viel Zeit vergangen.«

Er beschloss, meine Worte leicht zu nehmen. »So kommt es mir gar nicht vor.«

»Ich logiere in einer Herberge am Roten Tor, neben dem Spital.«

»Beim Frommen Pilger?«

»So heißt es.«

»Es gibt bessere Adressen.«

»Es heißt, die Matratzen dort enthielten weniger Ungeziefer als sonst üblich.«

Er zuckte mit den Schultern. »Was ist mit deiner Tochter?«, fragte er unvermittelt.

»Ich suche immer noch nach ihr«, erklärte ich und irgendwie entsprach es der Wahrheit.

»Es tut mir Leid, wenn ich wegen des Begräbnisses von Martin Dädalus falsche Hoffnungen in dir geweckt habe.«

»Ist schon gut. Während ich ermittle, kann ich mich gleichzeitig in der Stadt nach ihr umhören.«

»Wenn du etwas rausgefunden hast, lass es mich wissen.« Er kam um den Tisch herum und klopfte mir auf die Schulter. »Das Gewitter wird sich noch eine Weile hier austoben. Ich gehe in den Stall und sehe zu, dass die Tölpel mein Pferd richtig behandeln. Soll ich dir etwas zu essen auftragen lassen?«

»Ich habe keinen Hunger.«

»Wie du willst. Heute Abend kommst du aber um ein kleines Bankett nicht herum. Bischof Johann führt einen exquisit eingerichteten Vorratskeller.« Er rieb sich den Bauch. »Vielleicht brauche ich auch bloß mal wieder ein vernünftiges Gelage, um meine Gedärme aus dem Tiefschlaf zu wecken. Hab ich dir schon erzählt …«

»Hat Seine Exzellenz ein paar von Bischof Peters Weinen aufgehoben?«, unterbrach ich ihn.

»Nein«, sagte Gregor und gestattete sich ein kurzes betrübtes Lächeln. In dieser Sache waren wir uns einig gewesen: Bischof Peter hatte eine Nase für guten Wein gehabt – und ungewöhnlich freigiebig von den Schätzen ausgeteilt, die er stets mit Eifer und Freude gesammelt hatte. »Bischof Johann hat sie alle wegschütten lassen. Er meinte, sie seien ihm zu schwer.«

»*Sic transit gloria mundi*«, sagte ich und fühlte einen Stich – weniger wegen der Qualität der vergossenen Ware als wegen der Achtlosigkeit, mit der Bischof Peters Nachfolger die wenigen Besitztümer behandelt hatte, die seinem Vorgänger etwas wert gewesen waren.

»*Amen*«, erklärte Gregor. Er angelte nach seinem Barett und schritt zur Tür. Seine Sporen klangen auf dem Boden. Seit dem Morgen hatte er sich nicht die Mühe gemacht, sie abzulegen. »Wenn der Regen ein wenig nachlässt, sollen die Burschen die Fenster hier aufmachen. Es ist stickig wie in einer Hundehütte.« Bei der Tür drehte er sich um. »Wenn es dir zu kühl wird, schließt du sie einfach wieder. Oder wolltest du in der Zwischenzeit etwas anderes unternehmen?«

»Ich wollte Bischof Peters Grabmal aufsuchen.«

Er hielt inne, die Tür in der Hand. Sein Gesicht wurde ernst.

»Du hast ihn immer für deinen Freund gehalten, nicht wahr?«

Ich zuckte mit den Schultern.

»Mir gegenüber hat er sich niemals geöffnet.«

Von seinen Worten betroffen, wiederholte ich meine Geste. Gregor seufzte und trat durch die Tür.

»Tu es nicht«, sagte er.

Der Gewitterregen fiel noch immer mit aller Heftigkeit. Ich rannte den weiten Weg vom Bischofspalast über den Fronhof zu den Kapellen hinüber und hastete über die Lichte Gräd zum Südportal des Doms. Danach war ich genauso nass wie vor meinem Aufenthalt im Inneren des Palastes. Der Regen hatte den staubigen Hof und den festgetretenen Boden der Gräd in eine lehmglitschige Fläche verwandelt, in der tiefe Pfützen standen und aufspritzten, als wären sie sturmgepeitschte Seen. Ich fühlte, wie mir das kalte, schmutzige Wasser in den Stiefel drang, als ich in eine trat. Der Wind bekämpfte mich beim Versuch, die Bronzetüren zu bewegen, und riss mir einen Türflügel beinahe aus der Hand, als ich sie endlich geöffnet hatte. Ein Donnerschlag rollte in das finstere Kirchenschiff, und ein Regenschleier färbte die Bodenplatten hinter dem Portal dunkel. Ich schlüpfte hinein und zog die Tür gegen den Widerstand der Sturmböen zu. In der Kirche herrschte Nacht; die Talglichter und Kerzen waren matte Punkte in der Dunkelheit und beinahe unsichtbar, wenn ein Blitz in die hohen Fenster leuchtete. Es roch nach den Kerzenflammen, nach feuchtem Staub und nach den Resten des Weihrauchs von der Vormittagsmesse, und es war so kühl im Inneren der Kirche, als wäre draußen niemals Sommer gewesen. Erschauernd zog ich die Nase hoch.

Bei den Seitenkapellen hinter dem Chorumgang standen kleine Grüpplein von Menschen und unterhielten sich halblaut. Wahrscheinlich waren sie vor den Gewalten des Unwetters hereingeflüchtet und warteten darauf, dass sie wieder nach draußen konnten, ohne vollkommen durchnässt zu werden. Andere knieten vor den Reliquienschreinen und beteten. Frische Kerzen waren entzündet worden; offenbar gab es unter den Kirchenbesuchern den einen oder anderen, den das Unwetter ängstigte und der die Heiligen um ein Ende des Ausbruchs der

Naturgewalten und um Verschonung seines Besitzes bat. In der Nähe des Eingangsportals hatte ein Wachszieher seinen Tisch aufgebaut und vermutlich während der Vormittagsmesse ein anständiges Geschäft gemacht; jetzt lehnte er griesgrämig an der Wand und hoffte wie die meisten anderen, dass das Unwetter abklang und er die Kirche verlassen konnte. Ich überraschte ihn angenehm, indem ich ihm die größte Kerze abkaufte, die er anzubieten hatte. Niemand beachtete mich, als ich mich nach rechts zu den Kapellennischen wandte und mit jedem Schritt kleine Wasserpfützen auf den Bodenplatten hinterließ.

Es gab einen Zusammenhang zwischen den beiden Morden und der Angst vor Hexen und Dämonenbeschwörern, die in der Stadt umging und die die Behörden dazu verleitete, eine verdächtige Frau über den Marktplatz zu schleifen wie eine zur Hinrichtung Verurteilte. Der Zusammenhang zeigte sich in einem kleinen, ungelenk gefertigten Symbol, das in das offene Grab eines Ermordeten geschleudert worden war und seinen ungeklärten Tod mit der Zwischenwelt der Nigromantie verband; und wenn man die abergläubischen Flüstereien in der Stadt in Betracht zog, mochte die Verbindung zurückreichen bis zum unseligen Ulrich Schwarz und dessen Gang zum Galgen. Ich wusste es nicht.

Genauso wenig wusste ich, welche Gedanken sich Gregor von Welden über meine plötzliche Konversion machte, wenn er sie nicht doch seinem Versuch gutschrieb, über die merkwürdigen Umstände des Todes von Martin Dädalus mein Interesse zu wecken.

Sicher war nur eines: Über jenes kleine unheilige Symbol war auch meine Tochter Maria in all diese Vorgänge verwickelt, und das war alles, was ich an Motivation brauchte, um mich Gregor als williger Helfer zur Verfügung zu stellen.

Dabei dachte ich mit dem unvermeidlichen schlechten Gewissen daran, dass ich schon bei meiner Verpflichtung gegen das von mir selbst aufgestellte Gebot, in dieser Partnerschaft dem anderen stets alles mitzuteilen, verstoßen hatte.

Bischof Peter von Schaumbergs Grabstätte befand sich am Scheitelpunkt des Halbkreises, den der Chorumgang beschrieb. Sie war klein und an die Wand der Augustinuskapelle gepresst; wenn ich sein Wappen nicht in der marmornen Fußbodenplatte gesehen hätte, wäre sie mir entgangen. Keine Menschenseele war davor zu sehen, keine Kerze brannte in den eisernen Halterungen, niemand sprach ein Gebet für den Verstorbenen. Das zuckende blaue Licht des Gewitters riss den Deckel des niedrigen Sarkophags für Sekundenbruchteile aus dem Dunkel; es hätte nichts Groteskeres zu schaffen vermocht, als worauf ich ohnehin hinuntersehen musste.

Der Leichnam meines alten Freundes und Mentors lag verfaulend vor meinen Augen.

2.

Er hatte seine Grabplatte aus Sandstein schlagen und nicht in Erz gießen lassen wie die meisten seiner Vorgänger. Als weiteres Zeichen der Vergänglichkeit hatte er für die Figur darauf ein halb verwestes Gerippe gewählt, bei dem unter einem eingesunkenen Gesicht der Totenschädel unverblümt hervorgrinste. Er lag nackt vor aller Augen, die Rippenbögen wie die Ruinen eines Klosterbaus, die sich über dem hohlen Innenraum in die Luft reckten; Frösche, Lurche und Würmer zehrten an ihm. Er war im Leben nie so dünn gewesen. Seine Hände, im Leben die Hände eines Bauern oder Handwerkers, mit schlecht gewählten Ringen bestückt, lagen ungeschmückt und schlaff neben seinem knochigen Becken, die Beine klafften auseinander in einer Stellung, die dem Lebenden vulgär angestanden hätte. Er lag nicht anders vor aller Augen in den Stein gehauen wie der Leichnam eines Erschlagenen, den man in ein unbezeichnetes Grab geworfen hat.

Ich entfernte einen abgebrannten Talgstumpen aus der Halterung und bemerkte, dass meine Hand dabei zitterte. Der Talgstumpen schien dafür zu sprechen, dass wenigstens ab und zu jemand ein Licht für die Seele entzündete, die in dem Körper gesteckt hatte, der hier so drastisch dargestellt war. Ich hielt den Docht der Kerze an die Flamme eines brennenden Lichts, das ich nebenan in der Konradskapelle vor dem Grabmal von Bischof Wolfhard fand: eine hagere Figur mit einem im Tode eingefallenen Gesicht und angetan mit allen Insignien seiner Macht, stolz noch als bronzegegossenes Monument seiner eigenen Vergänglichkeit und auf die Künstler, die das Abbild geschaffen hatten.

Bischof Peter hatte nichts erschaffen lassen, das Stolz ausdrückte. Ich schützte das Flämmchen, als ich mit der brennenden Kerze zu seinem Grabmal zurückkehrte. In der Halterung wirkte sie dann gleichzeitig peinlich übertrieben in ihrer Größe und ebenso peinlich allein.

Ich hatte selten gebetet seit der Zeit, als meine Frau Maria im Kindbett umgekommen war. Das Innere von Kirchen hatte ich kaum mehr aufgesucht nach dem Tag, an dem Bischof Peter und ich im Streit auseinander gegangen waren und uns in diesem Leben nicht mehr wiedergesehen hatten. Wenn ich zu Gott Verbindung aufgenommen hatte, hatte ich mit ihm gehadert oder ihn in klammer Verzweiflung um Hilfe angefleht; wenn ich eine Kirche betreten hatte, dann, weil die Konventionen mir keine andere Chance ließen oder weil ich jemandem einen Gefallen tun wollte. Ich hatte in den Tempeln Gottes gestanden und vergeblich nach dem ehrfürchtigen Frieden gesucht, den ich als Kind dort stets empfunden hatte.

Es gelang mir auch jetzt nicht, ein passendes Gebet zu finden. Ich starrte die groteske Gestalt auf der Deckplatte des Kenotaphs an und erinnerte mich an das letzte Mal, als ich dem Lebenden gegenübergestanden hatte. Bereits weit in den Siebzigern, war Bischof Peter immer noch ein kräftiger Mann gewesen, dem man die Strapazen des überstandenen Markgrafenkrieges kaum angesehen hatte; meine Abschiedsworte, mit kalter Verachtung hervorgestoßen, schienen ihn härter zu treffen als die Entbehrungen der letzten zwei Jahre. Ich versuchte, mir nicht die alleinige Schuld dafür zu geben, dass mit meinem Abgang der körperliche Niedergang meines Freundes eingesetzt hatte. Noch im selben Jahr hatte ich gehört, dass er von Papst Pius seinen Koadjutor und Nachfolger hatte benennen lassen: Graf Johann von Werdenberg, den heutigen Bischof. Bischof Peter hatte noch sechs Jahre gelebt, zurückgezogen und die Amtsgeschäfte beinahe vollkommen Graf Johann überlassend. Seinen Tod hatte ich nur durch einen Nebel wahrgenommen; ein Jahr zuvor war meine Frau Maria gestorben und mit ihr alles, was mich im Leben bewegt hatte.

Bischof Peter und ich hatten uns über eine Plünderung

während des Krieges entzweit, bei der zwei Kinder und ein alter Mann ums Leben gekommen waren. Ihren Tod hatte der Bischof mich aus politischen Erwägungen nicht rächen lassen, obwohl mir die Täter bekannt waren. Viel später hatte ich eingesehen, dass ich niemals imstande gewesen wäre, Leben für Leben zu nehmen. Vielleicht hatte der Bischof es damals bereits gewusst und verhindern wollen, dass ich meiner Seele um der Rache willen Schaden zufügte. Stattdessen hatte er unsere Freundschaft aufs Spiel gesetzt. Mittlerweile war ich um vieles klüger, doch ich konnte es ihm nicht mehr mitteilen; ich war um neun Jahre zu spät.

»Sie fehlen mir«, flüsterte ich.

Ich wischte mir über die Augen und wandte mich zum Gehen. Etwas abseits stand eine Frau mit gebeugtem Kopf und schien gewartet zu haben, bis ich die stille Zwiesprache mit der Erinnerung beendet hatte. Sie nickte mir kurz zu und schob sich an mir vorbei, einen gesunden Geruch nach Gebratenem und Küche ausströmend, sodass sich in all der Trauer um verpasste Gelegenheiten und vertane Freundschaften mein Magen mit einem peinlichen Knurren meldete. Sie blieb vor dem Kenotaph stehen, nestelte eine kleine Kerze aus ihrer Schürze und entzündete sie an meiner. Dann steckte sie sie neben meiner Kerze in die Halterung, machte das Kreuzzeichen und betete flüsternd. Es war kein langes Gebet; sie bekreuzigte sich erneut, blies ihre Kerze aus und nahm sie wieder mit. Es war diese Geste pragmatischer Sparsamkeit, die sie meinem Herzen plötzlich näher rücken ließ. Sie warf mir einen neugierigen Blick zu, als sie wieder an mir vorbei die Seitenkapelle verließ, und strebte dem Hauptportal zu.

Ich verabschiedete mich von dem Grabmal und eilte der Frau hinterher. Sie schien nicht erstaunt zu sein, als ich neben ihr auftauchte; sie sah mich offen an. »Man findet hier nicht oft jemanden, der vor Bischof Peters Grabmal eine Kerze anzündet«, sagte sie.

»Ich bin kein Augsburger. Nicht mehr.« Ich spürte den Talgklumpen in der Hand, den ich aus der Halterung genommen hatte, und zeigte ihn ihr. »Der war nicht Ihrer, nehme ich an?«

Sie hatte ein rundes Gesicht mit reiner Haut und dunklen Augen, die selbst in der Düsternis der Kirche vergnügt zu blitzen schienen. Unter dem gefältelten Tuch, das wie eine Haube auf ihrem Kopf lag, lugten ein paar Strähnen gekräuselter dunkler Haare hervor; in ihrem einfachen schlichtgrünen Kleid mit der Schürze davor steckte ein kompakter Körper mit ausgeprägten fraulichen Rundungen. Sie entsprach nicht dem schlanken, hoch gewachsenen Frauenbild, das die Freskenmaler an die Kirchenwände pinselten, und auch nicht den heroischen Venusgestalten, die die Bildhauer aus dem Stein zu befreien versuchten; sie stellte eher das Abbild des einfachen Lebens dar, das niemand in Putz zu malen oder in Stein zu klopfen für würdig erachtet und das dennoch mehr Schönheit hatte als die meisten Kunstwerke zusammengenommen.

»Wachskerzen sind teuer«, erwiderte sie. »Ich kann es mir nicht leisten, eine zu kaufen, die fast so groß ist wie der Perlach neben dem Rathaus, und sie dann auch noch stecken zu lassen, damit der Priester sie am Abend stehlen kann.«

»Manchmal muss man sein Geld eben unter die Leute bringen.«

Sie lächelte und deutete auf den Talgstummel in meiner Hand. »Es gibt noch andere, die dem alten Bischof Peter eine Kerze anzünden. Es sind wenige, aber es gibt sie.«

»Und Sie? Sie können ihn kaum selbst gekannt haben. Sie müssen noch ein Kind gewesen sein, als er starb, nicht viel älter als zehn Jahre.«

»Ich tue es für meinen Großvater. Er hat ihn gut gekannt.«

Ich nickte. Sie lächelte nochmals zu mir auf. »Offenbar haben Sie ihn auch gut gekannt. Leben Sie wohl.«

»Es regnet draußen.«

»Ja, aber nur Wasser. Das hat noch keinem geschadet.«

Sie öffnete die Eingangspforte und schlüpfte hinaus, ohne sich noch einmal umzudrehen. Ich hätte gern länger mit ihr gesprochen; abgesehen von Gregor von Welden war sie die

Erste, die nicht vor Ablehnung starre Augen bekommen hatte, als sie von meiner Verbindung mit dem alten Bischof erfuhr. Ich blickte über die Schulter zurück, doch der Kenotaph Peter von Schaumbergs war von meinem Standort aus nicht zu erblicken. Ich bedauerte es nicht; lieber behielt ich das Bild des lächelnden, hübschen Gesichts unter dem gefältelten Tuch als letzten Eindruck vom Grabmal meines Freundes zurück als die unsägliche, von Würmern und Fröschen und Ungeziefer heimgesuchte Gestalt, die er in seinen einsamen letzten Jahren zur Erinnerung an sein Dasein in dieser Welt ausgewählt hatte.

3.

Gregor und ich trafen gleichzeitig vor dem Haus Ludwig Stinglhammers in der Langen Gasse ein. Wenn ich bedachte, wie lange ich mich im Dom aufgehalten hatte, musste ihn irgendetwas aufgehalten haben. Oder er hatte einfach abgewartet, bis der Regen nachließ, um seinen wertvollen Rappen nicht der Gefahr auszusetzen, nass zu werden. Das Gewitter war weitergezogen und tobte sich jetzt östlich des Lech aus. In den Gassen standen knöcheltiefe Pfützen, die Kotrinnen waren Sturzbäche, in denen die Leichen kleiner nackter Vögel schwammen, die vom Regen aus ihren Nestern gespült worden waren. Die schweren Tropfen und die Windböen hatten viele sommermüde Blätter von den Ästen der Obstbäume gerissen und aus den Gärten in die Gassen verteilt, wo sie die Kopfsteine bedeckten wie verfrühte Vorboten des Herbstes. Ich sah eine struppige Katze, die vor einem der kleinen rosafarbenen Leichname kauerte und versuchte, ihn ins Leben zurückzurufen, damit es eine interessante Tötung gebe. Die Ratten, die wie Schatten ihrer selbst über die noch menschenleeren Gassen huschten, waren weniger wählerisch und zerrten die Beute hastig in ihre Löcher.

Gregor rieb missmutig an ein paar Dreckspritzern, die auf dem kurzen Weg vom Fronhof zur Langen Gasse an das glänzende Fell seines Pferdes gekommen waren. Er sah mich an.

»Rein mit uns.«

Ich nickte und ließ ihm den Vortritt.

Ludwig Stinglhammers Haus war die billige Ausgabe des Wohnhauses seiner Herrschaft und lag an einer Stelle der Langen Gasse, wo diese sich vom Domhügel bereits wieder nach unten senkte. Der Turm des Wertachbrucker Tors, ein paar Gassen weiter, beherrschte die Dächer und niedrigen Fassaden. Die Häuser hier waren teilweise noch aus Holz; nicht alle hatten eine gemeinsame Brandmauer, sodass ein enger Durchstich zwischen ihnen lag, die *quintana*, in den die Bewohner der Häuser ihren Unrat kippten und der von Tieren und Menschen gleichermaßen als Latrine benutzt wurde. Der Regen hatte die Gerüche aus der Luft gewaschen, doch waren sie gerade dabei, sich neu zu verbreiten. In Venedig hatte es Gassen gegeben, deren Wände man links und rechts hatte berühren können, wenn man nur die Ellbogen angewinkelt hatte; die Lange Gasse war breiter, aber die Geschichte vom jungen Edelmann mit dem fehlenden Anstand, der beim Durchreiten der Gassen die Füße in den Steigbügeln so weit nach außen streckte, dass er die ganze Gassenbreite einnahm und mit den Schuhspitzen den Passanten die Hüte von den Köpfen stieß, hätte auch hier spielen können.

Die Eingangstür des Hauses führte uns in eine Wohnstube, deren Decke in Holz geschnitzt und in Felder unterteilt war; die Wände wiesen die gleiche Vertäfelung auf. Die Fenster saßen in tiefen Nischen in den Mauern und ließen das ungewisse Licht des abziehenden Unwetters nur ungnädig durch runde Butzenscheiben passieren; einzelne Scheiben waren mit Wappenschildern bemalt, die sicher nicht Ludwig Stinglhammer gehört hatten. Eine der Wandseiten war von einem gekachelten Ofen eingenommen mit der üblichen Bank, die sich links und rechts davon an der Wand entlangzog und Sitzgelegenheiten an dem kreuzbeinigen Tisch bot. Vor einem der Fenster stand eine Truhe, mit einer Stoffdecke darauf, ebenfalls als Sitzmöglichkeit ausstaffiert. Die Möblierung hätte selbst in einem größeren Raum zu viel der freien Fläche eingenommen; hier wirkte sie, als wäre ein zu großer Fuß in einen zu engen Stiefel geschlüpft. Es gab kaum Platz zum Atmen oder um an den Möbeln vorbei die Tür zu erreichen, die in die Tiefe des Hauses führte. Ludwig Stinglhammer war ein kläglicher Kopist des Lebensstils gewesen, den er täglich vor Augen hatte; er hatte zwar vermieden, dass das Äußere seines Hauses mehr als bescheidene Größe annahm, doch war ihm nicht klar geworden, dass er mit dem pompösen Ausgleich, den seine Möbel darstellten, die Grenze der Lächerlichkeit weit überschritten hatte.

»Der Geist baut sich seine Hülle«, brummte Gregor.

Stinglhammers Dienstboten saßen um den Tisch herum; jemand schien sie vorgewarnt zu haben. Keiner von ihnen stand auf, als wir eintraten, und ihre Blicke hießen uns alles andere als willkommen. Gregor machte schmale Augen. Ich sah, dass er das Stöckchen mit der Elfenbeinhand wieder bei sich trug, und fragte mich, ob er die fahlfarbene Klaue nach ihrer Begegnung mit dem Toten am Morgen abgewischt hatte. Die Verachtung hing so greifbar in der Luft wie der Geruch des Mahls vom Vorabend.

»Wer hat hier das Sagen?«

Einer der Dienstboten war ein fleischiger Mann mit unrasierten Wangen und Haarstoppeln, die erst wieder begonnen hatten, nach der letzten Läuseschur nachzuwachsen. Er sah aus wie ein Kerl, der in der Zechstube als Erster zu raufen beginnt und den Platz nicht ohne aufgeschlagene Knöchel und einem halben Dutzend weich geprügelter Kontrahenten verlässt.

»Was geht das den Burggrafen an?«, grollte er. Ich verdrehte die Augen, als Gregor vor Jähzorn erbleichte. Er richtete die Faust an ihrem Stöckchen auf den Sprecher. »Du! Bist du Stinglhammers Majordomus?«

»Das hier ist nicht Kirchengrund.«

»Alles ist Eigentum des Herrn.«

»Der Herr Bischof ist nicht Jesus Christus.«

»Ich bin der Vertreter des Bischofs.«

»Der Arschabwischer des Bischofs, um genau zu sein.«

»Ich will deinen Namen wissen. Sofort!«, keuchte Gregor.

Ich seufzte und berührte Gregor am Arm. »Wollen wir uns hier mit dem Gesinde prügeln oder herausfinden, wer Stinglhammer umgebracht hat?«

»Ich mach das auf meine Weise«, zischte Gregor und war im Begriff, seinen hilflosen Zorn auf mich umzulenken.

Der unrasierte Dienstbote deutete auf mich und sah Gregor an. »Wer ist er?«

»Ich bin mein eigener Arschabwischer«, sagte ich liebenswürdig.

Ein paar von den Anwesenden kicherten. Gregor und der Sprecher des Gesindes funkelten mich mit gleicher Wut an. Früher, wenn Gregor eine Situation hatte eskalieren lassen, hatte ich es vermocht, mit einem Scherz auf meine Kosten die Spannung zu lösen – vor allem die meines Ermittlungspartners. Es schien, dass ich diese Fähigkeit verloren hatte. Ich versuchte einen anderen Weg.

»Du bist nicht der Majordomus«, erklärte ich dem bulligen Mann.

»Und woher wollen Sie das wissen?«

»Weil der Hausverwalter von Herrn Stinglhammer sich nicht zwischen die Dienstboten gesetzt hätte, um den offiziellen Ermittlungsbeamten des Bischofs und des Hauses Hoechstetter mit groben Worten zu empfangen.«

Gregor presste die Lippen zusammen und warf den Kopf zurück. Der bullige Mann machte ein nachdenkliches Gesicht.

»Herr Hoechstetter hat die Untersuchung dem Burggrafen anvertraut? Das glaube ich nicht!«

»Du kennst den Weg zum Haus Hoechstetter. Erkundige dich nachher, wenn du willst. Und jetzt erwarte ich, dass du den Majordomus informierst, dass wir angekommen sind.«

Er musterte mich, wiederholte die Frage, wer ich sei, jedoch nicht. Ich unterstützte seinen Denkprozess, indem ich ihn kalt anlächelte.

Schließlich rempelte er einen schmalen jungen Mann neben sich an, und dieser beeilte sich, hinter dem Tisch hervorzurutschen und die Stube zu verlassen. Gregor straffte sich und schlug sich mit dem Stöckchen an den Unterschenkel. Wenn genügend Platz gewesen wäre, hätte er sicher begonnen, sporenklirrend auf- und abzuschreiten. »Na also«, brummte er.

Die Dienstboten hüllten sich in Schweigen und der bullige Mann starrte mich mit unverhohlenem Hass an. Nach einigen unangenehm ausgedehnten Minuten kehrte der junge Mann zurück. Er war rot im Gesicht und setzte sich schweigend wieder zu den anderen. Niemand teilte uns mit, ob unser Gesprächspartner kommen werde.

Vor dem Majordomus huschte noch eine Magd herein und setzte sich neben die anderen. Sie schien gelaufen zu sein, wischte sich mit einer fahrigen Geste über den Mund und steckte dann mit ebenso fliegenden Fingern ein paar Haarsträhnen in die Haube zurück. Ihre Augen begegneten niemandem.

Ludwig Stinglhammers Majordomus war ein mittelgroßer, unauffälliger Mann mit einer Halbglatze, kleinen Augen, einer scharfen Nase und einem zusammengekniffenen Mund. Er blieb in der geöffneten Tür zum hinteren Teil des Gebäudes stehen und wirkte, als sei er der Besitzes des Hauses und nicht nur das Verbindungsglied zwischen diesem und dem Gesinde. Er lächelte kühl. Gregor fuhr herum.

»Das wurde auch Zeit!«, blaffte er.

»Darf ich die Herren bitten, mit mir zu kommen?«, fragte der Majordomus. Er hatte eine helle, brüchige Stimme und eine langsame Sprechweise, die herablassend wirkte. Als wir uns an ihm vorbeidrängten, deutete er auf die Magd, die kurz vor ihm die Stube betreten hatte. »Bring uns was zu trinken und zu essen in die Kammer.«

»Jemand soll sich draußen um mein Pferd kümmern«, verlangte Gregor. Der Majordomus machte eine Kopfbewegung zu einem der herumsitzenden Männer, und dieser bequemte sich nach einer Pause, die schon fast unverschämt war, aufzustehen. Beim Hinausgehen streifte er mich mit der Schulter, dass ich einen Schritt zurücktreten musste. Er entschuldigte sich nicht.

Der Majordomus führte uns in die Schlafkammer Ludwig Stinglhammers, einen kargen Raum mit einem halb geöffneten Bettschrank und einigen Truhen. Vor einem Fenster, das in die *quintana* führte, stand ein Schreibpult mit verkürztem Fuß. Offenbar hatte es Ludwig Stinglhammer beliebt, seine Schreibarbeit zu Hause im Sitzen zu verrichten; und ebenso offenbar fand sein Majordomus es angemessen, die Kammer seines toten Herrn in Besitz zu nehmen, noch bevor dieser unter der Erde war.

»Ich bin Konrad Hurlocher«, sagte der Majordomus und reichte uns die Hand.

»Verwandt mit dem *procurator generalis* von Sankt Nikolaus?«, erkundigte sich Gregor, der anscheinend beschlossen hatte, den Zwist in der Stube und dass der Majordomus uns hatte warten lassen, zu vergessen.

»Eine hehre Aufgabe, die seit Urzeiten vom Vater auf den Sohn kommt in unserer Familie. Ich bin allerdings der zweitgeborene Sohn.«

»Die Pflegschaft liegt scheinbar im Familienerbe.«

Hurlocher lächelte unverbindlich. Ich betrachtete ein paar feuchte Flecken auf dem Holzbohlen vor dem Bett. Der Majordomus faltete die Hände vor dem Bauch und tat, als wäre er die Ruhe in Person und wartete aus reiner Höflichkeit, bis wir unsere Fragen stellten. Seine Verachtung war vorsichtiger, doch ich spürte sie.

»Wo ist der Leichnam Ihres Herrn aufgebahrt?«, fragte ich, noch bevor Gregor mit einem weiteren unverbindlichen Satz demonstrieren konnte, dass er sich auf die Kunst der vorauseilenden Besänftigung verstand. Hurlocher schien aus der Fassung gebracht. Dass es schon mit der ersten Frage geschah, schien ihn selbst zu erstaunen.

»Was? Wie … ich weiß nicht …?«

»Georg Hoechstetter hat ihn in die Familienkapelle in seinem Haus bringen lassen«, informierte mich Gregor. Ich seufzte innerlich; es hatte mich nicht interessiert. Interessiert hatte mich, ob Stinglhammers engster Vertrauter es wusste.

Hurlocher schien erleichtert, als die junge Dienstmagd mit einem Brett hereinkam, auf dem sie drei Tonkrüge balancierte. Sie drückte es gegen ihren Busen und sah sich suchend nach einer Stelle um, wo sie es absetzen konnte. Hurlocher grinste.

»Wenn es so getragen wird, schmeckt das Bier noch besser, was?« Er machte eine knappe Kopfbewegung zu einer der Truhen hin, und die junge Frau stellte das Brett ab und huschte hinaus, ohne einen von uns anzusehen. Hurlocher reichte uns die Tonkrüge. Sie waren schwer und mit mindestens einem Schenkmaß Bier gefüllt. Ich trank einen Schluck; es war kein Sauerbier, wie ich erwartet hatte, sondern vollmundig. Wahrscheinlich stammte es aus einem Fass, das der eigentliche Besitzer bestimmt nicht für uns angestochen hätte.

»Was wird nun mit denen dort draußen geschehen?«, fragte Hurlocher. Gregor zuckte mit den Schultern.

»Machen Sie sich keine Sorgen um sich selbst?«

»Nein, ein Mann mit meinem Namen wird im Hause Hoechstetter sofort eine andere Beschäftigung finden.«

»Es freut mich, dass der Tod Ihres Herrn Ihnen keine existenziellen Nöte bereitet«, sagte Gregor ironisch. Diesmal zuckte Hurlocher mit den Schultern.

»Um Ihnen die Wahrheit zu sagen – einige von denen dort draußen haben in einem gut geführten Haus ohnehin nichts zu suchen. Besser, wenn sie auf die Straße gesetzt werden.«

»Wäre es nicht Ihre Aufgabe als Majordomus gewesen, für entsprechendes Personal zu sorgen?«, mischte ich mich ein. Hurlocher breitete die Arme aus.

»Ich kann nur so effizient sein, wie mein Herr mich lässt.«

»Und …?«, half ich nach.

»Ich will nichts Schlechtes gegen die Toten sagen.«

»Wenn Stinglhammer das Regiment zu lasch geführt hat, dann fällt das Gesinde als Mordverdächtige wohl aus«, meinte Gregor.

Konrad Hurlocher riss die Augen auf. Es schien ihm noch nicht in den Sinn gekommen zu sein, dass er und die Männer und Frauen, denen er in diesem Haushalt vorstand, auf der Liste der Verdächtigen stehen könnten.

»Ich bin Herrn Stinglhammer immer eine treue rechte Hand gewesen«, erklärte er hastig. »Sein Wohlergehen hat mich stets mehr bekümmert als mein eigenes.«

Wie ich erwartet hatte, begann er, andere vorzuschieben, um noch weiter aus der Schusslinie zu kommen.

»Zwei von den Burschen da draußen kommen aus Ulm«, sagte er im Verschwörerton. »Die sollten Sie sich schon mal genauer vornehmen, Sie wissen ja, aus Ulm kommen nur Tagediebe. Die anderen sind aus Landsberg und Donauwörth. Kein einziger Augsburger darunter, man kann sich ja denken, was das bedeutet. Und die Frauen – die meisten aus schlechten Familien aus der Jakoberstraße. Die hat man doch als Kinder schon zum Stehlen erzogen.«

»Wurde viel gestohlen in diesem Haushalt?«

»Nicht mehr als üblich«, sagte er stolz. Ich dachte: und das meiste von dir, während er fortfuhr: »Ich habe ein wachsames Auge.«

Die Tür öffnete sich, und die Magd brachte eine Speckseite herein. Hurlocher lächelte sie an. »Da kommt das frischeste Fleisch, das dieses Haus zu bieten hat. Ich habe gerade zu den Herren gesagt, als Majordomus darf einem nichts vom Gesinde verborgen bleiben. Findest du nicht auch?«

»Sicher, Herr Hurlocher«, flüsterte sie.

»Sie ist eine der Guten, sie ist in Ordnung. Ein williges Kind. Bring uns noch Brot, verstanden?«

Sie nickte und schlich wieder hinaus. Gregor sah ihr mit zusammengezogenen Brauen nach und schickte dann einen finsteren Blick zu Hurlocher hinüber.

»Wie wär's, wenn Sie uns etwas über Ludwig Stinglhammer erzählten?«, schlug ich vor.

»Mein Gott, was soll ich da sagen. Wir sind alle zutiefst erschüttert. Er wollte bis spät abends in seiner Schreibstube in Herrn Ulrichs Haus bleiben; denn er sagte, wir sollten nicht auf ihn warten.«

»Wie wollte er denn nach der Ausgangssperre zurückkommen?«

»Die Hoechstetter haben das Recht, einen Wachtrupp im Rathaus anzufordern. Schließlich können die großen Häuser dieser Stadt ihre Geschäfte nicht mit den Hühnern abwickeln, da muss man schon mal eine Ausnahme machen, wenn die Arbeit drängt.«

»Hatte Herr Stinglhammer eine so wichtige Stellung im Hause Hoechstetter?«

»Das kann man sagen.«

»Dann muss er ein kluger Mann gewesen sein.«

Die Antwort kam genau so, wie ich es erwartet hatte. »Herr Hoechstetter hielt ihn dafür.«

»Und Herr Stinglhammer muss Sie für einen sehr fähigen Verwalter seines Hauses gehalten haben.«

Offenbar wusste er nicht recht, ob dieses Kompliment im Zusammenhang mit seiner zurückhaltenden Äußerung über Stinglhammers Befähigung nicht auch als Beleidigung zu werten war. Ich lächelte ihn offen an, und er lächelte verwirrt zurück.

Die Magd kam mit dem Brot herein und rettete ihn aus der Situation.

»Das war wohl so«, sagte er. »Herr Stinglhammer konnte sich auf mich verlassen. Ich weiß über alles Bescheid in diesem Haushalt.« Er wandte sich an die junge Frau, die das Brot neben der Speckseite auf die Truhe legte. Er grinste und zwinkerte uns zu. »Als Majordomus muss man in alles eindringen, was mit dem Gesinde zu tun hat; ist doch so?«

Die Magd wandte den Kopf zur Seite und erwiderte nichts. Ich ließ sie bis zur Tür kommen, dann sagte ich zu ihr: »Wie gut hast du Herrn Stinglhammer gekannt?«

Sie hob den Kopf und senkte ihn gleich wieder. Sie zuckte mit den Schultern.

»Er hat die Befehle an das Gesinde über mich erteilt«, beeilte sich Hurlocher zu erläutern.

Ich wandte mich erneut an die junge Frau: »Hättest du gedacht, dass ihn jemand ermorden würde?«

Sie erschauderte, blieb jedoch weiterhin stumm. Bisher hatte ich sie nur einmal sprechen hören.

»Niemand hätte das je für möglich gehalten«, sagte Hurlocher.

»Du redest nicht gerade viel«, meinte ich. Sie sah mich an. Hurlochers Gesicht verzog sich zu einem Grinsen.

»Frauen und ihre Launen. Bevor Sie gekommen sind, hat sie den Mund noch ganz schön voll genommen, habe ich Recht?«

Die junge Frau zuckte zusammen und schluckte krampfhaft. Ich nickte ihr zu, und auf Hurlochers Wink hin verschwand sie.

»Erzählen Sie uns etwas über Stinglhammers Feinde«, forderte ich Hurlocher auf.

»Ich glaube nicht, dass er Feinde hatte.«

»Es wird nicht gerade ein Freund gewesen sein, der ihm den Hals umgedreht hat.«

»Nein, wahrscheinlich nicht.«

»Wo waren Sie in der Nacht von gestern auf heute?«

»Ich? Aber Sie glauben doch nicht ernsthaft …?«

»Wo?«

Hurlocher sagte nichts. Er wandte sich an Gregor, doch dieser starrte durch ihn hindurch und klopfte mit dem Stöckchen gegen seinen Schenkel.

»Ich glaube, mir ist gar nicht klar, wer Sie eigentlich sind«, begann Hurlocher schließlich mit bemühter Höflichkeit, »den Burggrafen kenne ich, doch …«

»Ihn werden Sie noch kennen lernen«, sagte Gregor, und ich war erstaunt, dass er über so viel Geistesgegenwart verfügte, aus meiner Person weiterhin ein Geheimnis zu machen.

Hurlocher sah zwischen Gregor und mir hin und her. Seine Haltung war angespannt.

»Ich kann Zeugen benennen, die mich gesehen haben«, sagte er langsam.

»Vor Gericht?«

Er wand sich. »Wenn es sein muss.«

»Die Aussage einer Dienstmagd zählt nicht vor Gericht.«

»Sie können doch nicht ernstlich glauben, dass ich Herrn Stinglhammer … und dann die Begleitumstände …«

»Welche Begleitumstände?«

Er blinzelte. »Die … das Zeichen … das unheimliche Verschwinden des Mörders …«

»Wer hat Ihnen davon erzählt?«

»Irgendwer, ich weiß nicht. Der Waibel des Bischofs …«

»Unwahrscheinlich«, knurrte Gregor.

»Na schön«, sagte ich hart. »Ich glaube Ihnen kein Wort. Wir müssen das Verhör im Rathaus fortsetzen.«

»Aber ich … der *questor* hat doch …«

»Ein Befragungszimmer mit dicken Wänden gibt es auch im Bischofspalast«, versicherte ich.

»Bitte nicht. Ich bin doch kooperativ!« Er wies hastig auf das Fleisch und das Brot. »Wollen Sie nicht … Sie müssen doch hungrig sein?«

»Mit wem hatte Ludwig Stinglhammer in den letzten Tagen Umgang?«

»Ah, wie? Ich meine … Männer, die ihn besucht haben, möchten Sie sagen?«

Ich starrte ihn an.

»Niemand hat ihn besucht. Aber er war viel unterwegs in der letzten Zeit, kaum zu Hause.«

»Wo war er?«

»Er hat es mir nicht gesagt.«

»Das ist seine Stube, oder?«

»Ja, ja, sicher.« Hurlocher sah sich verwirrt um.

»Würde er es für gutheißen, dass Sie sie benutzen?«

Er räusperte sich und versuchte, einen Hauch seiner vorherigen Überlegenheit wiederzugewinnen. »Ich hatte vermutet, Sie wollten in Ruhe mit mir sprechen.«

»Sie haben keine eigene Kammer?«

»Ich schlafe beim Gesinde.«

»Wenn das Ihr Bruder wüsste, der hoch geehrte Pfleger von Sankt Nikolaus.«

Hurlocher errötete bis unter die Haarwurzeln. Er sah zu Boden.

»Mit wem hat sich Ludwig Stinglhammer getroffen?«

»Ich habe gehört, er sei viel bei Herrn Hoechstetter gewesen. Aber bitte, das sind nur Gerüchte.«

»Natürlich war er viel bei Georg Hoechstetter. Er war der Buchhalter seines Vaters.«

»Nein, ich meine Herrn Hoechstetters Vetter Karl.«

»Wer ist das?«

»Der Faktor der Hoechstetter«, sagte Gregor.

»Ging es um Geld?«

»Das weiß ich doch nicht!«

»Ich sehe immer noch keine Möglichkeit, auf die peinliche Befragung zu verzichten«, brummte ich. Hurlocher erbleichte. Ich hatte ein schlechtes Gefühl dabei, ihm mit der Folter zu drohen. Aber ich hatte auch ein schlechtes Gefühl, wenn ich den Kriecher nur betrachtete, der sich da vor mir auf der Truhe wand.

»Was habe ich denn getan?«, rief Hurlocher.

»Ludwig Stinglhammer hatte weder Frau noch Kinder. Als sein Vertrauter wäre es Ihre Pflicht gewesen, seinen Leichnam heimzuholen und hier aufbahren zu lassen. Von Rechts wegen hätten wir Sie in diesem Haus gar nicht auffinden dürfen; Sie hätten damit beschäftigt sein müssen, Stinglhammers letzte Reise vorzubereiten und mit Georg Hoechstetter über die Formalitäten zu reden.«

»Wir sollten die Bahrprobe machen«, zischte Gregor.

Hurlocher atmete schneller. Er sah mich an wie der Hase den Wolf.

»Warum kommen Sie Ihren Pflichten nicht nach? Warum verstecken Sie sich stattdessen unter den Röcken der Dienstmägde?«

»Es ist ... ich will nicht ... ich konnte nicht ...«

»Sprechen Sie nur weiter.«

»Wie lange sind Sie denn schon in Augsburg?«, platzte er heraus. »Sie sind kein Hiesiger, Sie wissen gar nichts.«

»Ich habe lange Jahre hier gelebt. Zu Bischof Peters Zeiten.«

»Bischof Peter?« Er gaffte mich an und wurde womöglich noch blasser.

»Ich war sein Bluthund«, erklärte ich und spürte, dass sogar Gregor dabei erstaunt zusammenzuckte.

Hurlocher sank in sich zusammen. Er verschränkte die

Hände ineinander und begann sie zu kneten. Seine Brust hob und senkte sich. Als er wieder aufsah, waren seine Augen blank vor Angst.

»Der Satan geht um!«, rief er und machte das Kreuzzeichen. Gregor setzte sich plötzlich auf und hörte auf, mit seinem Stöckchen zu spielen. »Er schart Anhänger um sich.«

»Jetzt aber mal langsam …«, knurrte Gregor.

»Und Herr Stinglhammer … ich glaube, er hat …«

»Es gibt keine Teufelsanbeter in Augsburg«, sagte Gregor scharf.

»Lass ihn doch ausreden.«

»Aber es kommt nur kompletter Unfug dabei raus. Was willst du? Beelzebub anklagen und vor Gericht bringen?«

»Sie haben so viel Angst«, sagte ich zu Hurlocher, »dass Sie nicht einmal wagten, den Leichnam Ihres Herrn in sein Haus zu holen.«

»Er wollte ihn aus einem ganz anderen Grund nicht anfassen.«

»Ich war es nicht, *questor*, ich schwöre es. Ich habe Herrn Stinglhammer nichts zuleide getan. Aber wenn der Teufel selbst ihn umgebracht hat, dann kann ich ihn doch … wen der Verderber berührt hat, der ist sein und über ihn kommt er in die Welt. Wie hätte ich ruhig schlafen können mit dieser Leiche im Haus?«

»Im Haus Hoechstetter schläft man auch ruhig.«

»Dort kümmert man sich doch um nichts anderes als um den Profit und um die bevorstehende Reise des jungen Georg. Dort weiß man nicht, welcher Schatten über unserer Stadt liegt.«

»Aber Stinglhammer wusste es.«

»Was glauben Sie, warum er tot ist?«, heulte Hurlocher.

»Und Martin Dädalus?«

Hurlocher sah mich verständnislos an. »Wer ist das?«

»Er ist heute Morgen unter die Erde gekommen. Nachdem er unter den gleichen Vorzeichen wie Ihr Herr gestorben ist.«

»Heilige Maria, bitte für uns.« Hurlocher schlug ein zitterndes Kreuz. »Wir sind alle verloren.«

»Ich habe heute gesehen, wie der Bürgermeister eine Hexe hat verhaften lassen«, sagte ich. »Ich habe gesehen, wie Bettler kleine widerwärtige Talismane verkaufen, und ich habe in die Gesichter auf dem Marktplatz geblickt und Argwohn und Furcht darin gesehen. Das ist nicht das Augsburg, das ich vor vielen Jahren verlassen habe. Was geschieht hier?«

»Jos Onsorg mit seiner Besessenheit macht noch alle hysterisch«, zischte Gregor.

»Die Schatten der Grubenleute kommen über uns«, flüsterte Hurlocher. »Das nigromantische Gesindel und die Dämonenbeschwörer versammeln sich wieder wie die Maden auf einem kranken Tier. Bischof Peter hat den Satan ergrimmt, als er die Grubenleute vertrieb und den Teufelsanbeter ins Gefängnis brachte. Er hätte ihn gewähren lassen sollen – vielleicht hätte er sich mit ein paar weiteren Seelen von schlechten Frauen begnügt.«

»Bischof Peter hat mit der ganzen Sache nichts zu tun!«

»Haben Sie sein Grabmal gesehen?« Die Augen des Majordomus waren weit. »Ich schwöre Ihnen, als man den Deckel schloss, lag darauf das Abbild des Bischofs, als wäre er im Schlaf. Am nächsten Morgen aber war er in einen verwesenden Leichnam verwandelt, dem die Schlangen aus den Augenhöhlen kriechen.«

Gregor verdrehte die Augen.

»Der alte Bischof hat das Unglück über uns gebracht. Er hat damals die Arbeit nicht vollendet, und jetzt kommt das Böse mit neuer Kraft wieder, und mit ihm die Grubenleute und singen ihm Halleluja.«

»Was ist mit Georg Hoechstetter?«

Hurlocher war aus der Bahn geworfen. Sein Mund arbeitete lautlos, während sein Gehirn sich auf die neue Frage einzustellen versuchte.

»Wegen seiner Entsendung nach Venedig«, brachte er schließlich heraus.

»Ach, die Sache.« Gregor winkte ab. »Hoechstetter schickt seine Söhne zur Ausbildung in andere Städte. Ambrosius, der Nächstjüngere, ist für Brügge vorgesehen, wie man hört. Georg soll nach Venedig. Das Haus Hoechstetter hat im Fondaco dei Tedeschi dort ein eigenes Kontor.«

»Das ist doch nichts Besonderes.«

Stinglhammers Majordomus war sichtlich bemüht, die Welt seines Aberglaubens zu verlassen und wieder in die Wirklichkeit zurückzufinden. »Da war wohl im Vorfeld einiges los«, sagte er nach einer kleinen Pause.

»Was wissen Sie darüber?«

»Was Herr Stinglhammer mir darüber anvertraut hat – eine ganze Menge.« Er schien in sein altes Selbst zurückzukehren. »Allerdings unter dem Siegel der Verschwiegenheit.«

»Ich löse dieses Siegel«, sagte Gregor und starrte Hurlocher an. Der Majordomus gab ohne Gegenwehr nach. Ich hatte das Gefühl, er hätte es auf jeden Fall getan.

»Georg Hoechstetter bringt Beteiligungsrechte an einem Bergwerk bei Reutte nach Venedig – Ulrich Hoechstetter hat sie teuer verkauft, denn die Serenissima ist ganz wild auf leicht bearbeitbares Metall für ihre Flotte. Und im Haus Hoechstetter trägt man sich schon einige Zeit mit dem Gedanken, eine Messinghütte in der Nähe des Bergwerks zu errichten; das Geld aus Venedig könnte dieses Vorhaben beschleunigen.«

»Und weshalb sagten Sie, es habe Aufruhr im Vorfeld dieses Handels gegeben?«

»Sehen Sie«, Hurlocher senkte tatsächlich die Stimme, »es ist nicht ganz klar, ob die Ursprungsrechte an diesem Erzvorkommen wirklich ausschließlich dem Hause Hoechstetter gehören. Wie es heißt, melden auch die Häuser Fugger, Gossembrot, Welser und Herwart Rechte darauf an. Als Ulrich Hoechstetter der Ältere die Ausbeutungsrechte erwarb, lieh er sich wohl von den genannten Familien Geld und überschrieb ihnen dafür als Sicherheit Beteiligungen. Nach Prüfung der Dokumente hat sich zwar herausgestellt, dass die Beteiligungen nach Rückzahlung der Kredite zurückgegeben wurden, doch zumindest die Welser und Gossembrot behaupten, diese Dokumente seien gefälscht und es habe sich niemals um Sicherheiten, sondern um Übereignungen gehandelt.«

»War einer der Prüfer, die die Dokumente begutachtet haben, Martin Dädalus?«

»Der Name sagt mir wirklich nichts.«

»Aber Ludwig Stinglhammer war in die Prüfung der Dokumente verwickelt.«

»So ist es.«

Ich stand auf. Gregor sprang nach sekundenlangem Zögern mit auf, sodass Hurlocher verstummte und zu uns hochsah. »Was ist nun?«, stotterte er verwirrt.

»Wir sind fertig. Danke für Ihre Mitarbeit«, sagte ich, als wäre ich der liebenswürdigste Mensch auf der Welt. Hurlochers Unterkiefer sank herab.

»Das ist … alles?«

»Verlangen Sie denn nach mehr?«

Er schüttelte den Kopf. Gregor räusperte sich.

»Bringen Sie uns nach vorn, oder sollen wir uns selbst rauslassen?«, fragte er grob. Hurlocher riss sich zusammen und zwang ein Lächeln in sein Gesicht. Das Lächeln wurde breiter und weniger angestrengt, als ihm klar wurde, dass wir es ernst meinten. Schnell drückte er sich an uns vorbei und öffnete die Tür. Gregor warf mir einen fragenden Blick zu, als ich ihm den Vortritt ließ, und ich antwortete mit einem leichten Schulterzucken.

»Ich bin gespannt, was du mir draußen zu sagen hast«, flüsterte er.

»Geht mir genauso.«

Er brummte etwas und trat beiseite, damit Hurlocher an uns vorbeidienern konnte. Das Gesinde saß noch immer in der Wohnstube, wie wir es verlassen hatten. Hurlocher ließ seine Blicke über die Leute schweifen und rollte die Augen, um zu bekräftigen, dass sie allesamt Gesindel seien, dem nur die unverständliche Langmut ihres Herrn die harte Hand seines Majordomus erspart hatte. Die wenigen Schritte von Stinglhammers Kammer hier herein hatten genügt, um ihn vollends zu überzeugen, dass die peinliche Befragung nicht auf ihn wartete und dass er uns so gut wie los war. »In der Kammer des Herrn steht Essen und Trinken«, rief er verächtlich in den Raum hinein. »Ihr könnt euch davon holen.« Dann zwinkerte er uns einmal mehr zu und richtete seinen Blick auf die Dienstmagd, die uns das Essen gebracht hatte. »Ein rechter Majordomus ist stets bemüht, seinem Gesinde was zwischen die Zähne zu geben, ist es nicht so?«

Gregor brummte etwas, das sicherlich nicht nach deutlicherem Ausdruck verlangte. Ich hielt auf der Straße inne und drehte mich zu Hurlocher um, der in der geöffneten Tür stehen geblieben war und lächelte. Sein Hosenlatz war nicht ordentlich zugebunden, und an dem, was sich dahinter regte, konnte ich erkennen, dass seine Gedanken bereits wieder zu der Beschäftigung gekrochen waren, bei der wir ihn gestört hatten. Vielleicht charakterisierte es den Verstorbenen, dass der Hausverwalter die Mägde praktisch auf seinem Grab zur Notzucht zwang. Vielleicht charakterisierte es aber auch nur den Hausverwalter. Ich wandte mich wortlos ab.

4.

Der Mann, den Hurlocher beauftragt hatte, auf Gregors Pferd Acht zu geben, lehnte mit dem Rücken gegen die Hausmauer und starrte zu Boden. Das Pferd stand mit ebenso hängendem Kopf daneben und schnupperte auf dem nassen Boden herum. Inzwischen hatte es zu regnen aufgehört. Was vom Gewitter übrig geblieben war, waren die Windböen, die durch die Gassen fegten und Mähne und Schwanz des Rappen zerzausten.

Gregor hob die Zügel auf und ging ein paar Schritte weiter. Der Aufpasser verschwand wortlos im Gebäude, vermutlich, um sich zu seinen Kameraden in der Wohnstube zu gesellen, während der Majordomus des Verstorbenen sich mit den Mägden vergnügte.

»Und?«, fragte Gregor. Seine Augen funkelten.

»Wenn die Katze aus dem Haus ist, tanzen die Mäuse.«

»Das meinte ich nicht.«

»Ich weiß.«

»Du bist doch dort drin nicht nur deshalb so schnell aufgesprungen, weil dir Hurlochers Gehabe zum Hals raushing.«

»Was ist das mit den Grubenleuten?«

»Es gibt keine Grubenleute mehr in Augsburg. Sie sind alle verjagt worden. Das weißt du genauso gut wie ich.«

»Wie kommen die Leute dann darauf, wieder über sie zu sprechen?«

Gregor warf ungeduldig die Arme in die Luft. »Weil die Leute eben die Leute sind! Kleinmütig, abergläubisch, furchtsam, jederzeit bereit, den Unsinn nachzuplappern, den ihnen einer eingibt ...«

»Was hast du über Dädalus herausgefunden?«

»Nichts! Was glaubst du denn, warum ich so gespannt

darauf bin zu erfahren, was du von Hurlochers Aussagen hältst? Und du kommst mir mit seinem Altweibergewäsch!«

»Es kann nicht sein, dass sich über Dädalus nichts herausfinden lässt. Der Mann hat hier gelebt und für Ulrich Hoechstetter gearbeitet.«

»Ich hab dir doch gesagt, dass er erst vor kurzem aus Bologna hierher kam, als Hoechstetter die Niederlassung dort aufgelöst hat.«

»Und warum hat Hoechstetter das getan?«

Gregor wischte aufgebracht durch die Luft. »Wozu ist das wichtig? Hast du nicht gehört – Georg Hoechstetter geht nach Venedig. Warum soll Hoechstetter teuer für eine Filiale in Bologna zahlen, wenn sein eigener Sohn nach Venedig geht, dem Nabel der Welt?«

»Es muss einen Zusammenhang geben zwischen Dädalus und Stinglhammer. Jemand, der beide kannte, hat sie umgebracht.«

»Du glaubst also nicht daran, dass es der Teufel selbst war – oder Gottes Todesengel?«

Ich starrte ihn an. Woraufhin er die Luft ausstieß. »Na, dem Himmel sei Dank. Ich fürchtete schon ...«

»Wir müssen überprüfen, welche Verbindungen zwischen Stinglhammer und Dädalus bestanden.« Im Stillen dachte ich: und zwischen Dädalus und meiner Tochter Maria. »In diesem Geflecht werden wir auch den Mörder finden.«

Gregor kniff die Augen zusammen. »Ich habe eine ganz andere Theorie.« Er lächelte.

»Und die wäre?«

»Hurlocher hat sie uns doch auf dem Silberteller präsentiert. Er war nur nicht klug genug, sie zu erkennen.«

»Du meinst die Zwistigkeiten zwischen Hoechstetter und den anderen Familien wegen der Besitzrechte an dem Erzbergwerk bei Reutte?«

Gregor strahlte. »Liegt doch nahe, oder?«

»Ich weiß nicht. Es gibt zu viele Ungereimtheiten ...«

Der Burggraf lachte und legte mir einen Arm um die Schulter. Er sah nach oben, als müsste er eine Erinnerung von weit her zurückholen. »*Pluralitas non est ponenda sine neccesitate*«, dozierte er dann mit verstellter Stimme. »Oder: Wenn du zwei Theorien hast, die dasselbe aussagen, dann ist die einfachere die bessere. Wer hat das gesagt?«

»Wilhelm von Occam.«

»Nein, ich meine, wer hat das immer zu mir gesagt?« Er drückte mich grinsend an sich.

»Ich«, brummte ich widerwillig.

»Siehst du?«

»Es ist nicht die einfachere Theorie. Es ist eine Theorie, die die Hälfte der Umstände außer Acht lässt.«

»Umstände? Was denn für Umstände? Dass Jos Onsorg zu einer Hexenjagd bläst? Ich sag dir was: Er gehört zu den Menschen, die dreimal am Tag in die Kirche rennen und abends noch vor dem Altar in ihrer Schlafkammer niederknien.«

»Es ist nicht nur Onsorg …«

»Aber er ist der Bürgermeister. Das Volk rennt ihm hinterher, weil es ihn für schlauer hält als sich selbst.«

»Ist es Ulrich Schwarz auch hinterhergerannt?«

»Ja, in Scharen, als man ihn zum Galgen hinauskarrte«, erklärte Gregor.

Ich seufzte. »Mit den Jahren habe ich gelernt, die Dinge differenzierter zu sehen.«

»Ach was. Ich habe mit den Jahren gelernt, dass alles viel einfacher ist, als man immer glaubt. Und dass genau die größten Dummheiten immer wieder begangen werden. Darum sind auch nur einige wenige ausersehen, den Dummen vorzuschreiben, wo es lang geht.«

»Ich bin nicht überzeugt …«

Gregor holte tief Atem und trat einen Schritt zurück. Er musterte mich von oben bis unten. »Na gut«, sagte er, »na gut. Was würdest du jetzt tun?«

»Ich habe noch keinen Entschluss gefasst.«

»Willst du hören, was ich vorschlage?«

Ich nickte.

»Ich glaube, eine der großen Familien will Hoechstetter Angst einjagen. Ob diese Geschichte mit den Besitzrechten stimmt oder nicht: Sie sind jedenfalls neidisch auf seinen Erfolg und immer daran interessiert, ihm einen Strich durch die Rechnung zu machen. Stinglhammer hat die Dokumente geprüft – Stinglhammer ist tot. Dädalus, der ehemalige Leiter des Hoechstetterhauses in Bologna, war wahrscheinlich dazu ausersehen, die Metallhütte in Reutte zu leiten – Dädalus ist tot. Ist doch ganz einfach, genau wie der alte Occam erklärt hat … ich sag dir was: Wir müssen bloß den Welsers und Gossembrots und wie sie alle heißen auf den Zahn fühlen.«

»Du glaubst doch nicht im Ernst, dass zum Beispiel Bartholomäus Welser den Kopf hängen lassen und sagen würde: ›Ja, meine Herren, ich war's!‹, wenn wir bei ihm auftauchen.«

»Natürlich nicht. Keiner wird was zugeben.«

»Und dann?«

»Dann schalten wir die Stadtbehörden ein und lassen Hoechstetter formal Anklage gegen alle seine verdächtigen Konkurrenten erheben, wenn's sein muss vor dem Kaiser.«

»Was du vorhast, ist mehr oder weniger, das Gefüge der Stadt aus den Angeln zu heben.«

Gregor lachte fröhlich und schlug sich auf die Schenkel. »Der alte Bischof Peter würde sich darüber freuen, was meinst du?«

»Das ist nicht dein Motiv.«

»Nein, ist es nicht. Ich will den Fall lösen.«

»Auch für diesen Preis?«

»Was für einen Preis? Veränderung ist Bestandteil des Lebens. Die großen Familien regieren die Stadt seit Generationen. Die Leute glauben, durch die Unabhängigkeit von irgendeinem Herzog oder Bischof haben sie die Freiheit erlangt – dabei bräuchten sie nur mal zu sehen, wie sich die Söhne der reichen Familien die Bürgermeisterkette einander aushändigen und wie hier nichts geschieht, was die großen Handelshäuser nicht zuerst auf ihren eigenen Vorteil überprüft haben.«

»Ich habe noch genug vom letzten Aufstand, in den ich geraten bin.«

»Das ist doch kein Aufstand. Du lieber Himmel.« Gregor hielt betroffen inne. »Ich glaube, ich habe mich gerade fortreißen lassen. Natürlich wird es dazu nicht kommen. Alles, was ich will, ist, die Mordfälle zu lösen. Hast du eine bessere Idee, wie wir vorgehen sollten?«

»Nein.«

»Ich sag dir was: Dann machen wir's so lange auf meine Art, bis du einen überzeugenden anderen Vorschlag hast.«

Ich hob die Hände. Nichts widerstrebte mir mehr, als Gregors Gedankenpfad zu folgen, besonders, was die Konsequenzen betraf. Ich hatte ihm damals tatsächlich immer Wilhelm von Occams These vorgehalten, und auch heute war ich noch davon überzeugt. Doch Gregor missbrauchte Occams Aussage, um die Tatsache zu bemänteln, dass wir noch gar nicht genügend Informationen gesammelt hatten, um überhaupt eine Theorie zu den Morden entwickeln zu können, mochte sie nun einfach oder kompliziert sein. Ich hatte seinem Plan nichts entgegenzusetzen und somit keine andere Wahl, als ihn vorerst mitzuspielen. Nur befand sich zwischen den großen Worten lang verstorbener Philosophen und den Gedankenflügen eines ehrgeizigen Mannes, der ein machtloses Amt bekleidete, meine Tochter Maria, die in das Grab eines der Ermordeten ein Symbol dessen hatte fallen lassen, was ich seit über zwanzig Jahren aus dem Grunde meiner Seele verabscheute.

Gregor schwang sich auf seinen Rappen, um die wenigen Schritte zurückzulegen, die Stinglhammers Haus vom Bischofspalast trennten. Bedachte man, wie lange das Satteln und das Aufzäumen des Pferdes dauerte (selbst wenn man es nur schlampig machte), hätte man den Weg in der gleichen Zeit mehrfach zu Fuß zurücklegen können.

»Ich hätte aus den schmierigen Händen dieses Lumpen da drin nichts annehmen können«, sagte er. »Aber Hunger habe ich trotzdem.«

»Ich habe heute Morgen in der Herberge gut gegessen. Eine

Gruppe von Nürnberger Kaufleuten auf der Durchreise hat mich freundlicherweise an ihrem Mahl teilnehmen lassen.«

»Na gut, aber heute Abend wird zusammen gespeist. Wir sehen uns im Palast.«

Der Wirt des Frommen Pilgers stierte mich überrascht an, als ich mich seiner Herberge näherte. Er stand neben einem zweirädrigen Karren, dessen leere Deichsel in die Höhe ragte. Als ich seinen Blick zurückgab, wurde er von jemandem, der aus dem Eingang trat, beiseite gestoßen. Zwei Männer trugen die geringen Besitztümer eines Reisenden nach draußen: eine halbgroße lederbeschlagene Truhe, die sich hinter den Sattel eines Pferdes binden ließ und höchstens Platz für eine zweite Garnitur Kleidung zusätzlich zu derjenigen bot, die ihr Besitzer am Leibe trug; eine Rolle aus gepichtem Tuch, die man bei Regen entfalten und sich als Schutz über den Kopf ziehen konnte und die ein ebenso langes wie nutzloses Messer enthielt und ein Paar unbenutzter, neuer Stiefel; ein Sack aus grobem Stoff, in dem sich die Reste des Reiseproviants befanden. Es war mehr, als ein Pilger mit sich führt, und weniger als das Gepäck eines türkischen Reiters. Einer der beiden Männern drückte mit einem Fuß die Deichsel nach unten, bis der Karren halbwegs gerade stand, dann warfen sie ihre Last hinein. Ich trat ihnen in den Weg, als sie den Karren losziehen wollten.

»Wenn ich mich nicht täusche, sind das meine Sachen«, sagte ich.

»Herr, warten Sie …« Der Wirt eilte an meine Seite.

»Was haben Sie vor?«

»Ich tue doch nur …«

»Ladet wieder ab«, befahl ich den beiden Männern. Sie sahen sich mit finsteren Mienen an. »Jetzt.«

»So hören Sie doch!«

»Ihnen«, zischte ich und drehte mich so schnell zu dem Wirt herum, dass er zurückfuhr, »wird in wenigen Augenblicken der Kerkerwärter zuhören, während er die Tür hinter Ihnen zusperrt.«

»Ich tue doch nur, was man mir sagt!«, brachte er hervor.

»Man hat Ihnen aufgetragen, meine Sachen wegzubringen?«

Er nickte und machte eine Handbewegung zu den beiden Kerlen mit dem Karren hin. Sie packten wieder an. Ich stellte mich ihnen erneut in den Weg. Sie ließen die Deichsel sinken und starrten mich hasserfüllt an.

»Der Bürgermeister?«, fragte ich. »Oder jemand aus einer der großen Familien? Ist es mein Name oder der von Bischof Peter, der Sie dazu gebracht hat?«

»Mit dem alten Bischof hat es nichts zu tun ...«

»Sondern?«

»Mit dem neuen ...«

»Lächerlich. Bischof Johann ist gar nicht in der Stadt, und abgesehen davon ...«

»Wenn Sie mich ausreden lassen würden«, erklärte der Wirt, »dann könnte ich Ihnen mitteilen, dass der Befehl für den Abtransport Ihres Gepäcks aus dem Bischofspalast kam.«

»Vom Burggrafen?«

»Höchstpersönlich.«

»Lassen Sie uns passieren, Herr«, knurrte einer der Knechte, »sonst werden wir Ihretwegen gescholten.«

»Ihr bringt meine Sachen in den Palast?«

Sie nickten; der Wirt nickte mit und breitete gleichzeitig die Arme aus. »Ich dachte, Sie wüssten darüber Bescheid.«

»Gregor«, murmelte ich. »Ich hätte es mir denken können.«

»Es fehlt nichts, Sie können sich überzeugen. Niemand hat Ihnen was gestohlen.«

»Ihr könnt weitermachen«, sagte ich zu den Männern mit dem Karren. Ich gab den Weg frei, und sie zogen an, ohne sich zu bedanken oder mir noch einen Blick zu gönnen. Der Wirt presste die Lippen zusammen.

»Machen Sie mir bloß keine Vorwürfe. Woher hätte ich wissen sollen, dass Sie was dagegen haben?«

»Ist schon gut.«

Er zog die Nase hoch und glättete seine verdrossene Miene. Ich sah den Männern nach, die den Karren langsam über das unebene Pflaster die Spitalgasse entlangzogen und bei der Gasse abbogen, die sie zu Sankt Ulrich und zu den Städeln am Weinmarkt führen würde.

»Wieso dachten Sie, die Stadtbehörden hätten Sie wegen des alten Bischofs Peter aus der Stadt gewiesen? Kannten Sie ihn?«

»Nicht wichtig«, erwiderte ich. »Nicht mehr.«

Ich spürte seine neugierigen Blicke, als ich mich hinter meinen Habseligkeiten her in Bewegung setzte, um die unwillkommene Gastfreundschaft des Burggrafen im Bischofspalast in Anspruch zu nehmen.

»Ich dachte, ich tue dir einen Gefallen, wenn ich dich aus diesem Wanzenloch rette.«

»Ich habe nicht darum gebeten.«

»Du hast es auch nicht abgelehnt.«

»Wie denn – du hast mich ja nicht mal gefragt!«

Gregor seufzte. »Du bist noch schwieriger geworden, als du es damals warst.«

»Ich lege keinen Wert darauf, unter diesem Dach zu schlafen.«

»Angst vor den Geistern der Vergangenheit?« Gregor lächelte mit gespielter Überheblichkeit und tat so, als hätte ich seine generöseste Geste grob zurückgewiesen. Er hatte gelogen, als er gesagt hatte, er habe mir einen Gefallen tun wollen. Er war der Ansicht, dass ich nun für ihn arbeitete, und je näher er mich zu sich heranzog, desto besser konnte er mich überwachen. So viel zum gegenseitigen Vertrauen. Obwohl ich nicht umhin konnte, mir einzugestehen, dass ich bis jetzt noch nicht viel dazu getan hatte, mir das seine zu erwerben.

»Was weißt du schon von den Geistern meiner Vergangenheit«, sagte ich.

Er senkte den Blick und das künstliche Lächeln verschwand von seinem Gesicht. »Einige davon dürften wir gemeinsam haben.«

Nicht die wirklich wichtigen, wollte ich sagen und dachte an die Gräber hinter der Holunderhecke in meinem Hof in Landshut. Doch ich schluckte meine Worte hinunter. Gregor legte die Hände auf die Tischplatte, die noch immer so blank war wie am Morgen. Dort, wo der schwachsinnige Knabe den nassen Fleck hinterlassen hatte, glänzte die Platte wieder wie zuvor. Gregor hatte jemanden gefunden, der sie poliert hatte.

»Bis heute Abend«, sagte ich und drehte mich um.

»Ich lasse dich holen. Das wird ein Festessen.« Er saß an dem riesigen Tisch wie ein Hund, den man für ein besonderes Kunststück nicht gelobt hat, als ich die Tür hinter mir schloss.

Ich wanderte in den Hof des Palastes hinaus und sah mich um, als nähme ich ihn zum ersten Mal wahr. Nun war ich in doppeltem Sinn wieder zu Hause. Dabei war mir nie etwas fremder erschienen. Ich dachte an die Gassen der Stadt und sah das schreckensbleiche Gesicht der Frau, die die Wachen abgeführt hatten; ich dachte an die Zeit mit Bischof Peter und sah die groteske Darstellung auf seinem Kenotaph; ich dachte an das Haus im Pfaffengässchen, in dem ich mit meiner Familie gewohnt hatte, und sah die abgehärmte Gestalt meiner jüngsten Tochter, die wie ein Spuk zwischen den Kirchgängern verschwand; ich dachte an das geflochtene Ding, das sie dem ersten Mordopfer ins Grab geworfen hatte und das nicht mehr war als das, woraus es bestand: wertloses Stroh, wenn man nicht gewillt war, ihm eine andere Bedeutung beizumessen. Es sind nicht die Symbole, die uns ängstigen, sondern der Wert, den wir ihnen geben.

Ich sah nach unten und erkannte, dass ich mit dem Fuß eine Zeichnung in den zu einer dünnen Schlammschicht gewordenen Staub gemacht hatte: ein Dreieck. Ich wischte es wütend mit der Schuhsohle aus, bevor ich noch die fünf Kreise ergänzen konnte.

»Ein Hoch auf Narrheit und Überheblichkeit«, brummte ich. Der Temperaturabfall, den das Gewitter mit sich gebracht hatte, ließ mich frösteln und Schauer meinen Rücken hinunterlaufen. Nach der Schwüle des Morgens und der vergangenen Tage schien der Herbst plötzlich hereingebrochen zu sein. Die Blätter, die der Regen von den Zweigen gepeitscht hatte und die nun den Boden bedeckten, waren noch grün, doch sie lagen nicht weniger dicht als im Oktober und wirkten in ihrer Färbung fehl am Platz. Es gefiel mir nicht mehr im Hof des Bischofspalastes. Ich dachte daran, dass ich eigentlich in den Gassen Augsburgs nach Maria hätte suchen sollen, doch für jemanden, der nicht die geringste Ahnung hat, wo er mit der Suche nach einer Person beginnen soll, die nicht gefunden werden will, war die Stadt riesengroß. Es gefiel mir auch im Inneren des Bischofspalastes nicht; aber ich hatte keinen anderen Platz, wohin ich hätte gehen können, also ging ich wieder hinein.

5.

Die meisten Räume waren leer, soweit sie nicht als Lager dienten. Bischof Johann schien mit großem Gefolge unterwegs zu sein; auch darin unterschied er sich von seinem Vorgänger. Ich wanderte durch eine Stille, die in das Innere einer Kirche gepasst hätte, bis ich plötzlich in einen Raum geriet, in dem sich die Männer drängten und in dem die stickige Luft eines Zimmers herrschte, das über einer häufig bewirtschafteten Küche liegt.

In Ludwig Stinglhammers Haus hatten die Dienstboten untätig in der Stube gehockt. Im Palast des Bischofs saßen sie in der Gesindekammer. Sie waren ebenso schweigsam und starrten mich mit derselben Mischung aus Trotz und Feindseligkeit an wie die Männer und Frauen im Haus des ermordeten Buchhalters. Die Ähnlichkeit der beiden Szenen machte mich beklommen. Sie schien zu bedeuten, dass in beiden Häusern der Herr fehlte und derjenige, der sein Vertreter war, zwar nach seiner Macht gegriffen hatte, aber an Autorität nichts besaß als einen hohlen Titel. Dann erkannte ich, dass die Dienstboten in der Gesindekammer des Bischofspalastes ausschließlich alte Männer waren, die ihre Augen nicht aus Hass, sondern aus Kurzsichtigkeit zusammenkniffen, und die Dinge rückten sich wieder ein wenig ins Lot. Ich grüßte sie, und sie grüßten mümmelnd oder kopfnickend zurück, sichtlich ohne jede Ahnung, wer ich war oder dass ich nicht eigentlich zum Gefolge des Bischofs gehörte. Bischof Johann gab ihnen das Gnadenbrot, und Gregor führte diese Pflicht während der Abwesenheit des Bischofs weiter. Wenn mich etwas erstaunte, dann, dass dem Burggrafen noch nicht der Gedanke gekommen war, den alten Leuten die Gnade des Bischofs zu entziehen, solange er das

Sagen hatte. Es roch nach den Düften der Küche, die durch den Fußboden zu dringen schienen, nach feucht gewordenen und schlecht getrockneten Kleidern und nach Altmännerfürzen.

Sie hatten ein Gespräch geführt, bis ich hereingekommen war; sie hatten es unterbrochen, starrten mich an und warteten darauf, dass ich den Raum wieder verließ, damit sie weiterreden konnten, oder ihnen ein neues Gesprächsthema lieferte. Sie waren nicht abgehärmt wie alte Austragsbauern, die ihre Glieder nicht mehr gebrauchen können und nutzlos in einer Ecke des Stalls ihre Tage mit dem Warten auf den Tod verdämmerten; sie hatten ihr Leben mit harter Arbeit verbracht, doch sie waren nicht Wind und Wetter ausgesetzt gewesen oder dem Widerstand einer feindlichen Natur. Sie waren junge Leute gewesen, als Bischof Peter sie eingestellt hatte; als ich zu ihm gestoßen war, mussten sie mittleren Alters gewesen sein und heimlich über meine ehrfürchtigen ersten Begegnungen mit dem Bischof gelacht haben. Ich sah in die faltigen, grauen Gesichter und erkannte nicht eines von ihnen wieder. Einer von ihnen war eingeschlafen: Sein Kopf ruhte auf den Unterarmen, die er vor sich auf den Holztisch gelegt hatte, und alles, was von ihm zu sehen war, war ein wirrer weißer Schopf, dessen dünnes Haar nach allen Seiten abstand. Er hatte den Kanten Brot und die Schüssel mit verwässerter Milch, die vor ihm standen, nicht angerührt. Keiner von ihnen hatte es getan. Wie die Gäste eines Banketts saßen sie vor ihrem Mahl und schienen auf ein Signal zum Beginn zu warten. Ich räusperte mich und griff nach der Türklinke, um den Raum gleich wieder zu verlassen. Lediglich die Erinnerung an meine Gefährtin Jana und das Kind, das in wenigen Wochen zu uns beiden gehören würde, half mir, den trüben Gedanken zu verscheuchen, dass auch ich nur noch durch eine übersichtliche Zeitspanne davon entfernt war, zu werden wie sie.

Schließlich hob einer die Hand und deutete auf mich. Er öffnete den zahnlosen Mund und befeuchtete seine Lippen mit einer blassen Zungenspitze. »Das ist sie nicht, oder?«, nuschelte er.

Seine Gefährten nickten. Einer stöhnte ungeduldig. »Du bist blind wie ein Maulwurf, zum Henker. Das ist doch ein Kerl.«

»Kommt sie heute nicht?«, fragte mich der erste Sprecher.

»Ich weiß nicht, von wem Sie sprechen«, erwiderte ich. Der alte Mann legte eine gekrümmte Hand hinter sein Ohr und kniff ein Auge zusammen. Ich wiederholte meine Worte, nur bedeutend lauter. Er zuckte mit den Schultern.

»Sie kommt heute nicht«, erklärte einer seiner Kameraden.

»Warum kommt sie nicht?«

»Auf wen warten Sie denn?«, rief ich. Sie sahen sich an. Sie waren verwirrt und vor allem verdrossen. Einer fasste zu dem Schlafenden hinüber und rüttelte ihn unsanft.

»He, Albert«, krächzte er, »wo bleibt sie denn?«

Der Schläfer brummte und zog den Kopf zwischen die Schultern.

»Gestern war sie da«, stellte einer der Alten fest, ein Mann mit Glatze und trüben Vogelaugen.

»Aber heute nicht.«

»Du bist gestern gar nicht hier gewesen«, widersprach jemand dem Glatzkopf. Dessen Mund formte sich zu einem empörten O, hinter dessen Rund das vertrocknete, leere Zahnfleisch sichtbar wurde.

»Natürlich war ich gestern hier.«

»Du bist erst heute Morgen vom Spital zurückgekommen.«

»Ich war überhaupt nicht im Spital.«

»Sie haben dir den Bruch hochgebunden, damit du dir beim Gehen nicht auf die Eier trittst.«

Der Glatzköpfige hielt sich an der Tischkante fest und versuchte hektisch, in die Höhe zu kommen. »Meine Eier sind völlig in Ordnung«, stammelte er. »Da, ich zeig sie dir, du verdammter Lügner.«

»Hört auf, ihr Idioten«, krächzte der Mann, der mich zuerst angesprochen hatte, bevor es der Glatzköpfige schaffen konnte, sich in die Höhe zu stemmen oder seinen Hosenlatz aufzuschnüren. »Ich sag euch was ...«

»Diepold hat den Bruch, nicht ich«, schimpfte der Mann mit der Glatze.

»Diepold ist doch gar nicht da!« Jetzt begannen mehrere, sich in ihrer kläglichen Gruppe umzusehen. »Was, Diepold ist nicht da? Wo ist der alte Trottel?«

»Er ist nicht da, weil er nicht gehen kann mit seinen Eiern, die ihm bis auf den Boden hängen …«

»Ich sag euch was!«, schrie der erste Sprecher und fuchtelte mit den Händen. Ich hielt mich an der Türklinke fest und fragte mich, warum ich die Gelegenheit noch nicht genutzt hatte, das Weite zu suchen. »Ich sag euch was!« Sie starrten ihn alle an und verstummten nach und nach, bis es still im Raum war. Der Sprecher hob beide Finger. »Ich sag euch was: Sie kommt heute nicht.«

Die Türklinke bewegte sich plötzlich in meiner Hand, und ich zuckte zurück. Die Tür schwang auf, und eine junge Frau huschte herein.

»Natürlich komme ich heute«, rief sie und lachte. »Ich bin schon da.«

Die Sonne ging auf in den eingefallenen Gesichtern. Sie erstrahlten wie *ein* Mann, als sie die Tür hinter sich schloss und sich im Raum umsah. Ihr Blick fiel dabei auf mich. Sie zog erstaunt die Augenbrauen hoch.

»Sie gehen merkwürdige Wege«, sagte ich. »Vom Grabmal des Bischofs in den Palast seines Nachfolgers.«

Sie stemmte die Hände in die Hüften und musterte mich eingehend. »Warum wollte ich gerade das Gleiche über Sie sagen?«

Ich streckte eine Hand aus. »Ich bin Peter Bernward.«

Sie ergriff sie nicht. »Sollte mir der Name genügen?«

»Ich bin auf der Durchreise.«

»Ich kann mir nicht vorstellen, dass das Grabmal von Bischof Peter von Schaumberg bereits zum Ziel von Pilgern geworden ist.«

»Ich bin kein Pilger.«

Sie schüttelte den Kopf. »Nein, Sie waren sein Freund.«

Plötzlich ergriff sie meine Hand, die ich gerade sinken lassen wollte. »Ich bin Elisabeth Klotz.«

Der Name weckte eine Erinnerung in mir, ohne sie wirklich ans Licht zu holen. Elisabeth Klotz ließ meine Hand los und drehte sich zu den alten Männern um. Sie hatten in der Zwischenzeit das glückliche Kindergrinsen von ihren Gesichtern gelöscht und dafür die Mienen von Menschen aufgesetzt, die in der Kirche auf die Wandlung warten (und überzeugt sind, dass dabei ein Wunder geschehen wird). Sie hatten sogar den Schläfer aufgeweckt, und ich erkannte in ihm den Mann, den Gregor für die Pflege seines Gauls herangezogen hatte. Elisabeth eilte zu ihm hinüber und küsste ihn auf die Wange, während er versuchte, vollends wach zu werden. Seine Augenbrauen standen ab wie die Borsten eines Igels und überschatteten die tief liegenden Augen vollkommen. Vom Schlaf waren seine hageren Wangen gerötet. Er blinzelte und grinste ebenso dämlich wie die anderen, noch bevor er sich völlig darüber im Klaren war, wo er sich befand. Sein Gesicht war mir schon bekannt erschienen, als ich ihn von Gregors Fenster aus beobachtet hatte; hier, aus der Nähe, wurde mir noch deutlicher, dass ich ihn von früher kannte. Ich starrte ihn an, ohne dass er es merkte; er hatte nur Augen für die junge Frau.

Diese legte ihm einen Arm um die Schultern und deutete zu meiner Überraschung auf mich. Er folgte ihrem Fingerzeig, und seine Augenbrauen rutschten beinahe bis zu seinem Haaransatz nach oben vor Erstaunen.

»Schau, Großvater«, sagte sie, »dieser Mann ist dafür verantwortlich, dass heute eine zweite Kerze für Bischof Peter gebrannt hat.« Sie zwinkerte mir zu. »Das freut dich doch, Großvater, oder nicht?«

»Zum Teufel«, polterte der Alte mit seiner weit tragenden Stimme, dass sogar seine fast tauben Genossen zusammenzuckten, »der Bub hat auch allen Grund dazu, für den alten Bischof eine Kerze anzuzünden. Verdankt ihm alles, der Bub!«

Die Erinnerung kam mit der Anrede, dabei hätte ich die Stimme schon von der ersten Sekunde an erkennen müssen.

Doch hatte er sie damals kaum benutzt. Er hatte auf seinem Kutschbock gesessen und alle Versuche, ihn mit einem Gespräch auf die Ebene der normalen Sterblichen herabzuziehen, mit wenigen Worten zunichte gemacht. Die Haare waren kurz geschoren gewesen, das Gesicht glatt und voll und meistens ohne Ausdruck. Er hatte alt gewirkt, ohne es wirklich gewesen zu sein. Ich hatte mich damals gefragt, ob er schon mit abweisendem Gesichtsausdruck zur Welt gekommen war. Weder Kälte noch Regen noch die Aussicht auf einen Schluck von einem der teuren Weine Bischof Peters hatten ihn jemals verlocken können, den Posten auf dem Führersitz der bischöflichen Kutsche aufzugeben.

»Albert Klotz«, staunte ich, »der Leibkutscher des Bischofs.«

»Richtig, Bub«, dröhnte er, und obwohl ich schon lange kein Bub mehr war, machten mich seine Worte für ein paar Sekunden wieder dazu, »und in Ehren ergraut. Dass du dich traust, dein Gesicht hier zu zeigen, das ist schon eine Unverschämtheit.«

Elisabeth Klotz verschwand aus dem Zentrum der Aufmerksamkeit und wurde erneut durch meine Wenigkeit ersetzt. Sie war gekommen (endlich), und damit war das Leben in sein normales Muster zurückgekehrt; kein Grund mehr, von dieser Tatsache noch Notiz zu nehmen, wenn es etwas gab, dessen Existenz nicht zum täglichen Leben gehörte. Sie mochten alle halb taub sein und die meisten von ihnen so verrückt wie eine Ratte im Käfig, doch die donnernde Stimme von Albert Klotz hatte jeden erreicht. Sie starrten mich an. Elisabeth schien unangenehm überrascht von den harten Worten ihres Großvaters; Albert Klotz selbst funkelte mich unter seinen wirren Augenbrauen hervor an, als hätte das Ende der Freundschaft zwischen Bischof Peter und mir ihn mehr betroffen als uns; und als handelte es sich um Ereignisse, die nicht schon fast fünfzehn Jahre zurücklagen und im Lauf der Dinge so vollkommen untergegangen waren wie etwas Totes, das lange genug auf den Wellen der See getrieben ist.

Falsch; für mich war es nie untergegangen: etwas Totes, dessen Ende ich verschuldet hatte und das beständig auf der Oberfläche meiner Seele dahintrieb, um immer wieder schmerzhaft auf sich aufmerksam zu machen.

Ich atmete tief ein; dann trat ich zu Albert Klotz und setzte mich neben ihn.

Aus der Nähe besehen, war sein hageres, langes Gesicht grau und bartstoppelig. In den Mundwinkeln klebten die gelben Krusten eingetrockneten Speichels, in den Augenwinkeln gleichfarbige Unreinheiten von den unbewussten Tränen des Schlafes. Sein Haar war grau, wenn man es genau betrachtete, obwohl das Weiß seine natürliche Farbe gewesen wäre; aber es starrte vor Schmutz. An seinem Kinn, unter der altersspitzen Nase und an den deutlich hervortretenden Knochen des Unterkiefers hingen einzelne lange Bartsträhnen, die dem Auge des ohnehin nachlässigen Barbiers entgangen waren. Er roch nach Pferdestall und sauer gewordenem Schweiß, nach dem Urin, der ohne sein Zutun in die Schamkapsel rann, und nach dem Kot, der wahrscheinlich seine Unterschenkel besprenkelte, weil er sich auf dem Abtritt nicht mehr rechtzeitig setzen konnte. Seine Fingernägel waren so schwarz wie die eines Mannes, der in Kohlen gewühlt hat. Das Einzige, das nicht von einem trüben Film überzogen schien, waren seine Augen, die sich in die meinen bohrten. Mir war damals nie aufgefallen, dass sie von einem tiefen, klaren Blau waren, das fast wie Indigo wirkte und das er seiner Enkelin vererbt hatte. Er rückte beiseite und verzog gleichzeitig missmutig den Mund. Er war in keinster Weise mehr der Mann, den ich auf dem Kutschbock von Bischof Peters Kutsche tagaus, tagein hatte sitzen sehen. Er war das Symbol dafür, was sich in meiner alten Heimatstadt verändert hatte: Eine trübe Schicht bedeckte alles. Bei Albert Klotz bestand sie aus monatealtem Schmutz; was Augsburg anging, aus wortloser Furcht.

Eine Stadt, die belagert wird, hatte ich am Morgen gedacht. Ich berichtigte mich.

Eine Stadt, die belagert wird und dumpf ahnt, dass der

Feind allen Anstrengungen zum Trotz bereits hinter die Mauern vorgedrungen ist.

Ich hatte Jana zugesagt, wir würden in Nürnberg wieder aufeinander treffen; sie und ihre Begleiter reisten langsam, während ich, ein einzelner Mann auf einem Pferd, schneller vorankam. Sie würde ohne mich weiterziehen müssen. Aus dem Aufenthalt eines Tages und dem schmerzhaften Geständnis einer Nacht war plötzlich eine Suche im Dunkeln geworden.

»Er hat die schönste Kerze für Bischof Peter entzündet, die es im Dom zu kaufen gab«, flüsterte Elisabeth ihrem Großvater ins Ohr und warf mir gleichzeitig einen teilnahmsvollen Blick zu.

Albert Klotz brummte etwas und hörte nicht auf, mich mit Blicken zu durchbohren. Plötzlich beugte er sich nach vorn und starrte mir aus solcher Nähe ins Gesicht, dass seine Nase fast die meine berührte. Sein Atem roch wie der eines alten Hundes. Er grinste, und ehe ich mich versah, packte eine trockene Hand meine Rechte und drückte sie.

»Der Bub ist wieder da«, rief er, als hätte ich mich in einem anderen Raum befunden und nicht in Reichweite seiner nassen Aussprache. »Ist verdammt Zeit geworden.« Er drückte meine Hand aufs Neue und brüllte über die Schulter seinen Kameraden zu: »Der Bursche hat hier gefehlt von dem Tag an, als er die Stadt verließ!«

Ich war seinerzeit der Einzige im ganzen Gefolge des Bischofs gewesen, bei dem Albert Klotz nicht abgewartet hatte, bis er gegrüßt wurde; er hatte mich stets zuerst gegrüßt. Abgesehen davon hatte er niemals auch nur eine Bewegung gemacht, um mir zu signalisieren, dass ich in seiner Achtung höher stand als die Pferde vor seiner Kutsche. Daher wunderte ich mich, dass er nun zu mir sprach wie zu einem lang vermissten kleinen Bruder.

»Wenn ich mir selbst hätte verzeihen können, wäre ich vielleicht eher zurückgekehrt«, hörte ich mich sagen und war selbst erstaunt darüber.

»Seine Exzellenz hat ein weiteres Herz als du«, grollte er. »Warst du schon bei ihm? Hat er sich gefreut?«

Ich blinzelte. Elisabeth, die hinter ihrem Großvater stand, nickte heftig.

»Ja«, sagte ich und hatte nicht das Gefühl, dass ich log. »Noch vor dem Gewitter.«

»Er hat dir schon lang vergeben. Ich bin gespannt, was er mir erzählen wird von eurer Begegnung.«

»Großvater, Bischof Peter ist seit fast zehn Jahren tot«, erklärte Elisabeth und streichelte die Wange des alten Mannes. Er sah befremdet zu Boden und wischte die Bemerkung schließlich mit einer brüsken Handbewegung beiseite. »Unfug«, brummte er. »Wie kann er tot sein, wenn *er* hier ist?«

Albert Klotz setzte ein grimmiges Gesicht auf und versuchte aufzustehen. Er sank mit einem Wehlaut und verzogenem Gesicht wieder auf die Bank. »Mein Kreuz«, seufzte er.

»Hast du dich wieder verausgabt?«

»Weiß nicht«, murmelte der Alte. Er sah seine Hände an und öffnete und schloss sie. »Hab ich das?«

»Der Burggraf hat ihn geheißen, sich um sein Pferd zu kümmern«, sagte ich. »Ich glaube, der Sattel ist eigentlich zu schwer für ihn.«

Elisabeth kniff die Augen zusammen und funkelte mit der gleichen grimmigen Miene, mit der ihr Großvater mich vor wenigen Augenblicken bedacht hatte, in Richtung der geschlossenen Tür.

»Pferde sind falsche Biester«, brummte Albert unzusammenhängend. »Hab ich schon immer gesagt. Man kann ihnen nicht trauen.« Er sah auf den Tisch und geriet durch den Anblick der Brotkanten und der Milchschüssel vor ihm in ein anderes Fahrwasser.

»Ein Glück, dass du gerade da bist, mein Kind«, donnerte er und klopfte Elisabeth auf den Arm. »Die haben uns Brot gegeben, mit dem man Steine zerkleinern könnte, so hart ist es.«

Er zog die Lippen zurück und entblößte weniger als ein halbes Dutzend braun verfärbter Zahnstummel, die in seinem

Mund standen wie die Überreste einer lang geschleiften Burg in einem leeren Acker. Elisabeth verdrehte die Augen. Sie griff nach einem der Brotkanten und brach ein Stück davon ab. Das Brot ächzte und zersplitterte dann in ihrer Hand.

»Bischof Peter ist großzügig zu uns«, knurrte Albert. »Der Burggraf hingegen, dieser Geizkragen …«

»Es ist *Bischof Johanns* Gnade«, erinnerte ihn Elisabeth. Sie tunkte das Brot in die Milch und wartete, bis es sich vollgesogen hatte. Dann steckte sie das nasse Stück ihrem Großvater in den Mund, und er begann zu kauen. Die Augen der anderen weiteten sich, und sie begannen zu grinsen wie Adam, als er zum ersten Mal Eva erblickte und sich fragte, wie Gott dieses kleine Kunststückchen fertig gebracht hatte.

»Ihr braucht es bloß abzubrechen und einzutunken, bis es weich ist«, rief Elisabeth lächelnd.

»Das hätte ich euch auch sagen können, wenn ihr mich gefragt hättet«, donnerte Albert und sperrte danach den Mund auf wie ein junger Kuckuck. Elisabeth schob ihm ein weiteres Stück hinein, und er ließ seine fast zahnlosen Kiefer mahlen und wandte sich dann mit Verschwörermiene an mich. »Ich kümmere mich um die alten Kerle«, flüsterte er mit der Lautstärke eines Söldnerhauptmannes, der einem ganzen Heerzug den Befehl zur Richtungsänderung gibt. Die Milch schwappte beim Reden über seine Lippen, und er wischte sich ungeduldig das Kinn ab. »Ohne mich sind die aufgeschmissen.«

Ich warf unwillkürlich einen Blick zu Elisabeth, die neben ihm stand und lachend das Brot zerkleinerte. Er folgte meinem Blick und runzelte die Stirn. »Sie hilft mir dann und wann dabei«, gestand er.

Ich stand auf und reichte ihm die Hand. Er erwiderte meinen Händedruck ohne Kraft und ohne mich sofort wieder loszulassen.

»Es war mir eine Ehre, Sie wiederzusehen«, sagte ich und brachte es nicht über mich, ihn so vertraulich anzureden wie er mich. »Alles Gute weiterhin.«

Dann nickte ich seiner Enkelin zu und schritt zur Tür. Ich

hatte sie schon erreicht, als er es endlich geschafft hatte, hinter dem Tisch hervorzukriechen und mir hinterherzuhasten. Auf dem Kutschbock hatte er stets groß gewirkt; als er nun vor mir stand, war er nur ein knochiges, mittelgroßes altes Männlein, dessen Miene durch die borstigen Augenbrauen robuster wirkte, als er in Wirklichkeit war. Er packte meinen Ärmel.

»Glaubst du etwa, dass wir dich so einfach gehen lassen?«, donnerte er. »Wo wir so lange auf dich gewartet haben!«

6.

Ich deutete auf Elisabeth, die uns stirnrunzelnd beobachtete. »Auf sie habt ihr gewartet, nicht auf mich.«

Er winkte ungeduldig ab. »Wegen des Brotes, ja. Das meine ich nicht.«

Er zwinkerte und versuchte, mich von der Tür fortzuziehen. Ich gab nach und folgte ihm in die entfernteste Ecke des kleinen Raums, wo er mit einer Stimme zu flüstern begann, der man von außerhalb der Tür auch noch mühelos hätte folgen können. Elisabeth gesellte sich zu uns und sah immer noch vage beunruhigt darüber aus, was ihr Großvater im Schilde führte. Als er merkte, dass sie sich uns näherte, winkte er sie heran.

»Meine Enkelin«, sagte er stolz. »Elisabeth. Schön wie ihre Mutter und klug wie ihr Großvater.« Er grinste und legte den Arm um ihre Schultern, dabei war er kaum so hoch wie sie. Sie lächelte und küsste ihn auf die Wange. »Sie sorgt dafür, dass das Essen nie ausgeht. Wenn er so schlau ist, wie er von sich glaubt, dann macht er sie zu seiner Leibköchin, dieser … dieser … na, zum Teufel, wer soll sich all die Namen merken.«

Elisabeth fasste in die Schürze und zog ein zusammengefaltetes Leintuch heraus. »Etwas Käse, Großvater. Ist heute Morgen übrig geblieben.« Sie hob es hoch und zeigte es den anderen. Diese lachten und pfiffen und begannen zu klatschen. Sie sah mir in die Augen und lächelte über die Begeisterung der alten Männer.

»Sie sind hier offenbar der gute Engel«, sagte ich.

»Wenn man nicht mehr nützlich ist, verschwindet man schnell aus der Aufmerksamkeit der Mächtigen. Ich bin bei jedem dieser Männer auf dem Knie geritten, als ich noch ein kleines Mädchen war, und habe mir Leckerbissen und selbst geschnitztes Spielzeug zustecken lassen. Heute kann ich ihre Liebe mit praktischen Dingen erwidern.«

»Ich wusste nicht, dass Sie eine Familie hatten, Albert«, sagte ich. »Ich habe Sie immer nur allein gesehen.«

»Es gab den Dienst für Bischof Peter. Alles andere hatte dabei nichts zu suchen.« Er richtete sich ein wenig auf und warf sich in die Brust. »Wenn mir die Kraft nicht ausgegangen wäre, würde ich ihn heute noch fahren.«

»Er hat auf der letzten Fahrt des Bischofs nach Augsburg die Kutsche gelenkt«, flüsterte Elisabeth, während Albert nach seinen selbstbewussten Worten vor sich hinstarrte und vage zu ahnen schien, dass er den Anschluss an die Gegenwart verloren hatte. »Er ist eigens dazu nach Dillingen gereist. Der Bischof hatte darum gebeten.«

»He«, rief einer von den anderen Alten zu uns herüber. Als Elisabeth sich umdrehte, hielt er ein triefendes Brotstück in die Höhe. Er wartete, bis er die Aufmerksamkeit aller hatte, dann krächzte er: »Ich habe dieses Brotstück Gregor von Welden getauft. Solange es ruhig liegt, ist es hart wie Stein – aber wenn man es tief genug eintunkt, wird es zu Brei.«

Die Zuhörer kicherten; Elisabeth verzog das Gesicht zu einem Lächeln. Albert sah missmutig aus.

»Kindische Bande«, brummte er. »Hör mal, Bub, du musst wissen, was hier los ist, sonst kannst du nicht anfangen.«

»Anfangen?«, wiederholte ich. »Anfangen womit?«

»Hier wieder Ordnung reinzubringen.«

»Großvater ...«, seufzte Elisabeth.

»Was denn? Wenn Bischof Peter mit ihm redet, wird er ihm das Gleiche auftragen. Ich greife doch nur vor.«

»Er ist nur auf der Durchreise.«

»Unfug. Er hat damals immer alles in Ordnung gebracht für den Bischof, und dazu ist er jetzt zurückgekehrt.«

Elisabeth sah mich an. »Das haben Sie für den alten Bischof getan?«

»Ich war einer seiner Untersuchungsbeamten«, erklärte ich

widerstrebend. »Ich war nicht halb so erfolgreich, wie Ihr Großvater behauptet.«

Sie schüttelte erstaunt den Kopf. »Dann müssen Sie ja den Burggrafen kennen.«

»Wir haben damals zusammengearbeitet.«

»Haben Sie ihn schon begrüßt? Oder waren Sie zuerst beim Grab des Bischofs?«

»Er hat mir hier einen Platz zum Schlafen angeboten.«

»Erstaunlich, was man über Sie alles herausfinden kann, wenn man anderen Leuten zuhört.«

Ich zuckte unangenehm berührt mit den Schultern. Sie lächelte kess. »Und noch erstaunlicher, was Sie alles verbergen.«

»Schluss mit dem Geschwätz«, befahl Albert. »Hörst du mir nun zu oder nicht?«

»Großvater, bitte …«

»Nein, Elisabeth, lassen Sie ihn. Tatsächlich interessiert es mich, was hier vorgeht.«

»Im Bischofspalast oder in der Stadt?«

»Hängt beides nicht trotz aller Differenzen näher zusammen, als man glaubt?«

Sie nickte langsam und machte ein düsteres Gesicht. »Auch wenn dies Ihre alte Heimat ist – Sie sollten sich nicht einmischen.«

»Ich stecke vielleicht schon mittendrin.«

Die junge Frau seufzte. Albert grinste triumphierend. Dann wandte er sich mit überlegener Miene an seine Enkelin. »Hast du nicht was zu tun? Den alten Knackern dort drüben helfen?«

Elisabeth blitzte ihn an. »Wenn du glaubst, du kannst mich wegschicken, dann täuschst du dich.«

»Das hier ist Männersache.«

»Weil immer alles Männersache ist, steckt diese Stadt bis zum Hals in der Kloake!«

Albert zog den Kopf ein und warf mir einen komisch-eingeschüchterten Blick zu. »Oje«, knurrte er. Elisabeth stemmte die Hände in die Hüften. »Also rede!«, stieß sie hervor.

Albert hob eine Hand und genehmigte sich einige Sekunden der Sammlung, während derer er mit geschlossenen Augen dastand. Als er sie wieder öffnete, funkelten sie.

»So ist die Lage«, grollte er. »Bischof Peter hat den Sohn dieses Verräters aus Schwabmünchen zum Burggrafen gemacht, aber das war ein Fehler.«

»Der Burggraf wurde von Bischof Johann ernannt«, unterbrach ihn Elisabeth. Er brummelte aufgebracht und ließ sich nicht in seiner Rede aufhalten.

»... dann wurde dieser ... na, dieser Kerl aus Mailand ... oder so ähnlich ... jedenfalls wurde er kaltgemacht ...«

»Martin Dädalus aus Bologna«, sagte Elisabeth und verdrehte die Augen.

»... und den Burggrafen interessierte das kein Fünkchen. Und jetzt heißt es, es gibt schon wieder einen Toten, diesmal heißt er ... heißt er ...«

»Ludwig Stinglhammer«, half ich, bevor Elisabeth es tun konnte.

»... und auf einmal ist der Burggraf ganz heiß darauf, den Mord zu untersuchen, obwohl es ihn und das Bistum gar nichts angeht!«

»Gregor hat sich erst jetzt in die Untersuchung der beiden Morde eingemischt? Darum wusste er so wenig über Dädalus. Ich dachte, er hätte den Fall von Anfang an untersucht.«

»Ach wo! Er hat doch nur angebissen, weil dieser ... dieser Kettenträger ... dieser ...«

»Jos Onsorg, der Bürgermeister«, sagte Elisabeth und schüttelte resigniert den Kopf.

»... mit allen Kräften versucht, die Geschichte aufzuklären.«

»Dann dient Onsorgs Hexenjagd nur dazu, nach dem Mörder zu fahnden? Ist er etwa der Meinung, es handelt sich hier um ...«

»Dämonen«, flüsterte Albert mit verzerrtem Gesicht. »Entweder geht der Teufel um oder der Engel Gottes, jedenfalls klopft etwas an die Türen wie damals in Ägypten, als der Engel die Erstgeborenen nahm.«

Ich warf Elisabeth einen Blick zu, doch aus ihrem Gesicht war jede Verdrossenheit geschwunden. Sie sah ernst aus, zuckte mit den Schultern und nickte zugleich.

»Jedenfalls geht die Angst um«, sagte sie leise.

»Und Schuld haben der verdammte Ulrich Schwarz und die Grubenleute!«, rief Albert, und ich war erstaunt, dass er diesen Namen hatte behalten können.

»Es gibt seit einer ganzen Generation keine Grubenleute mehr in Augsburg«, erklärte ich hart.

»Woher willst du das wissen? Du warst doch gar nicht hier, he?«

Ich stutzte. Albert stemmte die Fäuste in die knochigen Hüften – eine weitere Geste, die bewies, wie sehr seine Enkelin nach ihm geraten war.

»Da war im Frühjahr dieser Pfaffe … den sie gehängt haben … kurz vor Ulrich Schwarz …«

»Ein Mönch«, mischte sich Elisabeth ein, »das war ein Mönch. Ich glaube, es ist besser, wenn ich die Geschichte erzähle.«

»Bitte!« Albert wedelte beleidigt mit den Händen. Elisabeth fasste ihn begütigend am Arm.

»Es waren zwei Chorknaben aus Sankt Ulrich im Spiel. Als einer von ihnen schon längere Zeit nicht mehr zur Beichte erschienen war, nahm ihn der Beichtvater beiseite und versuchte, ihm ins Gewissen zu reden und ihn dazu zu bewegen, sich von seinen Sünden zu befreien.«

Elisabeth sah zu Boden und schüttelte den Kopf. Alberts Augen bohrten sich in meine.

»Was ist passiert?«

Ich bemerkte plötzlich, wie still es in der Gesindekammer geworden war. Die anderen alten Männer hatten ihre krächzenden Unterhaltungen eingestellt und starrten zu uns herüber. Diejenigen, die nicht gut genug hörten, um uns verstanden zu haben, hatten am Gebaren der anderen erkannt, dass unser Gespräch in besondere Gefilde vorgedrungen war. Ihre Augen glänzten wie die von Raben, die in einem kahlen Baum neben der Straße hocken und jeden Vorbeigehenden mustern, bis er ihren Ansitz weit hinter sich gelassen hat. Ich fühlte mich mit einem Mal unwohl.

»Der Junge blieb stumm«, sagte Elisabeth.

»Verstockt«, brummte Albert.

»Verhext«, erklärte einer der Alten heiser.

»Der Beichtvater war gütig. Er beschloss, den Jungen zu segnen und zu warten, bis er sich von selbst öffnete. So teilte er ihm mit, er dürfe gehen, und schlug das Kreuz über ihn.«

»Der Herr Jesus Christus schütze und behüte dich.«

»Er begann zu schreien«, berichtete Elisabeth.

»Ely, Ely, Sother, Sabaoth.«

»Er wand sich und presste die Hände an die Stirn, als würde ihn der Segen des Priesters verbrennen.«

»Er konnte den Namen des Herrn nicht aussprechen.«

»Er flehte um Gnade.«

»Er rief um Hilfe«, knurrte Albert.

»Er tat was?«

»Er flehte um Beistand«, sagte Elisabeth und versuchte vergebens, vollkommen nüchtern zu bleiben.

»Um wessen Beistand?«

»Uriel«, flüsterte einer der Alten. *»Raguel.«*

»Beelzebub!«

»Die gefallenen Engel«, hörte ich mich sagen.

»Er rief sie an, ihm zu Hilfe zu kommen.«

»Er spuckte dem Priester ins Gesicht.«

Diabolo diabolico, Satana sathanico, komm her zu mir!

Niemand im Raum hatte es gesagt. Das Flüstern war plötzlich in meinen Ohren, und ich wusste nur zu gut, woher es kam.

»Er rief die Dämonen an.«

»Er war wie besessen«, flüsterte Elisabeth.

»Er *war* besessen.«

Ich blinzelte. Er war besessen. Ich hörte die Stimmen der alten Männer, doch in meinem Kopf schrie eine andere Stimme, und sie war nur wenig älter als die des Chorknaben, der die

Feinde Gottes um Hilfe anflehte. Und ich hörte eine weitere Stimme, die kühl und verächtlich auf die Gestalt einredete, die auf dem Boden kauerte wie ein geschlagenes Kind.

Ich beschwöre dich, du lügenhafter Geist, mit den Worten der Wahrheit.

»Er stürzte sich auf den Priester, als dieser ihn mit Weihwasser besprengte.«

Meine eigene Stimme.

»Er kreischte die unheiligen Namen …«

»Adin, Floron, Tubuas!«

Ich erinnere mich. Ich habe Schuld auf mich geladen.

»Sabaoth!«

»… bis der Priester vor Angst floh und die Tür hinter sich versperrte.«

»Oriens, Amaymon, Paymon, Egim.«

»Simiel, Azrael!«

Ich wusste, was sie erzählen würden. Ich schloss die Augen und sah einen verkrümmten Leichnam zu Füßen eines unaussprechlichen Symbols liegen, das Blut um ihn herum schwarz.

Azrael!

»Nach einiger Zeit beruhigte er sich«, sagte Elisabeth trocken. »Die Menge, die sich vor der Zelle des Beichtvaters versammelt hatte, hörte ihn schluchzen.«

»Dann kam der Mönch«, grollte Albert.

»Er war ein großer, dunkler Mann, eine Statur wie ein Bär. Erst vor wenigen Monaten war er aus England herübergekommen und hatte sich nicht bemüht, Freunde unter seinen Brüdern zu gewinnen. Er schob sich durch die Menge und erklärte, er werde versuchen, dem Knaben zu helfen. Er habe keine Furcht vor den Mächten der Finsternis. Einem anderen Chorknaben befahl er, ihm zur Hand zu gehen, und versprach, ihm werde nichts geschehen.«

»Der Junge gehorchte.«

»Kein Zufall.«

»Der Mönch bat den Beichtvater darum, die Türschwelle mit Weihwasser zu besprenkeln, nachdem er und der Junge die Zelle betreten hätten. Als er die Tür entriegelte, befahl er allen, zurück in die Kirche zu gehen und für den Erfolg seiner Mission zu beten.«

»Er sagte, wenn die Dämonen aus dem Körper des Jungen führen, würden sie sich vielleicht einen neuen Wirt suchen, und es sei daher besser, wenn sich niemand in der Nähe aufhalte.«

»Wie sie alle rannten!«

»Der Beichtvater tränkte die Tür mit zitternden Händen.«

»Dann«, sagte Elisabeth, »fiel ihm ein, dass der Mönch gar nicht wissen konnte, was geschehen war, da er den Ort des Geschehens als Letzter erreicht hatte.«

»Woher«, krächzte Albert, »wusste er, dass der Junge die Dämonen angerufen hatte?«

»Uriel!«

»Der Beichtvater rammte den Riegel wieder in das Schloss und lief nach dem Propst.«

»Sankt Ulrich untersteht der Reichspflegschaft und damit nicht dem Einfluss des Bischofs, wie Sie wissen«, erklärte Elisabeth. »Dennoch rief der Stadtvogt in diesem Fall Bischof Johann um Hilfe. Es handelte sich ja trotz allem um einen Geistlichen. Der Bischof ließ den Mönch und die beiden Chorknaben in den Bischofspalast schaffen und vom Burggrafen befragen.«

»Gregor«, sagte ich heiser und bemühte mich, wieder in die Realität zurückzufinden. »Was hat er getan?«

»Die Chorknaben gestanden alles, und obwohl der Mönch leugnete, wollte Bischof Johann die Aussage der beiden Jungen als Beweis gelten lassen. Er verfügte die Exemtion über den Mönch, sodass dieser vom Stadtgericht verurteilt werden könne.«

»Aber das Gesetz verlangt ein Geständnis«, murmelte einer der Alten düster.

»Die Chorknaben erklärten, der Mönch habe sie als Hilfskräfte für nigromantische Experimente missbraucht. Er ließ sie fasten und in eine polierte Metallscheibe blicken, die er als magischen Spiegel bezeichnete, bis sie dort nebelhafte Gestalten erblickten, die ihre Klauen nach ihnen ausstreckten. Er verließ mit ihnen nachts die Stadt und grub sie bis zur Hüfte in einem Acker ein, hüllte sie in Rauch und murmelte Zaubersprüche in jüdischer Sprache.«

»Die Christusmörder«, fluchte einer der Alten.

»Er zwang sie hinaus vor die Mauern der Stadt und ließ sie in dunklen, nebligen Nächten in der Erde zwischen der Wertach und dem Gögginger Tor graben.«

»Die Gräberfelder der Heiden.«

»Sie mussten nach der Hand eines Toten suchen. Er erklärte ihnen, die Hand eines Toten öffne jeden Riegel ...«

»... offensichtlich haben sie keine gefunden«, brummte Albert, »sonst hätte sich der Kerl doch aus der Zelle des Beichtvaters befreien können.«

»Er ließ sie Gebete rückwärts aufsagen und den Namen des Herrn durch den Namen Satans ersetzen; er leitete sie an, Weihrauch zu stehlen für seine Zeremonien und junge Vögel aus den Nestern zu nehmen, um sie ins Feuer zu werfen. Er erläuterte ihnen die Praktiken, die dazu dienen, einen Dämon herbeizurufen, der jedes auserwählte Opfer unter die Macht seines Beschwörers zwingen kann ...«

»Der Stadtvogt war auf der Seite des Bischofs und erklärte, er werde die Verurteilung des Mönchs auch ohne dessen Geständnis als rechtmäßig ansehen aufgrund der freiwillig gemachten Aussagen der Chorknaben.«

»Die Räte und die Zunftversammlung übten aber am Ende einen solchen Druck auf den Stadtvogt, auf Bürgermeister Ulrich Schwarz und auf Bischof Johann aus, dass der Stadtvogt die peinliche Befragung befahl.«

»Ich glaube«, sagte Elisabeth langsam, »sie gaben nach, um zu vermeiden, dass die Stadt über ihre Köpfe hinweg einen Inquisitor anforderte.«

»Der Mönch schwieg.«

»Ich habe gehört, er hätte laut nach Beelzebub gerufen, als sie ihn aufzogen.«

»Jedenfalls gestand er nichts.«

»Der Scharfrichter und seine Knechte weigerten sich nach kurzer Zeit, den Mönch in die Tortur zu nehmen. Sie hatten Angst, dass seine Rufe nach dem Prinzen der Finsternis oder seinen Helfern beantwortet würden und ihre Seelen in Gefahr seien.«

»Der Stadtvogt bekam freie Hand. Er wollte den Mönch verbrennen, aber dann wurde er darauf aufmerksam gemacht, dass man den Rauch dieses Feuers bis nach Rom sehen werde, woraufhin sicher doch noch eine Inquisition des Vorfalls befohlen werde – mit allen Konsequenzen.«

»Es war ein Fehler«, rief einer der alten Männer, »den Inquisitor nicht zu holen. Ein guter Inquisitor findet immer mehr, als man zuerst glaubt. Er hätte das ganze Schlangennest ausgehoben.«

»Einen Inquisitor in die Stadt zu lassen ist wie die Tore vor der Pest zu öffnen«, donnerte Albert und bewies mit seinen Worten, dass er sich in den Jahren auf dem Kutschbock nicht nur Holzspäne in den Hintern gezogen, sondern auch Bischof Peters Weltanschauung zu Eigen gemacht hatte. »Du weißt nicht, wen es alles trifft, und am Ende stehst du vor doppelt so vielen Gräbern von Unschuldigen, als du dir in deinen schlimmsten Befürchtungen ausgemalt hast. Nicht dass es mir Spaß machte, dem aufgeblasenen Kerl Recht zu geben, aber bei dieser Sache hat er ausnahmsweise mitgedacht, statt sich nur aufzublähen …«

»Und wie viele Unschuldige erwischt es jetzt wegen des Ausbleibens einer Inquisition?«, krächzte der Alte auf der Bank. »Frag doch mal die zwei, die sich der Todesengel schon geholt hat.«

»Rat und Zunftversammlung weigerten sich, den Verurteilten am Perlachturm in den Käfig zu stecken und verhungern zu lassen. Sie sagten, bis der Tod einträte, hätte der Mönch noch genügend Gelegenheit, die Stadt und die Bewohner zu verfluchen und ihnen Satan und seine Brut auf den Hals zu hetzen. Sie weigerten sich desgleichen, seinen Leichnam dort aufzuhängen. Schließlich führte man den Mönch hinaus vor das Jakobertor, hängte ihn an einen Baum und verscharrte ihn gleich danach, ohne ihm noch einmal Gelegenheit zu geben, Verwünschungen hervorzustoßen oder seine Spießgesellen aus dem Reich der Finsternis zu Hilfe zu rufen.«

»Ich glaube, sie haben ihm vorher die Zunge herausgerissen«, sagte Elisabeth und schüttelte sich.

»Ich sage euch«, rief der Alte auf der Bank wieder, »sie haben nur eine Natter aus dem Schlangennest gezogen. Eine von Dutzenden.«

»Hör auf«, rief Elisabeth. »Das erzählst du nun schon seit Monaten!«

»Und die Morde beweisen, dass ich Recht habe!«, keifte der Alte zurück. »Ihr werdet euch noch umsehen.«

»Die Grubenleute«, murmelte Albert düster.

Bischof Johann und Ulrich Schwarz hatten einen Nigromanten hingerichtet; sie hatten dabei fast alle Gesetze gebrochen, die man sich denken konnte, angefangen bei der Tatsache, dass Bischof Johann den Mönch exemtiert hatte. Selbst Bischof Peter hatte damals seine schützende Hand über eines Verbrechens verdächtige Geistliche gehalten, so lange es nur ging, was nicht hieß, dass er nicht mit den ihm selbst zur Verfügung stehenden Mitteln so hart gegen die Übeltäter vorging, dass manch einer wünschte, der städtischen Gerichtsbarkeit übergeben worden zu sein. Dabei hatte er nur bei einer Anklage Toleranz gezeigt: bei Zauberei, denn er hatte nicht daran geglaubt, dass es Zauberer und Hexen gab. Als ich ihn einmal fragte, wie er es mit der Beschwörung des Prinzen der Finsternis halte, hatte er geantwortet: »Luzifer war immerhin Gottes erster Engel, und so wie es keinem Menschen gelingt, Michael, Gabriel oder Rafael herbeizubefehlen, wird es mit Luzifer ebenso wenig gelingen.« »Abgesehen davon«, hatte er einmal auf dem Weg aus der Stadt hinzugefügt und mit steinernem Gesicht die Leichname betrachtet, die am Galgen hingen, »benötigt der Mensch in seiner Bösartigkeit nicht die Hilfe des Teufels. Wir könnten ihm eher noch was beibringen.«

»Welche Rolle hat der Burggraf bei alldem gespielt?«, fragte ich plötzlich. Elisabeth und Albert blickten überrascht auf. »Dieser Fall wäre ausnahmsweise in seinen Zuständigkeitsbereich gefallen. Hat er sich die Sache so ohne weiteres aus den Händen nehmen lassen?«

»Der Burggraf war es doch, der dem Stadtvogt geraten hat, den Mönch nicht zu verbrennen«, erklärte Albert ungeduldig.

»Ich dachte, Sie hätten Ulrich Schwarz gemeint.«

»Wenn ich von einem aufgeblasenen Kerl spreche«, erwiderte Albert und warf sich in die Brust, »spreche ich immer vom Burggrafen.«

Gregor hatte offensichtlich Besonnenheit walten lassen. Dass er die Hoheit über diese Geschichte mit den Stadtbehörden hatte teilen müssen, mochte ihm von Bischof Johann befohlen worden sein; dass er sich selbst so weit zurückgenommen hatte, nicht ein gewaltiges Feuer anzünden zu lassen, in dem der unselige englische Mönch verbrannte und in dessen Schein Gregor wenigstens einen kurzen Schatten der Macht über das Pflaster der Augsburger Straßen warf, gereichte ihm jedoch zur Ehre. Ich lächelte. Selbst Albert Klotz konnte nicht umhin, Gregor zumindest für diese Tat seinen Respekt auszusprechen. Hätte es einen Scheiterhaufen in der Stadt gegeben, wäre es nicht bei diesem einen Flammentod geblieben.

»Ulrich Schwarz hat es nicht vor dem Galgen gerettet«, sagte Albert, als habe er meine Gedanken gelesen.

»Verdammte Schande«, fluchte einer der Alten. »Er hätte das vollendet, was Bischof Peter nicht fertig gebracht hat.«

Albert fuhr herum. »Lass den Namen von Bischof Peter aus dem Spiel, du alter Idiot«, brüllte er noch lauter als sonst. »Was weißt du schon davon?«

»Ulrich Schwarz war überzeugt, dass der englische Mönch nur einer von vielen war. Nach außen war er ein Barfüßer, innen gehörte er einer ganz anderen Bruderschaft an.«

Elisabeth seufzte.

»Erzählen Sie von Ulrich Schwarz«, forderte ich sie auf. »Ich werde das Gefühl nicht los, dass man bei ihm anfangen sollte, wenn man die Toten dieses Sommers zählt.«

7.

»Verdammt richtig«, brummte Albert. Elisabeth spießte ihn mit einem ungehaltenen Blick auf und schüttelte den Kopf. »Nein, Ihr Gefühl trügt sie. Ulrich Schwarz wurde von einem kaiserlichen Gericht zum Tode verurteilt, weil er versuchte, die alte Ordnung umzustoßen und die Stadt zu so etwas Ähnlichem zu machen, wie es manche italienischen Städte sind.« Sie dachte über das ungewohnte Wort nach. Ich gab es ihr vor.

»Eine Republik.«

Sie nickte. »Das konnte der Kaiser nicht dulden. Sehen Sie – was kann weiter auseinander liegen als ein Umsturzversuch und die Beschwörung von Dämonen?«

»Kaum etwas«, gab ich zu.

»Ist doch alles gar nicht wahr«, brummte Albert. »Schwarz musste wegen der Hinrichtung der Brüder Vittel im letzten Jahr an den Galgen. Dass Jörg Vittel sich beim Kaiser über ihn beschwerte, hat ihn wütend gemacht. Er hätte die zwei begnadigen müssen, weil der Kaiser es verlangte, aber er war stur wie nur irgendwas …«

Wie es schien, begann Alberts Gedächtnis zu arbeiten, wenn man ihm lange genug die Gelegenheit gab, es in Gang zu bringen. Die altersdumpfe Trübheit war fast aus seinen Augen verschwunden.

»Das hat man vorgeschoben«, sagte Elisabeth kurz. Albert gaffte sie an. Die anderen alten Männer taten es ihm gleich. Elisabeth wurde rot. »Was wollt ihr?«, rief sie ungehalten. »Ich arbeite im Haus eines der mächtigsten Männer der Stadt. Da hört man so das eine oder andere.«

Die Männer auf der Bank beim Ofen begannen erregt durcheinander zu reden. Wenigstens für die nächsten Minuten waren die düsteren Nachrichten der Gegenwart durch erregende Einblicke in die Mechanismen der jüngsten Vergangenheit abgelöst. Ein Bürgermeister, der einen Umsturz plante, und ein Kaiser, der ihn unter falscher Beschuldigung hinrichten ließ. Lediglich Albert Klotz beteiligte sich nicht daran. Er starrte seine Hände an, die so nervig und knorrig waren, dass sie wie aus Wurzelholz geschnitzt schienen, und so voller Flecken, dass der Schmutzbelag auf ihnen nur an den schwarzen Fingernägeln zu erahnen war. Er seufzte tief.

»Ich bin wirklich alt geworden«, knurrte er, »wenn so ein junges Ding daherkommt und Dinge über die Ereignisse in der Stadt erzählt, von denen ich überhaupt nichts wusste.«

Er schlurfte zu seinem Platz auf der Ofenbank zurück. Plötzlich schien es, als wäre alle Energie wieder aus seinem Körper geronnen. Er setzte sich umständlich und stützte den Kopf in die Hände, ohne etwas zu sagen oder einen von uns anzusehen. Offensichtlich war er tief getroffen. Elisabeth betrachtete ihn besorgt.

»Tut mir Leid, Großvater«, sagte sie leise. »Ich hätte wissen müssen, dass es dir wehtut.« Sie sah in die Runde. »Ich muss gehen«, erklärte sie laut. »Ich komme euch bald wieder besuchen.«

Nur wenige reagierten auf ihre Verabschiedung und winkten ihr zerstreut zu. Im Augenblick waren die Enthüllungen über Ulrich Schwarz sogar interessanter als der Abgang ihres persönlichen Schutzengels. Elisabeth lächelte über ihren Eifer; darüber, dass auch Albert Klotz nicht aufblickte, lächelte sie nicht. Die Gelegenheit nutzend, verließ ich die Gesindekammer mit ihr zusammen.

Ich war überrascht, wie düster es draußen auf dem Gang geworden war. Die alten Männer hatten eine Menge Unschlittlichter entzündet, um die Feuchtigkeit des Platzregens aus ihrer Kammer und vor allem von ihren Knochen fern zu halten. Ihr Schimmer hatte darüber hinweggetäuscht, dass das Licht, das durch das kleine Fenster hereinfiel, immer grauer geworden war. Augsburg bereitete sich unter dem in wenigen Stunden kühl und abweisend gewordenen Sommerhimmel auf eine verfrühte Dämmerung vor, und im Bischofspalast war der Abend bereits hereingebrochen.

»Wenn diese alten Klatschbasen dort drin nicht einmal Gerüchte von Ulrich Schwarz' aufrührerischen Ideen gehört hatten, dann müssen seine Aktivitäten ziemlich geheim gewesen sein«, sagte ich.

Elisabeth nickte. »Selbst im Haus Hoechstetter hat man nur ganz kurz und ganz verstohlen davon gesprochen. Ich habe es gehört, weil man dazu neigt, Dienstboten, die im selben Raum sind, zu übersehen.« Sie verzog den Mund, ohne wirklich darüber betroffen zu sein. »Oder sie als Möbelstück betrachtet.«

»Ich frage mich, wie der Kaiser davon erfahren konnte.«

Sie zuckte mit den Schultern. »Irgendjemand, der es wusste, war nicht gut auf Schwarz zu sprechen. Es war klar, dass er das Urteil für Hochverrat zu erwarten hatte.« Sie blieb stehen und lächelte zu mir hoch. Nach einem winzigen Zögern streckte sie eine Hand aus.

»Es hat mich gefreut, Ihre Bekanntschaft zu machen«, sagte sie. »Es ist immer interessant, den Mann zu sehen, der hinter den Geschichten steckt, die man als kleines Mädchen gehört hat.«

»Albert hat Ihnen von mir erzählt?«

»Sind Sie erstaunt?«

»Nach all dem, was ich heute mit Ihrem Großvater erlebt habe, ist es zwar kaum mehr möglich, mich noch zu überraschen, aber, ja, ich bin erstaunt.«

Sie nickte langsam und hielt meine Hand eine Weile fest. »Ich glaube, Sie gehören zu den Menschen, für die Freundschaft etwas so Besonderes ist, dass sie es nicht für möglich halten, sie derart leicht erringen zu können.«

Ich zuckte unangenehm berührt mit den Schultern. Sie löste ihre Finger und ließ den Arm sinken. Ihr Lächeln hatte sich nicht verändert. »Wollen Sie mir etwas versprechen?«

»Was denn?«

»Kümmern Sie sich ein bisschen um Großvater, so lange Sie hier sind?«

Ich habe genügend eigene Sorgen, um mir auch noch einen halb tauben, vergesslichen alten Knaben aufzuhalsen, dachte ich. Laut hörte ich mich sagen: »Wenn es Sie glücklich macht.«

»Das würde es. Ich tue für ihn, was ich kann, aber manche Dinge sind mir einfach nicht möglich.« Sie trat einen Schritt auf mich zu und streckte sich, als wollte sie mir etwas zuflüstern. Ich neigte ihr meinen Kopf unwillkürlich entgegen. »Sie könnten ihn zum Beispiel mal in ein Bad stecken«, raunte sie und blinzelte mir zu. »Er stinkt.«

Sie lachte und ließ mich stehen, um ohne Eile über den Gang zu schreiten. Ihre Schritte klangen gedämpft auf dem steinernen Boden – irgendwie schaffte sie es, in ihrem groben Schuhwerk darüber zu tänzeln. Ich dachte an ihr Lächeln und ihre selbstverständliche, gelassene Kompetenz und konnte nicht umhin, meine eigene Tochter mit ihr zu vergleichen.

Ein Umsturzversuch und eine Dämonenbeschwörung lagen tatsächlich extrem weit auseinander.

Nicht weiter jedoch als die Charaktere von Elisabeth Klotz und meiner Tochter Maria.

Die Glocke des Doms mahnte zur Vesper. Gregor war mit dem ältlichen Schreiber zusammen. Der Burggraf stand am Fenster und starrte hinaus in die verfrühte Dämmerung, während der Schreiber in seinem Stuhl saß und vorlas. Beide fuhren auf, als ich hereinstürmte. Sie sahen aus wie zwei Knaben, die etwas Verbotenes getan haben.

»Um Himmels willen, Peter«, keuchte Gregor, »hast du schon mal was davon gehört, vor einer Tür zu husten, bevor man eintritt?«

»Hast du was zu verbergen?«

»Natürlich nicht, aber die Höflichkeit ...«

Der Schreiber stand stuhlrückend auf und versuchte, sein Pergament, die Tinte und die Feder gleichzeitig zusammenzuraffen. Er sah keinem von uns ins Gesicht.

»Soll ich draußen warten, bis Sie zu Ende diktieren können?«, fragte er. Gregor warf ihm einen irritierten Blick zu.

»Nein, ich brauch dich nicht mehr.«

Der Schreiber räusperte sich.

»Der Brief kann nicht warten, Herr«, sagte er. »Die andere Post an Seine Exzellenz muss noch heute abgeschickt werden.«

Gregor sah von ihm zu mir. Ein trotziges Funkeln zeigte sich in seinen Augen.

»Wir sind gleich fertig«, erklärte er mit aufgesetzter Leichtigkeit. »Setz dich irgendwo hin, Peter. Es ist ein Brief an Bischof Johann. Du kannst jederzeit hören, was darin steht.«

Ich trat zu der Fensterreihe hinüber, an der auch Gregor stand. Er runzelte die Stirn und senkte den Blick, als ich ihn lange genug anstarrte.

»Wo war ich? Lies vor!«, herrschte er den Schreiber an.

»... muss ich Seine fürstliche Gnaden auf ein Ereignis aufmerksam machen«, leierte der Schreiber nach kurzer Suche. »Ich habe am Perlach einige Milchkannen wegen falschen Maßes einziehen lassen, worauf sich der Rat empört und mich darin unterwiesen hat, dass dergleichen noch nie vorgekommen sei und ich die Kannen unverzüglich zurückzustellen habe. Ich bin dieser Forderung nicht nachgekommen, weshalb Seine Gnaden vielleicht schon Besuch erhalten haben von Rat Gossembrot, der mich bei dero Gnaden verunglimpft haben könnte ...«

Gregor errötete tatsächlich, als ich ein Grinsen nicht unterdrücken konnte. Er öffnete den Mund, als wollte er mir erklären, dass es sich bei dieser Geschichte keinesfalls um eine Lappalie handle, dann überlegte er es sich anders und knurrte den Schreiber an: »Schon gut, schon gut, nicht den ganzen Brief! Weiter unten!«

»... habe ich die Aufforderung des Domkapitulars, die Anklageschrift gegen die Stadt wegen wiederholter Beschneidungen der Kompetenz des Burggrafenamtes zu vervollständigen, noch nicht befolgen können ...«

Gregor verdrehte die Augen. »Zu meinem letzten Satz, du liebe Güte. Muss ich alles erklären?«

»Zuletzt möchte ich Seine Gnaden beruhigen, dass es über diese Vorkommnisse hinaus keine unbilligen Ereignisse zu berichten gibt und …«

»Und was?«

Der Schreiber schaute auf. »Das war Ihr letzter Satz.«

Gregor funkelte ihn an. Dann dachte er nach. Schließlich zuckte er mit den Schultern. »Und möge Gott der Herr allezeit mit Seiner Gnaden sein und so weiter und so weiter … das war's!«

Der Schreiber zuckte mit den Schultern und verzog keine Miene. Er setzte sich wieder hin und begann mit schwungvollen Bewegungen, Gregors letzte überflüssige Worte festzuhalten. Gregor schüttelte sich, massierte seine Nasenwurzel, dann seinen Bauch und lächelte mich schließlich an.

»Du kommst gerade zur rechten Zeit, Peter. Unser Mahl müsste bald fertig sein.«

»Ich habe es bereits gerochen.«

»Wir können vorher noch in den Vespergottesdienst hinüber in den Dom gehen und … du hast es gerochen? Warst du in der Küche?«

»Nein, in der Gesindekammer.«

Er sah mich verblüfft an. Der Schreiber streute aus einer runden hölzernen Dose feinen Sand auf die frische Tinte und lehnte sich zurück, um das Abtrocknen abzuwarten. Geistesabwesend zupfte er an seinen schwarz gefleckten Fingern. Der Stein, der neben ihm auf dem Tisch lag und zum Abreiben fehlerhafter Worte diente oder eines alten Textes, den man vom Pergament entfernen wollte, um es ein zweites Mal zu verwenden, war ebenso befleckt. Wie es schien, war der Brief an Bischof Johann kein leichtes Unterfangen gewesen und hatte sowohl lange Zeit benötigt als auch mehrere Korrekturen.

»Wo ist Bischof Johann eigentlich zurzeit?«, fragte ich den Schreiber.

»Nürnberg.«

»Was hast du denn in der Gesindekammer getan?«, erkundigte sich Gregor.

»Ich bin zufällig hineingestolpert. Eine veritable Versammlung menschlicher Reife war dort zu finden.«

»Eine was?«

»Die alten Dienstboten, die vom Gnadenbrot leben.«

Gregors Gesicht verzog sich. »Die Schar der Besserwisser. Ich sag dir was: Wenn es nach mir ginge … ich meine, wenn Bischof Johann mich nicht ausdrücklich gebeten hätte …«

»Gehen die Nachrichten an den Bischof mit der üblichen Korrespondenz zwischen Augsburg und Nürnberg mit, oder kommt die Rotula gerade durch Augsburg?«

Der Schreiber blies den Sand vorsichtig von dem Pergament und pustete ihn auf der Tischplatte zusammen, damit er ihn wieder in die Dose schieben konnte. Er blickte nur kurz auf.

»Nein, der Klosterrundbrief dauert noch eine Weile. Wäre auch zu langsam. Der Bischof hat einen reitenden Boten, der ihm regelmäßig den Lagebericht des Burggrafen überbringt.«

»Bist du endlich fertig?«, fragte Gregor ungeduldig. »Dann sieh zu, dass der Brief abgeschickt wird.«

»Sie müssen noch siegeln.«

Gregor seufzte dramatisch und stapfte zum Tisch hinüber, um seiner Pflicht nachzukommen. Der Schreiber faltete das Pergament zusammen und trat beiseite. Gregor drehte die Stange mit dem Siegelwachs über der Flamme der Öllampe, die dem Schreiber geleuchtet hatte. Ich wartete ab, bis das Siegeln erledigt war und der Schreiber die Stube verlassen hatte, dann ließ ich mich von meinem Posten auf der Fensterbank hinabgleiten und trat zu Gregor, der sich wieder auf den Stuhl hatte sinken lassen. Offenbar bestärkte die Position, die eigentlich dem Bischof gebührte, ihn mächtig in seiner Selbstsicherheit. Ich betrachtete sein übliches Gehabe: die Massage der Augenwinkel, die vom ewigen Zusammenkneifen der Augen wegen der nicht eingestandenen Kurzsichtigkeit schmerzten, und das Streicheln des flachen Bauches und wartete auf den unvermeidlichen Kommentar zu seiner schlechten Verdauung, der jedoch diesmal ausblieb. Er warf den Kopf zurück und sah mir ins Gesicht.

Du bist noch schwieriger geworden, hörte ich ihn sagen.

Mag sein, Gregor, aber auch du hast deine schlechten Eigenschaften stärker ausgebaut als deine guten.

»Wieso lächelst du?«, fragte Gregor.

Ich ließ mich halb auf der Tischplatte nieder und legte die Hände in den Schoß. Ich musste vorsichtig sein, dass der Ärger, den ich verspürt hatte, als ich zur Tür hereingeplatzt war, nicht zu heftig wurde. Das schaffte ich, indem ich mir sagte, dass auch mein Gewissen nicht das reinste war.

»Du hättest mir von dem englischen Mönch erzählen sollen«, sagte ich ruhig. Gregor zog die Brauen zusammen und machte eine überraschte Miene.

»Von wem hast du's?«

Ich deutete über die Schulter ungefähr in die Richtung, in der in dem weitläufigen Palast die Gesindekammer liegen musste. Gregor verstand den Wink und zog die Mundwinkel nach unten. »Dreimal verfluchte Schwätzergemeinde«, murmelte er.

»Dreimal verfluchte Geheimniskrämerei.«

»Also gut, ich habe es dir verschwiegen. Willst du wissen, warum?«

»Natürlich nicht«, erwiderte ich sarkastisch. Er schenkte mir einen ärgerlichen Blick.

»Ich wollte nicht, dass du voreingenommen bist. Es genügt schon, wenn alle anderen in jeder Ecke Hexerei vermuten. Ich brauche deinen nüchternen Verstand, wenn ich die Morde aufklären will.«

»Was bringt dich auf den Gedanken, dass ich auch nur im Entferntesten von diesem Aberglauben berührt sein könnte?«

»Reg dich nicht auf. Die Vermutung liegt doch nahe, oder? Ich meine, hier sitzen wir in dem gleichen Gebäude, in dem du vor zwanzig Jahren mit einer äußerst unorthodoxen Methode versucht hast, eine andere Mordserie zu beenden.«

Ich starrte ihn sprachlos an. Nach wenigen Augenblicken errötete er und schlug die Augen nieder.

»Entschuldige«, stieß er hervor. »Jetzt habe ich wirklich in einer offenen Wunde gebohrt.« Er hob den Blick und sah mich drängend an. »Peter, du musst diese Geschichte endlich ruhen lassen.«

»Wie soll ich das?«, fragte ich heiser. »Ausgerechnet hier?«

»Der Kerl wäre ohnehin zum Tod verurteilt worden. Du hast ihm einen Gefallen getan.«

»Er war vielleicht unschuldig …«

»Ich bitte dich!« Er lächelte herablassend. »Und deine Anspielung auf diesen unseligen Engländer macht mir nicht gerade Mut, dass du die Sache hier rational angehen willst. Ich sag dir was: Ich bin nicht mal sicher, ob die zwei Chorknaben nicht nur eine wilde Geschichte erfunden haben. Das einzige Ritual, das der verdammte Mönch mit ihnen durchführte, war vermutlich, unter den Kutten an ihrem Gemächt herumzufummeln.« Er presste die Lippen zusammen und funkelte ins Leere. »Wenn es so war, freut es mich zweimal, dass er baumeln musste!«

»Ulrich Schwarz schien zu glauben, dass mehr dahinter steckt.«

»Ulrich Schwarz, lieber Gott. Wenn er wirklich zu einer Hexenjagd hätte blasen wollen, hätte ich es sogar verstanden … er hätte damit von seinen eigenen Sorgen ablenken können – die Patrizier gegen ihn, die Brüder Vittel, die ihm das Leben schwer machten, die Beschwerde beim Kaiser …« Gregor machte eine wegwerfende Handbewegung. »Schwarz ist eine Mahlzeit für die Würmer – das ist die einzige Bedeutung, die er heute noch hat.«

»Glaubst du, Jos Onsorg versucht Schwarz' Vorhaben zu verwirklichen?«

Gregors Mund klappte auf, und seine Augen traten heraus. Nach ein paar Augenblicken schluckte er und schüttelte den Kopf. Ich war erstaunt über seine heftige Reaktion.

»Also das … nein, wirklich nicht!«, stieß er hervor. »Da

wäre er ja noch dümmer, als ich dachte. Nein, das ist ganz unmöglich.«

»Gregor«, sagte ich, »reitest du eigentlich auf deinem famosen schwarzen Wallach jemals durch die Gassen dieser Stadt? Weißt du überhaupt, was draußen los ist?«

»Ich weiß, dass irgendein Vieh zwei Menschen umgebracht hat und ich es aufhalten muss. Das genügt doch wohl.«

»Ich habe den Eindruck, auch das interessiert dich erst seit kurzem.«

Gregor richtete sich halb auf, als wollte er auf mich losgehen. Dann ließ er sich wieder zurücksinken und nickte verdrossen.

»Es hätte mir klar sein müssen, dass er sein Gift in deine Ohren träufelt. Und dass du ihm zuhörst – schon wegen damals.«

»Wen meinst du? Albert Klotz?«

»Der alte Kerl würde seine Enkelin verkaufen, wenn er mir damit schaden könnte.«

»Warum hast du ihm aufgetragen, sich um dein Pferd zu kümmern? Warum lässt du ihn nicht in Ruhe seine letzten Jahre verschlafen?«

»Kannst du dich nicht mehr erinnern, was für ein arrogantes Ekel der Kutscher immer war? Hat von seinem Kutschbock heruntergegafft, als gehöre ihm die ganze Welt. Nicht mal gegrüßt hat er mich, wenn ich an ihm vorbeiging. Dabei war er nicht viel mehr als ein Schutzschild gegen die Pferdescheiße, die vom Pflaster hochspritzte und ihn bekleckerte statt Bischof Peter.«

»Das ist doch kein Grund, einen alten Mann …«

»Pah, alter Mann. Du hast leicht reden, nachdem du dein halbes Leben in der Weltgeschichte herumgereist bist. Ich – ich bin hier geblieben und habe mich zum Narren machen müssen, damit die Geschäfte des Bistums weiterlaufen. Ich sag dir was: Weißt du, was Klotz versucht hat? Als Bischof Johann hierher kam – damals war er noch der Stellvertreter von Bischof Peter und nicht offiziell ernannt –, war Klotz der Erste, der sich bei ihm einfand und ihm die Ohren vollsang.«

»Vermutlich, um ihn zu bitten, ihn als Kutscher zu behalten.«

»Nein, um ihm zu erklären, wie er seine Geschäfte zu führen habe.«

Ich grinste. Diese Aktion sah sowohl dem alten Albert Klotz – den ich früher gekannt hatte – ähnlich, als auch dem senilen Nörgler, zu dem er geworden war.

»Als Bischof Johann mir das Amt des Burggrafen gab, forderte ich den Alten als Kutscher an. Ich dachte, dann hätte ich ihn wenigstens unter Kontrolle und außerdem aus dem Palast entfernt, wo er die Leute verrückt machte.«

»Wollte Bischof Johann keinen Lenker für seine Kutsche?«

»Er fährt nicht mit dem Wagen, er reitet selbst.«

Und erfährt dadurch nicht einen Bruchteil von dem, was im Volk und im Bürgertum der Stadt vorgeht, dachte ich. Johann von Werdenberg mochte von Bischof Peter selbst als Nachfolger ausgesucht worden sein, aber er besaß offensichtlich nicht den gleichen Instinkt für die Führung der Amtsgeschäfte und den Erhalt seiner Position wie sein Vorgänger. Der Grund dafür, dass sich die Querelen zwischen ihm und der Stadt in Grenzen hielten, war – wie ich annahm –, dass die Stadtväter Augsburgs viele Dinge einfach an ihm vorbei regelten, ohne dass er davon erfuhr und sich in die Angelegenheiten hineinsteigern konnte wie Bischof Peter seinerzeit.

»Dem Burggrafen steht es nicht zu.«

»Was hast du gesagt?«

»Ich sagte, Klotz kam zu mir und erklärte, dass dem Burggrafen keine Kutsche zustehe. Ich frage dich, wo zum Teufel steht das geschrieben? Bloß weil meine Vorgänger keine Kutsche benutzten. Ich sag dir was: Ich bin doch nicht irgendwer, und vor allem: Wer ist Albert Klotz, mir diese Absage zu erteilen?«

»Was hat der Bischof dazu gemeint?«

Gregor schnaubte. »Mit so einer Lappalie gehe ich doch nicht zum Bischof. Ich habe mir das Pferd besorgt und den alten Querkopf zur Pflege beordert – dem konnte er nicht ausweichen, da es ja keine Tradition gab, die dem widersprach.«

Er lächelte selbstgefällig. »Letzten Endes bin ich damit sogar zufriedener, du hast es ja gesehen.«

Die Trauben sind ohnehin zu sauer, sagte der Fuchs.

Dass Albert Klotz den Wunsch Gregors ausgeschlagen hatte, weil er dessen Motiv durchschaute, ihn vom Palast und damit auch von Bischof Johann fern zu halten, war kaum anzunehmen. Im Übrigen glaubte ich nicht daran, dass es Gregor wirklich darum gegangen war. Er hatte einfach eine Möglichkeit gesucht, sein Prestige zu verbessern, und Albert Klotz war ihm in die Parade gefahren. Die Abneigung, die Gregor gegen den alten Mann hegte, war unter diesem Aspekt verständlich. Interessanter war der Umstand, dass Gregor es nicht vermocht hatte, sich gegen Albert Klotz durchzusetzen, und dass er genau wusste, wie Bischof Johann das ausgelegt hätte. Nur deshalb hatte er bei ihm nicht um Unterstützung nachgesucht. Ich seufzte innerlich. Gregor mochte sich für schlau halten, aus Alberts Opposition eine Demütigung für den alten Mann gemacht zu haben, doch letzten Endes hatte er damit nur eines bewiesen: dass er nicht einmal dazu fähig war, sich gegenüber einem alten senilen Dienstboten in direkter Konfrontation zu behaupten. Ich dachte an den Inhalt des Briefes, den Bischof Johann ihm abverlangt hatte. Konfiszierte Milchkannen, die die Stadt zurückforderte, und Anklageschriften, die er noch nicht fertig gestellt hatte. Die Dinge glitten dem Burggrafen aus den Händen, und so war es schon von dem Moment an gewesen, als er sein Amt angetreten hatte. Die Morde waren seine letzte Hoffnung zu beweisen, dass er mehr war als ein Popanz im Amt und dabei eine noch schlechtere Figur machte als die Reihe der Versager vor ihm. Wenn es den Mörder nicht gäbe, Gregor hätte ihn erfinden müssen.

»Du sagtest, du habest das Pferd noch gar nicht so lange.«

»Seit letztem Herbst«, brummte Gregor, der erkannt hatte, was er damit eingestand. Er wich meinem Blick aus, und trotz meiner Vorbehalte gegen ihn verfluchte ich mich dafür, meine Gedanken so unüberlegt ausgeplappert zu haben. Bischof Johann hatte irgendwann um das Jahr 1463 herum faktisch die

Amtgeschäfte von Bischof Peter übernommen. Bischof Peter war 1468 verstorben und hatte das Bistum damit offiziell in Johann von Werdenbergs Hände gelegt. Und es hatte noch einmal fast zehn Jahre gebraucht, bis Gregor von Welden das Pult des Untersuchungsbeamten in der großen Schreibstube des Bischofspalastes gegen den ohnehin wenig begehrenswerten Posten des Burggrafen hatte eintauschen können. Ich glitt von der Tischkante und hatte das Bedürfnis, Gregor die Hand auf die Schulter zu legen. Er sah überrascht zu mir hoch.

»Ich habe Hunger«, sagte ich. »Wollen wir sehen, was die Küche des Bischofs zustande gebracht hat?«

Er nickte erleichtert und fasste meine Hand, während er aufstand. »Ich habe eine Überraschung für dich«, erklärte er und mühte sich, ein überlegenes Grinsen auf seine Lippen zu zaubern. »Bischof Johann hat zwar die Weinvorräte von Bischof Peter vernichten lassen, aber er hat nicht alle Fässer gefunden.« Er zwinkerte mir zu. »Zufällig ist eines davon heute Morgen im Burggrafenturm aufgetaucht, wenn du verstehst, was ich meine.«

»Spanischer?«

»Nein, einer von seinen seltenen französischen, aus dem Médoc. *Vitis Biturica*, den hattest du doch immer am liebsten.«

Es berührte mich merkwürdig, dass er sich das gemerkt hatte, weitaus stärker als die Frage, wie viele Fässer von Bischof Peters kostbarem Wein er wohl heimlich für sich beiseite geschafft hatte. Ich drückte seine Hand, und er drückte sie zurück und ließ sie dann los. Für einen kurzen Augenblick standen wir uns gegenüber wie die alten Freunde, die wir in Wahrheit nie gewesen waren, und für einen noch kürzeren Augenblick schien es möglich, dass wir es noch werden könnten. Ich lächelte und versuchte, nicht zu intensiv daran zu denken, welche Möglichkeiten es wohl für meine Tochter Maria und mich noch gab, sollte ich sie hier in dieser Stadt jemals wieder finden.

»Die Traube der Grafen von Anjou und späteren Könige von England«, sagte ich. Gregor schloss die Augen und tat, als koste er einem guten Schluck nach; in Wahrheit trennte ihn noch mehr von einem guten Wein als es bei Bischof Peter, dem ursprünglichen Besitzer des angekündigten kostbaren Fässchens, der Fall gewesen war. Bischof Peter hatte viel Geld für seinen Wein ausgegeben, den er dann doch in derselben Hast getrunken hatte wie sein Bier; Gregor hatte den Wein stets mit ähnlicher Geschwindigkeit hinuntergekippt, doch mangelte es ihm auch an der Lust, edle Tropfen zu erwerben.

»Schwarze Beeren, Holunder, Zedernholz und Rauch«, zitierte er eine Aussage, die sowohl von Bischof Peter als auch von mir stammen konnte.

»Gehen wir«, schlug ich vor und kostete dem Gefühl der seltenen Harmonie nach wie Gregor dem eingebildeten Schluck Wein, »bevor ich noch das Tintenfass deines Schreibers austrinke.«

8.

Der Wein war tatsächlich hervorragend gewesen, und vielleicht hatte ich mehr davon getrunken, als mir gut tat, denn auch ein guter Wein kann Albträume verursachen.

Ich hörte eine Stimme.

Ich lag in einem gewaltigen Bett in einem der Zimmer des Palastes, das vermutlich wie das Bett selbst für den Besuch einer hoch stehenden Person reserviert war; womöglich ruhte mein Kopf auf derselben Stelle, auf der auch das kaiserliche Haupt Friedrichs von Habsburg schon geruht hatte. Dennoch hatte ich kein erhabenes Gefühl. Das Essen, so köstlich es gewesen war, lag in meinen Eingeweiden wie ein Haufen Pflastersteine, und mein Kopf drehte sich langsam um sich selbst und die belanglosen Gespräche, die Gregor und ich in der großen Banketthalle geführt hatten, in der der Burggraf das Essen hatte auftischen lassen: kühl und finster und zu gewaltig für zwei Männer und die ebenso stumm wie unlustig um sie herum huschende Bedienstetenschar; zu sehr hallend für den banalen Austausch von Worten, mit dem wir vergeblich versuchten, das Gefühl der Nähe aus Bischof Johanns Arbeitszimmer festzuhalten.

Ich weiß, dass das Amt des Burggrafen gestärkt werden muss.

Ich bin eigentlich auf dem Weg nach Krakau.

Ich habe den Bischof auf meiner Seite.

Ich werde dort von einer Frau erwartet, vor der sich selbst ein Bartholomäus Welser verneigen würde.

Ich werde dafür sorgen, dass mein Name nicht nur im Sterberegister der Stadt auftaucht.

Ich hoffe, dass ich meine Familie wieder um mich sammeln kann.

Ich finde den Mörder.

Ich suche noch immer nach meiner Tochter.

Ich bin von Bedeutung.

Ich fühle mich manchmal zu alt für die Torheit der Welt.

Das Letzte hatte ich nur gedacht.

Die Stimme ließ sich nicht aus dem Zimmer verbannen, die Stimme, die über die Erinnerung an das unpassend hallende Echo der Worte aus dem Bankettsaal zu hören war:

Ich finde den Mörder Mörder Mörder.

Sie flüsterte.

Sie beschwor.

Es dauerte Minuten, bis mir klar wurde, dass die Stimme im Zimmer nicht aus meinem Kopf kam.

Sie kam von draußen.

Ich hatte das Gefühl, dass ich die Stimme kannte, und ich wusste, dass ich nicht hören wollte, was sie sprach.

Ely Sother Sabaoth.

Ich stellte fest, dass ich mich aus dem Bett gewälzt hatte und auf dem groben Holzfußboden stand. Er war kalt. Überall im Bischofspalast war es kalt. Es brauchte mehr als eines halben Sommers Sonnenschein, um das riesige steinerne Gebäude zu erwärmen, aber es brauchte nicht mehr als ein Gewitter, um die wenige Wärme, die es gespeichert hatte, wieder daraus zu vertreiben. Ich war barfuß. Meine Stiefel standen neben der Reisetruhe, die Gregor aus dem Frommen Pilger hatte abholen lassen. Meine Kleider lagen darauf. In den Jahren mit Jana hatte ich mir angewöhnt, nackt wie ein armer Mann zu schlafen; hier im Bischofspalast schien ich dies vorübergehend vergessen zu haben: Ich trug mein langes Leibhemd.

Einen Augenblick später stand ich auf einem Fuß und versuchte den anderen in einen Stiefel zu stecken. Dabei musste ich mich an der Wand festhalten, um nicht zu Boden zu sinken. Der Schlaf mochte mich geflohen haben, doch der Wein aus dem Hause Plantagenet war noch immer in meinem Kopf. Ich schüttelte mich wie ein Hund, ohne dass es meinen Blick merklich klärte. In Reichweite erkannte ich die Tür. Die Stimme kam aus einem Raum, der jenseits dieser Tür lag. Der Raum lag weit entfernt, doch, was mich betraf, konnte er nicht weit genug weg sein. Dass ich mit ihm unter demselben Dach war, stellte eine entschieden zu kurze Distanz dar. Wenn ich etwas unter keinen Umständen wollte, dann diesen Raum zu betreten, schon gar nicht allein und bei Nacht. Hatte ich nicht am Nachmittag während meines ziellosen Umherstreifens im Palast peinlich vermieden, in seine Nähe zu kommen?

Der Wein rumpelte in meinem Magen und drehte das Unterste zuoberst. Ich stieß peinvoll auf und wusste, dass ich den schlicht gemusterten Steinboden mit seinen abwechselnd hellen und dunklen Platten mit einer Auswahl aus dem Abendmenü verunziert hätte, wäre es ein billigerer Wein gewesen. Angesichts dieser Betrachtung stellte ich unangenehm berührt fest, dass ich meine Schlafkammer verlassen hatte und durch die Gänge des Bischofspalastes wankte.

Odysseus hörte die Sirenen, und ihr Gesang war so lockend, dass er an seinem Mast tobte und seine Männer verfluchte, die ihn dort festgebunden hatten.

Ich hörte die Stimme, und sie war alles andere als schön, dennoch wünschte ich, jemand hätte *mich* an meinem Bett festgebunden.

Der Traum war in seiner Realitätsnähe skurriler als einer, der in unbekannte Gegenden führt. Das Innere des Bischofspalastes war so schlicht und weit, wie es auch in der Wirklichkeit war, und das Klacken meiner Absätze auf dem Boden so echt wie der kühle Luftzug, der meine nackten Waden streichelte. In gewissen Abständen und an Abbiegungen brannten Öllampen an den Wänden und erleuchteten den Weg nicht besser und nicht schlechter als in der realen Welt. Als meine Füße schmerzten, starrte ich auf sie hinunter und sah, dass ich den linken Stiefel am rechten Fuß trug und umgekehrt. Der Traum hatte offenbar seinen eigenen Humor im Hinblick auf die Details, die er mir zu präsentieren beliebte.

Der Herr, der dich erschaffen hat, befiehlt dir: Was ich von dir verlange, das tue sogleich.

Die Stimme.

Zittere und bebe vor Furcht.

Es gibt Dinge, die nicht befohlen zu werden brauchen.

Schlaf- und Arbeitsräume des Bischofspalastes lagen im Obergeschoss. Ich kam an eine Treppe, die hinunter zum Erdgeschoss führte. Die Stimme wurde weder lauter noch leiser; doch ich wusste, dass sie von unten kam. Wenn man die längste Zeit seiner Jugend und einen wichtigen Teil des Erwachsenenlebens in einem Gebäude aus- und eingegangen ist, vergisst man seinen Grundriss nicht. Die Stimme kam von dort, weil dort unten der Raum lag, in dem sie sprach, und es war jetzt noch klarer als zuvor: Ich wollte nicht dorthin. Dennoch folgte ich den Stufen nach unten.

Tu ohne Zögern, was immer ich dir befehle.

Das Erdgeschoss: die geräumige Eingangshalle, das Bodenmosaik zerschunden von den ungezählten Stiefeln und Hufen, die darauf getreten waren. Bei schlechtem Wetter ließ Bischof Peter seine Kutsche bis in die Halle fahren und stieg in ihrem Schutz aus. Nach links und rechts verloren sich Vorratsräume und Lagerkeller, dunkle Räume mit winzigen Fenstern, die hoch in der Wand eingelassen waren, eher Verliese als Speicher und manchmal auch als solche verwandt. In einen dieser Räume mündete ein enger, geheimer Gang, dessen Anfang in der Sakristei des Doms lag und von einem der Vorgänger Bischof Peters angelegt worden war, ohne dass jemand herausgefunden hätte, wozu.

Als Kind hatte ich Vorstellungen gehegt, welchem Zweck dieser Gang gedient haben mochte, und hörte das Klirren von nutzlosen Schwertern an massiven Wänden, während sich der listige Held meiner Tagträume durch den Gang in Sicherheit brachte.

Als Jugendlicher hatte ich ebenfalls Vorstellungen über die Aktivitäten in jenem Gang gehabt und Geräusche vernommen, doch hörten sie sich eher nach dem unterdrückten Keuchen eines verbotenen Koitus an.

Dabei hatte ich niemals Anzeichen entdeckt, dass die eine

oder die andere meiner Vorstellungen jemals der Wirklichkeit entsprochen hätte.

Der Gang war einfach da gewesen, der völligen Nichtachtung Bischof Peters preisgegeben. Warum war er damals nicht der Ort des Geschehens gewesen, anstatt des Raums, zu dem ich jetzt unterwegs war? Den Gang hätte man zumauern können.

Der Fronhof bestand aus zwei Gebäudeflügeln, die sich im Pfalzturm trafen, eine sichelförmige Anlage, die den Turnierplatz umschloss und sich zum Dom hin öffnete. Der nach Süden verlaufende Gebäudetrakt beherbergte den Palast des Bischofs und in dessen Erdgeschoss die Lagerräume. Das Nebengebäude, deutlich kleiner und an den Palast angelehnt, verfügte unter anderem über einen kleinen Saal, der den bewaffneten Knechten des Bischofs als Aufenthalts- und Schlafraum diente. An ihn schloss sich eine Waffenkammer an, die nur durch den Wachraum betreten und verlassen werden konnte. Einer der Vorgänger Bischof Peters hatte die Trennmauern der beiden Gebäude durchbrechen lassen und einen langen Gang geschaffen, der vom Eingang des Palastes an der Wachstube vorbeiführte bis zur …

… Kapelle.

Ich hatte das Gefühl, dass alles zu schnell gegangen war. Der Traum mochte den Bischofspalast richtig wiedergegeben haben, nicht aber die Größenverhältnisse. Ich blieb stehen. In der Realität war der Palast größer und der Weg, der zur Lambertikapelle führte, weiter, oder nicht?

Je länger du zögerst zu gehorchen, desto schlimmer wird jeden Tag deine Strafe sein.

Die Tür war schmucklos und in die Stirnseite des Gangendes eingelassen. Sie war höher als eine gewöhnliche Tür und breiter – so viel musste sein. An ihrem unteren Ende war ein schmaler Lichtstreifen sichtbar. Die Kapelle war immer erleuchtet, wenigstens von einem einzigen Licht, dem ewigen Licht.

Ich hörte die Stimme. Glücklicher Odysseus, gefesselt am Mast deines Schiffs, der du den Stimmen nicht folgen konntest, die du vernommen hast. Ich trat einen Schritt vor und ergriff den Hebel, der den Schließmechanismus der Tür in Bewegung setzte – listenreicher Traum, der Mechanismus ist frisch geölt und die Farbe auf den erhabenen Ornamenten nachgezogen –, und drückte ihn hinunter. Die Stimme wurde lauter, meine Traumhände hoben sich und pressten sich auf meine Traumohren.

Hattest du dir nicht die Ohren mit Wachs ausgießen lassen, Odysseus?

Wäre ich nur so schlau gewesen wie du.

Ein Mann stand in der Kapelle, ein Mann, der einen Einfall hatte und davon überzeugt war, das Richtige zu tun; ein Mann, der es gut meinte und damit schon den halben Weg zum Schlechten hinter sich gebracht hatte; ein Mann, der glaubte, eine Lüge aufklären und einen Menschen retten zu können; ein Mann, der irgendwo gelesen hatte, dass in jedem Gift auch das Gegengift steckt.

Der Mann beschwor.

Ich befehle dir, du böse, falsche Schlange, aus der Kraft des Herrn, ich beschwöre dich im Namen des reinen Lammes!

Ely Sother Sabaoth. Ely Sother Sabaoth. Elysothersabaoth!

Azrael.

Der Mann machte einen schrecklichen Fehler.

Der Mann war ich.

»Peter, was machst du denn hier?«

Es war kein Traum.

»Und noch dazu so gut wie nackt?«

Jedenfalls nicht alles.

Ich starrte in die leere Kapelle des Bischofspalastes. Das ewige Licht brannte in seinem Gehäuse, nicht recht dazu angetan, den kleinen Raum zu erhellen. Ich zog meine Hand vom Türöffner zurück und musterte sie. In der Mulde zwischen Daumen und Zeigefinger waren ein paar Ölflecken. Ich wischte sie an meinem Hemd ab.

»Peter, du siehst aus, als hättest du den Leibhaftigen gesehen«, sagte Gregor.

Ich schüttelte den Kopf. Die Stimme war verstummt. Ich wusste, dass ich sie wieder hören würde. Sie hatte zu lange schweigen müssen, um sich jetzt so ohne weiteres erneut in die Stille zwingen zu lassen. Ich räusperte mich. Meine Zunge fühlte sich an wie ein Stück Holz, auf dem sich Moos angesetzt hat.

»Wo kommst du denn her?«, fragte ich. Gregor trug eine dunkle Schaube und darunter den fast bodenlangen Rock eines Domherren. An seinen Stiefeln steckten diesmal keine Sporen. Er roch nach Weihrauch.

»Von wo schon?«, fragte er zurück. »Ich war im Dom. Ich habe die Mitternachtsmesse besucht.«

»Es ist Mitternacht?«

»Es *war* Mitternacht. Jetzt haben wir einen neuen Tag.«

Er sah mich von oben bis unten an. Als er bei meinen Füßen angekommen war, stutzte er. »Du hast die Stiefel falsch herum an«, stellte er fest.

»Ich glaube, ich habe zu viel getrunken.«

»Meinst du? Doch nicht mehr als ich.«

»Jedenfalls habe ich ...«

»Was?« Gregor streckte den Kopf neugierig in die Kapelle und musterte mich dann mit zusammengekniffenen Augen. Als ich nichts sagte, schloss er die Tür leise. Er trat ein paar Schritte zurück. Ich merkte, dass ich ihm folgte.

»Du weißt schon noch, dass das die Kapelle ist, wo du ...«

»Ich weiß es.«

Er musterte mich ein zweites Mal. Er trug eine Fackel. In ihrem Licht sah ich, dass seine Wangen gerötet waren. Sie erblassten merklich, als er mich eingehend betrachtet hatte.

»Was hast du gesehen?«, flüsterte er heiser.

»Nichts«, sagte ich. »Nichts gesehen, nichts gehört. Vor allem nicht die Warnung meines Schutzengels, der mir beim vorvorletzten Becher Wein ins Ohr flüsterte: Jetzt ist es aber genug, Alter.«

»Ich bring dich zu deiner Kammer«, bot Gregor an und schob seine freie Hand unter meinen Arm. Misstrauisch starrte er über die Schulter zur Tür der Kapelle zurück, als wir uns in Bewegung setzten. Meine Füße schmerzten tatsächlich gemein wegen der falsch angezogenen Stiefel. Gregor sah auf sie hinunter und kicherte plötzlich. »So besoffen, dass ich die Schuhe nicht mehr richtig herum anziehen konnte, war ich noch nie.«

»Ich habe dich mindestens einmal so betrunken erlebt, dass du sie gar nicht mehr anziehen konntest«, grollte ich.

»Das ist was anderes«, erklärte er würdevoll. Dann prustete er wieder los. Er schien so aufgekratzt zu sein, wie ich verwirrt war. Wahrscheinlich hatte er auch nicht auf seinen Schutzengel gehört, als dieser ihm riet, mit dem Trinken aufzuhören. Oder er hatte drüben im Dom zu tief in den Kelch mit dem Messwein geschaut und seinen Rausch aufgewärmt.

Seit die Tür zur Kapelle geschlossen war, hörte ich die Stimme wieder. Hatte ich nicht von Anfang an gewusst, dass es meine eigene war?

Ich ließ mich von Gregor willig zu meiner Schlafkammer führen, ein Trottel, ein massiger Tanzbär mit einem lächerlichen Leibhemd und den Stiefeln an den falschen Füßen, den sein schlanker, eleganter Meister am Nasenring zurück in seinen Käfig weist.

9.

Ich blickte in die Morgendämmerung hinaus und sah dem Nebel zu, wie er über die Stadt kroch.

Augsburg lag wie eine Königin in der Umarmung der beiden Flüsse Wertach und Lech, und diese beiden Arme schienen nun Leichentücher über ihre Schutzbefohlene zu breiten. Als die Dunkelheit zu weichen begann, war mir aufgefallen, dass die Silhouette der Türme und Dächer verändert aussah. Nach einer Weile war ich darauf gekommen, dass der Turm von Sankt Ulrich nicht zu sehen war. Zu diesem Zeitpunkt war es bereits hell genug, um die Trübnis zu bemerken, die sich außerhalb des Fensters zusammenzog. Der hohe Torturm beim oberen Graben folgte nach, danach verblasste Sankt Moritz und mit ihm die Dächer der Patrizierhäuser und Gebäude entlang des Weinmarkts. Der Perlach kämpfte eine Weile gegen die Bedeckung an und fügte sich erst, als schon bedeutend näher liegende Bauten verschwunden waren. Zuletzt legte sich der Nebel auf den Turnierplatz des Fronhofs. Vermutlich würden die guten Augsburger Bürger mit beklommener Überraschung in das Grau hinausstarren, wenn sie in wenigen Augenblicken erwachten, und ebenso vermutlich war ich – von den Nachtwächtern und der Besatzung der Stadttore abgesehen – der einzige Zeuge seines lautlosen Herankommens.

Mit anderen Worten: Ich hatte nur wenig Schlaf gefunden in dieser Nacht.

Ich spähte über meine Schulter zu der Truhe, die ich vor das breite Brett gezogen hatte und auf der eine Kerze brannte. Genauer gesagt spähte ich zu dem Brief, den ich zu verfassen versucht hatte, seit ich mir eingestanden hatte, dass es mit der Nachtruhe für mich erst einmal vorbei war.

Geliebte Jana.

Selten hatte ich ein derart dringendes Bedürfnis verspürt, einen Brief zu schreiben, und selten war er mir so widerstrebend von der Hand gegangen.

Die Klöster der Bettelorden begannen damit, die Prim zu läuten. Manches hatte sich nicht verändert seit meinem Weggang. Es war unmöglich zu sagen, welches der Klöster als Erstes sein misstönendes Glöckchen zu schlagen begann. Ich tippte auf Sankt Ursula, denn es hörte sich weit entfernt an, doch wie mir ein Mann in Venedig, der beinahe mein Freund geworden wäre, erklärt hatte, hört sich im Nebel alles so fern an, als käme es von jenseits der Erdscheibe. Ob die Benediktiner oder die Augustiner die Nächsten waren, die ihnen folgten, ließ sich ebenfalls nicht mit Sicherheit sagen. Fest stand nur, dass die Glocken des Doms als Letzte ertönten, die dicken Fensterscheiben meines Raums leicht zum Beben brachten und alle anderen Glockenschläge unter ihrem Hall begruben; auch dies hatte sich nicht verändert seit meinem Weggang.

Geliebte Jana.

Nach den Glocken kamen die irdischeren Geräusche. Ich hörte Hufgeklapper von Pferden, die ich nicht sehen konnte, und die Stimmen von Menschen, die mir verborgen blieben. Der Tjostplatz des Fronhofs war eine undeutliche, missfarbene Fläche in der Helle, und selbst wenn ich danach gesucht hätte, hätte ich das welke Kränzlein auf seinem Boden nicht mehr gefunden. Der Nebel reichte entweder so hoch, dass er fast die Sonne berührte, oder die gestrige Wolkendecke war nicht mehr aufgerissen. Ich hatte das Gefühl, dass es heute nicht mehr heller werden würde. Für die nächste Zeit jedenfalls würde Augsburg der Welt entrückt sein und die Geschehnisse in ihren Gassen den Augen ihrer Bewohner. Ich dachte an einen Mörder, der dort draußen umging und vielleicht überlegte, ob es noch ein günstigeres Umfeld für sein Treiben als diesen ganz und gar unzeitigen, unsommerlichen, unheimlichen, von dem krassen gestrigen Temperatursturz aus den Wassern getriebenen Nebel geben konnte.

Geliebte Jana,

ich bin wohlbehalten in Augsburg angekommen.

Das letzte Drittel des Satzes war ein wenig verlaufen. Es stand an einer Stelle, die ursprünglich geheißen hatte: *in meiner alten Heimat*. Ich hatte den Stein bemüht und die Buchstaben gelöscht.

Als ich den Brief angefangen hatte, hatte ich gehofft, er sei der beste Ersatz für das Gespräch mit meiner Gefährtin. Ihr Lächeln und ihre Nähe hätten es wahrscheinlich geschafft, dass es mir leichter gefallen wäre, darüber zu reden, was mich bewegte. Das unbewegliche Pergament vermochte dies nicht. Meine Feder machte sinnlose kleine Rucke darüber, ohne dass die nasse Spitze es berührte, und wenn doch, dann für ein einziges Wort, das mir falsch erschien, kaum dass es auf dem Pergament entstanden war.

Vieles hat sich verändert.

Wenn sie da gewesen wäre, hätte sie eine Augenbraue hochgezogen und gefragt: »Vieles?«, und ich hätte mit den Schultern gezuckt und gesagt: »Alles.«

Natürlich, Peter, der Bischof ist nicht mehr da.

Es scheint, als sei ich weniger in der Stadt zu Hause gewesen als in meiner Aufgabe und in meiner Freundschaft zu Bischof Peter von Schaumberg, und da er nicht mehr ist, ist auch die Heimat nicht mehr.

Die Heimat ist immer da, wo dein Herz ist.

Liebe Jana, diesen Spruch hast du von mir.

Die seltenen Edelsteine einer Weisheit aus deinem Mund können nicht oft genug wiederholt werden.

(An dieser Stelle hätte sie so lange gegrinst, bis ich sie geküsst hätte. Stattdessen biss ich auf den Federkiel und wünschte, ich hätte die Worte nicht geschrieben.)

Ich habe einen alten Freund getroffen. Ich hatte mich bezwungen, das Wort *Freund* nicht dem Stein zu opfern. *Er arbeitet für den amtierenden Bischof und hat mir angeboten, im Bischofspalast zu logieren.*

Wolltest du nicht bei deiner Tochter Logis nehmen?

Es ist eine ungute Zeit für Augsburg. Im Frühjahr wurde der Bürgermeister gehängt, und in den letzten Tagen sind zwei Morde geschehen, beide an Mitgliedern des Hauses Hoechstetter. In den Gassen der Stadt wird nigromantischer Trödel feilgeboten, und man flüstert wahlweise vom Todesengel, von Dämonen oder von der Rückkehr der waldensischen Ketzer, die man hier die Grubenleute nannte. Der neue Bürgermeister ist ein selbstgerechter, abergläubischer Tyrann und denkt, das Problem durch eine Hexenjagd in den Griff zu bekommen.

Wieso wohnst du nicht bei Maria?

Zweimal hat sich mir bereits ein selbst ernannter Alchimist aufgedrängt, der behauptet, er könne die Mordfälle lösen. Das ist lächerlich. Weniger zum Lachen ist, dass er weitere Morde prophezeit. Wenn der Bürgermeister auf ihn aufmerksam wird, lässt er ihn entweder hängen oder schickt ihn auf den Scheiterhaufen. So wie es ist, weiß ich nicht, ob ich dich rechtzeitig in Nürnberg einholen kann, wie wir vereinbart haben, und ich kann nur hoffen, dass dieser Brief dich statt meiner dort erreicht …

Eine hochgezogene Augenbraue, ein ungeduldiges Tappen mit dem Fuß und ein strenger Blick: Maria?

Meine Tochter hat mich zurückgestoßen.

Diesen Satz zu schreiben, hatte länger gedauert, als später der Nebel gebraucht hatte, von Sankt Ulrich nach Sankt Peter vorzudringen.

Ich habe sie auf dem Friedhof gefunden, wo sie die einzige Anwesende beim Begräbnis eines der Mordopfer war und ihm einen Talisman ins Grab gelegt hat.

Sie macht das Haus Hoechstetter für den Tod ihres Mannes verantwortlich.

Sie ist überzeugt, dass es Verbrecher waren, die sein Todesurteil ausgesprochen haben.

Sie ist ganz abgehärmt vor Gram und Hass.

Ach, Peter …

Sie hat keine Ahnung, was wirklich geschehen ist.

Ach, Peter …

Ich kann mir keinen Weg denken, ihr mitzuteilen, dass ihr Vater es war, der ihrem Mann den Weg zum Galgen bereitet hat.

Nur dafür hast du dich auf dem Weg nach Krakau von uns getrennt und bist nach Augsburg gegangen.

Stattdessen habe ich mich einspannen lassen, zur Klärung der Mordfälle beizutragen. Nein, vielmehr tue ich es, weil es eine Möglichkeit darzustellen scheint, an Maria heranzukommen.

Vielmehr, geliebter Peter, tust du es, weil du das Gespräch mit deiner Tochter dadurch ein wenig vor dir herschieben kannst.

Ich starrte das Pergament niedergeschlagen an.

Und selbstverständlich, sagte Jana, tust du es auch, weil du nicht anders kannst und weil es für dich nichts Unnatürlicheres gibt als den Mord an einem Menschen.

Ich seufzte.

Ich liebe dich, Peter, sagte Jana. Tu, was deiner Seele Frieden gibt, und kehre dann zurück zu mir. Zu uns. Mehr als ein Herz schlägt in Liebe zu dir.

Als das Blatt vor meinen Augen verschwamm, hörte ich auf zu schreiben und stellte mich ans Fenster, um in die vergehende Nacht hinauszuschauen.

Der Weg zum Frieden meiner Seele führte durch eine Menge Kammern, die ich bislang ängstlich verschlossen gehabt hatte, und ich konnte noch nicht erkennen, dass ich mich in die richtige Richtung bewegte.

Ich übergab den gesiegelten Brief an den ältlichen Schreiber, der die Arbeitsstube Bischof Johanns bewachte; er hatte versprochen, sich in Augsburg umzuhören, ob demnächst eine Güterkarawane oder Kuriere aus irgendeinem der großen Häuser nach Nürnberg aufbrachen und den Brief zustellen würden. Dabei erfuhr ich, dass Gregor sich noch nicht gezeigt hatte, obwohl er wie ich in einer der vielen Kammern im Bischofspalast nächtigte. Vielleicht war sein Gewissen reiner als meines, sodass er selig schlief, oder der Wein und der späte Gottesdienstbesuch hatten ihn den Weckruf der Glocken verschlafen lassen. Vielleicht nahm er die Funktion als Stellvertreter des Bischofs, die er sich selbst verliehen hatte, auch so ernst, dass er trotz allem der Morgenmesse beiwohnte. Er hatte mir jedenfalls keine Nachricht hinterlassen. Ich war nicht enttäuscht. Wo ich hingehen wollte, ging ich lieber ohne seinen Segen.

»Was haben Sie heute vor?«, fragte der Schreiber zu beiläufig, als dass es wirklich beiläufig gewesen wäre. Aha, Gregor brauchte gar nicht persönlich anwesend zu sein, um ein Auge auf seinen Partner-Assistenten-Hilfsschnüffler zu haben: Er bediente sich des Apparates, der ihm zur Verfügung stand. Der Schreiber machte ein demonstrativ uninteressiertes Gesicht.

»Es sind Beileidsbekundungen angebracht«, sagte ich. Der Schreiber blinzelte. Ich bedauerte fast, dass ich Gregors Blinzeln nicht sehen würde, wenn er diese Nachricht erhielt. »Ich besuche das Haus Hoechstetter.«

Der Schreiber nickte und blickte auf den Brief nieder, den ich ihm gegeben hatte. Er spielte unschlüssig damit. Als er aufsah und meinem Blick begegnete, schluckte er.

»Falls Sie die Anweisung haben sollten, Botschaften von mir zu öffnen, am besten geht es mit einem dünnen Messer, dessen Klinge erhitzt ist. Sie fahren damit nicht zu langsam, nicht zu schnell unter dem Siegel durch. Mit ein bisschen Glück löst sich das Siegel, ohne zu zerbrechen oder zu zerschmelzen.«

»Aber natürlich nicht … nie im Leben …«, stotterte der Schreiber und errötete. Er ließ den Brief fallen, als sei er mit Gift getränkt. Lächelnd verabschiedete ich mich. Als ich zur Tür hinausging, starrte er immer noch abwechselnd den Brief und mich an, und sein Gesicht brannte rot wie eine Bronzebüste von Donatello.

Die Menschen mit und ohne Fuhrwerke, die mir auf dem Weg hinab zum Haus Hoechstetter begegneten, gingen ihren täglichen Geschäften nach, von denen sie der Nebel nicht abbringen konnte. Doch wirkten sie wie Geister, die als dunkle formlose Umrisse eine unsichere Gestalt annahmen, sich für wenige Augenblicke manifestierten, wenn sie an mir vorüberglitten, und dann auf ihrem weiteren Weg wieder zerschmolzen. Schritte, Stimmen und Geräusche waren überall um mich herum, ohne dass ihre Urheber zu sehen gewesen wären. Die Luft war bedeutend kälter als noch am Vortag, dennoch wärmer, als es von drinnen den Anschein hatte. Mit Nebel verbindet man den Duft von Rauch, den die Feuchte in die Gassen drückt, und von nasser, aufgebrochener Erde; doch es war immer noch Sommer, wenn es auch im Augenblick nicht danach aussah, und zumindest an diesem Morgen hatte noch niemand die Felder umgepflügt oder das Feuer in Herd und Kamin entzündet. Der einzige Räucherduft, der mir ab und zu in die Nase stieg, kam von den Fackeln, die an Straßenecken oder an den Hausfassaden wohlhabender Patrizier befestigt waren und durch die Trübnis blakten wie Leuchtfeuer, die in einem unbewegten Meer von Gischt schwimmen. Manchmal hörte ich ein beunruhigendes Flappen über meinem Kopf, und ich bemühte mich, mir vorzustellen, dass jemand ein Laken aus dem Fenster eines oberen Stockwerks schüttelte – und dass es nicht der Todesengel des Herrn war, der seine ledrigen Schwingen zusammenschlug, um ein weiteres Leben zu beenden. Bei dichtem Nebel mitten im August wird auch ein vollkommen nüchterner Mann zum Lauscher der Schreckgeschichten, die aus den Tiefen seiner Kindheitstage aufsteigen; abgesehen davon würde ich mich nie zur Behauptung versteigen, dass ich vollkommen frei von Aberglauben sei, Hand aufs Herz und über die linke Schulter gespuckt. Als ich von irgendwoher aus dem Nebel einen Warnruf hörte und gleich danach ein dickliches Platschen, wich ich den Hauswänden aus und hielt mich mehr in der Mitte der Gasse. Jemand mochte Schlimmeres aus einem oberen Fenster schütteln als die Wanzen in seinem Bettzeug.

Zu meiner Überraschung war das Haus Hoechstetter nicht das am hellsten von allen beleuchtete, sondern es brannten im Gegenteil keinerlei Fackeln an den Wänden. In den Halterungen steckten die verkohlten Stümpfe der vergangenen Nacht. Irgendwo im Haus war der für solche Witterungsbedingungen übliche Befehl, die Beleuchtung ständig zu erneuern, ungehört verhallt oder in einem tauben Ohr gelandet, und ganz offensichtlich hatten weder ein Majordomus noch ein Bediensteter bisher Muße gefunden, nach draußen zu gehen und den Mangel festzustellen. Einige der kleinen Fenster waren erleuchtet, darunter auch das, hinter dem der stotternde und der tintengesichtige Schreiber Ludwig Stinglhammers saßen. Das Haus Hoechstetter hatte schon angefangen zu leben, doch es hatte noch nicht begonnen zu funktionieren. Ein Flügel des großen Tors, durch das auch hoch beladene Wagen hätten einfahren können, stand offen, und niemand hielt mich auf, als ich eintrat.

Aus einer schmalen Öffnung im finsteren Tordurchgang drang der Duft von geröstetem Getreide und Suppe, ein schwacher Feuerschein und eine halblaute Unterhaltung. Ein zum Teil entladener Karren stand an der Wand, Fässer, Kisten und in Wachstuch gewickelte Ballen. Wer von der Straße hereinkommen wollte, konnte sich bedienen, ohne dass ihn jemand gehindert hätte. Ebenso wenig hinderte mich jemand daran, tiefer in das Gebäude einzudringen, oder kam auch nur, um mich nach meinen Wünschen zu fragen: Ulrich Hoechstetters Familien- und Geschäftssitz, einen Tag nachdem ein Eindringling innerhalb der Mauern dieses Hauses einen Mord begangen hatte und unerkannt entkommen war.

10.

In der Schreibstube Ludwig Stinglhammers wurde mir das beunruhigende Gefühl zuteil, dass nichts von allem passiert war, dessen Zeuge ich am Vortag geworden war. Die beiden Schreiber – der Stotterer und der Tintengesichtige – standen über ihre Pulte gebeugt und sortierten Listen oder Dokumente, die sie entweder beiseite legten oder auf einem Stapel sammelten, je nachdem, welcher Inhalt sich ihrer gelangweilt-routinierten Überprüfung der Papiere erschloss. Jeder hatte eine Lampe vor sich stehen wie eine Laterne, die mit dünner Haut bespannt war und ein diffuses Licht in einem kleinen Umkreis verbreitete, in dem sich besser lesen ließ als mit einer unruhigen offenen Flamme. Das trübe Nebellicht, das nur unwillig durch das Fenster sickerte, hätte kaum gereicht, mit dem Finger die Zeile zu finden, in der sich ein sperriges Wort dem ersten Entzifferungsversuch widersetzte.

Der stotternde Schreiber blickte auf, erkannte mich und wagte ein scheues Lächeln. Sein Kollege verzog das Gesicht so wenig wie am Vortag.

»Inventur für den Nachfolger Stinglhammers?«, fragte ich den Stotterer. Er schüttelte den Kopf.

»N-n-nein«, brachte er heraus und sah verlegen zu Boden. Wenn er seine Tätigkeit noch genauer erläutern wollte, hinderte ihn sein Sprachfehler daran.

»Wie komme ich zu Karl Hoechstetter?«

»K-k-k-?«

»Dem Faktor des Hauses.«

»W-w-was wollen Sie denn von ihm?«

Ich zuckte mit den Schultern, und er sah ein, dass es ihn nichts anging. Nach einem Blickwechsel mit dem Tintengesichtigen seufzte er und beschwerte die Rolle Pergament, die vor ihm auf dem Pult lag, mit einem Säckchen voller Sand. Als er zurücktrat, entdeckte er, dass seine Fingerspitzen voller aufgelöster Tinte waren, wo er beim Umblättern einer Seite daran geleckt hatte, und er dachte einen Augenblick nach, bevor er sie unter den Achseln seines Hemdes säuberte. Als er die Arme hob, sah ich, dass das Hemd an den entsprechenden Stellen schwarz war, als habe der Färber einen neuen Modestil ausprobiert. Er nahm den Stapel Papier, den sie aufeinander geschichtet hatten, trottete zur Tür und hielt sie mir auf. »Ich b-b-bringe Sie hin.«

Er führte mich über die breite Treppe nach oben in einen Saal, dessen spitzbogige Fenster ins Nichts draußen schauten. Jemand stapelte Holzscheite neben die große Kaminöffnung in der äußeren Ecke, doch es war niemand da, der Anstalten machte, ein Feuer zu entzünden. Der Saal führte in einen engen Gang, in dem es nach abgestandener Luft roch, und zu einer weiteren, engeren Treppe, die in den zweiten Stock des Gebäudes und zu den Räumen führte, die der Familie, ihren Freunden und Gästen und ihren vertrautesten Dienstboten vorbehalten waren. Ich protestierte nicht, als der Schreiber mich dort hinaufführte; er musste selbst wissen, was er tat. Für mich war die Tatsache, dass der Schreiber eines Buchhalters des Herrn einen Unbekannten bis ins Allerheiligste des Hauses führen konnte, ohne dass er wenigstens einmal nach seinem Wohin gefragt worden wäre, ein weiteres Zeichen, dass die Dinge im Hause Hoechstetter nicht zum Besten standen. Die eine oder andere Dienstmagd oder ein Knecht hatten sich an uns vorbeigedrückt, während wir das Haus durchquerten, und bevor wir die Treppe ins oberste Geschoss betraten, mussten wir über einen Schlafenden steigen, der in seinen eigenen Weinausdünstungen wie ein Toter lag – doch unser Ziel interessierte niemanden. Der Schreiber erklomm die Treppe ohne Zögern.

»H-h-h-Herr Hoechstetter hat sein Arbeitszimmer dort oben«, erklärte er. »Alle F-f-f-familienangeh-h-hörigen h-h-haben …«

Ich nickte, und er brach dankbar ab. Wir schritten durch

einen weiteren Gang, der nur von gelegentlich offenen Türen Licht erhielt. Ich spähte hinein: spärlich möblierte kleine Räume mit schmucklosen Wänden, in denen Bänke und Schemel und hin und wieder ein Tisch standen und die nur dann zum Leben erwachten, wenn Geschäftsverhandlungen geführt oder ein Bankett abgehalten wurden. Der letzte Raum auf der linken Seite war vollkommen leer; der Holzboden war zerkratzt, und in einer Ecke lagen Staubflusen und ein kleines Häufchen zersplitterter Holzteile, die jemand zwar zusammengefegt, aber nicht zum Abfall geworfen hatte.

Das Schreibzimmer Karl Hoechstetters, wenn er es sich nicht mit den eigentlichen Herren des Hauses teilte, war der letzte Raum auf der rechten Seite des Ganges, ein großer Raum mit Fliesenboden in Schachbrettmuster, den ein wuchtiger, hochlehniger Stuhl in zwei Hälften teilte: zum Fenster hin in den Bereich für die Schreiber mit Arbeitsplätzen an einer langen, schmalen Bank, über die sie sich in ihren Hockern hätten kauern müssen, wenn sie anwesend gewesen wären; zur Tür hin der – ebenfalls gerade leere – Bereich für die Boten, die auf die fertig gestellten und vom Herrn des Arbeitszimmers gesiegelten Briefe warteten. An der linken Stirnseite war ein Fenster, an der rechten ein offener Türdurchgang, der in einen dunklen engen Raum führte. Ich schätzte, dass dies die Schlafkammer des Mannes war, zu dem ich geführt wurde. Es war so still in der Schreibstube, dass das Gemurmel der beiden Männer, die an der rechten Seitenwand knieten und Pergamente zwischen fünf unterschiedlich hohen Stapeln hin- und hersortierten, so laut klang wie das Gebet der Gläubigen in der Kirche. Beide sahen nicht auf, als der Stotterer und ich die Schreibstube betraten; nicht einmal, als mein Führer ohne ein Wort seine Lieferung neben einem der Stapel absetzte und damit das halbe Dutzend voll machte. Ein weiterer offener Durchgang führte an dieser Seite des Zimmers in eine Flucht von Räumen, an deren Ende die wuchtige Flanke eines großen Bettes zu sehen war.

Einer der Männer war so schlicht gekleidet wie der stotternde Schreiber und vielleicht halb so alt wie ich. Der andere mochte in etwa mein Alter haben. Sein hagerer Körper steckte in einem teuren blutfarbenen Gewand mit Pelzkragen, das eigentlich zu warm war für die Jahreszeit, und er versteckte sein Haar unter einer kugelig runden Mütze, die ein helleres Rot als das Gewand aufwies und mit goldenen Mustern bestickt war. Sein Gesicht war verkniffen und von den Wangen abwärts von einem schütteren, mausgrauen Vollbart verunziert. Er kniete ungeschickt und so wie jemand, dem es Schmerzen bereitet. Die Füße in unmäßig langen Schnabelschuhen ragten in seltsamen Winkeln unter dem langen Gewand hervor, als gehörten sie ihm gar nicht. Ich bin kein Kenner der Mode, doch da ich selbst meine zweite Kleidergarnitur angelegt hatte, eine der teuren Zusammenstellungen, die uns Lorenzo de' Medici in Florenz aufgedrängt hatte, verfügte ich zumindest über einen Vergleich. Die Kleider des knieenden Mannes konnten beinahe mit meinen eigenen mithalten, und das siedelte sie in einer Preisklasse an, die ich mir auf eigene Kosten kaum gegönnt hätte. Er legte ab und zu Hand an, wenn sein Helfer etwas auf einen Stapel legte, wo er es nicht haben wollte, und sah ihm ansonsten verdrossen bei der Arbeit zu. Was die Arbeitsverteilung anging, schien hier oben alles so zu sein, wie es sein sollte. Doch genügte der Umstand, dass er auf dem Boden kniete, statt in seinem Herrenstuhl darauf zu warten, dass sein Unterling die manuelle Arbeit für ihn erledigte, um das Gefühl zu bestätigen, das mich während meines Wegs durch das Haus überkommen hatte: dass die Dinge außer Kontrolle geraten waren und niemand sich die Mühe machte, genau hinzusehen.

Mein Führer nickte mir zu und drehte sich um, um zu seiner Nicht-Arbeit zurückzukehren, aber ich folgte ihm ein paar Schritte in den Gang zurück.

»Das ist Karl Hoechstetter?«, fragte ich halblaut.

Der Schreiber nickte.

»Wo sind Georg und Ambrosius?«

Der Schreiber zuckte mit den Schultern; wie es schien, hatte Karl Hoechstetter als Einziger der Familie an diesem Morgen die Arbeit bereits aufgenommen.

»Danke für die Führung.«

»G-g-g-gern.«

»Was wird nun aus Ihnen und Ihrem Kameraden, nach Stinglhammers Tod?«

Er zuckte leidenschaftslos mit den Schultern.

»Stinglhammer war wohl kein angenehmer Herr.«

»Wie k-k-k-kommen Sie darauf?«

»Na, wenn die Aussicht auf den Verlust Ihrer Stellung Sie so wenig berührt … wie hielten es denn die anderen Bediensteten hier im Haus mit dem Toten?«

»S-s-s-sie glauben doch nicht, jemand hier im H-h-h-haus …?«

»Was glauben Sie?«

»W-w-w-warum fragen Sie d-d-d-as alles? D-d-das ist doch die Sache des B-b-b-b-b…«

»Es war ziemlich ungerecht vom Burggrafen, Sie mit dem Mord an Stinglhammer in Verbindung zu bringen, finden Sie nicht? Hat es Sie überrascht?«

Er fuhr zurück und starrte mich mit demonstrativem Argwohn an. Seine Brauen waren zu sehr gerunzelt und seine Augen zu sehr zusammengekniffen. Als Komödiant wäre er damit vielleicht durchgekommen.

»Ich meine«, fuhr ich im Gesprächston fort, »da er Ihnen und Ihrem Kameraden doch eine Belohnung versprochen hat, damit Sie ihn im Notfall alarmieren und nicht die Stadtwache?«

»W-w-w-was meinen Sie damit?«

»Der Burggraf war gestern Vormittag gar nicht bei Georg Hoechstetter. Der Grund dafür ist, dass Georg Hoechstetter ihn nicht erwartete, und der Grund *dafür* ist, dass es keinen offiziellen Auftrag an den Burggrafen gibt, sich um die Morde zu kümmern. Ich weiß nicht, woran Georg Hoechstetter zurzeit seine Konzentration verschwendet, aber die Vorgänge im Haus seines Vaters sind es nicht. Er hätte die Dinge ihrem Lauf und dem Stadtvogt und dem Bürgermeister den Mordfall überlassen.«

Der Mund des Schreibers arbeitete. Ich lächelte ihn kühl an und merkte, dass ich einen Freund verlor.

»Ich habe k-k-k-k-…«, begann er.

»Keine Ahnung, ja«, sagte ich. Er ballte eine Faust und atmete ein, dann drehte er sich abrupt um und rannte mit hastigen Schritten die Treppe hinunter. Ihr Stakkato klang fast wie sein Stottern, und ich wusste nicht, ob mir diese Beobachtung Anlass zum Lachen oder zur Resignation gab oder ob sie ganz einfach so fehl am Platz war wie ein Mann mit gebrochenem Genick hinter seinem Arbeitstisch, während die Morgensonne Kringel auf das nigromantische Höllentor in seiner Stube malte.

Als ich die Arbeitsstube Karl Hoechstetters erneut betrat und hinter den beiden Männern stehen blieb, deutete Hoechstetter auf eine freie Stelle neben einem der Stapel und sagte lustlos: »Dort ist noch Platz.« Er machte sich nicht die Mühe, sich umzudrehen.

»Ich habe zwar etwas mitgebracht«, sagte ich, »aber was ich dabeihabe, sind Fragen und keine Dokumente.«

Hoechstetter und sein Helfer drehten sich verblüfft um. Der junge Mann machte schmale Augen, während Karl Hoechstetter mich von oben bis unten musterte.

»Wie sind Sie denn hier hereingekommen?«, fragte er schließlich und zeigte damit so etwas wie Geistesgegenwart. Seine Stimme war rau und tief, das Organ eines Mannes, der seine Kehle mit zu viel Wein ölte und mit Obstbränden nachhalf, wenn ihm vom üppigen Essen flau im Magen wurde. Sein Gewand hing an seinem knochigen Körper wie eine Fahne an der Stange, wenn der Tag windstill ist, und was über seinem Bart von seinem Gesicht zu sehen war, war ungesund fleckig und grobporig. Die Augen waren eingesunken und von braunen Höfen umgeben. Ich korrigierte meinen ersten Eindruck: Er war sicher niemand, der üppig aß; die Obstbrände verschmähte er dennoch nicht.

»Wie jeder, der dazu Lust hat«, erwiderte ich. »Durch die Tür und dann immer der Nase nach.«

Er seufzte. Schließlich rappelte er sich auf, was ein langsamer und komplizierter Prozess war, den er mit Ächzen und verkniffenen Lippen begleitete. Als er diesen hinter sich gebracht hatte, humpelte er zu seinem Stuhl hinüber und ließ sich hineinsinken. Er holte tief Atem und begann, sein rechtes Knie zu reiben.

»Podagra«, stöhnte er und versuchte offensichtlich, der Schmerzen Herr zu werden. »Scheißnebel. Ich lebe am falschen Platz.«

»Ein warmes Feuer wirkt Wunder.«

Er winkte ab. »Ich stehe heute noch lange genug vor dem Feuer.« Dann riss er sich zusammen und hob das Kinn. »Was wünschen Sie?«

Ich nannte ihm meinen Namen, woraufhin er ein Auge zusammenkniff und seine eingehende Musterung nochmals durchführte. »Sie sind der Mann, der die Tuche für Georgs Abschiedsfeier liefert. Ich sehe so was. Ihre Kleider stammen aus Italien. Lombardisches Tuch? Florentiner?«

»Was die Kleider betrifft, haben Sie richtig geraten.«

»Ich selbst trage nur *panno pratese*«, sagte er mit gespielter Gelassenheit. »Vor Ort mit *paonazzo* gefärbt.«

»Eine Mischung aus Krapp und Waid«, erwiderte ich und erinnerte mich an meine eigenen Jahre als Händler, durch dessen Hände oft genug Tuch gewandert war. Hoechstetter strich unbewusst über die Falten seiner Kleidung und nickte zu meinen Worten. Ich verschwieg ihm, dass das rote Wams meines eigenen Gewandes das feine *scarlatto* war, gefärbt mit *grana*, die die florentinischen Tuchfärber aus dem Körpersekret eines winzigen Käfers gewannen. Lorenzo de' Medici hatte nicht viele Worte um die Gewänder gemacht, mit denen er uns die materiellen Verluste in Florenz ersetzen wollte, doch Jana und mir war gleichermaßen klar gewesen, mit welchem Luxus er uns ausgestattet hatte. Hoechstetter musterte mich noch immer und schien zu erkennen, dass er mit seiner Kleidung vor jemandem geprahlt hatte, dessen eigene Gewandung das Zehnfache der seinen wert war. Seine Miene wurde abweisend. Ich verfluchte mich dafür, nicht die abgetragenen Sachen angezogen zu haben, in denen ich hierher gereist war.

»Zu wem wollen Sie eigentlich?«

»Zu Karl Hoechstetter.«

»Das bin ich. Ich verwalte die Finanzen des Hauses.«

Ich nickte. »Soviel habe ich gehört.«

Er versuchte es leicht zu nehmen. »Bin ich etwa Stadtgespräch?«

»Sind Sie auch für die Auszahlung des Witwenpfennigs und für die Behausung der Frauen zuständig, deren Männer im Dienst des Hauses Hoechstetter ums Leben gekommen sind?«

Hoechstetter dachte einige Sekunden nach, scheinbar, ohne zu einem wirklichen Ergebnis zu kommen. Seine Hand massierte weiterhin sein Knie, als wäre sie von seinem Gehirn unabhängig, und über seine Züge zuckten immer wieder schmerzliche Grimassen, wenn eine empfindliche Stelle des geschwollenen Gelenks zu stark gedrückt wurde.

»Sie sind kein Lieferant?«

Ich schüttelte den Kopf. Er schüttelte den seinen mit, um seinem Unverständnis Ausdruck zu geben. »Was kommen Sie dann hierher und stehlen mir die Zeit …?«

»Ich suche nach einer Frau, genauer gesagt, der Witwe eines der Fernkaufleute dieses Hauses.«

»Ich habe keine Zeit …«

»Sie ist meine Tochter.«

»Das ist schön für Sie oder auch nicht, Zeit habe ich deswegen immer noch nicht.« Er machte Anstalten, sich aus dem Stuhl zu rappeln, um mir zu verstehen zu geben, dass meine Audienz beendet war.

»Ich habe gehört, dass es in diesem Haus einen Todesfall gegeben hat«, sagte ich. »Ich möchte meine Anteilnahme zum Ausdruck bringen.«

Er zögerte kurz und richtete sich dann auf. »Ich werde es meinem Vetter Ulrich ausrichten, wenn er zurück ist.« Unwillkürlich hielt er auf seinem mühsamen Weg zurück zu seinem

Helfer und den Stapeln inne. »Sie können Ihre Kondolenzwünsche auch seinem Sohn mitteilen.«

Ich folgte seinem Blick. In dem offenen Durchgang, der zu der Zimmerflucht mit dem Schlafraum an deren Ende führte, stand ein groß gewachsener junger Mann, der mit gerunzelten Brauen ein Dokument in seiner Hand studierte, ohne aufzusehen.

Georg und Karl Hoechstetter konnten ihre Verwandtschaft nicht leugnen. Beide waren hoch gewachsen und von langgliedriger Gestalt, doch wo der Faktor knochig und hager war, stand der Sohn des Hausherrn gut im Fleisch, seine Wangen waren voll und sein Teint rosig und nicht teigig. Er blickte auf. Sein Gesicht zeigte Verwirrung und Empörung. Er hielt das Papier anklagend in die Höhe.

»Was hat denn das zu bedeuten?«, begann er ohne Einleitung. »Hier steht ganz was anderes drin als das, was ich mit dem Schneider besprochen habe.«

Karl Hoechstetter humpelte zu ihm hinüber. »Lass sehen«, sagte er und griff nach dem Dokument, doch Georg Hoechstetter entzog es ihm.

»Ich habe einen hohen englischen Hut gewünscht mit einer Halbkrempe und einer Brosche über der Stirn, eine Schaube mit Hängeärmeln und Pelzbesatz, die Ärmel des Hemdes lang und mit einer Knopfnaht und den Kragen des Wamses ausgeschnitten, damit ich die Goldkette tragen kann!« Er hörte sich an wie ein Kind, das sich über die Grütze beschwert, weil es Kuchen erwartet hat. »Stattdessen steht hier wieder der alte Unsinn: der flache Hut mit der Rollkrempe und der vermaledeite hohe Kragen!«

Hoechstetter zerknüllte das Papier mit wütenden Bewegungen, dann hielt er inne und glättete es mühsam wieder. Er warf dem Vetter seines Vaters einen Blick zu, der ärgerlich wirken sollte und doch eher von Unsicherheit sprach.

»Der hohe Kragen steht dir besser. Das sagt auch deine Frau Lucia.«

»Ja, aber in Venedig trägt man heute das Wams ausgeschnitten …«

»Das glaube ich nicht.«

»Martin Dädalus hat es gesagt. Was immer er … jedenfalls war er dort, oder?«

»Er war in Bologna.«

»So weit ist das ja nicht auseinander.«

»Lucia hat gesagt, ein hoher Kragen gibt dir eine königliche Haltung.«

Georg lächelte. »Tatsächlich?«

Karl Hoechstetter sah ihn an und lächelte ebenfalls. Ich konnte deutlich erkennen, dass er seine Ungeduld nur mühsam bezwang. Georg Hoechstetter teilte diese Einsicht nicht. Er strahlte.

»Und ich finde es auch«, fügte Karl Hoechstetter hinzu.

»Tatsächlich? Es wäre nicht schlecht, wenn ich dort Eindruck mache, oder? Vater wünscht, dass ich unseren Einfluss auf den Fondaco vermehre.«

»Das hast du richtig erkannt.«

»Aber wenn ich daherkomme wie ein Bauer …«

»Es sind nicht die Kleider, die den Mann machen«, erklärte Hoechstetter, was angesichts seiner eigenen Ausstaffierung mehr als scheinheilig wirkte. Georg bemerkte auch das nicht.

»Das stimmt natürlich.«

»Du machst deine Sache hervorragend.«

»Sie werden mich dort willkommen heißen, oder?«

»Machst du Witze? Georg Hoechstetter der Dritte reist nach Venedig! Sie werden sich die Beine ausreißen. Der Mann, der das Haus Hoechstetter in Abwesenheit seines Vaters ganz allein führt. Der das Auge für die wesentlichen Dinge hat.«

»Ja, natürlich … wenn du meinst …« Der junge Mann errötete.

»Ist Lucia schon auf?«

»Ja, sie ist bei Jung-Georg.«

»Du kannst stolz sein auf deinen Sprössling. Wahrscheinlich wird es dir schwer fallen, ihn so lange allein zu lassen.«

»Ja, da hast du Recht. Wenn ich in Venedig bin … bis ich zurückkomme, ist er wahrscheinlich schon so groß geworden …«

Er deutete eine Höhe an, die ein zehnjähriger Knabe erreichen mochte, wenn er sich sehr streckte. Karl Hoechstetter lachte.

»Er ist erst ein Jahr. Wenn du zurückkommst, ist er eineinhalb. So schnell wächst nicht einmal dein Sohn.«

»Ja, aber … ich glaube, ich sehe mal nach ihm. Wenn ich es recht bedenke, werde ich ihn fürchterlich vermissen, oder?«

Karl Hoechstetter nickte. Georg sah auf das Papier in seiner Hand nieder, als wisse er nicht recht, wie es dorthin gekommen war. Karl streckte den Arm aus, und Georg übergab es ihm. Er stand einen Moment unschlüssig da.

»Ich hole dich, wenn ich Hilfe brauche«, sagte Karl Hoechstetter.

Georg Hoechstetter nickte und klopfte ihm auf den Arm. Der ältere Mann zuckte schmerzlich zusammen; jede Berührung schien seine Gichtschmerzen zu erhöhen. Der älteste Sohn Ulrich Hoechstetters trollte sich. Ich richtete den Blick auf Karl Hoechstetter; soeben hatte ich unfreiwillig eine Lektion von einem Meister der Manipulation erhalten.

Karl Hoechstetter zerknüllte das Papier und warf es mit einer nachlässigen Geste in den leeren Kamin. Dann drehte er sich zu mir um.

»Ich möchte nur wissen, wo sich meine Tochter befindet. Wenn Sie ihren Witwenpfennig abholt, muss sie auch angegeben haben, wo sie lebt«, sagte ich.

Langsam ließ er sich wieder auf seinem Stuhl nieder. Seine Stimme war spöttisch, als er sagte: »Sie haben vergessen, dem Herrn des Hauses Ihre Anteilnahme auszudrücken.«

»Kommen Sie schon, wenn Sie eine Tochter hätten, würden Sie sich auch Sorgen machen.«

»Es gibt keinen Grund zur Sorge«, knurrte er. »Die Hinterbliebenen unserer Kaufleute werden großzügig unterstützt – und dürfen weiter die Gastfreundschaft des Hauses Hoechstetter in Anspruch nehmen.«

»Sie lebt nicht mehr in ihrem alten Haus und ebenso wenig in einem der anderen Häuser, die Ihrer Familie gehören.«

»Sicherlich hat sie niemand von dort vertrieben.« Er sah

mich herausfordernd an. »Wenn sie von selbst weggegangen ist, trägt das Haus Hoechstetter dafür nicht die Verantwortung. Wir können es nicht verhindern, wenn eine Frau den Pfad der Ehrbarkeit verlassen will.«

Es fiel mir schwer genug, nicht darauf anzuspringen.

»Holt sie sich den Witwenpfennig selbst ab?«

»Das Geld wird von zuverlässigen Boten zu den Wohnorten der Empfänger gebracht.« Hoechstetter lächelte schwach. Seine Hand hatte wieder damit begonnen, sein rechtes Knie zu massieren.

»Wer nicht mehr dort anzutreffen ist, wo er sein sollte, bekommt auch nichts?«

Er nickte. »Wir können nicht auch noch in den Winkelhäusern suchen, um den Weibern das Geld hinterherzutragen.«

»Sie gehen recht freizügig mit Ihrer Meinung über die Kinder anderer Leute um«, erwiderte ich mit einem großen Maß an Beherrschung.

»Ich wünsche Ihnen, dass alle Mutmaßungen bezüglich dieser Frau unzutreffend sind.«

»Sie heißt Maria«, stieß ich hervor. »Menschen haben Namen. Maria Bernward, die Witwe von Johannes Kleinschmidt.«

Seine Augenwinkel zuckten. Wahrscheinlich hatte seine Hand wieder eine empfindliche Stelle an seinem Knie berührt. Doch sie lag ganz still.

»Das fällt nicht in meine Zuständigkeit«, schnappte er.

»Sie sind doch der Herr des Geldes hier.«

Er stand auf und ging mühsam die paar Schritte hinüber zu seinem Helfer und den wartenden Stapeln. Scheinbar dachte er darüber nach, ob er sich den Schmerz antun sollte, sich wieder niederzuknien. Seine Rücken war sehr gerade.

»Wer?«, fragte ich. »Wer ist für meine Tochter zuständig?«

Er antwortete nicht. Wenn jemals ein Mensch dringend gewünscht hatte, dass ich gehen möge, dann er.

»Ich weiß, dass Sie viel zu tun haben. Immerhin gibt es zwei Tote innerhalb weniger Tage zu beklagen.«

Er drehte sich um und funkelte mich feindselig an. »Sie sind einen Tag zu spät dran.«

»Was soll das heißen?«

»Ludwig Stinglhammer war für Ihre Tochter zuständig.«

Jetzt war die Reihe an mir, ihn anzustarren.

»Kleinschmidt war unser Mann in Florenz. Stinglhammer hatte die Betreuung seiner Akte selbst übernommen. Er hätte Ihnen vielleicht sagen können, wo Sie die Frau finden. Ich kann es nicht.«

Er wandte sich endgültig seiner Arbeit zu. Laut keuchend ließ er sich auf die Knie nieder und versuchte, eine Stellung zu finden, die seinem schmerzenden Gelenk am besten entgegenkam. Ich war entlassen. Grußlos ging ich hinaus. Erreicht hatte ich nichts, außer zu wissen, dass es nun zwei Tote gab, die mit meiner Tochter Maria in Verbindung zu bringen waren. Wo sie sich aufhalten mochte, wovon sie lebte, warum sie aufgehört hatte, den Witwenpfennig entgegenzunehmen, wie ich an sie herankommen sollte, all das wusste ich genauso wenig wie zuvor.

In meinem Bauch verspürte ich ein flaues Gefühl, und das kam nicht nur daher, dass ich am Morgen nichts gegessen hatte oder dass mir die Augen der wenigen Dienstboten, die irgendwelchen Verrichtungen nachgingen, plötzlich mit kaltem Argwohn folgten.

11.

Der Nebel hatte sich nicht verändert, wenn er nicht noch dichter geworden war. Er kroch durch das noch immer offen stehende Tor und brachte Rauchgeruch mit sich. Der halb abgeladene Karren stand scheinbar unberührt im Tordurchgang, doch der Lichtschein aus der kleinen Kammer war erloschen. Vier Männer kamen durch das Tor herein und gingen an mir vorbei. Sie warfen mir ähnlich argwöhnische Blicke zu wie die Männer und Frauen, denen ich im Inneren des Hauses begegnet war, und sie beanspruchten fast die ganze Breite der Toreinfahrt für sich. Ich trat beiseite, bevor einer von ihnen mich mit der Schulter anrempeln konnte. Direkt neben dem Tor zum Haus Ulrich Hoechstetters stand eine kleine Gestalt im Nebel, blassfarbener Kleiderstoff, ein weißes Kopftuch und in den vor dem Leib zusammengehaltenen Händen einen Korb. Sie wandte den Kopf und gab meinen Blick zurück, als habe sie ihn gespürt.

»Elisabeth Klotz«, sagte ich verblüfft.

Sie nickte und lächelte. Es schien ihr an diesem Tag schwer zu fallen.

»Wie geht es Ihnen?«, fragte sie.

»Ist das das Haus, in dem Sie arbeiten? Ulrich Hoechstetters Köchin?«

»Lediglich eine von vielen.«

Eine kleine Pause entstand. Sie biss sich auf die Unterlippe und wich meinem Blick aus.

»Ich möchte Sie etwas fragen …«, begann ich, und sie sagte gleichzeitig: »Ich muss zum Markt …« Sie hob den leeren Korb hoch.

»Ich begleite Sie.«

»Wozu?«

Ich ging ein paar Schritte voraus, doch sie folgte mir nicht.

»Ich möchte etwas über einen Toten erfahren.«

»Gilt Ihr Interesse hier auch irgendeinem Lebenden?«

»Der Besuch bei Bischof Peter war ein Freundschaftsdienst.«

»Mein Großvater ist überzeugt, dass Sie hier sind, um die Ordnung wieder herzustellen.«

»Ich bin nur auf der Durchreise.«

»Natürlich. Sie sprechen nur aus Pietät über die Toten. Geht es um Ludwig Stinglhammer?« Ich hörte am Tonfall ihrer Stimme, dass dies kein Thema war, über das sie sprechen wollte.

»Ihr Großvater ist ein feiner Mann.«

Sie nickte, aber sie sah mich so argwöhnisch an wie nie zuvor. »Und in seinem Kopf ist ein ebenso feines Durcheinander. Vielleicht vermögen Sie ja, wenigstens dort ein wenig zu helfen.«

»Weshalb gerade ich?«

»Der Burggraf lässt Sie im Palast wohnen. Ist er Ihr Freund?«

Ich war überrascht von meiner eigenen Offenheit. »Manchmal glaube ich es.«

»Mein Großvater meint, Bischof Peter war Ihr Freund. Aus diesem Grund glaubt er an Sie. Was immer Sie vorhaben, wenn Sie ihn enttäuschen oder verletzen, bekommen Sie es mit mir zu tun.«

»Ich habe nicht vor, jemandem zu schaden«, sagte ich, doch mahnte mein Gewissen im Stillen sofort: Und Maria und die Geschichte, die du ihr erzählen musst?

»Was tun Sie hier, wenn es nicht das ist, was mein Großvater vermutet?«

»Haben die alten Männer Recht? Mit ihrem Gerede über die Rückkehr der Grubenleute und allem?«

Sie zuckte mit den Schultern. »Ich habe gesehen, wie man eine Frau verhaftete, und die Umstehenden machten das Zeichen gegen den bösen Blick.«

»Auf dem Markt werden schmutzige kleine Talismane verkauft«, sagte ich.

»Der Schatten des Gehängten liegt über der Stadt.«

Ich suchte nach einer Antwort.

»Glauben manche. Aber Ulrich Schwarz ist tot und begraben, und aus dem Grab heraus wirft man keinen Schatten.«

»Ich habe vom Todesengel reden hören.«

Elisabeth schauderte, dennoch lächelte sie schwach. »›Wenn ich das Blut an Euren Häusern sehe, dann werde ich vorüberschreiten.‹ In dieser Stadt klebt an vielen Händen Geld, und ob es vom Blut oder vom Schweiß dort kleben bleibt, weiß nur Gott oder der Teufel. Jedenfalls sind es zwei Namen für eine Furcht.«

»Vor dem Mörder, der seine Opfer in verschlossenen Räumen findet?«

Sie seufzte. »Ich rede zu viel«, sagte sie wie zu sich selbst. »Ich fürchte, mein Großvater und seine Freunde haben mich angesteckt.« Sie starrte auf den Korb in ihren Händen. »Also gut, wenn Sie mich begleiten wollen, kommen Sie. Ich habe es eilig; ich wollte eigentlich noch vor der neunten Stunde auf den Markt, wenn nur die Bürgerschaft einkaufen darf, aber das habe ich nicht geschafft. Jetzt muss ich mir die besten Stücke mit den Weinwirten und den Bierbrauern teilen, und ich will nicht noch eine Stunde warten, bis auch noch die Fürkäufer auf den Markt dürfen. Sie können den Korb tragen, wenn er mir zu schwer wird.«

Freitag war der Hauptmarkttag der ganzen Woche und das Ereignis, auf das die Bürger die restlichen sechs Tage lang warteten. Der Nebel, mehr noch die Ereignisse der letzten Tage, sorgten jedoch dafür, dass das Treiben weniger enthusiastisch als sonst verlief. Der Perlach, der gedrungene Turm neben dem Rathaus, war ein ungewisser Schatten, der körperlos über den Marktständen hing, das Krächzen der Raben, die die Spitze umkreisten, klang wie die Rufe verirrter Seelen. Der eine oder andere Verkäufer schrie seine Waren aus, doch waren es wenige

Stimmen und sie schienen eher den krächzenden schwarzen Vögeln über unseren Köpfen zu gehören als menschlichen Kehlen zu entstammen. Die Marktgänger lösten sich aus dem Nebel und tauchten wieder hinein, bleich und farblos, das Bunteste an ihnen das rote Fleisch, das sie in ihren Körben transportierten. Die Behörden hatten die Anzahl der Wachen verdoppelt; in vielen Werkstätten ruhte jetzt die Arbeit, weil der Meister dem Ruf seiner Stadt nachgekommen war und sein Werkzeug mit dem Spieß hatte vertauschen müssen. Die Helme waren beschlagen von der Feuchtigkeit und die Gesichter unter ihnen angespannt. Es war nicht leicht, den Spieß ruhig zu halten, wenn sich aus allen Richtungen unverhofft Menschen aus dem Nebel schälten und mehr oder weniger plötzlich vor einem standen. Vor dem Rathaus kämpften ein paar Fackeln gegen die Schwaden an, und vom Weberhaus drang ein mattroter Schein bis zu den Marktständen. Die Zunft hatte einen Scheiterhaufen errichtet, um den Menschen auf dem Markt die Orientierung zu erleichtern. Bei seinem Anblick dachte ich an die Frau, die am Vortag verhaftet worden war, und fühlte das Unbehagen, das jeden vernünftigen Menschen überkommen muss, wenn er sich vorstellt, wie jemand von den Knechten des Scharfrichters in das lodernde Feuer hineingetrieben wird, das Gewissen mit nichts Schlimmerem belastet als mit ein paar Kräutertränken für eine Schwangere oder einem Sud für eine kranke Kuh.

Oder einer vorgetäuschten Dämonenbeschwörung, an deren Ende ein Mensch mit zerschmettertem Schädel stirbt.

Ich schüttelte den Kopf, um an etwas anderes zu denken. Die vergangene Nacht schien bereits fern, weiter weg als die kommende, und ich hatte später am Tag noch genügend Zeit, mich vor den Bildern zu fürchten, die der Aufenthalt und die Geräusche im Bischofspalast aus einem Winkel meines Gehirns hervorholen mochten.

Elisabeth Klotz machte ein paar hastige Schritte zur Seite, um etwas auf dem Boden auszuweichen. Es glänzte dunkel und nass. Wir waren an der nordwestlichen Ecke des Perlachplatzes bei der neu erbauten Metzg. Zur Rechten erhob sich die

Flanke des Gebäudes, das bunte Rautenmuster an der Fassade eine halb aufgelöste Form im Nebel, das breite Eingangstor ein tiefer Schatten und vor diesem Schatten die blutigrote Form eines gekreuzigten Körpers. Ein Metzger hatte ein Schwein in den Rahmen gehängt und die Bauchdecke geöffnet. Jetzt stand er hinter dem kopfüber hängenden Tier und schob mit den Füßen die unverkäuflichen Teile des Gedärms zusammen. Das Blut war bereits gestockt; ohne den Nebel wäre es nur noch ein klebriger brauner Fleck auf dem Boden gewesen. Es gibt keinen Unterschied zwischen dem Blut eines Menschen und dem eines Tieres, wenn es zwischen den Pflastersteinen glänzt. Ich folgte Elisabeths Ausweichkurs wie ein überspannter Geck, der Angst hat, seine neuen Schnabelschuhe mit dem Dreck der Gosse in Berührung zu bringen.

»Was wissen Sie über Martin Dädalus?«, fragte ich.

Sie blieb einen Augenblick stehen und ging dann weiter.

»Reden wir nicht über Stinglhammer?«

»Worüber würden Sie denn mit mir reden wollen?«

Sie drehte sich zu mir um. »Über das Reifen der Äpfel in einem großen Baum, über das Korn auf den Feldern, über den Gedanken, dass der Weg, der vor der Haustür beginnt, unweigerlich bis zum Rand der Welt führt, über das Lachen von Kindern, die im Fluss baden, und ein gutes Glas Wein am Ende eines langen Tages.«

Ich konnte nicht umhin zu lachen. Sie blieb ernst. »Obwohl ich Sie zuerst an einem Grabmal getroffen habe, scheinen Sie nicht der Mann zu sein, mit dem man sich über den Tod unterhält.«

»Ich weiß nicht, ob das ein Kompliment ist oder nicht.«

»Nehmen Sie es, wie Sie wollen.«

»Leider zwingen mich die Umstände, über den Tod zu reden.«

»Warum machen Sie sich all die Mühe, wenn Sie doch auf der Durchreise sind?«

Ich brachte es nicht übers Herz, mit ihr über Maria zu reden. Sie waren beide etwa gleich alt. Ich dachte, Elisabeth Klotz werde nicht verstehen, was mich bewegte. Was ich mir nicht eingestehen wollte, war die Tatsache, dass ich fürchtete, von ihr die gleichen Worte zu hören wie von Maria, wenn sie die Hintergründe der gescheiterten Beziehung zu meiner Tochter (zu meiner gesamten Familie) erfuhr.

Elisabeth führte mich an den überdachten Verkaufsständen am Fuß des Perlach vorbei, in denen Töpferwaren an Schnüren von den Querbalken hingen. Wir betraten den Fischmarkt, dessen Geruch den nach frischer Schlachtung und warmem Blut schon längst überlagerte. Er schien im Nebel noch finsterer als sonst in dem engen Geviert zwischen Sankt Peter und dem Rathaus. Der große Brunnen in seiner Mitte plätscherte. Hier drängten sich die Käufer dicht aneinander. Die Ware lag zum Verkauf in großen hölzernen Bottichen oder in flachen Schüsseln, die in Reih und Glied auf langen, schmalen Bänken standen. Die Fischer liefen hinter ihren Bänken auf und ab und verhandelten mit mehreren Käufern gleichzeitig, während sie darauf zu achten versuchten, dass die Bettler ihnen nichts aus den Bottichen stahlen. Aus alter Gewohnheit rückte ich meine Börse nach vorn und faltete die Hände darüber. Elisabeth presste ihre eigene Gürteltasche fest mit dem Ellbogen gegen den Körper. Ich fragte mich, weshalb sie nicht zum Stadtgraben beim Barfüßertor hinunterging, wo die städtischen Fischer ihre Ware lebend anboten, und bekam die Antwort, als sie ungeduldig seufzte und feststellte, wie spät am Vormittag es bereits war. Was immer an diesem Tag zu kochen war, es eilte, und der Koch hatte keine Zeit, die Fische noch zu töten und auszunehmen.

Schließlich überprüfte sie das Angebot eines finsteren Burschen, der vermuten ließ, seine Fische allein mit seiner bösen Miene getötet zu haben. Er stand mit verschränkten Armen hinter Bottichen, in denen wenige Lachse, Forellen, Waller und Hechte lagen. Elisabeth wischte über die starren Augen der Fische und prüfte, ob sie schon trüb und die Fische damit alt waren. Ich sah ihr dabei zu und betrachtete ebenfalls die toten glotzenden Fischaugen, als mich plötzlich das Gefühl überkam, dass mich Blicke musterten. Ich drehte mich langsam um, doch war niemand in der Nähe, der mich anstarrte. Der Eindruck verging dennoch nicht, sodass ich mich so unauffällig wie möglich umsah und schließlich ein Paar schwarze Augen bemerkte, das mich unverwandt unter dem Marktstand hervor anstarrte. Unter der Bank des Fischers hockte ein Otter in einem engen Holzkäfig, ein ledernes Halsband im Fell, und ich verstand, dass ich hier den Helfer des Fischers sah, der ihm die Beute noch aus den engsten Winkeln holte, wohin keine Netze gelangten. Der Otter sah wie eine große Ausgabe des Frettchens in Stinglhammers Arbeitsstube aus, und es hätte nicht des Nebels oder der Erinnerung an den Blutfleck bedurft, dem ich eben noch ausgewichen war, um das Bild heraufzubeschwören, wie dieses Tier das Blut seines toten Herrn getrunken hatte. Ich stampfte mit dem Fuß auf den Boden, der Otter zuckte zurück, und die glitzernden Augen verschwanden im Dunkel des engen Gefängnisses. Vergeblich redete ich mir ein, dass damit das Gefühl des Beobachtetwerdens verging.

Nachdem Elisabeth zwei schlaff aussehende Lachse abgelehnt und stattdessen zu einem halben Dutzend prächtiger Forellen gegriffen hatte und nachdem sie mit Kennermiene aus den Weidenrutenringen mit den aufgespießten Fröschen diejenigen herausgesucht hatte, deren Haut noch feucht schimmerte, trat der Fischer zurück, verschränkte die Arme hinter dem Rücken und sah noch düsterer drein als vorher. Elisabeth musterte das Angebot weiter, während sie die bereits erstandenen Güter in den Korb legte. Ein paar der Frösche bewegten noch die Mäuler oder die langen Hinterbeine. Ich sah weg.

»Dädalus war eines Tages plötzlich da. Das Gesinde wird üblicherweise nicht eingeweiht in die Pläne der Herrschaft, aber über die Gerüchteküche erfahren wir oft mehr, als die einzelnen Familienmitglieder wissen. Dennoch kannte niemand von uns Dädalus oder hatte gewusst, dass er nach Augsburg kommen würde. Was kosten die Krebse?«

»Zweiundsechzig Pfennig das Lot«, brummte der Fischer.

»Du lieber Himmel. Da kostet ein Pfund ja fünfundzwanzig Groschen. Mehr als einen Gulden! Was ist mit den Grundeln?«

»Meine Kinder haben die Krebse mit der Hand gefangen. Das ist nicht so leicht.«

»Und meine Herrschaft findet das Geld nicht auf der Straße. Was ist mit den Pfrillen? Die kann ich mir unten am Graben frisch kaufen, wenn ich will.«

»Wenn deine Herrschaft dich so lange von der Leine lässt …«

»Wie war das?«

»Nichts, nichts«, knurrte der Fischer.

»Ich habe gehört, Dädalus sei vorher in Italien gewesen.«

Sie nickte und verließ den Stand, scheinbar befriedigt darüber, dass sie dem Fischer Respekt eingeflößt hatte.

»Er kam Mitte Mai hierher. Seinen Kleidern und seinem Auftreten nach wusste jeder, der Augen im Kopf hatte, dass er im Süden gewesen war, noch bevor es sich rumsprach.«

Elisabeth drückte mir den Korb in die Hand, der nun neben den mächtigen Forellen die Froschringe, die Grundeln und die Pfrillen enthielt und aus dem fischiges Wasser zu tropfen begann. Sie breitete ein paar Kissen trockenen Mooses, die sich bereits vorher im Korb befunden hatten, darüber, und wir eilten zum Eiermarkt vor der Metzg und danach über die Judengasse zum Obstmarkt. Ich bemühte mich, keines der hart erhandelten Eier, die auf den Moospolstern relativ sicher lagen, zu verlieren.

Auf dem Obstmarkt blieb Elisabeth vor einer Ansammlung verschieden großer Körbe stehen. Das Angebot war nicht umfangreich, doch die Büschel von Kräutern und Gewürzpflanzen waren frisch, und die Kriechen, Birnen und Äpfel hatten kaum braune Sprenkel. Ich erkannte Bohnenkraut, Dill und Leindotter; die Kamille duftete in der feuchten Nebelluft nach Sonne und letzten Sommertagen. Hinter den Körben, die von keinerlei Baldachin oder wenigstens einer leinenen Plane geschützt wurden, stand ein blonder junger Mann, der den Kopf weit in den Nacken gelegt hatte und uns aus fast geschlossenen Augen musterte. Neben ihm hockte eine ältere Frau mit schmutziger Haube auf einem kleinen Fässchen. Als Elisabeth die Hand nach ein paar strammen Rübchen ausstreckte, begann der Junge laut zu rufen: »Pastinak, Portulak, Petersilie!« Er litt entweder an einem Wolfsrachen oder einem entzündeten Mund, denn er verschliff sein Angebot fast zur Unkenntlichkeit, und sein unvermitteltes Loskrähen ließ vermuten, dass er nicht im Vollbesitz seiner geistigen Kräfte war. Elisabeth lächelte und hob eine der Rüben in die Höhe.

»*Paschnaak, Porlaak, Persiiilie!«*, rief der Junge.

»Kein Schwein versteht, was du sagst«, murmelte die Frau düster und stieß den Jungen mit der Faust in die Seite.

»An diesem Stand gibt es die besten Pastinaken«, erklärte Elisabeth. »Frau Barbara ist ganz verrückt nach ihnen.«

»Keine Sau weiß, was du sagen willst«, erklärte die alte Frau.

Der Junge schnaubte und blinzelte Elisabeth unter seinen schweren Lidern hervor an. *»Paschnaak?«*

»Wie viel für alle?«, fragte Elisabeth. Sie sah über die Schulter zu mir herüber. »Herr Dädalus war kein fröhlicher Mann.«

»Außerdem spuckst du beim Reden«, sagte die Alte und stieß den Jungen wieder an. Er schüttelte sich irritiert.

»Soll das heißen, er war schweigsam, oder war er aufbrausend?«

»Beides.«

»Was glauben Sie, warum?«

»Wieso meinen Sie, dass ich mir darüber Gedanken gemacht habe? Also, wie viel für die Pastinaken?«

Der Junge nuschelte etwas. Elisabeth beugte sich nach vorn. »Noch mal, bitte.«

»Siehst du, keiner versteht dein Gesabbel«, murmelte die Alte. Ihre Stimme war so tonlos, dass man hätte meinen können, sie sprach zu sich selbst. »Mach's Maul auf, du Idiot.«

Der Junge knurrte und schubste die Hand der Alten weg, die ihn wieder in die Seite stieß. Er versuchte es von neuem.

»Zwei Groschen? Für alle?«

Der Junge grunzte und schüttelte den Kopf. Dabei hielt er drei Finger in die Höhe.

»Verdammt noch mal«, nörgelte die Alte, »so ein Idiot. Keine Sau kann dich verstehen.«

»Er wollte Italien nicht verlassen«, erklärte Elisabeth, während sie in ihrer Börse suchte.

»Hoechstetter wollte ihn doch zum Aufseher über eine Erzmine machen, wie ich gehört habe.«

»Denken Sie mal nach – Vorsteher einer Hoechstetterfiliale in einer Stadt wie Bologna, die von Kunstwerken nur so überquillt, und dann Herr über eine dreckige Erzhütte in Reutte, wo sich nicht einmal Fuchs und Hase gute Nacht sagen, weil es ihnen dort zu langweilig ist.«

»Was hatte er angestellt?«

»Ich gebe dir drei Groschen«, sagte Elisabeth zu dem jungen Mann hinter dem Verkaufsstand, »und nehme dafür noch eine Hand voll von denen mit.« Sie griff nach einem Bündel schmutziger, praller Mohrrüben.

Der junge Mann grunzte und nickte. Seine Hand war schwielig und einheitlich schmutzig braun, und sie schloss sich schneller um die Münzen als eine zuschnappende Bärenfalle. Er warf den Kopf wieder zurück und rief: *»Paschnaak, Porlaak, Persiiliiiie!«*

»Er hat gar keinen Portulak im Angebot«, sagte ich.

»Natürlich nicht. Portulak wächst nur im Frühjahr.« Elisabeth zuckte mit den Schultern.

Die alte Frau auf dem Fässchen streckte den Kopf nach vorn und musterte mich hinter zusammengekniffenen Lidern hervor. Ich gab den Blick zurück.

»Petersilie hat er auch keine«, erkannte ich dann.

Die Alte fing plötzlich an zu kichern und schlug den jungen Mann mit dem Handrücken gegen den Oberschenkel, dass es klatschte. Sein erneuter Ruf schnappte bei der letzte Silbe von Petersilie über. Er klang plötzlich wie ein übernervöser Gockel.

»Du hast gar keinen Portulak, du Trottel«, gackerte die Alte.

Der Junge fletschte wütend die Zähne und wandte sich mit einem Ruck von ihr ab. Als sie zu einem erneuten Stüber ansetzte, wich er ihr aus.

»Er ruft immer das Gleiche«, murmelte Elisabeth. »Manchmal hat er überhaupt nichts von dem, was er ausruft, auf seinem Karren.« Sie betrachtete die Pastinaken, die mittlerweile in ihrem Korb lagen. »So wie jetzt.«

»Paschnaak, Porlaak, Persiii...«

»Du hast ja gar keinen Portulak«, kicherte die Alte. Sie starrte mich mit funkelnden Augen an. »Er hat gar keinen Portulak.«

»Hören Sie«, sagte Elisabeth rasch, »ich dürfte all das nicht wissen, aber ich habe Ihnen ja schon erklärt, wie das mit dem Gesinde ist. Wir sind nicht wirklich anwesend. Wenn jedoch auffällt, dass ein Mitglied des Gesindes außer Haus herumtratscht, was es aufgeschnappt hat, ist das was anderes. Dann wird man plötzlich sehr wirklich, wirklich genug jedenfalls, um mit Schimpf und Schande auf die Straße gesetzt zu werden. In den anderen Häusern Augsburgs findet man dann keine Aufnahme mehr.«

»Ich kann schweigen«, erklärte ich.

»Warum wollen Sie dann, dass ich mein Schweigen breche?«

»Dädalus ist ermordet worden.«

»Stinglhammer auch. Warum fragen Sie nicht nach ihm?«

»Immer der Reihe nach.«

Sie schüttelte den Kopf. »Sie lügen. Sie haben einen anderen Grund, sich hauptsächlich nach Dädalus zu erkundigen.«

Ich seufzte.

»So wie es auch nicht der Wahrheit entspricht, dass Sie nur auf der Durchreise sind.«

»He!«, quäkte die alte Frau und versuchte, den jungen Mann erneut auf den Schenkel zu klatschen, »und Petersilie hast du auch keine!«

»Martin Dädalus hat sich in Bologna unmöglich gemacht«, sagte Elisabeth mit leiser Stimme. »Er hat zwar Gewinne für das Haus gemacht, aber den Geschäftsverbindungen hat er geschadet. Er hat seine Lieferanten wie den letzten Dreck behandelt und seine Kunden betrogen, wo es möglich war. Nicht so plump, dass man es gleich bemerkt hätte, so dumm war er auch wieder nicht. Er verkaufte eine Ladung Pfeffer, und der Inhalt der Fässer entsprach voll und ganz der garantierten Qualität – doch die Fässer waren mit billigem Pech statt mit teurem Wachs versiegelt. Er beschäftigte Notare, die vorsätzlich Fallen in die Verträge formulierten, und wenn er einen Konkurrenten nicht auf legalem Weg ausstechen konnte, dann versuchte er ihn zu kompromittieren. Angeblich hatte er mehr Lustknaben angestellt, als er Schreiber hatte.«

»Was hat ihn zu Fall gebracht?«

»Ich weiß, dass Herr Hoechstetter ihn buchstäblich im letzten Augenblick dort unten rausgeholt hat. Sonst hätte man ihn wohl in einer der Gassen Bolognas mit durchschnittener Kehle gefunden statt hier.« Sie verzog den Mund – ob aus Verachtung oder aus Abscheu über die Umstände des Todes von Martin Dädalus, ließ sich nicht sagen. »Er hat sich in irgendeine politische Sache eingemischt, so viel ist sicher. Die Republiken dort unten bekriegen sich doch untereinander und alle gemeinsam mit dem Papst in Rom. Dädalus hat sich einen Schuh angezogen, den der Schuster für einen größeren Fuß gemacht hatte. Ich glaube, Herr Hoechstetter hatte Angst, das gesamte Geschäft in Italien könnte ruiniert werden. Also hat er die Filiale in Bologna geschlossen.«

»Und schickt seinen Sohn nach Venedig, um den Italienhandel über diese Achse weiter zu pflegen.«

Sie lächelte. »Das würden Sie und ich genauso machen, oder nicht?«

Die Alte kreischte: »Keine Petersilie, keinen Portulak, und das Maul voller Pferdemist!« Sie lehnte sich so weit sie konnte auf ihrem Fässchen nach vorn und hieb nach dem jungen Mann. Dieser wirbelte herum und schrie plötzlich auf mit all der Lautstärke, die eine gequälte Seele in einem unzulänglichen Körper aufzubringen vermag. Er wich ihrer Hand aus und hob eine

Faust. Die Alte schlug ein Luftloch, verlor das Gleichgewicht und rutschte von ihrem Fässchen auf den Boden. Sie schrie Zeter und Mordio. Hatten wir bislang im Nebel wie auf einer einsamen Insel gestanden, Elisabeth, das ungleiche Paar hinter dem Verkaufsstand und ich, so drängten jetzt weitere Marktbesucher heran. Der Gestank lockt die Fliegen an und menschliches Wehgeschrei die Gaffer. Der junge Mann packte die alte Frau mit beiden Händen an den Schultern und riss sie in die Höhe, und ich machte unwillkürlich einen Schritt nach vorn, *sie hatte es verdient, wenn er ihr den Kopf abriss, keine Frage,* um Schlimmeres zu verhindern, aber Elisabeth hielt mich fest. Der junge Mann setzte die Alte zurück auf das Fässchen; sie begann mit weit aufgerissenem Mund zu weinen wie ein Klageweib, dem man ein gutes Trinkgeld versprochen hat, und tätschelte die kräftigen Arme des jungen Mannes, heiser wehklagend und sogar das Gekrächze der Raben übertönend.

»Ihre Beine sind gelähmt«, sagte Elisabeth, während ein paar Neugierige gegen uns stießen und enttäuschte Gesichter machten, dass der Aufstand schon vorbei war, ehe er angefangen hatte. »Im Morgengrauen trägt er sie auf dem Buckel hierher, die Körbe an einem Lederband zwischen den Zähnen und die Platte und die Böcke unter den Armen. Wenn er alles verkauft hat, trägt er sie auf die gleiche Weise nach Hause. Dazwischen ruft er die Waren aus, die er nicht hat, und sie macht ihm die Hölle heiß wegen seines Sprachfehlers, für den er nichts kann.«

»Ist sie seine Mutter?«

Elisabeth zuckte mit den Schultern. »Ich weiß es nicht. Sie ist so verrückt wie eine Ratte auf dem Abtritt, aber sie ist alles, was er hat.«

»Warum haben Sie mir vertraut?«, fragte ich.

»Warum hat Bischof Peter Ihnen vertraut?«

»In Wahrheit bin ich hier, um eine alte Sünde ungeschehen zu machen und eine neue zu beichten. Ich suche nach meiner Tochter, denn sie ist es, der ich diese Sünden angetan habe.«

Elisabeth atmete langsam ein und wieder aus. Dann drückte

sie mir den Korb in die Hände und wandte sich um. Ich folgte ihr in den Nebel hinein, während das schluchzende Krähen der Alten hinter uns langsam leiser wurde und der junge Mann rief: »*Paschnaaak, Porlaaak, Persiiiiliiie!*«

»Meine Tochter heißt Maria. Ihr Mann war Fernkaufmann für Ulrich Hoechstetter. Er starb, und sie verließ das Haus, in dem sie gemeinsam gewohnt hatten. Ich weiß nicht, wo sie sich jetzt aufhält, aber ich weiß, dass ich Augsburg nicht eher verlassen werde, bis ich sie gefunden habe.«

»Haben Sie heute Morgen versucht, etwas über sie in Erfahrung zu bringen?«

»Bei Karl Hoechstetter, aber er war davon nicht gerade angetan. Und nachdem er Georg Hoechstetter ganz elegant einen Wunsch ausgeredet und ihn dann weggeschickt hatte wie einen Lehrbuben, war er für einen lästigen Sterblichen wie mich überhaupt nicht mehr zu sprechen.«

»Und Sie haben keine Ahnung, wo Sie nach Ihrer Tochter suchen sollen? Augsburg ist groß, aber so groß auch wieder nicht …«

»Ich habe sie gestern Morgen auf dem Kirchhof von Sankt Ulrich gesehen. Sie war die Einzige, die auf Dädalus' Beerdigung war – außer den Totengräbern. Sie verbot mir, ihr zu folgen, und als ich mich entschied, es trotzdem zu tun, war sie in der Menge untergetaucht.«

Elisabeth dachte nach, während sie, ohne noch einmal stehen zu bleiben, über den Markt schritt und uns die kurze Strecke zurück zum Hoechstetter'schen Hause führte.

»Sünden kann man nicht ungeschehen machen«, erklärte sie schließlich und sah mich über die Schulter an. »Alte Sünden schon gar nicht.«

12.

Als wir uns vor dem Eingang zu Ulrich Hoechstetters Haus verabschiedeten, sagte Elisabeth leise: »Sie haben immer noch nichts zu Ludwig Stinglhammer gefragt.«

»Was ist mit Ludwig Stinglhammer?«, fragte ich und lächelte. Sie lächelte zurück.

»Er und Dädalus«, sagte sie, »und noch jemand im Haus, über den ich nichts weiß, gehören irgendwie zusammen.«

»Zumindest teilen Dädalus und Stinglhammer das gleiche Schicksal«, brummte ich und dachte an die Worte von Hilarius Wilhelm, dass die Morde noch nicht vorüber waren. Ein Schaudern lief mir den Rücken hinab.

»Sie wissen genau, was ich meine.«

»Geht es um etwas, das getan wurde, oder das noch zu tun geplant war?«

»Sie meinen, etwas so Großes, dass es sich lohnte, dafür umgebracht zu werden?«

»Wir sprechen nicht von einer Prügelei in der Trinkstube.«

»Nein, weiß Gott nicht.« Elisabeth sah sich unwillkürlich nach dem offen stehenden Einlass von Hoechstetters Haus um und trat einen Schritt beiseite. »Es tun nicht alle dort drin das, was sie tun sollten oder wofür Ihnen Herr Ulrich sein Vertrauen geschenkt hat.«

»Der Fisch stinkt vom Kopf«, sagte ich, und sie nickte. »Zwei Mitglieder des Hauses sind innerhalb weniger Tage auf geheimnisvolle Weise ermordet worden, und alles, worum das derzeitige Oberhaupt der Firma sich sorgt, ist die Form seiner Kopfbedeckung.«

»Es fällt mir schwer, etwas dazu zu sagen«, erklärte sie. »Ich kenne zwar Herrn Georg nicht persönlich, doch da ich

Mitglied seines Haushalts bin, gehört ihm auch meine Loyalität.«

»Aber Sie können zumindest erkennen, ob es einen Machtkampf gibt oder gegeben hat. Versucht jemand aus Ulrich Hoechstetters eigenem Haus, ihm die Macht über sein Unternehmen aus der Hand zu winden?«

»Alles, was ich weiß, kommt aus dem Tratsch der Dienstboten und dem, was ich zufällig aufschnappe – und Informationen solchen Ausmaßes finden sich wohl kaum auf diese Art.«

»Was waren Dädalus und Stinglhammer füreinander: Schloss und Schlüssel?«

Sie zuckte mit den Schultern. »Und wer ist derjenige, der den Schlüssel ins Schloss steckt und umdreht?«

Ich nickte und dachte: Und wo in alldem ist der Platz meiner Tochter Maria?

»Was werden Sie tun, wenn Sie Ihre Tochter gefunden haben? Einfach wieder verschwinden?«

»Sie wollen wissen, ob ich mich nur zum Zeitvertreib um das bemühe, was im Haus Ihrer Herrschaft vorgefallen ist?«

»Und?«

»Ich habe jemandem ein Versprechen gegeben.«

»Dem Burggrafen?«

»Sie wissen, wen ich meine.«

»Haben Sie es der Schreckensgestalt auf seinem Grabmal gegeben?«

»Nein, ihm selbst, vor langer Zeit. Als er mich fragte, ob ich in seinen Dienst treten wolle.«

»Er hätte sich dieser Angelegenheit angenommen und Sie dann damit beauftragt?«

Ich nickte und lächelte in der Erinnerung an Bischof Peter. »Er hat diese Stadt geliebt, so wie man sein ungezogenstes und am meisten nach Freiheit schreiendes Kind liebt. Er hatte seine Aufmerksamkeit auf alles gerichtet, was Augsburg hätte schaden können.«

»Wenn ich nicht so viel mit meinem Großvater zusammen gewesen wäre, hätte ich etwas anderes über ihn erfahren.«

»Der rücksichtslose Verfechter der alten Adelsrechte; der klein karierte Erbsenzähler, der jedes Unrecht der Stadtväter ihm gegenüber von der Kanzel herunter beschrie; der Mann, der versuchte, den Fortschritt zu hemmen, um seine eigene Macht zu vergrößern?«

Sie lachte auf. »Ich warte noch heute darauf, dass ihm in der Erzählung ein Bocksfuß wächst.«

»Er hat nur zu erfolgreich den Zyniker gespielt. Niemand hat hinter seine Fassade blicken können.«

»Sie konnten es.«

Ich zuckte mit den Schultern.

»Als Frau Lucia, die Ehefrau von Georg Hoechstetter, letztes Jahr den kleinen Georg auf die Welt gebracht hatte, wurden die Frauen aller Angestellten des Hauses aufgefordert, ihr ihre Aufwartung zu machen.« Sie sah zu einem der Fenster hinauf. »Sie wurden alle in ihre Schlafkammer befohlen, mussten sie und das Kind segnen und ein Geschenk überreichen. Die Frauen waren nicht gerade begeistert und rächten sich auf ihre Weise: Lucias Schwangerschaft hatte zwei Jahre auf sich warten lassen. Als die Frauen nun als weitere Gratulanten ihre zum Teil schon älteren Kinder zu dem unbequemen Termin mitbrachten, durchschaute ihre Herrin ganz gut, dass sie es eigentlich taten, um ihr zu zeigen, wie viel erfolgreicher sie bei der Produktion von Nachkommen gewesen waren.«

Ich seufzte.

»Aber das ist es nicht, was ich ihnen erzählen wollte. Unter den Frauen war nur eine, die ohne Kind gekommen war, obwohl sie im besten Alter dafür gewesen wäre, Mutter zu sein. Ihrem Gesicht war nicht anzusehen, was sie dachte oder fühlte, doch ich konnte hören, wie sie hinter dieser Fassade vor Kummer schrie.«

»Wann war das?«, stieß ich hervor.

»Ich nehme an, Ihre Tochter gleicht eher ihrer Mutter. Aber diese Angewohnheit, den Unterkiefer nach vorn zu schieben, wenn sie nicht will, dass man hinter ihre Fassade blickt, stammt eindeutig von Ihnen. In diesem Moment ist sie Ihrem Vater wie aus dem Gesicht geschnitten.« Sie blickte noch einmal zu dem Fenster hinauf, hinter dem Maria ihren besonderen kleinen Spießrutenlauf absolviert hatte. »Kennen Sie die unangenehme menschliche Eigenschaft: sich, wenn man getreten wird, den nächstbesten Schwächeren zu suchen und den Tritt weiterzugeben, anstatt sich mit ihm zu verbünden?«

Ich nickte wortlos.

»Dann werden Sie wissen, wie Lucia reagiert hat, als die einzige Frau, die noch erfolgloser darin war, Kindern das Leben zu schenken, an ihr Bett trat.«

»Mein Gott.«

Sie sah mich mit einem Ausdruck an, der fast zärtlich war. Dann blickte sie rasch zu Boden. »Sie werden nicht nur Ihre eigenen Sünden abzubitten haben.«

»Ihre Mutter ist im Kindbett gestorben. Sie selbst konnte bis jetzt keine Kinder empfangen. Ich nehme an, es liegt an der Angst, genauso zu enden.«

»Was immer Sie von ihr denken: Die meisten anderen Frauen wären heulend davongerannt. Sie dagegen hatte das schönste Geschenk von allen für Lucia und das Kind dabei.«

Ich starrte sie an und fühlte meinen Hals eng werden vor Trauer um Maria. Elisabeths Augen blickten unverwandt in die meinen. Plötzlich blinzelte sie und sagte heiser: »Jetzt schieben Sie Ihren Unterkiefer vor.« Über ihre Lippen huschte ein Lächeln und verschwand wieder.

Ich räusperte mich. »Danke, dass Sie mir das erzählt haben.«

»Wissen Sie, wo das Schwarze Fass ist?«

»Was soll das sein?«

»Eine Trinkstube im Jakoberviertel.«

»Was ist damit?«

»Ich bin nur eine Köchin«, sagte Elisabeth. »Andere hören vielleicht mehr als ich: die Knechte, die die Herren auf eine Kauffahrt begleiten, die Kutscher, die sie zum Rat oder zu einer der anderen Familien fahren, die Schreiber, die die Diktate aufnehmen, die Boten, denen Nachrichten anvertraut werden.«

»Jene anderen verkehren im Schwarzen Fass?«

»Herr Ulrich würde es verbieten, wenn er es wüsste.«

»Und Sie glauben, dass ich dort jetzt jemanden finde, dem ich ein paar Informationen aus der Nase ziehen kann? Um diese Tageszeit, wo man eigentlich seinem Tagwerk nachgehen sollte?«

»Die Trinkstube hat nur während der nächtlichen Ausgangssperre geschlossen.«

»Das meine ich nicht.«

»Ich weiß, was Sie meinen.«

»Dieser Fisch stinkt wirklich am Kopf.«

»Die Kleinen ahmen nur die Freiheiten nach, die die Großen sich herausnehmen.«

»Wenn man die Macht in der Hand hält, sollte man auch einen Geist besitzen, der reif genug ist, mit ihr umzugehen.«

»Hüten Sie sich vor Lutz«, sagte sie.

»Wer ist Lutz?«

»Ein großer Bursche, zu dem die meisten der Dienstboten aufsehen. Die Spuren, die er auf seinem bisherigen Erdenweg hinterlassen hat, bestehen im Wesentlichen aus eingeschlagenen Schädeln.«

»Solche Burschen gibt es in jedem Haus.«

Elisabeth hielt mir die Hand hin. Als ich sie schüttelte, legte sie ihre andere Hand darüber und ließ mich nicht los. Ihre Hände waren warm und trocken und fühlten sich angenehm an. Sie schlug die Augen nieder, aber nur Sekundenbruchteile, bevor ich den Blickkontakt hätte abbrechen müssen. Über ihre Wangen kroch ein Hauch Farbe.

»Ja – nur, in *diesem* Haus gibt es im Augenblick keinen, der sie im Zaum halten würde.«

Ich tappte durch den Nebel in Richtung zum Jakoberviertel und wälzte Elisabeths Auskünfte in meinem Hirn hin und her. Es schien, dass sie weniger halfen als vielmehr zur Verwirrung noch beitrugen. Martin Dädalus war ein Zeitgenosse gewesen, für dessen gewaltsamen Tod vermutlich so mancher eine einleuchtend klingende Erklärung gehabt hätte. Für die Ermittlung in einem Mordfall ist es meist aber nicht zuträglich, wenn sich der Kreis der Verdächtigen plötzlich erweitert. Was hier vorlag, war eine Erweiterung, die bis nach Bologna zu reichen schien – es sei denn, ich hatte etwas falsch interpretiert. Meine Denkarbeit wurde nicht erleichtert durch Elisabeths andere Aussage, dass man alte Sünden nicht ungeschehen machen könne. War es nicht so, dass ich genau in dieser Mission hergekommen war? Auch hier mochte es mir scheinen, dass ich ihre Worte falsch ausgelegt hatte; vielleicht hatte sie sagen wollen, dass es lediglich einen neuen Anfang geben könne, aber niemals mehr die Rückkehr zu alten Zeiten. Elisabeths Optimismus war ein Charakterzug, über den ich nicht in gleichem Maß verfügte.

Als hinter kleinen, warm leuchtenden Fenstern das Gemurmel und die Geräusche eines Würfelspiels hervordrangen und mit ihnen der blecherne Geruch abgestandenen Weins und kalt gewordener Asche, blieb ich stehen. Wenn ich mich nicht täuschte, befand ich mich am östlichen Ende der Pilgerhausgasse, kurz bevor sie auf die Untere Lauterlech traf. Von hier aus hätte ich den Kirchturm von Sankt Jakob hinter den Fassaden aufragen sehen müssen, wenn der Nebel ihn nicht meinem Blick entzogen hätte. Ich war freiwillig hergekommen, doch es war keine Gegend, in der man unbedingt allein unterwegs sein wollte, und keinesfalls bei dichtem Nebel. Ich dachte an Elisabeths Warnung vor dem Burschen mit dem Namen Lutz und sah mit einem Mal die ausdruckslosen Augen des Fischs vor mir und die Todesangst im Gesicht von Rem Änderlin, als der Fisch und seine Kumpane ihn eingekreist hatten. Der Fisch war mittlerweile zumindest ein alter, kranker Mann, noch wahrscheinlicher war er seit Jahren tot, doch die Erinnerung an den jungen, kraftvollen Burschen mit den gefühllosen blauen Augen überwog jede andere Vorstellung. Der Gedanke, im Jakoberviertel und seiner Bevölkerung aus Versagern, Hoffnungslosen, Gestrandeten, Rechtlosen und Verzweifelten, die für ein wenig Geld alles verkauften, würde ich Hinweise bekommen, die mir letztlich bei der Suche nach meiner Tochter weiterhalfen …

Karl Hoechstetter: »Wir können es nicht verhindern, wenn eine Frau den Pfad der Ehrbarkeit verlassen will.«

… stieß mich auf einmal ab. Ich trat unwillig an die glaslosen Fensteröffnungen und spähte hinein. Eine kleine Gruppe Würfel spielender Männer saß am Ende eines langen Tisches, der das gesamte Sitzmobiliar der Trinkstube ausmachte. Ich spähte auf das ungeschickt bemalte Schild über der Türöffnung: ein dunkelfarbiges Etwas, das einem Fass ähneln mochte, wenn man nicht zu wählerisch war. Ich seufzte und trat ein.

Die Trinkstube lag mehrere ungleiche Treppenstufen tiefer als das Niveau der Gasse draußen, ein düsterer Raum mit einem Gewölbe, der seine Abstammung von einem Lagerraum eines ehemals ehrenwerten Bürgerhauses nicht verleugnen konnte. Das Gewölbe war grau vom Rauch und die Deckenbalken rußgeschwärzt, und wenn es von draußen geschienen hatte, als sei das Innere der Schankwirtschaft hell erleuchtet, dann nur, weil jeder Feuerschein in der Nebelgräue hell gewirkt hätte. In einem Kamin, der weit genug war, dass sich ein halbes Dutzend Gesetzloser darin hätte verbergen können, brannten klobige Holzscheite, und vom Deckengewölbe hingen an Ketten Öllampen, von denen ebenfalls zwei brannten – eine über einem Bock mit einem Fass, an dem ein unrasierter Mann mit einer Lederschürze herumlungerte (der Wirt), eine weitere über den Würfelspielern. Der Raum hätte es auch an einem sonnigen Tag vertragen, dass alle Lampen entzündet gewesen wären. Der Tisch bestand aus mehreren Holzplatten, die man über Böcke gelegt hatte, nichts, was sich nicht in Windeseile den Erfordernissen der Zerstreuung in der Trinkstube hätte anpassen lassen: zusammengestellt als Podium für die Vorführung einer abgerissenen Schauspielertruppe oder abgebaut und an den Wänden entlang gestapelt für den Fall, dass unter den Gästen eine Rauferei ausbrach und die Zuschauer genug Übersicht brauchten, um auf die kämpfenden Fraktionen zu wetten.

Die Würfelspieler drehten sich wie ein Mann um und starrten mich an. Der Wirt betrachtete mich misstrauisch, ohne seinen Posten zu verlassen. Die Art und Weise, wie seine Augen an meinen teuren florentinischen Kleidungsstücken auf- und abkrochen, erinnerte mich an den Prozess gegen einen englischen Gastwirt, von dem mir Bischof Peter erzählt hatte: Der Wirt und seine Frau hatten für besonders wohlhabend scheinende Reisende ein Bett in einem gesonderten Raum aufgestellt; wenn ihre Opfer dankbar eingeschlafen waren, betätigten sie den Mechanismus der Falltür, über der das Bett aufgestellt war, und der Schläfer stürzte in den Raum darunter und in einen Bottich mit kochendem Wasser. Der Gastwirt und seine Frau hatten zugegeben, auf diese Weise über sechzig Morde begangen zu haben. Ich fragte mich, ob die Augen des englischen Wirts in der gleichen Weise an seiner Beute auf- und abgekrochen waren. Die Würfelspieler wandten sich ab und nahmen ihren Zeitvertreib wieder auf.

Ich setzte mich so, dass ich die Tür zur Not schnell erreichen konnte, was mich jedoch in die Lage brachte, mit dem Rücken zu ihr sitzen zu müssen. Man kann nicht alle Vorteile auf seiner Seite haben, wenngleich ich sie hier gern alle bei mir versammelt gesehen hätte. Der Wirt brachte mir unaufgefordert einen Humpen mit dünnem Wein und blieb so lange vor mir stehen, bis ich ihm das nötige Geld auf den Tisch gezählt hatte. Er sprach nicht. Ich musterte die Würfelspieler, ohne dass es zu sehr auffiel. Ein paar Gesichter kamen mir bekannt vor, und nach ein paar Augenblicken konnte ich einige von ihnen der Stube in Ludwig Stinglhammers Haus zuordnen. Andere schienen mir heute Morgen im Hause Hoechstetter begegnet zu sein. Sie spielten halbherzig wie Leute, die es nur tun, um die Zeit totzuschlagen. Mir wurde bewusst, dass sie auf etwas warteten. Als die Tür sich in meinem Rücken öffnete und alle sich genau wie bei meinem Eintreten wie auf Kommando umdrehten, um dann einander in Begrüßungen zu übertrumpfen, wusste ich, dass der Neuankömmling der war, auf den sie alle gewartet hatten. Ich brauchte den Namen nicht zu hören, um zu wissen, dass es Lutz war, und ich war nicht im Mindesten erstaunt, als er sich zu ihnen gesellte, dass es sich bei ihm um den geschorenen Kerl handelte, der sich in Stinglhammers Stube mit Gregor angelegt hatte.

Lutz schlug auf ein paar Schultern und schüttelte ein paar Hände und sah sich währenddessen mit schnellen Augen in der Trinkstube um. Seine Blicke ruhten einen Moment auf mir, dann tat er so, als würde er mich nicht kennen (kein gutes Zeichen). In Stinglhammers Stube, eingeklemmt hinter dem Tisch und zwischen seinen Gesellen sitzend, hatte Lutz vierschrötig und wie ein Bulle gewirkt, der einen mit gesenktem Kopf und blutunterlaufenen Augen dumm-aggressiv mustert. Hier in der Wirtsstube wirkte er anders, groß und breitschultrig zwar und mit einem Wanst, der gerade anfing, ihn in der Schnelligkeit seiner Bewegungen einzuschränken, doch bei weitem nicht genug, als dass ein Handgemenge mit ihm nicht noch lebensgefährlich gewesen wäre. Aber der große Unterschied war, dass er sich hier mit dem Selbstbewusstsein eines Königs bewegte. Nein, das war nicht der richtige Vergleich – ein König bewegt sich im Allgemeinen vorsichtig und misstrauisch unter seinen Männern, sich immer bewusst, dass von drei Bewunderern zwei ihm seine Stellung neiden und der Dritte schon mindestens einmal an einem versuchten Königsmord beteiligt gewesen ist. Lutz hingegen agierte wie der Anführer einer Söldnertruppe, der sich der Treue seiner Untergebenen sicher ist, weil er der bei weitem Gemeinste und Gefährlichste von ihnen ist. In Stinglhammers Stube hatte ich ihn unterschätzt. Ich würde es kein zweites Mal tun. Er sah ganz anders aus und kannte ihn mit Sicherheit nicht, aber auf mich wirkte es, als sei dem Fisch, Schreckfigur meiner Kindertage, hier ein würdiger Nachfolger erwachsen.

Die Männer ließen die ledernen Becher mit den Knochenwürfeln verschwinden. Lutz stützte sich am Kopfende des Tisches auf beide Arme und grinste. Ich sah, dass ein Mann aufstand und an seine Seite schlich. Es war der junge Kerl, der in Stinglhammers Stube losgeschickt worden war, um den Majordomus zu suchen, und ihn dabei angetroffen hatte, wie er in die Angelegenheiten des Gesindes eindrang. Der junge Mann versuchte, den geringschätzigen Gesichtsausdruck Lutz' nachzuahmen. Ich hatte den Verdacht, dass es sich bei ihm um den Fall des kleinen Barschs handelte, der immer hinter dem Hecht herschwimmt, um sich in seinem Schutz zu sonnen und nach denen zu schnappen, die der Hecht bereits tödlich verletzt hat.

»Der Nebel ist mir in die Knochen gefahren«, sagte Lutz zu seinen Kumpanen, und er sagte es so laut, dass ich wusste, dass eigentlich ich der Adressat seiner Rede war. Er sah betont über mich hinweg. Gestern hatte er mir geglaubt, dass ich ein persönlicher Abgesandter von Ulrich Hoechstetter war. Heute glaubte er es nicht mehr, oder er wäre nicht so großspurig aufgetreten.

»Mir ist er ins Gemächt gekrochen«, lachte einer der Männer. »Deshalb habe ich es heute Morgen gleich in etwas Warmes hineingetan.«

»Was denn, bist du heute schon im Schafstall gewesen?«

Lutz kniff die Augen zusammen und ging nicht auf die groben Scherze ein. Er verfolgte eine bestimmte Taktik. »Ich brauche etwas Bewegung«, verkündete er.

Seine Begleiter sahen sich an. Ich hätte den sauren Wein stehen lassen und einfach gehen können – ich spürte, dass es dazu noch nicht zu spät war. Ich ließ mir die Möglichkeit durch den Kopf gehen und blieb sitzen. Mein Herz schlug hart in meiner Brust. Es gibt einen Unterschied zwischen Rückzug und Flucht, auch wenn dieser Unterschied oft nur in wenigen Sekunden begründet liegt, in denen sich die Dinge von Geplänkel zu Mordlust verschieben. All die Männer hier waren im Hause Hoechstetter beschäftigt, und wenn ich jetzt den Schwanz einzog, würde ich bei keinem von ihnen mehr mit irgendwelchen unangenehmen Fragen aufzutauchen brauchen.

Lutz schien zu viel Geld zu haben; so wie die anderen Männer. Sie begannen, ihren Vorrat an Münzen vor sich anzuhäufen, jeder mit seinem eigenen kleinen Häufchen. Der Termin, an dem man denjenigen Dienstboten einen Gulden schenkt, die man im nächsten Jahr weiterbeschäftigen will, war lang vorüber, und es war unerklärlich, woher sie das viele Geld hatten – wenn nicht jemand im Hause ihrer Herrn die Absicht gehabt hatte, etwas von ihnen zu erkaufen. Schweigen, vielleicht, oder einen nach links gewandten Blick, während rechts etwas geschah?

Alle außer Lutz, dem Wirt und mir machten sich jetzt am Tisch zu schaffen, bauten eine der Tischplatten ab (zufälligerweise die, an die ich mich gesetzt hatte, aber ich wechselte meinen Platz, ohne zu murren) und separierten sie mit ihren Böcken ein wenig weiter im Raum. Zu beiden Längsseiten des neuen Einzeltisches stellten sie zwei der Sitzbänke auf, die ebenfalls nicht mehr waren als über Böcke gelegte, breite Holzbretter. Es sah aus, als wollten sie ganz einfach für sich sein. Ich wusste, dass der Schein trog, und ich begann zu ahnen, was für ein Wettspiel Lutz und seine Kumpane vorhatten. Auch ich war einmal jung gewesen und hatte auf Tanzfesten meine Sprungkraft erprobt.

Lutz kramte in seiner Börse nach einer weiteren Hand voll Geld und warf sie nachlässig auf die Platte des restlichen Tisches. Ein paar kleinere Münzen rollten bis zu mir herüber und sprangen auf den Boden. Ich fing sie nicht auf.

»Reicht das für deine schäbigen Tonkrüge?«, rief Lutz. Der Wirt kam herüber und strich das Geld ein, ohne zu zählen. Er brummte etwas, das keiner verstand, Lutz aber offensichtlich als Zustimmung nahm. Er stieß seinen Trabanten, und dieser beeilte sich damit, alle in der Nähe stehenden Krüge und Becher einzusammeln. Ich erwartete fast, dass er auch zu mir herüberkam, aber er ließ es sein.

Als sie anfingen, das Tonzeug zu zerschlagen, schrak ich zusammen. Sie streuten es hinter einer der beiden Bänke auf den Boden, bis eine Fläche von vielleicht einer Mannslänge eine mörderische Angelegenheit aus messerscharfen, spitzen Scherben wurde, in die zu treten einem die Fußsohlen erbarmungslos aufgeschnitten hätte. Das Ganze hatte wenig Ähnlichkeit mit den akrobatischen Vergnügungen meiner Jugendzeit; eher fühlte ich mich an Janas und meinen Aufenthalt in Venedig erinnert, wo ich Zeuge geworden war, wie zwei Kinder gegen Geld versucht hatten, eine gefesselte Katze mit Kopfstößen zu töten.

Lutz hatte der Arbeit seiner Bewunderer fachmännisch zugesehen. Nachdem sie fertig waren, begann er sich in aller Ruhe auszuziehen. Es stand kaum zu befürchten, dass um diese Stunde weitere Zecher hereinkommen würden, und schon gar keine Frauen. Ich ahnte dumpf, dass Lutz auch dies egal gewesen wäre. Schon während dem Zerschlagen des Tongeschirrs hatte es so ausgesehen, als würden sich zwei Fraktionen unter den Männern bilden, und tatsächlich strömte jetzt ungefähr die Hälfte der Kerle an Lutz' Seite, während das andere halbe Dutzend sich um einen Champion ihrer Wahl scharte. Von der anderen Fraktion war mir niemand bekannt; es schien sich um Fuhrleute, Maurer und Träger aus dem Jakoberviertel zu handeln, die entweder dem lieben Gott den Tag stahlen oder aufgrund des Wetters nicht arbeiten konnten. Der Größte von ihnen begann sich nach einem kurzen Blick zu Lutz herüber ebenfalls auszuziehen: Filzhut, Hemd, Hose und Stiefel fielen. Die Bruche blieb, ein nicht allzu sauberes Stück Stoff, das vom Gürtel der Hose gehalten worden war und jetzt über seine Lenden zu rutschen begann; er schlang sich den Gürtel wieder darum und zog so viel Stoff oben heraus, bis er ihn um den Gürtel rollen und darunter feststopfen konnte. Die Bruche saß nun stramm und presste sein Gemächt zusammen.

Lutz ließ sein Lendentuch einfach fallen und präsentierte sich im Schein der Öllampen und des Feuers so wie der Teufel ihn erschaffen hatte. Die Muskeln an seinen Armen waren wie dicke Taue und seine Brust wie von einem antiken Bildhauer aus Marmor gehauen. Darunter hatte die Ausschweifung gehaust und einen prallen Speckring auf seinen Hüften abgelagert, der die stattliche Erscheinung seines Oberkörper zunichte machte. Seine Beine waren lang und gerade und nicht weniger muskulös als seine Arme. Dazwischen präsentierte er ohne Scham ein Glied, auf das ein Hengst stolz gewesen wäre und das sich in Erwartung des Kommenden halb mit Blut gefüllt hatte. Lutz drehte sich einmal um sich selbst und ließ sich bewundern. Dann knotete er das Lendentuch wieder um seine Mitte, ohne sich wirklich die Mühe zu machen, sich zu bedecken. Sein Kontrahent trat an ihn heran, schlanker von Gestalt und ohne den Speckwanst. Sie drückten ihre Schultern aneinander und schoben probeweise ein paar Mal hin und her, dann trennten sie sich, und das Wettgeschrei begann.

Das Spiel hatte ich schon in Scheunen gesehen (und selbst gespielt), die für ein Fest oder einen Feiertag zum Tanzboden umfunktioniert worden waren. Man stieg auf eine Sitzbank und versuchte, über den Tisch hinweg auf die andere Sitzbank zu springen. Wer es mit beiden Beinen gleichzeitig schaffte und bei der Landung nicht den Zuschauern in die Arme taumelte, sondern auf der Bank stehen bleiben konnte, hatte eine Maß Bier und einen flüchtigen Kuss von einer Schönen gewonnen.

Lutz und seine Gesellen spielten nicht um einen Krug Bier oder Wein, und es war auch kein Mädchen da, das einen Kuss hätte geben können. Sie spielten um Geld, und es dauerte einige Minuten, während derer die beiden Kontrahenten ihre Muskeln spielen ließen und so überlegene Gesichter wie möglich schnitten, bis alle ihr Geld gesetzt hatten. Lutz' Trabant hatte die Rolle des Geldverwalters übernommen. Das Häuflein, das die Arbeiter gesetzt hatten, war deutlich kleiner als das der Hoechstetter-Bediensteten – ein weiterer Beweis dafür, dass Lutz und seine Freunde gestern oder heute unverhofft zu einem kleinen Vermögen gekommen waren.

»Will noch jemand von den Herren einen Gulden wetten?«, rief Lutz, und alle starrten mich an. Ich sah, dass ich keine Wahl hatte, als ihm zu antworten, und bemühte mich, meine Stimme ruhig klingen zu lassen.

»Heute nicht«, sagte ich. »Bei Nebel wette ich nie.«

Lutz lachte verächtlich. Er kletterte als Erster auf die Bank, von der er abspringen wollte. Die Bank, die als Landeplatz vorgesehen war, war die, hinter der sich die Scherben ausbreiteten. Die Regel war klar: Wer bei der Landung hinunterfiel, fiel dort hinein. Dann hielt ich den Atem an. Lutz ließ sich die Hände lose hinter dem Rücken fesseln, und nach einem kurzen Blickwechsel mit seinem Gegner wurde auch um seine Fußknöchel ein lockeres Seil geschlungen. Lutz hatte keine andere Möglichkeit, als mit beiden Füßen gleichzeitig abzuspringen und drüben mit beiden auch gleichzeitig wieder aufzutreffen. Er konnte seine Arme nicht einsetzen, um das Gleichgewicht zu halten. Je zwei Männer stellten sich hüben und drüben an die Bänke und hielten sie fest. Das Geschrei verstummte. Lutz stand auf der Bank wie ein griechischer Gott, dessen Leibesmitte der Bildhauer verunziert hat, und fixierte die Bank jenseits des Tisches, zu der er hinüberspringen wollte. Sein Gesicht war angespannt und sein Mund zu einem Grinsen verzogen, das zu viele Zähne zeigte. Er ging ein paar Mal zur Probe in die Knie und federte auf den Zehenspitzen. Dann war er so weit. Er holte Atem und stieß ihn wieder aus. Lutz' Gegner betrachtete jede Bewegung des Mannes auf der Bank mit Adleraugen. Lutz ging tief in die Hocke. Ich konnte seine Gelenke knacken hören, so leise war es in der Trinkstube. Lutz rollte seine Schultern und atmete nochmals tief ein.

Im nächsten Augenblick flog er wie ein schwerer Schatten über den Tisch, warf seinen Oberkörper nach vorn, als wollte er einen spektakulären Kopfsprung in den Fluss vollführen, zog die Beine an den Leib und stieß sie nach vorn und prallte mit ihnen auf die gegenüberliegende Bank; wurde vom eigenen Schwung nach vorn gerissen und ließ seinen Hintern nach unten fallen, um ein Gegengewicht dazu zu haben; taumelte mit seinen gefesselten Füßen die Handbreit, die die Bank ihm erlaubte, weiter; beugte sich weit nach vorn über das drohende Scherbenfeld, das auf ihn wartete. Die Zuschauer seufzten auf. Einen lähmenden Moment lang schwebte Lutz auf der Kante der Bank, den Hintern nach unten weggestreckt und den Hals so lang wie ein Hahn; die Bank wackelte, obwohl die Helfer sie fest im Griff hatten, und Lutz keuchte; dann stand er rasch auf und verwandelte den noch immer vorhandenen Schwung der Vorwärtsbewegung in einen kleinen Sprung zur Decke; und stand danach wie festgemauert auf der Bank. Sein Glied ragte so prall und fleischig unter seinem Wanst nach vorn, dass es seiner akrobatischen Meisterleistung eine obszöne Krone aufsetzte. Sein ganzer Körper schimmerte plötzlich, als der Schweiß aus allen Poren brach.

Die Zuschauer schrieen und pfiffen, seine eigene Fraktion ebenso wie die seines Gegners, und er wartete geduldig, bis man seine Hand- und Fußfesseln gelöst hatte, dann stieg er von der Bank herab und stolzierte um den Tisch herum. Diesmal geruhte er, mich lange anzusehen, und sein Blick ließ mich nicht los, bis er sich zu seinen Kleidern bücken musste. Ich wusste: Auch diese Vorstellung war nicht eigentlich wegen des Wetteinsatzes aufgeführt worden, sondern um mich zu beeindrucken.

Lutz' Gegner kletterte ebenfalls auf die Bank, während die Burschen, die die Absprung- und die Landebank festhielten, durch zwei Männer aus seiner eigenen Fraktion abgelöst wurden. Ich sah, dass er zweifelte, und es war dieser Zweifel, der ihn scheitern lassen würde. Eigentlich hatte er die besseren Voraussetzungen: Er war schmaler und leichter und sicher wendiger als der bullige Lutz; doch Lutz war davon überzeugt gewesen, dass er es schaffen würde, und es ist die Überzeugung, die gewinnt, nicht das Fleisch, in dem sie steckt. Lutz' Gegner trat auf der Bank hin und her, nachdem er gefesselt worden war, und geriet beinahe ins Taumeln, als er die Schrittlänge, die er noch zur Verfügung hatte, falsch kalkulierte. Sein Blick war starr, und der Schweiß stand ihm schon jetzt auf dem Gesicht.

»Wenn du jetzt aufgibst, denkt keiner schlecht von dir«, sagte Lutz und grinste gönnerhaft. Er wusste genau, dass er seinen Gegner damit nur noch mehr trieb, das absurde Kunststück ebenfalls zu versuchen. Ich sah, dass alle möglichen Gedanken durch dessen Gehirn gingen, und keiner davon befasste sich mit der Aufgabe, die vor ihm lag: Er dachte an die Scherben und wie schmerzhaft es wohl sein würde, darin zu landen; er dachte an die Möglichkeit, sich zusätzlich zu den Schnittwunden etwas zu brechen; er dachte daran, dass sein Brot von der Gesundheit seiner Glieder abhing und dass er nicht würde arbeiten können, solange seine Knochen gebrochen oder seine Haut aufgeschlitzt war, und dass nicht zu arbeiten nicht essen hieß, für ihn und seine Frau und seine Kinder und vielleicht noch den alten Vater oder die alte Mutter, die an seinem Rockzipfel hingen. Er fragte sich, wie er dort hinaufgekommen war und warum er nicht fünf Minuten vorher genügend Verstand besessen hatte, die Aufforderung zum Sprung zu ignorieren. Dann spannte er seine Muskeln und sprang.

Er sprang zu hoch und brachte dadurch die erforderliche Weite nicht zustande. Er streckte die Beine zu früh nach vorn und verlor dadurch an Schwung. Seine Fersen prallten auf die Tischkante statt auf die Bank, und die Platte, von niemandem gehalten, schnappte auf der anderen Seite hoch und warf ihn nach vorn. Er landete mit den Knien auf der Bank und stürzte sofort vornüber, versuchte noch etwas an seinem Fall zu korrigieren und stieß sich dadurch nur noch mehr nach vorn, wollte sich noch auf den Rücken drehen und schaffte es nicht und klatschte mit der ganzen Länge seines Körpers in die Scherbenbahn. Sein Kinn schlug hart gegen den Boden, und wenigstens so weit war sein Geschick ihm gnädig, dass er darüber das Bewusstsein verlor. Er rutschte noch eine halbe Mannslänge über den Boden und blieb dann liegen, die Hände hinter dem Rücken gefesselt wie ein Gehängter, den man vom Strick genommen und zu Boden hat fallen lassen.

Nach einer Schrecksekunde stürzten die Wettenden beider Fraktionen zu ihm hinüber und traten vorsichtig in die Scherben, um ihn aufzuheben. Wo er gelegen war, war der Boden frei; die gezackten Tonscherben steckten allesamt in seinem Fleisch. Das Blut begann bereits hervorzusickern.

»Zieht sie ihm raus, solange er noch ohnmächtig ist«, sagte Lutz teilnahmslos. Dann raffte er von den Münzen auf dem Tisch die Menge zusammen, die seinem Gewinn entsprach, und bückte sich nach der Börse des Verlierers. Er ließ das Geld achtlos hineinrollen, erstaunt beobachtet von den Männern. »Er wird eine Weile nicht arbeiten können«, erklärte er, »sein Weib und seine Bälger sollen nicht verhungern.«

Die Männer brachen in spontanen Beifall aus, und Lutz grinste über das ganze Gesicht, ein teuflischer Wohltäter, ein heimtückischer guter Samariter, der mir nur einen funkelnden Blick zuzuwerfen brauchte, um mich wissen zu lassen, dass alles eine Pose war und er von vornherein nur gespielt hatte, um mir am Beispiel seines blutig geschlagenen Gegners zu zeigen, was für ein Schicksal mich bestenfalls erwartete, wenn ich ihm in die Quere kam.

»Vielleicht will einer der Herren noch was drauflegen für den armen Teufel und seine Familie?«, rief Lutz in meine Richtung. Er lachte roh, seine Kleider in der Hand.

Ich nahm eine Hand voll Münzen und legte sie auf den Tisch, und Lutz' Speichellecker dienerte heran und schob es in seine Handfläche. Ich beachtete ihn nicht. Ich gab Lutz' Blick zurück und sah, wie er zu grinsen anfing, als ihm klar wurde, dass ich den Augenkontakt nicht lösen würde. Er begann zu lachen und schüttelte den Kopf; dann wurde er übergangslos ernst, ließ seine Kleider fallen und schlenderte barfuß zu mir herüber. Sein Gegner kam wieder zu Bewusstsein und musste von mehreren Männern festgehalten werden, während man ihm die Scherben aus dem Fleisch zog, und kaum einer von ihnen achtete auf uns. Der Wirt kam mit säuerlichem Gesicht und einem Krug Wein, den er auf die wieder aufgerichtete Tischplatte stellte, und begann dann mit einem Besen die Scherben zusammenzukehren. Lutz setzte sich neben mich, seine halbe Nacktheit noch immer als Provokation einsetzend. Wenigstens war seine Erektion abgeklungen. Er roch nach Schweiß und Ziegenbock, und ich versuchte nicht zu schlucken oder zu blinzeln und fühlte mich wie der kleine Junge, der zum Flussufer hinaufgesehen hatte, an dem die mordlüsterne Gestalt des Fischs stand und auf mich herunterstarrte.

13.

»Wie geht es Herrn Hoechstetter?«, fragte Lutz.

»Ich nehme an, wie immer.«

»Oder sollte ich fragen: wie geht es dem Bischof, in Stein gehauen auf seinem Grabmal und auf ewig von den Würmern gefressen?«

Ich seufzte. Mir war nun klar, weshalb mein Inkognito als Untersuchungsbeamter von Ulrich Hoechstetter schon geplatzt war: Konrad Hurlocher, der Verächter des Dienstbotengesindels, hatte sich herabgelassen, ein wenig über die beiden seltsamen Männer von gestern und ihre noch seltsameren Fragen zu klatschen. Ich ohrfeigte mich im Stillen dafür, den pompösen Ausdruck vom »Bluthund des Bischofs« für mich selbst gebraucht zu haben.

»Was glauben Sie, wird man jemals herausfinden, wer Ludwig Stinglhammer umgebracht hat?«

»Es gibt noch einen zweiten Toten«, erinnerte ich.

Lutz winkte ab.

»Was haben Sie mit dem Burggrafen zu tun?«

»Er hat mich um Hilfe gebeten.«

»Derselbe Stallgeruch, was? Zwei Hunde aus einem Zwinger.«

Konrad Hurlocher schien meine Worte tatsächlich vollständig wiedergegeben zu haben. Lutz sah mich lauernd an.

»Wo warst du in der Nacht, als Ludwig Stinglhammer ermordet wurde?«, fragte ich der Form halber. Lutz lächelte und sah an sich herab.

»Einige Zoll tief in einer Schlampe. Ich führ Sie hin, wenn Sie möchten.«

»Die ganze Nacht?«

»Bringt's Ihr alter Pfeffersackprügel nicht mehr so lange?«

»Was für einen Vorteil könntest du vom Tod deines Brotgebers haben?«

»Ich weiß genau, was du herausfinden willst«, zischte Lutz mit plötzlicher Kälte in der Stimme. »Du brauchst dich gar nicht zu verstellen. Du bist ein Bischöflicher, und der alte Bischof, für den du rumgeschnüffelt hast, war noch viel schlimmer als der Nichtsnutz, der jetzt im Palast sitzt. Wem man in den Familien die Gurgel durchgeschnitten hat, ist dir egal.«

»So habe ich das noch nicht betrachtet.«

Er lehnte sich zurück und legte beide Hände auf den Tisch, um sie zu Fäusten zu ballen. »Lass die Finger davon«, knurrte er. »Ein Rat unter Freunden.«

»Es ist die Untersuchung des Burggrafen, nicht meine«, erklärte ich ruhig und fragte mich, wovon er redete.

»Der Burggraf ist ein Furz im Wind.«

»Willst du nicht, dass der Todesengel aufgehalten wird?«

»Der Todesengel«, lachte er. Er faltete die Hände und ließ sie auf- und zuklappen. »Wenn er mit den Flügeln schlägt, rauscht wieder einer in die Grube. Red nicht so, sonst fürchte ich mich noch.«

»Manche sagen, es ist noch nicht vorbei mit den Morden.«

»Und andere sagen, es ist gefährlich, allein in die Trinkstuben des Jakoberviertels zu gehen, besonders als Kreatur des Bischofs.«

Ich atmete ein und stand auf. »Ich wollte sowieso gerade gehen.«

Lutz schüttelte den Kopf. »Wir haben noch einiges zu besprechen.« Er packte meinen Unterarm und machte Anstalten, mich wieder zum Hinsetzen zu nötigen. Mir wurde kalt. Ich wusste, wenn ich jetzt nachgab, war ich erledigt. Wenn ich es nicht tat, würde Lutz jedoch gezwungen sein, mich mit Gewalt festzuhalten. Gewalt stand auf jeden Fall im Raum, es fragte sich nur, ob sie jetzt gleich aufwallte oder später. Scheinbar hatte ich den richtigen Zeitpunkt für einen taktischen Rückzug verpasst.

»Die anderen schauen uns zu«, knurrte der nackte Mann leise. »Setz dich wieder hin, wenn du nicht willst, dass ich dir den Arm ausreiße.«

»Wovon soll ich die Finger lassen?«, fragte ich, ohne mich zu setzen. »Von den Zuständen im Hause Stinglhammer, wo du und Konrad Hurlocher sich die weiblichen Dienstboten teilen?«

Er schaute mit echter Überraschung auf. »Wen zum Teufel interessiert das schon?«, prustete er.

Die Tür öffnete sich wieder, der feuchte Rauchgeruch von draußen löste für einen kurzen Moment Lutz' Schweißaroma ab. Ich hoffte, dass es eine Abteilung der gewaltig verstärkten Stadtwache war, die dem Lärm nachgegangen war. Als die Tür zufiel und niemand die Stufen herunterkam, wusste ich, dass meine vage Hoffnung mich getrogen hatte. Ich konnte mich nicht umdrehen, aber ich sah auf Lutz' Gesicht, dass auch er nicht mit dem Neuankömmling gerechnet hatte. Mir ging ein Licht auf, und zugleich fühlte ich Sorge: Es musste Elisabeth Klotz sein.

Sie war es nicht. Als sich Lutz' Griff so weit lockerte, dass ich mich zur Tür umwenden konnte, stand ein vierschrötiger Knabe auf der obersten Stufe und gaffte dümmlich in die rauchige Trinkstube. Ich kannte ihn. Mein Herz sank. Es war der schwachsinnige Begleiter von Hilarius Wilhelm.

Der Knabe erblickte mich und grinste. Dann sah er den nackten Lutz und grinste noch breiter. Von seinem Mund troff ein Speichelfaden. Die meisten der anderen Männer im Raum hatten sich ihm ebenfalls zugewandt. Die Ersten begannen zu kichern. Der Junge kicherte mit. Lutz erholte sich von seiner Verblüffung und festigte seinen Griff wieder. Er sah mich von der Seite an.

»Da kommt dein Zwillingsbruder«, spottete er.

Der Knabe stolperte die Stufen herab und baute sich vor Lutz auf. Er musterte ihn von oben bis unten. Die Männer, die nicht damit beschäftigt waren, Lutz' leise ächzenden Wettkampfpartner von den Scherben zu befreien, sahen neugierig zu. Der Blick des Knaben fiel auf das schamlos zur Schau gestellte Glied des nackten Mannes und blieb daran hängen. Im Hintergrund prusteten ein paar Männer. Lutz lächelte und sah sich nach seinen Zuschauern um. Dann ergriff er sein schlaff herabhängendes Teil und wedelte damit herum.

»Der gefällt dir, was?«, rief er. »Es heißt, Gott habe den Narren zum Ausgleich für ihr Spatzenhirn große Bullenschwänze gegeben. Lass sehen, ob das stimmt!«

Die Männer lachten grob. Der Knabe grinste.

»Lasst den armen Teufel in Ruhe«, hörte ich mich sagen. Lutz verzog das Gesicht.

»Heb dir das Mitleid für dich selbst auf«, er dachte einen Moment nach und grinste dann: »Arschabwischer.«

Der Knabe setzte sich in Bewegung und wanderte langsam um den Tisch herum. Alle Augen in der Trinkstube folgten ihm. Ich bemerkte, dass er die Hände vor dem Bauch gefaltet hielt, als trage er etwas Kostbares darin. Er blieb bei dem blutüberströmten Mann stehen und gaffte ihn neugierig an, bis dieser mit einem stöhnenden Fluch versuchte, den Knaben zu treten. Danach schlenderte er weiter, mit seinem eckigen, unbeholfenen Gang, der so aussah, als würde er jeden Moment über seine eigenen Füße fallen. Vor dem Feuer in der Kaminöffnung blieb er stehen und sah mit offenem Mund hinein.

Lutz zog die Brauen zusammen und stand plötzlich auf, ohne mich loszulassen. Er zog mich mit sich, und ich hatte keine Wahl, als ihm zu folgen. Er näherte sich dem Jungen vor dem Kamin.

»Was willst du hier, du Trottel?«, sagte er scharf. »Der Wirt gibt dir bestimmt nichts zu trinken. Hau ab, bevor wir deinen Holzkopf als neues Brennmaterial verwenden.«

Der Junge antwortete nicht. Er starrte weiter mit aufgerissenem Mund ins Feuer. Lutz zerrte mich die letzten Schritte mit sich und packte mit der freien Hand den Jungen im Genick. Ich erkannte erstaunt, dass der Schwachsinnige fast ebenso breit und groß war wie Lutz, zweihundert Pfund kompaktes Fleisch, das im Gegensatz zu dem nackten Sprecher der

Stinglhammer'schen Dienstboten von keinem Arg angetrieben zu werden schien.

Der Junge drehte sich halb um und hob die Hände hoch. Es sah aus, als würde er um Gnade bitten.

Dann machte er eine rasche Handbewegung und schleuderte etwas ins Feuer.

Es knisterte einen winzigen Moment lang, dann schoss wie in einer lautlosen Explosion ein Funkenregen in die Höhe und warf ein paar glimmende Scheite aus dem Kamin heraus. Dichter weißer Qualm wallte so plötzlich auf, als sei die Luft zu Milch geworden. Die Männer im Raum schrieen auf. Lutz zuckte zurück und brüllte, als sich ein Funkenschwarm über seinen nackten Körper ergoss. Er begann mit beiden Händen danach zu schlagen. Ich taumelte zurück, blind im Qualm, und hustete würgend. Lutz' Flüche erstarben in einem ebenfalls qualvollen Husten. Die Bänke stürzten um, als die Männer im Raum durcheinander rannten oder versuchten, zu ihrem Anführer zu gelangen. Der Tisch fiel scheppernd und mit ihm der Weinkrug, den der Wirt gebracht hatte. Ich hörte wilde Flüche und Angstschreie und fiel über einen umgestürzten Bock, als ich rückwärts stolperte. Jemand packte meinen Arm mit der Grobheit eines Bären, und ich schlug in die Richtung, in der ich den Besitzer des Arms vermutete. Lutz sollte mich nicht noch einmal zu fassen kriegen. Meine herumfuchtelnde freie Hand wurde ebenfalls gepackt, dann stellte mich jemand auf die Beine, indem er mir fast die Schultergelenke auskugelte. Ich hörte ein Grunzen und fiel wieder über den Bock, als der Kerl, der mich gepackt hielt, nach vorn zog. Ich folgte dem Zug notgedrungen und versuchte, meine Füße zu entwirren. Eine weitere Hand griff nach meinem Haar …

Einer der Freunde des Fischs, und Änderlin Rem hatten sie schon gepackt!

… aber ich konnte mich freimachen. Plötzlich spürte ich Treppenstufen und schlug mir die Schienbeine schmerzhaft daran, wurde fast emporgehievt und durch die Tür nach draußen geschleudert. Eine weitere Gestalt griff nach mir, brachte mein Stolpern zum Stillstand und keuchte mir ins Ohr: »Laufen Sie.«

Ich lief, links und rechts festgehalten, in den Nebel hinein. Hinter mir hörte ich, wie die Tür zur Trinkstube erneut aufsprang und ein Knäuel von Männern herausbrach, hustend, fluchend und brüllend. Wir schlugen einen Haken nach rechts in eine Gasse hinein und gleich wieder nach links in eine andere Gasse, rannten weiter zwischen dunklen Hauswänden und folgten dem Knick, den die Gasse beschrieb, hörten, wie das Gebrüll hinter uns erstarb und zurückblieb und blieben keuchend stehen, als sich eine breitere Gasse vor uns öffnete. Wenn mich nicht alles täuschte, standen wir auf dem unteren Graben. Ich vernahm das Plätschern von einem der Lechgräben und weit entfernt durch den Nebel das eintönige Quietschen eines Mühlrades, aber noch lauter vernahm ich das Pochen des Blutes in meinen Ohren. Von Lutz und seinen Männern war nichts zu hören.

Ich sah mich zu meinen Rettern um. Einer von ihnen war der schwachsinnige Knabe, der grinste wie jemand, der gerade den größten Spaß seines Lebens gehabt hat. Er tätschelte meine Hand, bevor er sie losließ.

»Wenn man ihm was genau erklärt, kann man sich darauf verlassen, dass er es zuverlässig ausführt«, keuchte Hilarius Wilhelm und stützte sich auf seine Knie, um Luft zu holen. Er war alles andere als in Form. Dann spähte er zu mir herauf. »Sie sind mir was schuldig.«

Ich stellte die nahe liegende Frage nicht zuerst.

»Warum wollen Sie so unbedingt in die Klärung der Mordfälle einbezogen werden?«, stieß ich hervor.

Wilhelm richtete sich auf und sah sich um. Er streckte die Hand aus, um meinen Arm wieder zu nehmen, scheute aber dann davor zurück. »Kommen Sie«, sagte er, »lassen Sie uns in einen belebteren Teil der Stadt ausweichen. Ich bin lieber unter Leuten, wenn ich noch mal mit den Burschen aus der Trinkstube zusammentreffe.«

Ich ließ ihm ein paar Momente Zeit, dann wiederholte ich

meine Frage. Er ballte die Hände zu Fäusten. »Weil nur ich sie aufklären kann!«

»Das habe ich schon beim ersten Mal nicht geglaubt …«

»Aber es ist so.«

»Hören Sie, Wilhelm, ich habe Ihnen schon gesagt, dass ich nicht an Dämonenbeschwörung und sonstigen Unsinn glaube. Was ich glaube, ist, dass man die Menschen damit ins Unglück stürzen kann, aber nicht, weil es ein Dämon so will, sondern weil es die Menschen selbst so wollen …«

»Aber ich …«

»Sie können einen kerngesunden Menschen zu Tode reden, wenn Sie es nur schaffen, dass er ihnen glaubt.«

Er seufzte und ließ den Kopf hängen. Ich ärgerte mich über die Erregung, in die ich mich innerhalb von Sekunden hineingeredet hatte. Ich war nicht besser als die Quacksalber und Alchimisten und Nigromanten, die die Häuser der Leichtgläubigen verseuchten; der Unterschied war nur, dass ich mich selbst zu Tode redete.

»Was ist die Wahrheit, Wilhelm?«

»Die Wahrheit glauben Sie mir doch nicht, das haben Sie eben selbst gesagt. Aber die Wahrheit besteht aus vielen einzelnen Mosaiksteinchen, und eines davon ist, dass es meine letzte Chance ist, bei der Aufklärung dieses Mordes mitzuhelfen, sonst muss ich mich dem Bettel anschließen.« Er deutete auf den Jungen, der neben uns herschlurfte. »Oder ihn in einen Käfig sperren und gegen Geld ausstellen, aber vorher lasse ich mir den Arm abhacken und versuche das Fleisch auf dem Markt zu verkaufen.«

»Jetzt reden Sie das erste Mal so, dass ich Ihnen Glauben schenken kann.«

Er schüttelte den Kopf, ob aus gespielter oder echter Bekümmerung darüber, dass es der für ihn zweitrangige Aspekt seiner Bemühungen um mein und Gregors Vertrauen war, konnte ich nicht unterscheiden. Es wirkte echt genug.

»Sie haben sich das falsche Pflaster für Ihr Gewerbe ausgesucht. Und die falsche Zeit.«

»Anfangs war es nicht so …«

»Wie lange sind Sie denn schon hier?«

»Seit dem Frühjahr.«

»Und wie haben Sie sich in die Stadt geschlichen? Selbst ich musste einen Bürgen angeben, als ich beim Vogeltor aufgehalten wurde.«

»Ich nehme an, ich habe das Gleiche getan wie Sie: eine der großen Familien angegeben.« Zum ersten Mal wirkte sein Lächeln nicht den Tränen nahe, sondern schelmisch. »Die Namen Fugger, Welser, Hoechstetter, Gossembrot oder Langenmantel öffnen in Augsburg alle Tore.«

»Damit ist es jetzt vorbei. Heute machen die Behörden Jagd auf alle, die sich mit übernatürlichen Dingen beschäftigen oder von denen es die Nachbarn behaupten – in der Hoffnung, damit die Situation in den Griff zu kriegen.«

»Vielleicht fände ich beim Bürgermeister und beim Vogt eher Glauben als bei Ihnen«, murmelte er und lächelte resigniert.

»Beim Bürgermeister finden Sie heute eine nasse Kerkerzelle und morgen einen Strick um ihren Hals.«

»Bitte geben Sie mir doch eine Chance.«

»Was wissen Sie über die Ermordeten, das Ihnen helfen würde, die Morde zu klären?«

»Stinglhammer war der Buchhalter von Ulrich Hoechstetter«, sagte er, ohne zu zögern. »Haben Sie sich schon mal gefragt, was er da getan hat? Immerhin hat Hoechstetter seinen Vetter als seinen Faktor und seinen ältesten Sohn als seine rechte Hand eingesetzt.«

»Georg braucht noch ein paar harte Winter, bis er das Format seines Vaters hat.«

»Aber Karl Hoechstetter weiß, was er tut.«

»Zweifellos.«

»Wozu brauchte Ulrich Hoechstetter dann seinen Buchhalter?«

»Weiter«, sagte ich.

»Dädalus hat den Bogen in Bologna überspannt. Er war nur noch auf Abruf ein Mitglied des Hauses Hoechstetter – nur, weil das Familienoberhaupt noch keine Zeit hatte, sich näher mit ihm zu befassen.«

»Das ist nicht viel Neues, wenn ich es mit dem vergleiche, das ich weiß. Woher haben Sie Ihre Informationen?«

»Woher haben Sie die Ihren?«

»Was würden Sie *tun*, wenn der Burggraf Ihnen eine Chance gäbe?«

Wilhelm ging langsamer und sah mich an. »Ich würde nicht auf die Idee kommen, noch mal beim Burggrafen vorzusprechen.«

»Er führt die Ermittlungen, nicht ich.«

Er zuckte mit den Schultern. »Dann müsste ich mich aber sehr täuschen«, brummte er fast unhörbar.

»Was meinen Sie?«

»Was ich täte?« Er straffte sich und sah unglücklich zu Boden. »Ich würde zu den Orten gehen, an denen die Morde geschahen, dort den Kreis erschaffen, das Tor aufstoßen und den Dämon zurückschicken.«

»Sie haben sich soeben um die zweite und letzte Chance gebracht, dass ich Ihnen zuhöre«, sagte ich grimmig. »Ich meine, Sie haben mich gerettet, und dafür kann ich Ihnen nicht genug danken, und ich werde mich auch revanchieren, wenn ich kann – aber ich werde nicht zulassen, dass Sie Ihren faulen Zauber abziehen.«

Wilhelm lächelte wie jemand, der gerade auf die eine Wange geschlagen worden ist und den Mut sammelt, auch die andere hinzuhalten.

»Kennen Sie das alte heidnische Gräberfeld vor dem Gögginger Tor?«, fragte er leise.

Ich kniff die Augen zusammen. »Wollen Sie auf den englischen Mönch und seine Totenhand anspielen?«

Wilhelm blinzelte. Ich war überzeugt, dass sein Nichtwissen keine Schauspielerei war. »Schon gut«, sagte ich. »Und was immer Sie mir jetzt über irgendwelche Leichenteile oder unappetitliche Zeremonien zur Heraufbeschwörung eines schwefligen Höllenbruders erzählen wollen, lassen Sie es bleiben.«

»Über Leichenteile wollte ich nicht sprechen.« Er betonte es so unauffällig, dass ich aufhorchte.

»Stehlen Sie sich nachts aus dem Tor – oder gehen Sie am Tag raus und verstecken Sie sich. Sie werden dort etwas finden, wonach Sie suchen.«

Ich starrte ihn lange an. Er gab meinen Blick blinzelnd und zuckend zurück, aber er wich ihm nicht aus.

»Grubenleute?«, fragte ich schließlich heiser.

»Gehen Sie hinaus und sehen Sie selbst. Und dann sagen Sie mir, ob ich Ihr Vertrauen immer noch nicht wert bin.«

»Unfug!«

»Habe ich es nicht verdient, dass Sie mir wenigstens einmal glauben?«

Ich räusperte mich und fühlte plötzliche Verlegenheit. Er hatte mich davor gerettet, umgebracht oder wenigstens schlimm verprügelt zu werden, und ich vergalt es ihm mit krassen Unhöflichkeiten.

»Wie sind Sie überhaupt zu der verdammten Trinkstube gekommen?«, brummte ich.

»Ich bin Ihnen gefolgt, seit Sie mit der Dienstmagd vom Hoechstetter-Haus aufbrachen.«

»Ich hatte auf dem Markt das Gefühl, jemand beobachte mich.«

»Wenn Sie nicht glauben wollen, dass ein Engel des Todes umgeht und jeden anschaut«, sagte er und grinste verzerrt, »dann werde wohl ich das gewesen sein.«

»Was hat der Junge in den Kamin geschüttet?«

»Griechisches Feuer.«

»Wie man es auch für Feuerwerke verwendet? Das war alles?«

»Alles erschreckt, wenn man zu einem Zeitpunkt damit konfrontiert wird, an dem man es nicht erwartet.«

»Na, es hat seinen Zweck erfüllt. Ich dachte selbst einen Moment, mein letztes Stündlein sei gekommen.« Er lächelte bescheiden. »Allerdings dachte ich das schon, als Lutz mich um den Tisch herumzerrte. Wozu sind Sie mir gefolgt?«

»Um mit Ihnen das Gespräch zu führen, das wir jetzt geführt haben.« Er hob die Schultern und ließ sie wieder fallen. »Werden Sie es tun? Zu den Heidengräbern hinausgehen?«

»Wahrscheinlich nicht!«

»Ich sagte, Sie sind mir etwas schuldig. Wenn ich meine Schuld einfordere, indem ich Ihnen sage, ich wünsche, dass Sie dort hinausgehen?«

»Ich würde diese Schuld lieber abtragen, indem ich Ihnen bei irgendetwas helfe.«

»Die Hilfe, die ich von Ihnen brauche, wollen Sie mir nicht geben.«

Diesmal seufzte ich. Er war ein Scharlatan und lebte vom Aberglauben der Leute, aber dass ich in seiner Schuld stand, war unbestreitbar. »Ich denke drüber nach«, brummte ich schließlich.

Er nickte und atmete aus. »Viel Glück«, murmelte er und gab dem schwachsinnigen Knaben ein Zeichen. Der Junge schenkte mir sein fröhlich-hirnloses Grinsen und schlurfte zu Wilhelm hinüber. Als er neben ihm stand, griff er nach seiner Hand. Wilhelm zog ihn mit sich, in den Nebel hinein.

»An Ihrer Stelle würde ich die Stadt verlassen, so lange ich noch kann«, rief ich ihm hinterher.

Er drehte sich um und blieb stehen. »Wegen der Behörden?«

»Das auch. Wenn Lutz herausfindet, dass Sie mir geholfen haben, besitzen Sie einen veritablen Feind.«

»Ich verlasse mich darauf, dass dann Sie mich raushauen.« Er versuchte zu lächeln, was zu seiner üblichen weinerlichen Grimasse gerann.

»Was immer auch zwischen uns ist: Danke für meine Rettung«, sagte ich. Ich wandte mich an den Schwachsinnigen und nickte auch ihm zu. »Toller Trick mit dem Feuer«, sagte ich. »Gut gemacht.«

Das Gesicht des Knaben zersplitterte in einem Grinsen, das nur Zähne und tausend Lachfalten zeigte. Wie viel er von meinem Lob verstanden hatte, war mir nicht klar, aber dass es ein Lob gewesen war, hatte er mitbekommen. Plötzlich ließ er Wilhelms Hand los und galoppierte unbeholfen die paar Mannslängen zu mir zurück, und noch während ich überrascht einen Schritt zurücktrat, schlang er die Arme um mich und drückte mich heftig an sich. Ich hörte ihn entzückt brummen und grunzen.

»Ist ja gut«, sagte ich und versuchte mich von meiner Überraschung zu erholen. Ich umarmte ihn unbeholfen zurück. »Auch an dich danke, mein Junge.« Er ließ mich los und machte einen Luftsprung, bevor er wieder zu Wilhelm zurücktrabte. Er nahm ihn wieder an der Hand und ließ sich von ihm davonziehen.

»Sind es die Grubenleute?«, rief ich Wilhelm hinterher. »Wollen Sie mir das sagen? Sind sie wieder zurück?«

Er war nur noch eine kleine, gebeugte Gestalt neben der vierschrötigen Form des Knaben. Seine Stimme klang jedoch klar durch den Nebel.

»Wer sagt Ihnen, dass sie jemals weg waren?«

Zeremonien

1.

Der steile Weg den Perlachberg hinauf war so düster, dass es schien, die Dämmerung habe sich um einen halben Tag verfrüht. Ich hatte das Gefühl, die Nebelschwaden aus dem tiefer gelegenen Jakoberviertel mit seinen vielen Kanälen noch mit hinaufzutragen.

Die auf dem Marktplatz verbliebenen Karren waren Schemen, die von einer Schlacht übrig gebliebene Trosswagen sein konnten. Die Gefallenen der Schlacht waren bereits entfernt worden, und nur ihre Spuren waren noch zu sehen: Scherben vor der Metzg, verstreutes Korn, verlorene Besenreiser, zerquetschte Rübenstrünke, Gänsefedern, deren dünnste Härchen in einer unfühlbaren Brise zitterten wie vor Kälte, Blut zwischen den Pflastersteinen. Die Schalen eines aufgeschlagenen Eis schwammen in seinem eigenen Dotter; der Dotter war ein dunkel-blutiges, klumpiges Ding, das vage Umrisse eines begonnenen Lebens zeigte, das vielleicht noch zu jung gewesen war, um seinen vorzeitigen Tod überhaupt zu spüren. Die Gerüche vom Fischmarkt waren scharf. Ich wandte mich im Vorübergehen zu dem Blut auf dem Pflaster um. Es war zu viel, um von einem Fisch zu stammen.

Ich hatte die Mittagsglocken der Sext gehört, während ich vom Jakoberviertel wieder herübergestapft war. Die wenigen Käufer, die ihre Besorgungen noch nicht erledigt hatten, irrten zwischen den nur noch spärlich verteilten Marktkarren umher. Einkaufs- und Verkaufstätigkeit verliefen stumm. Ich betrat das Rathaus durch den hohen, spitzbogigen Eingang im südlichen Drittel seiner aus drei wuchtigen Giebeln bestehenden Fassade, ohne dass mich jemand daran hinderte. Auch im Torgang standen keine der Wachen mehr, die heute Morgen noch zahlreicher denn je das Marktgeschehen überwacht hatten. Meine Schritte waren laut auf dem steingepflasterten Boden des Eingangs und nicht leiser auf der engen Treppe, die ins erste Geschoss zur Herrenstube hinaufführte, wo stuckverzierte, mit Maßwerk und kleinen Fialen versehene Fenster auf den Marktplatz hinaussahen. An der Decke der Herrenstube schimmerten Vergoldungen und bunte Fresken auf dem dunklen Holz. In einer Ecke des großen Saals standen ein paar Männer beisammen und starrten auf den Platz hinaus, ohne sich zu unterhalten. Sie zuckten mit den Schultern, als ich sie nach dem Bürgermeister fragte; sie wirkten, als hätten sie etwas gesehen, was ihr Vertrauen in den restlichen Tag erschüttert hatte. Mein Herz begann plötzlich schneller zu schlagen, als ich an Hilarius Wilhelms Prophezeiung dachte.

Das zweite Geschoss bestand aus Schreibstuben und leer stehenden Räumen, die man in Schlafkammern verwandeln konnte, wenn hoher Besuch mit einem umfangreichen Tross in der Stadt erwartet wurde. Die Schreibstuben waren fast ausnahmslos ebenso leer, und die wenigen Männer, die darin hockten, wussten über den Aufenthaltsort des Bürgermeisters ebenso wenig Bescheid wie die Ratsherren unten in der Herrenstube. Die Türen zu den Archiven und zum Trockenspeicher unter den drei Dachfirsten waren geschlossen. Ich stand am oberen Ende der Treppe und hatte das Gefühl, in ein Geisterhaus geraten zu sein, das seit Menschenaltern leer stand und in dem ich die Seelen Verstorbener befragt hatte statt lebender Menschen. Ich wusste, dass es nicht allein daran liegen konnte, dass viele der Schreiber in der Sextmesse und viele der Ratsherren zu Hause waren, um über die Mittagszeit ihren eigenen Geschäften nachzugehen. Im Inneren des Rathauses war es so still, dass ich die hölzernen Balken knacken hören konnte und das Stöhnen des Rahmenwerks.

Etwas war passiert. Man musste nicht besonders sensibel sein, um das zu erkennen. Ich stieg die Treppe wieder hinunter zur Herrenstube und war entschlossen, die Ratsherren dort zu befragen, aber als ich ankam, war auch der große Saal vollkommen leer. Von draußen ertönte das Rumpeln eines Marktkarrens, der langsam über das Pflaster geschoben wurde, und meine Nackenhaare stellten sich auf, denn es hörte sich nicht anders an als der Schinderkarren, der einen Verurteilten zum Richtplatz auf dem Fischmarkt brachte. Ich sah zum Fenster hinaus und war schockiert, dass der Rathausplatz von hier oben noch mehr einem Schlachtfeld glich, über das der Nebel zieht, weil selbst die Sonne die Grausamkeiten nicht mehr ansehen mag. Der Blutfleck war fast direkt vor dem Rathausturm und aus dieser Perspektive so groß, dass ich schluckte. Der Marktkarren ratterte daran vorbei, gezogen von einem gebückten Mann, der peinlich darauf achtete, dem Blut auszuweichen. Sein Karren war noch halb voll; offenbar hatte Elisabeth Klotz mit ihren Besorgungen zu den wenigen gehört, deren Herrschaft oder sie selbst nicht zu eingeschüchtert waren, um die Vorräte des Hauses wieder aufzustocken.

Ich trat wieder ins Treppenhaus hinaus, in dem die Geräusche der Karrenräder laut genug widerhallten, um außer dem Stöhnen des Gebälks alle anderen Geräusche zu übertönen – speziell die, die vielleicht eine Menschenseele in diesem riesigen Haus verursacht hätte.

Es dauerte ein paar weitere Sekunden, bis mir klar war, dass das Stöhnen von einer Menschenseele kam.

Im Rathaus fanden auch die Gerichtsverhandlungen des weltlichen Gerichts statt, in der Herrenstube, unter den golden schimmernden Bemalungen der Holzdecke, in der Ecke neben dem Kamin, die mit halbhohen Holzwänden, einer umlaufenden Holzbank und einem wuchtigen Tisch zu einer Gerichtslaube gestaltet war; selbst die Deckenbemalung wies hier stilisierte Lindenblätter und Zweige auf, die sich über die Köpfe des Richters und seiner Beisitzer spannten. Die Gefangenen wurden zu diesem Zweck aus dem Haus des Stadtvogts oder aus dem Schinderhaus hierher gebracht, je nachdem, wo man sie eingesperrt hatte. Das Rathaus selbst wies, anders als der Bischofspalast, keine Gefängniszellen auf. Es besaß jedoch eine enge, kalte Peinkammer in seinem Kellergeschoss, in die der Angeklagte verbracht wurde, wenn seine Tat schwer wog und keine Zeugen vorhanden waren und kein freiwilliges Geständnis abgelegt wurde. In der Regel begann die peinliche Befragung am Nachmittag; hier hatte es jemand sehr eilig gehabt.

Vor der Tür zur Peinkammer stand keine Wache; die Tür selbst war halb offen. Die Kammer zu finden wäre selbst für jemanden, der keine Ortskenntnis besaß, leicht gewesen – das Stöhnen hatte mir den Weg gewiesen. Mein Herz klopfte und meine Hände waren feucht, als ich mich der Tür näherte und zögerte, sie zu öffnen. Was darin geschah, war eine Sache zwischen dem Angeklagten, dem Gericht und dem Henker und hatte nichts mit mir zu tun. Das Stöhnen kam aus einer Kehle, die vom Weinen und von Schmerzensschreien wund war.

Die Tür wurde zur Gänze aufgestoßen, noch während ich zögernd davor stand. Jos Onsorg platzte heraus und stutzte, als er mich stehen sah. Er schien mich nicht zu erkennen. Sein Haar stand wirr vom Kopf ab und sein Gewand war unordentlich. Er war erhitzt, als ob er gelaufen wäre; sein Kopf saß mit rotem Gesicht auf seinem hoch gewachsenen Körper und ließ das blonde Haar fast weiß und seine hellblauen Augen wie die eines Blinden wirken. Ich dachte unzusammenhängend: Er kann seine Abstammung auf keinen Fall verleugnen.

Auf der Bank saß eine schmale Gestalt mit geschorenem Kopf und herabhängenden Armen, deren Oberkörper vor und zurück pendelte und deren Augen und Mund weit aufgerissen waren, ohne dass mehr hervorgekommen wäre als das heisere Stöhnen. Der Scharfrichter stand in einer Ecke, die Hände hinter dem Rücken zusammengelegt, ein Symbol absoluter Indifferenz. Ich konnte nicht erkennen, wer sich zum Richter aufgeschwungen hatte, wenn es nicht der Bürgermeister selbst getan hatte; aber in der Peinkammer befanden sich außerdem noch zwei Männer mit den Tonsuren von Klerikern, deren unterschiedliche Kleidergüte nahe legte, dass der eine bestenfalls ein Mönch oder Priester war und der andere ein Abt oder Domherr. Der Angeklagte stöhnte tonlos und wiegte seinen Oberkörper vor, zurück, vor, zurück; nichts, was ich nicht ebenfalls schon gesehen hatte, wenn mich selbst das Schicksal ereilt hatte, einer peinlichen Befragung im dritten Grad beizuwohnen. Irgendwann wurden Schock und Schmerz zu groß, als dass Schreie sie noch hätten ausdrücken können. Dann sah ich, dass der Marterkittel ein Brustteil hatte und vor den bloßen Oberkörper des Angeklagten gebunden war, und das verzerrte Gesicht unter dem geschorenen Schädel und die schmale Gestalt des Angeklagten bekamen plötzlich weibliche Züge. Ich wusste, wen sie hier auf der Bank sitzen hatten: die Frau, die gestern als Hexe verhaftet worden war.

»Das war ein großer Fehler, *procurator*«, sagte der Mann, der wie ein Domherr gekleidet war. Sein Gesicht war ebenso gerötet wie das des Bürgermeisters. »Das wird Folgen haben.«

Jos Onsorg blieb dicht vor mir stehen und starrte mich an, ohne mich zu sehen. Ich erkannte, dass eine Wut in ihm kochte, die diejenige, die er bei der Konfrontation mit Gregor gestern Morgen gezeigt hatte, weit übertraf. Er drehte sich um und stapfte wieder zur Tür zurück, ohne die Peinkammer zu betreten.

»Ich hoffe, dass es Folgen haben wird«, zischte er. »Am meisten für Sie und für Sankt Ulrich, *Pfaffe.*«

»Die Anrede ist *ehrwürdiger Vater*«, protestierte der ärmlich gekleidete Priester.

»Was Sie hier getan haben, spottet jedem Recht«, sagte der Propst von Sankt Ulrich laut. »Das Blut der Unschuldigen kommt über Sie.«

»Das Blut der Unschuldigen?«, schrie Onsorg. »Haben Sie schon das Blut draußen auf dem Pflaster gesehen? Es ist aus dem zerschmetterten Schädel geronnen wie aus der Kehle einer gestochenen Sau! Meinen Sie dieses Blut?«

»Ich meine das Blut eines jeden, den Sie und Ihre Haltung auf dem Gewissen haben!«, schrie der Propst zurück.

Die Frau auf der Bank begann noch lauter zu stöhnen und noch wilder mit dem Oberkörper zu pendeln. Über ihre Wangen liefen Tränen. Der Priester machte ein Kreuzzeichen über sie, ohne dass es irgendeine Wirkung gezeigt hätte. Er machte das Kreuzzeichen auch über seinen eigenen Oberkörper. Der Scharfrichter sah ihm mit unbewegtem Gesicht zu.

Onsorg holte aus und trat mit dem Fuß gegen die steinerne Wand.

»Worauf wartest du!«, brüllte er den Scharfrichter an, dass seine Stimme überschnappte. »Renk ihr die Arme wieder ein, du Idiot!«

»Das können Sie nicht tun …«, begann der Propst.

»Ich bin der Bürgermeister. Ich habe hier zu sagen!« Onsorg deutete auf den Scharfrichter. »Renk ihr die Arme auf der Stelle wieder ein, Meister Hans, oder ich schwöre dir, wie ich hier stehe, ich sorge dafür, dass dein Knecht dein Amt bekommt und du der Erste bist, gegen den er das Schwert schwingen wird.«

Der Scharfrichter verzog das Gesicht und trat an die Angeklagte heran. Ich wich beiseite, um es nicht sehen zu müssen.

»Und ihr anderen, raus hier!«, rief Onsorg. »Raus mit euch, Pfaffengesindel!«

Der Propst von Sankt Ulrich keuchte vor Empörung. Ich hörte den Ruck, mit dem der Scharfrichter versuchte, das Schultergelenk der Angeklagten wieder zu richten, und das Knacken, mit dem die Knochen einschnappten. Die Frau schrie schrill auf.

»Wir sind hier mit Erlaubnis des Stadtvogtes«, erklärte der Propst wütend. »Wir dürfen …«

»Der Stadtvogt ist drüben in der Metzg und versucht herauszufinden, wer den beschissenen Bettler erschlagen hat!«, brüllte Onsorg. »Ich wette, dass er gar nicht weiß, dass Sie hier sind! Soll ich die Waibel holen, die das Volk dort festhalten, damit Sie mit Gewalt aus dem Rathaus geschafft werden?«

»Sie wagen es nicht, Hand an den ehrwürdigen Vater zu legen …«

»Ich kann ja stattdessen mit dir anfangen, Mönchlein«, zischte Onsorg.

»Sie sind besessen …«, flüsterte der Mönch, und ich war sicher, dass er erneut das Kreuzzeichen in die Luft fuchtelte.

»Es geht hier um viel mehr als Sie ahnen«, versuchte es

der Propst von neuem. »Das ist nicht etwas, das Sie mit ihren Stadtbüchern und ihren Waibeln ausrichten können; das ist der Kampf gegen das Böse«, ich hörte den Scharfrichter grunzen, als sein Versuch, auch das zweite Schultergelenk einzurenken, misslang, und der Propst erhob seine Stimme, damit er über das Heulen der Angeklagten vernehmbar war, »und die Rettung der Missetäter vor der Verdammnis. So wie Sie das anpacken wollen, machen Sie sich selbst zum Sünder.«

Ich trat einen weiteren Schritt zurück, als der Propst und sein Begleiter die Peinkammer verließen, gefolgt von Onsorg, der breitbeinig in der halb geöffneten Tür stehen blieb, als wollte er körperlich verhindern, dass die beiden oder jemand anderer den Raum erneut betraten.

»Lassen Sie das die Sorge der Stadt sein«, knurrte der Bürgermeister. »Und was meine eigenen Sünden angeht, so werde ich dafür vor dem Herrn geradestehen und nicht Sie.«

»Ich will Ihre Seele doch nur retten. Genauso wie die Unselige dort drin.«

Onsorg verschränkte die Arme über der Brust und presste die Lippen zusammen. Der Propst seufzte vor Zorn und ließ den Kopf hängen. Der Mönch faltete die Hände zum Gebet; der Propst ballte sie vor seinem beträchtlichen Bauch zu Fäusten. Die Frau in der Peinkammer schrie ein letztes Mal auf; der Scharfrichter trat hinter den Bürgermeister und brummte etwas.

»Bring sie hinüber in dein Haus und sperr sie ein«, sagte der Bürgermeister ruhig. »Sieh zu, dass sie am Leben bleibt. Ich befasse mich später wieder mit ihr, wenn ich mit dem Stadtvogt gesprochen habe.«

Der Scharfrichter nickte wortlos.

»Worauf warten Sie noch?«, rief Onsorg dem Propst und dem Mönch zu. Plötzlich fiel sein Blick auf mich. »Gehören Sie zu den beiden? Verschwinden Sie mit ihnen, und zwar auf der Stelle.«

»Die Vernunft weicht der Gewalt«, murmelte der Propst. »Gott schütze Sie, *procurator*. Sie haben seine Hilfe bitter nötig. Mir ist übel von dem, was ich hier erlebt habe.«

»Schreiben Sie eine Beschwerde an den Kaiser, wenn das hilft, dass Ihnen der Lachs heute wieder schmeckt«, versetzte Onsorg. Der Propst wandte sich mit mahlenden Kiefermuskeln um und stapfte die Treppe hoch. Onsorg trat beiseite, als der Scharfrichter die Angeklagte herausführte. Sie stolperte und schien nur mit Mühe die Beine bewegen zu können. Er hatte ihr die Hände nachlässig vor dem Leib gefesselt und ihr eine Decke um die Schultern gewickelt, um ihre Blöße zu bedecken. Die Augen der Frau waren große, wunde Löcher in ihrem Gesicht. Onsorg ließ die beiden passieren und schüttelte unzufrieden den Kopf.

»Was wollen Sie noch hier?«, fuhr er mich dann an. »Habe ich nicht gesagt …?«

»Ich habe mit dem Propst und seinem Klosterbruder nichts zu tun.«

»Was haben Sie dann hier unten verloren? Das ist nicht ein Ort der Belustigung.«

»Es gibt im ganzen Rathaus nichts, was ein fühlender Mensch zum Lachen fände. Wo sind die ganzen Leute?«

»Machen Sie, dass Sie rauskommen.« Er wandte sich ab, als erwarte er, dass ein Wort von ihm genügte, mich wie den Propst und den Mönch aus dem Rathaus zu scheuchen.

»Wenn Sie nicht einmal einen Richterspruch abgewartet haben, um die Unglückliche zu foltern, dann sind Sie wirklich in Schwierigkeiten«, sagte ich.

Onsorg, der mit finsterem Blick die Leiter betrachtet hatte, auf der man die Angeklagte gereckt hatte, drehte sich um. Seine Augen flackerten.

»Ich kenne Sie«, erklärte er.

»Der Freund des Burggrafen.«

»Der Burggraf hat keine Freunde«, sagte er fast mechanisch und mit einem freudlosen Lächeln.

»Sie haben sich soeben auch nicht gerade zwei Freunde gemacht.«

»Der Propst von Sankt Ulrich ist die gleiche Krätze wie es damals Bischof Peter war. Noch schlimmer, denn der Bischof hatte wenigstens was zu sagen und setzte sich auch dafür ein. Alles, was der Propst von sich gibt, ist ein Furz im Wind.«

»Wenn er dem Kaiser berichtet, was Sie getan haben, wird man diesen Furz im halben Reich schmecken.«

»Gehen Sie freiwillig, oder ich lasse ein paar Waibel holen und Sie wegen Belästigung des Bürgermeisters einsperren. Mein letztes Wort, ich warne Sie.«

»Ich bin lediglich gekommen, um Sie etwas zu fragen.«

»Ich habe keine Zeit. Fragen Sie Ihren Freund.« Er drückte die Tür zur Peinkammer zu und suchte an seinem Gürtel nach einem Schlüssel, mit dem er sie versperren konnte. »Ich hätte sie nicht offen lassen sollen, dann wäre das gar nicht passiert«, brummte er.

»Ich habe den einzigen Freund, den ich hier habe, bereits befragt«, erklärte ich. »Er hat mir keine Antwort gegeben. Er liegt in Sandstein gehauen auf seinem Grabmal und erinnert seine Besucher an die Vergänglichkeit des Fleisches.«

Onsorg fand den Schlüssel und steckte ihn ins Schloss. Er zögerte einen Moment, bevor er ihn mit einem Ruck umdrehte. Dann drehte er sich um und musterte mich. Der Gang war dunkel; das einzige Licht kam von der Treppe herunter, an deren Kopfende der Ausgang auf den Rathausplatz lag. Er nickte.

»Sie sind kein Kleriker. Sie waren auch niemals Burggraf, denn ich kenne die lächerlichen Vorgänger von Gregor von Welden, und Sie sind nicht viel älter als ich, also können Sie es auch nicht vor der Zeit meiner Erinnerung gewesen sein.«

»Ich war niemals Burggraf.«

»Einer von den Schnüfflern des Bischofs. Er hatte ein paar davon, aber nur einen, auf den er wirklich was hielt. Und der hat ihm bei der erstbesten Gelegenheit den Stiefel ins Kreuz getreten.«

»Ich brauche nur eine Auskunft von Ihnen. Ich suche nach meiner Tochter.«

»Sie hätten zuerst zu mir kommen sollen und nicht zum Burggrafen.«

»Werden Sie mir helfen?«

»Warum sollte ich?«

»Weil ich vermeiden möchte, dass ihr etwas passiert.«

Er zuckte mit den Schultern. »Keiner ehrbaren Frau hier passiert irgendetwas.«

»Außer, wenn ein Fanatiker sie als Hexe zu erkennen glaubt und sie auf die Leiter spannt, um ihr ein Geständnis zu entlocken, noch bevor ein Gericht ihm dazu das Recht gegeben hat.« Da war es heraus, und mit ihm jede Chance vertan, den Bürgermeister wenigstens zum Anhören meiner Sorgen zu bewegen. Verfluchter Jähzorn, der mir immer in die Quere kam. Onsorg starrte mich an. Plötzlich lachte er. Er schob sich an mir vorbei und marschierte die Treppe nach oben. Ich folgte ihm langsamer und resigniert. In meinem Kopf hörte ich immer noch das Stöhnen und die Schreie der Gefolterten und hörte sie mit der Stimme meiner Tochter.

Onsorg war oben stehen geblieben und sah auf den Platz hinaus. Der Nebel musste sich in den letzten Minuten etwas gelichtet haben, denn man konnte wieder bis zur Metzg hinübersehen. Eine größere Menschenansammlung stand dort, eingekreist von Waibeln, die ihre Spieße quer hielten.

»Vielleicht will der Burggraf sich ja auch in diesen Mord einmischen?«, fragte Onsorg. »Passen Sie auf: Ein alter Bettler schleicht auf dem Markt herum und will Trödel verkaufen. Ein Betrunkener gerät in Streit mit ihm. Plötzlich liegt der Bettler auf dem Boden, und der Betrunkene beginnt ihn zu treten. Was geschieht weiter?«

Ich sah zu der Stelle hinüber, wo das Blut die Pflastersteine dunkel gefärbt hatte.

»Die Leute auf dem Markt greifen nicht ein«, sagte ich.

Er schüttelte den Kopf. »Natürlich nicht. Sie bilden einen Ring um die beiden Kontrahenten und feuern sie an. Der Betrunkene gerät in Raserei; er kann kaum stehen vor Rausch, aber jetzt tanzt er den Totentanz mit dem Bettler. Der Bettler wehrt sich nur schwach. Er versucht davonzukriechen, aber die Leute stoßen ihn immer wieder zurück.« Er deutete nach oben zum ersten Geschoss des Rathauses, wo die Reihe der fein verzierten Fenster von der Herrenstube aus über den Rathausplatz blickte.

»Wir haben es von da oben mit angesehen, die Ratsherren, die Schreiber, ich, der Stadtvogt, der nicht ganz zufällig da war. Als wir verstanden, was da los war, saß der Betrunkene schon auf dem Rücken des Bettlers und schlug seinen Kopf gegen das Pflaster, mit aller Wucht, immer wieder und immer wieder, und irgendwann hörten die Arme und Beine des Alten auf herumzurudern, sondern zuckten nur noch, und die Leute rundherum hatten plötzlich Blut auf den Schuhen und sprangen zurück, und der Betrunkene hörte nicht auf, den Schädel des Bettlers gegen das Pflaster zu schmettern«, der Bürgermeister räusperte sich und ballte wütend eine Faust, »der Stadtvogt raste zur Treppe und brüllte nach den Waibeln, und ich wette, es ist ihm gar nicht aufgefallen, dass ein paar davon unter den Leuten waren, die der Schlächterei zusahen. Bis er unten war und das Volk auseinander gesprengt hatte, sprang der Betrunkene schon auf dem Kopf des Bettlers herum und trat seine Knochen in den Matsch, der sich auf dem Pflaster gebildet hatte, und Gilg Schneider neben mir würgte plötzlich und spie seinen Mageninhalt auf den Boden der Herrenstube, und der Betrunkene trat noch mit den Füßen, als die Waibel ihn längst hinüberschleppten zur Metzg, um ihn dort erst mal festzuhalten.«

»Warum haben Sie und der Vogt nicht schon eher eingegriffen?«

»Weil wir es erst merkten, als jemand zufällig ans Fenster trat. Das Ganze geschah völlig lautlos. Der Betrunkene gab keinen Ton von sich, und die Meute um ihn herum war nicht lauter als bei einer beliebigen Feilscherei. Das war das Gespenstische an der ganzen Sache: der Betrunkene, der vollkommen stumm seinen Gegner zu Klump trat. Und das alles wegen eines lumpigen Trödels, den ihm der Bettler zu verkaufen versuchte.«

Er kramte in seiner Gürtelbörse und förderte etwas zum Vorschein. Er hielt es in der gekrümmten Hand und betrachtete es. »Der Unselige hatte ein ganzes Dutzend dieser Dinger bei sich. Sie lagen um seinen Leichnam verstreut, als wären sie vom Himmel gefallen.« Er hielt es mir unter die Nase, aber ich wusste schon, was es war. Mein Mund war trocken. Es war ein aus Stroh geflochtenes, unschönes, ungeschicktes, überflüssiges und blutbeflecktes kleines Symbol. Ich wusste, wie der Bettler aussah, der auf dem Pflaster vor dem Rathaus zu Tode getreten worden war.

»Ich habe Sie vorhin angelogen«, sagte Onsorg. »Wenn Sie Ihre Tochter gefunden haben, bringen Sie sie von hier weg. Hier ist zurzeit niemand sicher.«

»Wer sagt Ihnen, dass ich sie wegbringen will?«

»Weil Sie nicht hierher gehören. Nicht mehr. Und deshalb werden Sie wieder verschwinden, wenn Sie Ihre Tochter gefunden haben. Ich weiß Ihren Namen nicht mehr, aber als Sie den Bischof damals verlassen haben, hat das einen ganz schönen Skandal gegeben. Sie sind doch nicht überrascht, dass ich herausgefunden habe, wer Sie sind?«

»Es gibt immer zwei Seiten an einer Geschichte.«

Er lachte freudlos. »Das sagen Sie?«

»Was meinen Sie damit?«

»Sie sind doch selbst nicht in der Lage zu erkennen, welche zwei Seiten eine Geschichte hat, wenn Sie direkt vor Ihrer Nase aufgeführt wird.«

Ich starrte ihn an. Plötzlich hatte ich das Gefühl zu verstehen. Ich merkte, wie mir das Blut in die Wangen stieg. Onsorg betrachtete mich ohne äußerlich sichtbare Gefühlsregung.

»Der Stadtvogt hat die Angeklagte in die Peinkammer schaffen lassen, damit der Propst und sein Mönchlein sie befragen konnten!«

»Nicht befragen«, erklärte Onsorg. »Befragen geht anders. Und der Stadtvogt war gar nicht informiert; sie haben über seinen Kopf hinweg gehandelt. Sie wollten einfach ein Geständnis hören, dass sie die Schweine ihres Nachbarn mit dem bösen Blick umgebracht und des Nachts dem Teufel den Arsch geküsst hat. Seit der schwule Engländer heuer im Frühjahr in letzter Sekunde vom Scheiterhaufen gesprungen ist, hat der Propst sich vorgenommen, dass nicht noch einmal ein Teufelsanbeter dem Feuer entkommt, und die Hälfte des Klerus ist auf seiner Seite. Und seit es die zwei Toten im Haus Hoechstetter gibt, ist auch ein Teil des Rates zu ihrer Fraktion gewechselt.«

»Sie haben einen einsamen Kampf gewählt, wenn Sie versuchen wollen, den Aberglauben im Zaum zu halten.«

»Sie brauchen mir nicht zu schmeicheln.«

Ich sagte nichts. Er blickte zu den Menschen bei der Metzg hinüber und gab sich einen Ruck. »Sind Sie wirklich hier, um nach Ihrer Tochter zu suchen?«

Auch die halbe Wahrheit ist eine Lüge. Ich versuchte, sie mir nicht anmerken zu lassen. »Ja.«

»Was ist geschehen?« Ich zögerte einen Moment. »Wenn Sie schon hergekommen sind, um die Hilfe der Behörden zu suchen, dann hätten Sie sich vorher überlegen sollen, ob es Ihnen damit auch ernst ist.«

»Sie ist die Witwe eines Fernhändlers der Familie Hoechstetter«, sagte ich seufzend. »Niemand weiß, wo sie sich aufhält. Der Faktor der Hoechstetter zahlt ihr nicht einmal mehr den Witwenpfennig aus – nicht, dass ihn das sonderlich beunruhigte.«

»Sind Sie sicher, dass sie überhaupt noch in Augsburg ist?«

»Ich habe sie gesehen.«

Er zuckte mit den Schultern. Er war zu sehr in seinen eigenen Problemen gefangen, um zu bemerken, welchen Schrecken er mit seinen nächsten Worten auslöste: »In dieser Stadt schleicht ein Mörder herum, und …«

»… und als das letzte Mal eine ähnliche Sache passierte, waren die Opfer junge Frauen!« Ich schnaubte. »Sie brauchen mich nicht daran zu erinnern, verdammt noch mal.«

Er hob den Finger und tippte mir auf die Brust. »Der Kerl damals lag plötzlich tot in seiner Zelle und konnte nichts mehr dazu sagen, dass man ihn als den Mörder hinstellte«, sagte er. »Aber nicht alle haben geglaubt, dass die Lösung so einfach gewesen sein sollte. Es hat jede Menge hässlicher Gerüchte gegeben, doch als der Bischof nichts weiter unternahm, ist die

Sache vergessen worden.« Er ließ wieder ab von mir und verzog das Gesicht. »Sie haben Mist gebaut.«

»Sie meinen, wir haben den Mörder nicht erwischt, und der Täter von heute ist derselbe Mann wie damals?«

Er zuckte mit den Schultern. »Ich weiß nicht, ob Sie damals den Richtigen erwischt haben. Den Geist, der dahinter steckte, den haben Sie auf keinen Fall ausgelöscht.«

»Dieser Geist steckt auch heute wieder hinter den Morden?«

Er wies zur Metzg hinüber. »So, wie er hinter dieser hässlichen Geschichte steckt.«

»Es gibt Leute, die glauben, dass wieder Grubenleute in der Stadt sind.«

»Ausgemachter Unsinn«, sagte er, und diesmal war ich sicher, dass *er* nur die halbe Wahrheit erzählte.

»Meine Tochter muss essen, trinken und schlafen«, begann ich nach einer kleinen Pause. »Sie hat sich sicher nicht einfach in die Gosse gelegt. Irgendjemandem muss sie sich angeschlossen haben. Irgendwo muss sie untergekommen sein.«

»Sie meinen, ich sollte den Bettlerkönig befragen?«

»Würden Sie das tun?«

»Wie heißt Ihre Tochter? Beschreiben Sie sie.«

Ich sagte ihm, was er wissen wollte. Er nickte.

»Dass es noch andere Möglichkeiten gibt, ist Ihnen klar?« Im Vergleich zu seiner vorherigen Bemerkung war er diesmal erstaunlich taktvoll.

Ich nickte grimmig.

»Sagen Sie Bescheid, wenn Sie wollen, dass wir den Scharfrichter nach den Mädchen in den Bordellen befragen.« Da war es auch schon wieder vorbei mit der Rücksicht.

»Danke«, zwang ich mich zu sagen.

»Wenn sie etwas über ein wichtiges Geschäft von Ulrich Hoechstetter erfahren hat, sagen wir, über eines, das er nicht vor aller Augen abwickeln wollte, dann würden Herren mit den Namen Fugger oder Welser eventuell gut für diese Information bezahlen.«

»Der Mann meiner Tochter war ein absolut unbedeutendes

kleines Licht. Außerdem ist sie nicht die Art von Mensch, die Informationen verkauft.«

Er zuckte mit den Schultern. »Sie müssen es wissen. Was mich betrifft – ich würde jederzeit Informationen verkaufen, wenn die einzige Alternative dazu wäre, in einem Winkelhaus meinen Körper anzubieten.«

Ich sah zu Boden und schwieg. Er seufzte.

»Der Name Ihrer Tochter hätte mir eigentlich sagen sollen, wie Sie heißen«, sinnierte er. »Ich komme trotzdem nicht drauf.«

»Peter Bernward«, sagte ich. »Derselbe Vorname wie der des Bischofs. Reiner Zufall.«

»Nichts ist zufällig.« Er seufzte. »Bischof Peter war ein pompöses Arschloch, wenn Sie meine Meinung hören wollen. Aber er war ein aufrechtes und ehrbares pompöses Arschloch.«

»Sie hätten sein Epitaph schreiben sollen.«

»Verschwinden Sie und kommen Sie morgen noch mal vorbei, vielleicht weiß ich dann mehr über Ihre Tochter.«

»Warum war keiner der Bürger auf der Beerdigung von Martin Dädalus?«

Onsorg sah mich von der Seite an. »Er war noch nicht lang genug in der Stadt, um Trauernde zu hinterlassen«, sagte er schließlich.

»Und warum war niemand von den Stadtbehörden dort?«

Er musterte mich immer noch von der Seite. »Dädalus war kein Augsburger Bürger. Er galt als Gast von Ulrich Hoechstetter, deshalb durfte er so lange bleiben und ein eigenes Haus bewohnen.«

»Warum hat er denn das Bürgerrecht nicht beantragt? Es wäre ihm doch sicher gewährt worden.«

»Sicher nicht.«

Ich sah Onsorg überrascht an. Er zuckte mit den Schultern.

»Der Mann hatte keinen Pfennig. Das Bürgerrecht erkauft man sich entweder, indem man der Stadt Gewinn bringt, oder indem man von seinem Gewinn der Stadt etwas abgibt. Dädalus war zu keinem von beiden in der Lage.«

»Und Ulrich Hoechstetter hat ihm nicht unter die Arme gegriffen?«

»Der Mann ist nicht leicht von seinem Geld zu trennen, wenn er das Gefühl hat, er kriegt nichts dafür.«

Ich schüttelte den Kopf. Onsorg winkte einem Mann zu, der sich durch die Menschen vor der Metzg wühlte und mit langen Schritten über den Rathausplatz zu uns herüberkam. Dann drehte der Bürgermeister sich um und sah mir endlich gerade ins Gesicht. »Wenn Sie das für den Burggrafen ermitteln sollten, dann sagen Sie ihm einen schönen Gruß von mir und dass er seine Schnüffelnase lieber in seinen eigenen Hintern stecken soll, wenn er noch nicht mal das herausbekommen hat. Dädalus war so bankrott, der hätte noch nicht mal einem Alchimisten genügend Blei geben können, damit der Gold daraus macht.«

Ich schwieg, und Onsorg grinste spöttisch. »Und deshalb haben wir auch kein Mordmotiv, nicht wahr?«, erklärte er herablassend. »Obwohl es bei Gott genügend Verrückte gibt, die kein Motiv brauchen, um einem Mann die Kehle durchzuschneiden.«

»Aber ein Verrückter schafft es nicht, in ein von innen verschlossenes Zimmer einzudringen, dort jemanden zu ermorden und wieder zu verschwinden, ohne dass in Erfahrung zu bringen wäre, wie er es angestellt hat.«

»Das ist der springende Punkt. Man sieht, im Gegensatz zu Gregor von Welden waren Sie das Geld wert, das Bischof Peter in Sie investiert hat.«

»Und es geschah gleich zweimal. Was haben Stinglhammer und Dädalus gemeinsam – der Buchhalter von Ulrich Hoechstetter und der in Ungnade gefallene ehemalige Geschäftspartner in Bologna?«

»Der Kerl, der Dädalus umgebracht hat, und der Mörder Stinglhammers sind nicht unbedingt ein und derselbe.«

»Kommen Sie, Onsorg, wollen Sie mir jetzt weismachen, dass *Sie* das Geld nicht wert sind, das die Stadt in Sie investiert?«

Der Mann von der Metzg unterbrach unser Gespräch. »Du solltest besser rüberkommen, Jos«, sagte er, »die Leute wollen eine Rede hören, fürchte ich.«

Onsorg verdrehte die Augen. »Du bist eh der bessere Redner von uns beiden, Johann Langenmantel«, erklärte er.

»Aber sie wollen ihren Bürgermeister hören.«

Onsorg seufzte. »Es gibt Tage, da beneide ich den alten Ulrich Schwarz.« Dann drehte er sich noch einmal zu mir um. »Lassen Sie die Finger von dieser Geschichte. Ganz egal, aus welchem Grund Sie sich dafür interessieren: Lassen Sie sich vom Burggrafen nicht zu seinem Werkzeug machen. Kümmern Sie sich um die Angelegenheit mit Ihrer Tochter, das ist besser für Sie.«

Ich antwortete nicht. Ich konnte ihm nicht sagen, dass ich befürchtete, beide Angelegenheiten seien eigentlich ein und dieselbe.

2.

Der Nebel wurde tatsächlich langsam dünner. Aus einem der Häuser beim Heumarkt drangen Weihrauch und das monotone Beten eines Priesters, der über das Haus und seine Bewohner den Segen sprach. Vor dem Eingang des Gebäudes lag einer dieser widerlichen Talismane, die der tote Bettler verkauft hatte. Jemand hatte ihn hierher getragen, bewusst oder unbewusst, vielleicht war er an einem Schuh hängen geblieben. Der Priester betete, die Weihrauchschwaden drangen aus der geöffneten Tür, und ich stellte mir vor, wie die Bewohner auf den Knien lagen und ihre Lippen dem Gebet des Priesters entsprechend bewegten: Schütze dieses Haus und jene, die darin leben, vor allem Ungemach und bösen Geistern …

Der Nebel mochte sich auflösen. Die Angst tat es nicht.

Das Handelshaus Ulrich Fugger & Gebrüder lag zwischen dem Heumarkt und der Sankt-Anna-Gasse in einem Durchstich und konnte seine Abstammung aus der Zeit gewaltsam ausgetragener Familienfehden ebenso wenig verleugnen wie das Haus Ulrich Hoechstetters – beide Bauten wirkten mit ihren massiven Mauern, hoch gelegenen Obergeschossen und engen Fensteröffnungen mehr wie Festungen denn wie Wohngebäude. Im Gegensatz zum Hoechstetter'schen Haus wurde die Firma Ulrich Fugger & Gebrüder bewacht, wenn man das zufällige Herumlungern zweier kräftiger Burschen vor dem Eingang als Wache werten wollte. Ich erklärte, im Auftrag des Burggrafen in den Hoechstetter-Morden zu ermitteln, und wurde überraschend schnell ins Innere des Gebäudes geleitet. Man lässt keinen Mann, von dem man glaubt, er rieche nach Polizei und Justiz, vor seinem Geschäftshaus stehen; das ist abträglich für den guten Ruf.

Als ich meinem Führer bis in einen engen Hof gefolgt war, um den herum die Geschosse des Hauses aufragten, als wären sie die Wände eines Brunnenschachtes, sah ich, dass es noch einen-zweiten Grund für die schnelle Einladung gab.

Ein Pferd war dort angebunden, und sein Eigentümer hatte es in seiner unaufdringlich-höflichen Art vermocht durchzusetzen, dass man einen Aufpasser dafür abstellte. Das Pferd war schwarz, das Sattelzeug weiß und teuer.

Ich seufzte. Gregor war vor mir angekommen.

»Gut, dass wir noch nicht über dein Honorar gesprochen haben«, sagte Gregor statt einer Begrüßung, »sonst müsste ich dir für heute einen halben Tag abziehen.«

Sein Gesprächspartner sah erstaunt von ihm zu mir. Schließlich kam er zögernd auf mich zu und reichte mir die Hand. Er hatte einen festen Händedruck und eine kräftige Gestalt, und sein Gesichtsausdruck war der eines Mannes, der sich noch nicht ganz dazu hatte durchringen können, von den Streichen seiner Jugend Abschied zu nehmen. Die weit offenen, blauen Augen mochten zu dem Jungenhaften beitragen. Doch sollte ich mich von diesem ersten Eindruck nicht täuschen lassen. Er war höchstens zwanzig Jahre alt; aber ich nahm mir vor, ihn keinesfalls zu unterschätzen.

»Ich bin Jakob Fugger«, sagte er. »Meine Brüder und ich leiten seit dem Tod unseres Vaters dieses Haus.«

Ich wartete nicht darauf, dass der beleidigte Gregor mich vorstellte. Ich wies auf die Truhen, die unordentlich im Raum herumstanden und zum Teil mit ledernen Riemen umwickelt waren. An einigen Ecken hatte der Schreiner Verstärkungen angebracht. Ein Kunstmaler hatte das Familienwappen der Fugger aufgefrischt und neu auf alle bislang leeren Seitenwände und die Deckel gepinselt.

»Ich hoffe, wir stören Sie nicht bei Ihren Reisevorbereitungen?«

Gregor zuckte zusammen und blickte überrascht um sich. Jakob Fugger winkte ab. »Alles schon gepackt. Viel zu früh, aber das ist eine Unsitte, die ich mir nicht abgewöhnen kann.«

»Wohin geht die Reise denn?«, fragte Gregor.

Fugger bat mich zu der Truhe, auf der Gregor saß, und ich machte Anstalten, neben dem Burggrafen Platz zu nehmen. Gregor sah mich von oben bis unten an und rang sich schließlich dazu durch, etwas beiseite zu rücken. Fugger setzte sich ohne Umstände auf eine andere Truhe uns gegenüber. Der Raum, in dem wir uns befanden, war klein und finster, das einzige Fenster ging auf die Gasse hinaus. Auf die Mauer des gegenüberliegenden Gebäudes hätte man spucken können, ohne sich hinauszulehnen. Fugger hatte sich so gesetzt, dass das Licht auf ihn fiel und wir im Dunkeln saßen. Er machte keinerlei Anstalten, die Sitzordnung zu seinen Gunsten zu verändern, sodass wir ins Dunkle hinein hätten sprechen müssen. Offenbar hatte er derlei kleinliche Taktiken nicht nötig.

»Florenz«, sagte er.

»Sind Sie sicher, dass Sie dorthin wollen?«

Als ich ihn unschuldig ansah, kniff Fugger die Augen zusammen. Gregor wandte sich langsam zu mir um wie ein Priester, der einen Ministranten beim Fluchen erwischt hatte. Jakob Fugger lächelte plötzlich.

»Das Haus Fugger hat sich während des Aufstandes zu Ostern schäbig benommen. Wir waren falsch unterrichtet, sonst hätten wir andere Prämissen gesetzt. Wir haben den Worten der Männer, die um den Papst herum waren, mehr geglaubt als denjenigen, die die Verhältnisse in Florenz kannten.«

»Nachdem der Aufstand fehlgeschlagen war, haben Ihre Agenten die Beine in die Hand genommen, als brennte der Boden hinter ihnen.«

»Diese Männer sind nicht mehr die Agenten des Hauses Fugger.«

»Könnte mir mal jemand erklären, worum es hier geht?«, unterbrach Gregor.

»Ist es wahr, dass Ihr Haus Geld in das schändliche Unternehmen der Familie Pazzi gesteckt hat?«

»Pazzi?«, echote Gregor. «Wer zum Teufel ist die Familie Pazzi?"

»Ja, bedauerlicherweise. Wie gesagt, man hatte uns falsch unterrichtet. Wir haben veranlasst, dass der gleiche Betrag an Lorenzo de' Medici übergeben wird, zusammen mit der Bitte, ihn nach Gutdünken für die Opfer des fehlgeschlagenen Aufstands zu verwenden – für die Opfer auf beiden Seiten.«

»Wenn ich ihn richtig einschätze, kann eine noble Geste Lorenzo de' Medici beeindrucken.«

Fugger neigte den Kopf. Wenn ich *ihn* richtig einschätzte, hatte die Geste seines Hauses nichts mit noblen Motiven zu tun, sondern mit der kalten Berechnung, dass aus der Handelsachse des Hauses in die Toskana nichts würde, wenn Fugger nicht die Vergebung des heimlichen Herrschers von Florenz erlangte.

»Brechen Sie zusammen mit Georg Hoechstetter auf?«

Er machte sich nicht die Mühe zu verbergen, dass er genau wusste, was im Haus seines Konkurrenten geschah. »Nein, warum sollte ich? Zwei unterschiedliche Wege und zwei unterschiedliche Ziele.«

»Vielleicht könnten wir wieder zum Thema kommen ...«, knurrte Gregor.

»Zu Ihrer Information, Burggraf«, sagte Jakob Fugger, »an Ostern gab es einen Aufstand in Florenz: Die Familie Pazzi, angestachelt durch Papst Sixtus, unternahm einen Anschlag auf Lorenzo de' Medici und dessen Bruder, um die Regierung der Republik zu stürzen. Lorenzo überlebte mit knapper Not, was den Aufstand zum Scheitern brachte.«

Gregor riss die Augen auf und grinste plötzlich. »Und Sie haben auf das falsche Pferd gesetzt, was?«

Fuggers Stimme war kalt: »Ich werde persönlich dafür bei Lorenzo de' Medici um Verzeihung bitten.«

Er hatte Mut, das musste man ihm lassen. Ich hatte Lorenzo den Prächtigen in Florenz kennen gelernt und wusste, dass keine Gefahr für Leib und Leben des jungen Herrn Fugger bestand, aber er selbst konnte das nicht wissen. Dennoch war ich mir sicher, dass auch diese Geste weniger seiner tiefen inneren Überzeugung entsprang, sich schändlich verhalten zu haben, sondern vielmehr den gleichen geschäftspolitischen Erwägungen wie die Stiftung für die Opfer des Aufstands. Ich konnte nicht umhin, ihn mit einem gewissen Widerwillen zu bewundern.

»Sie wissen gut Bescheid«, sagte Fugger zu mir.

»Ich hatte Gelegenheit, alles aus nächster Nähe zu betrachten.«

Er nickte, ohne weiter nachzufragen. Gregor nutzte die kurze Pause und beugte sich nach vorn.

»Ich möchte, dass Sie mir etwas über die Erzhütte bei Reutte erzählen.«

Fugger ließ sich eine Weile Zeit mit der Antwort. Es hatte den Anschein, dass er sein Gedächtnis nach einem Hinweis absuchte, was diese Frage zu bedeuten hatte, und zu keinem Ergebnis kam. Möglicherweise war es seine Absicht, diesen Eindruck zu erwecken. Schließlich zuckte er mit den Schultern. »Sollte ich wissen, wovon Sie sprechen, *questor*?«

Gregor lächelte überheblich. Ich war beinahe überrascht, dass er noch immer der Geschichte hinterherjagte, die Hurlocher erzählt hatte. Scheinbar waren seine Gedanken während der Nachtruhe in eine andere Richtung gelaufen als meine. Außerdem waren ihm die Erkenntnisse vom Vormittag nicht zuteil geworden. Ich holte Atem, um einzugreifen, doch ich kam nicht zu Wort.

»Die Fälschungen«, erklärte Gregor genüsslich. »Wegen der zurückgegebenen Sicherheiten, die in Wirklichkeit Übereignungen waren.«

»Ich habe keine Ahnung, was Sie meinen.« Fugger warf mir einen Seitenblick zu, der Gregor nicht entging.

»Tun Sie bloß nicht so!«, brauste er auf. »Wir haben Zeugen, dass Sie die alleinigen Besitzrechte Ulrich Hoechstetters an dem Bergwerk anzweifeln.«

»Ich kenne wirklich nicht jeden Vorgang in unserem Haus«, erwiderte Fugger. Sein Gesichtsausdruck war unbewegt, doch seine Augen blitzten vor Ärger, in seinem eigenen Haus derart angefahren zu werden. »Selbst wenn dem so wäre – ist das im Moment wichtig genug, um mich von den Reisevorbereitungen abzuhalten?«

»Den *Reise*vorbereitungen oder den Vorbereitungen der großen Abschiedsfeier?«

»Gregor, warte mal …«, begann ich.

»Ich breche übermorgen auf, und es ist nichts weiter geplant als ein Besuch in der Kirche und die Verabschiedung von meinen Brüdern.« Fugger klang trotz seines Ärgers befremdet. Ich glaubte ihm aufs Wort. Ich konnte mir nicht vorstellen, dass dieser kühle Mann zum Auftakt seiner schwierigen geschäftspolitischen Mission mehr tat, als um den Beistand Gottes zu bitten.

»Bevor ich mit Ihnen fertig bin, werden Sie nirgendwo hingehen«, verkündete Gregor.

Fugger sah ihn ungläubig an. »Ach nein?«

Gregor kniff die Lippen zusammen und rieb sich unbewusst den Bauch, wo offenbar ein weiterer Block aus Ärger wie ein geschlossenes Burgtor seiner Verdauung im Weg lag.

»Gregor«, sagte ich, »wolltest du nicht wegen dieser Sache zuerst mit den Familien Welser und Gossembrot sprechen?« Ich erinnerte mich, dass Hurlocher in erster Linie diese beiden Namen genannt hatte. Gregor funkelte mich an; ich hatte das Gefühl, dass ich bei meinem Versuch, ihm einen Rückzugsweg zur Wahrung seines Gesichtes zu eröffnen, versagt hatte.

»Ich weiß sehr gut, wann ich mit wem sprechen will«, zischte er.

Jakob Fugger machte Anstalten, aufzustehen. »Das ist mir zu dumm«, erklärte er. »*Questor*, ich habe mir Zeit für Sie genommen, obwohl wir im Allgemeinen keinen Kontakt pflegen und die Meinung des Hauses Fugger über Sinn und Unsinn der bischöflichen Einmischungen in die Angelegenheiten der freien Bürger bekannt ist.«

»Wir möchten von Ihnen etwas über Ludwig Stinglhammer erfahren«, sagte ich.

Fugger verstummte. Gregor riss die Augen auf; Jana hatte

mich einmal mit dem gleichen Gesichtsausdruck angesehen, als ich mit einem unbedachten Wort eine über ein langes Gespräch hinweg vorbereitete Verhandlungsfinte zerstört hatte. Ich war mir allerdings sicher, dass Janas geplante Finte mehr Sinn gemacht hatte als alles, worauf Gregor hinauswollte.

»Der Mann ist tot«, sagte Fugger. Wenn ich erwartet hatte, dass er anfügte: Der Herr erbarme sich seiner, wurde ich enttäuscht.

»Wenn er noch lebte, gäbe es für uns keinen Grund, mit Ihnen über ihn reden zu wollen.«

»Fragen Sie Ulrich Hoechstetter und seine Söhne.«

»Wir fragen Sie.«

»Ich sag dir was …«, begann Gregor.

»Wozu? Der Mann war nicht Angestellter des Hauses Fugger.«

»Weshalb nicht? War er nicht tüchtig?«

Fugger schien einen Augenblick aus dem Gleichgewicht gebracht. Dann lächelte er. »Wer sind Sie eigentlich?«

»Ich bin sein Assistent«, sagte ich und deutete auf Gregor, bevor dieser antworten konnte. Fugger musterte den Burggrafen aufs Neue.

»Sie machen das sehr geschickt, *questor*.«

Gregors Zorn war zu groß, als dass er den Ball aufgefangen hätte. »Zum Henker«, polterte er, »wollen Sie mich auf den Arm nehmen? Das werden Sie noch bereuen, *Herr* Fugger. Ich bin der Burggraf, nicht irgendeiner von Ihren Lohnsklaven.«

Fugger zuckte zurück. »Ich dulde es nicht, dass im Hause Fugger jemand die Stimme gegen mich erhebt«, rief er. »Nehmen Sie sich zusammen oder verlassen Sie das Haus.«

»Glauben Sie vielleicht, ich lasse mir von Ihnen die Tür weisen?«

»Das glaube ich nicht nur, da bin ich mir ganz sicher!«

»Ich untersuche einen Mordfall! Sie stehen mir Rede und Antwort, oder ich lasse Sie festnehmen!«

»Denken Sie im Ernst, jemand aus dem Haus Fugger hat

dieses *Reptil* auf dem Gewissen?« Fugger stutzte plötzlich und kniff dann verärgert die Augen zusammen. Er ballte die Fäuste. »So ist das, ich verstehe. Sie wollten mir nur entlocken, wie ich über Stinglhammer …, und ich bin auch noch drauf reingefallen!«

Gregor verpasste seine zweite Chance, obwohl ich versuchte, ihm mit Blicken ein Signal zu geben. Er hatte dem jungen Fugger gar nicht zugehört; er hatte nur Atem geholt.

»Georg Hoechstetter hat mir die Klärung des Falls übertragen, und ich fordere Sie kraft meines Amtes als Burggraf des Bischofs Johann auf, mich zu unterstützen, oder ich werde dafür sorgen …«

»Sie haben Stinglhammer ein Reptil genannt«, unterbrach ich Gregors Tirade. Fugger machte ein verdrossenes Gesicht. Gregor sprang auf und fuhr herum.

»Verdammt noch mal«, brüllte er, »*ich* rede jetzt! Wenn du was zu sagen hast, warum hast du heute Vormittag die Zeit dazu nicht genutzt? Unterbrich mich nicht noch mal!«

Ich bemühte mich, nicht ärgerlich zu werden. »Beruhig dich, Gregor, und denk mal einen Moment nach …«

»Ich brauche mich nicht zu beruhigen! Ich brauche nicht nachzudenken! Ich bin der Einzige hier, der überhaupt über etwas nachdenkt! Ihr glaubt beide, ihr könnt euch über mich lustig machen, aber ich werde euch schon zeigen, wer hier was zu sagen hat. Das ist meine Ermittlung, und es ist mein Mordfall, und ich lasse nicht zu, dass ein aufgeblasener …«, er keuchte plötzlich und presste beide Hände vor den Bauch.

»Was ist los?«

Gregor richtete sich auf und atmete ein. Er schloss kurz die Augen. Sein Gesicht war blasser geworden.

»Da«, sagte er, »das habt ihr davon. Es reicht. Das muss ich mir nicht gefallen lassen. Peter, sag, was du zu sagen hast, und dann komm. Ich warte draußen auf dich.«

Er stakste langsam hinaus, wie ein Mann, der über Scherben geht, die Faust immer noch auf seinen Bauch gepresst. Wir hörten ihn schmerzhaft ächzen, als er die Tür öffnete und sich hindurchschob. Fuggers Blick begegnete dem meinen, als wir uns wieder umwandten. Er schien einen Kommentar von mir zu erwarten.

»Wären Sie überrascht zu hören, dass im Haus Hoechstetter heute Morgen Stinglhammers sämtliche Unterlagen zusammengerafft wurden?«, fragte ich stattdessen, und Fugger seufzte.

»Sie können sich denken, dass diese Papiere soeben verbrannt werden?«, fragte er zurück.

Ich nickte.

Fugger seufzte nochmals.

»Also gut«, sagte er.

Gregor wartete in der Tat draußen auf mich, was mich noch mehr überraschte, als ihn in Fuggers Arbeitsstube angetroffen zu haben. Er hielt sich an seinem Pferd fest und sah mir düster entgegen.

»Verdammt, Peter, du bist genauso wie die anderen. Du lässt mich im Stich. Von dir hätte ich das nicht erwartet.«

Gregors Gesicht sah krank und grünlich aus. Er kniff die Augen noch mehr als sonst zusammen, vielleicht, weil sein Augenlicht an diesem Tag besonders schwach war, vielleicht, weil sein Gedärm ihm Schmerzen bereitete.

»Geht's wieder?«, fragte ich und zeigte auf seine Mitte. Er rieb unwillkürlich mit der Hand darüber.

»Manchmal ist es wie ein Messer, das in die Eingeweide fährt. Am heftigsten spüre ich es, wenn ich merke, dass ich hintergangen werde …«

»Hast du's schon mal mit rohem Lauch versucht? Bei mir wirkt das Wunder.«

Er hörte auf, sich den Bauch zu massieren. »Nimmst du mich jetzt auch noch auf den Arm? Du warst mal der Fels, auf den man sich stützen konnte. Nicht umsonst haben wir alle dich Petrus genannt.«

»Nur du hast mich so genannt«, erklärte ich. »Und ich habe nie das Gefühl gehabt, dass ich diesen Namen verdiene – weder im Guten noch im Schlechten.«

»Peter, was du dir heute geleistet hast, das tut man seinem Freund nicht an.«

Ich breitete die Arme aus. »Hör mit dem Selbstmitleid auf, tu mir den Gefallen«, sagte ich. »Du wirst sehen, es ist völlig unangebracht.«

»Wo warst du dann bis eben, zum Teufel?«, rief Gregor. »Ich habe dich überall gesucht. Man rennt mir die Tür ein mit *questor dies* und *questor das*, und mein Gehilfe verlustiert sich irgendwo.« Ein junger Mann in schlichter Kleidung blieb bei uns stehen und starrte das schimmernde Fell des Pferdes voller Bewunderung an. Gregor ging sofort auf ihn los. »Was gibt's zu glotzen, Herrgott noch mal?« Für einen Mann der Kirche führte er den Namen des Herrn recht freizügig im Mund, wenn er erregt war; doch war mir das von früher vertraut. Nur Bischof Peter hatte seinerzeit mit noch größerer Begeisterung geflucht.

Der junge Mann zog ein Gesicht und ging weiter. Ich hörte ihn ein Schimpfwort murmeln. Gregor fuhr herum, verzichtete dann jedoch glücklicherweise darauf, dem jungen Mann hinterher zu brüllen. Ich war erleichtert.

»Hast du gewusst, dass Dädalus vollkommen pleite war, weil er Hals über Kopf aus Bologna abhauen musste, damit ihn die Leute von Lorenzo de' Medici nicht erwischten und ihm die Gurgel durchschnitten?«

Gregor blinzelte irritiert.

»Um deine Frage, wie ich darauf komme, vorwegzunehmen: Ich kann zwei und zwei zusammenzählen. Du hast nicht gefragt, was ich getan habe, bevor ich nach Augsburg kam, und ich habe es dir nicht gesagt. Jedenfalls war ich während des Pazzi-Aufstands in Florenz und habe gemeinsam mit meiner Gefährtin versucht, am Leben zu bleiben.«

»Daher wusstest du so gut Bescheid, als Fugger darüber sprach. Es wäre deine Pflicht gewesen, mir alles zu berichten.«

Ich winkte ab. »Hast du weiterhin gewusst, dass das Einzige, was Ulrich Hoechstetter für Dädalus zu tun bereit war, in dem Angebot bestand, ihm die Erzhütte bei Reutte zu übertragen?«

»Immerhin …«

»Nichts immerhin. Dädalus hasste den bloßen Gedanken daran. Außerdem war das ein Versprechen auf eine Hand voll Luft; die Besitzverhältnisse sind keineswegs geklärt.«

»Deswegen war ich doch bei Jakob Fugger, während du …«

»Gregor, für Jakob Fugger steht die Existenz seines ganzen Italiengeschäfts auf dem Spiel. Du glaubst doch nicht ernsthaft, dass er sich da mit einer mickrigen Erzhütte in den Bergen abgibt? Oder gar einen Mord dafür begeht? Du hast dich doch hoffentlich nicht so lächerlich gemacht, ihm das vorzuwerfen, bevor ich gekommen bin?«

»Was heißt hier lächerlich? Das musst du gerade sagen, du mit deiner plumpen Fragerei nach Stinglhammer!«

»Es gab Dädalus und Stinglhammer, und es gab noch jemanden, der mit den beiden in Verbindung stand. Wenn mich nicht alles täuscht, ist dieser Dritte der letzte Überlebende, und ich frage mich, wie lange noch.«

»Du hast doch gehört, Stinglhammer hatte mit den Dokumenten über die Erzhütte zu tun …«

»Bis vor dem Gespräch mit Fugger dachte ich, dass Dädalus und Stinglhammer und jener unbekannte Dritte etwas zusammen ausheckten, um Hoechstetter zu schaden und sich zu bereichern. Dädalus hätte zumindest Gründe gehabt.«

Wenigstens war Gregor diesmal klug genug, richtig zuzuhören. »Warum glaubst du das jetzt nicht mehr?«

»Ich war heute Morgen im Hause Hoechstetter. Dort beschäftigt man sich damit, Stinglhammers Unterlagen zu sichten.«

»Das ist ganz normal, würde ich sagen. Er wird einen Nachfolger haben, und der muss sich einarbeiten.«

»Danach werden die Dokumente verbrannt.«

»Natürlich, sie … was?«

»Und damit es so wenig Zeugen dafür gibt wie möglich, hat man den Großteil der Hoechstetter'schen Dienstboten mit zu viel Geld in eine Trinkstube geschickt und dem Gröbsten unter ihnen aufgetragen, sie zu unterhalten – und aufzupassen, dass sie nicht mit irgendeinem Fremden plaudern.«

»Wenn sie die Dokumente vernichten wollen, warum sichten sie sie dann zuerst?« Gregor ballte die Faust und gab sich die Antwort selbst. »Weil sie nicht wissen, was drin steht.«

»Falsch«, sagte ich. »Sie wissen genau, was drin steht. Sie wollen nur sicher sein, dass nichts fehlt.«

Gregor ließ die Schultern sinken. »Habe ich irgendwas überhört, oder bist du nicht in der Lage, die Geschichte zusammenhängend zu erzählen?«

Ich achtete nicht auf seine Stichelei. »Dädalus und Stinglhammer steckten gar nicht zusammen unter einer Decke, um irgendeine Gaunerei zu begehen. Es waren Dädalus und jemand anderer. Und Stinglhammer hatte es rausgefunden.«

»Wieso sollte ausgerechnet Stinglhammer ...?«

»Gregor«, sagte ich und sah ihn an, »wenn du dich dort drin vor Jakob Fugger nicht so in deine Würde als Burggraf hineingesteigert hättest, dass deine Eingeweide überschäumten ...«

»Wie redest du denn mit mir?«

»... hättest du wie ich erfahren, dass Ludwig Stinglhammer keineswegs der Buchhalter von Ulrich Hoechstetter war.«

Gregor gaffte. »Sondern?«

»Sein privater Schnüffler, Schlüssellochgucker, Unter-die-Bettdecken-Späher, Skandalfinder und Mann für die Drecksarbeit. Ulrich Hoechstetter, der viel auf Reisen ist, verlässt sich für die Zeit seiner Abwesenheiten nicht ausschließlich auf seinen Sohn, solange der noch ein junger beeinflussbarer Wirrkopf ist. Stinglhammers Arbeit bestand ausnahmslos darin, alle Menschen im Umkreis Ulrich Hoechstetters, das Gesinde, die Verwandten, die Geschäftsfreunde, die Partner und Agenten des Hauses, zu überwachen und alles festzuhalten, damit Ulrich keine Regung in seinem Haus entging.« Ich grinste und konnte es mir nicht verkneifen. »Wenn man so will, war Stinglhammer der Hoechstetter'sche Burggraf.«

Diesmal ging *er* nicht darauf ein. Er war vollkommen fassungslos. »Weißt du das alles von Jakob Fugger?«

»Nur das Letzte. Den Rest habe ich heute Vormittag im Hause Hoechstetter erfahren, von einer der Dienstmägde auf dem Markt, in einer Trinkstube, wo mir beinahe der Hals umgedreht worden wäre, und von Bürgermeister Onsorg.«

Gregor dachte eine Weile nach. Dann ließ er den Kopf hängen. »Du hast dich gar nicht verlustiert«, sagte er dann einigermaßen beschämt.

»Warum hast *du* das alles noch nicht rausgefunden, Gregor? Du hast mindestens zwei Tage Vorsprung bei deinen Ermittlungen, oder nicht?«

»Du weißt doch, dass ich jede Menge Arbeit als Vertreter des Bischofs habe. Deswegen habe ich dich doch angestellt.«

»Papperlapapp! Die Wahrheit ist, dass du nicht eher mit den Untersuchungen begonnen hast als ich, weil du vorher noch gar nicht wusstest, was wirklich los war. Soll ich dir sagen, was mir heute Vormittag noch klar geworden ist? Du hast noch kein einziges Wort mit Georg Hoechstetter gewechselt. Die geplatzte Audienz am Tag von Dädalus' Beerdigung und dass er dich am Tag darauf wegen der Aufklärung der Mordfälle ins Gebet nahm – alles gelogen. Hoechstetter hat die Fälle in die Hand des Stadtvogtes gelegt, und du hast Stinglhammers Schreiber bestochen, damit sie dich auf dem Laufenden hielten. Dass sie dich wegen eines zweiten Mordes alarmieren würden, konntest du nicht ahnen. Was hast du wirklich vor, Gregor? Warum setzt du dich nicht ruhig in den Burggrafenturm, klagst ein paar Bäcker wegen der Kieselsteine in ihren Semmeln an und wartest ansonsten auf die Rückkehr des Bischofs?«

Seine Gesichtsmuskeln zuckten. Ich dachte, dass es jeden Moment mit seiner Beherrschung vorbei sei, und erwartete, zornig angebrüllt zu werden. Ich hätte es sogar willkommen geheißen, denn im Moment sah es nicht danach aus, dass ich in meinem Bemühen, die Mordfälle zu klären, mit meiner Suche nach Maria weiterkam. Außerdem verstärkte sich mein Eindruck, dass ich Gregor von Welden nicht trauen konnte. Er spielte sein Spiel mit mir, und ich war nicht gewillt, dies länger hinzunehmen.

Gregor sah auf. Seine Augen waren gerötet.

»Du hast Recht«, sagte er. »Du hast dich wie ein Freund

verhalten, und ich habe mich wie ein Idiot benommen. Du hast absolut Recht.«

»Was soll das Ganze?«

»Es tut mir Leid. Verdammt, es tut mir wirklich Leid.« Er wischte sich hastig mit dem Ärmel über das Gesicht und vermied es, mich anzusehen.

»Warum schenkst du mir nicht reinen Wein ein?«, fragte ich bestürzt.

»Alles läuft so beschissen … und jetzt habe ich dich auch noch verprellt. Das ist unverzeihlich.« Er schielte. »Verzeihung, aber ich … all die Anspannung der letzten Zeit … und die ständigen Bauchschmerzen …«

»Schon gut. Lass uns zum Bischofspalast gehen, dann können wir in Ruhe darüber sprechen.«

»Nein, das muss auf der Stelle geklärt werden.« Er lächelte verlegen. »Komm schon, ich bin froh, wenn es raus ist. Wenn du mir danach alles vor die Füße wirfst, werde ich es verstehen – und es dir nicht nachtragen.«

Er zog sein Pferd ein paar Schritte beiseite in den Durchstich hinein, der an Fuggers Haus vorbei von der Sankt-Anna-Gasse zum Heumarkt hinüberführte. Wir beide und der Gaul füllten den Platz fast vollständig aus; wahrscheinlich handelte es sich um eine alte, durch Umbaumaßnahmen der angrenzenden Häuser unwesentlich verbreiterte *quintana*, jene Lücke zwischen zwei Häusern, die man da und dort immer noch benutzte, um Küchenabfälle, tote Haustiere und sonstigen Müll verschwinden zu lassen. Ich sah unwillkürlich hinauf, ob sich der hölzerne, nach unten offene Verschlag einer Latrine über uns befand. Der Boden der Gasse war nicht gepflastert, und die Hausmauern links und rechts wurden nur durch ein schmales Fenster in der Wand des Fugger'schen Hauses im ersten Geschoss unterbrochen – das Fenster, hinter dem die Arbeitsstube des jüngsten und entschlossensten Bruders lag.

»Der Bischof setzt sein ganzes Vertrauen in mich«, begann Gregor, »und er ist mit mir einig, dass das Amt des Burggrafen in der Stadt nicht gerade hoch angesehen ist. Ich sag dir was:

Er hat sogar einmal in meiner Gegenwart verlauten lassen, dass …«

»Gregor«, sagte ich nicht unfreundlich, »mach's kurz.«

Er verzog den Mund und sah wieder zu Boden. »Ich weiß«, murmelte er, »ich weiß ja.« Er atmete tief ein und wieder aus. »Ich will das Amt des Stadtvogts«, erklärte er dann fast unhörbar.

Ich ließ mir Zeit mit der Antwort. Zuerst hatte ich das Verlangen verspürt, laut aufzulachen, war jedoch froh, dass ich es unterdrückt hatte. Das Amt des Stadtvogtes, des Mannes, der die Polizeigewalt in der Stadt innehatte, des Mannes, der den Gesetzen des Rates ein Gesicht gab – des Mannes, der nicht selten zum Bürgermeister gewählt wurde, wenn er seine Amtszeit erfolgreich hinter sich gebracht hatte, des Mannes, den der Henker und die Stadträte gleichermaßen respektvoll grüßten! Der Stadtvogt stellte alles dar, was der Burggraf hätte sein können, wären die Verhältnisse anders gewesen. Denn was dem Burggrafen an Befugnissen geblieben war, war letztendlich nur das, was eine lange Reihe von Stadtvögten als zu unerheblich befunden hatte, um sich damit zu befassen.

Gregor hatte es immer nach einem Amt verlangt, das ihm nicht nur Macht verlieh, sondern diese auch unmissverständlich demonstrierte. Er hatte eines bekommen, bei dem weder das eine noch das andere der Fall war. In den vierzehn Jahren, die vergangen waren, seit wir uns zuletzt gesehen hatten, hatte er nichts weiter geschafft als sich dort zu platzieren, wo er am wenigsten sein wollte.

»Wenn du beweisen kannst, dass du den Fall schneller löst als der jetzige Stadtvogt, und damit auch noch dem Haus Hoechstetter hilfst, wird der junge Georg dich seinem Vater wärmstens empfehlen, sobald dieser zurück ist; und Ulrich wird nicht abgeneigt sein, seine Verbindungen zum Rat spielen zu lassen.«

Gregor nickte.

»Und du hattest vor, alles, was ich eventuell herausfände, als dein Ergebnis darzustellen.«

Er seufzte und nickte wieder.

»Du hast auf Sand gebaut.«

»Ich weiß, weil du mir jetzt gleich die Freundschaft aufkündigen wirst, und glaub mir, ich kann dich verstehen.«

»Nein, weil Georg Hoechstetter im Haus seines Vaters nichts zu sagen hat.«

Gregor riss den Mund auf und schnappte nach Luft. Die Ähnlichkeit mit den Fröschen, die Elisabeth auf dem Fischmarkt erstanden hatte und die auf Weidenstöcke aufgespießt lautlos und mit rudernden Beinen ihre Qual demonstrierten, war überwältigend – und in keiner Weise lustig.

»Er hat noch nicht einmal kapiert, dass Stinglhammers Sammlung menschlicher Eitelkeiten vernichtet wird. Karl Hoechstetter, der Faktor der Firma, macht das an seiner Stelle. Georg Hoechstetter hat all seine Gedanken in Venedig und bei den Geschäften, die er dort einfädeln soll; im Geist fährt er schon in einer Gondel auf dem Canal Grande spazieren.«

Gregor ächzte. »Dieser …«

»Sei lieber still. Es heißt, ein Esel soll den anderen nicht Langohr schimpfen.«

Er sah mir überrascht ins Gesicht. Ich lächelte nachsichtig. Wenige Augenblicke später brachte auch er ein dünnes Lächeln zustande. »Gib's mir nur«, brummte er.

»Ich wüsste keinen, der es mehr verdient hätte.«

»Ich fühle mich wie der Rabe, der so laut sang, dass er den Käse verlor.« Er schüttelte betrübt den Kopf, dann lächelte er aufs Neue. »Dennoch bin ich froh, dass ich dir die Wahrheit gesagt habe. Es hat mich die ganze Zeit über bedrückt.«

Ich sagte ihm dieselbe Freundlichkeit, mit der der junge Mann, der das Pferd hatte bewundern wollen, ihn schon bedacht hatte, lächelte jedoch dabei. Er nahm es mit einem müden Schulterzucken.

»Was wird nun?«, fragte er.

»Wir müssen herausfinden, wer Martin Dädalus' Komplize war. Ich bin sicher, dass er der Schlüssel zu unserem Mörder ist.«

»Wenn er's nicht sogar selbst war.«

»Um seinen Mitwisser zu beseitigen und anschließend den Mann, der ihnen auf die Schliche gekommen war. Gut möglich. Dann hat die Theorie mit dem Anschlag eines konkurrierenden Handelsunternehmens wohl ausgedient?«

»Voll und ganz.« Er faltete die Hände. »Ein hervorragender Lehrer hat mich davon überzeugt.«

»Dann lass uns weitermachen.«

»Warte, Peter.« Er nahm meinen Arm und sah mich forschend an. »Warum lässt du mich nicht einfach stehen und kehrst Augsburg den Rücken zu?«

»Weil ich meine Tochter noch nicht gefunden habe.«

Er nahm es halb als Scherz auf. »Konnte dir nicht mal der allwissende Jakob Fugger helfen?«

»Nein. Nicht, dass ich ihn nicht gefragt hätte.«

»Oh.« Er wurde wieder ernst. »Hast du tatsächlich …? Ich dachte, die Geschichte sei schon lange erledigt.«

Als ich den Kopf schüttelte, drückte er meinen Arm noch fester und sah zu Boden. Ich war erleichtert, dass er mir nicht versprach, alles in seiner Macht Stehende zu tun, um sie zu finden.

»Wir haben den Wein gestern nicht ausgetrunken. Was hältst du davon, wenn wir heute Abend …?«

Er stutzte plötzlich. Dann machte er ein langes Gesicht. »Verdammt, ich habe den Doktor Andreas vergessen.«

»Wer ist das?«

»Einer der Domherren. Ein Unruhestifter vor dem Herrn, wenn es je einen gab. Vor ein paar Jahren hat er schon mal einen riesigen Streit gegen die Stadt angezettelt, weil ein paar Scharwächter das Waffenverbot gegen ihn durchgesetzt und ihm sein Schwert weggenommen haben … ich sag dir was: Das Domkapitel brachte die Geschichte bis vor den bayerischen Herzog. Jetzt hat der verfluchte Kerl eine neue Sache entdeckt, über die er sich aufregen kann: Ein Augsburger Bürger hat die Aufnahme in das Domkapitel verlangt.«

»Eine Bürde, die sich bisher ausschließlich Angehörige des Adels teilten«, erwiderte ich sarkastisch.

»Ich habe ihm zugesagt, mich heute Abend um diese Angelegenheit zu kümmern und mir anzuhören, wo genau der Schuh ihn drückt.«

»Kein Problem für mich.« Ich war erleichtert, mir keine Ausrede ausdenken zu müssen, warum ich seiner Einladung nicht folgen konnte. Ihm zu gestehen, dass ich ausgerechnet einem Hinweis von Hilarius Wilhelm nachgehen wollte, hatte ich gar nicht erst in Erwägung gezogen.

»Tut mir Leid.« Dann überraschte er mich. »Wenn du für die Suche nach deiner Tochter irgendwas brauchst – Pferde, Knechte, Kutschen … Nur zu. Solange du den Rappen im Stall lässt.«

»Ich komme auf dein Angebot zurück.«

Er lächelte und klopfte mir auf die Schulter. »Freunde und Partner?«, fragte er.

»Freunde und Partner.«

»Und die Geschichte mit dem Stadtvogt?«

»Ich werde dich auf deinem Weg nach oben nicht aufhalten.«

Er sah mich verunsichert an. War das ein schlechter Scherz von mir gewesen? Ich wusste es nicht.

3.

Nachdem ich eine Weile gesucht hatte, fand ich Albert Klotz in den Stallungen. Er stand vor den Verschlägen, in denen die Pferde gehalten wurden, und schien vergessen zu haben, was er tun wollte.

»Gregor ist noch mit dem Pferd unterwegs«, sagte ich.

»Ha, der Bub!« Die Stallburschen und die wenigen Pferde in den Verschlägen zuckten beim Klang seiner dröhnenden Stimme zusammen. Alberts Augen blickten nun nicht mehr so verloren. Er streckte die Hände aus und fasste mich an den Schultern. Sein äußerer Zustand hatte sich seit dem Vortag nicht gebessert: In seinem Haar klebte etwas, in das sein Kopf beim Einschlafen gesunken war, und in seinen Mundwinkeln hingen die Reste nicht nur des zuletzt genossenen Mahls. Er duftete selbst über den scharfen Stallgeruch hinweg.

»Gibt es die alte Kutsche noch, mit der Bischof Peter zu reisen pflegte?«, fragte ich.

»Klar«, erklärte er mit der Sicherheit dessen, dem die Vergangenheit näher ist als die Gegenwart.

»Ist sie verfügbar?«

»Natürlich nicht. Bischof Peter ist doch unterwegs, und er nimmt dazu stets die Kutsche.«

Ich ließ ihm Zeit. Ein paar Momente später runzelte sich seine Stirn. »Wieso bin ich dann hier?« Er war wieder so verwirrt wie zuvor.

»Bischof Peter ist nicht mehr im Amt. Sein Nachfolger ist Johann, Graf von Werdenberg.«

»Und Seine Gnaden reist auf dem Pferd«, sagte Albert wie jemand, der etwas aufsagt, das er aus den tiefsten Tiefen seines Gedächtnisses hervorholen musste – und das ihn offenbar betrübte. »Er braucht keine Kutsche und keinen Kutscher. Hast du das verstanden, alter Narr? Wehe, dem Rappen wird auch nur ein Haar gekrümmt. Dein Platz ist jetzt im Pferdestall.«

»Heute Abend nicht. Heute fährt Bischof Peter noch einmal aus.«

Albert blinzelte. »Bischof Peter ist zurück?«

»Nein, aber jemand, der seine Kutsche benutzen wird.«

Er grinste plötzlich, ein Sonnenstrahl in einem Wolkenloch. »Du«, sagte er, »du willst die Kutsche benutzen.«

»Natürlich nur mit dem zugehörigen Kutscher.«

»Das bin ich.«

»So ist es.«

Sein Lächeln verschwand. »Das geht nicht«, erwiderte er mit der knappen Bestimmtheit, die früher charakteristisch für ihn gewesen war. »Es ist die Kutsche von Bischof Peter. Niemand außer ihm darf in ihr reisen.«

»Kommen Sie, Albert, ich brauche die Kutsche und ich brauche Sie.«

»Ich bin der Kutscher des Bischofs.«

»Er hat mich früher in der Kutsche fahren lassen, wenn es wichtig war.«

»Das ist nicht wahr.« Er musterte mich, als hätte er mich dabei erwischt, wie ich ihm das Fleisch vom Brot zu stehlen versuchte. »Du reitest immer nebenher.«

Ich seufzte. Wie verwirrt er auch war, über die Dinge, wie sie früher gewesen waren, ließ er sich nicht täuschen.

»Es ist die Kutsche Seiner Exzellenz, Bischof Peter von Schaumberg«, erklärte Albert. »Es ist das Wappen Seiner Exzellenz. Es ist der Kutscher Seiner …«

»Ist das Wappen noch dran?«, unterbrach ich ihn.

Sein Mund arbeitete. »Nein«, sagte er dann mit Mühe. »Nein … wo ist es denn hingekommen? Jetzt hängt das neue Wappen dran, das von … von …«

»Sehr gut. Wissen Sie, wozu ich die Kutsche brauche?«

»Es ist die Kutsche von Bischof Peter.«

»Das Wappen des Bischofs garantiert mir, dass ich auch nach dem Torschluss noch in die Stadt hereingelassen werde.«

»Sie würden es nicht wagen, Bischof Peter draußen stehen zu lassen!«

»Und Bischof Johann auch nicht.«

»Nein«, sagte er, weniger überzeugt, »den auch nicht.«

»Wenn Bischof Peters Wappen nicht mehr daran ist und Bischof Johann die Kutsche nicht benutzt, dann kann ich sie doch nehmen, oder?«

»Es ist die Kutsche von Bischof Peter.«

Ich gab auf. Mit einem Stein zu diskutieren hätte mehr Erfolgsaussichten gehabt.

»Gut, Albert. Ich brauche Sie und die Kutsche heute Abend nach dem Vesperläuten. Ich werde nebenher reiten.«

Sein Gesicht leuchtete auf. »Holen wir Bischof Peter ab, ja?«

»Nein, aber wir kümmern uns um etwas, das Bischof Peter sehr am Herzen läge, wenn er hier wäre.«

»*Wir* kümmern uns? Du meinst: du und ich, Bub?«

»Ja, wir beide.«

Er umarmte mich so plötzlich, dass ich zusammenzuckte. Was er dann sagte, überraschte mich noch mehr als die stürmische Umarmung.

»All die Jahre sage ich schon zu Bischof Peter: Seine Exzellenz sollten mich dem Buben helfen lassen. Ich kann das. Und er sagt: Albert, du bist meine Beine; Peter ist meine Augen und Hände. Jeder tut das, wohin Gott ihn gestellt hat. Und der junge Strassvogt?, frage ich. Und er sagt: Gott hat den Platz noch nicht gefunden, an den er Gregor stellen will.« Er strahlte mich an. »Und jetzt sagt der Bischof doch, dass ich dir helfen soll?«

»Ja«, log ich. »Er meint, dass ich es diesmal nur mit Ihrer Hilfe schaffe.«

Er wirbelte herum und tanzte einen ungeschickten Tanz, bis er strauchelte und in meine Arme fiel. Er keuchte angestrengt. Aus der Nähe sah ich eine ganze Anzahl von Nissen in seinem langen weißen Haar.

»Der Bischof sagt außerdem, dass wir beide vorher baden müssen.«

Er hielt sich an mir fest und rappelte sich mühsam auf. Die Stallburschen, die uns beobachteten, grinsten und machten Kussgeräusche in unsere Richtung.

»Warum denn das?«, fragte Albert.

»Geheimnis.«

»Wenn wir zusammenarbeiten, dürfen wir keine Geheimnisse haben.«

»Geheimnis des Bischofs.«

»Ach so. Das ist was anderes.« Er hielt mir eine Hand hin mit Fingernägeln, die so lang und schmutzig waren wie die Klauen eines Bären. Ich schlug ein. Beinahe hätte ich gesagt: Freunde und Partner. Aber ich schluckte es hinunter. Es genügte schon, dass er ausgerechnet den Grundsatz für partnerschaftliche Zusammenarbeit erwähnt hatte, den Gregor und ich andauernd verletzten. Als wir den Stall verließen, sah er mich plötzlich betroffen an.

»Hat der Bischof etwa befohlen, du sollst in der Kutsche sitzen?« Er suchte ängstlich in meinem Gesicht nach der Antwort. »Und ich habe mich geweigert. Aber ich wusste es doch nicht!« Er schlug sich grob an die Brust. »Verdammt, ich bin ein unbrauchbarer alter Narr. Ich schäme mich. Es tut mir Leid, Exzellenz, so Leid.«

»Nein, Albert, er hat gesagt, ich soll nebenher reiten. Ich hatte es bloß vergessen.«

Erleichtert ließ er die Hand sinken und lächelte. »Ich habe keinen Fehler gemacht?«

»Nein, Albert.«

Er grinste breit und schlug mir mit der Hand auf den Rücken, dass ich meinte, alle seine Finger müssten brechen. »Darum hat der Bischof auch gesagt, ich soll dabei sein! Damit ich dich erinnere, wenn du was vergisst.«

»So ist es, Albert.«

Stolz marschierte er ein paar Schritte neben mir her. Dann hielt er inne. »Wohin gehen wir eigentlich?«

Ich wappnete mich mit noch etwas mehr Geduld. »Baden.«

Er lachte unsicher. »Jetzt schon? Ist das wirklich nötig? Man kann krank werden davon.«

»Ich bade auch mit, keine Gefahr.«

»Also gut.« Er nahm meine Hand mit einem so kindlichen Vertrauen, dass ich einen Kloß im Hals spürte. »Wir baden gemeinsam. Keine Gefahr.«

Während ich ihn zum Eingang des Palastes hinüberbrachte, fragte er nicht ein einziges Mal, was es eigentlich war, an dem er gemeinsam mit mir arbeiten sollte. Ich hingegen fragte mich, ob ich den verwirrten alten Burschen nicht einer zu großen Gefahr aussetzte. Doch seine glänzenden Augen und die plötzliche Farbe in seinen Wangen ließen mich meine Bedenken beiseite schieben. Alles, was er zu tun hatte, war, die Kutsche aus dem Tor zu lenken, sie nicht zu verlassen, bevor ich zurück war, und danach wieder in die Stadt zu fahren. Was immer es war, das Hilarius Wilhelm mir zeigen wollte, ich würde höllisch aufpassen, dass Albert keinen Schaden nahm.

»Du musst dir eine Frau suchen, Bub«, dröhnte Albert plötzlich. »So ein junger Kerl wie du braucht ein Weib.«

Ein Hoch auf ein funktionierendes Gedächtnis. Ich suchte nach einer Antwort, doch er wartete nicht darauf. »Hast du meine Enkelin schon kennen gelernt?«

Den Rest des Tages verbrachte ich mit der Suche nach Maria. Ich sprach in allen Kirchen der Stadt vor, in denen sie Asyl gesucht haben konnte; ich überredete den Propst von Sankt Ulrich, mir ein Gespräch mit der Priorin der Abtei zu ermöglichen; ich fragte in den Seelhäusern und sogar im Hospital. Der Nebel hatte sich endgültig aus den Gassen verzogen und stattdessen den Himmel mit einem einheitlichen, stumpfen Weiß bedeckt, in dem die Sonne ein hellerer Fleck war. Kühl war es jetzt nur noch in den schmalen Gässchen und Durchlässen. Auf den breiteren Hauptgassen und Plätzen hatte sich der Sommer mit einem warmen Lufthauch zurückgemeldet. Trotz des verschwundenen Nebels war ich vorsichtig, als ich das Jakoberviertel betrat. Ich hatte kein Verlangen danach, nochmals mit Lutz zusammenzutreffen, denn ich war mir sicher, dass dieses Mal kein zweihundert Pfund schwerer Schutzengel mit einem Sabberfaden am Kinn zu meiner Rettung eingreifen würde. Der Bettlerkönig, der in einem Verschlag beim Jakobertor hauste und sich seine Auskunft teuer bezahlen ließ, hatte Maria ebenfalls noch nie gesehen; er versprach für ein weiteres großzügiges Almosen, jemanden zum Bischofspalast zu senden, falls sie bei ihm vorsprechen würde, um einen Platz zum Betteln zugeteilt zu bekommen. Ich hatte nicht vor, mich auf dieses Versprechen zu verlassen.

Danach erwog ich für einen winzigen Augenblick, die Badehäuser aufzusuchen, brachte es jedoch nicht übers Herz. Wenn sie sich auf diese Weise durchs Leben schlug, würde ich es wissen, sobald alle anderen Möglichkeiten ausgeschöpft waren.

»Welche anderen Möglichkeiten hast du denn noch?«, meinte ich Janas Stimme voller Anteilnahme zu hören. Ich war fast erstaunt, dass sie es war, die sich ständig in meinen Gedanken meldete, und nicht meine verstorbene Frau, deren Namen unsere Tochter trug. Vielleicht missbilligte meine Frau Maria meine Suche und meine Absichten; vielleicht lag es einfach daran, dass Jana nicht mehr nur die Gefährtin meiner Tage war, sondern ich auch meine Ängste und Träume mit ihr teilte. Vielleicht hatte ich es endlich geschafft, Maria loszulassen, und ihre Seele war dankbar dorthin gereist, wo wir uns alle einmal wiedertreffen werden.

Dennoch tat ich, was ich selten tue: Ich beschloss, nicht auf die Stimme in meinen Gedanken zu hören.

Ich verließ das Jakoberviertel in Eile, als ich eine Frau mit lose geschnürtem Mieder und gelben und roten Bändern im Haar auf mich zukommen sah. Janas Stimme hätte mich fragen können, warum ich so ängstlich vermied, der Dirne ins Gesicht zu sehen, ob es aus Angst war, unter der Schminke auf den Wangen mein Kind zu erkennen. Doch Jana war verstummt, und auch dieses Schweigen war voller Mitleid.

Der Bischof verfügte über das Recht, sich frei in der Stadt zu bewegen, unabhängig von Torschluss und Nachtglocke. Bischof Peter hatte dieses Recht weidlich genutzt. Wie es sein Nachfolger hielt, wusste ich nicht, doch die Männer, die das Gögginger Tor hüteten, traten sofort beiseite und ließen uns passieren, ohne uns darauf hinzuweisen, dass sie das Stadttor bald schließen würden. Mir schenkten sie keinerlei Aufmerksamkeit. Ich war eine unbedeutende Figur, die neben der Kutsche herritt, wieder in meine schlichten Reisegewänder gekleidet, auf einem unauffälligen Pferd sitzend. Ich hätte mir Gregors Rappen auch dann nicht ausgeliehen, wenn er es mir nicht ausdrücklich untersagt hätte.

Zwischen den Stadtmauern und der Wertach lagen die Behausungen der Pfahlbürger verstreut, wie vor jedem Stadttor, dessen unmittelbare Topographie das Errichten von einfachen Hütten erlaubte. Die Menschen, die sich dort angesiedelt hatten, bewarben sich um eine Aufnahme in die Bürgerschaft. Einige von ihnen hofften bereits seit langem auf die Bewilligung ihres Antrags, während sie vielfältige Dienstleistungen in der Stadt erbrachten, manche würden ihr Leben lang darauf warten. Das menschliche Treibgut bricht sich immer an den Mauern, die aus dem gesetzlosen freien Land aufragen.

Das alte heidnische Gräberfeld war stets ein Ort gewesen, der Angst und Aberglauben verursacht hatte. Anders als gewisse, von uns Kindern erwählte Landmarken, wie knorrige alte Bäume oder tiefe Holunderdickichte, hatte das Gräberfeld jedoch nie dazu verleitet, es einer Mutprobe wegen zu erobern. Die Furcht, die es erweckte, löste keinen Kitzel aus. Weniger leicht zu beeindruckende Geister hatten die Grabhäuser und Gruften als Steinbrüche missbraucht, so wie sie es mit den heidnischen Tempeln getan hatten, die die Truppen und Beamten des Cäsar und seiner Nachfolger hinterließen. In manchem Haus Augsburgs befanden sich schön behauene Steine aus den alten römischen Gebäuden im Fundament, von denen der eine oder andere vielleicht aus einer Mauer stammte, die sich über dem ewigen Schlaf eines toten römischen Statthalters erhob.

Der Ruf des Gräberfeldes hatte sich nicht geändert in den Jahren, in denen ich nicht dort gewesen war. Die Bauten der Hoffenden und Hoffnungslosen vor der Stadtmauer wahrten einen gewissen Abstand wie eine Schafherde, die einen Kreis um den Leichnam eines der ihren bildet. Weiter hinten war die flache Schlinge der Wertach zu sehen, die ohne Eile ihrer Vereinigung mit dem Lech entgegenströmte.

Albert hielt die Kutsche an, als wir die letzte Hütte passiert hatten.

»Da rein?«, fragte er misstrauisch. Angetan mit den Zeichen seiner früheren Würde – einem schäbigen, weiten Mantel in den Wappenfarben Bischof Peters und einer Lederhaube mit einer Feder, von der im Wesentlichen nur noch der Kiel übrig war – saß er auf dem Kutschbock. Er hatte die Sachen in einem alten Sack unter der Matratze in der Gesindekammer aufbewahrt. Dementsprechend sahen sie aus und rochen so wie Albert vor seinem Abenteuer im Waschzuber. Unter der Lederhaube hing das Haar des Kutschers hervor und umwehte seine Schultern in dünnen Altmännersträhnen. Ich hatte sicherlich nicht alle Nissennester erwischt, als ich ihm die Haare gewaschen hatte, doch wirkte seine gesamte Erscheinung nun einigermaßen sauber. Er hatte mir sogar so weit vertraut, dass ich ihm die Fransen an Kinn und Wangen hatte abrasieren und die Fingernägel hatte stutzen dürfen. Irgendwo zwischen all diesen Tätigkeiten, mit dem alten Mann in einem Waschzuber sitzend, hatte ich es plötzlich als lächerlich empfunden, die alte Förmlichkeit ihm gegenüber aufrechtzuerhalten.

»Willst du hier stehen bleiben, wo dir die Kinder der Pfahlbürger die Räder von der Kutsche stehlen?«

»Das wagen sie nicht. Es ist die Kutsche des Bischofs.«

Ich sah ihn an und lächelte, woraufhin er den Kopf hängen ließ. Ich hatte mehr kindischen Widerstand erwartet, doch hatten die Tätigkeiten am Nachmittag und die Aufgabe, die Kutsche wieder zu lenken, ihn offenbar zwischenzeitlich in die Realität zurückgeholt. Es mochte auch die Tatsache sein, dass sich jemand intensiv mit ihm befasste, die Licht in sein Gehirn hatte eindringen lassen. Das Resultat war in jedem Fall: Er benahm sich überraschend vernünftig.

»Aber da gehen doch die Geister um«, sagte er.

Nun, so vernünftig, wie man es erwarten durfte.

»Die stehlen dir wenigstens nichts.«

Er zog die Augenbrauen hoch und schenkte mir ein Sehr-witzig!-Augenrollen. Wenigstens trieb er das Kutschpferd wieder an.

Das Gräberfeld erstreckte sich vor uns in die beginnende Nacht – die zerstörten Überreste einer Stadt der Toten, in der die lebendigen Eroberer allzu gründlich gehaust hatten. Der erste Eindruck war der eines merkwürdig struppigen Waldes: hohes Gebüsch, Erlen, Hainbuchen, Holunder, Brombeersträucher, zwischen denen sich hie und da eine Weide erhob. Die Ruinen der alten Gräber lagen kaum sichtbar darunter, geborstene Säulen und einsam aufrecht stehende Gebäudeecken. Zu Zeiten der römischen Kaiser hatten die Menschen ihren Verstorbenen kleine Häuser gebaut und ihren Seelen, die sie im Schattenreich des Hades glaubten, mehrfach im Jahr Opfergaben gebracht. Die Römer waren fortgezogen, die Geister der Verstorbenen mochten noch da sein, hungrig von den Jahrhunderten, in denen sie vergeblich auf das Opfermahl gewartet hatten. Etwas raschelte in den Erlen, und an einer anderen Stelle schwang sich ein Schwarm kleiner Dämmerungsvögel empor und stob flügelschlagend davon. Ich zwang mich, nicht wie der alte Albert dreimal das Kreuz zu schlagen. Aus der Pfahlsiedlung hinter uns drang das Gezänk zweier Stimmen, Lachen und Kinderweinen, aus den Ruinen vor uns erhob sich keinerlei menschlicher Laut.

Von Hilarius Wilhelm war keine Spur zu sehen. Von dem, was er mir hier zeigen wollte, ebenfalls nicht.

»Gehen wir's noch mal durch«, sagte ich zu Albert.

»Ich bleibe bei der Kutsche, was auch geschieht.«

»Auch, wenn ich mich dort drin ein bisschen umsehen muss.«

»Das ist keine gute Idee, Bub.«

»So haben wir's besprochen. Der Bischof würde es sich ebenfalls so wünschen.«

Er versuchte das wüste Stück Land vor uns mit finsteren Blicken zu durchdringen.

»Wenn ich nicht zurückkomme …«

»… warte ich bis zum Läuten der Matutin und fahre dann zum Bischofspalast zurück.« Er nickte befriedigt. »Und schreie im Fronhof Zeter und Mordio.«

Ich hatte gewusst, dass wenigstens dieser Teil ihm gefallen würde. Er kratzte sich an der Lederhaube und verzog dann den Mund. »Ziemlich lange Zeit, bis zur Matutin. Ein paar Stunden. Ich glaube, ich werde schon eher …«

»Du wirst genau das tun, was wir vereinbart haben. Was ist mit dem Pferd?«

»Das lasse ich hier, damit du mich rechtzeitig einholen kannst, falls wir uns nur um ein Weniges verpassen.«

»Genau.«

»Wenn du nicht zurückkommst, gehe ich dich suchen«, erklärte er starrsinnig. Ich schloss die Augen und atmete tief aus.

»Du musst auf die Kutsche aufpassen, Albert.«

»Die Pferde können aufpassen. Die Biester tun sowieso, was sie wollen.«

»Eben. Sagtest du nicht selbst, den Pferden kann man nicht vertrauen?«

»Aber mir kannst du vertrauen. Und zwar darauf, dass ich nicht ohne dich hier wegfahre.«

»Albert, wir haben das doch ein Dutzend Mal besprochen …«

»Wenn du nicht zurückkommst, gehe ich dich suchen.« Er schüttelte sich angesichts der Aussicht, allein und bei Nacht in das Gräberfeld einzudringen, doch war er hartnäckig dazu entschlossen. Es hatte keinen Sinn, ihn umstimmen zu wollen. Wir hatten das Thema tatsächlich ein Dutzend Mal diskutiert, mit dem gleichen Ergebnis wie jetzt.

»Also schön«, sagte ich, »aber ich brauche vielleicht viel Zeit. Du kommst auf keinen Fall vor dem Matutin-Läuten nach, verstanden?«

Jetzt war es gut eine Stunde nach der Vesper. Bis zur Matutin verschaffte mir das fast neun Stunden. Ich konnte mir nichts vorstellen, das mich so lange aufhalten könnte. Bewusst hatte ich den Zeitpunkt, an dem Albert in Aktion treten würde, so spät gewählt. Zudem ging ich davon aus, dass der Alte dann in der Kutsche hocken und selig schnarchen würde.

»Außer, wenn du um Hilfe rufst.«

Ich seufzte; auch das hatten wir ein Dutzend Mal beredet. »Dann kommst du sofort.«

»Schrei nur laut genug, hast du gehört?«

Ich winkte ab. Ich dachte, ein Pfeifen gehört zu haben.

»Was ist los?«

»Ruhe!«

Albert brummte. Das Pfeifen erklang wieder. Es hätte ein Vogel sein können, doch ich war sicher, dass dem nicht so war. Ich spitzte die Lippen und pfiff ebenfalls, wobei ich Hilarius Wilhelm wegen seines kindischen Verschwörergetues verfluchte. Es raschelte an der Stelle bei den Erlen, wo sich auch vorher schon etwas geregt hatte, dann schob sich eine Gestalt aus dem Dickicht heraus. Allein das Krachen der Äste und die heftigen Bewegungen des Gebüschs verrieten, dass es nicht der zierliche Alchimist sein konnte.

Falls ich noch daran gezweifelt hatte, dass der schwachsinnige Knabe durchaus nützlich sein konnte, wenn er genaue Anweisungen erhielt, dann wurde ich nun endgültig eines Besseren belehrt. Der Knabe stand da, von einem Ohr zum anderen grinsend und in seinen Kleidern und seinem Haar so viele Blätter und Zweige mit sich tragend, dass er ein Stück weit tiefer im Gebüsch gar nicht mehr aufgefallen wäre. Unter dem Arm trug er ein Bündel.

»Verschwinde, Bürschlein«, rief Albert nicht unfreundlich, »wir warten hier auf jemanden.«

»Albert«, seufzte ich, »wir warten auf *ihn*.«

4.

Ich wurde nicht schlau aus dem, was der Junge mir mitzuteilen versuchte. Er drückte mir das Bündel in die Hand, grunzte und stieß abgehackte Wörter hervor, die ich nicht verstand. Albert betrachtete ihn misstrauisch und war so ratlos wie ich.

»Wo zum Teufel ist Hilarius?«, fragte ich schließlich.

Der Junge spähte in den schon fast dunkel gewordenen Himmel und seufzte. Plötzlich riss er mir das Bündel aus der Hand, entrollte es und hielt eine Schaube aus schwerem Stoff in den Händen, von deren Schultern eine lange Gugel baumelte. Er drehte sie hastig um und um, bis er sie vollständig auseinander gefaltet hatte, dann stülpte er sie mir unzeremoniell und so grob über den Kopf, dass ich wankte. Undeutlich hörte ich Albert einen Ruf ausstoßen und dachte einen kurzen Moment lang, dass ich wie ein Vöglein auf den Leim gegangen war. Während ich den schweren Schlag auf den Kopf erwartete, der gleich kommen würde, stiegen mir die Gerüche nach jemandes Schweiß und Körperausdünstungen in der kratzig-heißen Dunkelheit im Inneren des Kleidungsstücks in die Nase – dann war mein Kopf durch die Halsöffnung geschlüpft, und ich blinzelte überrascht in das Gesicht des Schwachsinnigen. Jetzt wusste ich, wie sich Kinder fühlten, deren Eltern die Geduld verloren und ihnen mit Gewalt das Hemd überstreiften.

»Hör auf damit, du Ochse!«, keifte Albert. Ich winkte ab. Die Gugel, die auf der Vorderseite herabhing, machte deutlich, dass der Junge mir die Schaube verkehrt herum übergezogen hatte. Ich griff nach oben und drehte sie so lange, bis sie richtig saß. Der Junge lachte plötzlich, denn das Kleidungsstück war eng und für einen zierlicheren Mann als mich gedacht. Ich vermutete, dass Hilarius Wilhelm einen Griff in seine sicher armselige Kleidertruhe getan und das einzige Kleidungsstück hervorgezogen hatte, das er im Sommer entbehren konnte: seinen Wintermantel. Weshalb er es dem Jungen gegeben hatte, weshalb dieser den Entschluss gefasst hatte, es mir anzuziehen, und wo der Alchimist geblieben war, lag für mich im Dunkeln.

»Danke«, sagte ich, »wenn mir auch nicht wirklich kalt war.«

Die Ironie war verschwendet. Schon machte der Knabe sich an der Gugel zu schaffen und versuchte, sie mir ebenfalls überzuziehen. Ich wehrte ihn ab.

»Es ist wirklich heiß genug in dem Ding«, rief ich. »Wo ist Hilarius geblieben?«

Er ließ nicht locker. Ich gab schließlich nach, damit er mich nicht aus Versehen erwürgte. Die Gugel senkte sich über meinen Kopf, kaum anders als der Mantel vorher. Was diesem jedoch an Weite fehlte, machte die Gugel wett. Es schien, als gehörte sie zu einem ganz anderen Kleidungsstück und war nur auf die Schaube genäht worden, um sie zu vervollständigen. Der Junge brummte ungeduldig, während ich mit der Kapuze über Augen und Ohren dastand und nicht wusste, ob ich mich ärgern oder lachen sollte. Zuletzt fasste er mit beiden Händen unter die Kapuze und tastete sich nach hinten, während ich eine Prise des Schweißgeruchs abbekam, der unter seinen Achselhöhlen hervorströmte. Er stand nahe genug, dass ich ihn in den Hals hätte beißen können. Schließlich bekam er etwas zwischen die Finger, zog daran und an ein paar Büscheln meiner Haare und zerrte endlich eine Art Gesichtsschleier hervor, den er vorn herabzog. Dann trat er zurück und musterte sein Werk wie ein Schneider, der seinem Kunden das beste Stück auf den Leib geschnitten hat.

Ich starrte durch zwei kleine ausgefranste Löcher aus der ansonst undurchsichtigen Gesichtsmaske heraus. Jemand musste die Öffnungen mit einem nicht sehr scharfen Messer hineingeschnitten haben. Albert auf dem Kutschblock erbleichte.

»Was ist los?«

»So was habe ich schon mal gesehen«, keuchte er.

»Wo?«

»Weiß ich nicht.« Er schlug das Kreuz. »Aber es bedeutet nichts Gutes.«

Ich machte Anstalten, mich von der Maskerade zu befreien, doch der Junge gestikulierte aufgeregt und schüttelte den Kopf, bis ich die Hände wieder senkte. Er zog mir die Gesichtsmaske erneut herab und prüfte ihren Sitz.

»Ist es das, was ich sehen sollte?«, fragte ich ihn. »Dieser Mummenschanz?«

Er antwortete nicht, sondern deutete auf die Kutsche und dann auf die Pfahlsiedlung. Ich hätte meinen eigenen Wintermantel darum gegeben, sein Stammeln zu verstehen. Einzelne Worte schienen Sinn zu machen, aber in seinen ellenlangen Sätzen einen Zusammenhang zu entdecken, war mir nicht gegeben. Ich zuckte mit den Schultern.

»Wo ist Hilarius?«

Der Junge fletschte die Zähne und hieb frustriert mit den Fäusten in die Luft. Ich trat einen Schritt zurück.

»Ist ja gut«, sagte ich, doch ich war gar nicht gemeint. Er sprang zur Kutsche hinüber und griff dem Pferd an die Trense. Es warf den Kopf zurück, aber sein Griff war eisern.

»Finger weg!«, brüllte Albert, was den Jungen und mich gleichzeitig zu einem erschrockenen Zischen veranlasste. Albert öffnete den Mund erneut.

»Leise, verdammt!«, stieß ich hervor.

»Leii-e, dammt!«, wiederholte der Junge und fuchtelte mit dem erhobenen Zeigefinger vor dem Mund herum. Albert starrte ihn grimmig an.

»Er soll das Pferd loslassen, aber sofort. Reiß dem Biest nicht den Kopf ab, du Berserker, hast du gehört?«

»Weeg, weeg!«, zischte der Junge.

»Möchtest du, dass die Kutsche wegfährt?«, fragte ich. Der Junge drehte sich zu mir um und nickte. Er ließ die Trense des Pferdes nicht los, obwohl es versuchte, ihn abzuschütteln. Er hatte seine Anweisungen, und wenn man ihm genau erklärte, was er zu tun hatte, konnte man sich auf ihn verlassen. Ich fragte mich, ob Hilarius wusste, dass der Junge bei der Erledigung seiner Aufgaben weitaus einfallsreicher war, als sein Aussehen vermuten ließ.

Inzwischen war mir klar, dass Hilarius Wilhelm nicht anwesend war, sondern seinen Begleiter geschickt hatte. Er hatte dem Burschen ebenso genaue Befehle gegeben wie am Vormittag, als er mich aus der Trinkstube geholt hatte.

Nur hatte er leider den Umstand nicht berücksichtigt, dass ich vielleicht nicht würde entschlüsseln können, worum es eigentlich ging. Ich spürte Ärger auf Hilarius und noch größere Frustration wegen der Scharade, zu der diese Aktion plötzlich geworden war. Der Mantel war heiß, unter der Schaube stank es, und die Gesichtsmaske klebte an dem Schweiß auf meiner Stirn fest. Ich breitete die Arme aus und rief: »Wenn du nur ein vernünftiges Wort herausbringen würdest, damit ich wüsste, was du uns mitteilen willst.«

Der Junge knurrte mich an und wedelte wieder mit dem Finger vor seinen Lippen herum. Offenbar war ich ebenfalls zu laut. Ich zog die Maske vom Gesicht und wischte mir über die Stirn.

»Albert, fahr die Kutsche zwischen die Hütten, sodass man sie von hier aus nicht sieht, und warte dort auf mich.«

Der alte Kutscher machte ein missbilligendes Gesicht, doch er brummte etwas, das man als Zustimmung deuten konnte. Dann riss er an den Zügeln, und der Junge ließ die Trense los. Albert begann die Kutsche zu wenden.

»Was soll ich deiner Meinung nach tun?«, fragte ich den Jungen. Ich erwartete keine Antwort, aber er legte den Kopf schief und deutete mit ausgestrecktem Finger in das Dickicht, zu der Stelle, an der er sich versteckt gehalten hatte. Das zumindest konnte man nicht missverstehen.

»Wovor soll ich mich dort verstecken? Oder soll ich auf etwas warten? Worauf?«

Die Frage schien ihn über die Maßen zu erheitern. Er wies mit beiden Fingern auf mich, prustete und schien kurz davor, bei vollem Bewusstsein zu zerplatzen. Plötzlich konnte er nicht mehr an sich halten. Er wieherte los und schlug sich gleichzeitig beide Hände vor den Mund. Seine eigene Lautstärke ernüchterte ihn. Er deutete noch einmal auf das Gräberfeld und wurde wieder ruhig. Ich nickte. Nun hatte ich meine Anweisungen, mehr würde ich nicht bekommen. Ich zuckte mit den Schultern, zog mir die Gugel wieder über den Kopf und die Maske vor das Gesicht.

Albert hatte die Kutsche gewendet, ein ebenso zeitraubendes wie sinnloses Unterfangen, denn es wäre genug Platz gewesen, einfach einen weiten Bogen zu fahren, um zu den Hütten der Pfahlsiedlung zurückzukehren. Als er mich nun ansah, war sein Gesicht verschlossen.

»Jetzt weiß ich wieder, wo ich das schon gesehen habe«, flüsterte er in der ihm eigenen Lautstärke.

»Wenigstens ein Rätsel klärt sich.«

»Der Mönch hatte so ein Ding in seiner Kapuze«, sagte Albert.

»Welcher Mönch?«

Er starrte mich an. »Genau das gleiche Ding«, sagte er.

»Welcher Mönch, Albert?«

Albert versuchte, in die Gucklöcher der Maske zu spähen. »Na, welcher Mönch wohl?«, knurrte er. »Der Engländer, den sie im Frühjahr aufgehängt haben.«

Ich blieb in meinem Versteck, bis es vollkommen dunkel war. Der Schweiß lief mir in dünnen Fäden über das Gesicht, aber nun konnte ich die Maske nicht mehr abnehmen, wollte ich nicht von dem Ungeziefer aufgefressen werden, das mich mit tausendfachem Sirren umschwärmte. Ich hörte nichts von der Stelle, an der Albert mit der Kutsche stecken musste, und ebenso wenig aus der Richtung, in die der schwachsinnige Knabe davongeeilt war. Ansonsten war die Nacht voller Geräusche, angefangen vom Flüstern der Wertach hinter mir bis zum hellen Zirpen der Fledermäuse, die über mir durch den Nachthimmel huschten und die Plagegeister fingen, die resigniert von mir abgelassen und sich in die Höhe geschwungen hatten.

Es war nicht so, dass ich mir nicht langsam denken konnte, worauf ich wartete. Ich hatte halb und halb gehofft, dass Hilarius Wilhelm etwas über Maria herausgefunden und sich diese idiotische Stelle ausgesucht hatte, um mit mir zu verhandeln: seine Informationen gegen eine Beteiligung an den Ermittlungen. Dabei gab er mir etwas ganz anderes in die Hand. Er hatte gefunden, wonach die ganze Stadt suchte, ohne es wirklich zu wissen, die eine Fraktion – Männer wie der Abt von Sankt Ulrich –, um ein Blutbad anzurichten, die andere – wie Bürgermeister Onsorg –, um eines zu verhindern. Zu welcher Fraktion sich das Haus Hoechstetter rechnete, wusste ich nicht, wenn seinen derzeitigen nominellen Vertreter die ganze Sache überhaupt interessierte. Zumindest Ulrich Hoechstetters Spitzel Stinglhammer hatte sich mit seinen Mitteln an der Suche beteiligt, und was sein Majordomus schaudernd für eine Verstrickung in dunkle Machenschaften gehalten hatte, war nichts weiter als Stinglhammers Bemühen gewesen, mehr über die sich unter der Oberfläche Augsburgs bewegenden Strömungen zu erfahren, um seine Erkenntnisse zu archivieren und zu gegebener Zeit hervorzuholen. Was immer er herausgefunden hatte, verbrannte jetzt im Kamin von Karl Hoechstetters Arbeitsstube. Im Nachhinein betrachtet, hätte ich Gregor vielleicht von dieser Information berichten sollen, doch dazu war es nun zu spät.

Ich hörte Geräusche wie von Körpern, die sich mit Nachdruck durch das Gebüsch schieben.

Mir war heiß unter der Schaube, doch trotzdem fröstelte ich.

Sie kamen in Zweier- und Dreiergruppen oder ganz allein, in Abständen oder dicht hintereinander. Sie sprachen nicht. Sie trugen keine Fackeln, keine Laternen, keine Talglichter; ihren Weg fanden sie doch. Manche waren maskiert wie ich, andere trugen lediglich weite Kapuzenmäntel; in der Dunkelheit der Nacht waren so oder so keinerlei Gesichter auszumachen. Sie benutzten Pfade, die ausgetreten genug waren, um wenigstens einmal alle paar Wochen gegangen zu werden, und versteckt genug, um nicht weiter aufzufallen. Als ich genügend Mut gefasst hatte, arbeitete ich mich aus dem Gebüsch und schloss mich mit einigem Abstand einer der schweigenden Gruppen auf ihrem Weg in die Tiefe des Gräberfeldes an. Die Symbolik ihres Zieles drängte sich mir unangenehm auf. Der Himmel schimmerte vage vom Mondlicht, das die dünne Wolkendecke erhellte und das auch die zerbrochenen Säulen von Grabportici im Dickicht aufleuchten ließ wie die Knochen eines Skeletts zwischen Waldbäumen.

Meine unfreiwilligen Führer brachten mich zu einer halbwegs intakten Gruft, deren Seelenhaus noch über seine vier Wände, das Dach und die Tür verfügte und sich auf einer engen Fläche erhob, die nachlässig gerodet worden war. Das freie Stück war voller stiller Schatten, die darauf warteten, durch die offen stehende Tür der Gruft eintreten zu dürfen, eine schweigend organisierte Bewegung in die Tiefe der Erde hinein, die Seelen der Verstorbenen, die in ihre Gräber zurückströmten, statt sie auf der Suche nach dem Leben zu verlassen. Ich war im Zentrum des Gräberfeldes angekommen, doch die Gestalten um mich herum hatten ein Herz, das unter ihrer Kutte pochte wie meines. Sie waren nicht die Geister von Toten, sondern lebende Menschen, und wenn die Sonne aufgegangen war, würden sie vollkommen unauffällig ihren Geschäften drüben in der Stadt oder vor den Mauern nachgehen, Fischer, Handwerker, Kaufleute und Patrizier. Ich erblickte, was der schmächtige Alchimist mir hatte zeigen wollen.

Hilarius Wilhelm hatte die Grubenleute gefunden.

Am Ende einer Treppe lag eine weitere Tür, doch dahinter war keine Grabkammer voll stiller Sarkophage. Ein Gang war in die Tiefe der Erde gegraben worden, gestützt von backsteinernen Wänden, der Boden roher Lehm, in dem das Wasser knöcheltief stand. Dicht hinter der Tür befand sich eine Kammer, in der ein Vermummter den Ankommenden in Abständen unangezündete Fackeln in die Hand drückte. Eine brennende Fackel hing dort an der Wand, wo die Kammer sich zu dem Gang verengte, in dem ein sehr breitschultriger Mann oder jemand mit einem Harnisch sicherlich stecken geblieben wäre. Meine stummen Begleiter betraten den Gang, einer nach dem anderen, ohne sichtbare Ungeduld. Wer eine Fackel erhalten hatte, entzündete sie an der Flamme und hielt sie am ausgestreckten Arm vor sich, während er dem Gang folgte. Ich verschmähte die Fackel, die sich mir entgegenstreckte, und schaffte es, mich hinter einem Maskierten einzureihen, der eine erhalten hatte. Im tanzenden Schein der Flamme sah ich das Wasser in Fäden aus den Backsteinwänden dringen, schwarz im Fackellicht. Die Luft war kühl und feucht und schlechter als im tiefsten Verlies der Hölle. Das Wasser auf dem Boden gurgelte um unsere Füße und schmatzte, und der Lehmboden hielt die Sohlen der Stiefel fest. Der Gang wurde so niedrig, dass ich mich bücken musste, führte um eine Ecke und erweiterte sich plötzlich zu einer Kammer ähnlich der beim Eingang, nur größer und mit einer höheren Decke. Meine Begleiter schritten weiter, ohne ihr die geringste Aufmerksamkeit zu zollen. Mit einem schnellen Blick sah ich mich um: Ziegelwände, die in einer weiten Kurve nach links und rechts führten und weiter vorn wieder zur Verlängerung des Ganges zusammentrafen; in den Wänden niedrige, lang gezogene Nischen, in denen sich die Schatten zusammenballten. Die Decke war mit schwarzgepichtem Holz abgestützt, zwischen dessen Balken das Wasser herabtropfte und lange, bleiche Finger aus Lehm und Kalk gebildet hatte, die zu uns herabgriffen. Einzelne Wurzeln hatten sich durch die Spalten gezwängt und zitterten leicht in der Luftbewegung, die die Durchschreitenden verursachten. In den Nischen sah ich undeutliche Formen wie von altem Tuch, runden Steinen und blassem Gespinst. Dann tauchte ich hinter meinem Vorgänger in die Gangöffnung auf der gegenüberliegenden Seite ein. Bevor er mit seiner Fackel verschwand, streckte er sie wieder vor sich aus, und ich sah etwas, das mit Ruß in die Ziegelsteine über dem Gang gemalt war: ein wackliges, da und dort von Pilzen und Schimmel aufgelöstes pathetisches Kreuz.

Das Tuch in den Nischen war tatsächlich Tuch, die runden

Steine aber waren Schädelknochen und das Gespinst die Überreste von Haar, das noch an den Knochen haftete.

Für die Kirche waren sie Märtyrer, für die römische Besatzung damals nicht mehr als eine verhasste Sekte: die ersten Christen von Augusta Vindelicum, die sich hier geheime Katakomben gegraben hatten, so geheim, dass sie in Vergessenheit gerieten, als die Barbaren kamen und die alte Ordnung verfiel. War es eine Ironie, dass diejenigen, die sie offenbar wieder entdeckt hatten und für ihre eigenen verstohlenen Zusammenkünfte nutzten, wiederum als gefährliche Sekte verfolgt wurden? Alles, was ich wusste und woran ich geglaubt hatte, kehrte sich für einen schwindelnden Moment um, während ich den Grubenleuten weiter folgte, tiefer in die Katakomben hinein. Eine weitere Kammer voller Nischen, in denen zerfallende Körper die Zeit bis zum Jüngsten Tag verdämmerten und nicht wussten, dass Schlimmeres in ihre Gänge eingedrungen war als gerüstete römische Elitetruppen, gegen deren Vormarsch der enge Gang sie schützen sollte. Der Gang dahinter in flachen Treppenstufen abfallend, über die das Wasser rann, der plötzliche Geruch von Weihrauch und das Flüstern von gedämpften Stimmen, das sich über dem Murmeln des Wassers brach und verzerrte Worte ins Ohr wisperte. Wir näherten uns dem Ziel.

Die dritte und größte Kammer war der Versammlungsort der Märtyrer gewesen: ihre Kirche. Diesen Zweck erfüllte sie jetzt wieder. Die mit Ruß an die Wände gezeichneten Kreuze waren auch hier halb verblasst. Niemand hatte sie nachgezogen, denn dies war keine Kirche des Heilands mehr. Der Boden war mit Platten ausgelegt, unsichtbar unter den weiten Wasserlachen, aber fühlbar unter den Sohlen. Die alten Baumeister waren klug genug gewesen, eine Kiesschicht zwischen den Platten und dem Lehmboden anzulegen, in der das Wasser langsam versickerte.

Die Kammer war rund wie die beiden vorigen. Gegenüber dem Eingang lag ein mit wenigen Stufen zu erklimmendes erhöhtes Stück wie eine Plattform. Niemand machte Anstalten, sie zu ersteigen. Ein aus einzelnen Steinen und Holzklötzen zusammengefügter grober Tisch war der Altar, der auf der Plattform stand, eine tiefe Schüssel auf Klauenbeinen der einzige Schmuck. Die Grubenleute drängten herein, und ich ließ mich von ihnen zur Seite schieben, bis ich am Rand der Menge stand. Die Fackeln wurden mehr und mehr, bis der Weihrauchgeruch von ihrem ranzigen Pechgestank verdängt war und die Kammer hell genug erleuchtet wurde, dass man die schmierigen Flechten und Moose auf den Backsteinen erkennen konnte.

Hinter dem Altar stand eine Gestalt mit dunklem Mantel und Kapuze wie die Hohngestalt eines Priesters. Ein anderer Vermummter kauerte daneben als weitere Verhöhnung der Liturgie: offenbar der Messdiener. Zu seinen Füßen glomm ein kleines Kohlebecken, von dem die Rauchfäden des Weihrauchs in die Höhe schwebten. Der Priester stand vollkommen bewegungslos. Er hätte eine Statue sein können, der man den Mantel übergeworfen hatte. Es war nicht zu erkennen, ob er groß oder klein, dünn oder dick war.

Die Geräusche der vielen Füße auf den Treppenstufen und in den Wasserlachen verstummten nach und nach. Der Messdiener richtete sich auf und spähte über die Menge hinweg, das Gesicht unter der Kapuze ebenso verhüllt wie mein eigenes. Ich folgte seinem Blick und sah, dass die Vermummten in der Minderzahl waren. Die meisten der Anwesenden waren nicht maskiert, doch fast alle hatten ihre Gesichtszüge mit Kohle, Pech oder Ruß verschmiert. Weniger, um sich vor ihren Glaubensgenossen unkenntlich zu machen, als um in der Nacht nicht gesehen zu werden, wenn sie nach dem Ritual zu den Stadtmauern zurückschlichen und sich dort niederkauerten, um im Morgengrauen im Schutz der Marktkarren durch die geöffneten Tore zu schleichen. Der Messdiener hustete, die Kongregation wurde noch stiller, und dann sagte er dumpf:

»Die Kinder sind versammelt, *domine.*«

Der Priester gab sich einen Ruck, als habe er bislang in stummer Kontemplation verharrt. Seine Gestalt erbebte. Er breitete langsam die Arme aus wie ein Priester, der zur Wandlung anhebt, und sein gesenkter Kopf erhob sich mit der gleichen Langsamkeit.

Ein paar Mitglieder der Kongregation stöhnten voller Erwartung auf. Ihre Stimmen waren die von Frauen. Dann fiel das Fackellicht unter die Kapuze des Priesters und ich hörte mich keuchen. Das Gesicht unter der Kapuze wandte sich mir zu, als habe es mich gehört, und ich trat einen Schritt zurück, bis ich an die Wand stieß.

Es war das Gesicht eines Leichnams: leblose Züge, tote schwarze Augenlöcher, farblose, fest zusammengepresste Lippen, fahlgelb und bar jeder menschlichen Regung.

Das Fackellicht glitzerte darauf und warf einen Reflex.

Der Priester hatte das Gesicht eines römischen Hauptmanns, in Gold getrieben und zweifellos dereinst an dessen Prunkhelm befestigt. Vielleicht war der Soldat Christ gewesen und hatte das Kleinod zu seinem Leichnam in eine Nische legen lassen, vielleicht hatte der Priester der Grubenleute es anderswo gefunden. Es spielte keine Rolle. Es war eine Maske und das eigentliche Gesicht darunter unkenntlich, wie die ganze Gestalt unter dem Mantel nicht zu identifizieren war. Er wandte sich der anderen Seite der Kammer zu und breitete die Arme noch weiter aus.

Die Messe begann.

5.

Die Gemeinde fiel ehrfürchtig auf die Knie, nicht mit dem mühsamen, ein wenig widerspenstigen Ächzen, das durch die Kirche geht, wenn der Priester die Arme hebt, sondern mit einer plötzlichen, vollkommen ergebenen Einmütigkeit, die wirkliche Unterwerfung demonstrierte. Einen überraschten Augenblick lang stand ich aufrecht, ein Außenseiter, der nun sichtbar aus den anderen herausragte. Quer über die Gläubigen hinweg sah ich jemanden, der gleich mir von dem plötzlichen Niederwerfen überrascht worden war: eine Gestalt mit einem kurzen altertümlichen Skapulier um die Schultern und einer Gugel, die tief über eine Gesichtsmaske gezogen war, dunkle Löcher in einem formlosen hellen Tuch wie die Augenhöhlen in einem Schädel. Für einen Augenblick begegneten sich unsere Blicke, dann ging sein gebeugter Rücken in der Menge der anderen Rücken und im trüben Licht des Fackelrauchs unter.

Ich kniete mich ebenfalls hin. Der Boden war kalt und nass an meinen Hosenbeinen. Um nicht noch mehr aufzufallen, senkte ich den Kopf, und spähte vorsichtig unter dem Rand meiner Kapuze hervor. Ich fragte mich, wer interessanter für mich war: der Hohepriester oder der Mann auf der anderen Seite der Kammer, der entweder gerade erst zur Gemeinschaft der Grubenleute gestoßen war oder sich gleich mir hier eingeschlichen hatte.

Der Messdiener des Hohepriesters schritt die wenigen Stufen von der Plattform hinab zu der Menge der Gläubigen und blieb, die Hand ausgestreckt, vor einer gebückten Gestalt stehen, die eine der Fackeln mit beiden Händen vor dem Körper umklammert hielt. Durch die Nächstknieenden ging ein Seufzen, als die Fackel zum Messdiener überwechselte, und der Mann, der sie bis dahin gehalten hatte, hob die Hände in die Höhe, als sei er auserwählt worden, an etwas Besonderem mitzuwirken. Der Messdiener stapfte wieder zum Altar hinauf und hielt die Fackel an die Schüssel mit den Klauenbeinen, bis einen Moment später Flammen daraus emporflackerten, denen sich dichter schwarzer Rauch entrang. Die Maske des Hohepriesters glitzerte hinter der wabernden Luft und dem Rauch hervor, als schwebte sie in der Luft. Die Gemeinde raunte, ein paar falteten die Hände und hoben sie vor die Lippen, und der eine oder andere Rücken straffte sich plötzlich und begann wie in Trance hin und her zu pendeln. Ihre Erwartungen waren samt und sonders auf den Mann mit der goldenen Maske eines lange zu Staub zerfallenen römischen Hauptmanns gerichtet, und es brauchte nicht viel, um sie in Ekstase zu versetzen: ein bisschen Rauch, ein bisschen Feuer, die Knie in der Nässe eines fast überschwemmten Steinbodens und den Arsch nach oben in die rauchschwangere Luft einer muffigen alten Katakombe gereckt. Ich fühlte plötzlich ein unsinniges Lachen in meiner Kehle emporsteigen. Vom heimlichen, stummen Zusammentreffen auf dem Gräberfeld bis zu der alten, ihrer eigentlichen Bestimmung entrissenen Maske des Hohepriesters waren es lauter durchschaubare Versatzstücke, denen sie ihre religiöse Begeisterung verdankten. Eigentlich war es alles andere als zum Lachen, aber wie sonst konnte ich darauf reagieren. Eine Frauenstimme kreischte plötzlich auf und ernüchterte mich einigermaßen, die Not in ihrer Stimme nicht weniger groß als die einer Hungerleiderin, die um ein Almosen für ihr krankes Kind fleht: »*Libera me, domine!*«

Die Maske wandte sich ihr zu, einer vermummten Gestalt unter vielen, und ich hätte schwören können, dass ein befriedigtes Lächeln um die unbeweglichen metallenen Lippen spielte. Der Hohepriester streckte die Arme nach vorn, über das Feuer hinweg, seiner Gemeinde zu und spreizte die blassen Finger. Ich versuchte Schmuck zu erkennen, der mir vielleicht verraten hätte, wer die Gestalt hinter dem Altar war, doch es waren weder Ringe an den Fingern noch Armbänder um die

Handgelenke zu sehen. Dann wandte er die Handflächen nach oben, und die Gemeinde flüsterte ergriffen: *»Libera me.«*

Der Hohepriester trat einen Schritt zurück, bis die Maske nur noch ein blitzender Schemen hinter dem dichten Rauch des Tranfeuers auf dem Altar war. Er breitete die Arme wieder zur Seite aus.

»Hört das Wort des Gebieters und Herrn!«

Seine Stimme hätte dumpf klingen sollen, doch sie war hell und klar, was mich vermuten ließ, dass er die Maske im Schutz des Rauchs ein wenig verschoben hatte. Er sprach in demselben Rhythmus wie ein Priester, der die Messe zelebriert, mit jenem hypnotischen Sprechgesang, dem so leicht zu folgen ist, dass man in ihn einstimmt, selbst wenn man den Inhalt nicht versteht.

»Das Wort des Herrn«, schrie der Messdiener so plötzlich, dass ich zusammenzuckte.

»So spricht der Gebieter und Herr:
Weil du schadenfroh über mein Heiligtum lachst
Werde ich deine Straßen zu Pfaden für die Wölfe machen
Und deine Ortschaften zum Lagerplatz der Bären:
Dann werdet ihr einsehen, dass ich der Herr bin!«

»Du bist der Herr«, flüsterten die Gläubigen.

»Denn so spricht der Gebieter und Herr:
Weil du in die Hände geklatscht und mit den Füßen gestampft hast
Voll Verachtung im Herzen dich über mein Volk gefreut hast
Siehe, darum werde ich die Hand ausstrecken wider dich
Und dich den Tieren des Waldes zur Beute geben.
Ich werde dich aus den Ländern tilgen
Und vom Angesicht der Erde vernichten:
Dann wirst du einsehen, dass ich der Herr bin
Wenn ich meine Rache über dich bringe.«

»Du bist der Herr.«

»Ata Gibor Leolam Adonai«, sagte der Hohepriester.

»Deine Macht währt ewig, Herr!«, schrie der Messdiener.

»Ezechiel, Kapitel fünfundzwanzig«, murmelte ich so leise, dass es niemand hörte. »Der Herr streckt die Hand gegen Ammon. Mit leichten Abwandlungen.« Ich versuchte den Mann zu finden, der gleich mir nicht gewusst hatte, wann die Gemeinde in die Knie zu sinken hatte, konnte ihn jedoch nicht entdecken.

Die Messe war wie die Maskerade eine leicht durchschaubare Mischung aus unterschiedlichen Teilen des Gottesdienstes, aus Passagen in Gemeindeutsch, Zitaten in Latein und Brocken in Hebräisch, hervorgestoßen von einer Stimme, die mit Sicherheit verstellt war. Der Hingabe der Gläubigen tat es keinen Abbruch. Ich spähte vorsichtig in das mit schwarzen Streifen verunzierte Gesicht einer stämmigen Frau in meiner Nähe und sah die über die Zähne zurückgezogenen Lippen, die glänzenden Augen und die sich schnell hebende und senkende Brust und wusste, dass sie etwas erlebte, was in ihrer Vorstellung einem leidenschaftlichen Geschlechtsakt hinreichend nahe kam. Ihre Augen begegneten den meinen, und ich wandte mich schnell von ihr ab.

Die Maske bewegte sich hinter dem Vorhang aus Flammen und Rauch, die von der Hitze bewegte Luft ließ sie zittern und ihre Umrisse verschwimmen, als befände sie sich nur zum Teil in der Welt der Sehenden.

»Die Worte des Zorns, was sagen sie euch?«, fragte der Hohepriester nun beinahe leise. »Diese heiligen Verse, was bedeuten sie? Könnt ihr es mir erklären?«

Das Schweigen der Gemeinde sagte mehr, als eine herausgebrüllte Antwort: *Nein*, hieß es, die Gesichter, vermummt oder bloß hinter Masken oder unter Farbe, starrten nach vorn wie leere Gefäße, die gefüllt werden wollen, *nein, sag du es uns*.

»Sie bedeuten, dass die Zeit kommen wird«, sagte der Hohepriester sanft. Dann, plötzlich, zuckte die Maske nach vorn, schien durch das Feuer zu springen, und er schrie, dass alle zurückzuckten: »DER TAG WIRD KOMMEN!«

»Du bist der Herr!«, rief der Messdiener.

»Der Tag wird kommen, euer Tag wird kommen, unser Tag wird kommen, das versteht ihr doch, oder?«

»Amen!«, schrie jemand in der Menge.

»AMEN, SO IST ES!«, erwiderte der Hohepriester in höchster Lautstärke. »Euer Tag, unser Tag, der Tag des Triumphes der Gerechten und der Tag des Untergangs der Verächter. Versteht ihr die Worte? Es sind gute Worte, Amen!«

»Ja … Amen … AMEN!«

»Die Worte sagen, dass ihr nur zu WARTEN braucht, dass für euch GESORGT wird, AMEN, SO IST ES! Sorgt euch nicht um die Spötter und die Verfolger und diejenigen, die ihre Flüche von den Kirchenkanzeln schleudern. Diese Verse bedeuten, wenn ihr mich, den Herrn, ATMET, und wenn ihr mich, den Herrn, TRINKT, dann werdet ihr euch erheben über die Kleingläubigen und ihren Hohn unter euren Füßen ZERTRETEN! Versteht ihr das?«

»Amen!«

»Libera me!", schrie die Frauenstimme.

»Du bist der Herr«, flüsterte jemand neben mir.

Der Messdiener hörte es. »Du bist der Herr!«, kreischte er.

Der Hohepriester warf etwas ins Feuer, das es auflodern ließ und weiteren fetten schwarzen Rauch bis zur Decke emporwirbelte. Ich merkte, wie es unter meiner Maskerade heiß und heißer wurde und die dicke, rauchige Luft geradezu süß und erstickend in meinen Lungen klebte. Inzwischen pendelten mehrere Oberkörper langsam hin und her, irgendwo hatte jemand zu schluchzen begonnen, und die stämmige Frau neben mir zerrte fahrig an der Verschnürung ihres Kleides, während ihre Augen weit aufgerissen an dem Schauspiel hingen, das der Hohepriester vorn bot, ihre Lippen glänzten, und ich sah mit fasziniertem Grausen, wie ihre Zungenspitze über ihre Zähne glitt und zwischen ihren Lippen zuckte, als küsste sie einen unsichtbaren Dämon.

»Hallelujah!«, rief eine heisere Stimme. Ich sah mich überrascht um, nach dem Ersten dieser Kongregation, den ich würde identifizieren können. Ich entdeckte ihn in der Mitte der Menge, auf seinem geschorenen Schädel eine fein gewobene Kappe aus Schweißperlen und das Gesicht von Querstreifen aus fettem Ruß entstellt, ein Band über der Stirn, eines quer über Mund und Wangen und dazwischen eines, aus dem die Augen weit aufgerissen und fast irre hervorglitzerten. Ich fasste unwillkürlich nach oben, ob meine Maske noch richtig saß. Schließlich war ich nicht den halben Tag auf Zehenspitzen herumgelaufen, um Lutz auszuweichen, nur damit ich ihm hier inmitten seiner halb hysterischen Sektierergemeinde auffiel.

»Seid ohne Furcht! Seht ihnen in die Augen! Ihr könnt aufrecht gehen, AMEN, SO IST ES! Habt keine Angst vor ihren Spießen und ihren Kerkern! Habt keine Angst vor ihren Knüppeln und ihren Peitschen und den Stricken und dem Rad, habt keine Angst vor ihren Scheiterhaufen, seid unbesorgt! AMEN, SO IST ES! WENN IHR DEN HERRN ATMET UND DEN HERRN TRINKT, IST DER HERR IN EUCH. HABE ICH RECHT?«

»AMEN!«

»AMEN, SO IST ES! UND WENN DER HERR IN EUCH IST, DANN SEID IHR SEIN HEILIGES UNVERLETZLICHES GEFÄSS, HABE ICH RECHT?«

»AMEN!«

»ICH KANN EUCH NICHT HÖREN!«

»AMEN!«, kreischten sie, die meisten von ihnen jetzt mit wiegenden Oberkörpern, ihre eigenen Gedanken vollkommen hinweggefegt.

»WENN ICH RECHT HABE, NENNT MEINEN NAMEN!«

»ORIENS!«

»EGIM!«

»WENN ICH RECHT HABE, NENNT MEINEN NAMEN!«

»PAYMOM!«

»AMAYMOM«

»AMEN, SO IST ES!«

Die gesamte Gemeinde schaukelte vor und zurück. Ich wurde halb mitgerissen, halb machte ich aus freien Stücken mit, um nicht aufzufallen. Jemand stieß gegen mich, und als ich mich umwandte, sah ich die stämmige Frau neben mir, über deren Gesicht schwarze Tränen liefen und deren Mund von Schweiß und der eigenen Spucke glänzte. Ihr Oberkörper war entblößt, ihre Brüste schaukelten hin und her und schlugen gegen meinen Oberarm, ihre Brustwarzen waren so steif, dass sie in die Höhe standen wie dicke braune Knospen, das Tal zwischen ihren Brüsten glitzerte vor Schweiß, und sie stöhnte und ächzte und zuckte und verdrehte die Augen und strömte einen so strengen Geruch aus, dass er selbst über den Gestank von Weihrauch und Fackeln und Tranfeuer bemerkbar war und von der körperlich-religiösen Verzückung schrie, die die Muskeln in ihrem Körper beben ließ. Auch viele andere weinten. Lutz pendelte mit weit zurückgeworfenem Kopf im Kreis und öffnete und schloss den Mund.

»KENNT MEINEN NAMEN!«, schrie der Hohepriester. »MEIN NAME IST LEGION!«

»LIBERA ME!«

»Sagt mir«, forderte der Hohepriester plötzlich beinahe im Plauderton, »ist Platz für die Sünder unter uns?«

»Nein!«, schrie Lutz.

»Amen, so ist es.« Der Hohepriester ließ die Arme sinken und stand wie eine Statue hinter dem Feuer. »So ist es. Es ist kein Platz unter uns für die Verächter und die Leugner und die Spötter, habe ich Recht?«

»Du bist der Herr.«

»Amen!«

»Amen«, stimmte der Hohepriester zu. »Es heißt, dass die, welche den Gebieter anbeten, von ihm erhört werden … es heißt, dass die gefallenen Engel in die Knie sanken, als sie Seiner Herrlichkeit ansichtig wurden und seinen Namen voller Ehrfurcht flüsterten … und er gebot ihnen aufzustehen und hob sie auf seinen eigenen Schwingen empor wie auf den Schwingen des Adlers und verlieh ihnen die Macht von zehn,

UND SO WERDE ICH AUCH EUCH DIE MACHT VON ZEHN VERLEIHEN, WENN IHR MICH ANBETET, AMEN, SO IST ES!«

»Hallelujah!«

»UND MIT DIESER MACHT WERDET IHR DIE HINWEGFEGEN, DIE ÜBER EUCH LACHEN UND DIE KNIE NICHT BEUGEN VOR MIR, DEM HERRN!«

»Amen, so ist es!«

»ABER DIE ZEIT IST NOCH NICHT GEKOMMEN! DIE GEFALLENEN ENGEL VERSAMMELN SICH, ABER DER TAG IST NOCH NICHT ANGEBROCHEN! Ihr müsst noch warten«, die Stimme hinter dem Feuer war mit einem Mal so leise, dass sie fast flüsterte, doch trotz des Keuchens und des Schluchzens in der Grabkammer war sie perfekt zu verstehen, »ihr müsst noch warten, bis ich euch das Zeichen gebe, und bis dahin eure Huldigung im Verborgenen ausüben, denn die Kraft des Feindes wird erlahmen, und ich werde euch sagen, wann es so weit ist, Amen.«

»Du bist der Herr!«

»Libera me!«

Ich hatte erwartet, dass der Hohepriester seine Gemeinde aufstacheln würde, gegen diejenigen vorzugehen, von denen Gefahr drohte: den Behörden, den Patriziern, dem Bürgermeister. Stattdessen ermahnte er sie, sich ruhig zu verhalten. Meine anfängliche Überraschung darüber legte sich rasch, als mir klar wurde, worum es dem Mann ging: die Herrschaft über seine Kongregation leichtgläubiger, von seinem Gauklerzauber tief beeindruckter, sich in der Gegenwart eines mächtigen Geistes wähnender Dummköpfe zu behalten, von denen die Hälfte mit glasigen Augen vor sich hinstierte und nass zwischen den Beinen war von einem Schauer religiöser Ekstase, während die andere Hälfte erregt hin und her pendelte und auf den wahren Höhepunkt des Abends wartete, um auch ihrer pochenden Lust Genugtuung zu verschaffen. Warum hätte er diese Macht aufs Spiel setzen sollen, indem er seine Anhänger in einen wie auch immer motivierten Aufstand führte, den sie nicht für sich entscheiden konnten? Er gaukelte ihnen das Bild eines Feindes vor, der so nicht existierte, weil er wusste, dass nichts eine Gemeinschaft so zusammenhält wie eine äußere Bedrohung, und wenn es nach ihm ging, würden diese unseligen, lächerlichen Erben der eigentlichen Grubenleute noch auf den Zeitpunkt warten, an dem sich die gefallenen Engel endlich vollständig versammelt hätten, wenn der Hohepriester so alt war, dass der Messdiener ihn an den Altar tragen musste. Die Grubenleute meiner Jugend hatten allesamt an ihre Überzeugung geglaubt, so kraus sie auch gewesen sein mochte; ihre Nachfolger dagegen glaubten an die Worte eines Aufschneiders und Hochstaplers hinter einer antiken Maske, und der Hochstapler glaubte lediglich, dass zwei Pfund Fleisch und ein Schankmaß Bier eine gute Mahlzeit abgaben. Wenn die Verzückung der Versammlung nicht so tief gewesen wäre, hätte ich die Situation als lächerlich empfunden; wenn ich nicht gewusst hätte, dass Menschen, die sich selbst so weit hatten treiben lassen, zu buchstäblich jeder Schandtat anzustiften waren, hätte ich weniger Furcht empfunden.

Es dauerte nicht lange.

»Ein Opfer!«, schrie eine Frauenstimme.

»Hallelujah!«

»Ein Opfer, ein Opfer!« Die heisere Stimme von Lutz.

»Amen, so ist es!«

Der Hohepriester breitete die Arme aus. Die Meute wurde still. Die Frau neben mir begann wieder heftiger zu atmen. Sie hatte beide Hände in den Schoß gelegt und rieb sich dort unbewusst; ihr Kleid war hochgerutscht und entblößte Schenkel, die so weiß und prall waren wie ihre Brüste.

Der Messdiener tauchte hinter den Altar und tappte dann schwerfällig nach vorn, in seiner Hand ein zuckendes, flügelschlagendes Bündel, umgeben von wirbelnden Federn: ein prächtiger Hahn. Auf dem Markt musste er eine nette Stange Geld gekostet haben – oder sein früherer Besitzer suchte noch immer im Hühnerstall nach ihm. Der Hahn krähte in seiner Angst.

»Rufe die Dämmerung!«, intonierte der Hohepriester, »rufe die Nacht, denn bald wird sie um dich sein, rufe den Morgen, denn dein Opfer wird dich ins Licht führen.«

»Amen!«

»Konsekration!«, schrie der Messdiener.

Das Tranfeuer flackerte erneut auf, ohne dass ich jemanden etwas hätte hineinwerfen sehen – offenbar beherrschte der Hohepriester auch die feineren Tricks. Hinter den hochstiebenden Flammen wurde er beinahe unsichtbar.

»Libera me!«, schrie die Frauenstimme wieder.

»Libera me!«, wiederholte eine andere und noch eine weitere. Innerhalb weniger Augenblick war es ein Dutzend Frauenstimmen, die immer wieder dieselbe Formel riefen, und dass nicht alle ihre Geschlechtsgenossinnen einstimmten, lag nur daran, dass die Stummen bereits zu weit entrückt waren, um mehr zu tun, als zu starren und sich unkontrolliert hin und her zu wiegen. Die Frau an meiner Seite schrie ebenfalls nach vorn. *»Libera me!«*

Ich erstarrte, als mir plötzlich klar wurde, worauf es hinauslaufen konnte. Der Ausgang war so weit von mir entfernt, dass ich ihn nicht mit wenigen Sprüngen würde erreichen können, abgesehen davon, dass mir die ganze Meute dann auf den Fersen wäre. Mein Herz begann zu klopfen, und der Schweiß brach mir noch stärker aus. Was sollte ich tun, wenn der religiöse Taumel sich in einer sinnlos zuckenden Verschlingung kopulierender Körper auflöste?

Jana!

Doch selbst ohne Janas Gefährte zu sein, hätte ich Grenzen gezogen, und was sich hier abspielte, war weit jenseits meiner persönlichen Toleranzschwelle.

Ich machte mir vollkommen unnötige Sorgen. Die Kongregation war versammelt, um die Macht des Hohepriesters zu demonstrieren, und er war nicht geneigt, auch nur ein Quäntchen davon abzugeben. Eine der Frauen schien einen Wink erhalten zu haben, denn sie stolperte in die Höhe und wand sich durch ihre Brüder und Schwestern zum Altar durch. Es wurde wieder so still wie vorher. Ich konnte sie vor Aufregung und Nervosität stöhnen hören. Das Angstkeuchen der Frau, die man über den Rathausplatz geführt hatte, drängte sich mir auf und machte die Szene noch grotesker, als sie ohnehin schon war. Die Frau tappte um das Feuer herum und war plötzlich nur noch eine wabernde Figur in der vor Hitze tanzenden Luft. Sie sank vor der dunklen Gestalt des Hohepriesters in die Knie, und die Maske beugte sich über sie.

»Nimm, denn dies ist Fleisch von meinem Fleisch!«, schrie der Messdiener. Ich sah, wie die beiden Gestalten hinter dem Feuer zu einer verschmolzen, die große, drohende, dunkle Gestalt des Hohepriesters und die kleine, knieende der Frau zu seinen Füßen.

»Amen!«, intonierte die Gemeinde. Die Stämmige neben mir stöhnte, und ich bemühte mich, sie nicht anzusehen.

Der Messdiener wirbelte den Hahn herum, und dieser flatterte verzweifelt. Dann packte der Messdiener seinen Hals und drückte zu, und das Flattern wurde noch hektischer. Die goldene Maske des Priesters hinter dem Feuer wiegte sich hin und her, die Frau presste ihr Gesicht an seinen Schoß.

»Libera me!«, seufzte jemand.

»Trink, denn dies ist Blut von meinem Blut!«, schrie der Messdiener, und hinter dem Feuer erklang so etwas wie ein von Metall und Stoff ersticktes dumpfes Ächzen. In der Gemeinde keuchten einige Stimmen auf, und ein paar der gebückten Gestalten sanken hilflos in sich zusammen. Der Messdiener brüllte: »AMEN, SO IST ES!«, und riss dem Hahn den Kopf ab.

Das Blut spritzte in einer Fontäne aus dem Hals des Tiers und sprühte über die Köpfe der am weitesten vorn Knieenden. Die Gemeinde schrie auf, Hände wurden nach vorn gestreckt, um ein paar Tropfen aufzufangen. Die Stämmige neben mir schrie auf und zuckte und fiel gegen mich, die Augen verdreht und mit zitterndem Unterkörper. Ich schob sie weg und ließ sie auf den Boden fallen. Aus der Mitte der Menge sprang eine andere Frau auf und kletterte über die anderen in ihrem Bemühen, nach vorn zu gelangen. Ihre Hände waren wie Klauen, als wolle sie jedem, der versuchte, sie aufzuhalten, die Augen auskratzen. Ich sah undeutlich, wie Lutz sich halb aufrichtete und ihr, beide Fäuste gegen den Schoß gepresst, fast hinterher stürzte, den Mund weit geöffnet und entweder schreiend oder keuchend oder stöhnend. Die schwarze Farbe lief an seinen Wangen herab wie rußiger Schweiß, als er wieder auf die Knie sank. Der Körper des Hahns flatterte wüster denn je mit den Flügeln. Der Messdiener, inzwischen von einer dunkel glänzenden Schicht aus Nässe bedeckt, ballte die Faust, die den Kopf des Hahns hielt, und schüttelte sie triumphierend. Die Frau aus der Mitte der Kongregation taumelte auf die Plattform und den Messdiener zu, während die andere Frau, die Erwählte des Hohepriesters, die von ihrem Gebieter gekostet und von ihm getrunken hatte, mit geschwollenen Lippen wieder hinter dem Feuer hervorstolperte, die Augen weit aufgerissen und nicht mehr von dieser Welt.

Libera me!

Doch ich beachtete sie nicht länger, denn mir war plötzlich an der zweiten Gläubigen, die dem Messdiener den zuckenden Körper des Hahnes aus der Hand riss und sich mit dem immer noch hervorquellenden Blut besudelte, den Halsstumpf über ihr Gesicht rieb und Blut und Farbe von ihrer Maskerade darauf verteilte, etwas aufgefallen.

Du bist der Herr …

Und ich merkte, dass nun auch meine Knie weich wurden und ich ebenso wie der Großteil der Gemeinde beinahe zusammenbrach, wie die Welt sich um mich herum einmal drehte, doch nicht aus Ekstase oder im Höhepunkt einer einsamen, widersinnigen Lust.

Bestimmt nicht.

Die Frau, die sich stöhnend und mit hektischen Bewegungen den Körper des toten Hahnes über Gesicht, Arme und Oberkörper rieb und ihn endlich zwischen ihre Beine presste und mit ihm auf den Boden der Plattform sank, war meine Tochter Maria.

6.

Als sie an meinem Versteck draußen im Gebüsch vorbeiging, packte ich sie am Arm. Sie keuchte, aber es hörte sich eher wie ein Reflex an, als dass sie wirklich erschrocken war. Ich war entsetzt, wie dünn ihre Gliedmaßen waren. Die anderen Teilnehmer an der Messe verschwanden nach und nach so, wie sie gekommen waren, Schatten, die mit dem Gebüsch und der Dunkelheit verschmolzen.

»Geh einfach weiter«, zischte ich ihr ins Ohr.

»Wer sind Sie?«

Die Wandlung war der Höhepunkt der Messe gewesen. Danach kam nichts mehr. Der Hohepriester war bewegungslos stehen geblieben, bis das Feuer in der Schale heruntergebrannt war.

Er hätte auch eine leere Hülle sein können, die aufrecht blieb, während der Mann darunter entschlüpft war. Die Gemeinde war langsam zu sich gekommen und stumm hinausgestolpert, einer nach dem anderen, den Eindruck vermittelnd, den ein Mann macht, der zu einer Badehure gegangen ist und mit dem Verströmen seiner Lust festgestellt hat, dass er es gar nicht tun wollte.

»Geh weiter«, knurrte ich. Ich blickte in alle Richtungen, um Lutz zu erspähen, doch der bullige Mann war in der Menge verschwunden. Verschwunden war auch der Maskierte, der möglicherweise wie ich widerrechtlich in die Messe eingedrungen war. Ich hatte nur eine Person im Auge behalten können, und ich hatte mich für meine Tochter entschieden.

»Sie tun mir weh«, sagte sie, ohne sich zu wehren. Ihre Stimme war teilnahmslos, sie sprach so träge, als hätte ich sie aus einem langen Schlaf aufgeweckt.

Ich schob sie vor mir her bis zum Rand des Dickichts. War sie bislang folgsam gewesen, so blieb sie jetzt stehen.

»Weiter.«

»Sie gehören nicht zu uns.«

Es lief mir kalt den Rücken hinunter, als sie es sagte. Wenn dies die Familie war, der sie sich jetzt zugehörig fühlte, dann hatte ich noch mehr falsch gemacht, als ich befürchtet hatte.

Aus einem anderen versteckten Pfad schob sich eine vermummte Gestalt heraus und hielt inne, als sie uns sah. Ich versuchte, Maria zum Gehen zu bewegen, aber sie sträubte sich. Nach ein paar Momenten hob die andere Gestalt eine Hand wie zum Gruß und huschte davon. Sie bemühten sich, möglichst unerkannt zu bleiben, und dazu gehörte auch, getrennt die Stätte ihres Götzendienstes zu verlassen. Im schwachen Licht, das die mondbeschienenen Wolken durchließen, sah ich einzelne dunkle, verhüllte Gestalten über die freie Fläche zwischen dem Gräberfeld und den Behausungen der Pfahlbürger huschen, lautlos und geduckt wie Nachttiere, die dem Licht entkommen wollten.

Maria machte keine weiteren Schwierigkeiten, als ich mich aufs Neue in Bewegung setzte. Ich versuchte zu erkennen, zwischen welchen Hütten Albert und die Kutsche warteten, konnte sie jedoch nicht entdecken.

»Was wollen Sie von mir?«

Ich riss mir ungeduldig die Maske vom Kopf. Ihrem von Rußschmiere und trocknendem Tierblut entstellten Gesicht war keine Regung anzumerken, und dass ihre Stimme zitterte, bildete ich mir wahrscheinlich nur ein. Sie strömte den bleiernen Geruch von Blut aus.

»Vater«, sagte sie.

»Ja, Vater! Wie zum Teufel kannst du nur …« Ich schluckte den Rest hinunter, auch wenn es mich fast würgte. Dies war weder der Ort noch die Zeit, und wenn ich es recht überlegte, war vermutlich ich derjenige, der eine Standpauke verdient hatte. Sie wäre nicht hier, hätte ich als Vater nicht so grandios versagt. Ich schleifte sie weiter.

»Wo bringst du mich hin?«

»Irgendwohin, wo wir reden können.«

»Du kommst nicht in die Stadt hinein.«

»Ich habe Mittel und Wege.«

»Es gibt nichts, was ich dir zu sagen habe.«

»Ich habe *dir* etwas zu sagen.«

Sie schien nicht erstaunt, als ich sie in die Pfahlsiedlung führte. Ihre Augen glitzerten in ihrem verschmierten Gesicht wie die gläsernen Augen einer Puppe. Ich konnte die Kutsche des Bischofs nirgends entdecken und fluchte leise.

»Du kannst mich nirgends halten, wo ich nicht sein will.«

Ich blieb stehen und spürte, wie meine Furcht und Verwirrung das Übliche taten: Sie kochten Zorn in mir hoch.

»Glaubst du, dass dein lächerlicher Gebieter kommt, um dich zu holen?«

»Du hast mich auch damals nicht halten können.«

»Ich war …«

»Aber du hast mich auch nicht halten wollen.«

Mein Zorn fiel wieder in sich zusammen. Was hätte ich darauf antworten sollen? Ich zog sie weiter.

»Was suchst du? Den Weg zum Gögginger Tor? Es ist verschlossen.«

Endlich hörte ich ein Pferd schnauben und folgte dem Geräusch. Albert hatte die Kutsche neben einer zusammengesackten Hütte abgestellt, die offensichtlich nicht mehr bewohnt war – wahrscheinlich war sie ihm sicherer erschienen als die bewohnten Behausungen rund herum. Das Kutschpferd schien im Stehen zu dösen; mein Reitpferd war am Kutschbock festgebunden und warf den Kopf zurück, als es mich kommen hörte. Der alte Kutscher war nirgends zu sehen. Maria schritt neben mir her, als ginge sie das alles nichts an.

»Albert!«, zischte ich. »Aufwachen!«

»Die Kutsche des Bischofs«, sagte sie.

»Er hat dich manchmal auf dem Kutschbock mitfahren lassen, erinnerst du dich?«

»Er ist tot.«

»Für mich ist er noch immer lebendig.«

»Für dich war die Vergangenheit immer lebendiger als die Gegenwart.«

Ich krümmte mich bei dieser Aussage und versuchte gleichzeitig, sie nicht merken zu lassen, wie sie mich traf. Es war so unwirklich, wie es nur sein konnte: Vor wenigen Augenblicken noch hatte sie sich in Ekstase das Blut eines geköpften Hahns auf dem Gesicht verschmiert, jetzt drehte sie mit Leichtigkeit das Messer in meinen schlimmsten Wunden, ohne dass ihr auch nur eine Gefühlsregung anzumerken gewesen wäre. Während der unheiligen Konsekration war sie ein Bündel irregeleiteter Leidenschaft gewesen. Jetzt war sie eine leere Hülle, die sich erst allmählich wieder mit einer Seele zu füllen schien, und bis es so weit war, sprach die Schwärze in ihrem Leib zu mir. Ich knirschte mit den Zähnen.

»Läuft es immer so ab?«, fragte ich.

»Was? Die heilige Messe?«

»Die *heilige* Messe …«

Sie musterte mich mit ihren ausdruckslosen Augen. Ich sah eine Herausforderung, wo wahrscheinlich keine war. Es war gesagt, bevor ich es aufhalten konnte. »Hat er auch dich schon ›befreit‹?«

Sie antwortete nicht. Mein Magen drehte sich um. Hatte ich diese Frage wirklich gestellt? Aber der Gedanke, dass meine kleine Tochter dem lächerlichen Blender in der alten römischen Maske für seine perversen Spiele gedient haben mochte …

»Albert!«, schrie ich fast. »Wach endlich auf.«

Die Pferde fuhren zusammen. In einer Hütte in der Nachbarschaft hustete jemand. Ich zerrte Maria weiter und riss den Verschlag der Kutsche auf. Es war fast so dunkel dort wie im Dickicht des Gräberfeldes, aber das Licht genügte, um zu erkennen, dass Albert verschwunden war.

»Steig ein«, sagte ich zu Maria und spürte einen Knoten im Magen.

»Wozu?«

Ich wählte die einfachste Antwort, während ich mir den Hals ausrenkte in der Hoffnung, dass Albert nur kurz beiseite getreten war, weil er sein Wasser abschlagen musste. Wenn dies der Fall war, dann hatte er anscheinend beschlossen, sich in Göggingen zu erleichtern. Ich schnaubte vor Zorn. »Um dich in die Stadt zurückzubringen.«

»Ich habe dort nichts verloren.«

»Du hast hier draußen nichts verloren. Wir beide nicht.«

»Wer ist Albert?«

Ich war beinahe erstaunt über so viel Anteilnahme an der Umwelt. Vielleicht erschöpfte sich die Wirkung der Ekstase, in die sie und die anderen Unseligen in den Katakomben durch die rhythmischen Worte, den Fackelrauch und den Weihrauchduft versetzt worden waren. Ich nahm es an; ich hoffte es.

»Der Mann, neben dem du auf dem Kutschbock gesessen hast, wenn der Bischof dich mitfahren ließ.«

Sie zuckte mit den Schultern. Ich ließ ihren Arm los und war bereit, zuzupacken, wenn sie wegzulaufen versuchte. Sie musterte mich ohne sichtbare Anteilnahme. Ich hob die Hand und näherte sie so vorsichtig ihrem Gesicht, wie man es tut, wenn man ein nervöses Pferd streicheln will, das mit zitternden Nüstern vor einem steht. Der Grind aus Blut und fettigem Ruß ließ sich nicht aus ihrem Gesicht wischen – nicht, ohne grob zu werden. Ich senkte die Hand wieder und spürte, wie meine Finger von dem Dreck auf ihren Wangen klebten.

»Steig ein«, sagte ich sanfter. »Komm, Maria. Lass uns nach Hause fahren.«

Sie lächelte beinahe, doch es war kein Lächeln, das erleichtert wirkte. »Du kannst mich nicht halten«, sagte sie und stieg ein, ohne dass ich sie noch einmal hätte auffordern müssen.

»Ich will es wenigstens versuchen.«

»Zu spät«, sagte sie und lehnte sich in die harte Lederpolsterung zurück. Ich schloss den Verschlag.

Albert war nicht in der näheren Umgebung der Kutsche zu finden. Er war nicht in der halbzerfallenen Hütte und auch sonst nicht in Sichtweite. Die Pfahlsiedlung war nicht wie die nahe Stadt eine sinnvoll gewachsene Ansiedlung mit Häusern und Gassen, sondern das Strandgut menschlicher Hoffnungen, und so wie vom Fluss angeschwemmter Unrat bildete sie einen wirren Haufen unregelmäßig verteilter Gebäude, der nur eine einzige Regelmäßigkeit aufwies – die breite Straße, die die Pfahlsiedlung durchschnitt und direkt auf das Gögginger Tor zulief. Alles, was links und rechts davon lag, folgte keiner baumeisterlichen Logik.

Ich sah mich noch einmal um, doch kein alter Kutscher mit wehendem weißem Haar näherte sich und brüllte eine Erklärung für sein Verschwinden, die man bis in die Stadt hinein gehört hätte. Schließlich kletterte ich auf den Kutschbock und stellte mich dort auf das Sitzbrett. Die Schatten sahen durch die veränderte Blickhöhe anders aus, das war alles. Ich versuchte so etwas wie einen leisen Pfiff. Nach ein paar Augenblicken bildete ich mir ein, Schritte zu hören, und starrte angestrengt in die Dunkelheit. Es war nicht Albert, und es war auch keiner der Grubenleute. Es war nicht der unbekannte Eindringling, mit dem ich über die Gemeinde hinweg einen kurzen, überraschten Blickkontakt gehabt hatte. Und es war nicht Lutz. Für Letzteres war ich dankbar. Es war nichts außer dem Schlagen meines Herzens und dem Klopfen des Blutes in meinen Ohren und der Erinnerung an die verstohlenen Schritte durch die Gänge der Katakomben. Sie klangen in meinen Ohren nach wie das Geheule der verhexten Gemeinde.

Ich schnalzte mit der Zunge und rüttelte ungeschickt an den Zügeln. Das Kutschpferd war klüger als ich und setzte sich in Bewegung, das Reitpferd trabte fügsam hinterher. Hinter der Pfahlsiedlung erhob sich der Turm des Gögginger Tors mit den Lichtpunkten, die die Ölfeuer auf dem Turmkranz bildeten. Ich dachte vage, dass ich nun endlich, nach so vielen Jahren, ganz allein über die Kutsche des Bischofs verfügte und wieder nicht darin saß. Ich konnte nicht einmal darüber lächeln.

Wäre Albert in das Gräberfeld eingedrungen, hätte einer der herauskommenden Grubenleute ihn sicher entdeckt und Alarm geschlagen. Andererseits konnte ich mir auch nicht denken, wo er sonst sein mochte. Ich knirschte mit den Zähnen. Offenbar blieb mir nichts übrig, als ihn zu suchen, ohne mich bemerkbar zu machen, denn ich konnte nicht laut nach ihm rufen, wenn ich mir nicht sämtliches Gesindel, das in der Pfahlsiedlung in unruhigem Schlummer lag, auf den Hals hetzen wollte. Ich lenkte die Kutsche auf die Straße hinaus. Sie war breit und hell genug von den schimmernden Wolken erleuchtet, um erkennen zu lassen, dass wir die einzigen sichtbaren Lebewesen waren, die sich darauf bewegten. Die Pfahlsiedlung hatte im schwindenden Tageslicht kleiner gewirkt – in der Nacht schien sie sich gestreckt zu haben, eine unendliche Ansammlung windschiefer Hütten und sauer gewordener Hoffnungen. Ich erinnerte mich, dass weiter vorn eine nicht ganz so enge Gasse von der Straße abbog und zu einem Tümpel führte, den ich im Abenddämmer hatte glitzern sehen: die Hauptgasse der Pfahlsiedlung, die sich um den wasserspendenden, flachen Tümpel gesammelt hatte wie drinnen in der Stadt die Häuser um die Kirchen. Ich kämpfte gegen das vor meinem inneren Auge aufsteigende Bild von Albert, der in der Dunkelheit in den Tümpel gefallen war und jetzt auf seinem Grund lag, eine durch die Oberfläche trübe schimmernde Gestalt, deren Haar im Wasser trieb wie bleicher Tang. Es drängte mich, kurz abzubiegen, um nachzusehen und dieses Bild aus meinem Kopf zu vertreiben.

Maria begann mit tonloser Stimme zu sprechen. Ich lehnte mich nach hinten, um sie zu verstehen, und erkannte den Rhythmus, den ich früher oft in der Kirche und in dieser Nacht unter Umständen gehört hatte, die ich lieber vergessen würde. Sie sang die Worte aus dem fünfundzwanzigsten Kapitel von Ezechiel, die der Hohepriester vorgetragen hatte; sie sang sie in dessen grotesker Version. Nach einer Weile schwieg sie.

»Maria«, sagte ich leise, »kannst du mich hören?«

Die Antwort ließ auf sich warten. »Ja.«

»Wie lange gehörst du schon zu … denen?«

»Ich habe nie wirklich anderswo hingehört.«

»Wir waren eine Familie, bevor deine Mutter starb.«

»Was willst du von mir, Vater?«

»Gib dir die Antwort selbst.«

»Libera me«, sagte sie, und es trieb mir plötzlich die Tränen in die Augen und ließ mich verstummen.

Gib mir die Freiheit.

Ich wusste, dass es anders gemeint war als von der Verzückten, die sich dem Hohepriester als Gefäß für seine perverse Konsekration angedient hatte.

Befreie mich.

Von dir.

»Nein«, flüsterte ich. »Ich nehme dir die Freiheit nicht weg. Ich will sie dir wiedergeben.«

»Das kannst du nicht.«

»Warum glaubst du, dass ich das nicht kann?«

»Du kannst nichts geben, was du nicht selbst besitzt.«

»Ich habe …«

Sie begann wieder zu singen. Ich ließ mich auf dem Kutschbock zurücksinken. Es gab nichts, womit ich ihre Aufmerksamkeit lange genug fesseln konnte, um auch ihren Geist zu binden und ihn auf die Seite zu holen, auf der ich mich befand. Ich wischte mir ungeduldig über die Augen. Wer hatte gedacht, dass es einfach sein würde? Ich war nicht nur hergekommen, um mit ihr über meine Verwicklung in den Tod ihres Mannes zu sprechen. Ich war gekommen, um meine Familie wieder zu vereinen. Ich war gekommen, um das zu tun, was nach Elisabeth Klotz unmöglich war: eine alte Sünde ungeschehen zu machen.

Die Abbiegung zum Tümpel war schneller erreicht, als mir lieb war. Ich zerrte am Zügel, und das Kutschpferd machte eine Wendung, die fast zu scharf war und die Kutsche ins Schwanken brachte. Maria hörte mit ihrem Singsang auf.

»Alles in Ordnung«, sagte ich rau.

Alfred war nicht in den Tümpel gefallen; er stand auch nicht davor und starrte hinein wie Narziss, die Welt um sich herum vergessen. Eine dunkle kleine Gestalt mit einem langen Schwanz huschte lautlos in die Schwärze der Häuser und veranlasste das Kutschpferd zu einem erschrockenen Schnauben. Ich lenkte einmal um den Tümpel herum und wieder zurück zur Straße.

»Ich nehme an, du hast meine Briefe gelesen, die ich dir aus Florenz geschickt habe«, sagte ich. Maria antwortete nichts darauf, was immerhin besser war als der leiernde Gesang. Ich wusste, dass meine Worte ein schlechter Anfang waren für das, was ich ihr sagen wollte. Zudem war es der Weg des Feiglings, mit ihr darüber zu sprechen, wie ihr Mann zu Tode gekommen war, während ich auf dem Kutschbock saß und ich ihr nicht in die Augen blicken musste. Ich betrat diesen Weg dennoch und mit einer Erleichterung, die mindestens ebenso groß war wie meine Scham.

»Ich habe dir niemals geschrieben, wer wirklich dafür verantwortlich war, dass er verhaftet wurde und ... dass er umgekommen ist. Das war ein Fehler; ich weiß das. Ein Fehler auf meinem Konto, habe ich Recht?« Sie antwortete immer noch nicht. Ich hörte das Quietschen der Polsterung, als sie sich anders setzte, und nahm an, dass sie sich vorgebeugt hatte, um mich besser zu verstehen. Mein Mund war trocken. Ich schluckte.

»Als du davon gesprochen hast, dass die Familie Hoechstetter schuld daran sei ... gestern, auf dem Friedhof von Sankt Ulrich, da erkannte ich, dass es falsch gewesen war, dir nicht gleich die Wahrheit zu schreiben. Aber ich wollte es dir persönlich sagen. Es gibt Dinge, die man einem Brief nicht anvertraut, Dinge, die man nur selbst überbringen kann ...«

Ich schwafelte, und ich wusste, dass ich es tat, um nicht zum Kern zu kommen. Wir erreichten die Straße wieder, und ich lenkte die Kutsche etwas sanfter um die Kurve als vorher. Für einen kurzen Augenblick hatte ich das Gefühl, eine Gestalt stünde im Schutz eines vorspringenden Daches und starrte zu mir herüber. Unwillkürlich zog ich die Zügel an und fühlte, wie mir ein Schauer über den Rücken lief. Doch bei genauerem Hinsehen war dort nichts, oder nichts mehr. Wenn sich dort ein Mensch verborgen gehalten und zu uns herübergeschaut hatte, dann hatte er sich jetzt abgewandt und war zurück in die Schattenlandschaft der Pfahlsiedlung geschlüpft.

»Maria, bevor ich anfange, solltest du wissen, dass Jana und ich ein Kind erwarten. Es ist nicht unser eigenes, und wie es dazu gekommen ist, will ich dir gern erzählen, aber es hat nichts mit dem zu tun, was ich dir jetzt erklären muss. Ich sage es nur, damit du weißt, wie weit Jana mich wieder zum Leben zurückgebracht hat und was sie mir bedeutet, und das ist etwas, das du wissen musst, denn alles, was ich in Florenz getan habe, diente dazu, ihr Leben zu retten.«

Ich seufzte. Die Briefe an Maria zu schreiben war damals die Hölle gewesen. Doch verglichen mit der Situation, in der ich mich jetzt befand, sehnte ich die Stube im Fondaco dei Tedeschi in Florenz, in der ich sie verfasst hatte, geradezu herbei.

»Dein Mann«, sagte ich, »hat versucht … nein, ich fange noch mal anders an …«

O Gott, wie ich es hasste, dass ich es sagen musste.

»Maria, ich habe deinen Mann an den Galgen geliefert.«

Da war es heraus. Ich fühlte mich nicht leichter. Tatsächlich fühlte ich mich so, dass ich mich am liebsten über den Kutschbock gebeugt und mich übergeben hätte. Ich sah das ungläubige Entsetzen in den Augen meines Schwiegersohnes wieder, als ich ihn ans Messer lieferte, und erinnerte mich, dass ich auch damals am liebsten gekotzt hätte.

Das Kutschpferd schnaubte und blieb so plötzlich stehen, dass ich beinahe vom Bock gefallen wäre. Ich hatte überhaupt nicht mehr auf die Straße geachtet. Wir waren nur noch eine kurze Strecke weit vom Gögginger Tor entfernt. Wenn die Straße hier nicht eine leichte Biegung gemacht hätte, hätten uns die Torwachen bereits gesehen und anrufen können. Neben der Straße auf dem staubig-grasigen Boden saß ein Mensch, dessen Haar im Dunkeln leuchtete und der den Kopf hängen ließ wie ein armer Sünder. Ich fühlte mich aus meiner Geschichte gerissen wie aus einem bösen Traum.

»Albert«, sagte ich und wusste nicht, ob ich erleichtert oder verärgert war. »Albert, wo bist du gewesen?«

Er hob den Kopf und sah mich an. Das Licht war schlecht, aber ich sah, dass er geweint hatte.

»Der Bischof«, krächzte er. »Ich bin eingeschlafen auf dem Kutschbock. Als ich aufwachte, war er weg. Er muss zu Fuß gegangen sein. Er hätte mich doch aufwecken können ... ich schäme mich so. Ich bin ihm hinterher gelaufen ...«

»Ist schon gut, Albert«, sagte ich. »Es ist nichts passiert.«

»Nichts passiert? Der Bischof musste zu Fuß laufen. Und wer weiß, wo er jetzt ist! Er hat sich doch immer auf mich verlassen, um den Weg zu finden.« Seine Stimme hatte ihre Tragfähigkeit wiedergewonnen.

»Es ist nur der Kutscher«, sagte ich nach hinten zu Maria. »Keine Gefahr.« Dann wandte ich mich an den alten Mann. »Albert, dem Bischof kann nichts mehr zustoßen. Er ist seit Jahren tot.« Ich fragte mich, wie oft ich das noch sagen würde. Wahrscheinlich so oft, bis ich es selbst glaubte. Dabei glaubte ich es mit jedem Mal, da ich es sagte, weniger.

»Er war die ganze Zeit bei mir«, sagte Albert. Er befand sich offenbar erneut in einer seiner Phasen geistiger Verwirrtheit und war in die Vergangenheit abgetaucht.

»Albert, steig in die Kutsche«, seufzte ich. »Und erschrick nicht, du bist nicht allein dort drin. Du wirst dich vielleicht nicht mehr an sie erinnern, aber sie hat ein paar Mal den Kutschbock mit dir geteilt, als sie so groß war und ...«

»Du denkst, ich bin völlig vergreist, Bub!«, donnerte Albert. »Das hör ich doch aus jedem Wort. Ich sag dir, der Bischof war da, während ich neben der verdammten alten Hütte auf dich gewartet habe. Er saß hinten in der Kutsche und redete mit mir, gerade so, wie er es früher getan hat.«

Der Alte rappelte sich auf und trat auf mich zu. Ich starrte auf ihn hinunter. Ein Schauder lief mir über den ganzen Körper und mein Nackenhaar stellte sich auf.

»Er hat mir Gesellschaft geleistet«, flüsterte er ehrfurchtsvoll. »Er sagte, er wolle dafür sorgen, dass ich nicht vergesse, auf dich zu warten. Du könntest die Kutsche vielleicht brauchen. Als ob ich vergessen hätte, dass wir Partner sind!«

Ich versuchte etwas zu sagen und brachte kein Wort heraus. Seine Demenz, sonst nervtötend, erschreckte mich diesmal mit ihrer Ernsthaftigkeit, und unsere Umgebung war nicht dazu angetan, sie weniger unheimlich wirken zu lassen.

»Albert, steig ein und …«

»Er sagte: Der Bub schaut nach dem Falschen an der falschen Stelle, aber er wird trotzdem das finden, wonach er sucht. Und ich sagte: Er hat noch immer gefunden, was er gesucht hat, und er sagte: Oh, Albert, es gibt etwas, das sucht er schon seit Jahren, und das wird er nie finden, und ich sagte …«

»Was?«, fragte ich gegen meinen Willen und fast ohne Stimme.

»Ich weiß nicht. Ich bin eingeschlafen, und als ich aufwachte, war er weg. Ich bin ihn suchen gegangen; ich musste doch dafür sorgen, dass du die Kutsche wieder finden würdest. Und da bist du ja endlich …« Er wischte sich über das Gesicht und sah seine nasse Hand an. »Was ist los? Hat es geregnet?«

»Albert …«

»Schon gut, schon gut. Ich steig nicht ein, das kannst du vergessen. Geh runter und klettere auf deine Mähre, du sitzt auf meinem Platz. Und mach den Verschlag zu, bevor du aufsteigst. Wie fährst du denn mit der Kutsche des Bischofs herum?«

Ich gaffte ihn an. Plötzlich wurde mir kalt, kälter noch als während seiner wirren Erzählung von Bischof Peter, der ihm offenbar im Traum erschienen war.

»Na?«, sagte er.

Ich sprang vom Kutschbock und stieß ihn beiseite. Tatsächlich war einer der Verschläge offen. Ich wusste, wann er aufgesprungen war: als ich zu scharf zum Tümpel abgebogen war. Ich brauchte nicht mehr in das Innere hineinzusehen, um zu wissen, dass die Kutsche leer war. Das Quietschen, das ich gehört hatte, war die Angel des Türverschlags gewesen und nicht das Gewicht eines Körpers, der sich auf dem Lederpolster anders hinsetzt.

Ich hatte meine Tochter erneut verloren.

7.

»Was hast du gefunden in den alten Heidengräbern?«, fragte Albert, nachdem wir das Tor passiert hatten und auf dem Weg zum Fronhof waren. Die Kutsche ratterte auf dem nächtlich leeren Pflaster wie der Schinderkarren, wenn er zum Galgen fährt.

»Die Grubenleute«, sagte ich.

Er riss die Augen auf.

»Sie sind keine Gefahr mehr für die Stadt. Nur noch für sich selbst.« Ich war nicht geneigt, in meiner düsteren Stimmung mehr zu sagen, und er fragte auch nicht weiter. Wir legten eine lange Strecke schweigend zurück: vorbei an Sankt Anna, vorbei am Haus der Brüder Fugger (in dem Fensterchen, das in den schmalen Durchstich blickte, flackerte das Licht einer Kerze – Jakob Fugger, der die schlaflose Nacht vor seiner Abreise nach Italien zur Arbeit nutzte), über den Gansmarkt. Das Kutschpferd wurde langsamer, als es die Steigung beim Milchmarkt in Angriff nahm; das Rattern der Kutschräder wurde leiser und das Klopfen der Pferdehufe nahm an Lautstärke zu.

»Ich kann mich nicht mehr an deine Tochter erinnern«, erklärte Alfred schließlich und mit einem Ton des Bedauerns. »Bist du sicher, dass ich sie neben mir auf der Kutsche fahren ließ?«

»Wer kann sich schon bei der Erinnerung an seine Kinder sicher sein?«

»Wenn ich nicht gewesen wäre, wäre sie nicht davongelaufen.«

»Vergiss es, Albert.« Ich meinte es nicht so, wie ich es sagte, aber was nutzte es, den alten Mann zu beschimpfen? »Ich hab sie zweimal gefunden, ich finde sie auch ein drittes Mal wieder.«

»Haben die Grubenleute sie gefangen gehalten?«

»Die einzige Falle, in der sie sich befindet, hat sie sich selbst gestellt.«

Er schnaubte. »Bub, was immer mit deiner Tochter nicht stimmt: Du hast keinen geringen Anteil daran.«

Ich hätte beinahe mein Pferd gezügelt und mich zu ihm umgewandt, um doch noch über ihn herzufallen. Aber ich hielt mich in letzter Sekunde zurück, auch wenn meine Fäuste um die Zügel so verkrampft waren, dass ich sie kaum wieder öffnen konnte. Noch einmal: Was nutzte es, mein Mütchen an Albert Klotz zu kühlen? Es verhielt sich mit ihm, wie es sich mit Maria verhielt. Wenn er einen Fehler gemacht hatte, dann war es meine Schuld; ich hätte mich von Anfang an nicht auf ihn verlassen dürfen.

Weiter oben am Ende der steilen Johannisgasse sah ich den Lichtschimmer der Fackeln, die an der Häuserzeile der Domherren staken und die ganze Nacht am Brennen gehalten wurden. Ich fragte mich müßig, wie es Gregor in der Auseinandersetzung mit Doktor Andreas ergangen und ob er einmal mehr die Nerven verloren und herumgeschrien hatte.

Der Durchgang unter dem Burggrafenturm war der einzige, der zu dieser späten Stunde noch offen gehalten wurde. Die Wache verbeugte sich ehrerbietig vor dem Wappen Bischof Johanns und spähte neugierig, ob sich ihr Herr selbst in der Kutsche befand. Wir brachten die Kutsche zurück, versorgten die Pferde und trotteten nebeneinander her zum Haupteingang des Palastes.

»Der Bischof war wirklich bei mir in der Kutsche«, sagte Albert.

»Du hast geträumt.«

»Ich weiß sehr gut, wann ich träume und wann ich wach bin.«

»Schon gut, Albert.«

»Als du noch hier gelebt hast, war alles in Ordnung. Der

Bischof. Die Stadt. Selbst Gregor von Welden, der aufgeblasene Kerl.«

»Das war es nicht. Es gab ebenso viele Schatten wie heute.«

»Aber zusammen ließen sie sich leichter ertragen.«

Ich zuckte mit den Schultern und wandte mich am Ende der Treppe ab, um zu meiner Schlafkammer zu gelangen. »Gute Nacht, Albert.«

»Wovon hat der Bischof gesprochen?«, rief er mir hinterher. »Was suchst du schon so lange, Bub? Kannst du es hier nicht finden in deiner Heimatstadt?« Er hastete mir nach und fasste mich am Arm. Ich sah in sein Gesicht hinunter, das von den Ölfeuern an den Gangecken vage erleuchtet wurde, auf seine buschigen, gesträubten Augenbrauen und das weiße Haar, das um seinen Kopf stand wie der Schopf eines besonders zerzausten Stängel Wollgrases. Seine Augen waren voller Zutrauen.

»Meine Enkelin wäre doch keine schlechte Partie. Sie bringt nicht viel Geld mit und hat auch keinen reichen Pfeffersack zum Vater, aber sie stammt aus einer ehrlichen Familie und …«

»Gute Nacht, Albert.«

»Wenn du nur ein wenig eher zurückgekommen wärst, hättest du selbst mit dem Bischof sprechen können.«

Ich spürte plötzlich Tränen in den Augen, Tränen der Enttäuschung über das Ende des heutigen Tages, über die Umstände, unter denen ich meine Tochter wiedergefunden hatte, Tränen des Mitgefühls ob der hartnäckigen Senilität des alten Mannes vor mir und seines bedingungslosen Vertrauens darin, dass ich am Ende alles richten würde, Tränen der Trauer darüber, dass es wirklich keine Möglichkeit mehr für mich gab, mit Bischof Peter zu sprechen. Wir waren für immer getrennt, und wenn ich es vor meiner Rückkehr noch nicht geglaubt hatte, dann hatte sein beklemmendes Grabmal es mir ein für alle Mal bewiesen. Doch vor allem waren es Tränen des Selbstmitleids, die ich spürte, und ich schluckte sie wütend hinunter. Sie brannten in meinem Hals wie Feuer.

»Gute Nacht«, flüsterte ich und rannte fast davon.

Ich stand am Fenster meiner Kammer und sah auf die Stadt hinunter. Weit jenseits der dunklen Bauten mit ihren kleinen ölfeuerhellen Pünktchen an Mauern und Gassenecken schimmerte die Wertach, ein ungewisses helles Band inmitten der dunklen Gebüschlandschaft, die ihre Ufer säumte. Die Lage des Gräberfeldes war nicht erkennbar.

Ich dachte an Maria und daran, dass sie nun entweder den heimlichen Weg ihrer Gesinnungsgenossen in die Stadt zurücknehmen musste oder die Nacht vor den Mauern verbrachte. Wahrscheinlich war sie die Gestalt gewesen, die ich zu sehen geglaubt hatte, als ich in der Pfahlsiedlung wieder auf die Straße zum Gögginger Tor eingebogen war.

Sie war mit den Schatten der Siedlung der Pfahlbürger verschmolzen, als gehörte sie dazu. Und ich fragte mich, weshalb ich mich noch länger gegen den Gedanken sträubte, dass dem auch tatsächlich so war.

Vor den Mauern einer Stadt bricht sich nicht nur die Flut, die Treibgut von draußen anschwemmt. Hin und wieder geht auch etwas über die Mauern, das schon darin war, und gesellt sich zu den Hoffenden und den Hoffnungslosen. Ich schüttelte den Kopf und seufzte.

Etwas in der Nähe meines Betts knackte, und aus alter Gewohnheit blickte ich mich um, ob ich Jana geweckt hatte, doch mein Bett war leer. Stattdessen meinte ich Bischof Peter im Schatten neben dem Bettvorhang stehen zu sehen.

Ich wusste, dass er nicht wirklich dort stand, nicht einmal in der Scheinwirklichkeit, in der Albert Klotz ihm begegnet war. Dennoch war er dort in der Gestalt, wie ihn sein Kenotaph zeigte, ein grausteinernes Skelett, nur für einen Moment. Dann war wieder nichts als das Spiel von Licht und Dunkelheit in der Ecke des Raums.

Vom Dom begann die Glocke zur Mitternachtsmesse zu schlagen, und als sie endlich verstummte, blieb ein leiser Nachhall, ähnlich einer menschlichen Stimme, die eine Beschwörung sang.

Was ich von dir verlange, das tue sogleich.

Ich sah wieder zum Fenster hinaus und betrachtete die Spiegelung meines Gesichts in den dicken Glasscheiben.

Bischof Peter war Alberts Gespenst, nicht meines.

Ich hatte meine eigenen Gespenster.

Und es wurde Zeit, dass ich mich ein paar von ihnen stellte.

Castor und Pollux

1.

An einem frühen Vormittag im Frühjahr 1451 entfernte sich ein Kaufmann kurz vor dem Erreichen der Stadt von seinem Treck, um an der Wertach Wasser zu lassen. Auf der Suche nach einem ungestörten Plätzchen stolperte er am Ufer herum und achtete mehr auf die Flößer in der Mitte des Flusses als auf seine Schritte. Plötzlich trat er auf etwas, das sich nicht wie ein Stein oder wie ein Moospolster anfühlte. Als er nach unten sah, erkannte er, dass er auf eine weiße Hand getreten war, deren Finger sich schwach um seine Stiefelspitze gebogen hatten. Vor Schreck verlor er sein Wasser, jedoch nicht in die Wertach. Dann jagte er zurück zu seinen Leuten und brüllte wie ein Verrückter. Dabei hatte er nicht einmal den gesamten Körper gesehen, zu dem die Hand gehörte und der in ein dichtes Gestrüpp geworfen worden war.

Es war der Körper einer jungen Frau, und er lag noch nicht lange genug dort, dass das Blut schwarz geworden wäre. Hätte der Kaufmann sich die Zeit genommen zu sehen, was der Mörder der jungen Frau angetan hatte, hätte er noch mehr Grund gehabt zu brüllen.

Der Stadtvogt, die Räte und auch Bischof Peter trafen mit dem Läuten der Mittagsglocke am Fundort der Leiche ein. Bischof Peter war vor kurzem als neu ernannter Kardinal aus Rom zurückgekommen, nachdem er zehn Monate dort verbracht hatte, und er hatte nach seiner Rückkehr noch nicht die Zeit gehabt, die Verhältnisse zwischen sich und der Bürgerschaft erneut einzutrüben. Niemand hatte daher etwas dagegen, dass er sich mit seinen eigenen Mitteln in die Angelegenheit einmischte. Seine eigenen Mittel, das war ich: als der persönliche Untersuchungsbeamte Peters von Schaumberg noch frischer im

Amt als der Kardinal in seinem. Das Summen der Fliegen klang laut in dem Gebüsch, doch noch lauter waren die Geräusche des Kampfes draußen auf der Straße, wo die Waibel Ulrich Wolfartshauser davon abzuhalten versuchten, ins Gebüsch zu brechen.

Als der Kaufmann japsend und mit Schaum vor dem Mund in die Herrenstube des Rathauses gestürmt war, um von seinem Fund zu berichten, stand dort bereits Ulrich Wolfartshauser, der Besitzer einer Steinmetzwerkstatt, der die Ratsherren dazu zu animieren versuchte, die Waibel in alle Himmelsrichtungen ausschwärmen zu lassen, um seine nichtsnutzige jüngste Tochter zurückzuholen, die mit Sicherheit von einem ebenso nichtsnutzigen jungen Herrn verschleppt worden war, der zu lange den Geschichten von heißblütigen Prinzen und schmachtenden edlen Frauen gelauscht hatte. Jetzt wand sich Wolfartshauser im Griff der Waibel und fluchte und stöhnte und weinte gleichzeitig, während wir um die Leiche herumstanden und uns die Hände vor die Münder hielten und hofften, dass die Waibel Wolfartshauser noch lange genug festhalten würden, um ihm den Anblick seiner Tochter zu ersparen. Der Stadtvogt hatte Tränen in den Augen.

Der Bischof sagte: »Nicht einmal in Dörfern, die von einem Landsknechtheer überfallen wurden, habe ich Ähnliches gesehen.« Und als sich ihm alle Blicke zuwandten, fuhr er grimmig fort: »Ähnlich zugerichtete Leichname schon, aber nicht mit einer derart eiskalten Ruhe.« Und er erklärte, wie still und stetig die Hand gewesen war, die hier die Klinge geführt hatte, und wie hastig und gewalttätig dagegen das Schwert eines vom Blutrausch irregewordenen, halb verhungerten Landsknechtes zustößt.

»Aber das …«, stotterte der Stadtvogt, »der aufgebrochene Körper … das herausgerissene …«

»Wir wollen wieder nach draußen gehen«, sagte der Bischof. »Dieser Ort hat zu viel Unheiliges.« Er machte das Kreuzzeichen und wand sich durch das Gebüsch nach draußen. Ich spürte, wie der Stadtvogt mich am Ärmel zupfte, und wandte mich so schwerfällig ab wie ein alter Mann. Mein Herz pochte bis in meinen Hals, meine Augen brannten, mein Magen revoltierte von dem Anblick und dem Geruch, und in meinem Schädel wechselten sich Entsetzen und Mitleid ab mit dem profanen Gedanken: Fang bloß nicht zu kotzen an bei deiner ersten Leiche. Morgentau und Blut auf den Blumen am Flussufer, und die Vögel, die in den Zweigen darüber vor Lebenslust sangen.

Am Nachmittag schwärmten die Waibel des Rates, verstärkt durch ein Kontingent aus dem Fronhof, doch noch aus. Wolfartshauser hatte ausgesagt, dass die Dienstmagd seiner Tochter ebenfalls verschwunden sei, und das schon seit mehreren Tagen. Er habe ihr Verschwinden nur nicht gemeldet, weil er des Glaubens gewesen sei, sie sei voller Undankbarkeit einfach durchgebrannt.

Die Waibel fanden sie unweit des Leichnams von Wolfartshausers Tochter, ein bisschen aufwändiger versteckt, doch abgesehen von dem Umstand, dass sie bereits längere Zeit in der Hitze gelegen hatte, war sie ähnlich zugerichtet wie ihre Herrin.

Bis zum Abend war das Wort von den beiden Morden in der Stadt herum. Als am nächsten Morgen die Sonne aufging und einen weiteren hochsommerlichen Tag versprach, war es unmöglich, den Schatten zu übersehen, der sich trotz der strahlenden Witterung über die Häuser gesenkt hatte und sich in den folgenden Tagen weiter ausbreitete. Die jungen Töchter aus den guten Häusern, die bisher in Begleitung ihrer Dienstmägde ausgegangen waren, waren nun von finster blickenden männlichen Angehörigen des Gesindes umgeben, wenn sie sich überhaupt in den Gassen der Stadt blicken ließen. Die Töchter aus den weniger guten Häusern schlossen sich in Gruppen zusammen und blickten dennoch ängstlich über ihre Schultern, wenn sie in eine einsamere Gegend gerieten. Selbst die Milch-, Eier- und Besenverkäuferinnen strichen gemeinsam durch die Gassen, auch wenn sie sich dabei gegenseitig das Geschäft wegnahmen. Sechsergruppen von Waibeln der Stadtbehörden patrouillierten im Jakoberviertel und in den Pfahlsiedlungen vor den Stadttoren, für den Fall, dass sich die Vorurteile der reichen Bürger bewahrheiteten und der Täter sich dort unter den Armen und den Kleinverbrechern versteckt hielt.

Bei der Totenmesse für Ulrich Wolfartshausers Tochter, drei Tage nach dem Fund der beiden Leichen, hatte sich weder ein neuer Mord ereignet, noch waren weitere Leichen gefunden worden. Was sich ebenso wenig gefunden hatte, war eine Spur zum Täter. Ulrich Wolfartshauser geisterte vom Morgengrauen bis zum Anbruch der Nacht durch die Gassen und schrie abwechselnd Verwünschungen gegen den Mörder seiner Tochter oder seinen Schmerz heraus. Dazwischen verhieß er dem eine Belohnung, der ihm den Kopf oder das Herz des Täters bringe. Während der Messe brach er zusammen und konnte nur mit Mühe zurückgehalten werden, den in ein Tuch eingewickelten Leichnam vom Totenbrett zu reißen. Der Bischof und die Stadtbehörden betrachteten seinen lautstarken Verfall mit Argwohn. Die halbe Stadt hatte sich eingefunden, viele der Männer waren demonstrativ bewaffnet und durchbohrten jeden mit Blicken, der sich nicht zu den wohlhabenden Bürgern Augsburgs zählen durfte. Der Stadtvogt schien zunächst seine Waibel aufbieten zu wollen, um die Männer gewaltsam zu entwaffnen, doch dann folgte er der Vernunft und versuchte, darüber hinwegzusehen.

Am Abend des dritten Tages befahl mich der Bischof in seine Arbeitsstube und stellte mir den Mann vor, den er für die Ermittlungen in diesem Fall als meinen Partner sehen wollte. Es war Gregor von Welden.

»Du hast dich nicht sehr verändert seit damals, als du den Fisch und seine Freunde ertränken wolltest«, sagte ich lächelnd. Er lächelte ebenfalls, aber seinem Gesichtsausdruck war zu entnehmen, dass er nicht wusste, wovon ich sprach. Er erinnerte sich nicht, mir und meinen Freunden – in jedem Fall Rem Änderlin – das Leben gerettet zu haben.

»Gregor ist hier, um die Sünden seines Vaters gutzumachen«, erklärte der Bischof in seiner trocken-beleidigenden Art. Gregor zuckte zusammen und versuchte, Haltung zu bewahren.

»Erzähl ihm, was du weißt, Gregor von Welden. Ich muss los, ein paar Dummköpfe vor einem Fehler bewahren.«

Was Gregor wusste, war dies: Ein Fischer aus dem Jakoberviertel war zu Ulrich Wolfartshauser gekommen und hatte ihm von einer Beobachtung erzählt, von Männern, die sich nachts im Keller eines leer stehenden Hauses bei den Lechgräben am Vogeltor trafen und dort sangen und seltsame Dinge taten. Der Fischer war der Ansicht, wenigstens einen Teil der Belohnung verdient zu haben, denn er hatte sich unter tausenderlei Ängsten näher geschlichen (was er so spät noch draußen in den Gassen tat, hatte er nicht verraten – wer gibt schon freiwillig zu, dass er nachts unterwegs ist, um die Reusen seiner Zunftgenossen um die schönsten Exemplare zu erleichtern?) und durch eine Luke gespäht und gesehen, dass die Leute dort im Keller heimliche Rituale vollzogen.

»Es gab vor ein paar Jahren eine kleine Zelle von Waldensern. Nach einigem Hin und Her und viel Zureden seitens des Bischofs hat man sie ausgewiesen und in Frieden ziehen lassen. Man nannte sie die Grubenleute, nach den Kellern, in denen sie sich trafen. Vielleicht sind sie zurückgekommen«, sagte ich und fügte in aller Naivität hinzu: »Was will der Bischof bei den Leuten? Sie sind Ketzer!«

»Bischof Peter«, erklärte Gregor, als kennte er ihn schon seit hundert Jahren, »ist nicht zu den Ketzern aufgebrochen.«

»Sondern?«

»Zu Ulrich Wolfartshauser.«

Ich starrte ihn an. »Wolfartshauser will die Ketzer ausräuchern.«

»Die perfekten Sündenböcke für die Morde.« Er grinste. »Die Juden sind ja schon vertrieben.«

»Wann treffen sich die Leute wieder?«

Er zuckte mit den Schultern. »Heute, wann sonst?«

»Weißt du, wo der Treffpunkt ist?«

Er nickte und sah mich argwöhnisch an. Ich sprang auf. »Komm mit.«

»Wohin?«

»Die Ketzer warnen.«

»Wozu denn, um alles in der Welt?«

»Wozu bist du denn hergekommen?«

»Ich? Na, um … um …« Plötzlich sprang er ebenfalls auf. Sein Gesicht verriet Eifer. »Das ist es! Wir verhindern, dass Wolfartshauser in seinem Hass die Bude ansteckt und die halbe Stadt dazu. Man wird mich als Helden feiern. Uns. Uns wird man feiern.«

Ich schüttelte den Kopf und musste widerwillig grinsen. Zu jung und meiner Position bei Bischof Peter zu sicher, entdeckte ich den Ehrgeiz nicht, der hinter seiner hastigen Rede steckte wie eine Not, die sich durch keine Tat lindern lässt. Er stürzte zur Tür. »Worauf wartest du noch?«, rief er.

»Damals in der Wolfszahnau«, begann ich, während wir gemeinsam die Treppe hinunterliefen, er in seinem feinen Mantel und dem Hut auf dem Kopf, ich in meinen abgetragenen Sachen, mit Ärmeln voller Tintenflecken von meiner früheren Arbeit in Bischof Peters Schreibstube, »weshalb bist du uns wirklich gefolgt?«

Er schwieg eine Weile und schien sich mühsam erinnern zu müssen. Das Ereignis, das sich mir so sehr eingebrannt hatte, dass ich noch immer die Todesangst in Rem Änderlins Gesicht zu sehen glaubte, hatte sich aus seinem Gedächtnis beinahe vollkommen verabschiedet. Er war mir ein Rätsel. Wir rannten den Hohen Weg hinunter und wichen den Kirchgängern, die zur letzten Messe des Tages heraufmarschierten und uns großäugig anstarrten, mit weiten Sprüngen aus. Wenn ich nicht das drängende Gefühl gehabt hätte, dass Menschenleben auf dem Spiel standen, hätte ich in die erschreckten Gesichter gelacht und mich meiner Kraft und meines Ungestüms gefreut.

»Der Fisch hatte sich mit dem Falschen angelegt«, keuchte er schließlich, als wir in die Judengasse einbogen. »Stänkerte mich an, als ich einmal im Jakoberviertel herumlief. Ich wollte ihm das Maul stopfen.«

Er war nicht wegen uns gekommen. Ich hätte es mir schon damals denken können, und dennoch war es wie ein Schlag vor den Kopf. Er hatte mit einem unbedeutenden Grobian und Schandmaul aus dem Jakoberviertel abrechnen wollen, dessen Beschimpfungen niemanden interessierten, weil er tagtäglich jedermann beschimpfte. Es war ihm nicht um ein paar verängstigte Jungen gegangen, so wenig wie es ihm jetzt um die Rettung von Menschen oder den Schutz der Stadt vor einer Feuersbrunst ging. Es war ihm einzig und allein um ihn selbst gegangen: sein Ansehen, seinen Ruf, den Klang seines Namens.

»Sie waren stets zu dritt, Mann!«, stieß ich hervor. »Sie hätten dich kaltgemacht.«

Er sah im Laufen zu mir herüber und lächelte. »Mm-mm«, machte er und schüttelte den Kopf. »Ich hatte ein Messer im Stiefel.«

Der Weg zum Vogeltor war lang und die Dämmerung fast hereingebrochen, als wir es endlich erreichten, keuchend und taumelnd und fast zu keinem Atemzug mehr fähig. Mein Herz schlug heftig, und Gregor krümmte sich vor Seitenstechen. Wir waren gelaufen wie die Verrückten.

Vermutlich war der Bischof genauso schnell zum Haus von Ulrich Wolfartshauser geeilt.

Dennoch waren wir alle drei zu spät gekommen.

Wolfartshauser hatte das Haus nicht angezündet; selbst in seinem maßlosen Zorn war er dazu nicht dumm genug. Die Wachmannschaft des Vogeltors hätte ihn auch daran gehindert. Woran sie ihn nicht hinderten, war, die drei Männer, die er und seine Freunde aus dem Keller des Hauses gezerrt hatten, grob zu misshandeln. Sie stießen sie zwischen sich hin und her und traten und schlugen sie. Es war ein Spießrutenlauf, den sie nicht beenden würden, bevor nicht wenigstens eines der Opfer besinnungslos zusammenbrach. Das jedoch war nicht das Schlimmste an der Szene; schlimmer war der Anblick von Bischof Peter, den zwei von Wolfartshausers Anhängern mit Messern bedrohten und so zum Stillhalten zwangen, Bischof Peter mit hochrotem Gesicht und noch immer keuchend von dem Weg, den er ausnahmsweise nicht in der Kutsche zurückgelegt hatte. Seine Bezwinger waren derart aufgestachelt vom Anblick der Brutalität, dass es nur noch eine Frage der Zeit sein konnte, bis sie anfingen, an ihm ihr Mütchen zu kühlen. Doch auch das war noch nicht das Schlimmste.

Das Schlimmste lag auf einem Karren inmitten des Geschehens, die Leichentücher vom Gesicht gewickelt und mit ausdruckslosen, tief in den Schädel gefallenen Augen in den dunkler werdenden Himmel starrend, umgeben von einem schütteren Ring aus Fackeln: Wolfartshausers ermordete Tochter. Die vergangenen Tage und die Sommersonne hatten den Zersetzungsprozess des Leichnams bereits weit vorangetrieben.

»Bleibt, wo ihr seid«, rief Wolfartshauser und drohte uns mit der Faust.

»Warum greift ihr nicht ein?«, schrie ich den Wachen zu. Der Wachführer blickte mich an und schüttelte den Kopf. Ich verstand nicht, was ihn und seine Männer bewog, und machte Anstalten, auf ihn zuzugehen, als auch der Bischof den Kopf schüttelte.

»Es sind Teufelsanbeter«, sagte er und verdrehte die Augen. »Wolfartshauser und seine Freunde haben sie bei einer Beschwörung ertappt.«

»Kurzen Prozess machen wir mit dem Gesindel!«, brüllte einer von Wolfartshausers Freunden und trieb sein Opfer mit einem Fausthieb weiter. Dieses, ein junger Mann mit lockigem Haar und blutigem Gesicht, schrie und stürzte auf das Pflaster, wo ihn sofort ein Hagel von Fußtritten dazu zu bewegen suchte, sich wieder aufzurappeln. Ich hörte seltsam erstickte Geräusche von dem Gestürzten und ahnte, dass der Mann vor Schmerz und Angst weinte. Der Bischof ballte die Fäuste und wandte sich von dem Weinenden ab. Er starrte mich an.

»Sie haben sie erwischt, wie sie einen Dämon beschwören wollten«, erklärte er.

Ich schluckte und versuchte, meinen keuchenden Atem zu beruhigen und gleichzeitig zu verstehen, was er mir sagen wollte. Er hatte uns nicht als seine Mitarbeiter angesprochen, und Wolfartshauser und seine Meute kannten uns nicht. Offensichtlich wollte der Bischof nicht, dass wir uns als Mitglieder seines Hofstaates zu erkennen gaben. Gregor richtete sich ächzend auf und hielt sich noch immer die Seite.

»Woher willst du denn wissen, dass gerade die deine Tochter umgebracht haben, Wolfartshauser?«, rief ich.

Wolfartshauser zerrte den zu Boden gefallenen jungen Mann in die Höhe und schleifte ihn zu dem Karren, auf dem der unsägliche Leichnam seines Kindes lag.

»Woher ich es weiß?«, kreischte er. »Woher ich es weiß? Ich weiß es einfach. Aber wenn's dir nicht genügt, Klugscheißer, ich kann's dir auch zeigen!«

»Bahrprobe!«, grölte einer seiner Freunde und trat einem anderen der herumgestoßenen Männer, als dieser auf das Pflaster fiel, so hart in die Seite, dass sicher mehrere Rippen brachen. Er sah nicht einmal hin. Er blickte zu Wolfartshauser hinüber und brüllte noch einmal: »Bahrprobe!«

Ich wechselte einen raschen Blick mit dem Bischof, der mir unverwandt in die Augen sah. Gregor beobachtete die Szene mit einer Mischung aus Faszination und Schrecken, und ich bemerkte, wie sich seine Lippen bewegten und er die Aufforderung lautlos wiederholte: Bahrprobe.

Wolfartshauser stöhnte vor Wut und Besessenheit und zerrte den jungen Mann an Haaren und Gewand auf die Beine. Ich konnte hören, wie dieser dumpf »Nein, nein!«, rief, dann rammte Wolfartshauser ihm die Faust in den Bauch. Der junge Mann beugte sich ächzend vornüber, darauf griff Wolfartshauser in seinen Haarschopf und hämmerte ihn mit dem Kopf auf den Karren. Die Fackeln wackelten in ihren Halterungen.

»Bahrprobe!«, brüllte er. »Da! Bahrprobe! Das Blut meines Kindes überführt dich!« Über seine Wangen liefen Tränen. »Da! Bahrprobe, du Teufel!«

Der Karren tanzte von den Schlägen, die meisten Fackeln fielen auf den Boden, wo sie weiterflackerten; der Kopf der Toten rollte hin und her, der Mund jetzt halb offen wie die starren Augen. Der junge Mann ruderte mit den Armen und schrie vor Angst und Schmerzen. Wolfartshauser ergriff die

Arme und drehte sie ihm auf den Rücken, hielt die Handgelenke mit seiner Faust umklammert und hieb den Schädel des Mannes weiter gnadenlos auf den Karren, wieder und wieder. Plötzlich ließ einer der Schläge den Kopf der Toten sich von der Unterlage heben und wieder zurückfallen. Ein Schwall Flüssigkeit ergoss sich aus dem offen stehenden Mund und über das weiße Leichentuch. Ich spürte, wie Gregor plötzlich meinen Arm packte. Wolfartshauser wich zurück und schrie auf. Dabei ließ er sein Opfer los, das schluchzend zu Boden sank und beide Arme schützend um den Kopf legte. Der Karren rollte ein kleines Stück nach vorn und kam aus dem Gleichgewicht, die Ladefläche kippte, ein Fässchen, das mir jetzt erst auffiel, geriet ins Rollen und fiel hinunter, ohne zu zerbrechen. Die Tote rutschte träge mit den Füßen nach vorn zu Boden, die umwickelten Knie knickten ein, sie rollte halb zur Seite und blieb dann mit dem Oberkörper gegen eines der beiden Karrenräder gelehnt still liegen. Der Kopf, der über die Kante der Ladefläche gerutscht war, pendelte nach unten, und ein weiterer Schwall Flüssigkeit schwappte auf den Boden.

Wolfartshauser heulte und sprang nach vorn, um den Karren aufzurichten, fiel über den auf dem Boden liegenden jungen Mann, und plötzlich schien ihm wieder einzufallen, wozu er gekommen war. Er riss etwas unter dem Karren hervor, ein Schwert, und schwang es, um es dem Gestürzten in den Rücken zu stoßen. Endlich verstand ich, was der Bischof mir hatte bedeuten wollen.

»Ihr dürft den Dämon nicht freilassen!«, schrie ich und sprang zwischen Wolfartshausers Freunde, »um Gottes willen, lasst den Dämon nicht frei!«

Wolfartshauser wandte mir sein irres Gesicht zu, das in den letzten drei Tagen um dreißig Jahre gealtert war. Er blinzelte.

»Der Dämon«, kreischte ich und wedelte mit den Händen. Dabei merkte ich, wie ich mich in die Panik hineinsteigerte, die ich vorschützte. »Wenn er einen von ihnen als Gefäß ausgesucht hat, und ihr zerstört das Gefäß, dann fährt er in einen von euch.«

Die Freunde Wolfartshausers hinter mir fuhren plötzlich auseinander. In der frei gewordenen Mitte sanken die Männer zu Boden, die sie verprügelt hatten, auf einmal unberührbar. Der Getretene wand sich keuchend und hielt seinen Brustkorb, die anderen stöhnten. Wolfartshausers Freunde wichen noch weiter vor ihnen zurück. Plötzlich war es beinahe still, das Ächzen der Geschlagenen und das Schluchzen des Mannes vorn am Karren waren die einzigen Geräusche. Wolfartshausers Schwert hing in der Luft. Der Augenblick war wie eingefroren, nur die Schwertspitze zitterte.

»Gib acht, Mann«, sagte einer von Wolfartshausers Freunden rau.

Ich spürte eine Bewegung an meiner Seite. Der Bischof hatte sich losgemacht und war neben mich getreten. Er sah Wolfartshauser an, als sei er es, der als besessen galt, und vielleicht war es auch so.

»Ich beschwöre dich, Unhold«, sagte er mit seiner tragendsten Stimme und machte das Kreuzzeichen, und fast alle der Umstehenden taten es ihm nach, »im Namen des Vaters und des Sohnes und des Heiligen Geistes, bei Abraham, Isaak und Jakob, bei allen Patriarchen, Propheten, Aposteln, Märtyrern …« Er holte Atem und zischte mir zu: »Bring den armen Teufel aus der Reichweite des Schwerts, bevor ich nicht mehr weiter weiß!«, und breitete die Arme aus, »… bei allen Bekennern, Jungfrauen und Heiligen Gottes …«

Ich machte einen Satz nach vorn, aber Wolfartshauser brüllte auf, ließ das Schwert fallen, riss stattdessen das Fässchen in die Höhe und schlug den Deckel ab.

»Wenn ein Dämon in dir ist, sollst du brennen!«, stöhnte er. »Brenn, du Teufel!«

Er hob das Fässchen in die Höhe und ergriff gleichzeitig die letzte der Fackeln vom Karren. Der zähe Inhalt des Fässchens rann heraus und über die kauernde Gestalt auf dem Boden. Pech und Lampenöl: Im Belagerungsfall goss man es gern brennend auf die Köpfe der Belagerer, im Fall einer Hinrichtung bedeckte es die Bohlen des Scheiterhaufens. Ich zuckte zurück.

Eine lange Gestalt schoss an mir vorbei und fiel Wolfartshauser in den Arm, und plötzlich waren das Fässchen und die Fackel Gegenstand eines heftigen Gerangels. Wolfartshauser machte sich frei und hieb mit der Fackel nach Gregors Gesicht, und dessen Hut wirbelte brennend davon. Gregor duckte sich, Wolfartshauser schlug erneut mit der Fackel zu, Gregor bekam den anderen Arm mit dem Fässchen in den Griff und hieb auf das Handgelenk. Das Fässchen flog davon, prallte auf den Karren und verspritzte seinen Inhalt über die Ladefläche und die Tote. Die Fackel schwang zurück und wieder über Gregor hinweg. Dieser schlug Wolfartshauser ins Gesicht, und was dann geschah, geschah so langsam wie im Traum.

Wolfartshauser verlor die Fackel.

Sie wirbelte auf den Karren hinunter und landete in einem Funkenregen.

Das Pech fing Feuer.

Wolfartshauser öffnete den Mund zu einem Schrei.

»NEE-EE-IIINN!«

Der Karren flammte auf.

Wolfartshauser wollte sich in das Feuer stürzen, doch Gregor hielt ihn zurück. Wolfartshauser kämpfte, aber seine Kraft war erlahmt, und schließlich sank er laut stöhnend zu Boden. Der Karren brannte wie der Scheiterhaufen des Johannisfeuers, die Deichsel, die Räder, die Ladefläche, die Tote darauf, ihr Haar, das Leichentuch, alles brannte und sandte dicken schwarzen Qualm in die Abendluft.

Die Torwachen kamen zu sich und stürzten zum Vogeltor hinüber, um die Wassereimer zu holen.

Gregor schleifte den halb besinnungslosen Wolfartshauser vom Feuer weg. Ich konnte sehen, dass Gregors Stirnhaare und seine Augenbrauen von der Fackel versengt waren. Der Bischof klopfte mir auf die Schulter und stapfte zu der Stelle hinüber, an der Gregor den Steinmetz hatte zu Boden sinken lassen. Als die Wachen mit den Eimern wiederkamen, füllten sie sie unten im Lechgraben. Dann standen sie jedoch um den Karren herum und brachten es nicht übers Herz, das Feuer zu löschen und Wolfartshauser den halb verschmorten Körper seiner Tochter zum Begräbnis zu überlassen. Die umstehenden Häuser waren nicht in Gefahr. Wolfartshausers Freunde standen mit hängenden Köpfen und bleichen Gesichtern da. Es war alles ganz anders gekommen, als sie gedacht hatten.

Ich war der Einzige, der auf den jungen Mann achtete, den Wolfartshauser zuerst hatte erstechen und dann verbrennen wollen. Er rappelte sich hoch und taumelte vor der Hitze des Feuers zurück. Dann richtete er sich ganz auf und drehte sich zu uns um, eine schwarze Silhouette vor dem Feuer, das Gesicht ein formloser Schatten im hellen Flackern, in dem nur die Augen im Widerschein des Feuers leuchteten. Nur ich hörte sein irres Kichern, und meine Haare stellten sich auf, als er flüsterte: »Ich habe ihr Blut getrunken und ihr Fleisch gekostet. Ich. Ich. ICH!«

Die Lambertikapelle war dunkel bis auf das ewige Licht, dessen Flackern ich unter dem Türspalt sehen konnte. Ich hatte die Stimme in der letzten Nacht gehört; in dieser Nacht hörte ich sie nicht wieder. Was immer mich hatte hertreiben wollen, Bischof Peters Gespenst, das Gespenst des Mannes, der sich selbst in seiner Gefängniszelle den Tod gegeben hatte, die Gespenster all derer, die ich hatte unschuldig sterben sehen, während ich dem nachging, was Gott zu meiner Berufung gemacht hatte oder ganz einfach – und am wahrscheinlichsten – das Gespenst meines eigenen schlechten Gewissens, es hatte gewusst, dass ich diesmal von allein kommen würde.

Ich stand vor der Tür der Kapelle. Das Mitternachtsläuten war vorüber. Es heißt, in der kurzen Zeit, in der der alte Tag noch nicht ganz vergangen ist und der neue noch nicht ganz begonnen hat, ist vieles möglich und Tore zu verschlossenen Welten können sich öffnen. Das zu glauben, war ich eher geneigt als daran, dass das Zentrum eines ungeschickten Kreidekreises auf dem Boden einen Eingang in das Universum der Dämonen darstellte. Und was die verschlossenen Welten betraf – waren sie nicht lediglich die von uns selbst versperrten Welten unserer Erinnerung?

Ich wusste, was mich in der Kapelle erwartete.

Ein leerer Raum, in dem das Gold und die Farben des kleinen Altars matt in der Kerzenflamme des Ewigen Lichts schimmerten.

Ich wusste, was ich dort sehen würde.

Was ich dir befehle, das tue ohne Zögern. Ich stieß die Tür auf.

2.

»Die Bahrprobe hat ihn überführt«, sagte Gregor und erschauerte noch nachträglich.

»Er war's nicht.«

»Und er hat es selbst gestanden.«

»Ich sag dir: Er war's nicht.«

Der Bischof schüttelte müde den Kopf, aber er hörte Gregors und meiner Auseinandersetzung ruhig zu.

»Na gut, dann nicht er, sondern der Dämon, von dem er besessen ist.«

»Das Einzige, wovon das arme Schwein besessen ist, ist eine Heidenangst. Der Spießrutenlauf und Wolfartshauser, der ihn mit dem Kopf auf den Totenkarren schlug – das hat ihm den Rest gegeben.«

»Als ihn der Stadtvogt nach seinem Namen fragte, sagte er: Ich bin der Knecht der Finsternis, und mein Name ist Legion.«

»Er weiß nicht, was er sagt und wie sein richtiger Name lautet. Aber dass er einen Mord begangen hat, daran soll er sich zuverlässig erinnern können?«

»Wenn ihm die Wächter etwas zu essen oder den Eimer bringen, nennen sie ihn jedenfalls ›Legion‹. ›Legion hat keinen großen Hunger‹ oder ›Legions Därme sind ganz schön zugenäht‹. Und ihr Gelächter klingt ziemlich scheppernd dabei.«

»Willst du damit sagen, dass die abergläubische Angst dieser dummen Kerle irgendetwas beweist?«

»Seine Gesinnungsgenossen haben ihn ebenfalls angeschwärzt.«

»Die wollen doch nur ihre eigene Haut retten.«

»Immerhin haben sie zugegeben, nigromantische Praktiken verübt zu haben«, warf der Bischof ein. »Und Wolfartshauser, dieser gottverdammte Idiot, läuft überall herum und erzählt, die Grubenleute seien zurückgekommen und verdammten Augsburg mit ihren ketzerischen Praktiken und ihren Menschenopfern zum Untergang. Wenn er noch lange so weitermacht, zerren die Menschen ihre Nachbarn aus den Häusern und schlagen sie tot, weil sie sie plötzlich für Ketzer halten.«

»Er kann eben nicht glauben, dass seine Tochter wegen nichts und wieder nichts sterben musste. Er hat sich in den Kopf gesetzt, dass man sie als Menschenopfer auserkoren hatte.«

»Selbst beim Tod seines Kindes«, seufzte Bischof Peter und schien nicht zu merken, wie schrecklich zynisch seine Worte klangen, »muss es für Ulrich Wolfartshauser noch was Besonderes sein.«

»Jedenfalls sind die Kerle Teufelsbeschwörer!«, zischte Gregor.

»Nigromantische Praktiken und Teufelsbeschwörung sind nicht unbedingt das Gleiche. Soweit ich weiß, haben sie gestanden, dass sie nur weissagen lassen wollten – der König auf dem Fingernagel und der beschlagene Metallspiegel, der Weihrauch in der Mitte des Tetragramms, das Blut des Wiedehopfs und all dieser Unsinn …«

»Das ist, was sie *zugegeben* haben«, erklärte Gregor mit Betonung.

»Was willst du, Peter?«, fragte der Bischof. »Soll ich den jungen Kerl foltern lassen, damit er sein Geständnis *zurücknimmt*?«

»Bei allem Respekt, Exzellenz: Nach der Szene beim Vogeltor hat der Mann einfach das gesagt, von dem er glaubt, dass sein Peiniger es hören wollte.«

»Wenn er es nicht mittlerweile selbst glaubt …«

»Wäre das ein Wunder, Exzellenz?«

»Worüber diskutieren wir eigentlich?«, fragte Gregor und

lächelte beschwichtigend. »Wenn er Agnes und ihre Zofe umgebracht hat, hat er den Strick verdient. Wenn er von einem Dämon besessen ist, den Scheiterhaufen. Was immer sich von beiden Geständnissen als die Wahrheit herausstellt, der Mann ist auf jeden Fall Futter für die Würmer – es kommt nur darauf an, ob ihnen das Mahl roh oder gebraten vorgesetzt wird.«

Bischof Peter verzog das Gesicht angesichts der Geschmacklosigkeit, was Gregor offenbar nicht bemerkte. Er sah vom Bischof zu mir mit der Miene eines Advokaten, der dem Richter soeben sein schlagendstes Argument vorgetragen hat.

»Er hat nicht einmal gewusst, dass es eine zweite Tote gab: die Zofe.« Mein Argument war nicht weniger überzeugend.

Gregor zuckte mit den Schultern und sah zu Boden.

»Er hat in der Zwischenzeit auch diesen Mord gestanden – ohne dass ihm der Henkersknecht die Folterwerkzeuge auch nur gezeigt hätte«, erinnerte Bischof Peter.

»Wenn Exzellenz mir eine halbe Stunde mit dem Verdächtigen geben, komme ich mit dem Geständnis wieder, dass er Jesus Christus ans Kreuz genagelt hat.«

»Hüte deine Zunge«, knurrte der Bischof, ein Grinsen unterdrückend. »Ich dulde keine Blasphemie unter diesem Dach, Herrgott noch mal!«

»Ich verstehe nicht, worauf du hinauswillst«, sagte Gregor. »Wir haben einen Gefangenen, der die Morde an den beiden Frauen zugibt und noch dazu aussagt, von einem Dämon angestiftet worden zu sein. Die halbe Stadt steht vor dem Rathaus und schwingt die Fäuste und verlangt, dass der Stadtvogt ihn ausliefert, damit sie ihn auf dem Rathausplatz totschlagen können. Wenn er baumelt, kehrt wieder Ruhe ein – und Wolfartshausers Seele hat auch ihren Frieden.«

»Ein Glück, dass der Stadtvogt uns den Gefangenen überlassen hat. Im Keller des Fronhofs vermutet ihn keiner.« Der Bischof lehnte sich zurück, zufrieden, dass er den Stadtvogt und den Bürgermeister zu dieser Finte hatte überreden können.

»Worauf es mir ankommt, ist die Wahrheit«, sagte ich pompös. Gregor seufzte. »Und wie willst du die rausbekommen? Wenn es stimmt, was du sagst, hat sich der Kerl vor Angst in die Überzeugung gesteigert, dass er unter dem Befehl eines Dämons steht. Wenn es stimmt, was ich und der Rest der Stadt glauben, ist er tatsächlich besessen. Und jetzt? Willst du einen zweiten Dämon beschwören, der dem ersten ein paar aufs Maul haut und ihn vertreibt, damit unser Gefangener wieder zu sich kommt und sagt: Stimmt, ich war's ja gar nicht, ich war nur Semmeln holen?«

»Es reicht«, befand der Bischof. »Wir lösen das Problem nicht, wenn wir uns hier gegenseitig verspotten. Gregor, du hast dich als ein tapferer Verbündeter gezeigt. Wenn es dein Wunsch war, dass dem Namen, den dein Vater verunreinigt hat, an meinem Hof wieder Respekt bezeugt wird, hast du dein Ziel erreicht.«

Gregor beugte den Kopf und sagte heiser: »Danke.«

»Die Stadtväter werden den Prozess in Kürze beginnen. Der Gefangene ist geständig, die Morde sind dank der gestrigen Ereignisse bis an die Herzogshöfe nach München und Landshut bekannt geworden. Peter, wenn du glaubst, irgendetwas zugunsten des Kerls da unten im Keller unternehmen zu müssen, hast du wenig Zeit. Gregor soll dir helfen – wenn Gregor Lust hat, in meinen Dienst zu treten.«

»Als Seiner Exzellenz Burggraf?«, fragte Gregor schnell.

»Als Peter Bernwards Partner«, erklärte der Bischof und zog die Brauen zusammen. »Nicht mehr – nicht weniger.«

Gregor schien zu merken, dass er dabei war, den Bogen zu überspannen. »Danke«, sagte er nochmals.

Gregors Worte hatten eine Idee in mir geweckt.

Die jungen Männer hatten sich augenscheinlich in der Dämonenbeschwörung versucht, und Wolfartshauser hatte dem, den auch ich mittlerweile »Legion« zu nennen begann, den Gedanken, von einem Dämon besessen und Agnes ermordet zu haben, regelrecht eingehämmert. Dass er erst während des ersten Verhörs auf den Gedanken gekommen war, er könnte auch der Mörder der Zofe sein, an die der vor Trauer halb verrückte Wolfartshauser kein Wort verschwendet hatte, war für mich der beste Beweis, dass das ganze Geständnis nur der Ausfluss eines verwirrten Geistes war, der im Gefängnis seiner Angst und seines Irrglaubens um Hilfe rief.

Es waren dramatische Ereignisse gewesen, die Legion in den Zustand versetzt hatten, in dem er sich befand, und ich war der Meinung, dass nur ein ebenso dramatisches Ereignis ihn daraus würde befreien können.

Gregor beschäftigte sich den Rest des ersten Tages als mein Partner damit, seine Habseligkeiten in den Palast zu schaffen und den Knechten und Schreibern zu erläutern, wer er war. Ich war nicht böse darüber, so musste ich nicht erklären, warum ich ihn nicht in die Studien einbezog, die ich in den Pergamenten und Codices im Archiv des Bischofspalastes anstellte.

Ich wartete den Einbruch der Dunkelheit ab, bevor ich in den Keller hinunterstieg. Die Wächter kannten mich; sie fragten nicht einmal nach, was ich mit dem Gefangenen vorhatte. Legion kicherte und warf Blicke um sich, auf die die Wächter mit hastigen Kreuzzeichen reagierten, war aber ansonsten friedlich und folgsam. Es kam den Wächtern nicht in den Sinn, darüber nachzudenken, ob es einen so duldsamen Dämon geben konnte. Sie prüften seine Handfesseln und erkundigten sich, ob ich wirklich nicht einen von ihnen als Begleitung zum Verhör mitnehmen wollte, und gaben ihn mir dann in treue Obhut.

Legion fragte nicht, wohin ich ihn brachte. Auf dem Weg zur Lambertikapelle kicherte er ein paar Mal und versuchte, bösartig auszusehen. Er ließ sich widerstandslos in die Kapelle schaffen und setzte sich auf den Boden vor dem Altar. Ich sah zu den Heiligen und zum gekreuzigten Jesus auf und war auf einmal meiner Sache nicht mehr sicher. Dann bekreuzigte ich mich und schluckte und zog ein Stück Kreide aus der Tasche.

»Was ist das?«, flüsterte Legion, als ich meine ungelenke Zeichnung vollendet hatte und zurücktrat, um ihm einen Blick darauf zu gönnen. »Nimm es weg.«

Ich wandte mich zu ihm um und bemühte mich, so überlegen zu tun wie König Salomon, der größte Dämonenbeschwörer aller Zeiten.

»Du weißt es selbst.«

»Nimm es weg.« Er versuchte, mit den Füßen nach dem Trigramm zu treten, unternahm aber sonst nichts. Sein Gesicht war ängstlich verzerrt.

Ich fragte mich, ob dies ein Zeichen war, dass ich mich auf dem richtigen Weg befand. Ob ja oder nein, ich hatte angefangen, und ich musste weitermachen. Ich zündete sämtliche Kerzen an und dazu noch die, die ich selbst mitgebracht hatte. In das Zentrum des Symbols stellte ich eine Schale mit Weihrauch und zündete ein Stück Holzkohle an. Legion begann zu wimmern und gleichzeitig zu kichern. Seine Geräusche und die Stimmung, die in der Kapelle aufkam, brachten meine Überlegenheit auf einmal ins Wanken. Ich sah zu Jesus Christus am Kreuz und war bereit, jedes Schattenspiel auf seinem Gesicht als Zeichen der Missbilligung zu deuten und als Signal dafür, dass ich aufhören sollte. Doch das leidende Gesicht des Erlösers war von mir und meinem Tun abgewandt und enthielt nicht die leiseste Botschaft.

Die Kohle glühte nach kurzer Zeit. Ich streute die Weihrauchkörner darüber und atmete den Duft der ersten dünnen Rauchfahne ein, bevor er zu intensiv wurde. Mein Kopf wurde leicht.

»Mach es aus«, flüsterte Legion.

»Du da drinnen«, sagte ich und strengte mich an, spöttisch zu grinsen, »hast du Angst? Du hast Grund, denn ich werde dich austreiben bis in den tiefsten Grund der Hölle, wo du hergekommen bist, und du wirst heulend und zähneklappernd dort ankommen.«

»Mach es aus. Nimm es weg.«

Die Kerzenflammen ließen die Schatten unter dem Gewölbe und in den Ecken zusammenschmelzen und zucken. Der Weihrauchdunst breitete sich aus.

»Was willst du von mir?«, winselte Legion.

»Ich treibe dich aus und hole die Seele des Menschen, in dem du dich befindest, wieder ans Tageslicht – und mit ihr die Wahrheit.«

»Das wagst du nicht.«

»Oh«, sagte ich, »glaubst du? Ich habe schon angefangen.«

Ich trat an ihn heran, und er versuchte, mich zu treten. Seine Bewegungen waren schwächlich. Ich band ihm die Oberschenkel, Knie und Fußknöchel zusammen und schleifte ihn dann ins Innere des Trigramms. Er stöhnte.

»Nicht, nicht ...«, stammelte er. »Tut es nicht. Ich will nicht das Gefäß sein. Lasst mich los, warum muss ich es sein?«

Ich sah auf ihn hinunter, während er sich kraftlos in meiner Kreidezeichnung wand und das meiste davon verwischte. Mir begann zu dämmern, dass seine Kumpane nicht die volle Wahrheit gesagt hatten.

»Wir wollen noch mal würfeln, einverstanden?«, sagte er mit der Stimme eines Kindes, das eine unmögliche Bitte durchsetzen will. »Wenn es mich dann wieder trifft, ist es der Wille des Herrn.«

»Ihr habt es ausgelost«, sagte ich.

»Immer trifft es mich«, jammerte er. »Immer entscheiden die Würfel gegen mich. Das ist ungerecht.«

»Das ist nicht nur ungerecht«, murmelte ich und trat an die Schale mit dem Weihrauch heran, »das ist Beschiss.«

Sie hatten Dämonen beschworen, und sie hatten, um diese einzuladen, ihnen einen menschlichen Körper versprochen, der für die Zeit ihres Erscheinens als Gefäß dienen mochte. Zugleich hatten sie so viel Angst vor ihrem eigenen Tun gehabt, dass sie den Einfältigsten unter ihnen beim Auslosen, wer das Gefäß sein müsse, betrogen. Um wie viel besser als sie war ich, der ihn jetzt wieder betrügen wollte, wenn auch mit letztendlich besseren Absichten?

Ich stellte den Weihrauch außer Reichweite seiner Bewegungen ab und wedelte den Rauch in seine Richtung. Er begann zu husten. Ich streute weitere Weihrauchkörner auf die glimmende Kohle und blies darauf.

In keiner der Schriften, die ich im Archiv gefunden hatte, war verzeichnet gewesen, wie der Nigromant seine Beschwörung beginnt. Die Formeln waren niedergeschrieben, nichts jedoch über die Form. Ich nahm an, dass Legions Kumpane auch nicht mehr gewusst hatten und dass ich nicht viel falsch machen konnte. Ich hatte gelesen, dass dem Zelebranten eine mehrtägige Askese empfohlen wurde; er sollte frisch gebadet und frisch rasiert sein; er sollte ein weißes Gewand tragen. Es waren fromme Rituale, die zu unheiligem Tun missbraucht wurden, und ich hätte sie nicht einmal eingehalten, wenn ich dafür die Zeit gehabt hätte. Ich kümmerte mich nicht darum, ob die Befolgung der Empfehlungen die Erfolgsaussichten erhöhten. Ich hatte nicht die Absicht, einen tatsächlichen Dämon zu beschwören oder zu bannen. Alles, was ich wollte, war Legion noch einmal bis in die Tiefe seiner Seele zu erschüttern und ihn glauben zu machen, dass der eingebildete Dämon ihn wieder verlassen hatte.

Ich warf nochmals einen Blick auf das Kruzifix und flüsterte: »Herr, behüte mich, denn du weißt, dass ich diesem armen Kerl dort nur helfen will«, dann holte ich Atem und begann mit der Zeremonie.

»Sag mir deinen Namen, Ausgeburt der Hölle.«

»Hör auf.«

»Sag mir, aus welchem Kreis der Hölle du kommst.«

»Nimm es weg.«

»Sag mir, wer du bist in der Ordnung der dämonischen Wesen.«

»Mach es aus!«

»Sag mir …«

Er begann so plötzlich zu kreischen, dass ich zusammenfuhr: »Hört auf, hört auf, ich will nicht mehr! Diesmal kommt er tatsächlich, ich fühle es. Macht mich los! Ich habe Angst.« Er begann zu weinen. »Macht mich los, macht mich los …«

Ich schwieg und sah ihm zu, wie er sich wand. Seine Bewegungen hatten ihn längst aus dem Zentrum der Kreidezeichnung herausgetragen, aber es war nicht von Bedeutung.

»Bitte, bitte, bitte …«, flehte er und schluchzte, »lasst mich frei, bitte lasst mich gehen.«

»Ich beschwöre dich im Namen des Vaters und des Sohnes und des Heiligen Geistes …«

»Nein, nein!« Er stöhnte wild und bäumte sich auf. »Hört auf damit. Ich zeige euch beim Stadtvogt an, beim Bürgermeister, beim Bischof, ich sag es ihnen, auch das mit den gestohlenen Schweinen …«

»Und das mit den beiden geopferten Frauen?«

»Die Schweine, die ihr gestohlen habt, als wir das Blut brauchten, und die Hostien. Ich sag auch das mit den Hostien, dass wir sie im Ärmel versteckten, anstatt sie zu nehmen, und das Blut darüber geschüttet haben. Macht mich los, sonst sag ich alles!«

»Im Namen dessen, vor dem alles im Himmel und auf Erden zittert …«

»Hört auf, lasst mich gehen, ich will nicht mehr, oh bitte, bitte!«

»Ich beschwöre dich …«

»Nein, nein, nein!«

»Ich biete gegen dich auf alle Dinge, die Macht haben im Himmel, auf der Erde und darunter …«

Er bäumte sich auf und schrie, dass ich fürchtete, man werde es bis in den Bischofspalast hinüber hören. Dann lag er plötzlich still und stierte mich durch die Weihrauchschwaden an. »Wer sind Sie denn?«, fragte er so klar, wie ich es noch nie von ihm gehört hatte.

Mein Herz machte einen Satz. »Ich treibe dir den Teufel aus«, sagte ich hastig und sprudelte los: »Ich befehle dir, du böse, falsche Schlange, aus der Kraft des Herrn, ich beschwöre dich im Namen des reinen Lamms, das über Nattern schreitet, das den Löwen in den Staub tritt und den Drachen: Was ich dir befehle, das tu ohne Zögern. Zittere und bebe vor Furcht, wenn der Name des Herrn erschallt, Ely, Sother, Sabaoth, den die Hölle fürchtet und dem alle Kräfte des Himmels, seine Throne und Herrschaften und alle anderen Kräfte untertan sind, die ihn fürchten und anbeten, den Cherubim und Seraphim ohne Unterlass preisen. Er, der von der Jungfrau geboren wurde, befiehlt dir. Der Herr, der dich erschaffen hat, befiehlt dir: Was ich von dir verlange, das tue sogleich. Je länger du zögerst zu gehorchen, desto schlimmer wird jeden Tag deine Strafe sein. Ich verbanne dich, verfluchter, lügenhafter Geist, mit den Worten der Wahrheit.«

Der Mann auf dem Boden starrte mich an. Seine Augen waren weit aufgerissen und rot gerändert, sein Mund war ebenso offen zu einem lauten Schrei, den ich die ganze Zeit zu übertönen versucht hatte und der nun verstummt war. Ich gab den Blick zurück, und mir wurde eiskalt, weil ich dachte, das Leben sei aus ihm gewichen, aber dann sah ich das heftigen Heben und Senken des Brustkastens. Es war so still in der Kapelle, dass ich meinte, das Wirbeln und Quellen des Weihrauchs zu vernehmen. Mein Herz schlug in meinem Hals, meine Arme zitterten und meine weit ausgestreckten Hände waren taub. Meine Zunge klebte am Gaumen fest.

»Peter? Peter Bernward?«

Ich beugte mich langsam nach vorn und stierte Legion an, während sich alle Haare an meinem Körper aufrichteten. In jener langen Sekunde, in der mein Name in mein Hirn drang und ich sah, dass der Mann auf dem Boden nicht einmal die Lippen bewegt hatte, in jener Zeitspanne, in der die Stimme so körperlos in den Weihrauchschwaden hing wie ein eiskalter Hauch, hätte ich jeden Eid geschworen, dass es die Welt der Dämonen gab und ich von dort aus angeredet worden war. Dann hörte ich Schritte von der Eingangstür der Kapelle, und jemand war neben mir, fasste mich an der Schulter, drehte mich herum und sah mir ins Gesicht und sagte: »Um Gottes willen, Peter, was hast du getan?«

Ich fuhr mir mit der Zunge über die Lippen. Mein Herz raste so wild, dass ich kaum Atem fassen konnte. Ich sah eine hoch gewachsene, dunkle Gestalt, deren Umrisse in den Kerzenflammen zu wabern schien, als stünde sie mitten im Feuer.

»Gregor?«

»Was soll das, bei allen Heiligen?«

Ich blinzelte. Meine Lider waren wie von Spinnfäden benetzt. »Gregor«, krächzte ich. »Gregor. Warte. Ich ...«

Ich wand mich aus seinem Griff und drehte mich zu Legion um. Die Weihrauchkörner sandten eine letzte Rauchfahne in die Höhe und verglommen dann und begannen nach Verschmortem zu riechen. Die Kapelle um mich herum schwankte.

»Wer bist du?«, flüsterte ich und sah dem Mann auf dem Boden in die Augen. »Wie ist dein Name? Weißt du, wessen man dich schuldig spricht?«

»Peter, du hast doch nicht ...?«

»Mein Name ...«, stammelte der Mann auf dem Boden und runzelte die Stirn. »Mein Name ...« Plötzlich lächelte er, und es wurde mir noch kälter, als es ohnehin schon war, und ich wusste, dass ich versagt hatte, noch bevor er sprach. Ich taumelte zurück und musste mich an Gregor festhalten, der vor Entsetzen so bleich war wie ein Tuch. Alles, was ich vollbracht hatte, war, den Unglücklichen noch tiefer in sein Elend zu stürzen; alles, was mir gelungen war, war, das erste Feuer an den Scheiterhaufen zu legen, der ihm nun sicher war.

»Mein Name ist Legion«, sagte er und kicherte, »und ich bin der Knecht der Finsternis.«

Im Morgengrauen weckte mich Gregor aus einem Fieberschlaf. Er führte mich schweigend in die Kellerräume des Palastes und an den Wächtern vorbei, die mit steinernen Gesichtern vor der offenen Zellentür standen und nicht wagten, uns in die Augen zu blicken.

Legion lag vor der Wand, die lange Fußkette an seinem Bein gespannt, die Arme unter seinem Körper, ein schmales Bündel Kleider, vollkommen bedeutungslos. Eine Kopie des Bildes, das ich auf den Boden der Lambertikapelle gemalt hatte, war in das Mauerwerk geritzt. Die Fliegen, die sonst auf dem Fäkalieneimer saßen, wimmelten auf Legions Leichnam.

Das Zentrum des fünften Kreises war der Eingang zur Welt der Dämonen. Legion hatte versucht, dorthin zu gelangen. Er hatte das Trigramm in die Wand gekratzt und war dann mit dem Kopf dagegen gelaufen, wieder und wieder, als könnte er den Einlass erzwingen. Vor mehr als zweihundert Jahren hatte sich der abtrünnige Kanzler Kaiser Friedrichs aus Apulien auf diese Weise in seiner Zelle umgebracht, und sooft ich davon gelesen hatte, hatte ich mich gefragt, ob es wirklich möglich war, den eigenen Schädel zu zerschmettern. Ich fragte es mich immer noch, während ich gleichzeitig dachte, verrückt zu sein, dass dies der erste Gedanke war, der mir in den Sinn kam. Legion war tot, und das klumpig Geronnene, das an der Wand klebte und von Fliegen übersät war, drehte mir den Magen um.

»Ich habe ihn umgebracht«, flüsterte ich.

»Du kannst nichts dafür, Peter. Er hat sich selbst gerichtet.«

»Ich hätte die Zeremonie nicht durchführen dürfen …«

»Welche Zeremonie?«

»Die Beschwörung …«

»Welche Beschwörung?«

Ich sah ihn verwirrt an. Er legte mir den Arm um die Schultern und drückte mich an sich. Die Wächter konnten nichts hören, als er mir ins Ohr flüsterte: »Soweit ich weiß, ist gestern nichts Merkwürdiges geschehen. Du hast den Gefangenen noch einmal verhört, diesmal in Gegenwart des heiligen Lambert, weil du dachtest, der Heilige werde ihm Angst einflößen. Du hattest keinen Erfolg und hast ihn wieder zurückgebracht. War sonst noch was?«

»Gregor, ich habe Schuld auf mich geladen …«

»Unfug. Das arme Schwein ist gegen die Mauer gerannt, bis ihm der Schädel platzte. Er war verrückt. Oder der Dämon hat ihn dazu gebracht. Jedenfalls ist er tot, und das hat ihm den Galgen oder das Feuer erspart, und wir sollten dankbar sein, dass seine Seele jetzt erlöst ist.«

»Ich muss es dem Bischof sagen. Ich muss die Schuld auf mich nehmen.« Ich fühlte, wie mir plötzlich Tränen der Reue in die Augen traten. Meine verfluchte Arroganz, zu glauben, ich könnte mit der Seele eines Menschen spielen. Sie hatte Legion den Tod gebracht – und mich würde sie ins Gefängnis bringen und dann in die Verbannung. Was ich getan hatte, war unverzeihlich.

»Bist du verrückt?« Er zog mich noch näher zu sich heran und lächelte. »Ich will es hier zu was bringen. Das schaffe ich nie ohne deine Hilfe. Ich werde doch nicht zulassen, dass mein Partner wegen einer Geschichte Schwierigkeiten bekommt, die im Übrigen niemals passiert ist.«

Er schob mich aus der Zelle hinaus und erklärte den Wächtern, dass ich aus Gram um den Selbstmord des Gefangenen schwach geworden sei. Sie baten mich, dem Bischof zu versichern, dass sie streng über den Gefangenen gewacht und keinesfalls geschlafen hätten und ihnen unerklärlich sei, wie er sich selbst hatte töten können. Sie dachten nur daran, welcher Tadel ihnen aus Legions Tod erwachsen könnte. Gregor dachte nur daran, dass der Bischof ihn als meinen Partner vielleicht mitverdächtigen und wieder aus seinen Diensten entlassen würde, wenn ich verkündete, was ich getan hatte. Ich dachte daran, dass ich aus dem schieren Glauben, alles besser zu wissen, einen Tod auf meine Seele geladen hatte.

An den Menschen, der mit gespaltenem Schädel in seiner Zelle lag und dessen Hirn von der Zellenmauer rann, dachte niemand.

Einige Wochen nach diesem Vorfall setzte ich mich in einen Beichtstuhl und eröffnete Bischof Peter, was ich getan hatte. Es wurde ein langer Bericht, und ich beschönigte nichts. Als ich fertig war, wartete ich darauf, dass er mir sagte, ich solle mich in einer der Kerkerzellen einfinden. Nachdem einige lange Momente verstrichen waren, ohne dass ich etwas gehört hätte, stand ich auf, ging um den Beichtstuhl herum und spähte in die kleine Kabine, in der der Bischof gesessen hatte. Sie war leer.

Nach einigem Suchen fand ich ihn in der Augustinus-Kapelle. Er kniete auf dem Boden und betete lautlos. Es sah aus, als sei er schon immer dort gewesen. Ich wusste nicht, wie viel von meiner Beichte er angehört hatte, bevor er beschlossen hatte, dass es nichts war, was er wirklich erfahren wollte. Ich wusste nur, dass er lautloser aufgestanden und davongeschlichen war als ein Luchs. Offenbar war mir eine zweite Chance gegeben.

Und mit der Zeit vergaß ich, was ich getan hatte.

3.

Die Kapelle war genauso so leer wie vorher. Noch immer brannte lediglich das Ewige Licht darin. Ich wischte mir eine Träne aus den Augen. Dann kniete ich nieder und betete: für Bischof Peter, der mich damals verstanden hatte, für Gregor von Welden, der mich damals nicht verraten hatte, für Legion, der nur ein Opfer gewesen war, weiter nichts, für die beiden Frauen, die ermordet worden waren, ohne dass der wirkliche Täter dafür hätte büßen müssen, für Maria, meine verstorbene Frau, und für Jana, meine neue Gefährtin, für meine Tochter Maria, die ich nicht noch ein drittes Mal verlieren wollte. Am innigsten aber betete ich dafür, dass ich die Chance bekäme, meinen Fehler von damals wieder gutzumachen, und eine unschuldige Seele zu retten – zum Ausgleich für die, die ich auf dem Gewissen hatte.

Ich hoffte, dass es entgegen Elisabeth Klotz' Worten irgendwie doch möglich war, alte Sünden ungeschehen zu machen.

Dann betete ich für Martin Dädalus und Ludwig Stinglhammer und schwor mir, dass ich alles tun würde, um einen dritten Mord zu verhindern.

4.

Beten allein hilft nicht, sagte Jana.

Aber es schadet auch nicht.

Ich hörte ihr Lachen. Wenn sie amüsiert war, spitzte sie die Lippen und zog eine Schnute wie ein kleines Mädchen.

Sagt das der Mann, der nur in die Kirche geht, wenn es sich nicht vermeiden lässt?

Ich starrte auf den Brief. Meine Gedanken überschlugen sich und ich war nicht in der Lage niederzuschreiben, was ich Jana mitteilen wollte – noch nicht einmal, wie sehr ich sie vermisste. Sobald ich mich zwang, das hektische Galoppieren in meinem Kopf anzuhalten, tauchte vor mir das blutverschmierte Gesicht Ludwig Stinglhammers auf, und das von Maria, ebenso verschmiert, wenn auch nicht von ihrem eigenen Blut. Im Licht der Tranlampe zitterten die wenigen Zeilen, die ich mir bereits abgerungen hatte. Ein neuer Brief, doch waren es die alten Sehnsüchte nach meiner Gefährtin.

Ein neuer Brief, neue Erlebnisse, neue Sorgen. Würde es auch noch einen neuen Mord geben, wenn ich versagte?

Du glaubst also an Wilhelms Prophezeiung?, fragte Jana in meinen Gedanken.

Ich glaube, dass das Sterben noch nicht vorüber ist. Und Wilhelm hat zumindest bewiesen, dass er Dinge weiß, die allen anderen trotz ihres Forschens verborgen geblieben sind.

Ein weissagender König auf dem fettigen Fingernagel eines Knaben?

Nein, eher dies: nichts zu tun außer seine Nase in die Angelegenheiten anderer Leute zu stecken.

Dass er sie in deine gesteckt hat, hat dir im Schwarzen Fass immerhin das Leben gerettet.

Wusste er, dass Maria zu den Grubenleuten gehörte? Oder wollte er mir lediglich den Versammlungsort der Sektierer zeigen, und die Entdeckung, dass meine Tochter eine von ihnen war, war zufällig hinzugekommen? Was bezweckte er damit, dass er mich auf die Spur der Grubenleute setzte?

Ich seufzte und legte die Feder beiseite. Der Schlaf, der mich nach dem Besuch der Kapelle geflohen hatte, forderte nun sein Recht. In der Stadt krähten bereits die ersten Hähne. Ich stand auf und stolperte zum Fenster hinüber, um in die im ersten Grau der Dämmerung liegende, in den dicken Glasscheiben schwindelnd verzerrte Welt hinauszusehen.

Die letzte Frage war leicht zu beantworten: Er wollte, dass ich ihn und seine Methoden ernst nahm und ihn seinen faulen Zauber ausüben ließ. Fanden Gregor und ich den Mörder dann tatsächlich, konnte er behaupten, es sei nur durch seine Mithilfe möglich gewesen. Süßer Ruhm, süßer Ruf in ein reiches Haus und warum nicht gleich an den Hof von Kaiser Friedrich nach Graz, wo die Kredite der Banken und Handelshäuser in die Taschen der dutzendfach am Hof zu findenden Alchimisten und Scharlatane rannen?

Du glaubst, das ist sein einziges Motiv?, meldete sich Jana erneut zu Wort.

Verrät uns der Name des dritten Opfers, wer der Mörder ist?

Wen hast du im Verdacht?, lautete Janas nächste Frage.

Ich lächelte. Als Opfer oder als Mörder?

Komm schon, Peter!

Georg Hoechstetter. Karl Hoechstetter. Jos Onsorg. Lutz. Stinglhammers stotternden Schreiber. Hilarius Wilhelm. Den Propst von Sankt Ulrich. Gregor von Welden. Den Oberpriester der Grubenleute. Albert Klotz. Und noch etwa fünftausend andere Augsburger Bürger.

Als Mörder oder als Opfer?

Ich ordne sie in beiden Kategorien ein.

Du hast Maria vergessen, sagte Jana schließlich.

Ich starrte bestürzt auf mein Spiegelbild in der Fensterscheibe, hinter dem sich die Dächer der Stadt aus den Nachtschatten schälten.

Wenn Martin Dädalus irgendeinen Betrug an Ulrich Hoechstetter geplant hatte und Ludwig Stinglhammer, der seine Rolle als Spitzel so ernst nahm, dass er selbst den Grubenleuten nachgespürt (und seinem Majordomus eine Heidenangst eingejagt) hatte, ihm auf die Schliche gekommen war – dann war Dädalus' unbekannter Komplize wahrscheinlich der Mörder, der sich zweier Mitwisser entledigt hatte. Und es war wahrscheinlich um viel Geld gegangen. Unter diesen Umständen fiel Maria als Verdächtige aus.

Nur unter diesen Umständen, fügte Jana traurig hinzu, und auch dann nicht wirklich.

Zog man die Umstände in Betracht, wie die beiden Männer zu Tode gekommen waren – von innen versperrte Räume, die unglaubliche Kraft des Mörders, das Trigramm aus Ruß –, schied auch jeder andere Mensch aus.

Unsinn, sagte Jana.

Ich nickte. In diesem Punkt waren wir einer Meinung.

Wenn Maria wirklich in die Sache verwickelt ist …

… dann musst du Gregor zuvorkommen. Sie hat sonst keinerlei Chance, dem Galgen zu entgehen.

Ich wünschte, nie in diesen Gedankengang geraten zu sein. Ich musste herausfinden, was Dädalus vorgehabt hatte. Ich musste seinen Komplizen finden.

Und deine Suche nach Maria?, fragte Jana.

Wenn die Aufklärung des Falls gleichzeitig bedeutet, sie wiederzufinden und in Sicherheit zu bringen …

Du glaubst nicht ernsthaft, dass sie eine Mörderin ist.

Nein, ich glaubte es nicht ernsthaft. Und ich hatte ein würgendes Gefühl der Angst davor, dass dieser Glaube auf die Probe gestellt werden könnte. Alles andere, nur das nicht!

Geliebter Peter, seufzte Jana, wäre dir denn der Gedanke lieber, dass sie – nach deiner eigenen Kategorisierung – auch das dritte Opfer sein könnte?

Gregor war, wenn man seinem Schreiber trauen konnte, kurz nach Tagesanbruch weggeritten – zu Bartholomäus Welser. Ich konnte mir denken, was er im Sinn hatte. Am Vortag war er unverrichteter Dinge bei Jakob Fugger abgezogen, nur um wenige Minuten später zu erfahren, dass ich alles herausbekommen hatte, was ich wissen wollte. Diese vermeintliche Schmach konnte er nicht auf sich sitzen lassen. Er musste mir beweisen, dass er ebenso wie ich dazu in der Lage war, einem der einflussreichsten Männer der Stadt die Würmer aus der Nase zu ziehen. Im Lichte dieses Verhaltens hielt sich mein schlechtes Gewissen wegen des Alleingangs, den ich wiederum vorhatte, in Grenzen.

»Heute kommt wieder ein Bote für Seine Exzellenz«, erklärte der Schreiber.

Ich sah ihn verständnislos an.

»Falls Sie einen Brief haben sollten, so wie gestern. Er könnte ihn mitnehmen, wenn er den Bericht des Burggrafen überbringt.«

»Ist denn Gregors Bericht noch gar nicht zugestellt worden?«

»Der von vorgestern? Doch, natürlich. Ich meine den von heute Morgen.« Er markierte ein Gähnen, aber ich konnte auch so sehen, dass er wirklich müde war. Mit einer Hand wies er auf ein gefaltetes Papier, das vor ihm auf dem Tisch lag. »Er hat ihn mir noch vor Morgengrauen diktiert.«

Ich starrte den Schreiber immer noch an. Langsam dämmerte mir, dass Gregor sich in seiner Beschreibung des Verhältnisses von Bischof Johann zu ihm gewisser Übertreibungen nicht hatte enthalten können. Der Bischof hatte ihn mitnichten als seinen Stellvertreter zurückgelassen. Im Gegenteil, er hatte ihm sogar befohlen, alle zwei Tage einen Bericht aufzusetzen, um über die Lage in Augsburg informiert zu sein. Gregor hing an der Kette, und sie war kürzer als die so manchen Hofhundes. Der Schreiber gähnte nochmals ausgiebig und rückte dann die Kerze näher heran, um den Siegellack zu erwärmen und den Brief zu versiegeln.

»War wahrscheinlich ein langer Brief, nach allem, was hier vorgeht«, sagte ich scheinbar beiläufig.

Der Schreiber schüttelte den Kopf. »Nein, ging so. Ich musste nicht mal die Feder nachschärfen.« Er drehte die Stange mit dem Siegellack in der Kerzenflamme hin und her.

»Der Burggraf hat das Talent, die Umstände mit der gebotenen Knappheit zu schildern.«

Er zuckte müde mit den Schultern. »Keine Ahnung. Schauen Sie selbst nach, er hätte bestimmt nichts dagegen. Sie sind doch sein Freund aus den guten alten Tagen.«

Ich wusste nicht, ob die letzten Worte zynisch gemeint waren oder nicht, und es interessierte mich wenig. Tatsächlich hätte Gregor wahrscheinlich jede Menge dagegen gehabt, dass ich seinen devoten Bericht über die Ereignisse der letzten achtundvierzig Stunden las und erkannte, dass der Bischof ihm nicht einmal zutraute, länger als zwei Tage ohne Weisung zu sein. Ich tat so uninteressiert wie möglich und faltete den Brief mit einer Miene auseinander, die signalisieren sollte, dass ich mit dem Lesen des Berichts eigentlich dem Schreiber einen Gefallen tat. Er machte sich kaum die Mühe, zu mir aufzusehen, während sich das Ende der Siegellackstange bog und in der Hitze schwarz verfärbte.

Doktor Andreas hatte sich vernünftig gezeigt und versprochen, wegen des unerlaubten Waffentragens eine Strafe zu entrichten und sich der Stadt gegenüber ruhig zu verhalten. Der Bischof brauchte sich deswegen nicht mehr an Andreas zu wenden. Auf dem Markt war ein Bettler zu Tode gekommen. Ein Betrunkener, dringend der Tat verdächtig, wurde verhört, aber der Bettler war weder bei den Behörden noch beim Bettlerkönig bekannt gewesen, weswegen sein Tod kein großes Aufsehen nach sich ziehen würde. Die Bierbrauer waren mit der Bezahlung des Gewerbebanns noch immer überfällig. Die Stadtbehörden hatten angeblich vor, die Satzungen für die Bäcker neu festzulegen, und hatten den Burggrafen noch nicht zu den Besprechungen hinzugezogen. Ansonsten war alles ruhig, Gott der Herr schütze Ihre Wege, Exzellenz, und lasse Ihre

Pläne Früchte tragen und Ihre Güter sich vermehren, Amen, und so sei es, Ihr untertänigster Diener.

Kein Wort über die Morde, keines über die abergläubische Angst der Stadtbehörden, keines über mich oder unsere gemeinsame Ermittlung. Ich gab den Brief zurück und sah zu, wie der Schreiber ihn siegelte.

»Ich bin leider mit meinem eigenen Brief nicht fertig geworden«, sagte ich.

Der Schreiber machte eine müde Geste, und ich verfügte mich wieder nach draußen. Gregor schrieb zwar folgsam seine Berichte, doch hatte er einen Weg gefunden, sich die Kette trotzdem zu verlängern: Er verschwieg seinem Herrn einfach das Wichtigste. Wenn Bischof Johann zurückkehrte und Gregor nicht alle Probleme beseitigt hatte, war er die längste Zeit Burggraf gewesen. Bischof Johann würde ihn vermutlich nicht einmal mehr als Latrinenreiniger im Fronhof behalten.

Wie es schien, hatte Gregor diesmal alles auf eine Karte gesetzt.

Ich hatte Gregor aufsuchen wollen, um ihn in meine Pläne einzubeziehen. Nun hatte er mich hintergangen. Ich hätte mich ärgern sollen, stattdessen hatte ich Gewissensbisse, wenn ich daran dachte, wie verzweifelt er offenbar versuchte, mehr aus seinem Leben zu machen. Mein Gewissen meldete sich umso mehr, als ich überzeugt war, dass ich mit dem Besuch, den ich plante, der Lösung des Rätsels vermutlich näher kommen würde, als es Gregor bei Bartholomäus Welser möglich war.

5.

Vor dem Eingang zu Ulrich Hoechstetters Haus wurde diesmal streng kontrolliert: Zwei Knechte ließen nur diejenigen passieren, die sich mit einem Papier ausweisen konnten. Ich versuchte vergeblich, einen Blick in eines der Dokumente zu erhaschen, die die einzeln oder in kleinen Gruppen ankommenden Männer bei sich trugen, doch es gelang mir nicht, wenn ich mich nicht vollkommen auffällig verhalten wollte. Immerhin hörte ich aus den Gesprächen der Männer – wenn es nicht ohnehin offensichtlich war –, dass sich die Metzger, Bäcker und Fischer Augsburgs ein Stelldichein gaben.

Ich drückte mich in der Nähe des Eingangstores herum und hoffte gleichzeitig, Elisabeth Klotz zu erspähen und Lutz *nicht* zu sehen. Da sich das Wetter deutlich gebessert hatte, war es ein angenehmerer Zeitvertreib, als ich gedacht hatte. Die Bürger der Stadt schienen entschlossen, die Ereignisse vom Vortag zusammen mit dem unzeitigen Nebel zu verdrängen und den nahe gelegenen samstäglichen Geflügel-, Eier- und Buttermarkt vor der Metzg aufzusuchen. Ich fragte mich, wie viele von ihnen wohl ein merkwürdiges Gefühl dabei empfanden, wenn sie über die Stelle gingen, an der der Bettler zu Tode getreten worden war.

Wie ich gehofft hatte, tauchte Elisabeth Klotz noch vor dem Zeitpunkt auf, an dem der Markt für die Wirte und Bierbrauer freigegeben wurde. Ich holte sie ein, noch bevor sie auf den Rathausplatz gelangen konnte.

»Was ist heute bei Ihrer Herrschaft los?«

Sie schien sich zu freuen, mich zu sehen. Einen kurzen Moment lang legte sie ihre Hand auf meinen Oberarm, zog sie jedoch schnell zurück und sah zu Boden.

»Ich bin froh, dass Ihnen nichts zugestoßen ist.«

»Im Schwarzen Fass?«

»Ich habe gehört, Lutz habe mit einem Fremden Streit angefangen, dann sei der Teufel erschienen und habe den Fremden in einer Säule aus Feuer und Rauch entführt.«

»Ich dachte immer, das sei ein spezielles Hilfsmittel von Gott dem Herrn?«

»Es kommt auf den Blickwinkel an: Ist man Israelit oder Ägypter?«

»Es war ein bisschen weniger mystisch, aber spektakulär war es auf jeden Fall.«

Sie lächelte und sah mir in die Augen. »Sie waren es also.«

»Ich hatte Hilfe.«

»Lutz behauptet nun, er habe sich mit dem Bocksbeinigen selbst angelegt und ihn verjagt.«

»Ich freue mich, zu Lutz' vergrößertem Ansehen beigetragen zu haben.«

»Unterschätzen Sie ihn nicht. Er ist ein rachsüchtiger, durchtriebener Mistkerl. Er weiß genau, dass Sie ihm ein Schnippchen geschlagen haben.«

»Sie reden, als ob Sie ihn gut kennen würden.«

Sie schnaubte. »Jeder kennt Lutz.«

»Aber die anderen halten ihn für einen Helden.«

»Hüten Sie sich vor ihm.«

»Auch im Haus Hoechstetter? Er ist doch nur einer der Dienstboten von Ludwig Stinglhammer.«

»Lutz ist überall.«

Und noch an ein paar Orten dazu, dachte ich und erinnerte mich an den kahl geschorenen Mann, der in den Katakomben mit wiegendem Oberkörper der Predigt des Sektenpriesters gefolgt war.

Ich zeigte auf ihren Korb. »Schon wieder auf den Markt?«

»Heute sind die Vertreter der Zünfte einbestellt, die die Abschiedsfeier für den jungen Georg mit Lebensmitteln beliefern sollen. Ich habe erwartet, dass der Faktor ihm dieses Treffen ausredet, aber scheinbar ist Georg diesmal fest geblieben.«

»Vielleicht will er demonstrieren, dass trotz der beiden Morde das Leben in einer so bedeutenden Firma weitergehen muss.«

Sie zuckte mit den Schultern. »Im Allgemeinen demonstriert der junge Herr nur seinen guten Geschmack für Kleidung und Kunst.« Sie lächelte und hob die Schultern ein zweites Mal. »Die Verhandlungen werden bis zur Vesper dauern, und die Gäste wollen bewirtet sein.«

Ich grinste. Einen besseren Zeitpunkt hätte Georg Hoechstetter nicht wählen können. Wer in der Familie Rang und Namen hatte, würde sich mit den Zunftvertretern befassen.

»Können Sie mich unauffällig ins Haus bringen?«

»Wozu?«

»Nachforschungen.«

»Haben Sie immer noch nicht genug?«

»Sie wissen doch, dass man alten Männern eine gewisse Sturheit nachsagt.«

Elisabeth sah mich herausfordernd an. »Sie brauchen nicht nach Komplimenten zu fischen. Ich halte Sie nicht für alt.«

»Sie würden sich wundern.«

»Ich kann Sie ins Haus bringen, kein Problem«, sagte sie und wurde ernst. »Aber was tun Sie, wenn Sie drin sind?«

»Das wollen Sie nicht wirklich wissen. Ich kann Ihnen jedoch versichern, dass ich niemandem schaden werde.«

»Immer noch die Morde.«

Ich nickte.

»Immer noch mehr Interesse an den Toten.«

»Glauben Sie mir, ein Mord zerstört mehr Menschenleben, nicht nur das des Opfers.«

»Ich kann Ihnen im Haus nicht helfen. Ich habe alle Hände voll zu tun.«

»Das Problem ist heute nur das Hineinkommen. Wenn ich erst mal drin bin, wird kaum jemand auf mich aufmerksam werden. Außerdem würde ich gar nicht wollen, dass Sie sich einmischen.«

»Also gut.« Sie lächelte. »Wenn mein Großvater wüsste, dass

ich Ihnen helfe, würde er vor Neid platzen. Und sich ärgern, dass Sie nicht ihn gefragt haben.«

Ich lächelte höflich zurück und hoffte, dass Albert unser Abenteuer in der vergangenen Nacht vergessen haben würde, bevor er das nächste Mal mit seiner Enkelin zusammentraf.

»Ich hoffe, Sie brauchen nichts aus Stinglhammers Räumen. Man hat sie versperrt und die Schreiber weggeschickt.«

»Ich denke, dass seine Unterlagen mittlerweile samt und sonders verbrannt sind.«

»Sein Haus hat man ebenfalls geschlossen. Es gehört Herrn Ulrich.«

»Die Dienstboten?«

»Weg, bis auf Lutz und zwei von den Mägden, die bis zur Feier in der Küche aushelfen.«

So schnell also waren Konrad Hurlochers Träume zerstört – mit dem kläglichen Geräusch, das ein Hammer macht, der eine Tür vernagelt.

Offenbar hatte die Firma Hoechstetter einen Mann von seinen besonderen Fähigkeiten doch nicht gebrauchen können; die Tagediebe jedoch, zumindest ihr Anführer, waren anderswo in der Firma untergekommen. Wenn Hurlochers Verabschiedung das Werk des jungen Georg war, verfügte er über mehr Menschenkenntnis, als ich ihm zugetraut hätte – ein Eindruck, den Lutz' Weiterbeschäftigung jedoch sofort wieder in Frage stellte.

»Ich möchte in Martin Dädalus' Räume.«

»Er hatte einen eigenen kleinen Schlafraum neben der Stube des Faktors. Die beiden haben sich die Stube geteilt.«

»Er und Karl Hoechstetter hatten zusammen ein Arbeitszimmer?«

»Herr Ulrich und seine Söhne benutzen den großen Saal.«

Ich machte ein missmutiges Gesicht. »Besser wäre gewesen, er hätte ein eigenes Zimmer gehabt, wo ich mich in Ruhe hätte umsehen können.«

»Wenn Sie sich beeilen – der Faktor ist bei den Verhandlungen dabei, und die finden im großen Saal statt.«

»Ich werde selbst unter dem dritten Grad schwören, dass Sie nichts damit zu tun haben.«

Sie lachte. »Lassen Sie uns in der nächsten Gasse verschwinden.«

»Weshalb?«

»Weil Sie gleich Ihr Wams ausziehen und Ihr Hemd über die Hose hängen werden und ich nicht neben einem Mann gesehen werden will, der sich auf der Straße fast nackt auszieht. Sie sind ein Bauer, der mir hilft, meine Einkäufe ins Haus zu tragen.«

Im großen Saal herrschte die Atmosphäre gezwungenen Frohsinns, die sich immer dann einstellt, wenn Geschäftskonkurrenten für eine Weile so tun müssen, als kämen sie gut miteinander aus. Mir war nicht entgangen, dass Elisabeth Klotz ihrem forschen Auftreten zum Trotz nervös in alle Richtungen gespäht hatte und offensichtlich erleichtert gewesen war, als ich ihre Einkäufe in einer von Hitze und durcheinander wimmelnden Menschen geradezu brüllenden Küche abgestellt hatte und in den ersten Stock hinauf verschwunden war. Dass sie mir wohlgesonnen war, änderte nichts daran, dass sie nicht gern mit mir als unerlaubtem Eindringling im Schlepp erwischt wurde. Lutz strich im Haus herum, und er gehörte nicht zu den Menschen, mit dem eine Angestellte der Firma Schwierigkeiten haben wollte.

Ich blieb kurz hinter der Tür stehen und sah mich in dem menschenleeren Raum um, in dem ich am Vortag Karl Hoechstetter getroffen hatte, in einem teuren Gewand auf dem Boden knieend. Die Geräusche aus dem Saal drangen bis hierher, ein wirres Gemisch aus Stimmen und Gelächter und Stiefelsohlen auf einem schwingenden Holzboden. Mein Herz schlug heftig und laut, und ich fühlte mich so kurzatmig wie immer, wenn ich mich auf verbotenem Grund bewegte. Karl Hoechstetter hatte hier Arbeiten verrichtet, für die es genügend Hilfskräfte gegeben hätte. Dafür gab es zwei Möglichkeiten der Erklärung: Der Faktor gehörte zu den Menschen, die selbst Nebensächlichkeiten nicht zu delegieren vermochten, oder die scheinbar nebensächlichen Aufgaben waren von so hoher Wichtigkeit, dass nur er sie erledigen konnte.

Auf die Beschäftigung mit Ludwig Stinglhammers Papieren traf wohl Letzteres zu. Alles, was ich inzwischen über den Mann erfahren hatte, sprach dafür, dass seine Dokumente brisanter waren als eine glimmende Fackel in einem trockenen Strohhaufen.

Ich blickte auf den leeren Stuhl und die leeren Schreibtische am Fenster. Jemand im Saal lachte laut, wiehernd wie ein Pferd, ohne dass die anderen einfielen. Um die Peinlichkeit zu überspielen, lachte er noch lauter. Langsam ging ich zu dem Aschehaufen im Kamin hinüber. Ich konnte von weitem sehen, dass das Feuer ganze Arbeit geleistet hatte – der Haufen war über einen Fuß hoch, eine Menge Papier musste dort gebrannt haben. Es war keinerlei Rest eines weißen Blattes mehr zu erkennen. Wer immer über das Feuer gewacht hatte, musste den Haufen zusammengekratzt haben, damit das Feuer auch das letzte Fitzelchen verzehrte. Was mich wunderte, war, dass den Aschehaufen noch niemand weggetragen hatte. Ich bückte mich nach einem Schürhaken und stocherte in der Asche herum. Ein paar Flocken zerstäubten, und ein handtellergroßes Stück Pergament tauchte auf, von der Form her unversehrt, aber pechschwarz verbrannt, die Buchstaben noch erkennbar als silbrige Spuren. Ich berührte es versehentlich mit der Spitze des Schürhakens, und es zerfiel vor meinen Augen.

»Wen suchen Sie?«, fragte eine raue Stimme in meinem Rücken, und ich erstarrte. Für einen Moment schien alles Blut aus meinem Kopf zu weichen und meine Knie wurden weich. Dann drehte ich mich langsam um.

Es war nicht Lutz. Ich kannte den Mann nicht, genauso wenig wie er mich – eine Tatsache, für die ich dankbar war. Er sah mich misstrauisch von oben bis unten an, und ich war froh, dass ich mich wieder anständig gekleidet hatte. Ich lehnte den Schürhaken an den Kamin und setzte eine verächtliche Miene auf.

»Den Hausherrn, was sonst?«

»Die Herren sind im großen Saal«, erklärte der Mann, von meiner aufgesetzten Arroganz nur wenig eingeschüchtert.

»Wenn ich in den großen Saal gewollt hätte, wäre ich ja wohl dort, oder?«

Er blinzelte überrascht. »Nicht?«

»Nein, ich warte hier auf ihn.«

»Aber alle anderen ...«

»Ich bin nicht alle anderen, merk dir das.«

»Hier dürfen Sie nicht bleiben.«

»Wer sagt das?«

»Das ist das Zimmer des Faktors. Kein Fremder hat hier etwas verloren. Anweisung von Herrn Karl.« Er streckte sich, und die damit einhergehende Rückenstärkung schwächte meine gespielte Herablassung zusehends.

»Dann warte ich in seiner Kammer«, erklärte ich und hoffte, er werde darauf eingehen. Die Schlafkammer des Faktors war nur eine Tür weiter.

»Das geht nicht. Ich bringe Sie nach unten.«

»Was soll ich unten? Hör zu ...« Ich dachte daran, ihn zu bestechen, doch dazu hatte ich es wohl falsch angefangen. Wütend brach ich ab. War ich unbehelligt bis zum Ziel gekommen, nur um dann entdeckt zu werden? Ich sagte mir, dass ich noch Glück gehabt hatte: Mein Entdecker hätte auch Lutz sein können, und niemand hätte ihn auch nur schief angesehen, wenn er mir daraufhin das Fell über die Ohren gezogen hätte.

»Bitte kommen Sie.«

Ich seufzte und warf einen letzten Blick in den Raum, der mir nicht mehr enthüllte als die anderen vorher. Dann folgte ich ihm schweigend die Stufen wieder hinab, den Kopf abgewandt, als ich Schritte hörte, die heraufkamen. Es waren nicht die von Lutz. Ich merkte, dass Elisabeths Nervosität mich angesteckt hatte – die allerschlechteste Grundlage für eine brisante Schnüffelarbeit in einem fremden Haus. Vielleicht sollte ich abbrechen und einfach gehen.

Der Mann brachte mich zu meinem Missvergnügen in einen

Raum im Erdgeschoss, der offensichtlich für wartende Lieferanten und Geschäftspartner geringerer Wichtigkeit gedacht war. Die Küchendüfte hingen schwer darin, und die wenigen Möbel ließen darauf schließen, dass sie für den Rest des Hauses zu schäbig waren. Mein Begleiter ließ mich dort allein und ging, um jemanden zu benachrichtigen, der wiederum Georg Hoechstetter benachrichtigte, dass ich auf ihn wartete. Elisabeth Klotz hatte es geschickt angestellt, mich ins Haus zu schmuggeln, nur war ich nicht in der Lage gewesen, den Vorteil zu nutzen. Hätte ich mich nur ein klein wenig weiter in den Raum begeben, statt gleich hinter der Tür stehen zu bleiben und Maulaffen feilzuhalten, der Dienstbote hätte mich niemals entdeckt. Es war Zeit zu gehen.

Tatsächlich war es auch deshalb Zeit, weil ich aus der Küche eine raue Stimme hörte, die mir bekannt war. Als ich sie das letzte Mal gehört hatte, hatte sie nach einem Opfer gerufen. Ich spähte vorsichtig um die Tür herum. Lutz stand in der Küche und versuchte mit den Mägden witzig zu sein, was diese, schwitzend zwischen all ihren Aufgaben, widerwillig über sich ergehen ließen. Er lachte und zwinkerte und umfasste eine der jungen Frauen plötzlich von hinten, um beide Hände auf das Oberteil ihres Gewands zu pressen. Ich sah, wie ihr Gesicht versteinerte und ihr Körper erstarrte. Lutz grinste nur und knetete ihre Brüste ganz ungeniert, bevor er die Hände wieder wegzog und das Mädchen mit einem Klaps auf den Hintern davonscheuchte. Es war nicht Elisabeth Klotz gewesen, und ich war froh darüber. Das Mädchen war dunkelhaarig wie Alberts Enkelin, aber zierlicher und blasser und wirkte nur halb so lebendig wie sie. Ich war froh, weil ich nicht wusste, was ich getan hätte, wenn sie es gewesen wäre, die Lutz' greifende Hände hatte erdulden müssen, und weil ich wahrscheinlich genauso auf Zehenspitzen davongeschlichen wäre, wie ich es jetzt tat. Es hätte niemandem genutzt, wenn ich eingegriffen und mich mit Lutz angelegt hätte – außer Lutz selbst, der seinen Triumph über den angeblich Bocksbeinigen hätte auskosten können. Ich verließ das Haus Hoechstetter, so schnell ich konnte.

Elisabeth Klotz hätte sicher nicht so wehrlos dagestanden, eine Terrine mit Wasser in den ausgestreckten Armen und auf ihren Brüsten zwei haarige, breite Hände, die wohlig das Fleisch kneteten, während hilfloser Abscheu ihr Gesicht erstarren ließ.

Doch hatte die Küchenmagd meiner Tochter Maria sehr ähnlich gesehen.

Gregor musste kurz vor mir im Fronhof eingetroffen sein. Er stand mit in die Hüften gestemmten Armen da und überwachte die Knechte, die sein Pferd trockenrieben. Aus dem Stall hörte ich Alberts tragende Stimme, der unverständliche Verwünschungen murmelte. Vermutlich versuchte er, Gregors Sattel auf einen Bock zu wuchten, und sein Rücken protestierte mit schmerzhaften Stichen dagegen. Ich hoffte, dass er nicht plötzlich herauskam und in Gregors Anwesenheit von unserem Ausflug in der vergangenen Nacht zu prahlen begann. Gregor rieb sich den Bauch und seufzte.

»Wie ging's gestern mit Doktor Andreas?«

Er fuhr herum und starrte mich an. Er sah müder aus als an allen Tagen vorher, und sein Haarkranz war so zerzaust, dass ich beinahe sicher war, dass er ihn in der letzten Stunde mehrfach wütend gerauft hatte. Schließlich stahl sich ein Lächeln auf seine Lippen. Gleichzeitig gähnte er.

»He, Petrus«, sagte er, »wie fühlst du dich?«

»Übernächtigt.«

»Ich auch. Wenigstens hatte der Idiot am Ende ein Einsehen. Er hat mich sogar gebeten, dem Bischof nichts davon zu erzählen. Ich sagte: Na gut, lassen wir Gras drüberwachsen. Aber Sie sind mir was schuldig.« Er grinste und gähnte dann. »Es schadet gar nichts, einen von diesen eingebildeten Domherren in der Hand zu haben.«

»Wie war's bei Bartholomäus Welser?«

Er zuckte zurück. In seine blassen Wangen kroch tatsächlich ein wenig Verlegenheitsröte.

»Äh …?«

»Reine Zeitverschwendung«, sagte ich. Ich beschloss, mit der Tür ins Haus zu fallen. Immerhin hatte ich genauso viele Gründe verlegen zu sein, wie er. »Mir ging es nicht anders. Ich habe versucht, bei Hoechstetter herumzuschnüffeln. Ich bin reingekommen, aber fast noch schneller wieder raus.«

Gregor schien erleichtert, dass ich es ihm so einfach machte. »Ich hätte dich gebrauchen können«, platzte er heraus. »Es ging mir nicht besser als bei Jakob Fugger.«

»Vergiss es, Gregor«, sagte ich. »Das hier ist keine heimliche Fehde unter Kaufleuten, mit dem Messer statt mit der Feder ausgetragen. Du kannst noch bei den Gossembrots und Langenmantels und Peutingers und weiß Gott bei wem antanzen und bist am Ende so schlau wie zuvor.«

»Aber du hast doch bei Jakob Fugger herausbekommen ...«

»... dass Ludwig Stinglhammer der Spitzel seines Herrn war. Wenn ich anderen Leuten richtig zugehört hätte, wäre mir das schon vorher klar gewesen.«

Gregor zuckte mit den Schultern und sah zu Boden. Nachdem ich seinen Brief an den Bischof gelesen hatte, war ich mehr denn je davon überzeugt, dass er weiterhin versuchen würde, mich abzuschütteln und aus meinen Ermittlungsergebnissen Profit zu schlagen – sein Geständnis in der Gasse vor Jakob Fuggers Haus spielte keine Rolle. Wahrscheinlich war es früher schon so gewesen, ohne dass es mir damals bewusst geworden war (Bischof Peter hatte es durchschaut, das sah ich nun deutlich). Dabei konnte ich Gregor beinahe verstehen: All die schöne Selbstdarstellung in seinem Brief und das Risiko, seinem Mentor die Wahrheit zu verschweigen, lohnten sich nicht, wenn hinterher die Spatzen vom Dach pfiffen, dass jemand anderes den Fall gelöst hatte. Die Stelle des Stadtvogtes würde er damit nicht erringen, und Bischof Johann würde ihn vor die Tür setzen.

»Was machen wir jetzt?«, fragte Gregor.

»*Wir*«, sagte ich und betonte das Wort, »statten Ludwig Stinglhammer einen erneuten Besuch ab.«

»In der Kapelle von Sankt Ulrich, wo sie ihn seit gestern Abend aufgebahrt haben? Was soll das denn?«

»Georg Hoechstetter hat heute das Haus voller Lieferanten.« Ich nickte. »Da ist für den Toten kein Platz. Ich frage mich, was er dem Propst zugesteckt hat, damit er und die frommen Schwestern des Klosters die Totenwache übernehmen.«

»So wie ich den Propst kenne, ein kleines Vermögen«, brummte Gregor.

»Ich meinte, dass wir das Haus Stinglhammers aufsuchen werden.«

»Willst du wirklich noch mal mit Konrad Hurlocher reden? Was willst du aus dem noch rauskriegen, außer dass er weiterhin täglich in das Gesinde eindringt?« Gregor machte ein verdrossenes Gesicht. »Sind dir eigentlich die nassen Flecken auf dem Boden von Stinglhammers Schlafkammer aufgefallen? Dreimal darfst du raten, wer hier kurz vor unserem Eintreffen noch auf den Knien gelegen hat und Hurlochers …«

Ich winkte ab, und er brummte vor sich hin. »Und dann sagte er noch, sie habe den Mund schon ganz schön voll genommen!«

»Gregor, bitte. Der Morgen ist zu schön, um ihn mit Konrad Hurlocher zu versauen.«

»Du hast doch damit angefangen!«

»Karl Hoechstetter, Ulrichs Faktor, hat das Haus von Ludwig Stinglhammer schließen lassen. Es gehörte der Firma. Die Dienstboten sind alle weg – bis auf einen, den man ins Haupthaus übernommen hat, und bis auf die Küchenmägde, die bis zur Abschiedsfeier für Georg Hoechstetter gebraucht werden.«

»Der eine ist bestimmt Hurlocher …!« Gregor spie abfällig aus.

»Nein, Hurlocher sitzt zurzeit vermutlich bei seinem Bruder, dem *procurator generalis* von Sankt Nikolaus, und klagt über die Schlechtigkeit der Welt – während dieser darüber nachdenkt, mit wie viel Geld er sein mittellos gewordenes Brüderchen wird unterstützen müssen.«

Gregor grinste plötzlich. »So haben die Tagediebe das Rennen gemacht, nicht er?«

»Sag bloß, du bemitleidest ihn.«

Er grinste noch breiter. »So weit würde ich nicht gehen.« Er schüttelte amüsiert den Kopf und gab sich keine Mühe, seine Schadenfreude zu verbergen.

»Und das ist die Gelegenheit«, sagte ich in seine Begeisterung hinein. »Wir schauen uns ein bisschen in Stinglhammers Haus um. Diesmal ohne offiziellen Aufpasser.«

»Wie sollen wir da reinkommen? Es wird versperrt sein.«

»Sogar verrammelt. Aber wenn wir eines der kleinen Fenster aufbrechen, die auf die *quintana* hinausgehen, sieht es kein Mensch. Außerdem sind am Vormittag alle auf dem Eiermarkt.«

»Für Einbruch kann man gehängt werden«, sagte Gregor, nun wieder bedeutend nüchterner.

»Nicht, wenn man sich in Begleitung des Burggrafen befindet.«

»Du musst mir nicht unter die Nase reiben, dass ich keine offiziellen Befugnisse in diesem Fall habe. Mir tut schon Leid, dass ich es dir gestanden habe.«

»Gregor«, sagte ich sanft, »ich will dich nicht verspotten. Ich meine es ernst. Gut, dass du der Burggraf bist, hilft uns nicht weiter. Aber wir sind nicht so dumm, uns erwischen zu lassen.«

»Was glaubst du denn da zu finden?«

»Hinweise, wer Stinglhammer und Dädalus umgebracht hat.«

»Es sind doch alle Unterlagen Stinglhammers verbrannt.«

»Und zwar sorgfältig«, sagte ich. »Aber da wir nun wissen, was Ludwig Stinglhammer wirklich für Ulrich Hoechstetter tat, glaubst du da, dass es nicht Abschriften von einigen Dingen gab, die Stinglhammer für ganz besonders wichtig hielt?«

»Und die er in seinem Haus aufbewahrt hat.«

Ich nickte. Gregor verzog den Mund. »Wenn die Unterlagen verbrannt worden sind, weil ihr Inhalt zu brisant war und man fürchtete, ohne ihren Verfasser die Kontrolle darüber zu verlieren, kannst du dir dann tatsächlich vorstellen, dass Georg

Hoechstetter ausgerechnet irgendwelche möglichen Kopien in Stinglhammers Haus vergessen hat?«

»Nicht vergessen, sondern im Trubel der letzten Tage aufgeschoben. Warum sonst sollte man die Dienstboten vertrieben und das Haus kurzerhand verrammelt haben?«

Er schwieg und dachte nach.

»Abgesehen davon«, sagte ich, »ist es nicht Georg Hoechstetter, der die Verbrennung der Dokumente überwacht hat.«

»Nicht?«

»Nein, der Mann hat wichtigere Probleme mit seinem Schneider.«

Gregor musterte mich verständnislos, doch ich hatte keine Lust, ihm auseinander zu setzen, was ich meinte.

»Kommst du nun mit? Ich könnte deine Hilfe gebrauchen.«

Gregor stieß die Luft aus und nickte schließlich. »Na gut«, seufzte er, »ich komme mit. Einer muss ja aufpassen, dass du keinen Unfug anstellst.«

Rund um den Fronhof waren die Gassen belebt, aber als wir den höchsten Punkt des Hügels, auf dem der Dom und der Bischofspalast standen, überschritten hatten und das Gelände sich zum nordwestlichen Ende Augsburgs und dem Wertachbrucker Tor hin senkte, wurde es leerer.

»Ich frage mich, ob das Haus für jemanden wie Stinglhammer gekauft wurde«, sagte Gregor. »Es liegt so weit außerhalb der belebten Viertel, dass man glatt vergessen könnte, dass es noch zum Besitz der Hoechstetter gehört.«

Als das schmalbrüstige Haus in Sicht kam, blieb ich stehen. Gregor ging noch ein paar Schritte weiter, kehrte aber zu mir zurück. Schon von weitem konnte man die frisch zugesägten Bretter erkennen, die die Fensteröffnungen und die Tür verschlossen und in der vernachlässigten Fassade fehl am Platz wirkten. Etwas weiter unten stritt sich ein halbes Dutzend Raben um etwas, das im Rinnstein der ungepflasterten Gasse lag. Sie starrten zu uns herüber, bevor sie ihr Gekrächze und ihr aufgebrachtes Flügelschlagen wieder aufnahmen. Von fern waren die Marktschreier vom Rathausplatz zu vernehmen, die ihre Waren anboten. Einer der Raben zerrte die Beute in die Mitte der Gasse, die anderen hüpften hinterher und hackten darauf ein. Es hinterließ eine schwache feuchte Spur auf dem Boden.

Ich blickte wieder auf Stinglhammers Haus und wandte mich dann an Gregor: »Stinglhammer wusste, mit wem zusammen Martin Dädalus das Haus Hoechstetter hintergehen wollte und worum es dabei ging.«

»Es ist nicht gesagt, dass er Abschriften darüber in sein Haus brachte.«

»Er hat es spätestens an dem Tag getan, als Dädalus tot aufgefunden wurde.«

»Die Unterlagen werden uns sagen, wer Dädalus' Komplize war, und damit haben wir den Mörder? Der seine beiden Mitwisser beseitigt hat?«

»So ungefähr«, erklärte ich und verzichtete darauf, ihm darzulegen, dass es wahrscheinlich komplizierter war. Wahrscheinlich war es sogar sehr viel komplizierter, als selbst ich es mir dachte. Plötzlich hatte ich Angst vor dem, was wir womöglich noch alles entdecken würden.

»Dann lass uns reingehen, bevor wir selbst den Raben hier verdächtig erscheinen«, sagte Gregor.

6.

Ich rüttelte an der Verrammelung einer Fensteröffnung, die ich für die der Küche hielt und die in halber Tiefe der *quintana* in die Mauer gebrochen war. In dem schmalen Durchlass roch es nach der Feuchtigkeit des Gewitterregens, dessen Pfützen hier immer noch standen, nach verrottetem Grünzeug und verschimmelndem Putz. Nicht einmal die Raben hofften, hier etwas Anständiges zu finden. Es war deutlich kühler als draußen in der Gasse, wo der Sommer sich an diesem Tag von seiner besten Seite zeigte. Gregor blinzelte nach oben. Über diese *quintana* spannte sich kein hölzerner Abtritt.

»Wenigstens kann uns von oben nichts auf die Köpfe fallen«, knurrte er.

Ich versuchte, eines der Bretter zu lösen, die quer über die roh gezimmerte Fensterlade genagelt waren. Es saß nicht ganz fest, aber es ließ sich auch nicht lockern.

»Lass mich mal«, sagte Gregor und schob mich beiseite, wobei er aufpasste, nicht zu tief in die schlammige Pfütze vor dem Fenster zu steigen, aus der undefinierbare, in sich zusammengesunkene schwärzliche Häufchen ragten. Er griff unter seine dunkle lange Schaube (die ihn beim Herkommen ins Schwitzen gebracht haben musste und um die ich ihn, in der feuchten Kühle der *quintana*, nun beneidete) und holte einen massiven Dolch mit breiter Klinge aus seinem Gewand hervor.

»Ist das so ein Ding, wie es die Wache Doktor Andreas abgenommen hat?«, fragte ich ihn. Er winkte ab und zwängte die Klinge unter das Brett, an dem ich gerüttelt hatte. Er stocherte und hebelte, und plötzlich löste sich der Nagel mit einem misstönenden Quietschen aus der Lade, auf die das Brett genagelt war. Unwillkürlich sahen wir uns an und warteten, doch niemand kam aus dem Nachbarhaus oder spähte von der Gasse aus zu uns herein. Wir nickten uns zu und fassten beide das Brett an seinem nun losen Ende, wuchteten es von der Lade weg, und nach einigem Rütteln und Ziehen glitt der zweite Nagel heraus und gab das Brett frei. Wir taumelten zurück und stießen uns die Köpfe an der gegenüberliegenden Hauswand.

Dann fuhr Gregor mit der Klinge des Dolchs in die Spalte der Fensterlade und drückte sie auf. Er packte beide Flügel und öffnete sie. Dahinter gähnte ein schwarzer Schlund, aus dem die abgestandene Luft eines ungelüfteten Hauses drang.

»Nach dir«, sagte er und trat beiseite.

Ich schwang ein Bein in das offene Fenster und stieg in das Haus des Toten ein.

Das Licht, das durch das Fenster zur *quintana* hereinkam, war spärlich. Es löste die wichtigsten Umrisse der Küche aus der Dämmerung – den backsteinernen Herd in einer Wandnische, über dem sich der Rauchfang öffnete, der Querbalken darüber, an dem Schöpfkellen, Kessel und Pfannen hingen, das Wasserfass daneben und ein Holzstoß, über den zum Schutz vor Funkenflug eine Lederplane gebreitet war. In einer Wandnische stand ein metallisch schimmernder Krug mit Deckel, wahrscheinlich das bevorzugte Trinkgefäß des toten Hausherrn. Die Gerüche des letzten hier zubereiteten Essens waren noch nicht verflogen, Kohl und Fisch, eine freitägliche Speisenfolge. So war zumindest klar, wann der Stinglhammersche Haushalt aufgehört hatte zu existieren. Es bestätigte meine Annahme: Man hatte die Unterlagen Ludwig Stinglhammers durchgesehen, was einige Zeit in Anspruch genommen hatte, und als man nicht fand, was man suchte, sein Haus verschlossen – nicht früher als am vergangenen Abend.

»Wenn das ganze Haus so finster ist, sehen wir nicht mal die Hand vor Augen«, beschwerte sich Gregor. Ich trat an einen Tisch mit zerschundener Platte heran, der den Mägden zur Vorbereitung des Mahls gedient haben musste, und hob ein bauchiges Gefäß mit einem Schnabel auf. Es war eine Tranlampe, und ihr Gewicht sagte mir, dass sie fast voll war. Gregor brummte etwas. Ich tastete hinter den auf dem Herd stehenden Töpfen herum, bis ich in einem Mörser mit gesprungener Wand Feuersteine und dünne Kienhölzer fand, die vor Harz klebten.

»Schon gut«, knurrte Gregor.

Etwas raschelte draußen, und wir fuhren herum. Gregor hob den Dolch. Einer der Raben war uns gefolgt und stand am Rand der Wasserpfütze. Er starrte uns an, dann senkte er den Schnabel und trank. Anschließend ordnete er sein Gefieder mit ein paar raschen Flügelschlägen und hüpfte dann wieder hinaus in die Sonne, ohne uns noch eines weiteren Blickes zu würdigen. Ich merkte, dass ich den Atem angehalten hatte.

»Trennen wir uns?«, fragte Gregor.

Ich schüttelte den Kopf. »Wir haben nur eine Lampe. Außerdem ist das Haus nicht so groß.«

»Wo suchen wir?«

»Nicht in den vorderen Räumen, zu denen das Gesinde ungehinderten Zutritt hatte. Hinten – in Stinglhammers Schlafkammer und sonstigen Zimmern dort.«

»Ich hatte nicht den Eindruck, dass Konrad Hurlocher irgendwelche Hemmungen hatte, sich in allen Räumen des Hauses breit zu machen.«

»Ja, aber erst nach dem Tod seines Herrn.«

Gregor schniefte und sah sich mit zusammengekniffenen Augen in der Küche um. Dann schnappte er sich plötzlich ein abgewetztes Messer, das mit der Spitze in dem Balken über dem Herd steckte, und reichte es mir mit dem Griff voran.

»Ich habe den Dolch«, sagte er. »Du solltest auch was in der Hand haben.«

Er sah mich so drängend an, dass ich das Messer schließlich nahm. Es lag klobig in der Hand. Falls ich mich wirklich gegen etwas würde verteidigen müssen, würde es mir so viel nutzen wie ein nasser Lappen.

Gregor nahm seinen Dolch in die rechte Faust und hielt die Klinge stoßbereit neben seine Wange, während er vorsichtig um die Ecke herumspähte. Die Küche hatte keine eigene Tür;

sie lag hinter der Stube, in der wir die Dienstboten angetroffen hatten, in einer tiefen Gangnische und war früher sicherlich Teil der Stube gewesen. Der Herd hatte im Winter das ganze Haus zu heizen. Zwar hatte Ludwig Stinglhammer über alle Geheimnisse des Hauses Hoechstetter Bescheid gewusst, doch nur unwesentlich besser gehaust als ein Pachtbauer mit seinen Knechten. Er musste, was das anging, sehr genügsam gewesen sein.

»Der Mann scheint so viel schmutzige Wäsche gewaschen zu haben, dass es ihm gar nicht auffiel, dass sein Haus nichts Besseres war als der Waschbottich dafür«, flüsterte Gregor und trat auf den Gang hinaus. Ich folgte ihm mit der Lampe.

Nach wenigen Schritten standen wir vor der Tür, die zu Stinglhammers Schlafzimmer führte. Gregor deutete darauf, als ich im Licht des Flämmchens weiter hinten Stufen sah, die nach oben führten, und davor eine weitere Tür, die einen Raum schräg gegenüber von Stinglhammers Kammer abschloss.

»Zuerst oben«, sagte ich und flüsterte unwillkürlich ebenfalls. »Dann der Raum dort drüben. Die Schlafkammer läuft uns nicht weg.«

Gregor nickte und setzte den Fuß auf die erste Stufe; dann überlegte er es sich anders und ließ mir mit dem Licht den Vortritt.

»Ich bin die Nachhut«, erklärte er und kicherte nervös. »Das sind die, die immer als Erste überfallen werden.«

»Die Vorhut wird eventuelle Gefallene bergen«, versprach ich und war nicht weniger nervös als er. Die Gefahr, entdeckt zu werden, war nicht besonders groß, und sollte es doch passieren, zählte ich darauf, dass Gregor uns wenigstens aus diesem Schlamassel würde herausreden können. Dennoch fühlte ich, wie mein Herz heftig schlug und mein Atem kurz war. Ich stieg die knarrende Treppe hinauf und versuchte, mich leichter zu machen, als ich war. Die Geräusche des Holzes klangen so laut in die Stille wie das Schreien eines Kindes.

Das Obergeschoss wies den gleichen Grundriss auf wie das Erdgeschoss. Wenn ich gedacht hatte, dass man oben Flächen des einen nicht durch die *quintana* abgetrennten Nachbarhauses hinzugefügt hatte, hatte ich mich getäuscht. Der Gang war ein ebenso enger Tunnel wie unten, nur ging zu beiden Seiten lediglich eine einzige Tür ab. Ich trat auf die letzte Treppenstufe und stieß mit dem Fuß gegen etwas, das polternd an die Wand prallte. Gregor keuchte erschrocken. Ich leuchtete nach unten: eine zweite Tranlampe, von ähnlicher Machart wie die in meiner Hand. Von ihrem früheren Standort am oberen Ende der Treppe zu ihrem jetzigen an der Wand zog sich eine Tröpfchenspur. Gregor bückte sich und hob die Lampe auf.

»Sie haben gestern Nacht noch gesucht«, flüsterte er. »Oder die Lampe hier stehen lassen, weil sie noch mal zurückkommen wollten und dann das Licht hier oben bräuchten.«

»Ich hoffe, sie kommen nicht gerade jetzt zurück.«

Er sah mich starr an. »Du hat gesagt, alle seien auf dem Eiermarkt.«

Ich zuckte mit den Schultern. Er hielt die zweite Lampe an die Flamme und fummelte so lange herum, bis auch sie brannte. Dann betrachtete er den Gang. Schließlich deutete er auf die eine Tür und auf sich, dann auf die andere und auf mich und sagte: »Getrennt marschieren – vereint schlagen?«

Der Gedanke, ihn allein hier herumschnüffeln zu lassen, begeisterte mich nicht gerade, aber ich hatte kein Argument mehr dagegen. »Na gut, aber sei vorsichtig.«

Er sah mich an wie ein erwachsener Sohn, dem seine alte Mutter vom Krankenbett die Frage nachruft, ob er sich den Hals gewaschen hat, dann wandte er sich ab. Ich sah, wie er zu der Tür auf seiner Seite schlich, die Lampe vorgestreckt und den Dolch erhoben, dann drückte ich die Klinke der Tür auf meiner Seite hinunter und trat ein.

Der erste Eindruck war der eines Abgrunds, in den ich hineinfiel. Ich machte einen Schritt nach vorn, und der Abgrund schloss sich um mich. Der Raum erstreckte sich über die ganze Tiefe des Gebäudes, ein zweiter, weiterer Tunnel, in dem jeder meiner Atemzüge widerhallte. Durch die verrammelten Fenster in der vorderen Schmalseite sickerte Licht in dünnen, mehrfach unterbrochenen Linien: die Ritzen zwischen den Brettern. Ich spürte einen kühlen Hauch wie von Zugluft, doch die Flamme meiner Lampe bewegte sich nicht einmal.

Außer mir war noch jemand in diesem weiten, hallenden Raum. Meine Haare stellten sich auf. Ich streckte die Hand mit der Lampe nach vorn und merkte, dass ich zitterte. Das schwache Licht enthüllte Wände, von denen der Putz in Flocken abblätterte, und einen Boden, der so uneben war wie der eines Schiffswracks. Ich hatte das Gefühl, dass, wer immer sich mit mir im Raum befand, sich gerade außerhalb des Lichtschimmers hielt, und noch während ich genauer hinsah, schien sich etwas kurz zwischen mich und die dünnen Linien aus Licht von den Fensteröffnungen zu schieben. Ich hörte jemanden keuchen und merkte, dass ich es selbst war.

Ich brauchte das Licht nicht, um zu wissen, wer sich mit mir im Raum befand. Ich bezweifelte, dass das Licht ihn erhellt hätte. In der letzten Nacht hatte ich ihn aufgeweckt, und dass er nicht in der Lambertikapelle auf mich gewartet hatte, lag nur daran, dass er mich an einem Ort treffen wollte, wo ich ihn nicht erwartete. Ich hatte ihn in den Tod getrieben, ich hatte seine geringe Chance auf einen gerechten Prozess zunichte gemacht, ich hatte einen Dämon erweckt, wo gar keiner gewesen war. Und die Tatsache, dass durch seinen Tod vermutlich drei andere Leben gerettet worden waren (das seiner Freunde, die nun alle Schuld auf ihn schoben, die Ausstellung im Käfig am Perlach und das nachfolgende Ausstreichen mit Ruten aus der Stadt mit Erleichterung auf sich nahmen, hatten sie doch das Feuer erwartet), konnte mich nicht trösten und ihn nicht von seinem Zorn abbringen.

Ich spürte einen kalten Atemhauch in meinem Nacken und wirbelte herum. Die Flamme ging beinahe aus, flackerte dann aber zögernd wieder hoch. Ich sah niemanden hinter mir.

Ich wusste, wenn er mich berührte, würde ich ihm gehören.

Ein Trigramm aus Kreide, ein Trigramm aus Ruß. Weiß und schwarz. Leben und Tod. Richtig und falsch.

Ich trat einen weiteren Schritt in den Raum hinein, und die Gestalt war verschwunden. Auf knarrenden Holzbrettern ging ich bis zum Fenster, packte einen der Läden und ruckte an ihm, bis er sich ein wenig nach innen neigte und einen breiteren Strahl Licht hereinließ. Ich sah den Staub einer Räumlichkeit, die noch nie benutzt worden war, und meine eigenen Spuren von der Tür bis hierher. Andere, ältere Spuren kreuzten hindurch: kleine Pünktchen mit dünnen Linien zwischen ihnen, von Ratten und Mäusen. Schwarze Kügelchen lagen überall verstreut. Ich starrte auf den Boden, aber es gab keine menschlichen Spuren außer meinen eigenen und keine in den Staub gemalten nigromantischen Symbole.

Schritte näherten sich von der anderen Seite der Wand. Dann steckte Gregor den Kopf herein und hielt die Lampe in die Höhe.

»Was immer sich der Baumeister mit dem langen Saal da drüben gedacht hat, Stinglhammer konnte jedenfalls nichts damit anfangen. Alles ist leer bis auf die Mäuseköttel.« Er sah sich um. »Aber warum beschreibe ich dir, was du hier auch sehen kannst. Hast du irgendwelche Dokumente gefunden?«

»Sie sind nicht hier oben«, sagte ich. Ich fühlte mich schwindlig.

»Mist.« Er trat zurück, sodass nur noch seine Hand sichtbar war, die die Lampe in den Raum hielt. »Na, wir haben ja noch das untere Stockwerk.«

Ich schloss die Tür hinter mir, als ich den Raum wieder verließ. Meine Hand fühlte sich an, als säße sie an einem fremden Arm. Etwas seufzte, als die Tür ins Schloss fiel; ein Geist, der sich plötzlich dagegen entschieden hatte, an den Lebenden Rache zu nehmen; eine Seele, die sich endgültig zu gehen entschlossen hatte. Der Luftzug, der von dem halb geöffneten Fensterladen kam. Unten öffneten wir den Raum gegenüber Stinglhammers Schlafraum und fanden nichts als eine Vorratskammer, in der das Wenige, was Stinglhammers vertriebene Dienstboten nicht gestohlen hatten, dem Verfaulen preisgegeben war. Schließlich wandten wir uns der Schlafkammer zu.

Ich erwartete keinen Geist, weder einen aus meiner eigenen Einbildung noch einen, den die Tricks von Licht und Schatten und Luftzug im Raum entstehen ließen. Doch war ich auch nicht auf das Ausmaß an Gewalt vorbereitet, das die Schlafkammer verwüstet hatte.

»Meine Güte«, hauchte Gregor neben mir. Er hob die Lampe hoch und sah sich kopfschüttelnd um.

Das Bett war geborsten, die Türen des Bettkastens eingetreten und die Seitenteile auseinander gerissen. Der Deckel war halb herabgefallen und verdeckte die hintere Hälfte der Liegefläche. Die Bettdecken waren ihres Inhalts aus Heu und Federn fast vollständig beraubt; er quoll aus den aufgeschlitzten Wämsen der Decken wie die Eingeweide aus dem Körper eines Ausgedärmten. Die Truhen waren umgekippt, die Deckel halb abgerissen. Etwas knirschte unter meinen Stiefeln: Scherben von Tongeschirr. An einer Wand war ein großer Handabdruck aus Fett und Ruß zu sehen. Ich dachte unwillkürlich an die Maskerade der Sektierer und glaubte zu ahnen, wer seine Pfote hier verewigt hatte. Es roch nach abgestandener Luft und Schweiß und einigen anderen Düften, die von der *quintana* hereingedrungen sein mochten oder ihren Ursprung im Raum selbst hatten. Ich trat über die Scherben und zum Bettgestell hinüber. Der Bettkasten war auch ohne die Türen und die zerborstenen Seitenteile ein schweres Möbelstück, das nur ein wenig von der Stelle gerückt worden war. Ich spähte auf den Boden und machte unbewusst ein paar kleine Schritte um die Stelle herum, an der zwischen Scherben, aufflockenden Federn und Büscheln von Heu die mittlerweile eingetrockneten Flecken davon zeugten, dass Konrad Hurlocher die Herrschaft über das Gesinde auf seine Weise genutzt hatte. Auf einem herabgezerrten Laken sah ich einen Schattenriss, der sich auch bei näherem Hinleuchten mit der Lampe nicht auflöste und als dunkelfarbiger Fleck entpuppte wie gestocktes Blut. Ich leuchtete mit zusammengekniffenen Augen noch näher hin und entdeckte die wahre Natur der Spur. Ich richtete mich rasch wieder auf.

»Hier hat sich jemand den Arsch abgewischt«, sagte Gregor

leise und deutete auf ein Häuflein Hemden, die man vermutlich aus den Truhen herausgezerrt und in eine Ecke geworfen hatte. Ich dachte daran, als was Lutz den Burggrafen bezeichnet hatte und wie ich seine Grobheit aufgenommen und spielerisch gegen ihn verwendet hatte. Es wirkte nicht mehr so elegant, wenn man direkt vor dem Ergebnis auf einem Bettlaken oder sauberen weißen Hemden stand.

»Hier auch«, erwiderte ich.

»Hoechstetters Leute?« Gregor musterte den Handabdruck an der Wand und hielt seine eigene Hand mit gespreizten Fingern knapp darüber: Sie konnte den schmutzigen Abdruck nicht annähernd überdecken. Ich nickte: Lutz. Gregor polkte mit der Spitze seines Dolchs in der Wand und spickte ihn schließlich ins Zentrum der Handfläche.

»Unwahrscheinlich«, sagte ich. Er brummte etwas Zustimmendes.

»Hoechstetters Leute sind noch gar nicht zum Suchen gekommen«, beantwortete er seine Frage selbst. »Das ist das Werk der verärgerten Dienstboten.«

Er entdeckte etwas anderes an der Wand in der Nähe des Handabdrucks und richtete die Lampe darauf. Es war etwas halb Verfestigtes wie Rotz, das an der Wand geronnen war. Gregor verdrehte die Augen und schüttelte sich dann. Als er merkte, dass ich ihn beobachtete, ballte er die Faust um den Griff des Dolchs, hielt sie vor seinen Schoß und bewegte die Hand auf und ab. Ich zuckte mit den Schultern. Gregor richtete den Dolch wieder gegen den Handabdruck und kratzte daran herum. Ich konnte es nicht lassen:

»Wer weiß, ob das nicht die Hand war, die für diese Entladung gesorgt hat«, sagte ich. Er hielt mit dem Kratzen inne und sah mich über die Schulter an. Sein Gesicht verfinsterte sich, aber er ließ von seiner Tätigkeit ab und sah sich nach etwas um, woran er die Klinge des Dolchs abwischen konnte.

»Ha, ha.«

Ich stieg über die aufgeschlitzten Bettdecken und leuchtete den Bettkasten aus. Ich war sicher, dass ich bei näherem Hinsehen weitere Spuren von der Art dessen sehen würde, das von der Wand heruntergeronnen war. Die meisten der Dienstboten waren Männer gewesen. Ein dumpfer Geruch drang mir in die Nase, der sich deutlich von der Duftmischung des Raums abhob. Ich merkte, wie sich mein Magen zusammenzog.

»Es riecht hier nach Aas«, sagte ich.

Gregor richtete sich auf und sah mich mit gerunzelter Stirn an. »Es riecht nach dem, was in den Hemden und auf dem Bettlaken ist.«

»Nicht nur.« Ich winkte ihm. »Komm hier rüber.«

Gregor schnupperte, und sein Gesicht spannte sich. Er nickte. Ich sah, dass er den Dolch in der Hand unablässig drehte. Vielleicht vermisste er sein Stöckchen mit der elfenbeinernen Klaue. Ich zeigte auf die halb vom Deckel des Bettkastens versteckte Liegefläche des Bettes. Gregor sah mich an. Wir hatten beide denselben Gedanken.

»Ich nehme nicht an, dass irgendjemand Stinglhammers Dienstboten gezählt hat, ob sie auch vollzählig aus dem Haus gekommen sind, bevor es zugenagelt wurde.«

»Wer?«

Ich sah ihn an und dann zu den getrockneten Flecken auf dem Boden hinunter. Er presste die Lippen zusammen und machte schmale Augen. »Die Weiber sitzen in der Stube und heulen sich die Augen aus. Die Männer kommen plötzlich auf den Gedanken, dass ihr toter Herr an der ganzen Misere schuld ist. Sie stürmen in sein Schlafzimmer und schänden, was von seiner Hinterlassenschaft noch übrig ist.«

»Konrad Hurlocher allen voran«, sagte ich.

»Die Weiber hören den Krach. Das Küchenmädchen geht schließlich nachsehen. Sie stößt auf die Kerle, die sich gerade die Hintern abgeputzt haben und jetzt ihre Schwänze über Stinglhammers Sachen ausschütteln. Da kommen die Kerle auf die Idee, dass ein bisschen Weiberfleisch ihre Bemühungen nur fördern könnte.«

»Sie haben's ja von ihrem Majordomus nicht anders gesehen.«

»Sie wehrt sich. Das ist noch ein paar Grade demütigender als für den Majordomus auf die Knie zu sinken. Sie will sich nicht zwischen den Scheißhaufen und den zerstörten Sachen ihres ehemaligen Herrn im Rudel vergewaltigen lassen. Die Männer sind halb rasend. Da kann es schon passieren, dass ein Schlag zu fest ausfällt oder der Hals zu lange zugedrückt wird.«

Gregor hörte auf zu reden und seufzte. Sein Gesicht sah alt aus und so müde, dass es fast wächsern wirkte. Er wechselte die Hand, die den Dolch hielt und rieb sich die Nasenwurzel. Dann steckte er den Dolch zurück unter seine Schaube und schenkte mir einen resignierten Blick.

Ich legte mein nutzloses Messer auf den Boden, stellte die Lampe daneben und nahm die eine Ecke des herabgesunkenen Deckels in die Hand. Gregor schüttelte den Kopf und nahm die andere. »Warum bin ich bloß mitgekommen?«

»Bei drei«, sagte ich.

»Wenn es sein muss.«

Ich zählte, und wir hoben den Deckel in die Höhe und ließen ihn auf der anderen Seite des Bettes hinunterpoltern. Dann wichen wir einen Schritt zurück.

Es lag keine Leiche im hinteren Teil des Bettkastens.

Es war noch schlimmer.

Es war ein abgetrennter Kopf, und in der Stirn steckte noch das Messer.

7.

Gregor wandte sich ab und hustete. Er blinzelte krampfhaft, und ich dachte Änliches wie damals am Ufer der Wertach, während die Fliegen um den Leichnam einer jungen Frau schwärmten: Fang bloß nicht zu kotzen an. Ich starrte auf das unsägliche Ding im Bettkasten, das Gesicht eine zerschlagene Fläche aus dunklen Fetzen und hellen Knochenstücken, die Nase zerquetscht und der Mund weit offen. Die Augen waren nicht zu sehen, die Ohren offenbar abgerissen, der Kopf auf seine Grundform reduziert und nicht mehr menschlich. Ich atmete tief ein, hob die Lampe hoch und ließ das Licht darauf fallen.

»Hast du noch nicht genug gesehen?«, fragte Gregor rau.

»Es ist ein Rotkohl.«

Er drehte sich um, als hätte ihn jemand in den Hintern getreten. Seine Augen traten hervor. »Was?«

»Sieh selbst.« Ich schluckte den letzten Rest Galle hinunter, die mir in den Mund gestiegen war, und merkte, wie sich der Knoten in meinem Magen löste und plötzlich Gelächter aufsteigen wollte. Mit dem Schreck verschwand das Düstere der Szene, und das Groteske nahm überhand. »Nur das Messer ist echt. Alles andere ist das Spiel von Licht und Schatten.«

Gregor streckte die Hand aus, zuckte zurück, wagte sich wieder vor und stupste den Kopf aus Rotkohl schließlich an. Er rollte zurück und vor und lag wieder still. Er nahm das Messer am Griff und versuchte es herauszuziehen, doch der Kohl wollte sich nicht lösen und kam mit in die Höhe. Dann glitt die Klinge doch heraus und der Kopf fiel hinab. Gregor fasste instinktiv nach und fing den Kohlkopf auf. Dann riss er die Hand weg und ließ den Rotkohl zu Boden fallen. Er prallte auf den Boden und rollte müde ein paar Handspannen weit davon.

Gregor betrachtete seine Hand, die schmierig und feucht war, und wischte sie schließlich am Bettlaken ab.

»Total vergammelter Kohl«, sagte er fast wütend. »Und du riechst einen Leichnam.«

Ich prustete plötzlich. Gregor sah mich so indigniert an, dass ich noch heftiger prustete und Mühe hatte, nicht in lautes Gelächter auszubrechen.

»Und du«, platzte ich heraus, »erfindest eine ganze Geschichte, um den Geruch zu erklären.«

»Ich habe nicht …« Er stutzte und sah mich empört an. Ich lachte los, hilflos wie ein Klosterschüler, der entdeckt, dass einer seiner Mitbrüder die Kutte zu tief in die Latrine hat hängen lassen. Gregors Augenbrauen zogen sich zusammen, aber seine Mundwinkel fingen an zu zucken.

»Hör auf«, stieß er hervor. »Man hört dich bis draußen.« Dann lachte er selbst so heftig, dass er sich bog.

»Warum bin ich bloß mitgekommen?«, wieherte ich.

»Bei drei«, kreischte Gregor.

Er versetzte dem Kohlkopf einen Tritt, sodass dieser unter das Bett schoss, wo er mit einem saftigen Geräusch auf etwas prallte und wieder vor unsere Füße gerollt kam. Wir sahen auf ihn hinunter, dann einander an, und das Glucksen verstummte allmählich. Ich wischte mir die Tränen aus den Augen.

»Er ist an irgendwas gestoßen«, sagte Gregor.

Ich bückte mich ächzend und schob die Lampe so weit es ging unter den Bettkasten. Die Zerstörungswut der Dienstboten hatte dem schweren Möbel kaum etwas anhaben können, und so war auch die kleine, eisenbeschlagene Truhe unentdeckt geblieben, die Stinglhammer offensichtlich darunter geschoben hatte. Ich sah nach oben in Gregors gespanntes Gesicht.

»Wir haben die Dokumente«, sagte ich.

Wir lösten das Problem des fehlenden Schlüssels, indem wir in die Küche zurückkehrten, das aufgebrochene Fenster wieder schlossen, damit uns niemand hören konnte, und die Kiste so oft auf den Steinboden warfen, bis sie zersplitterte. Papiere quollen heraus. Gregor bückte sich und schob sie zu einem Stapel zusammen. Es waren nicht viele, alles in allem vielleicht zwei Dutzend. Ich konnte gerade noch einige uneinheitlich geschriebene Buchstaben erkennen, dann richtete Gregor sich auf und hielt sich das Paket vor die Augen.

»Nein«, sagte er plötzlich und reichte sie mir mit einer Hand, während er mit der anderen die Lampe wegnahm und sie in die Höhe hielt, »das zu lesen gebührt dir.« Er lächelte verzerrt.

Ich nahm die Blätter und räusperte mich. Tatsächlich war ich äußerst gespannt, was Stinglhammers Unterlagen über Dädalus und den dritten Mann in ihrer unseligen Verbindung enthüllten. Und ich bebte innerlich vor Angst, was sie vielleicht über meine Tochter enthielten.

»Lies vor«, sagte Gregor.

»Castor sagt, das Geld ist weg.

Pollux ist wie von Sinnen. Das ganze Geld?

Castor ärgert sich. Was glaubst du, wen ich alles bestechen musste, um uns einen Anteil zu sichern? Die verdammten Querköpfe wollten doch zuerst keine Fremden in die Sache einbeziehen.«

»Das ist die Mitschrift eines Gesprächs«, sagte Gregor. »Stinglhammer hat jemanden belauscht oder belauschen lassen und das Gehörte aufgezeichnet.«

Ich nickte. »Wer ist Castor und wer ist Pollux?«

»Einer von beiden ist Dädalus.«

Ich nickte erneut. »Und wer ist der andere?«

Ich dachte an Hilarius Wilhelms Posse mit dem Pfeifsignal vor dem heidnischen Gräberfeld. »Vermaledeites Verschwörertum«, knurrte Gregor an meiner Stelle. »Kann er nicht einfach die Namen so hinschreiben, wie sie wirklich lauten!«

»Pollux lacht. Die gute und ehrenhafte Sache.

Castor lacht auch. Was ein Bischof und ein Papst wollen, ist von den Mächtigen des Himmels gesegnet.

Pollux: Und Tyrannenmord von den Ehrgeizigen auf der Erde.«

»Tyrannenmord?«, echote Gregor. »Wovon spricht er?«

Ich hatte das dumpfe Gefühl, dass ich es wusste. Meine Spannung verflog und ließ nur noch die Angst um Maria zurück.

»Lorenzo de' Medici«, sagte ich. »Der Aufstand der Pazzi zu Ostern.«

»Diese Geschichte schon wieder.«

»Pollux: Der Mann, den ich dir geschickt habe, ist gefangen worden?

Castor: Hatte den Strick ein paar Wochen später um den Hals. Er hat sich wahrscheinlich noch während des Baumelns gefragt, was eigentlich schief gegangen ist.

Pollux: Ich hätte wissen müssen, dass er ein Versager war.

Castor: Jedenfalls ist der Karren im Dreck. Die Brüder Fugger, diese Bastarde, haben Glück gehabt – ihre Leute haben sich noch früh genug abgesetzt.

Pollux: Wie ich gehört habe, reist Jung-Jakob zum Arschkriechen nach Florenz.

Castor: Wenn Ulrich erfährt, dass das Haus Hoechstetter fast pleite ist, reist er ihm höchstpersönlich nach und überholt ihn noch auf dem Weg in Lorenzos Gedärm.

Pollux: So schlimm ist es?

Castor: Ich habe die Bücher gerettet. Sieh sie dir an.

Pollux: !«

»Ich hätte an seiner Stelle: Scheiße! gesagt«, erklärte Gregor trocken.

»Vermutlich hat er genau das getan.«

»Wer ist der Kerl, der für Dädalus in Florenz ein bisschen Geld in die falsche Seite investiert hat?«

»Ich weiß es nicht«, log ich. Im Stillen dachte ich: Maria, meine Maria, ich habe den Kopf deines Mannes in die Schlinge gesteckt, aber geknüpft haben den Strick andere. Nicht dass es deinen Hass auf mich verringern wird, wenn du die ganze Geschichte erfährst.

»Castor: Ich weiß, wie wir den Verlust ersetzen können. Du musst nur dafür sorgen, dass nichts von dieser Geschichte ruchbar wird.

Pollux: Wie?

Castor: Ich nenne es die französische Lösung.

Pollux: Wenn sie so gut ist wie deine italienische Lösung …

Castor: Was ist mit der Witwe? Wie viel weiß sie?

Pollux: So viel das Waschweib von einem Mann ihr erzählt hat.

Castor: Wenn sie zu Ulrich läuft, sind wir beide erledigt.

Pollux: Ich weiß.

Castor: Es sei denn, niemand glaubt ihr. Wie ist ihr Ansehen im Haus?

Pollux: Ulrich kennt nicht mal ihren Namen. Aber sie hat eine Verbündete: Lucia, Georgs Frau. Sie sieht sie als Schwester im Leidenskreis der unfruchtbaren Bäuche. Sie hat sie zwar beim Gratulationscour wie den letzten Dreck behandelt, aber hernach tat es ihr Leid. Sie schickte ihr sogar einen Entschuldigungsbrief.

Castor: Das ist gefährlich. Georg ist der Lieblingssohn. Was seine Frau unterstützt, wird man glauben.

Pollux: Die dumme Ziege weiß doch nicht mal, dass Georgs Frau auf ihrer Seite ist. Die läuft mit verheulten Wangen durch die Gegend, als ob ihr ein Pferd zwischen die Augen getreten hätte. So was von Mauerblume habe ich selten gesehen.

Castor: Es heißt, die Scheuen sind gut im Bett.

Pollux: Wenn sie's wäre, hätte ihr Mann es doch geschafft, ihr ein Balg zu machen.«

»Was ist los?«, fragte Gregor. »Wenn du die Papiere zerknüllst, nutzen sie uns nichts.«

»Entschuldige«, sagte ich und entkrampfte meine Finger. Sie zitterten so stark, dass das Papier Geräusche machte wie ein Segel im Wind. Meine Stimme hörte sich dick und belegt vor Wut an.

»Lies weiter«, sagte Gregor. »Das ist ja alles ganz interessant, aber es bringt uns nichts.«

»Du hast Recht.« Ich versuchte hastig weiterzulesen, ohne dass Gregor etwas auffiel. Weiter unten hatte ich einen Satz entdeckt, der mir eine Gänsehaut verursachte: Pollux erklärte, dass er versuchen wolle, die Witwe auf die Straße setzen zu lassen. Er gehe davon aus, dass es ihm schon gelingen werde, den Verantwortlichen zu überreden.

Castor: Was hilft uns das?

Pollux: Sie wird entweder die Stadt verlassen, oder sie muss die Beine breit machen, wenn sie nicht verhungern will. Wer aber wird einer Nutte aus einem Winkelhaus im Jakoberviertel glauben?

»Liest du nun weiter oder was ist?«

»Wir sollten uns hier nicht länger aufhalten«, sagte ich und versuchte, so ruhig wie möglich zu erscheinen. »Wir können das auch im Bischofspalast durchsehen.« Und ich kann heimlich ein paar Blätter verschwinden lassen, die Maria allzu sehr mit hineinziehen. Mir war bereits jetzt schlecht, dachte ich an die Möglichkeiten, die sich durch die wenigen Sätze eröffneten. Die Kälte, mit der die beiden über den Tod und die Schicksale der Lebenden gesprochen hatten, war von den Papieren in mein Herz gekrochen.

Was du vorhast, ist nicht nur Betrug an deinem Partner, sondern auch die Verschleierung zweier brutaler Mordfälle.

Ich habe bereits einmal die Gerechtigkeit vor die Gnade gestellt. Ich weiß nicht, ob ich es auch bei meinem eigenen Fleisch und Blut kann.

Armer Peter, sagte Jana in meinen Gedanken. Du weißt doch, dass Gott die Gerechten am meisten leiden lässt.

Ich schluckte und ließ die Dokumente sinken. Ich war froh darüber, dass Gregor in der Dunkelheit meine Gesichtszüge nur vage erkennen konnte.

»Gute Idee«, sagte Gregor. »Wir haben, was wir gesucht haben. Ich kann mir Schöneres vorstellen, als hier entdeckt zu werden.«

Ich nickte.

In diesem Moment hörten wir das Kratzen, mit dem jemand versuchte, das von uns notdürftig geschlossene Küchenfenster aufzubrechen.

8.

Wir starrten uns überrascht an. Dann reagierten wir so schnell, wie wir es in den Zeiten unserer Zusammenarbeit als junge Männer kaum jemals getan hatten. Ich packte den Stapel Papiere auf den Herd, Gregor blies das Licht aus, und während mir noch die Phantome vor den Augen tanzten, die der Widerschein der Lampe in meinen Pupillen waren, huschte ich schon durch die plötzliche Finsternis zur Wand und presste mich an der einen Seite des Fensters dagegen. Gregor drückte sich an die andere Seite. Es geschah so schnell, dass der Unbekannte draußen seinen zweiten Versuch, das Brett in der Fensteröffnung zu lösen, erst unternahm, als wir schon in Position waren. Gregor sah zu mir herüber und ich zu ihm, das Fenster zwischen uns. Er hatte die Klinge wieder neben seine Wange erhoben und atmete rasch. Mit Bestürzung bemerkte ich, dass ich Gregors Augen glitzern sah, obwohl es im Inneren des Hauses jetzt so dunkel wie in einem Grab hätte sein müssen.

»Die zweite Lampe«, hauchte ich. Gregor biss die Zähne zusammen.

»Draußen auf dem Gang«, hauchte er zurück. »Verdammt.«

Dabei brauchten wir uns darüber keine großen Sorgen zu machen. Wer immer hereinkam, würde vom Licht draußen so geblendet sein, dass er die Tranlampe nicht sofort bemerkte. Wenn es so weit war, würden wir ihn längst gepackt haben, und dann war es keine Frage mehr, ob wir entdeckt wurden oder nicht. Ich spürte etwas Hartes in meiner Hand und stellte fest, dass ich das Küchenmesser fest umklammert hielt. Vorsichtig legte ich es auf den Boden. Gregor warf mir drängende Blicke zu und schüttelte vehement den Kopf, aber ich wollte die Hände frei haben – und vor allem nicht in der ersten Hektik kopflos zustoßen. Gregor machte ein grimmiges Gesicht, er erdolchte mich regelrecht mit seinen Blicken.

Wer immer dort draußen war, er gehörte nicht zum Haus Hoechstetter. Er rüttelte so vorsichtig an dem Brett, dass klar war, dass er sich noch mehr davor fürchtete, beim Einbruch in das Haus ertappt zu werden, als wir. Ich versuchte Gregor, der den Dolch in seiner Hand unruhig vor- und zurückzucken ließ, darauf aufmerksam zu machen, doch dann verschob sich das Brett und stürzte beinahe in den Raum, und wir zuckten alle zurück – auch der Unbekannte draußen in der *quintana*. Das Brett war jetzt so lose, dass ein Atemstoß es umgestürzt hätte.

Gregor hob einen Finger und deutete auf sich. Dann erhob er zwei Finger und zeigte auf mich. Er wollte sich des Ersten annehmen, der hereinkam; wenn es einen Zweiten gab, sollte ich ihn übernehmen. Ich hob drei Finger und zuckte mit den Schultern, und er presste die Lippen zusammen und senkte den Blick.

Jemand gab dem Brett einen harten Stoß. Es flog in den Raum, der plötzlich aufleuchtete, als läge draußen nicht die düstere Spalte zwischen den beiden Häusern, sondern ein hell beschienener Platz, landete polternd auf dem Steinboden und schlitterte gegen die Wand. Ich hörte, wie jemand einen Fluch zwischen den Zähnen murmelte. Ein Bein schwang durch die Öffnung, gefolgt von der Silhouette eines Menschen, der hereinstolperte und sich blind umsah; und ich sah Gregor, der sich von der Wand abstieß, einen Arm von hinten um den Hals des Eindringlings schlang und ihn seitlich zu Boden riss. Die Töpfe auf dem Herd flogen scheppernd beiseite, Ludwig Stinglhammers Papiere flatterten durch die Luft, eine zweite Gestalt fiel mehr herein als dass sie kletterte und zischte: »Leise, verdammt noch mal!«, und erstarrte mit einem Keuchen, als sie meine Hände um ihren Hals fühlte.

Ich schleifte meine Beute so schnell wie möglich zur anderen Seite des Fensters, aber wir hatten Glück: Sie waren nur zu zweit, genau wie wir.

Für sie mochte es im Inneren des Hauses stockdunkel sein, für uns war es mehr als hell. Ich setzte dem Mann, dessen Hals ich so fest umklammert hielt, dass ich seinen Pulsschlag in meinen Handflächen fühlte, ein Knie in die Seite und drückte ihn ganz zu Boden, wälzte mich halb auf ihn, drehte ihn herum und starrte in zwei Augen, die vor Entsetzen so groß waren, dass das Weiße um die Iris herum riesig wirkte. Aus dem verzerrten Mund kam kein Laut. Ich löste die Hände so weit, dass ein pfeifender Atemzug durch seine Kehle ging.

»Wo Sie auch auftauchen, Sie sind nirgends willkommen«, hörte ich mich sagen und fragte mich, ob ich noch etwas Dümmeres hätte von mir geben können. »Versprechen Sie mir, nicht zu schreien, dann lasse ich Ihren Hals los.«

Er nickte heftig und noch immer mit schreckgeweiteten Augen. Ich nahm die Hände weg, jederzeit bereit, wieder zuzupacken, aber er holte nur nochmals würgend Atem und stöhnte dann. Starker Alkoholgeruch stieg von ihm auf. Von der Seite des Herdes ertönten ein Keuchen und ein Fluch, die Küchenutensilien über dem Herd flogen plötzlich in alle Richtungen davon und landeten scheppernd auf dem Boden, dann raschelten Kleider, und Gregor gab ein Knurren von sich.

»Hast du ihn endlich?«, fragte ich, ohne mich umzudrehen. »Erstich ihn bloß nicht aus Versehen, er ist völlig harmlos.«

»Peter …«, ächzte Gregor.

Nun drehte ich mich doch um. Gregor lag mit dem Gesicht nach unten auf dem Küchenboden, der Dolch nutzlos in einer Ecke, einen Arm unter seinem Körper festgeklemmt und den anderen halb ausgekugelt im Griff eines fröhlich grinsenden Knaben, dem der Sabber über das Kinn lief und auf die kahle Stelle an Gregors Hinterkopf tropfte. Der Idiot hockte auf Gregors Rücken wie auf einem bequemen Sattel, hielt seinen einen Arm genauso im Griff wie mit der zweiten Pranke Gregors Fußknöchel und lächelte mich so heiter an, dass ich annahm, die Rangelei hatte ihm den größten Spaß der letzten Tage bereitet. Gregor schielte mich mit schmerzverzerrtem Gesicht von unten her an und versuchte, nicht zu stöhnen.

»Wie ich sehe«, sagte ich zu Gregor, »hast du einen Gefangenen gemacht.«

Gregor keuchte etwas und versuchte, mich mit Blicken zu ermorden. Ich wandte mich zu Hilarius Wilhelm um.

»Sagen Sie dem Jungen, dass er ihn loslassen soll.«

»Sagen Sie es ihm selbst«, lallte Wilhelm und massierte seinen Hals. Dann winkte er dem Knaben doch zu und forderte ihn auf, von seinem Spiel abzulassen. Der Junge hüpfte ein paar Mal grinsend auf und ab, dass Gregor die Luft zwischen den Zähnen herausgetrieben wurde, dann schwang er sich herunter, drehte sich beinahe elegant um und hielt Gregor eine Hand hin, noch immer halb gebückt. Gregor stieß sie beiseite und rappelte sich mühsam auf. Seine Augen funkelten vor Zorn. Er klopfte die Vorderseite seines Gewands ab und wischte sich dann über den Hinterkopf. Als er die Hand herunternahm und sie sich vor die Augen hielt, verzog sich sein Gesicht. Voller Ekel sah er sich nach etwas um, woran er sie abwischen konnte.

Ich deutete auf den Fensterladen und dann auf die Fensteröffnung und sagte zu dem Jungen: »Mach es zu, einverstanden? Wir wollen nicht, dass jemand zufällig hereinschaut.«

Er zögerte einen Moment und gehorchte dann, immer noch fröhlich. Der Fensterladen wirkte in seiner Pranke wie ein zierliches hölzernes Tablett, und er rammte ihn mit der gleichen Wucht in die Fensteröffnung hinein, wie er ihn vorher hinausgestoßen hatte. Es wurde wieder dunkel. Der Umriss des Jungen blockierte das Licht, das zwischen den Brettern des Fensterladens hereinsickerte. Ich hörte ihn fröhlich kichern. Es gab nur wenig, das seine Laune wirklich trüben konnte, und plötzliche Finsternis gehörte ganz sicher nicht dazu. Ich holte die noch brennende Lampe und stellte sie auf den Herd neben Gregor.

»Alles in Ordnung?«, fragte ich ihn.

Er nickte und fluchte gleichzeitig.

Hilarius hatte sich in sitzende Position aufgerichtet und schüttelte langsam den Kopf. Er räusperte sich und verzog das Gesicht – das Schlucken würde ihm noch ein paar Stunden wehtun. Der Knabe schlurfte zu ihm hinüber und hockte sich neben ihm auf die Fersen. Seine schmalen, schrägen Augen waren voller Neugier und blitzten, als sie auf Gregor trafen: Hallo, Spielgefährte! Wenn dir wieder nach Ringen ist, sag Bescheid. Gregor knurrte.

»Sind Sie hier eingestiegen, weil Sie betrunken sind, oder haben Sie sich betrunken, um sich einsteigen zu trauen?«, fragte ich Wilhelm.

»Sie haben genauso wenig ein Recht, hier zu sein, wie ich«, erklärte Wilhelm.

»Aber wir waren als Erste hier«, fuhr Gregor auf.

»Haben Sie gestern gefunden, wonach Sie wirklich suchen?«, fragte Hilarius. »Wenn ja, sind Sie mir was schuldig.«

»Woher wollen Sie wissen, was ich wirklich suche?«

»Ich habe Sie bei der Beerdigung von Martin Dädalus beobachtet. Schon vergessen?«

»Wovon redet ihr?«, brummte Gregor wütend.

»Die Kerle in der Trinkstube«, sagte ich schnell.

»Er macht den Eindruck, als sei er heute schon dort gewesen.« Gregor zog die Augenbrauen zusammen. »Der Käfig am Perlach wartet immer noch auf euch beide.«

Hilarius Wilhelm presste die Lippen zusammen, doch er ignorierte Gregor. Der Wein schien seinen Mut gegenüber sonst deutlich erhöht zu haben. Er sah mich von unten herauf an.

»Was haben Sie hier zu finden gehofft?«, fragte ich ihn.

»Nichts.«

»Er hat sich im Fenster geirrt«, zischte Gregor sarkastisch. Er bückte sich, um die verstreuten Blätter aufzusammeln und wieder auf einen Stapel zu schichten. Ich erstarrte, als ich sah, wie er die Zeilen überflog, doch er legte die Papiere nur mit einem Stirnrunzeln beiseite. Das Licht war zwar gut dort, direkt neben der brennenden Lampe, aber er war viel zu kurzsichtig, um sie so lesen zu können, und viel zu eingebildet, um sich das Papier direkt vor die Nase zu halten und uns so von seinem Gebrechen wissen zu lassen. Ich wusste plötzlich, warum er mir den Vortritt beim Lesen der Unterlagen gegeben hatte, und ich fragte mich, wie weit ein Mann selbst in einem so nebensächlichen Amt wie dem des Burggrafen dem Bischof von Nutzen war, wenn er nichts lesen konnte, was weiter als eine Handbreit von seinen Augen entfernt war. Die Stapel Dokumente, die er auf dem Tisch des Bischofs im Palast hin- und herschob, waren jedenfalls reine Tarnung.

»Ich möchte Ihnen immer noch helfen«, sagte Hilarius und ließ die Augen nicht von mir. Ich war mir nicht sicher, was er meinte – die Mordfälle oder Maria. Ich wusste nur, dass ich Gregor keinesfalls darauf bringen durfte, dass meine Tochter auf irgendeine Weise in die Sache verwickelt war.

»Sie helfen allen am besten, wenn Sie sich raushalten.«

»Was ist das?«, fragte Gregor und bückte sich erneut. Unter dem Fenster lag ein schmutziger Leinenbeutel. Er hob ihn auf. Der Beutel schien schwer zu sein, und ich hatte einen Augenblick lang den Eindruck, etwas darin habe sich bewegt. Hilarius richtete sich schnell auf.

»Es gehört mir. Geben Sie 's her.«

Gregor grinste und nestelte den Verschluss auf. »Immer mit der Ruhe.«

Hilarius schnaubte und ließ sich wieder gegen die Wand sinken. Aus seinen Zügen verschwand plötzlich ein tüchtiges Stück von dem Trotz, der bisher darin gelegen hatte. Gregor steckte die Nase in den Beutel und zuckte zurück. Sein Gesicht sah aus, als hätte ihn jemand geschlagen.

»Was ist?«

»Ich habe ihn außerhalb des Gögginger Tors gefunden«, stotterte Hilarius. »Er war schon fast tot, als ich ihn sah …« Er verstummte und wischte sich über den Mund.

Gregor reichte mir den Leinenbeutel herüber. Er fühlte sich leichter an, als er aussah. Was sich darin befand, sah wie ein zerzauster weißgrauer Lumpen aus, nur dass der Lumpen ein grellgelbes Krallenbein besaß, das leise zitterte. Ich griff an das untere Ende des Beutels und zog die Hand feucht zurück: Blut. Ein Zittern lief über den Körper, und das Bein bewegte sich stärker. Ich warf einen raschen Blick auf den Jungen. Er beobachtete jede meiner Handbewegungen, und wenn sein flächiges Gesicht subtilere Gefühle als Freude, Angst und Wut auszudrücken imstande war, dann konnten seine gerunzelte Stirn und seine herabgezogenen Mundwinkel bedeuten, dass er den Inhalt des Leinenbeutels bedauerte.

»Was soll das bedeuten?«, stieß Gregor hervor. Seine Augen waren schmale Schlitze.

»Ein weißer Hahn«, sagte ich. Ich ließ den Beutel zu Boden sinken. »Er lebt noch immer. Es ist wichtig, dass er vorher nicht stirbt, habe ich Recht?«

Hilarius zögerte und nickte dann ergeben.

»Ein Hühnerdieb«, spuckte Gregor.

»Ich habe ihn nicht gestohlen! Ich fand ihn außerhalb des Gögginger Tors – er war unter Pferdehufe geraten, und ich hob ihn auf …«

»Was haben Sie sonst noch mitgebracht? Eine Fledermaus, um Blut aus ihrem Kopf zu drücken? Oder reicht der Hahn aus? Milch? Honig?«

»Etwas Asche, Mehl und Salz«, flüsterte Hilarius.

»Drei Schusternägel?«

»Das ist Aberglaube. Was soll ein Dämon mit Schusternägeln anfangen?«

»Was soll ein Dämon überhaupt hier anfangen?«, brüllte Gregor los. Er griff nach dem Packen Papiere und begann aufgebracht, ihn gerade zu stoßen. Sein Gesicht war bleich vor Wut.

»Sie sind eingestiegen, um hier eine Zeremonie abzuhalten.«

»Ich kann Ihnen helfen«, sprudelte Hilarius. »Wie oft soll ich es denn noch sagen? Diese Morde sind nicht von einem menschlichen Wesen begangen worden. Ich beschwöre Sie! Ein schwarzer Engel schleicht durch die Gassen. Ich kann ihn bezwingen!«

»Offenbar nur mit dem gehörigen Quantum Mut aus dem Weinfass.«

Er sah zu Boden. »Das hat nichts zu bedeuten. Ich … ich …«

»Halten Sie den Mund.« Ich warf ihm den Beutel zu. Ich hatte einen bleiernen Geschmack im Mund, als finge der Schreck über das plötzliche Auftauchen des Alchimisten und seines blöden Helfers erst jetzt zu wirken an. Hilarius fing das sterbende Tier ungeschickt auf und ließ es dann in seinen Schoß sinken. Der Schwachsinnige machte ein paar gurrende Geräusche und betrachtete den leise zuckenden Leinensack voller Mitleid.

»Verschwinden wir alle von hier«, sagte ich.

»Nein, warten Sie. Bitte! Lassen Sie mich den Dämon …«

»Erwähnen Sie noch einmal das Wort Dämon, und ich serviere Ihnen den Hahn als Mittagsmahl«, erklärte ich. »So wie er ist, mit Federn und Leinensack und allem.«

»Sie sind undankbar. Ich habe Sie doch zu …«

»Genug jetzt!«, schrie Gregor, bevor ich Hilarius ins Wort fallen konnte. Er wedelte mit den Dokumenten in der Luft herum. »*Sie* sollten dankbar sein, wenn wir Sie nicht den Behörden ausliefern. Ich hätte große Lust zuzusehen, wie Ihnen wegen des Einbruchs das Ohr aufgeschlitzt wird!«

»In diesem Boot sitzen wir alle gemeinsam.« Hilarius' Worte waren trotzig, auch wenn sie aus seinem Mund schüchtern klangen.

»Aber Ihre Seite ist tiefer im Wasser! Bürgermeister Onsorg wird sich neben dem Einbruch sicherlich für den Inhalt Ihres Sacks interessieren – und für das, was Sie damit vorhatten. Könnte gut sein, dass man Ihnen das Ohraufschlitzen erlässt und Sie gleich auf den Scheiterhaufen schickt.«

»Es reicht jetzt«, sagte ich. »Wir verlassen alle das Haus auf der Stelle. Gregor, du kannst mir die Papiere wieder geben.«

»Ich trage sie schon. Sieh du lieber zu, dass die beiden Kerle hier durch das Fenster steigen. Ich fasse das schwachsinnige Ferkel nicht mehr an.«

Ich stöhnte innerlich und überlegte, wie ich wieder an die Papiere herankommen konnte. Hilarius Wilhelm sah aus seiner halb sitzenden Position zu uns auf.

»Sie können mich nicht den Behörden ausliefern. Ich habe

nichts Unrechtes getan. Ich versuche doch nur, Ihnen zu helfen. Bitte lassen Sie mich tun, was ich tun muss.«

»Stehen Sie auf und machen Sie, dass Sie aus dem Fenster steigen.«

»Sie begehen einen Fehler.«

»Die Hälfte von allem, was man tut, stellt sich hinterher als falsch heraus«, sagte ich. »Wenn man es jedes Mal vorher schon wüsste, würde man den ganzen Tag im Bett verbringen.«

Er schüttelte den Kopf und rappelte sich langsam auf. »Es wird noch ein Mord geschehen, und er wird auf Ihrem Gewissen lasten.«

Ich biss die Zähne zusammen und antwortete nicht.

»Unser Gewissen ist unsere Sache«, erklärte Gregor.

»Das sagt sich vorher auch leichter als nachher.«

Hilarius Wilhelm bedeutete dem Schwachsinnigen, aufzustehen und das Fenster freizugeben. Dieser zog den Fensterladen mit einer Hand heraus und ließ ihn zu Boden fallen. Ich bezweifelte, dass wir anderen ihn ebenso leicht herausbekommen hätten. Dann deutete ich auf den Sack mit dem sterbenden Inhalt, und über das Gesicht des Idioten ging ein Lächeln. Er hob ihn auf und hielt ihn mir mit ein paar freundlichen Grunzlauten vor das Gesicht, als wolle er seine Freude darüber ausdrücken, einen Bruder im Geiste gefunden zu haben, der sich für das Schicksal des Hahnes interessierte.

»Warum haben Sie ihm nicht das Sprechen beigebracht?«, knurrte Gregor.

Wilhelm schwang sich halb hinaus. »Das müssen Sie die Leute fragen, die ihn mir für ein paar Pfennige verkauft haben. Er ist erst seit ungefähr drei Jahren bei mir.« Seine Worte klangen resigniert und so, als sei die Wirkung des Weins mittlerweile zur Gänze abgeklungen. Er hob das zweite Bein aus dem Fenster und sprang in die *quintana* hinaus. Ich sah, wie er draußen stolperte und sich an der gegenüberliegenden Wand abfangen musste. Der Idiot schwang sich mit müheloser Eleganz hinaus, den Sack mit dem Hahn in einer Hand und fröhlich kichernd über seine eigene Behändigkeit.

Ich folgte ihnen und streckte dann beide Hände zu Gregor hinein.

»Wir müssen den Fensterladen wieder befestigen«, sagte ich. »Gib mir die Papiere und reich mir das Ding dann heraus, sonst kommen wir nicht mehr dran.«

Gregor brummte und setzte den Stapel auf dem Herd ab. Er hob den Fensterladen mit einem Grunzen auf und verkantete ihn eine Weile, bevor er den richtigen Winkel fand, mit dem er durch die Fensteröffnung ging. Dann schnappte er sich die Dokumente wieder und kletterte ungraziös heraus. »Für heute habe ich genug von Abenteuern«, keuchte er. Ich bemühte mich, ihm die Papiere nicht einfach aus den Händen zu reißen. Er klemmte sie unter die Armbeuge und begann an seinem Gewand herumzuklopfen. Ich setzte den Fensterladen ein und winkte Hilarius heran, mir zu helfen.

»Ich werde nichts mehr wegen gestern sagen«, raunte er und bewies damit, dass er einen Teil seines Verstandes wiedergewonnen hatte und benutzte. »Aber Sie sind mir immer noch was schuldig deswegen.«

Ich nickte. »Sie wissen, wo ich für meine Schuld die Grenze ziehe.«

»Was?«, fragte Gregor.

»Nichts.«

Er betrachtete mich zerstreut. »Seid ihr fertig?«

»Solange niemand an den Brettern rüttelt, sieht es aus wie vorher.«

»Das reicht. Langsam wird mir mulmig. Es ist gleich Mittag und ohnehin ein Wunder, dass noch keiner hier hereingeschaut hat. Machen wir, dass wir von hier wegkommen.«

»Was ist mit uns?«, fragte Hilarius.

»Wir sollten ihn zu Bürgermeister Onsorg bringen.«

»Nein«, sagte ich. »Verschwinden Sie, Wilhelm. Sie haben uns nicht gesehen und wir Sie nicht.«

»Danke. Sie machen trotzdem einen Fehler.«

»Ich würde gern hören, wie er dem Bürgermeister und dem Rat erklärt, was er mit dem Hahn vorhatte.« Gregor kicherte.

»Wir lassen Onsorg aus dem Spiel«, sagte ich.

Gregor zuckte mit den Schultern. »Besser keinen Staub aufwirbeln, was? Na gut, du hast ja Recht. Hauen Sie ab, Sie Scharlatan. Gott liebt die Großzügigen.«

»Aber er hasst Einbrecher«, sagte eine neue Stimme von der Mündung der *quintana* her. Wir fuhren herum. Ich ließ die Schultern sinken.

Nun würde es wohl nicht mehr gelingen, Bürgermeister Onsorg aus dem Spiel zu lassen. Dort stand er im hellen Sonnenschein, die Beine gespreizt und die Arme in die Hüften gestemmt, und man konnte das hämische Grinsen in seinen Worten hören, als er sagte: »Alle Mann raus hier, bevor ich euch von den Waibeln herausholen lasse.«

9.

»Eindringen in das Haus eines kürzlich verstorbenen Bürgers«, sagte Onsorg, während seine vierköpfige Begleitmannschaft uns umstellte und oberflächlich über die Kleider fuhr, um festzustellen, ob wir bewaffnet waren. Ich hatte nicht gesehen, wo Gregor seinen Dolch versteckt hatte, jedenfalls fanden sie ihn nicht. Der Anführer des Trupps nickte Onsorg zu und trat zurück. »Beschädigung des Eigentums einer der angesehensten Familien der Stadt. Diebstahl.« Er wies auf den Packen Papier in Gregors Händen. »Sie wollen mir das sicher aushändigen, Burggraf.«

»Ich wüsste nicht«, knurrte Gregor. Ich schloss die Augen. Hatte ich eben noch gedacht, dass es nicht schlimmer kommen könnte, hatte ich mich getäuscht. Und das Allerschlimmste war, dass ich nichts dagegen unternehmen konnte. Gregor hätte ich vielleicht täuschen können, den Bürgermeister auf keinen Fall. Ich verfluchte mich dafür, die Papiere nicht eher gefunden und komplett durchgesehen zu haben, bevor der kleine Alchimist uns überraschte.

»Gib sie ihm schon«, hörte ich mich sagen.

Gregor warf mir Blicke zu wie ein Verschwörer, dessen engster Vertrauter soeben angekündigt hat, alle Pläne verraten zu wollen. Dann streckte er die Hände mit den Papieren darin in Richtung des Bürgermeisters. Als dieser zugreifen wollte, ließ Gregor sie fallen. Sie plumpsten hart auf den Boden und zerflatterten sofort.

»Hoppla«, sagte Gregor.

Onsorg stellte unbeeindruckt den Fuß auf den unordentlichen Haufen. Einer seiner Männer sammelte die wenigen davongewirbelten Blätter zusammen, stieß den Packen wieder zusammen und übergab ihn dem Bürgermeister.

»Und das.« Onsorg wies auf den Leinenbeutel. »Was ist da drin?«

»Ein zertrampelter Hahn«, erklärte ich, bevor Hilarius Wilhelm etwas entgegnen konnte. »Er hat ihn gefunden und will ihn sich zubereiten.«

»Was uns zu *ihm* bringt«, sagte Onsorg mit falscher Freundlichkeit. »Wer ist *er*? Und gnade Ihnen Gott, wenn Sie wieder für ihn antworten.«

»Sie haben mich dafür bezahlt, eines der Fenster aufzubrechen«, erwiderte der Alchimist mit überraschender Wendigkeit. »Ihn und mich.« Er deutete auf den Schwachsinnigen.

Onsorg nickte und lächelte ohne Wärme. »Mitgegangen, mitgefangen, mitgehangen.«

»Was bringt Sie überhaupt hierher, Bürgermeister?«, fragte ich.

»Die Stadt schützt die Häuser ihrer Bürger.«

»Und der Bürgermeister kommt mit vier Männern, um sie aufzubrechen«, sagte ich und wies auf die Beile, die zwei von den Waibeln in den Händen hielten. »Oder ist die Streitaxt neuerdings die Bewaffnung der Scharwächter?«

Gregor machte plötzlich ein Geräusch und starrte ungläubig auf die Werkzeuge der Wachen. »Zum Teufel ...«, begann er.

»Die Leute von Georg Hoechstetter haben das Haus verrammelt«, erklärte ich. Onsorg verzog das Gesicht zu einer unzufriedenen Grimasse und verschränkte die Arme vor der Brust. »Die Stadt hat damit nichts zu tun und wurde auch nicht konsultiert. Wer hat Sie davon in Kenntnis gesetzt? Einer der Nachbarn?«

»Ich habe Ihnen beim letzten Mal schon gesagt, dass Sie sich aus der Geschichte heraushalten sollten.«

»Geben Sie die Papiere wieder her«, verlangte Gregor. Der Bürgermeister reagierte nicht einmal auf ihn.

»Sie sind aus dem gleichen Grund hier wie wir«, erklärte ich. »Wenn Hoechstetters Männer das Gebäude verrammelt haben, dann ist etwas darin, das jemand in der Firma nicht an die Öffentlichkeit gelangen lassen will.«

»Halten Sie den Mund.« Es klang weniger wie eine Zurechtweisung als eine Warnung. Onsorg schielte einen kurzen Moment lang zu seinen Männern hinüber. Ich griff nach der einzigen Möglichkeit, die ich noch zu sehen glaubte.

»Wir sind Ihnen nur zuvorgekommen«, sagte ich. »Was wir gefunden haben, haben wir Ihnen freiwillig ausgehändigt. Wir haben zusammengearbeitet. Wir werden auch bei der Auswertung des Fundes zusammenarbeiten, nicht wahr?«

Er blinzelte mich an und schien einen Moment lang ernsthaft darüber nachzudenken.

»Sie können das Ganze ebenso wenig vor der Öffentlichkeit ausbreiten wie die Hoechstetter«, erläuterte ich sanft. »Nicht, bevor Sie wissen, was alles in diesen Papieren steht. Wenn wir sie gemeinsam auswerten, sparen wir Zeit. Sie fürchten doch genauso wie wir, dass Zeit das ist, was wir am wenigsten haben, bis noch ein dritter Mord im Haus Hoechstetter geschieht.«

»Hören Sie auf uns«, bekräftigte Gregor und warf sich in Positur. Ich stand zu weit entfernt, um ihn gegen das Schienbein zu treten. »Sie können nur davon profitieren, wenn wir meine Erkenntnisse mit Ihnen teilen.«

Onsorg fuhr auf und starrte Gregor an wie ein besonders merkwürdiges Exemplar einer neuen Tierart.

»Ich soll von Ihren ...?«, prustete er, ohne wirklich amüsiert zu sein. »Verschwinden Sie mit Ihren Leuten, Burggraf, und beten Sie, dass ich vielleicht vergesse, unter welchen Umständen ich Sie hier angetroffen habe.«

»Onsorg, seien Sie doch vernünftig«, bat ich.

»Halten Sie sich raus!«, schnappte er. »Ihre Zeit ist genauso vorbei wie die von Bischof Peter!«

Er gab seinen Männern ein knappes Zeichen, und sie nahmen ihn in die Mitte. Ohne ein Wort des Abschieds ließ er abmarschieren. Ich sah ihm wie betäubt nach. Im Gehen begann er die Papiere durchzublättern und zu ordnen. Mein Herz klopfte bei dem Gedanken, was noch über Maria darin stehen mochte.

»Er hat gewusst, dass es die Papiere gab«, sagte ich zu niemandem im Besonderen. »Was immer der Grund dafür war, er wusste es.«

»Es war nicht schwer, versteckte Aufzeichnungen zu vermuten«, murmelte Wilhelm. »Dazu musste er sich nicht mal vor Augen halten, was für ein Mensch Stinglhammer war.«

»Verdammt«, sagte Gregor und trat wütend gegen die Wand. Seine Wangen waren rot, und seine Augen blitzten. »Ich muss mir so eine Abfuhr nicht bieten lassen. Was glaubt der Kerl, wer er ist?«

»Sei froh, dass er selbst nicht daran interessiert ist, die Sache an die große Glocke zu hängen – sonst wären wir alle Kandidaten für ein aufgeschlitztes Ohr.«

»Ach was, denkst du wirklich, jemand würde Hand an den Burggrafen und seine Helfer legen? Wenn du dich nicht so ungeschickt angestellt hättest, hätten wir ihn sogar überredet, uns den Fall zu überlassen. Ich hatte ihn beinahe so weit.«

Ich fühlte mich zu sehr von den Ereignissen vor den Kopf geschlagen, als dass ich mich auf eine Auseinandersetzung hätte einlassen wollen. Onsorg und seine Männer verschwanden hinter der Kuppe der Gasse, über die wir die Türme des Doms ragen sahen. »Entschuldigung«, brummte ich. Der Sarkasmus war vollkommen verschwendet. Gregor trat erneut gegen die Wand.

»Onsorg wollte nicht nur einfach so an die Papiere«, sagte ich. »Irgendwelche Ungereimtheiten innerhalb des Hauses Hoechstetter sind für ihn ohne Belang. Er hat eine konkrete Vermutung, was sonst noch darin steht und dass es mit etwas zu tun hat, was die ganze Stadt angeht.«

»Glauben Sie, die Morde …?« Wilhelm erschauerte.

»Ich weiß es nicht. Ich bin davon überzeugt, dass die Morde mit alldem in Verbindung stehen, was um uns herum passiert, und dass Onsorg lediglich versucht, die Angelegenheit von der Seite anzugehen, die er für richtig hält.« Nun erschauerte ich selbst, und mein Herz fing wieder an, schneller zu schlagen. Wenn die Morde wirklich mit alldem zusammenhingen, was sich in den letzten Tagen gezeigt hatte – hingen sie dann auch mit Maria zusammen?

Es war unselig gewesen, dass Gregor die Papiere Stinglhammers an sich genommen hatte. Dass sie nun im Besitz Onsorgs waren, war eine Katastrophe. Ich konnte mich nicht erinnern, wie viel ich ihm über Maria erzählt hatte, aber ich fürchtete, dass es genug war, um allein aus den wenigen Sätzen, die ich hatte lesen können, zu schließen, dass sie es war, von der Castor und Pollux gesprochen hatten.

Dass man sie bewusst ins Elend hatte treiben wollen, um eventuelle Aussagen über die Rolle ihres verstorbenen Mannes in Florenz zu diskreditieren.

Dass sie möglicherweise Freunde im Haus Hoechstetter hatte, die ihr zwar nicht hatten helfen, aber sie darauf hatten bringen können, wer für ihr Unglück verantwortlich war.

Dass Martin Dädalus einer der Männer war, der für ihre Vertreibung gesorgt hatte.

Dass Stinglhammer die Vertreibung veranlasst und umgesetzt hatte, da er für meine Tochter zuständig gewesen war, wie ich von Karl Hoechstetter ganz nebenbei erfahren hatte.

Dass Maria nicht mehr viel zu verlieren hatte.

»Die Grubenleute …«, begann der Alchimist.

Gregor drehte sich um und rang die Hände.

»Geht das jetzt auch noch los«, rief er erbittert. »Was kommt als Nächstes? Die Waldenser? Die Zeloten? Ägypter und Israeliten?«

»Wenn der Bürgermeister die Papiere nicht wegen interner Zwiste im Haus Hoechstetter gesucht hat, bleibt nur eine solche Vermutung, oder?«

Gregor starrte den kleinen Alchimisten an. »Warum hätte wohl ausgerechnet Ludwig Stinglhammer etwas über die Grubenleute aufzeichnen sollen?«

»Weil es sie gibt. Und weil er alles niedergeschrieben hat, was sich irgendwie für ihn oder seinen Herrn verwerten ließ …«

»Es gibt keine Grubenleute!«, schrie Gregor. »Und es gibt keine Dämonen, die herumschleichen und nachts ehrbaren

Bürgern die Hälse umdrehen. Ich will nichts mehr davon hören!«

Er atmete heftig aus, dann drehte er sich um und stapfte grußlos davon.

»Wo willst du hin?«

»Zurück in den Palast. Ich habe genug zu tun. Wenn ihr glaubt, irgendwelche Nachtgespenster sind für die Morde verantwortlich, nur zu. Dann löse ich den Fall eben allein.«

»Warten Sie doch …«, rief Wilhelm verblüfft, aber ich winkte ab. Ich wusste nicht, ob Gregors Wut mehr von der Vergeblichkeit unserer Unternehmung herrührte oder von der vermeintlichen Zurücksetzung durch den Bürgermeister und wie viel von seinem Ärger wirklich war und wie viel Schauspielerei, in die er sich hineingesteigert hatte wie ein trotziger kleiner Junge; doch ich war nicht unglücklich darüber, ihn gehen zu sehen. Zunächst musste ich darüber nachdenken, was nun zu tun war. Ich sah ihm zu, wie er steifbeinig über die Hügelkuppe davonmarschierte. So schnell wie er war, konnte es sein, dass er Jos Onsorg und seine Männer noch vor dem Dom einholte, auch wenn ich bezweifelte, dass Gregor viel daran gelegen war. Als ich mich abwandte, war Hilarius Wilhelm bereits mit hängendem Kopf in die andere Richtung davongeschlichen.

»Langsam«, rief ich, und für meine eigenen Ohren hörte sich meine Stimme schrill an. »Wir sind noch nicht fertig.«

Er blieb stehen. Dann drehte er sich um. Er wirkte müde und niedergeschlagen und sah mich mit trüben Augen an.

»Ich habe Ihnen die Grubenleute auf dem Tablett serviert«, sagte er und lächelte sein weinerliches Lächeln. »Was immer der Burggraf davon hält – es gibt sie, und Sie wissen es genauso gut wie ich.«

»Die Grubenleute sind nichts weiter als die Gefolgschaft eines lächerlichen Popanz, der Hühner schlachten und sich auf dem Altar von hysterischen Weibern befriedigen lässt«, erklärte ich.

Er nickte, ohne dass sich seine Miene geändert hätte. »Deshalb ist er nicht weniger gefährlich.«

»Ich werde ihn nicht unterschätzen.«

»Der Bürgermeister tut es auch nicht. Und er weiß nicht einmal halb so viel wie Sie und ich.«

»Wer ist er?«

»Wenn ich es wüsste, säße ich bereits bei Wein und Braten in der Herrenstube und ließe mich als den Retter der christlichen Reichsstadt Augsburg feiern.«

Diesmal nickte ich. »Warum haben Sie mich darauf hingewiesen?«

Wilhelm sah ehrlich erstaunt aus. »Ich wollte Ihnen beweisen, wie nützlich ich Ihnen sein kann.«

»Nicht mit Beschwörungen.«

»Sie verstehen nicht, worum es hier geht.«

»... sagte der Fuchs zur Gans, als er sie davontrug. Hören Sie auf mit diesen Sprüchen.«

»Sie sind manchmal wahr.« Er seufzte. »Wer ist die Frau, die auf der Beerdigung von Martin Dädalus war?«

»Meine Tochter«, sagte ich schlicht. »Wussten Sie, dass sie zu den Grubenleuten gehört?«

Er schwieg eine Weile. Dann schüttelte er müde den Kopf. »Ich weiß, wo sie Unterschlupf gefunden hat.«

»Woher?«

»Weil ich ganz in der Nähe selbst untergekrochen bin.«

Ich starrte ihn an. »In der Pfahlsiedlung vor dem Göegginger Tor. Natürlich. Niemand würde Sie dort suchen. Genauso wenig wie Maria. Und es ist ein Leichtes, am Morgen mit all den anderen zum Tor hineinzukommen, ohne befragt zu werden.«

Er zuckte mit den Schultern.

»Ich bin Ihnen wirklich was schuldig«, erklärte ich.

»Das haben Sie schon gesagt, als ich Sie vor den Männern im Schwarzen Fass gerettet habe. Das Einzige, das ich will, gewähren Sie mir dennoch nicht.«

»Warum führen Sie Ihre verdammte Beschwörung nicht auf irgendeinem Kreuzweg um Mitternacht auf?«, stieß ich plötzlich hervor.

»Weil sie dort stattfinden muss, wo der Dämon sein Werk

verrichtet hat. Im Haus Hoechstetter oder im Haus von Stinglhammer. Ohne Sie oder den Burggrafen komme ich dort nicht hinein – und ohne Zeugen hilft es mir nichts, wenn ich weitere Morde verhindere.«

»Es wäre eine gute Tat.«

Er sah mich fast mitleidig an. »Ich ziehe den Lohn auf Erden vor.« Er rieb sich über den Bauch. »Die Seele freut sich auf die Erlösung im Himmel, doch der Körper braucht irdischere Genüsse. Ich will nicht im kommenden Winter neben einer Straße erfrieren.«

»Ich vergesse nicht, dass ich in Ihrer Schuld stehe, aber verlangen Sie nichts von mir, was ich nicht geben kann. Ich zahle sie auf meine Art zurück.«

Er breitete die Arme aus und ließ sie wieder fallen. »Haben Sie den Weiher in der Pfahlsiedlung gesehen?«, fragte er dann. »Von dort aus ist die Hütte ganz einfach zu finden …«

10.

Erst als ich auf dem Weg hinaus in die Pfahlsiedlung war, fiel mir auf, dass Hilarius Wilhelm von Ludwig Stinglhammers Charakter gesprochen hatte, als kenne er ihn mindestens ebenso gut wie beispielsweise Jakob Fugger. Ich hatte angenommen, dass der kleine Alchimist zum ersten Mal im Leben mit Hoechstetters Buchhalter zu tun gehabt hatte, als er vergeblich in dessen Schreibzimmer wartete. Jetzt war jedoch nicht die Gelegenheit, diese Gedankengänge weiter zu verfolgen.

Zuweilen weiß man, dass man einen Fehler begeht – und begeht ihn dennoch. Tief im Inneren hofft man, dass die Ahnung trügt. Noch tiefer im Inneren ist man überzeugt, dass die Ahnung vollkommen zutreffend ist. Trotzdem geht man hin.

Ich bin mir bewusst, dass dies nur eine unzureichende Erklärung ist, warum ich wider besseres Wissen zu meiner Tochter Maria ging.

11.

Ich hörte Schritte aus dem Inneren der Hütte und blieb vor dem Sackleinen stehen, das anstelle einer Tür in dem Loch hing, das als Türrahmen in eine Wand des Baus geschnitten war. Die Hütte war so klein, dass man mit knapp dreißig Schritten einmal um sie herumgekommen wäre. Ihr Baumaterial stammte zum großen Teil von Flößen, deren Holz auf der Fahrt aus den Bergen hierher zersplittert oder sonst wie unbrauchbar geworden war und von den Flößern nicht mehr hatte verkauft werden können. Ich sah mit Unbehagen, dass die wenigen Steine, die eine Art Fundament bildeten, aus dem Gräberfeld stammten, das in dem dichten Ufergestrüpp weit hinter den Hütten versteckt lag. Die Hütte war sicherlich nicht von Maria erbaut worden, und wenn sie sie jemals verließ, würde eine andere heimatlose Seele einziehen und ihr eigenes Unglück in die Balken, Steine und den fest getretenen Erdboden in ihrem Inneren schwitzen. Die Kinder und Halbwüchsigen, die um mich herum waren, seit ich das Gögginger Tor verlassen hatte, näherten sich und begannen noch lauter als vorher zu schreien. Nur ein vollkommener Narr hatte erwarten können, lautlos und ohne Aufmerksamkeit zu erregen aus der Stadt bis zu der Hütte im Zentrum der Pfahlsiedlung vordringen zu können. Warum ärgerte ich mich dann trotzdem über das Gekreische?

Ich schleuderte eine Hand voll kleiner Münzen über die Köpfe der Kinder hinweg, und die meisten von ihnen stürzten davon und sammelten sie wild um sich tretend auf. Die anderen blieben an meiner Seite und hofften darauf, dass ihr Lärm mich zu einem weiteren Almosen erweichen würde oder dass sie mir meine Börse entreißen konnten. Ich räusperte mich und hustete und schob dann das Sackleinen zur Seite, um einzutreten.

Meine Hände fühlten sich kalt und klamm an, und meine Beine waren wie aus sprödem Holz. Ich blinzelte in die Dunkelheit der Hütte und räusperte mich erneut, weniger, um mein Dasein anzukündigen, als vielmehr, um den Kloß aus dem Hals zu bekommen, der sich auf einmal dort gebildet hatte.

Die Hütte hatte keine Fensteröffnungen. Nur von der Tür fiel eine größere Menge Licht herein, und dort stand ich und warf einen Schatten in die Dunkelheit. Eine weitere Bahn Sackleinen war quer durch den Raum gezogen und trennte den hinteren Teil vom vorderen ab. Im vorderen Teil stand ein Herd in der Nähe der Türöffnung, der aus einem Haufen lose aufeinander gelegter Steine bestand und über dem eine an beiden Enden abgesplitterte Holzstange hing. In der jenseitigen Ecke des Raums lagen zwei halb behauene Steine aus dem Gräberfeld und über ihnen ein Brett: eine Bank, wenn man darauf sitzen wollte, und ein Tisch, wenn man sich auf den Boden davor niederließ. Was außer durch das Türloch noch an Licht ins Innere der Hütte gelangen konnte, kam durch die Ritzen in dem brettergedeckten Dach. Wenn es regnete, regnete es herein, doch der Erdboden war zu hart gestampft, um die Nässe aufnehmen zu können, sodass das Wasser wahrscheinlich zusammen mit dem, das unter den Seitenwänden hindurchdrang, wieder auf der Seite hinauslief, die am tiefsten lag, und den Boden halbwegs trocken zurückließ. Es roch nach dumpfigem Erdreich, nassem altem Holz und schimmelndem Sackleinen, und der Duft von frisch geräuchertem Fleisch stach aus dieser Geruchsmischung so unpassend hervor, dass er beinahe Ekel erregte.

Maria stand neben dem Herd und hängte eine Speckseite an die Stange. Sie kniff die Augen zusammen und spähte mir entgegen, doch schien es ihr keine Probleme zu bereiten, mich auch im Gegenlicht zu erkennen.

»Was willst du noch?«, fragte sie.

Ich hob das Sackleinen etwas weiter hoch und trat aus dem Licht. Ihr Gesicht wurde aus dem Schatten geholt. Sie hatte sich den Ruß und das Blut des Hahns abgewaschen, aber nur unvollständig und so weit es ihr Desinteresse zugestanden hatte. In den Falten um die Nasenwurzel und hinter den Ohren sah ich dunkle Reste.

»Darf ich hereinkommen?«

Sie zuckte mit den Schultern und knüpfte die Schnur, an der die Speckseite hing, fest. Ich fragte mich, woher sie das Geld gehabt hatte, das Fleisch zu bezahlen, und versuchte, nicht darüber nachzudenken, wie wenig Möglichkeiten es für eine Frau gab, Geld zu verdienen.

»Jemand wusste, wo du wohnst. Ich hatte es mir gestern schon gedacht, als du so plötzlich verschwunden warst.«

Sie schwieg und zupfte an den Säumen ihres Kleides. Es wirkte nicht verlegen, eher wie die Geste eines Menschen, der sich in Gegenwart eines anderen unwohl fühlt und hofft, dass dieser andere bald gehen wird. »Ich sagte dir, dass du mich nicht halten kannst.«

Ich holte Atem und merkte, dass ich noch immer dastand wie ein Lakai und das Sackleinen hochhielt. Die bettelnden Kinder von draußen riefen und zeigten herein. Ich ließ den Vorhang fallen. Die Dunkelheit verschluckte Marias Gesicht und ließ nichts als einen hellen Schimmer zurück. Es dauerte einige lange Momente, bis meine Augen sich so an die Düsternis gewöhnt hatten, dass ich mehr erkennen konnte als grobe Formen.

»Ich wollte, du wärst nicht geflohen.«

»Ich bin nicht geflohen, ich war zu Hause.«

»Was glaubst du eigentlich, wie schwer es für mich ist, dir zu erzählen …« Ich brach ab, als sie sich abrupt abwandte und an mir vorbeischritt, auf den Vorhang zu, der den Raum teilte. Ich nahm an, dass dahinter eine Lagerstatt war, und wusste, ich würde es nicht über mich bringen, ihr dorthin zu folgen. Wenn ich sie hinter den Vorhang flüchten ließ, verlor ich sie ein drittes Mal, und ich hatte das Gefühl, dann werde es endgültig sein.

»Tu mir nicht an, was ich dir getan habe«, sagte ich.

Sie zögerte. Nach ein paar Momenten senkte sie den Kopf.

Ihre Hand streckte sich zu der langen Bahn Sackleinen hin, die den Raum unterteilte.

»Hätte ich dich auf der Beerdigung von Ludwig Stinglhammer getroffen?«, fragte ich.

Die Hand umklammerte den groben Stoff. Sie sah noch immer zu Boden. Im Inneren der Hütte trug sie ihr Tuch nicht, und ihr Haar, lang und leicht gelockt und dunkel wie das ihrer Mutter, nur schmutziger und struppiger, hing um ihr Gesicht und verbarg es besser, als jeder Schleier es vermocht hätte.

»Ja«, sagte sie schließlich.

»Hättest du ihm auch ein Trigramm ins Grab geworfen?«

Maria antwortete nicht. Ihre Hand, die den Vorhang hielt, war ruhig.

»Der alte Mann, der die Symbole verkaufte«, sagte ich, »ist tot. Ein Besoffener hat ihn vor der Metzg zu Tode getreten.«

Sie reagierte nicht. Ich nahm an, sie hatte ihren Vorrat bereits bei ihm erworben. Ich wagte kaum, die nächste Frage zu stellen.

»Wie viele hast du noch übrig? Außer dem für Stinglhammer?«

»Eines«, antwortete sie. Ich spürte, wie mir der Atem stockte.

»Es gibt ein drittes Grab, in das du es werfen willst.«

Die Antwort darauf brauchte ich nicht. Die Antwort auf die nächste Frage schon eher: »Ist das Grab schon geschaufelt?«

Warum fragst du nicht, was du eigentlich wissen möchtest? *Lebt der Mann noch, für den es gedacht ist?*

Ich erinnerte mich, dass ich sie am Grab von Martin Dädalus gefragt hatte, ob das Symbol den Toten oder die Menschen vor ihm schützen sollte. Ich hatte niemals daran gedacht, dass es auch noch eine dritte Möglichkeit gab: dass es ein Zeichen des Triumphs war.

»Nein«, sagte sie.

Ich trat langsam zu der behelfsmäßigen Bank hinüber, ohne zu wissen, ob sie mich hinter dem Vorhang ihres Haars musterte. Ich musste nahe an ihr vorbei und spannte alle Muskeln an vor Furcht, dass sie diese Nähe nicht ertragen und entweder hinter das Sackleinen oder hinaus ins Freie flüchten werde, doch sie blieb bewegungslos stehen. Ich konnte ihren Geruch wahrnehmen. Sie hatte das meiste Blut aus dem Gesicht gewaschen, aber wo es in die Öffnungen ihres Kleides geraten und über ihren Körper gelaufen war, hatte sie es nicht entfernt. Das Vorderteil ihres Kleids war steif und dunkelfleckig. Sie roch wie etwas, das vor Tagen gestorben war. Mein Magen drehte sich um. Selbst als kleines Kind, eingewickelt in ihr Tuch und von oben bis unten voller Kot, hatte sie niemals so abstoßend gestunken. Meine Tochter roch wie Aas. Wenn es etwas gab, was als Hoffnungsschimmer gelten konnte, dann, dass ihre Erscheinung bewies, dass es etwas wie in der letzten Nacht vorher nicht gegeben hatte – sonst wäre sie bereits zu Martin Dädalus' Beerdigung so erschienen wie jetzt. Das Kleid war dasselbe, nur das getrocknete Blut war neu. Ich setzte mich so vorsichtig hin, als läge das Sitzbrett über zwei rohen Eiern. Mir war übel von dem Schmutz, der an ihr haftete, aber noch übler vor Aufregung.

»Du hast doch alle meine Briefe gelesen, oder?« Das war der falsche Anfang, war es am Vortag schon gewesen. Wahrscheinlich hatte sie sie gelesen, doch war es vollkommen egal. Es hatte nichts darin gestanden, was von Belang gewesen wäre. Um das eigentlich Wichtige zu erzählen, war ich hierher gekommen. Ich suchte nach den richtigen Worten und erkannte, dass es mir nun noch schwerer fiel als in der letzten Nacht.

»Wenn es möglich gewesen wäre, hätte ich Jana mitgebracht.«

»Warum?«, fragte sie.

»Um dir zu zeigen, dass ich die Liebe wiedergefunden habe.«

»Warum glaubst du, dass mich das interessiert?«

Auch das war der falsche Ansatz gewesen. Doch immerhin stand sie noch da wie zuvor. Es mochte ihr nicht bewusst sein, aber sie war bereit, mir noch eine weitere Chance zu geben. Nutze sie, dachte ich, und meine Kehle zog sich vor Angst zusammen.

»Du hattest zugleich Recht und Unrecht«, sagte ich, »als du am Grab von Martin Dädalus deine Anschuldigungen gegen Ulrich Hoechstetter ausgestoßen hast. Unrecht, weil nicht Ulrich Hoechstetter den Tod deines Mannes zu verantworten hat.«

Sie schnaubte.

»Recht, weil der Täter dennoch im Haus Hoechstetter zu finden ist.«

Sie schnaubte erneut. Ich schwitzte und fror gleichzeitig, während ich meinen Weg durch die Worte suchte wie ein Blinder durch ein Labyrinth.

»Was hat dein Mann dir alles erzählt über seinen Auftrag in Florenz? Maria?«

»Wozu willst du das wissen?« Ihre Stimme klang rau.

»Weil er mir nichts darüber erzählt hat.«

»Wozu hätte er das tun sollen?«

»Um mir zu ermöglichen, ihn vor dem Galgen zu bewahren.«

»Hättest du das gekonnt?«, stieß sie hervor. »Sonst hast du die Menschen doch immer an den Galgen gebracht?«

»Deinen Mann«, sagte ich, denn ich erkannte, dass kein Weg daran vorbeiführte, »habe ich an den Galgen gebracht, um Jana zu retten.«

Ich schwieg, als es draußen war.

Sie sah zu Boden. Der Vorhang der Haare vor ihrem Gesicht bewegte sich nicht. Auch sie schwieg. Ich hörte vor der Hütte die Kinder, die noch nicht aufgegeben hatten, auf mich und eventuelle weitere Almosen zu warten. Ich hörte Schreien und Fluchen aus den anderen Hütten und das Pferdegetrappel einer Gruppe Berittener, die entweder in die Stadt hineinwollten oder sie gerade verlassen hatten. Ich bildete mir ein, den Wind zu hören, der durch den Auenwald des Gräberfeldes raschelte, und das Ächzen des Holzes hinter dem Vorhang aus Sackleinen. Dann hörte ich das Knacken von Knöcheln, und das bildete ich mir nicht ein. Maria ballte die herabhängende Hand zur Faust.

»Ich habe den ersten deiner Briefe gelesen«, sagte sie. »Die, die folgten, habe ich verbrannt.«

»Warum?«

»Es ist meine Sache, ob ich Briefe lesen will oder nicht.«

»Sie hätten dir geholfen zu verstehen …«

»Ich kann mich an keine Hilfe erinnern, die mir von dir je zuteil geworden wäre.«

Ich stand auf und trat einen Schritt auf sie zu.

»Du bist ungerecht«, sagte ich und merkte, dass sich eine Spur Ärger in meine Stimme einzuschleichen begann. »Ich habe dich und Sabina und Daniel nach dem Tod eurer Mutter vernachlässigt, daran gibt es nichts zu beschönigen. Aber es gab auch noch die Zeit vorher.«

»Du hast die Zeit davor ungeschehen gemacht.«

»Man kann die Vergangenheit nicht ungeschehen machen, weder durch gute noch durch schlechte Taten.«

»Du hast es getan.«

»Nein«, sagte ich laut und stand plötzlich noch einen Schritt näher vor ihr. Ihre Hand um den Vorhang begann zu zittern. »Nein«, sagte ich noch lauter und hörte mir selbst erschrocken zu, wie ich begann, die Kontrolle über meine ansteigende Wut zu verlieren. »*Du* hast es getan, Maria, du selbst hast beschlossen, die guten Zeiten zu vergessen und dein Leben dem Zorn auf deinen Vater zu widmen.«

»Das muss ich mir von *dir* nicht vorwerfen lassen …«

»Warum bist du wohl mit deinem Mann nach Augsburg gegangen?«, schrie ich, »wenn nicht, um dich hier im Hass der Stadt gegen Bischof Peter zu suhlen, in einem Hass, den du immer auf mich beziehen konntest?«

»Ich konnte es in deiner Nähe nicht mehr aushalten …!«, zischte sie. Sie warf den Kopf zurück und funkelte mich an, den Mund verzerrt.

»*Du* konntest es nicht mehr aushalten! Aber es war selbstverständlich, dass *ich* es aushalten würde, in diesem Haus, mit den Gespenstern in den Schatten, mit den Gräbern hinter der Holunderhecke, mit der Erinnerung an meine Frau, die sich mir jeden Tag aufs Neue in Gestalt unserer Kinder präsentierte und mich nicht loslassen wollte. Ich musste es aushalten, weil ihr es nicht anders von mir erwartet habt. Ich selbst habe es nicht anders von mir erwartet, und ich habe mich dem gefügt und meine Aufgabe dabei so erbärmlich schlecht erledigt wie kein Zweiter. Vielleicht wäre ich manchmal auch gern weggelaufen und hätte woanders von vorn angefangen. Ich habe euch vielleicht im Stich gelassen, aber ich selbst habe mich am einsamsten gefühlt.«

»Du hast dich verkrochen!«, schrie sie.

»Und du bist meine beste Schülerin!«, schrie ich zurück.

Sie riss die Augen auf. Ich hob die Hand, und sie zuckte zusammen, als erwarte sie Schläge. Dabei wollte ich nur auf die jämmerliche Umgebung deuten. »Was tust du hier anderes, als dich zu verkriechen?«, sagte ich heiser.

»Ich habe alles verloren, was ich hatte!«

»Ich hatte auch alles verloren. Hatte ich kein Recht, den Schmerz zu fühlen, den du heute fühlst?«

»Du hast deine Familie aufgegeben.«

»Du gibst dich selbst auf. Wann wirst du diejenige sein, die vor dem Kerl mit der Maske auf die Knie sinkt und seinen Schmutz trinkt? Beim letzten Mal ist dir Tierblut über das Gesicht geronnen; was ist es beim nächsten Mal?«

Sie machte ein ersticktes Geräusch. »Du erbärmliches …«, stotterte sie.

»Gib mir keine Namen, die besser auf andere passen!«, rief ich.

»Verschwinde aus meinem Zuhause.«

»Das ist nicht dein Zuhause. Du bist hier untergetaucht, weil die Hütte leer stand, und wenn morgen ein anderer kommt, der die Unterkunft begehrt, wird er sie dir wegnehmen. Du hast hier nichts!«

»Du hast mir nichts gelassen.«

»Hör auf damit, immer mir die Schuld an allem zu geben!«, schrie ich in höchster Wut. »Ich habe mich wie der größte Idiot der Welt benommen damals, als eure Mutter starb, aber ich habe es erkannt und dich und deine Geschwister öfter dafür um Verzeihung gebeten, als es Tränen darüber zu weinen gibt. Vergib mir oder vergib mir nicht, doch hör auf damit, dich selbst zu bemitleiden und einen Sündenbock dafür zu suchen, dass du zu feige bist, dein Leben in die Hand zu nehmen!«

»Hör auf, Vater!«, rief sie und presste die Hände auf die Ohren. »Du hat kein Recht, das zu mir zu sagen!«

»Wenn dein Mann nur einmal den Mut gehabt hätte, mir seine Lage zu offenbaren, anstatt in jeder Sekunde die Ungerechtigkeit zu beklagen, die ihm widerfahren war, dann hätte ich gemeinsam mit ihm eine Lösung gefunden, die ihn nicht am Galgen hätte enden lassen.«

»Die Schweine haben ihn reingelegt!«, kreischte sie.

»Er hat doch geradezu darum gebettelt mit seiner weinerlichen Schmollerei! Und du lässt nun das Gleiche mit dir geschehen. Was tut euer geiler Oberpriester denn anderes, als euch reinzulegen?«

»Zuerst hast du mich verraten, dann hat Johann mich verraten und ist nach Florenz gegangen, dann haben Hoechstetter und seine Kreaturen ihn verraten und er hat mich allein auf der Welt zurückgelassen, und jetzt kommst du und wirfst mir vor, ich sei selbst an allem schuld! Dabei ist alles von Anfang an dein Fehler. Ich kann dir nie verzeihen. Wie kannst du es wagen …!«

»Hör endlich auf damit! Ich bin nicht hier, um deine Verzeihung zu erbitten! Ich habe euch nicht aus Bösartigkeit vernachlässigt, sondern aus Trauer und Verzweiflung, und wenn du mir das nicht verzeihen kannst, kann ich es nicht ändern. Aber darum geht es nicht.«

»Wozu bist du dann hier?«, heulte sie. »Nur, um mich zu quälen?«

»Ich kam hierher, um dir in die Augen zu sehen, während ich dir erkläre, was zwischen deinem Mann und mir geschehen ist! Aber wenn ich in deine Augen blicke, sehe ich nur den Schimmer einer alten verbeulten Römermaske in einem großen schwarzen Loch, in dem du dich lustvoll herumwälzt.«

»Geh«, krächzte sie, »geh endlich, ich will dich nicht mehr sehen, geh, verschwinde aus meinem Leben!«

»Du bist ein Teil von mir, und ich werde immer ein Teil von dir sein. Niemals werde ich aus deinem Leben verschwinden.«

»Ich wünschte, du würdest es! Ich wünschte, du wärest tot.«

»Und selbst wenn es so wäre«, sagte ich und versuchte zu verbergen, wie sehr mich dieser letzte Wunsch ins Herz traf, »würde ich von den Toten zurückkehren, um dich daran zu erinnern, dass es ganz allein deine Verantwortung ist, was du mit deinem Leben anstellst, und dass du keinem anderen Menschen die Schuld dafür geben kannst, wenn du es versaust!«

»Wir können ja mal ausprobieren, ob es dir gelingt«, erklärte eine neue Stimme, die von hinter dem Vorhang kam, und in den Sekundenbruchteilen, die ich brauchte, um sie zu erkennen, wurde mir gleichzeitig klar, dass Maria die ganze Zeit über nicht hinter dem Sackleinen hatte verschwinden wollen, sondern sich gefragt hatte, ob sie es beiseite ziehen sollte, um mich mit ihrem Besucher zu konfrontieren. Ich wusste nun, woher sie die Speckseite hatte, und ich wusste auch, aus welcher Vorratskammer sie gestohlen worden war. Was ich nicht wusste, war, ob sie dafür schon bezahlt hatte oder ob sie vorhatte, auf die einzige Art und Weise zu bezahlen, die ihr zur Verfügung stand. Ich erinnerte mich daran, wie er bei ihrem Anblick aufzuspringen versucht hatte und dann aber in sich zusammengesunken war, seine Lust in seine Fäuste vergossen hatte, während sie weitergestolpert war, um sich mit dem Blut eines Opfertiers zu besudeln. Ich erinnerte mich daran, wie er in der Trinkstube fast nackt seine Erregung vor sich her getragen und versucht hatte, mich damit zu beeindrucken. Am meisten aber erinnerte ich mich in diesem kurzen Aufflackern der Erkenntnis an die Augen eines Jungen, die leblos und blass wie die eines Fischs geblickt hatten, während er versuchte, einen meiner Freunde zu ertränken, vor vielen Jahren, und ich wusste, dass dieser Junge mich in anderer Gestalt nun endlich wiedergefunden hatte. Mir wurde kalt.

»Hallo, Lutz«, sagte ich heiser, »in der letzten Zeit mal wieder über einen Tisch gesprungen?«

Er kam hinter dem Vorhang hervor, breitspurig wie ein Zwingvogt. Maria wich beiseite, als er an ihre Seite trat, und seltsamerweise beruhigte mich diese instinktive Geste. Er achtete nicht darauf. Seit seiner Niederlage im Schwarzen Fass hatte er darauf gewartet, mich in die Hände zu bekommen, und nun hatte ich mich selbst dorthin begeben. Hatte er sich das Lachen verbeißen müssen, als er, vom Kreischen der bettelnden Kinder alarmiert, sicherheitshalber hinter den Vorhang verschwunden war und dann meine Stimme gehört hatte, wie sie bettelte, drohte und beschwor?

»Wieder in Sachen Arschabwischen unterwegs?«, fragte er.

»Warum, hast du dabei Hilfe nötig?«

Er grinste gemütlich. »Was macht der Burggraf dieser Tage?«

»Frag ihn selbst, er ist auf dem Weg hierher.«

Er riss in komischem Erstaunen die Augen auf. »Ach? Und ich fürchtete schon, du hättest wieder nach dem Idioten geschickt!«

Ich zuckte mit den Schultern und bemühte mich nach Kräften, gleichgültig zu wirken. Er lächelte. Plötzlich packte er Marias Handgelenk und zog sie zu sich heran.

»So klein ist Augsburg«, sagte er. »Da nimmt man sich vor, ein Vöglein näher kennen zu lernen, und schon stellt sich heraus, dass ihr Herr Vater mein liebster Saufkumpan ist.«

Maria machte schmale Augen und sah von ihm zu mir. Sie versuchte, Lutz' Griff abzuschütteln, aber er hielt sie so mühelos fest, als sei sie ein kleines Kind.

»Gilt es noch, was du mir versprochen hast?«, wandte er sich an Maria und strahlte sie an. Durch das kurz geschorene Haar schimmerte die Haut seines Schädels im diffusen Licht der Türöffnung. Solange er ihr seine Aufmerksamkeit widmete, hätte ich hinausspringen können, aber dann wäre Maria mit ihm allein gewesen. Ich war sicher, dass er meine Gedankengänge genau kannte und sich bewusst von mir abgewandt hatte. Er hatte keinen Augenblick daran geglaubt, dass irgendeine Verstärkung zu mir unterwegs war, genauso wie er keinen Augenblick daran glaubte, dass ich wirklich fliehen würde.

»Letztes Mal im Schwarzen Fass«, sagte Lutz und umfasste Marias Handgelenk nun auch mit der zweiten Hand, »da wollte dein Väterchen unbedingt herausfinden, was es damit auf sich hat, dass meinem Herrn der Hals umgedreht wurde. Er hat mir eine Kostprobe von deinem Pelzchen versprochen, wenn ich ihm weiterhelfe.«

»Er lügt«, sagte ich rau.

Lutz lachte und strich langsam an Marias bloßem Arm hinauf. Ich konnte sehen, dass sie eine Gänsehaut bekam.

»Er ist einer von deinen Glaubensgenossen«, sagte ich zu Maria. Sie zuckte zusammen. »Einer von deiner Familie.«

Lutz warf den Kopf in den Nacken und lachte. »Natürlich!«, rief er. »Was glaubst du, wo mir dieser Arsch aufgefallen ist?«

Er ließ Marias Handgelenk lange genug los, um ihr mit der flachen Hand auf die Kehrseite zu schlagen.

»Hör auf damit!«, hörte ich mich sagen.

»Was denn, was denn? Eifersüchtig?« Er riss Maria zu sich heran, drehte ihr den Arm auf den Rücken und glitt hinter sie. Noch bevor ich einen Schritt tun konnte, zog er ihre Hand so weit nach hinten, wie er konnte, presste sich an sie und fasste mit der freien Hand in den Ausschnitt ihres Kleides. Maria keuchte. Er zog ihre gefangene Hand zwischen seine Beine.

»Was machst du denn mit deiner Hand da unten?«, grölte er. »So ein kleines Miststück! Und die Titten sind auch nicht von schlechten Eltern – die hat deine Alte dir vererbt, oder?«

Ich stürzte zu ihnen hinüber, auch wenn ich wusste, dass es ein Fehler war, dass er genau das gewollt hatte. Seine Augen weiteten sich, und ich fühlte einen kurzen Moment sinnlosen Triumphes, dann schlug ich mit aller Kraft in sein Gesicht.

In Venedig hatte ich einen brutalen Schläger überraschen können und einem Freund das Leben gerettet. Bei Lutz funktionierte es nicht. Er riss den Kopf nach hinten, und statt seiner Nase traf ich nur sein Kinn. Ich hörte es knirschen, als seine Zähne aufeinander trafen, und der Schmerz schoss bis in meine Schulter hinauf. Meine Faust erlahmte sofort. Lutz schüttelte sich, stieß Maria zur Seite, stellte sich breitbeinig in Positur und bereitete sich darauf vor, mich in kleine Stücke zu reißen.

12.

Ich wich zurück. Er beobachtete mich lauernd.

»Um deine Frage zu beantworten«, sagte er, »ich warte schon sehnsüchtig darauf, wieder einmal ein Wettspringen zu veranstalten.«

Ich sah es nicht kommen. Im einen Moment stand er noch mit gespreizten Beinen und leicht angewinkelten Knien da, im nächsten Moment nahm ich einen Schatten wahr, der auf mich zuflog.

Der Aufprall seines Körpers auf den meinen trieb mir den Atem aus dem Leib, der zweite Stoß, als ich mit dem Rücken gegen die Holzwand geschleudert wurde, sandte einen Ruck durch mich hindurch, der meine Zähne zusammenschlagen ließ. Das morsche Holz zersplitterte hinter mir, und das Gebäude erbebte. Unter meinen strampelnden Beinen lösten sich ein paar von den aufgeschichteten Steinen des Fundaments und rollten beiseite. Ich war wie betäubt und nicht fähig, mich auf den Beinen zu halten. Vage fühlte ich, wie ich an den Brettern hinunterrutschte und mir am Fundament den Hintern aufschrammte. Lutz stand ein paar Schritte von mir entfernt und grinste auf mich hinunter. Vor meinen Augen tanzten Schneewirbel. Ich dachte: Er ist gesprungen, und so war es. Er hatte sich nicht auf einen Ringkampf oder auf Faustschläge eingelassen, obwohl er mir auch da hoffnungslos überlegen gewesen wäre, er hatte einfach das getan, was ihm am meisten Spaß machte und wovon er mir noch eine Kostprobe schuldig war. Ich sah Maria, die in die Schatten bei ihrem behelfsmäßigen Herd zurückgewichen war und uns beobachtete, und wollte ihr zurufen: Lauf weg! Plötzlich schaffte es meine Lunge wieder, Luft einzusaugen, und mit dem Atemholen kam ein stechender

Schmerz in meinen Rippen und meinem Kreuz. Ich krümmte mich zusammen und keuchte.

»Maria«, ächzte ich, »renn! Ich werd mit dem Kerl allein fertig.«

Lutz stieß ein verblüfftes Lachen aus und erachtete es nicht einmal für wert, sich zu Maria umzudrehen.

»Tu mir nicht weh«, spottete er.

Dann machte er einen zweiten Satz, und wenn er mich getroffen hätte, wären seine Stiefel vermutlich durch mich hindurchgefahren. Ich rollte mich zur Seite und spürte die Erschütterung, als er neben mir aufprallte. Kopfgroße Steine kollerten davon. Die Angst ließ mich schneller auf die Beine kommen, als meinem geprellten Brustkorb gut tat: Ein Stich fuhr mir durch den Leib, der mich taumeln ließ. Er griff nach mir, noch während er mit der anderen Hand an der Wand nach Halt suchte. Ich konnte ihm ausweichen. Wahrscheinlich hatte er mir ein oder zwei Rippen angeknackst, doch ich wusste, dass ich mich darüber noch glücklich schätzen konnte: Wäre ich ein zarterer Mann und wäre die Wand der Hütte nicht so morsch gewesen, hätte ich wahrscheinlich keinen Schritt mehr tun können.

Lutz fuhr herum. Hastig brachte ich ein paar Fußbreit zwischen uns. Er verzog den Mund und knurrte, unzufrieden darüber, dass ich wieder auf die Beine gekommen war. Ich sah mich nach einer Waffe um. Maria stand noch in der Ecke beim Herd. Vorsichtig setzte ich Fuß um Fuß seitwärts wie ein Krebs.

»Georg Hoechstetter ist ein guter Mann«, keuchte ich. »Er wirft Stinglhammers Dienstboten raus, aber er gibt ihnen so viel Geld mit auf den Weg, dass sie den hellen Tag im Schwarzen Fass vertrinken können.«

Lutz folgte mir und versuchte mich in Marias Ecke zu drängen, aber ich konnte seine Absicht mit einem raschen Sprung, der einen Stich durch meine schmerzenden Rippen sandte, durchkreuzen. Er machte keinerlei Anstalten, die Türöffnung zu blockieren. Wenn ich vorher nicht weggerannt war, würde ich es jetzt ebenso wenig tun.

»Dich hat er als Einzigen behalten«, sagte ich. »Um auf die anderen aufzupassen, damit sie im Wirtshaus nichts ausplaudern? Worauf passt du sonst noch auf?«

Er fixierte mich starr. Plötzlich tat er so, als wollte er springen, und ich zuckte zusammen und machte einen Satz nach hinten, dass ich an die Wand neben dem Herd prallte. Er grinste. »Schreckhaft?«

»Wird es nicht Zeit, zu deinen Schützlingen zurückzukehren?«

Lutz zuckte mit den Schultern. »Das Haus ist verrammelt, was soll's?«

»Ich glaube, dass es nichts genutzt hat. Das, worauf du und deine Genossen nicht stoßen durften, ist schon gefunden worden.«

Seine Miene verfinsterte sich.

»Oder was glaubst du, warum man euch aus dem Haus vertrieben und es verschlossen hat?« Ich versuchte überlegen zu wirken. »Und weißt du was: Die falschen Leute haben es gefunden!«

Über sein Gesicht huschte ein kurzes Flackern wie Unbehagen. Ich war sicher, dass niemand ihn eingeweiht hatte, worum es ging, aber sicher hatte er sich das eine oder andere zusammenreimen können.

»Herr Georg wird das gar nicht gern hören«, sagte ich.

»Der hat doch keine Ahnung!«, stieß er hervor. Im nächsten Moment sah ich seinen Körper mit vorgestreckten Beinen auf mich zufliegen.

Ich schaffte eine halbe Drehung. Einer seiner Füße schlug ins Leere, dann prallte er gegen die Wand, fing sich ab, und ich knickte plötzlich ein, noch bevor der dumpfe Schmerz mein Bein hochschießen konnte und mir sagte, dass er mich mit dem anderen Fuß erwischt hatte. Ich brachte mich auf allen vieren in Sicherheit, er setzte nach und sprang in die Höhe, und irgendwie vermochte ich mich wegzurollen. Lutz schrie vor Wut auf. Ich kroch panisch zur Tür hinüber und hangelte mich am Sackleinen in die Höhe. Mein Herz schlug rasend, ich hörte meinen Atem pfeifen. Lutz verfolgte meine Bewegungen lauernd, ohne sich von dem Fleck zu rühren, auf dem er gelandet war. Würde ich nun doch die Flucht ergreifen?

»Macht einer der Söhne seine eigenen Geschäfte?«, keuchte ich. »Wer von ihnen? Georg? Ambrosius? Jung-Ulrich?« Castor und Pollux, dachte ich. Hier ging es um einen der beiden. Der andere war Martin Dädalus.

»Dein alter Herr redet zu viel«, sagte Lutz in Marias Richtung. »Was mussten du und deine Mutter tun, damit er das Maul hielt? Ihm eure Euter zeigen?«

Ich biss die Zähne zusammen. Wenn Maria eine Chance hatte, zu entfliehen, dann nur, wenn Lutz kurzzeitig ihre Anwesenheit vergaß.

»Nein«, sagte ich und bewegte mich langsam seitwärts von der Tür weg, sodass er Maria den Rücken zuwenden musste, »Ulrichs Söhne hätten sich nie mit einem verlausten Dienstboten eingelassen, den der Anblick eines Wirtshaustisches, über den er hüpfen möchte, geiler macht als eine nackte Frau.«

Lutz knurrte. »Du wirst nicht mehr erleben, wie geil mich dein Töchterlein macht, weil ich in den nächsten Minuten dein Hirn in den Boden gestampft habe.«

Mein Blick fiel plötzlich auf die Stange, die über Marias Herd an zwei Haken von der Decke hing und von der eine spärliche Sammlung von Küchenutensilien baumelte. Sie herabzureißen wäre die Tat eines Augenblicks – und ich wäre nicht mehr ohne Waffe gewesen. Ich rutschte mit dem Rücken an der Wand entlang. Lutz folgte mir mit einer Körperdrehung. Kurz spähte ich zu Maria hinüber, die sich in ihrer Ecke nicht bewegte, außerhalb des Kreises, den der Tanz, den Lutz und ich aufführten, beschrieb, und jede Möglichkeit zur Flucht missachtend. Ich versuchte vergeblich, ihren starren Gesichtsausdruck zu deuten. Mein Herz pochte schmerzhaft gegen meine Rippen, mein Rücken scheuerte gegen das rissige Holz, mein Bein tobte, wo mich Lutz' Tritt getroffen hatte.

»Es ist der Faktor«, sagte ich. »Karl Hoechstetter. Er hat das Haus verrammeln lassen. Er sucht nach den Dokumenten.«

Karl Hoechstetter hatte die Verbrennung der Papiere geleitet – und sie dabei nach den Dokumenten durchgesehen, von denen er wusste, dass Stinglhammer sie über ihn und seine Gespräche mit Dädalus angefertigt hatte. Maria blinzelte.

»Na und?«, brummte Lutz.

Ich stieg über die Steine, die aus dem Fundament gebrochen waren, und erreichte die der Tür gegenüberliegende Längsseite des Raums, über die der Vorhang gespannt war. Der Herd war jetzt zu meiner Rechten, nur wenige Schritte entfernt. Schweißtropfen liefen mir in die Augen. Ich schaute alles Mögliche an, nur nicht die Stange über dem Herd.

»Wenn Ulrich Hoechstetter dahinter kommt, dass sein Vetter ihn hintergeht und Geld aus der Firma veruntreut hat, um es in den Aufstand gegen Lorenzo de' Medici in Florenz zu stecken, dann wartet der Galgen auf ihn«, sagte ich. »Und auf dich das Rad.«

»Dann sehen wir uns in der Hölle wieder.«

»Mal sehen, wer wen dort empfängt.«

Er sprang, doch diesmal fehlte ihm die kühle Berechnung. Ich warf mich zur Seite, fühlte seinen Tritt statt in meinem Zwerchfell an meinem linken Hüftknochen, hörte mich aufschreien und riss die Stange aus den Haken, dass Marias Töpfe durch die Hütte wirbelten. Ich fuhr herum und hob die Stange, aber Lutz stand schon nicht mehr da, wo er gelandet war. Ich schüttelte die Stange und grinste wild. »Holz für einen Holzkopf«, krächzte ich.

Mein linkes Bein war taub bis zum Knie; das andere brannte vom Schienbein herauf bis in den Schritt wie Feuer. Es wurde Zeit, das Spiel zu beenden – wenn ich nur gewusst hätte, wie. Lutz lächelte unbeeindruckt.

»Du kannst noch verschwinden«, sagte ich. »Aus dieser Hütte und aus Augsburg.«

»Ach?«

»Man wird dir die Morde anhängen. *Ich* werde sie dir anhängen, wenn du erst mal weg bist, und das mit Freude! Willst du wirklich auf dem Rad enden?«

Er schüttelte den Kopf, aber es war nicht als Antwort auf meine Frage gedacht, sondern als Ausdruck der Verwunderung über die Torheit meines Ansinnens. Ihm war klar, dass er noch immer alle Vorteile auf seiner Seite hatte, und dass er wirklich als Mörder in Frage kam, glaubte nicht einmal ich.

»Willst du was mit diesem Stecken anfangen, oder brauchst du ihn, um das Gleichgewicht nicht zu verlieren?«, fragte er.

Ich machte eine unsichere Grimasse, und er grinste breit.

Darauf hatte ich gewartet.

Als ich einen raschen Ausfallschritt machte, wechselte er den Stand. Ich änderte abrupt meine Bewegung und schlug ihm mit der Stange die Beine weg, sodass er flach auf dem Rücken landete. Dann wirbelte ich die Waffe herum, um sie mit einem Ende in seinen Magen zu rammen, um ihm so die Luft zu nehmen und ihn bewegungsunfähig zu machen.

Noch während ich es tat, erkannte ich, dass in Wahrheit er mich hereingelegt hatte.

Er fing den Stoß mit beiden Händen ab. Instinktiv riss ich die Stange zurück, und er benutzte den Ruck, um mühelos mit einem Sprung auf die Beine zu kommen. Ich gab sofort nach, aber er stand schon fest auf den Beinen, und mit einem kleinen Ruck entriss er die Stange meinen Händen, um sie mir dann genau unter dem Brustbein in den Leib zu stoßen.

Ich fand mich auf dem Boden sitzend wieder, mit dem Gefühl, jemand habe flüssiges Blei in meine Eingeweide gegossen. Vergeblich versuchte ich Atem zu holen. Das Blei in meinem Körper breitete sich aus. Ich kippte zur Seite und zog die Beine an den Leib. Das Geräusch der Stange, die Lutz in die Ecke geworfen hatte, hörte ich wie das Dröhnen eines umfallenden Holzstapels. Ich versuchte, zu ihm aufzusehen, und stellte fest, dass ich ihn wie durch eine Röhre erblickte. Das Blei in meinen Eingeweiden wurde kalt wie Eis. Ich machte noch einmal einen Versuch, nach Luft zu schnappen, und vermochte meine Bauchmuskeln nicht zu bewegen. Lutz machte einen elegant aussehenden Trippelschritt, dann kam eine Stiefelspitze auf mich zu geschwommen und traf meine Seite. Das Gefühl der

Kälte verwandelte sich in Hitze, wo er mich traf, ein Schmerz, als hätte er mir ein heißes Eisen aufgedrückt. Ich konnte plötzlich Atem holen und schrie auf.

Der nächste Tritt traf meinen Kopf direkt hinter dem Ohr. Ich spürte die Nässe meines Blutes, das mir in den Nacken rann, und das seltsam lose Gefühl eines Lappens aus Fleisch, Haut und Haaren, den der Tritt von meinem Schädelknochen gerissen hatte. »He, Arschabwischer«, sagte Lutz ruhig, seine Bewegungen wirkten noch immer so langsam wie die eines Schwimmers, und seine Stimme war die eines Steins, der aus der Tiefe eines Brunnens spricht, »*Heeee, Aaaaarschaaaabwiiiiischeeeerrr*, ich glaube, das Empfangskomitee in der Hölle stellst du.«

Er ging in die Knie und spannte die Muskeln. Ich sah ihn an seinem Ende der Röhre abspringen und durch die Luft schweben und wusste, dass seine Füße nun in meinem Gesicht landen und meinen Schädel zu Brei treten würden. Ich hörte ein Keuchen und ahnte, dass ich es ausgestoßen hatte.

Dann erkannte ich, dass Lutz vollends auf die Knie gesunken war. Hinter ihm stand Maria und holte erneut mit der Stange aus. Es gab einen Knall, als das Ende der Stange zum zweiten Mal mit voller Wucht gegen Lutz' Hinterkopf schlug. Er ließ die Hände sinken und fiel gerade aufs Gesicht, fast an meine Seite. Maria starrte zu uns herab. Die Röhre streckte sich und ließ sie sich rasend schnell entfernen. Sie war nur noch eine kleine Gestalt, die rund herum von Schwärze umgeben war. Sie ließ die Stange fallen, dann verschluckte die Schwärze sie und mich gleich mit.

Als ich zu mir kam, konnten eine oder vierundzwanzig Stunden vergangen sein. Ich hob den Kopf, und eine überwältigende Welle von Übelkeit brach über mir zusammen, und ich wandte mich zur Seite und erbrach Galle und Magensaft. Neben mir lag ein Mensch mit dem Gesicht in einer kleinen Lache Blut und stöhnte leise. Ich sah, dass es Lutz war und dass ich meinen Mageninhalt auf seinen Rücken entleert hatte, und fühlte ein perverses Gefühl von Befriedigung dabei.

Mein Arm begann zu zittern, und ich sank zurück, von einer neuen Welle Übelkeit gepeinigt und trocken würgend. Ich starrte an die lückenhafte Decke und versuchte die einzelnen Punkte zu orten, von denen der Schmerz ausging. In meinem Schädel steckte ein glühendes Messer, in meinem Magen das stumpfe Ende eines Spießes, meine Hüfte klemmte zwischen den Backen einer erbarmungslos pressenden Zange, und an meinem Bein hing ein bissiger Hund. Ich fühlte mich so schwach und elend, dass ich am liebsten geweint hätte. Von draußen erklangen Hufgetrappel und Stimmen und das unablässige Jammern der Kinder und Bettler nach Almosen. Niemand wusste, dass ich hier war und dachte, sterben zu müssen, und nach ein paar Sekunden merkte ich, dass ich tatsächlich weinte.

Maria war verschwunden. Lutz und ich waren allein in der Hütte. Ich hatte sie nun doch auch zum dritten Mal verloren.

Das Licht, das durch die Ritzen in der Decke sickerte, ließ die Erinnerung daran auferstehen, wie Lutz in die Knie gesunken war und wie Maria hinter ihm gestanden und die Stange geschwungen hatte. Mit dem Licht sickerte die Erkenntnis in mein Gehirn, dass sie mir das Leben gerettet hatte.

Und dass es vollkommen nutzlos war, wenn es mir nicht gelang, aus der Hütte zu entkommen, bevor Lutz das Bewusstsein wiedererlangte.

Das Aufsetzen war das Schwierigste gewesen, danach ging es leichter. Ich legte den Brocken, den ich mir aus den aus dem Fundament gerollten Steinen geholt hatte, neben mich, fest entschlossen, Lutz mit dem Stein den Schädel einzuschlagen, wenn er erwachen sollte. Dann ging ich mit zusammengebissenen Zähnen ans Werk. Jede Bewegung machte mir Schwierigkeiten. Es war nicht einfach, Hände und Finger gleichzeitig zu bewegen, und abwechselnd schwappten Hitze, Kälte und Übelkeit über mich hinweg.

Lutz' Beine waren ausgestreckt. Ich zerrte so lange an seinem rechten Arm, bis auch dieser gestreckt hinter seinem Kopf lag. Dann kroch ich zu seinen Füßen und zog ihm den Stiefel vom linken Fuß. Seine Beinlinge waren ausgeleiert, doch für meine Zwecke waren sie noch eng genug. Ich wuchtete die Stange, die neben ihm lag, vom Boden, bekämpfte einen neuerlichen Schwindelanfall und schob ein Ende der Stange unter der Öffnung des Hosenbeins hinein.

Oben, wo die Beinlinge über seinen Gürtel gerollt waren, kam sie wieder zum Vorschein. Der Gürtel war eng, und ich schabte die Haut an seinem Rücken auf, als ich sie drunter durchzwängte. Ich beschloss, dass mein Gewissen das verkraften konnte. Dann fädelte ich die Stange unter seinem Hemd hindurch und schob und zog, bis sie durch den langen Ärmel an seinem ausgestreckten rechten Arm wanderte und an seinem Handgelenk nach draußen ragte. Lutz erwachte bei alldem nicht aus der Besinnungslosigkeit. An seinem Hinterkopf war eine blutunterlaufene Beule, wo ihn Marias Schlag zweimal getroffen hatte. Die Haut war nicht aufgeplatzt. Das Blut auf dem Boden musste vom dem ungebremsten Fall auf sein Gesicht stammen. Ich richtete mich ächzend auf.

Er würde sich nicht bücken oder gar aufstehen können, solange die Stange von seinem linken Fuß über seinen Rücken bis zu seinem rechten Handgelenk führte und unter seinem Gürtel fest saß. Und er würde sie nicht ohne fremde Hilfe herausziehen können. Sollte er aufwachen, während ich noch hier war, befand ich mich in Sicherheit.

Ich kroch zum Vorhang hinüber und zog mich daran in die Höhe. Als ich es geschafft hatte, blieb ich eine halbe Ewigkeit daran geklammert stehen, bis die Hütte aufgehört hatte, sich um mich zu drehen, und meine Beine glaubhaft versicherten, mich tragen zu können.

Dann wankte ich in den Teil des Raums hinter dem Vorhang, in dem ein Strohsack als Matratze auf dem Boden lag und in dem ich hoffte, einen Hinweis zu finden, wo ich nun nach Maria suchen musste.

DAS DRITTE OPFER

1.

Der Bereich hinter dem Vorhang war noch erbärmlicher als der davor: eine Heuschütte am Boden, über die eine Decke gebreitet war, und ein kleines Kästchen ohne Schlüssel, wie sie Kaufleute verwenden, um ihre wichtigsten Dokumente auf der Reise zu verwahren. Wahrscheinlich stammte sie aus dem Besitz meines Schwiegersohns. Das Päckchen Papier, das Jos Onsorg uns am Vormittag abgenommen hatte, hätte das Kästchen bis zum Rand gefüllt. Ich biss die Zähne zusammen und humpelte hinüber. Das Lager war so dürftig, dass es den Boden kaum mehr als fingerbreit bedeckte, ich wusste, wenn ich mich hinsetzte, würde ich ohne heftige Schmerzen nicht mehr aufstehen können. Das Kästchen verschwamm aus dem Fokus meiner Augen, als eine Welle von Übelkeit in mir hochstieg und mich trocken husten ließ. Lutz draußen antwortete darauf mit einem halb bewussten Stöhnen. Ich konnte mich nicht bücken, ohne vornüberzufallen, also ließ ich mich zuerst auf ein Knie und dann auf das zweite sinken und fischte mit tauben Fingern nach dem kleinen Behältnis.

Als ich das Kästchen in Händen hielt, zögerte ich, schließlich war es der einzige Ort, an dem Maria etwas Persönliches aufbewahren konnte. Dann fingerte ich den Haken aus der Öse und schlug den Deckel auf.

Der letzte Brief ihres Mannes oder eine Haarlocke von ihm, ein Schmuckstück, das er ihr geschenkt hatte, ein verblichenes Band aus einem Kleid ihrer Mutter, ein Säckchen mit getrockneten Blüten vom Garten hinter unserem Hof bei Landshut, ein Andenken an ihren Bruder Daniel und ihre Schwester Sabina (wenn schon nicht an mich), die letzten Pfennige, säuberlich halbiert und geviertelt, um sie in Stücke geringeren Werts zu teilen: All das oder Ähnliches hatte ich in Marias persönlichem Besitz erwartet. Als Ludwig Stinglhammer sich von Karl Hoechstetter überreden ließ, Maria auf die Straße zu setzen (zweifellos in vollem Bewusstsein dessen, was Hoechstetter und Dädalus planten, und neugierig, wie tief sie sich hineinreiten würden, bevor er Ulrich Hoechstetter Meldung machte), musste doch noch genügend Zeit gewesen sein, ein paar Dinge zusammenzuraffen. Maria hatte jedoch nur einen einzigen Brief gerettet, und als ich die Schrift darauf sah, hatte ich das Gefühl, das Kästchen wüchse plötzlich und dehne sich aus zu einer tiefen Grube, und ich fiel mitten hinein.

Der Brief war von Jana.

Ich steckte ihn in den Gürtel, ohne zu wissen, was ich tat, schließlich war der Brief das Eigentum meiner Tochter. Darunter lag eines der strohgeflochtenen Trigramme in der Art, wie sie es in Dädalus' Grab geworfen hatte. Ich nahm es ebenfalls an mich; auch wenn es plötzlich weniger bestürzend als der Brief wirkte. Dann rappelte ich mich hoch. Der Weg um den Vorhang herum und an Lutz' ausgestreckten Beinen vorbei bis zur Türöffnung war meine persönliche Via Dolorosa. Trotz des trüben Lichts im Inneren der Hütte sah ich an Lutz' Stiefelsohlen etwas glitzern. Er hatte sich unter den Absatz und an die Spitze der Sohle gebogene Eisenstücke nageln lassen wie kleine Hufeisen. Das Gehen hatte die Kanten zu Messerklingen geschliffen. Ich dachte nicht einen Moment, dass Lutz sie aus Sorge um eine vorschnelle Abnutzung der Sohlen dort hatte anbringen lassen.

Außerhalb der Hütte war das Licht so grell, dass ich blinzelte. Ich musste mich an der Hüttenwand abstützen. Das Gögginger Tor, das sich hinter den Behausungen der Pfahlbürger erhob, schien so weit weg wie der Mond. Ich fasste an den Brief in meinem Gürtel und tat einen Schritt, aber ich wusste, ich würde die Stadt nie aus eigenen Kräften erreichen. Ich spürte, wie mich einige Müßiggänger musterten, und dachte unwillkürlich an Wölfe, die einen verletzten Hirsch umschlichen, darauf wartend, dass er zusammenbrach. Hier hatte ich keinen Beistand zu erwarten. Aus der Hütte hinter mir ertönte ein Ächzen. Ein erstickter Fluch folgte, und ich fühlte, wie sich Panik in meine Eingeweide senkte wie kalter Stein. Ich machte noch einen Schritt von der Hütte weg und wäre beinahe gefallen. Lutz schrie wütend auf, als er erkannte, in welcher Lage er sich befand. Plötzlich hielt ich den Einfall, ihn mit der unter sein Gewand geschobenen Stange bewegungsunfähig zu machen, für die schlechteste Idee meines Lebens. Eine Stimme in meinem Kopf fragte nörgelnd, warum ich nicht einfach den Stein genommen und Lutz damit den Schädel eingeschlagen hatte, solange noch Zeit dazu war.

Ich machte einen dritten Schritt, sah auf einmal alles doppelt, stolperte und prallte gegen etwas Hartes, das vor mir aufgetaucht war wie ein Schatten. Jemand fasste mich an der Schulter, und ich schrie auf und schüttelte ihn ab, wild vor Schreck und genau wissend, dass ich nicht einmal mehr genügend Kraft hatte, mich gegen eine junge Katze zu verteidigen.

»Steig ein«, dröhnte eine Stimme in meine Ohren. Zwei Hände fassten mich unter die Achseln und hielten mich aufrecht. »So wie du aussiehst, hätte er sicher nichts dagegen, Bub.«

In der Kutsche des Bischofs untersuchte ich meine Wunden. An meinem rechten Schienbein war in der Länge einer Handspanne der Stoff des Beinlings gerissen und die Haut dazu. Der ausgefranste Stoff um die Wunde herum war blut- und schmutzverkrustet. Daneben saß eine längliche Beule, die ich trotz ihrer Druckempfindlichkeit ächzend abtastete. Der Knochen war nicht gebrochen. Ähnlich sah meine linke Hüfte aus, wenn auch das Wams den Tritt etwas abgemildert hatte. Ob meine Rippen gebrochen waren, konnte ich nicht sagen; aber ich hatte aufgeschrien, als Albert mich in die Kutsche gesetzt hatte. Wo mich das Ende der Stange getroffen hatte, hatte sich ein Bluterguss beeindruckenden Ausmaßes gebildet. Am Schlimmsten aber war die Wunde an meinem Kopf. Unter der Kruste aus Schmutz und Blut und angebackenen Haaren tröpfelte es immer noch hellrot hervor – meine Fingerspitzen waren voll, als ich sie zurückzog. Ich wischte sie nach kurzem Zögern an meinem Wams ab, richtete meine Kleidung mit vorsichtigen Bewegungen und hoffte, dass Bischof Johann einen guten Bader auf dem Fronhof angesiedelt hatte.

Dann zog ich Janas Brief aus dem Gürtel und begann ihn zu lesen.

Sie hatte ihn noch in Florenz geschrieben, in den wirren Tagen, die ihrer Freilassung aus dem Gefängnis folgten.

Ich liebe den Mann, den Sie hassen müssen, schrieb sie in ihrer forschen Art, wie üblich ohne lange Präliminarien und in dem gestelzten Gemeindeutsch, das sie besser sprechen als schreiben konnte. *Der Mann, den Sie liebten, hat versucht, mich umzubringen. Die Einzelheiten sind nicht von großer Wichtigkeit. Sie sollten nur wissen, dass Ihr Vater zu mir gehalten hat und sich großen Gefahren aussetzte, obwohl er an mir zweifelte. Ihr Mann hat mich zum Sündenbock seiner Fehler gemacht, obwohl zu bezweifeln war, dass man ihm jemals auf die Schliche kommen würde, und genau das ist es, worauf es ankommt.*

»Was ist denn passiert?«, brüllte Albert vom Kutschbock herunter. »Bist du unter die Pferdehufe geraten?«

»Nein, unter die Hufe eines Esels«, rief ich zurück. Ich hörte ihn lachen.

Ich kann mir nicht vorstellen, wie Sie sich fühlen müssen. Ihr Vater hat Sie im Stich gelassen, als Sie ihn nötig gebraucht hätten; ich kenne die Geschichte vom Tod Ihrer Mutter, ich habe sie aus seinem Mund mehr als einmal gehört, und jetzt ist er auch noch schuld am Tod Ihres Mannes. Ich habe die Briefe nicht gelesen, die er Ihnen geschrieben hat, und werde auch die nicht lesen, die er noch schreiben wird, doch ich habe keinen Zweifel, dass er es so darstellen wird. Er gibt sich stets die Schuld an allem, was passiert.

»Der Bischof hat mir aufgetragen, dich zu suchen«, erklärte Albert.

»Bischof Johann?«

»Dumme Frage! Der Mann kennt dich doch gar nicht.«

Ich seufzte und ging nicht näher darauf ein. Was immer sich

Albert eingebildet hatte, diesmal hatte es mir wohl das Leben gerettet.

»Wusste Bischof Peter auch, wo ich zu finden war?«

»Nein, das habe ich mir von alleine gedacht. Immerhin geht es ja um deine Tochter, oder?«

»Das stimmt.«

»Ist sie wirklich bei mir auf dem Kutschbock gesessen?«

»Sicher.«

Ich hörte ihn brummeln.

Was immer Sie über Ihren Vater denken und wie groß Ihr Hass auch ist: Er hat getan, was er für das Richtige gehalten hat. Ihr Mann hat in vollem Bewusstsein das Falsche getan. Ich bin sicher, dass jemand im Haus Hoechstetter ihn hereingelegt und als Sündenbock missbraucht hat, so wie er mich zu missbrauchen versuchte, aber das zählt in meinen Augen nicht als Rechtfertigung. Was für Sie zählt, kann ich nicht ermessen. Wäre es umgekehrt, und mein Gefährte wäre umgekommen, ich würde seinen Mörder hassen. Ich gebe Ihnen aber zu bedenken, dass Ihr Vater nicht wirklich der Mörder Ihres Mannes ist; es sind andere, die seinen Tod zu verantworten haben, und er selbst hat keinen geringen Anteil daran.

Ich ließ den Brief sinken und starrte ins Leere. Natürlich hatte auch Jana bei der Abfassung ihres Briefes das getan, was sie für das Richtige gehalten hatte, doch ich hatte den schrecklichen Verdacht, dass sie in ihrem Bemühen, die Situation in Florenz zu erklären, nur erreicht hatte, dass sich Marias Hass auf weitere Personen erstreckte – auf Martin Dädalus, Ludwig Stinglhammer und Karl Hoechstetter. Ich war sicher, dass mein Schwiegersohn zumindest einen Brief geschrieben hatte, in dem er Maria diejenigen benannte, die ihn aus der Ferne in Florenz geleitet hatten; und selbst wenn er es nicht getan hatte, war sie klug genug, eins und eins zusammenzuzählen.

Martin Dädalus und Ludwig Stinglhammer waren tot.

»Ist wenigstens alles klar mit deiner Tochter?«, fragte Albert.

»Ja«, sagte ich und fühlte, wie mich die Furcht um Maria wieder packte, »ja, alles ist klar.«

Hilarius Wilhelm hatte mit einem Recht: Es würde noch

einen dritten Mord geben, allerdings würde nicht ein Dämon der Täter sein.

Genauso wenig wie es okkulte Dinge waren, die bereits zwei Leben gefordert hatten. Das nigromantische Treiben in Augsburg beschränkte sich auf ein paar verirrte Mitläufer und einen geilen Bock, der eine Sekte führte, um seine Macht- und Fleischeslüste zu stillen.

Meine Hände wurden kalt, als ich daran dachte, dass Maria in diesem Moment über Wege nachsinnen könnte, Karl Hoechstetter zu ermorden. Wenn sie noch im Zweifel über seine Rolle gewesen war, dann hatte das Gespräch zwischen Lutz und mir diese mit Sicherheit ausgeräumt. Und was würden nach vollbrachter Tat ihre Pläne sein?

»Wir müssen zum Hoechstetter-Haus!«, rief ich hinaus und ließ mich gleich darauf keuchend in den Sitz zurücksinken.

»Natürlich!«, brüllte Albert zurück. »Was hast du denn gedacht?«

Ich war so verblüfft, dass ich sogar meine Schmerzen vergaß. Woher wusste er …?

»Wir holen Elisabeth ab!«, schrie er. »Nur sie kann dich wieder zusammenflicken, Bub!«

»Das sieht böse aus«, sagte Alberts Enkeltochter. »Wer hat Sie so zugerichtet?«

»Lutz.«

Sie nickte. »Die beschlagenen Stiefel. Es wundert mich, dass er noch keinen totgetreten hat.«

»Ich sollte wohl der Erste sein«, erklärte ich und zuckte zusammen, als sie versuchte, die verklebten Haare hinter meinem Ohr auseinander zu zupfen.

»Er ist ein Vieh. Aber ich wüsste gern, warum er ausgerechnet Sie so hasst.«

»Ich habe ihn zweimal gedemütigt. Er wollte es kein drittes Mal darauf ankommen lassen.«

Sie schüttelte den Kopf. Mir wurde kurzfristig schwarz vor Augen.

»Das allein reicht nicht aus.«

Ich seufzte und versuchte, nicht von meiner Reisetruhe zu rutschen, als der Schwindel sich zu langsam wieder legte. Sie zupfte immer noch vorsichtig an den Wundrändern hinter meinem Ohr herum und versuchte sich darüber klar zu werden, wie schlimm es wirklich war. Albert hatte recht daran getan, sie in meine Schlafkammer zu bringen anstatt irgendeines grobschlächtigen Baders, der sich das Blut von seinem letzten Zahnausreißen noch nicht von den Händen gewaschen hatte. Andererseits fragte ich mich besorgt, ob sie mir wirklich helfen könnte. »Er weiß nicht viel, aber er weiß genug, um Karl Hoechstetter zu veranlassen, ihn als Einzigen aus dem Stinglhammer'schen Haushalt weiter in Lohn und Brot zu halten. Ich glaube, er wurde von Hoechstetter beauftragt, eine bestimmte Mitwisserin endgültig zu beseitigen.«

»Eine Mitwisserin wovon?«

Ich schwieg. Sie erriet, was ich dachte. »Sie wollen nicht noch eine zweite Mitwisserin schaffen?«

»Mhm.«

Sie schien eine Weile zu grübeln, dann fragte sie: »Soll wirklich ich das machen, oder wollen Sie lieber einen Bader holen?«

»Machen Sie weiter.«

»Verdammt richtige Entscheidung, Bub!«, dröhnte Albert, der bislang schweigend mit dem Rücken zur Tür gestanden hatte, als passe er gleichzeitig darauf auf, dass ich mit seiner Enkeltochter keinen Unfug anstellte und dass niemand unverhofft hereinplatzte. Wahrscheinlich war es eher das Letztere.

»Die Mitwisserin ist Ihre Tochter?«

»Ja«, sagte ich zwischen den Zähnen.

»Sie haben sie also gefunden.«

»Und wieder verloren.«

»Warum hat Lutz Ihnen nicht den Garaus gemacht?«

Ich versuchte zu lachen, aber es wurde nichts daraus.

»Sie hat ihn mit der Ofenstange außer Gefecht gesetzt.«

Jetzt lachte sie. »Ein guter Anfang für die Erneuerung Ihrer

Beziehung zu ihr«, meinte sie trocken. »Es sieht schlimmer aus, als es ist, aber ich fürchte, ich muss die Wunde nähen. Ich gebe Ihnen jetzt die letzte Chance, mich als Wundheilerin abzulehnen.«

»Machst du Witze?«, rief Albert. »Wieso sollte er daran auch nur denken? Du bist die beste Wundheilerin weit und breit.«

»Gib nicht so an, Großvater«, gab sie zärtlich zurück.

»Ich an Ihrer Stelle wäre vorsichtig. In Augsburg könnten die Scheiterhaufen schneller brennen, als man denkt.«

»Ich weiß.«

Albert sagte: »Sie wird dich im Handumdrehen wieder zusammenflicken.«

»Ich brauche Wein«, erklärte Elisabeth. »Ich kann mich hier im Bischofspalast nicht frei bewegen. Kannst du welchen besorgen, Großvater?«

»Und ob!«

»Und Kamille. Vielleicht wächst welche draußen auf dem Turnierplatz.«

»Das ist der Bischofspalast; wir haben einen eigenen Apotheker«, brüstete sich Albert. »Den werde ich ein wenig ausplündern.«

»Den Wein brauche ich aber vorher.«

Er grinste und zwinkerte mir zu. »Alles, wie du befiehlst.«

Ich fischte ein paar Münzen aus der Börse und reichte sie ihm hinüber. »Für den Apotheker«, sagte ich schwach und kämpfte einen neuen Übelkeitsanfall nieder. Ich hatte das Gefühl, dass es in meiner Kammer unerträglich stickig war. Albert stapfte siegessicher hinaus.

»Ist das Ihre einzige Verletzung?«, fragte Elisabeth. »Das und die Aufschürfung am Schienbein?«

»Alles andere ist nicht so schlimm.«

»Das entscheide *ich*.«

»Es ist schon kompromittierend genug, dass Sie sich hier allein mit mir aufhalten«, sagte ich. »Es fehlt grade noch, dass ich im Hemd dastehe.«

Sie stemmte die Hände in die Hüften. »Glauben Sie, dass

ich noch keine Männerschenkel gesehen habe?« Ihre Augen funkelten, und es war fast amüsant zu sehen, wie trotzdem ein Hauch von Verlegenheit in ihre Wangen stieg. Sie fuhr dennoch fort. »Dass ich noch Jungfrau bin, muss ja nicht heißen, dass die Augen dem Körper nicht etwas voraushätten, oder?«

»So genau wollte ich es gar nicht wissen«, erklärte ich, nun ebenso verlegen wie sie.

»Was ist nun?«

Ich gab nach. »Meine Rippen, mein Brustkorb und meine Hüfte.«

»Zeigen Sie her.«

»Erst, wenn Ihr Großvater zurück ist.«

»Meine Güte!«

»Elisabeth, es ist zu *Ihrem* Besten.«

»Das sagen die Männer immer.«

Wir sahen uns an. Plötzlich zuckten Ihre Mundwinkel. Ich prustete und hörte gleich damit auf, schwarze Flocken vor den Augen. Sie sah zu Boden.

»Was glauben Sie, wo Ihre Tochter jetzt ist?«

»Ich weiß es nicht.«

»Werden Sie Lutz bei den Behörden melden?«

Ich zuckte mit den Schultern. »Würde es Sinn machen?«

»Normalerweise ja. Aber in der derzeitigen Situation …«

»Neben mehreren toten Bürgern wirkt ein blau geschlagener ehemaliger Schnüffler nicht gerade aufsehenerregend, oder?«

»Gut, dass Sie sich keine Illusionen machen.«

Ich verzog in gespielter Verdrossenheit den Mund. Sie beobachtete mich mit Anteilnahme.

»Haben Sie Angst?«, fragte sie.

»Vor Lutz?«

»Nein, um Ihre Tochter.«

Ich zögerte eine Sekunde. »Ja«, sagte ich dann.

Sie nickte langsam. »Dädalus und Karl Hoechstetter haben etwas zusammen ausgeheckt, stimmt's?«, fragte sie dann. Sie sah mir gerade in die Augen. »Irgendetwas, wobei es um viel Geld geht. Tun Sie nicht so überrascht – ich habe Ihnen schon einmal erklärt, dass man vieles hört, wenn man eigentlich Luft ist für die Herren.«

»Sie haben Geld in einen Aufstand gegen Lorenzo de'Medici in Florenz gesteckt, der zum Scheitern verurteilt war. Dann haben sie versucht, es auf eine andere Weise wiederzubekommen, was offenbar auch nicht funktioniert hat. Genaueres weiß ich nicht.«

»Und wie kommt Ihre Tochter ins Spiel?«

»Sie haben einen ängstlichen und naiven Mann in Florenz missbraucht, der sich für sie zu exponieren hatte. Als der Aufstand fehlschlug, versuchte er voller Panik, die Spuren, die zu ihm und zum Haus Hoechstetter führten, zu verwischen. Der Mann war der Ehemann meiner Tochter. Er wurde aufgehängt. Hoechstetter und Dädalus waren sich nicht sicher, wie viel er ihr vielleicht noch mitteilen konnte.«

»Sie haben auch den jungen Georg eingelullt. Wenn Herr Ulrich zu Hause gewesen wäre, wäre das nicht geschehen.«

»Ich nehme an, Ludwig Stinglhammer hat sehnsüchtig auf seine Rückkehr gewartet, um ihm die Beweise vorzulegen und die beiden zu erledigen.«

Albert kam mit einem großen tönernen Humpen herein. Er leckte sich die Lippen.

»Ich habe was aus dem Fässchen in der Kammer des Burggrafen abgezapft«, dröhnte er. »Der aufgeblasene Kerl ist nicht da. Schmeckt ausgezeichnet.«

»Ein Tropfen aus Bischof Peters Zeiten«, sagte ich und lächelte.

Er stutzte und sah betroffen aus. »Das ist Wein von Bischof Peter? Das wusste ich nicht. Das wird ihm aber gar nicht recht sein …«

»Gib schon her, Großvater«, sagte Elisabeth. »Bischof Peter ist seit Jahren tot.« Albert sah verletzt von ihr zu mir und schüttelte den Kopf. Ich bedauerte ihn fast mehr als mich. Schließlich reichte er Elisabeth den Humpen.

»Trink nicht zu viel davon«, sagte er mürrisch. »Sonst nähst du ihm noch die Ohren an den Kopf.«

Sie lachte und strich ihm über die stoppelige Wange. »Das ist doch nicht für mich.« Sie wandte sich mir zu. »Lassen Sie mich jetzt die anderen Wunden sehen? Und ist hier irgendwo ein sauberes Tuch?«

Ich schnürte mühsam mein Wams auf und ließ es fallen. Dann versuchte ich das Hemd aus der Hose zu ziehen. Der Teil, der meine Hüfte bedeckt hatte, kam zerrissen hervor und blutig. Sie betrachtete ihn aufmerksam, aber als sie meinen Oberkörper sah, verlagerte sich ihr Interesse. Ihre Augen weiteten sich. Ich fühlte mich so beklommen wie ein Klosterschüler, der in der Latrine zum ersten Mal vor den Augen seiner Mitbrüder die Kutte heben soll.

»Heilige Maria«, donnerte Albert.

Dann drehte er sich plötzlich um und stapfte hinaus. »Die Kamille«, rief er, »ich hab sie nicht vergessen!«

»Warte doch …«

»Seien Sie nicht kindisch«, schalt Elisabeth. »Was ist das da?«

»Das blutige Hemd? Ein Tritt hat meine Hüfte erwischt.«

»Herzeigen.«

»Nein, Elisabeth, bei allem, was recht ist …«

Sie bewegte sich schneller, als ich gedacht hätte, und zog den Beinling unter dem Gürtel hervor. Ich zuckte vor Schmerz zusammen. Sie schnaubte.

»Das sieht nicht besser aus als unten das Schienbein«, murmelte sie und fuhr mit der Hand vorsichtig über meinen Hüftknochen.

Ich spürte die sanfte Berührung und sehnte mich auf einmal nach Jana. Es war hoffnungslos. Ein Bedürfnis nach Zärtlichkeit erwachte in mir mit einer Intensität, die mich beinahe mehr schmerzte als all meine Verletzungen, und die Sehnsucht war nicht nur seelischer Natur.

»O mein Gott«, sagte Elisabeth und zuckte zurück.

»Entschuldigen Sie, ich … entschuldigen Sie«, stammelte ich und versuchte voller Verlegenheit, mich von ihr wegzudrehen und meine verrutschte Schamkapsel wieder in Ordnung zu bringen, »es ist nicht so, wie Sie denken … ich bin … ich habe …«

Sie ließ die Hände in den Schoß sinken und riss den Blick von dem Teil los, das in Sekundenschnelle und trotz aller Schmerzen zum Leben erwacht war und die gelockerte Schamkapsel beiseite gedrängt hatte. Ihre Augen sahen in die meinen. Auf ihren Wangen brannten plötzlich zwei rote Flecken.

»Ich wollte nicht … Elisabeth, bitte gehen Sie …«

Sie schüttelte den Kopf. »Unsinn«, sagte sie heiser, »ich gehe nicht.«

Sie trat noch näher an die Truhe heran, auf der ich saß, und bevor ich noch etwas tun oder den Kopf abwenden oder die Hände aus meinem Schoß nehmen konnte, um sie zurückzuhalten, neigte sie das Gesicht zu meinem und presste ihre Lippen auf meinen Mund.

Es war Wochen her, dass Jana und ich uns geliebt hatten. Die Weichheit und Süße von Elisabeths Mund traf mich so unvorbereitet, dass meine Gedanken für einen Augenblick wild durcheinander wirbelten wie Blätter im Herbstwind. Ich spürte, wie sich Elisabeths Zunge zwischen meine Lippen schob und wie sich zwischen meinen Händen regte, was vor Peinlichkeit und Schrecken beinahe schon wieder geschrumpft war. Eine warme, weiche Hand legte sich auf meine Wange, die Zunge tastete sich in meinen Mund, und ein Körper lehnte sich plötzlich schwerer und enger an mich als vorher. Ich fühlte den rauen Stoff ihres Oberkleids auf der nackten Haut, die Weiche ihrer Brüste unter dem Stoff und das Prickeln, das in mein Glied schoss und es noch mehr versteifte, und ich dachte bei alldem: Jana, Jana, Jana …

Ich zog mich so vorsichtig wie möglich vor ihrem Kuss zurück und war gleichzeitig enttäuscht, als ich ihre Zungenspitze nicht mehr fühlte und ihre Lippen sich nicht mehr auf die meinen pressten. Sie hatte die Augen geschlossen und öffnete sie nun blinzelnd. Ihr Gesicht war heiss und erregt. Ich versuchte, ihren Blick festzuhalten. Meine Erektion pochte schmerzhaft unter meinen Händen, die alte Verräterin des Mannes, die sich erst recht frech und selbstbewusst in die Höhe hob, wenn man versuchte, anständig zu sein. Ihr Blick fiel unbewusst darauf und zuckte dann wieder zurück zu meinen Augen.

Ich räusperte mich.

»Zwei Dinge …«, krächzte ich.

Sie blinzelte nochmals und atmete heftig. »Du brauchst dir keine Gedanken zu machen, ich bin erwachsen und weiß, was ich tue«, keuchte sie, »und das wollte ich schon tun, seit du mir den Korb auf dem Markt hinterher getragen hast.«

»Zwei Dinge, Elisabeth«, sagte ich nochmals, als sie Luft holte, »und du musst mir gut zuhören: Du hast Besseres verdient, als ich dir geben kann … und ich habe eine Gefährtin, die ich über alles liebe.«

»Als ich dir den Kuss gab, hast du da an sie gedacht?«, fragte sie nach einer winzigen Sekunde des Zögerns.

»Ja«, sagte ich, »mit ganzem Herzen.«

Sie atmete aus und trat einen Schritt zurück.

»Dann hast du ihr den Kuss gegeben«, erklärte sie, und ich konnte nicht sagen, ob ihre Stimme beruhigend oder enttäuscht klang. Sie sah mich an, dann versuchte sie zu lächeln und schob eine Haarsträhne nach hinten, die ihr über das erhitzte Gesicht gefallen war. Ich lehnte mich vorsichtig zurück und ließ die Hände in meinem Schoß, erleichtert, dass das Prickeln und die Steifheit verschwanden.

»Muss ich mich jetzt dumm fühlen?«, fragte sie.

»Nein.«

»Fühlst du dich dumm?« So sehr sie sich auch Mühe gab, sie konnte nicht verhindern, dass ihr Blick kurz auf meinen Schoß fiel.

So dumm wie jeder Mann, dessen Pracht sich aufgerichtet hat, wenn er es auf keinen Fall wollte, dachte ich und sagte: »Ja.«

»Wenn ich mich nicht dumm fühlen muss, dann du genauso wenig.«

»Der Mann, der einmal wirklich zu dir gehören wird, ist zu beneiden.«

Sie schüttelte den Kopf. »Keine Plattheiten.«

»Ich habe es so gemeint.«

Sie schüttelte den Kopf erneut und atmete dann ein. Sie gab sich einen Ruck, aber offensichtlich fiel es ihr schwer, zu der Situation vor dem Kuss zurückzukehren.

»Elisabeth«, sagte ich, »wenn ich sagen würde: Ich wünsche, es gäbe meine Gefährtin nicht, wäre es gelogen, denn tatsächlich wünsche ich nichts mehr, als dass sie hier wäre. Wenn ich sagen würde: Ich habe ihre Hand gespürt und nicht deine, dann wäre es ebenso gelogen, und das Gleiche gilt für den Kuss. Aber das alles ändert nichts daran, dass sie es war, an die ich dachte, während deine Finger mich dort unten aufgeweckt haben und deine Zunge meine berührte. Ich kann nicht die Liebkosung einer Frau erwidern, wenn ich dabei an eine andere denke, und ich kann nicht zu der einen zärtlich sein, wenn es die andere ist, die mein Herz ausfüllt.«

In ihren Augen waren plötzlich Tränen. Sie zwinkerte.

»Du musst nicht viele Worte machen über etwas, das du mir schon erklärt hast«, flüsterte sie rau. »Ich mag Grund haben, mich dumm zu fühlen, aber das heißt nicht, dass ich dumm bin.«

Ich seufzte. »Ich hätte Albert nicht erlauben sollen, dich mitzunehmen«, sagte ich.

»Vielleicht hättest du das wirklich nicht.«

Sie wandte sich ab und sah zum Fenster hinaus. Ich richtete meine Kleidung und suchte nach etwas, das ich sagen konnte. Aber sie hatte Recht – ich hatte bereits genug gesagt.

Als Albert mit der Kamille zurückkam, wusch sie die offenen Wunden an meinem Körper mit Bischof Peters letztem, teurem Wein aus, nähte die Stelle hinter meinem Ohr mit einer zuvor über eine Kerzenflamme gehaltenen Nadel und einem dünnen, festen Faden, den sie durch den Wein gezogen hatte, und drückte mir schließlich den Humpen mit dem Rest des Weins in die Hand und bemerkte, wenn die Schmerzen zu groß würden, sollte ich damit nicht zurückhaltend sein. Ich konnte mir kaum größere Schmerzen vorstellen als die, die ich während ihrer Behandlung mit zusammengebissenen Zähnen und leise fluchend ertragen und dennoch willkommen geheißen hatte, weil sie die letzten Zweifel aus meinen Lenden vertrieben, dass ich doch das Falsche getan haben mochte.

Albert brachte sie wieder hinaus, und ich legte mich auf mein Bett, den Unterarm über den Augen, und gestattete mir ein paar Momente der Verzweiflung wegen der Brücke, die zwischen Elisabeth und mir verbrannt war, wegen der Schmerzen, die meinen Leib ausfüllten wie den eines Geräderten, wegen meiner Tochter und wegen des Umstands, dass der Mensch, den ich jetzt am nötigsten gehabt hätte, nicht anwesend war.

»Jana, oh Jana«, krächzte ich und fühlte die Tränen des Selbstmitleids auf meiner Zunge.

Ich schloss die Augen und drängte die Tränen zurück. Dann schwang ich vorsichtig die Beine aus dem Bett und stand auf. Noch immer schwindelte mir, aber der Schmerz der nun frisch ausgewaschenen Wunden war erträglicher als vorher. Das Zimmer hörte nach einer Weile auf, sich um mich zu drehen, auch, als ich ein paar Schritte auf die Truhe zu machte.

Sollte Lutz mir nochmals über den Weg laufen, würde er auch das teure Gewand aus Florenz ruinieren. Nur würde ich mir darüber dann keine Gedanken mehr zu machen brauchen.

Ich hatte noch einiges zu tun. Also zog ich mich um und schleppte mich aus der Kammer.

Den Wein rührte ich nicht an.

2.

Als ich am oberen Ende der Treppe stand, die hinunter ins Erdgeschoss führte, war mir zweierlei klar: dass ich mit Elisabeth Klotz meine einzige ernst zu nehmende Verbündete verloren hatte (Gregor verfolgte seine eigenen Ziele, und Hilarius Wilhelm hätte ich trotz meiner Rettung aus der Schankstube nicht das Schwarze unterm Fingernagel anvertrauen wollen), und dass ich es in meinem Zustand nicht schaffen würde, aus eigenen Kräften zu Ulrich Hoechstetters Haus zu gelangen. Ich keuchte wie nach einem Dauerlauf und fühlte mich deutlich schlechter als noch wenige Augenblicke zuvor in meiner Kammer.

Grunzend nahm ich die Treppe in Angriff und tastete mich mit einer Hand an der Wand nach unten. Albert stand vor dem Eingang zum Palast und starrte mit hängenden Schultern zum Ausgang beim Burggrafenturm hinüber. Er zuckte zusammen, als ich neben ihn schlurfte und ihn ansprach.

»Sie hat sich nicht von dir fahren lassen, nehme ich an.«

Er schüttelte den Kopf.

»Was hat sie noch gesagt?«

»Nichts.« Trotz seiner dröhnenden Stimme klang es leise.

Ich wusste nicht, ob er ahnte, was zwischen uns vorgefallen war (nämlich nichts), oder ob er fürchtete, dass da etwas gewesen war in den Minuten, in denen er nach der Kamille gesucht hatte. Ich überlegte, ob es meine Aufgabe war, ihn einzuweihen, aber auch seine Enkelin hatte ihn im Dunkeln gelassen, und ich wählte einmal mehr den Ausweg der Feiglinge, indem ich beschloss, dass es in ihrem Ermessen lag, was sie ihrem Großvater anvertrauen wollte und was nicht. Wir standen eine Weile nebeneinander da, beide mit vornübergebeugten Körpern und ins Leere gaffend. Ich war überzeugt, dass ich in diesem Moment keinen Tag jünger wirkte als er.

»Ich brauche dich noch einmal«, sagte ich zuletzt.

Er blickte mir ins Gesicht. »Wozu?«

»Ich muss zu Karl Hoechstetter, aber auf eigenen Füßen komme ich nicht mal aus dem Fronhof hinaus.«

»Warum bist du nicht mit …?« Er brach ab und musterte mich. »Aber du sitzt neben mir auf dem Bock«, sagte er dann streng. »Das mit der Kutsche war eine Ausnahme, weil es dir nicht gut ging, und jetzt bist du ja wieder halbwegs in Ordnung.«

Ich grinste ihn mühsam an und nickte. War ich wieder halbwegs in Ordnung? Ich fühlte mich wie halbwegs in der Hölle, aber wenn er es sagte, musste es wohl stimmen.

Während die Kutsche langsam den steilen Weg hinab zur Ebene der Bürgerstadt zurücklegte, überdachte ich die Lage. Die Fahrt war zu kurz, um sich einen Plan zurechtzulegen, doch ich war ohnehin nicht in der Lage, über den nächsten Schritt hinauszudenken.

Was immer ich wegen Marias Verwicklung in die Mordfälle gefürchtet hatte, war ich tief im Inneren doch immer überzeugt gewesen, dass Dädalus' unbekannter Komplize der Mörder war, der Komplize, der sich jetzt als Karl Hoechstetter herausgestellt hatte. Er hatte Dädalus beseitigt, um sich einen Mitwisser vom Hals zu schaffen, und er hatte Stinglhammer beseitigt, um der Gefahr zu entgehen, dass seine Umtriebe bei Ulrich Hoechstetter bekannt würden.

Dabei war es nicht abwegig anzunehmen, dass Maria den Tod ihres Mannes und ihr eigenes Elend an denen zu rächen versuchte, die daran in letzter Konsequenz schuld waren. Der Besuch von Martin Dädalus' Beerdigung und ihr Verhalten bei dieser Gelegenheit sprachen dafür. Ludwig Stinglhammer, der ohne zu zögern das durchgeführt hatte, was sich Dädalus und Karl Hoechstetter ausdachten, war ein ebenso nahe liegendes Opfer.

Nun, nachdem die Auseinandersetzung zwischen Lutz und mir den Namen des dritten Mannes ans Licht gebracht hatte, war der Faktor die perfekte Besetzung für die Rolle des dritten Opfers, von dem Hilarius Wilhelm von Anfang an gesprochen hatte.

Als die Kutsche hinter der Metzg um die Ecke bog, war mir bewusst geworden, dass ich auf dem Weg war, den Mann zu retten, der meinen Schwiegersohn als naiven Strohmann missbraucht und seinen Tod in Kauf genommen hatte und der meine Tochter bewusst ihrem Schicksal überlassen hatte, um sie zu diskreditieren (und – daran hegte ich keinen Zweifel – sie von Lutz beseitigen zu lassen, sobald ihr Tod keinen Staub mehr aufwirbelte). Ich musste ihn beschützen, denn wenn wirklich Maria die Mörderin war, dann hatte sie keine andere Wahl, als in dieser Nacht zuzuschlagen. Und dann durfte sie keinem anderen Menschen in die Hände geraten als mir, wenn ich sie vor einem langen Weg auf dem Schinderkarren durch die Stadt und zur Richtstätte auf dem Fischmarkt bewahren wollte.

Es war fast, als hörte ich Bischof Peter hinten in der Kutsche murmeln: »Das nennt man die Gerechtigkeit in ihrem Lauf behindern. Das verhöhnt alles, wofür du dich jemals eingesetzt hast.«

Er fügte nicht hinzu, dass er selbst vor Jahren genau das getan hatte am Ende des Markgrafenkrieges, als ich versuchte, die Mörder zweier Kinder und eines alten Mannes zu finden, und er, um des Friedens willen, meine Bemühungen, sie ihrem Richter zu überführen, zunichte gemacht hatte. Eine kleine Gruppe adliger Randalierer, die den sich dahinschleppenden, ereignislosen Krieg genutzt hatten, um ein Haus zu überfallen und mit den weiblichen Bewohnern ihren Spaß zu haben (und sie nachher zu erschlagen), und die nicht gerichtet werden durften, weil sie dem Markgrafen von Brandenburg, dem einen der beiden Kriegsherrn, zu nahe verwandt waren.

Er sagte es nicht, aber ich hörte es doch.

»Es gibt immer zwei Seiten, Exzellenz«, wandte ich ein. »Mittlerweile habe ich das zur Genüge gelernt.«

»Was sagst du?«, schnappte Albert.

»Ich habe mit Bischof Peter gesprochen«, erklärte ich, und wahrscheinlich war er der einzige Mensch weit und breit, den diese Einlassung völlig zufrieden stellte.

Karl Hoechstetters Schläger lungerten immer noch vor dem Eingang herum und taten, als wollten sie nur die Geschäftsverhandlungen des jungen Herrn Georg vor Störern schützen. Mittlerweile war mir klar, dass der Faktor hier am liebsten alles ebenso vernagelt hätte wie beim Haus Ludwig Stinglhammers. Doch waren seine »Wächter« das Äußerste, was er aufbieten konnte, ohne auffällig zu werden. Ich sah zu meiner Erleichterung, dass Lutz nicht unter ihnen war, und hoffte von ganzem Herzen, dass er sich noch immer in der Bruchbude draußen in der Pfahlsiedlung auf dem Boden wand und versuchte, sich von der Stange zu befreien.

»Sie werden uns nicht reinlassen«, sagte ich.

»Das ist die Kutsche des Bischofs!«

»Gerade deswegen.«

Albert schob seinen Unterkiefer vor und kniff die Augen zusammen. Seine Augenbrauen waren gesträubt. »Sie haben mich vorhin auch reingelassen, um Elisabeth zu holen.«

»Ja, dich allein. Wahrscheinlich kennen sie dich hier so gut wie die Leute im Bischofspalast.«

»Was nun?«

Albert wartete nicht ab, was mir vielleicht noch einfiel. Er schnalzte mit der Zunge und trieb das Kutschpferd plötzlich zu einer schnelleren Gangart an. Ich blickte überrascht auf, aber es war zu spät. Die Männer beim Eingang zum Hoechstetter-Haus sahen uns kommen und traten auf die Straße hinaus. Sie wechselten Blicke, dann löste sich einer aus der Gruppe, stellte sich mitten auf die Gasse und hob die Hand. Ich murmelte einen Fluch und hätte dem alten Kutscher am liebsten die Zügel aus den Fingern gerissen. Albert stemmte sich ein und hielt das Pferd an. Der Mann trat an die Seite des Kutschbocks.

»Gibt seine Exzellenz unserem Haus die Ehre eines Willkommensbesuchs?«, fragte er. Seine Stimme klang höflich.

Wir blickten uns einen Augenblick lang an. »Seine Exzellenz ist nicht bei uns«, sagte ich schließlich.

»Schade. Ich hoffe, es geht dem Bischof gut. Was kann ich für Sie tun?«

Er sprach mich an und ignorierte Albert, was vermutlich an meinem teuren Florentiner Gewand lag. Dazu lächelte er freundlich. Ich konnte mich nicht erinnern, ihn bei meinen Besuchen hier im Haus schon gesehen zu haben, aber das besagte nichts. Ich fragte mich angestrengt, was die neue Freundlichkeit zu bedeuten hatte, doch mein Denken schwamm in Kopfschmerzen und war so langsam wie eine Kröte. Der Mann trug enge Hosen aus einem groben Stoff, die aussahen, als würden sie auch durch eine lange Zeit im Sattel nicht aufgerieben, und sein Wams war in verblasstem Gelb und Blau gehalten. Zu spät fiel mir auf, dass auch die anderen um ihn herum Wämser in den gleichen Farben trugen, unterschiedlich verblichen und abgetragen, aber uniform.

»Ich möchte mit dem Faktor sprechen«, erklärte ich, nachdem mir kein Einfall gekommen war, was ich sonst hätte sagen können. Er zuckte nicht mit der Wimper.

»Natürlich«, sagte er. »Sie können die Kutsche selbstverständlich hineinfahren. Ich möchte Sie aber darauf hinweisen, dass der Ausgang versperrt sein wird, wenn wir die Waren abladen.«

»Kein Problem, es wird eine Weile dauern.« Meine Gedanken wateten noch immer durch zähen Schlamm.

»Wie Sie wünschen. Gutes Gelingen.«

Ich stieß Albert in die Seite, und er lenkte die Kutsche in die enge Durchfahrt. Dabei drehte ich mich auf dem Kutschbock um, so weit mein schmerzender Leib es zuließ.

»Sie warten hier auf die Ankunft des Warentransports?«, fragte ich.

Der Mann, der uns angesprochen hatte, nickte. Das Hufgeräusch des Pferdes und das Rattern der Räder war sehr laut in der Einfahrt, dennoch konnte ich hören, wie er sagte: »Herr Ulrich ist dabeigeblieben, um die Zollformalitäten zu erledigen und sich dann in der Herrenstube einzufinden. Wenn Sie auch ihn sprechen wollen, müssen Sie bis zum Abend warten.«

Albert fuhr in den Innenhof. Als er sich mir zuwandte, grinste er über sein ganzes eingefallenes Gesicht.

»Hab ich doch gesagt, dass nichts einfacher ist«, prahlte er lautstark.

»Das war keine Wache, das war Ulrich Hoechstetters Begleitmannschaft«, erklärte ich. »Der Herr des Hauses ist zurück.«

Ich erinnerte mich an den Raum gegenüber Karl Hoechstetters Arbeitsstube, und zu ihm kroch ich nun die Treppen empor. Es war genauso einfach, sich im Haus zu bewegen, wie beim ersten Mal, allerdings aus einem anderen Grund. Heute liefen so viele Männer und Frauen (die Ersteren meistens in den Farben Gelb und Blau, die ich inzwischen als Ulrich Hoechstetters Familienfarben erkannt hatte) im Haus herum, dass ein einzelner Fremder, in teures Gewand gekleidet, nicht auffiel. Die Ankömmlinge aus Ulrich Hoechstetters Reisegruppe dachten, ich sei ein wohlhabender Jemand, der ihrem eben zurückgekommenen Herrn Willkommen wünschen wollte, die Daheimgebliebenen hielten mich für einen Reisenden, der sich Hoechstetter der Sicherheit wegen angeschlossen hatte und für den Abend zu einem Abschiedstrunk eingeladen war. Ich versteckte mein Gesicht unter dem bauschigen Barett, senkte den Kopf und hoffte, dass ich nicht Elisabeth Klotz oder Lutz über den Weg lief. Aber der heilige Severus, der Schutzpatron der Schnüffler, behütete mich und ließ mich wohlbehalten in den hinteren Teil des obersten Stockwerks gelangen.

Die Tür des Raums schräg gegenüber dem Zugang zu Karl Hoechstetter stand wie beim letzten Mal halb offen. Als ich darauf zuging, kam jedoch ein schwitzender Mann heraus, schlenkerte die Hände und rollte die Schultern wie jemand, der kurz zuvor mit letzten Kräften eine schwere Last ans Ziel gebracht hat. Ich streckte mich unwillkürlich, als sein Blick auf mich fiel, und er hörte ebenso unwillkürlich mit seinen Übungen auf und drückte sich verlegen an mir vorbei. Die Tür ließ er offen.

War das kleine Zimmer beim letzten Mal noch leer gewesen, so befanden sich nun Stapel von Tuchballen in verschiedenen Größen darin, getrennt durch schmale Durchlässe, die der Stapler gelassen hatte, um sich bewegen zu können. Das kleine Fenster lag frei, sodass das Abendlicht ungehindert einfallen konnte und die verschnürten oder halb geöffneten Wachstuchverpackungen, die die eigentliche Fracht schützten, mit rotem Licht übergoss. Offensichtlich war dieser Raum ein Zwischenlager für besondere Ware, damit der Herr des Hauses sie bei Tageslicht seinen Vertrauten oder besonderen Kunden zeigen konnte. Ich hielt mich eine Weile in der Nähe der Tür auf, immer auf der Hut vor Lutz und davor, dass Karl Hoechstetter plötzlich seine Arbeitsstube verlassen könnte, immer gewahr, unvermittelt von einem misstrauischen Hausbewohner angesprochen zu werden, doch niemand kam, um nach dem Rechten zu sehen, und auch der schwitzende Mann mit den schmerzenden Muskeln erschien nicht wieder. Scheinbar war er davon ausgegangen, dass ich hier etwas zu sagen hatte und den Lagerraum schon absperren würde.

Aus Karl Hoechstetters Stube drangen ein Lichtschimmer und das Geräusch seiner Schritte. Er war offenbar so nervös wie ein Lehrbub, der eine Tracht Prügel von seinem Meister erwartet, und trotz seiner Gichtschmerzen hielt es ihn nicht an seinem Platz. Ich spielte mit dem Gedanken, einfach hineinzumarschieren und ihm zu erzählen, dass die von ihm so verzweifelt gesuchten Unterlagen Ludwig Stinglhammers in die Hände des Bürgermeisters geraten waren und wahrscheinlich gerade jetzt von einem betroffenen Ulrich Hoechstetter durchgesehen wurden – während Jos Onsorg daneben stand und mit seinem üblichen mürrischen Gesicht beobachtete, wie der mächtigste Kaufmann der Stadt auf den Verrat seiner Vertrauten reagierte. Allerdings fürchtete ich, dass der Faktor nach Lutz rufen könnte, wenn ihm jemand zu sehr auf den Pelz rückte, und das hielt mich zurück.

Ich wartete noch eine Weile, und da niemand mehr kam, schlüpfte ich in das Lager und zog die Tür bis auf einen Spalt hinter mir zu. Dann fiel mir ein, dass Ulrich Hoechstetter, wenn er von der Herrenstube kam, vermutlich nachprüfen würde, ob seine Kostbarkeiten gut verschlossen waren. Selbst wenn ich dabei nicht entdeckt wurde, würde ich sicher eingeschlossen werden. Ich untersuchte das Schloss im letzten trüben Licht vom Fenster. Innen und außen waren einfache Riegel, die vorgeschoben werden konnten; zusätzlich war außen ein massiver Schließkasten angebracht, zu dem der Schlüssel fehlte. Ich machte die Tür zu und schob den inneren Riegel vor. Wenn jemand von außen gegen die Tür drückte, musste er glauben, dass sie verschlossen war.

Ich starrte nachdenklich in das Zwielicht, in das der fortschreitende Abend den Raum mittlerweile getaucht hatte und in dem die Tuchballen aussahen wie frisch aufgeschüttete Gräber. Widersprach die Befürchtung, die mich hergebracht hatte, nicht allen Indizien und vor allem der Art und Weise, wie die Ermordeten ums Leben gekommen waren? Einem Mann das Genick zu brechen, bedurfte es größerer Kraft, als meine Tochter aufbringen konnte, und ihn dann in seinen Sessel hinter dem Tisch zu setzen, an dem er die Ergebnisse seiner Schnüffeleien festgehalten hatte, bedurfte es mehr Kaltblütigkeit, als selbst ich sie aufgebracht hätte. Doch hatte sie von allen das dringendste Motiv – und ich konnte es mir nicht leisten, auch die leiseste Ahnung bezüglich Maria unbeachtet zu lassen. Sie mochte Mittel und Wege gefunden haben, in die Räume einzudringen und sie ungesehen zu verlassen, den Eindruck erweckend, sie seien durchgehend verschlossen gewesen; eine der besten Methoden war, den Raum gar nicht zu verlassen, während der Mord entdeckt wurde, sondern sich zu verstecken und in den stillen Minuten nach dem Abrücken der Entdecker zu verschwinden. Und das Trigramm aus Ruß? Maria hatte die strohgeflochtenen Ebenbilder bei sich aufbewahrt und Dädalus eines davon ins Grab geworfen. Nein, ich durfte kein Risiko eingehen, und wenn ich die nächsten zwanzig Nächte hier verbringen musste.

In meinem Herzen wusste ich, dass es noch an diesem Tag passieren würde. Und damit war ich – ob nun meine Tochter die Mörderin war oder nicht – an der richtigen Stelle.

Bischof Peter sah mich von einem der Tuchballen her an. »Manchmal muss man gar nicht zwei Seiten sehen«, sagte er leise. »Eine reicht, wenn es die Seite deines eigenen Herzens ist.« Ich blinzelte, und er war verschwunden. Die Toten waren tot und warteten auf das Jüngste Gericht, und Geister gab es nicht. Wenn doch, verliehen wir selbst ihnen ihre Gestalt, gespeist aus unserer Erinnerung, aus Liebe und Reue und aus unserer eigenen Schuld. Ich sah nochmals zu der Stelle hinüber, an der ich ihn gerade gesehen zu haben glaubte, aber er erschien nicht wieder. Vielleicht saß er gerade bei Albert in der Kutsche und erklärte ihm, dass ich stets das Falsche suchte.

3.

Lutz kam nach Einbruch der Dunkelheit. Ich öffnete die Tür einen vorsichtigen Spalt weit, als ich die Stimmen aus Karl Hoechstetters Zimmer hörte.

»Soll das heißen, du hast sie nicht stumm gemacht?«, zischte Hoechstetter.

»Sie hat mich niedergeschlagen. Mit einem Prügel.«

»Ein Weibsbild hat dich überwältigt. Bist du nicht weit genug weggesprungen?«

»Pass auf, was du sagst, Faktor.«

»Lächerlich!«

»Es war noch so ein Kerl bei ihr. Er schnüffelt schon seit ein paar Tagen hier herum. Am Anfang hat er sich als Beauftragter von Ulrich ausgegeben, aber er ist nur einer von den übrig gebliebenen Schleichern des alten Bischofs, genau wie der Burggraf.«

»Er hat hier herumgeschnüffelt?«

»Ja, er war mit dem Burggrafen im Haus, an dem Tag, nachdem der Teufel Stinglhammer geholt hat. Danach war er im Schwarzen Fass.«

»Und der Kerl war bei dem Weibsbild?«

Ich glaubte, Lutz schnauben zu hören. »Ich hatte ihn schon fast fertig gemacht, da haut mir die Fotze von hinten einen Prügel auf den Schädel. Als ich wieder zu mir gekommen bin, war eine Stange durch meine Kleider gesteckt, sodass ich mich nicht rühren konnte. Ich habe mein Hemd und meine Hose zerreißen müssen, damit ich freikam.«

»Und wer ist dieser Kerl? Wie heißt er?«

»Keine Ahnung. Ich weiß nur, dass er der Vater der Fotze ist.«

Ich sah vor mir, wie Hoechstetters Augen sich weiteten. »Der … was? Der Vater? Verdammte Pest!«

»Kennst du ihn?«

»Er war auch bei mir.«

»Dann hättest du ihn festhalten sollen!«

»Woher sollte ich denn wissen … und was ist mit den Briefen von Kleinschmidt? Waren welche da?«

»Ich habe sie nicht fragen können. Ich bin kaum angekommen mit der Speckseite, da taucht schon ihr Vater auf. Aber auch wenn es Briefe von diesem Schlappschwanz gibt, sind die jetzt dein geringstes Problem.«

»Weshalb?«

»Weil Ulrich keine Ruhe geben wird, bis er rausgefunden hat, wer seinen Schnüffler erledigt hat. Dädalus hat keinen gekümmert, aber Stinglhammer hättest du nicht kaltmachen sollen, Faktor.«

»Ich war's nicht, zum Henker. Du hast selbst gesagt, der Teufel hat ihn geholt.«

»Das sagen alle.«

»Stinglhammer wäre besser an einem Hühnerknochen erstickt!«

Lutz lachte grob. »Rattengift wirkt besser.«

Hoechstetter seufzte. Ich stellte mir vor, wie er sein Knie massierte und sein Gesicht zuckte. Ich gönnte ihm die Gicht von Herzen. »Das hilft auch nichts, wenn es keiner schluckt«, sagte er schließlich resigniert. »Warum konnte Ulrich nicht ein paar Tage später kommen? Das hätte uns genügend Zeit gegeben, mit allem fertig zu werden. Aber jetzt …«

»Ich haue ab«, erklärte Lutz.

»Du bleibst hier. Ich kann nicht gehen, solange das Podagra mich im Griff hat. Das dauert noch eine halbe Woche, bis es wieder vorbei ist.«

»Hättest du nicht so viel Schnaps gesoffen und fettes Fleisch gefressen.«

»Verschwinde!«

»Das brauchst du mir nicht zweimal sagen.«

»Ich meine, aus diesem Zimmer.«

»Schau zu, wie du allein fertig wirst.« Lutz trat auf den Gang hinaus. Ich wich zurück und schlüpfte zwischen zwei Tuchballen hindurch, um mich im Ernstfall verstecken zu können. Lutz schien direkt vor der Tür zu meinem Versteck stehen geblieben zu sein, denn ich hörte seine Stimme laut, als er zu Hoechstetter hineinrief: »Ich lass mich nicht wegen dir und Dädalus aufs Rad flechten, hast du gehört?«

Die Tür öffnete sich, und ich tauchte erschrocken hinter einen der Ballen. Mein Herz pochte heftig. Wenn Lutz mich hier fand, war ich so gut wie tot.

»Auf dich wartet nicht das Rad, sondern der Scheiterhaufen«, vernahm ich undeutlich Karl Hoechstetters Stimme.

Lutz war lange Zeit still. Im Dunkeln hörte ich nur das Rascheln von Kleidung in meiner Nähe. Ich kroch noch weiter in Richtung einer der Ecken des Raums. Vielleicht war es möglich, um Lutz herumzukommen und aus der Tür zu fliehen. Ich konnte mir nicht denken, was er hier suchte, und bildete mir ein, seinen Atem zu hören und seinen Geruch nach Schweiß, altem Fett und ungewaschenen Sachen zu riechen.

»Bevor Stinglhammer in meinen Angelegenheiten herumschnüffelte, hat er sich für Ulrich Schwarz und seinen heiligen Krieg gegen die Grubenleute interessiert«, sagte Karl Hoechstetter. »Er hat Georg auf dem Laufenden gehalten, und der junge Narr hat es immer mir weitererzählt.«

»Und?«, fragte Lutz draußen, und ich starrte überrascht ins Dunkle. Wer war mit mir im Raum, wenn nicht er es war? Denn der Lautstärke seiner Stimme nach zu urteilen, war er sogar wieder zu Karl Hoechstetters Tür hinübergegangen. Ich hielt den Atem an. Wer immer es war, er war barfuß hereingehuscht, sonst hätte ich Schritte gehört.

»Nicht so trotzig. Ich weiß, wo du jeden Neumond hingehst.«

Jemand keuchte aufgeregt, während er sich zwischen den Tuchballen hindurchwand. Ich wechselte die Stellung und hatte den Unbekannten jetzt zwischen mir und dem Fenster. Ein paar

Augenblicke kämpfte ich mit mir und spähte dann vorsichtig über meine Deckung hinweg. Die Person, die mit mir im Lager war, war eine Frau, und in ihrer Hand war etwas wie eine lange Klinge aufgeblitzt. Mein Herz schlug plötzlich so hart in meiner Kehle, dass es mich würgte.

Maria?

Lutz knurrte. »Vielleicht sollten wir zwei ein Wettspringen veranstalten.«

»Mach, dass du rauskommst. Ulrich kann jeden Moment eintreffen. Wir haben nur wenig Zeit, bis er rausfindet, dass er so gut wie bankrott ist. Das wird ihn mehr erschüttern als Stinglhammers Tod. Bis dahin muss ich eine Möglichkeit gefunden haben, alles Dädalus allein in die Schuhe zu schieben. Wenn du das Weibsbild bis dahin gefunden hast, haben wir ein Problem weniger.«

Lutz hatte beinahe direkt vor der Tür in meiner Nähe gestanden, als sie hereingeschlüpft war. Wenn es nicht Maria war, wer konnte ein Interesse daran haben, sich mit einem Messer in der Nähe von Karl Hoechstetter zu verbergen? Etwas raschelte, als werde Stoff aus einer Umhüllung gezerrt, dann vernahm ich das Geräusch einer Schere, die hastig durch Tuch schnitt. Die Frau atmete pfeifend und zog gleich danach erschrocken die Luft ein. In der stickigen Luft schwitzte sie genauso wie ich, und der Küchengeruch wurde stärker. Ich riskierte einen zweiten Blick. Sie stand über einen der Tuchballen gebeugt, ihre Schultern zuckten. Ein langes, reißendes Geräusch ertönte: Sie hatte nicht genügend Geduld aufgebracht, mit der Schere weiterzuarbeiten, und den Rest von was immer sie abschneiden wollte, mit einem Ruck abgetrennt. Ihr Kopf fuhr herum, und ihre Augen funkelten kurz im Lichtschein von der Türspalte. Sie waren weit aufgerissen. Wahrscheinlich hatte sie mehr Angst als ich. Sie gab ein kleines, ersticktes Stöhnen von sich und huschte zu einem anderen Tuchballen hinüber. Ich nutzte die Gelegenheit, auch meine Stellung zu wechseln, um sie im Auge behalten zu können. Der Küchengeruch, den sie ausströmte … war es Elisabeth?

Lutz sagte: »Ich war noch mal bei der Hütte, bevor sie die Tore zumachten. Sie ist nicht zurückgekommen.«

Karl Hoechstetter antwortete nicht. Die Frau schien eine Stoffbahn aus der Umhüllung eines anderen Ballens zu zerren und machte sich mit der Schere darüber her. Plötzlich wusste ich, was sich gerade vor meinen Augen ereignete: Ulrich Hoechstetter wurde in seinem eigenen Haus bestohlen. Wenn sie sich auf die bereits geöffneten Ballen beschränkte und überall nur kurze Bahnen abschnitt, würde es niemandem auffallen.

»Verdammt schade, dass der Scharlatan kein Gold machen konnte, was? Dann hätten wir all diese Scheiße jetzt nicht am Hals«, sagte Lutz, jetzt kaum mehr hörbar. Er war wieder zu Hoechstetter in die Arbeitsstube getreten.

»Dädalus, dieser Idiot. Von all seinen schlechten Ideen war das die allerschlechteste. Ich hätte nicht mitmachen sollen, aber er hat mich schwindlig geredet. Die französische Lösung, pah! Wir haben gutes Geld dem schlechten hinterhergeschmissen.«

Lutz schien Lust zu haben, das Messer in der Wunde zu drehen. »Vielleicht hat Stinglhammer ihn zu früh entdeckt und an die Luft gesetzt, was? Vielleicht war er *soo* kurz davor, euer Spielchen ...«

»Halt's Maul«, brummte Hoechstetter. »Ich wollte, der Kerl wäre tot. Wenn mir nur früher klar geworden wäre, dass der kleine Schnüffler Stinglhammer unsere Pläne durchschaut hatte.«

»Pech gehabt.«

Ich spürte das Zerren auf der anderen Seite des Ballens, hinter dem ich mich versteckt hatte, und zuckte entsetzt zusammen. Ich hatte zu sehr auf die Stimmen gehorcht und nicht aufgepasst, was in meiner unmittelbaren Nähe geschah. Ich duckte mich, so tief ich konnte, in den Schatten hinein, und hielt die Luft an. Ich hörte das stoßweise Keuchen, das sie zu unterdrücken versuchte, während sie schnitt. Als ich nach oben spähte, sah ich die obere Hälfte ihres Gesichts und das Haar, das in wirren Strähnen darum herum hing. Sie zischte zwischen den Zähnen und spähte zur Tür hinüber. Ihr Gesicht, in das das

Licht zu viele Schatten warf, war mager. Sie war nicht Maria und auch nicht Elisabeth. Dennoch kannte ich sie.

»Halt dich bereit, wenn ich dich rufe.«

»Ich komme, wann *ich* will. Zünd dir das Feuer an, wenn dich das Podagra zu sehr zwickt, das soll helfen.«

Ich hörte Lutz aus Hoechstetters Zimmer stolzieren, denn er machte sich nicht die Mühe, besonders vorsichtig aufzutreten. Die Frau auf der anderen Seite des Tuchballens ging in Deckung. Wenn Lutz hereinkäme, fiele das Licht von der geöffneten Tür direkt auf mich. Meine Strategie, mich in Richtung Ausgang vorzuarbeiten, war genau die falsche gewesen. Ich erstarrte. Lutz' Schritte verhielten vor der Tür. Sinnlos tastete ich nach einer Waffe, dann hörte ich seine eisenbeschlagenen Stiefel weiter den Gang hinunterknallen. Schwitzend ließ ich mich gegen den Ballen sinken. Meine unfreiwillige Gefährtin machte sich nach einer Pause wieder an die Arbeit und huschte dann zu einem weiteren Ballen etwas weiter entfernt hinüber. Ich kroch auf Händen und Füßen in die von der Tür am weitesten entfernte Ecke und machte mich dort in der Finsternis so klein wie möglich.

Ein paar Mal hörte ich sie noch zerren, schneiden und reißen und dachte gleichzeitig darüber nach, wo ich sie schon gesehen hatte und wie es jetzt weitergehen sollte. Dann war es plötzlich still. Sie schien fertig zu sein und sich wieder davongemacht zu haben. Aber die Tür hatte sich nicht bewegt. Ich horchte in die Düsternis – richtig, da war ihr flacher Atem, und dann zog sie vorsichtig die Nase hoch. Sie musste sich wie ich in den Schatten eines der Ballen geduckt haben. Worauf wartete sie? Dass das Haus stiller war, um dann ungesehen hinauszuschleichen?

Wenige Augenblicke später löste sich dieses Rätsel genauso wie die Frage, warum sie quasi vor Lutz' Augen hier hereingeschlüpft war. Die Tür schwang kurz auf, das Licht aus Hoechstetters Raum schimmerte auf einem fast kahl geschorenen Schädel, und Lutz trat herein. Auch er schien jetzt barfuß zu sein. Er schloss die Tür bis auf einen schmalen Spalt, doch war ich mittlerweile so lange in der Finsternis gewesen, dass ich alles sehen konnte, was sich in meiner Nähe abspielte.

Er zischte, und aus der Ecke, in der sich die Frau versteckt hatte, ertönte eine schwache Antwort. Lutz kicherte.

»Keine Angst, mein Täubchen, komm ruhig raus«, flüsterte er rau. »Warst du fleißig?«

Sie huschte zu ihm hinüber und hielt etwas in die Höhe: die erbeuteten Stoffbahnen. Lutz fuhr mit der Hand darüber und presste sie dann an sein Gesicht, um daran zu schnuppern.

»Erstklassig«, brummte er. »Ulrich hat Geschmack. Gut gemacht, Täubchen.«

»Kann ich jetzt gehen?«, flüsterte sie.

»Gleich.«

»Denk daran, dass du mir ein Busentuch von dem Stoff versprochen hast. Ich hab getan, was du wolltest.«

»Ich denke vor allem daran, was ich dir sonst noch versprochen habe.«

»Nicht hier!«, zischte sie. »Bitte – jeden Moment kann jemand reinkommen.«

»Der alte Narr drüben kann vor Podagra nicht gehen, und alle anderen glauben, der Raum ist verschlossen. Was soll's also?«

»Nein, bitte ...«

Sie gab ein paar unverständliche Laute von sich. Ich lugte über meine neue Deckung hinweg: Lutz hatte sie an sich gezogen und presste ihr den Mund auf die Lippen. Als er sich löste, gab es ein schmatzendes Geräusch.

»Komm schon«, knurrte er.

»Nein, ich ...«

Seine Hand war plötzlich an ihrer Kehle, und sie gab ein Keuchen von sich. Mit der anderen Hand griff er unter ihren Rock zwischen ihre Beine und setzte sie dann auf den Stoffballen vor sich. Sie versuchte, seine Hand von ihrem Hals zu lösen, aber er war zu stark.

»Ssschh«, machte er, »ssschhh ...!« Er drängte ihre Schenkel auseinander und stellte sich dazwischen, an seinen Beinlingen herumfummelnd. Sie fuchtelte mit einer Hand nach seinem Gesicht, aber er fing sie ab und drehte ihr Handgelenk um. Sie stöhnte erstickt.

»Bist du verrückt geworden?«, zischte er. »Stell dich nicht an wie die Heilige Jungfrau. Ich fick dich, und das war's. Ist ja nicht das erste Mal.«

Plötzlich fiel mir ein, wer sie war: die Dienstmagd, die Konrad Hurlocher bei sich gehabt hatte, als Gregor und ich ihn aufsuchten. Wie die andere Küchenhilfe war sie in Hoechstetters Haus aufgenommen worden. Während ich wieder in Deckung ging und nicht zu hören versuchte, wie Lutz unzufrieden brummte und dann in seine Hand spuckte und ihr Keuchen, als er grob in sie eindrang und zu stoßen begann, fragte ich mich, warum manche Menschen ihr Leben lang als Opfer auserkoren waren. Wahrscheinlich war es etwas wie das, was ein wilder Hund roch, wenn man sich vor ihm fürchtete und sich ihm unterlegen fühlte, und das ihn zum Zubeißen veranlasste. Die Raubtiere unter den Menschen schienen diesen Geruch ebenso wahrzunehmen.

Lutz' Koitus war wie der eines wilden Hundes: kurz und gewaltsam. Schon nach ein paar Augenblicken grunzte er und röchelte. Dann atmete er tief ein. Ich hörte, wie er zurücktrat und die Küchenmagd von dem Tuchballen herunterrutschte. Sie unterdrückte ein Schluchzen und richtete ihre Röcke. Lutz säuberte sich an einem der Tuchballen. Obwohl ich weiter in Deckung blieb, wusste ich, dass dabei ein böses Grinsen sein Gesicht zierte und er sich vorstellte, wie irgendein Gewandschneider oder ein Käufer ein paar Tage später beim Aufrollen des teuren Tuches die Flecken entdeckte und sich fragte, wie sie dahin gekommen waren.

»Du musst noch was in der Küche aufräumen«, sagte Lutz.

»Was soll das heißen?«, stöhnte sie. Ich lugte wieder vorsichtig um den Tuchballen herum. Sie standen in der Nähe der Tür. Lutz hatte seine Beute unter einen Arm geklemmt und spielte mit der anderen Hand zwischen seinen Beinen herum. Ich war froh, dass das Licht nicht heller war; ich wusste, dass er seine Schamkapsel noch nicht wieder an Ort und Stelle gebracht hatte und es genoss, sie mit seinem Geschlechtsteil einzuschüchtern. Sie starrte wie gebannt nach unten.

»Dass ich das Zeug hier noch außer Haus bringen muss. Wenn unser mächtiger Herr eher zurückkommt als ich und ich ausgesperrt werde, kannst du mich reinlassen. Deshalb musst du dich noch in der Küche rumtreiben.«

»Wo bringst du die Sachen hin?«

»Ich lasse sie von einem Toten bewachen, Täubchen.«

Er kicherte. Plötzlich hob er die Hand, mit der er an sich gespielt hatte, und rieb sie ihr über das Gesicht. Sie zuckte zurück und spie aus. Er lachte.

»Ich muss doch meine Duftmarke setzen, damit niemand dich mir wegnimmt«, sagte er. Dann trieb er seine erzwungene Komplizin und Gespielin aus dem Raum. Ich wartete so lange ich es aushielt, dann schlich ich mich auf Zehenspitzen vor, schloss die Tür und schob den Riegel wieder vor. Was geschehen war, war geschehen, und ich hatte nichts dagegen tun können, noch war es etwas Außergewöhnliches gewesen. Dennoch nahm ich mir vor, dass ich Lutz darüber stolpern lassen würde, wenn es irgendwann in meiner Macht stand: nicht über die Vergewaltigung, denn niemand würde sich dafür interessieren, wohl aber für den Diebstahl aus dem Lager seines Herrn.

Dann widmete ich meine Gedanken wieder Karl Hoechstetter. Drüben in seinem Zimmer wartete er auf seinen Vetter, den Herrn des Hauses. So wie ich darauf wartete, dass der Tod das Haus betrat, um ihn vor ihm zu retten: den Mann, der meine Tochter auf die Straße gesetzt und das brutalste Schwein in der Geschichte Augsburgs hinausgeschickt hatte, sie umzubringen.

Ulrich Hoechstetter war der Erste der erwarteten Ankömmlinge. Schnelle Schritte eilten über den Gang und vorbei an der Tür, hinter der ich mich befand, ohne ihr Aufmerksamkeit zu schenken. Allerdings waren es mehrere Paar Schuhe, die über den Holzboden polterten und zu Karl Hoechstetter eilten. Bestürzt fragte ich mich, ob Ulrich mit Waibeln anrückte, um seinen Vetter festnehmen zu lassen – was sollte Jos Onsorg davon abgehalten haben, dem Heimkehrer tatsächlich unter die Nase zu halten, was sich während seiner Abwesenheit in seinem Haus abgespielt hatte?

»Was zum Teufel ist hier los?«, donnerte eine angespannte Stimme, der man den Zorn gleichermaßen anhörte wie die Erschöpfung nach einer langen Reise. Ich stellte mir vor, wie Ulrich Hoechstetter breitbeinig vor dem Faktor stand, und kämpfte mit mir, ob ich die Tür öffnen und hinausspähen sollte.

»Ich kann das alles erklären …«, rief Karl Hoechstetter. Er fragte sich vermutlich, woher der Herr des Hauses so schnell Bescheid wusste. Hatte er doch auf ein paar Tage Zeit gehofft, bis Ulrich hinter die Pläne seines Faktors und des aus Bologna zurückgeholten Dädalus kam. Doch schien er sie bereits durchschaut zu haben, bevor er das Haus betreten hatte. Woher zum Henker …? Vermutlich kam Karl nicht auf den Gedanken, dass die so verzweifelt gesuchten Unterlagen Stinglhammers in den falschen Händen gelandet waren – vielleicht hätte er Lutz genügend Zeit lassen sollen, ihm *alle* Einzelheiten aus der Unterhaltung mit mir zu eröffnen. »Es ist ganz anders, als es scheint …«

»Ich kann nicht den Hintern aus Augsburg hinausrecken, ohne dass was passiert!«, polterte Ulrich Hoechstetter. »Als ich im April bei Herzog Ludwig in Landshut war, wurde Bürgermeister Schwarz aufgehängt, und jetzt ist sein Nachfolger umgebracht worden.«

»Ich bin genauso erschüttert wie du, ich habe sofort …«, jammerte Karl Hoechstetter und brach ab. Er brauchte ein paar Augenblicke, um zu verstehen, was gesagt worden war. »Wer ist umgebracht worden?«

Ich hielt mich an der Tür fest, um nicht zu Boden zu sinken. Jos Onsorg? Aber Karl Hoechstetter wäre nach allem menschlichen Ermessen … was hatte der Bürgermeister mit Maria zu tun?

Nichts, weil Maria unschuldig ist, sagte etwas in mir und begann zu jubeln.

Jos Onsorg, der Bürgermeister? Der die als Hexe angeklagte Frau den inquisitorischen Bemühungen des Propsts von Sankt Ulrich entrissen hatte? Ermordet?

»Man hat ihn vor ein paar Minuten gefunden«, sprudelte Ulrich Hoechstetter hervor. »Der ganze Rat ist schon unterwegs dorthin. Ich habe mir nur ein paar Männer geholt. Kommst du mit?«

»Ich ... nein, ich ...«, stammelte Karl Hoechstetter verwirrt, »... das Podagra ... ich kann nicht ...«

»Zünd das Feuer an, das hilft«, stieß Ulrich Hoechstetter hervor. Ich merkte, dass ich plötzlich im Gang stand und wie betäubt dem Gespräch lauschte. Ich hatte mich getäuscht, das dritte Opfer war ein anderes, und Maria war unschuldig!

Ulrich Hoechstetter stürmte aus dem Zimmer seines Faktors, gefolgt von drei Männern in seinen Farben, Gelb und Blau. Er stutzte, als er mich im Gang stehen sah.

»Wo hat man den Bürgermeister genau gefunden?«, fragte ich, und für meine eigenen Ohren hörte es sich an wie im Traum.

»Bei der Wertach, ein Flößer sah ihn im Wasser. Irgendwo in der Nähe des alten Heidenfriedhofs. Wer zum Teufel sind Sie eigentlich?«

Ich gestikulierte mit einem schweren Arm in Richtung Karl Hoechstetters Arbeitsstube. Der Herr des Hauses Hoechstetter zuckte nur ungeduldig mit den Achseln und drängte sich an mir vorbei. Ich hatte das Gefühl, dass jede meiner Bewegungen so langsam war wie unter Wasser. Beim Heidenfriedhof. Beim Versammlungsort der Grubenleute. Hatte er sich auf der Jagd zu weit vorgewagt, angespornt durch die Erkenntnisse, die Ludwig Stinglhammer in seinen Dokumenten festgehalten haben mochte?

»Warten Sie«, sagte ich langsam, »ich komme mit.«

»Beeilen Sie sich«, stieß er hervor, ohne sich umzudrehen.

Man hatte ihn im Wasser gefunden, und dass man von einem Mord sprach, wies darauf hin, dass er nicht wie ein Ertrunkener aussah. Ich hastete hinter Ulrich Hoechstetter her, so schnell mein zerschundener Leib es zuließ. Die anderen Morde hatten sich in geschlossenen Räumen ereignet; warum war das Muster diesmal durchbrochen worden? Hatte der Mörder keine Zeit mehr gehabt, den Bürgermeister zu Hause heimzusuchen? Hatte er das Gefühl, dass man ihm auf der Spur war?

Martin Dädalus und Karl Hoechstetter hatten meine Tochter aus der Nähe der Firma entfernen wollen, und Ludwig Stinglhammer war den Anweisungen des Faktors gefolgt, neugierig, was sich daraus entwickeln würde. Die Stadtbehörden hatten damit nichts zu tun.

Von Schmerzen gepeinigt fiel ich die Treppenstufen mehr hinunter, als dass ich ging. Ulrich Hoechstetter und seine Männer rannten bereits aus dem Tor. Ich hörte das Wiehern des Pferdes, mit dem der Kaufmann gekommen sein musste. Die Kutschpferde, die im Torgang ausgeschirrt wurden, gaben lautstark Antwort und scheuten. Albert schreckte auf dem Kutschbock aus dem Dösen auf und starrte um sich. Ich stolperte auf ihn zu.

»Geht's los?«, krächzte Albert.

»Fahr zu Gregor!«, rief ich. »Sag ihm, der Bürgermeister ist tot. Er soll zum Heidenfriedhof hinauskommen, so schnell es geht.«

»Was ist passiert?«

»Fahr zu Gregor!«, schrie ich mit höchster Lautstärke.

»Wer ist tot?«

»Der Bürgermeister!« Die Knechte bei den Pferden starrten mit aufgerissenen Augen und Mündern zu uns herüber.

»Ulrich Schwarz?«

Ich antwortete nicht, sondern hinkte, so schnell ich konnte, zu den Kutschpferden hinüber. Eines, das Leitpferd, hatte einen leichten Sattel auf dem Rücken.

»He, was ist denn passiert?«, dröhnte Albert. »Vielleicht sagt mir einer was?«

»Ich brauche das Pferd«, keuchte ich und deutete auf das Leitpferd, das von einem Knecht am Zügel gehalten wurde.

»Das geht nicht …«, begann er.

Ich deutete auf das Wappen des Bischofs an der Kutsche. »Das ist meine Legitimation. Und wenn dir was nicht passt, frag Herrn Ulrich, wenn er wieder zurück ist.« Ich riss ihm die Zügel aus der Hand. Er gab nach.

»Ist ja gut.«

Ich schwang mich in den Sattel. Alle meine Muskeln verkrampften sich, und mir wurde schwarz vor Augen. Wahrscheinlich würde der Ritt mich endgültig umbringen, aber ich konnte nicht hier bleiben. Das Pferd drehte sich einmal um sich selbst und schnaubte. Albert gaffte mich an.

»Gregor!«, schrie ich. »Schnell!«

Dann sprengte ich hinaus. In der Annagasse überholte ich die Männer Ulrich Hoechstetters, die fluchend und im Laufschritt über das Pflaster eilten. Hoechstetter selbst holte ich erst ein, als mein Pferd keuchend an der Stelle zum Stehen kam, an der man Jos Onsorg aus dem Wasser gezogen hatte.

4.

Ein schwarzer Reiter, riesengroß, der auf einem ebenso riesigen schwarzen Pferd saß, hatte an der Stelle gestanden, an der sich Jos Onsorgs Leiche im Ufergestrüpp verfangen hatte. Das Pferd hatte Feuer geschnaubt, die Augen des schwarzen Reiters hatten gelodert. Er hatte triumphierend gelacht und in seiner Faust etwas gehalten, das sich wand und wimmerte und sich flüchtig zu machen versuchte wie ein Rauchfaden. Das Pferd hatte gestampft, dass die Funken aus dem Boden flogen. Seine Hufe waren von frischem Blut besudelt gewesen. Der Reiter hatte barfuß in den Steigbügeln gestanden, seine totenblassen Füße das Einzige an ihm, das nicht vor Schwärze schwindlig machte, und hinter dem Sattel hatte etwas die Luft gepeitscht, das wie zwei riesige Schwingen aus Rabenfedern aussah. Sein Gesicht war nicht zu erkennen gewesen, versteckt unter einem altertümlichen schwarzen Helm mit einer Helmzier aus Flammen, nur die Augen hatten aus dem Sehschlitz hervorgeleuchtet. Das Pferd hatte sich auf die Hinterbeine erhoben und die Luft mit seinen wirbelnden Vorderhufen geprügelt, während der Reiter ein Flammenschwert hervorzerrte und es sirrend durch die Luft schwang. Dann war lautlos eine grelle Lohe aufgeflammt und hatte Ross und Reiter und dessen Beute verborgen. Als die Lohe in sich zusammengesunken war, war der Reiter spurlos verschwunden. Nur noch der Gestank nach verbranntem Aas hing in der Luft, und als der Rauch sich verzogen hatte, tauchte darunter der Körper des Bürgermeisters auf, eine Hand noch mit gekrümmten Fingern in die späte Abendluft gekrallt.

So weit die Zeugenaussage eines vor Angst schielenden Flößers, der nach Fisch und billigem Wein roch und jeden Eid zu schwören bereit war, dass er genau so und nicht anders auf den Toten aufmerksam geworden war. Niemand hatte mich aufgehalten, als ich mich unter die Ratsherren mischte, die den Mann befragten; ein weiteres Beispiel dafür, dass man nur die richtigen Kleider tragen und so tun musste, als gehöre man selbstverständlich dazu, um überall durchzukommen. Johann Langenmantel schien den Befehl über die verstörten Ratsmitglieder übernommen zu haben, dennoch trat er beiseite, als Ulrich Hoechstetter die Szene betrat. Ich hinkte hinter ihm her, versuchte nicht so auszusehen, wie ich mich fühlte, und fragte mich, ob nur eine Täuschung aufgrund der späten Stunde und der vergangenen Jahre mich glauben ließ, es handle sich um dieselbe Stelle, an der damals die Leiche von Ulrich Wolfartshausers Tochter gefunden worden war. Ich sah mich nach Gregor von Welden um, aber er war noch nicht eingetroffen. Auch von den Waibeln des Bischofs war keiner zu sehen. Dies war eine Sache, die bisher nur die Stadt betraf. Ich fragte mich, ob meine spontane Reaktion, Gregor zu benachrichtigen, falsch gewesen war.

Einige der Ratsmitglieder sahen sich an und bekreuzigten sich. »Der Todesengel hat sich den dritten Mann geholt«, wisperte einer.

»Er hielt seine Seele in der Faust wie ein Vögelchen.«

Ein anderer warf einen vorsichtigen Seitenblick zu Ulrich Hoechstetter hinüber, der sich von Johann Langenmantel ins Bild setzen ließ. »Als man seinen Buchhalter fand, ertönte aus dessen Arbeitszimmer eine donnernde Stimme und befahl den Männern, erst einzutreten, wenn der Hahn gekräht habe«, flüsterte er dann. »Das war der Todesengel – er wollte sich nicht bei der Arbeit betrachten lassen.«

»Und bei der Beerdigung von diesem Dädalus stand Azrael neben dem Totengräber, verkleidet als ein ganz in Schwarz gehender Mann mit teuren Gewändern.«

»Aber der Totengräber erkannte ihn, weil seine Augen so schwarz waren, dass sie zu glühen schienen.«

Ein Mann in den Kleidern der Torwache kämpfte sich durch das dichte Ufergebüsch und machte Johann Langenmantel Meldung. Er war von oben bis unten nass gespritzt und schlug das Kreuzzeichen, noch während er redete. Langenmantel machte eine unwillige Bewegung. Ulrich Hoechstetter fuhr sich mit der Hand über das Gesicht und schüttelte den Kopf. Was immer man sonst von dem Mann behaupten mochte, er brachte die Energie auf, sich nach seiner Reise noch am Ankunftstag mit den neuesten Ereignissen in Augsburg auseinander zu setzen, und er nahm ganz offensichtlich regen Anteil am Wohlergehen seiner Stadt. Er wirkte selbst von weitem weniger entrückt und mit sich selbst und seiner Firma beschäftigt als Jakob Fugger, und er schien die Dinge mit der nüchternen Rationalität eines Kaufmanns zu betrachten, der sich viele natürliche Erklärungen für scheinbar übernatürliche Dinge vorstellen konnte.

Ein weiterer Ratsherr stöhnte. »Ich habe den schwarzen Mann selbst gesehen, er stand unter dem Galgen, als man Ulrich Schwarz aufhängte. Ich habe in seine Augen geblickt, und ich musste mich danach drei Tage ins Bett legen. Meine Frau hatte frische Blumen am Hut, sie waren verdorrt, als wir zu Hause ankamen.«

Die anderen nickten mit weit aufgerissenen Augen. Nun, da es angesprochen worden war, erinnerten sie sich, den Todesengel ebenfalls erblickt und den Schlag seiner Schwingen gespürt zu haben. Ich ließ sie stehen und trat zu Langenmantel und Hoechstetter hinüber, die sich Fackeln hatten geben lassen und gerade begannen, sich durch das Gestrüpp zur Wertach hinunterzuwinden. Ich hielt nochmals nach Gregor Ausschau, dann folgte ich ihnen.

Die Waibel hatten nicht gewagt, den Toten anzufassen. In dieser Hinsicht waren sie genauso hasenfüßig wie die Ratsherren, die sich draußen am Ufer gegenseitig davon überzeugten, dass der Engel des Todes in Augsburg leibhaftig geworden war. Immerhin hatten sie mithilfe der Stange des Flößers, ihrer Spieße und eines Seils den toten Bürgermeister an Land gezogen. Er lag auf dem Rücken und starrte in den Himmel, in dem die letzten Reste der Dämmerung im Westen vergingen. Sein Haar klebte an seinem Schädel und er wirkte jünger und schmaler, als er mir lebend erschienen war. Sein Gesicht war unverletzt. Das Fackellicht glitzerte in den Wassertropfen, die über seine Wangen liefen, aber nicht in seinen Augen. Um seine Schultern war ein dünner, dunkler Mantel gewickelt, in dem sein Körper sich verfangen hatte wie ein Fisch in einem zerrissenen Netz.

Hoechstetter wies auf die Vorderseite von Jos Onsorgs Wams. Im Brustbereich war der Stoff zerfetzt und zerschnitten. Das Blut hatte das Wasser mit sich genommen, aber man konnte deutlich sehen, wo das Messer zugestoßen hatte, einmal, zweimal, ein Dutzend Mal. Man kann einen Mann mit einem Messerstich wehrlos machen, aber ihn zu töten bedarf es Geschick und einer ruhigen Hand. Der Täter hatte Onsorg mit dem ersten Stich außer Gefecht gesetzt, dann hatte er den Taumelnden zu sich herangezogen und wieder und wieder zugestoßen, bis er das Herz getroffen hatte oder das Leben aus seinem geschwächten Opfer geronnen war. Dann hatte er ihn ins seichte Uferwasser gleiten lassen. Es hatte Kraft gebraucht, diese Stiche zu führen und den Sterbenden gleichzeitig festzuhalten, sodass er sich nicht in Todesangst losreißen konnte.

»Verdammte Schlächterei«, sagte Langenmantel. »Jeder Metzger trifft besser.«

Hoechstetter atmete tief ein und schüttelte den Kopf. »So sterben zu müssen«, murmelte er.

Der Mörder hatte sich keine Mühe gegeben, den Toten weiter hinauszustoßen, damit die Wertach ihn mitnahm. Nach dem Bürgermeister würde so oder so gefahndet werden, und der Aufruhr war geringer, wenn die Leiche sofort gefunden wurde.

Ich sah Langenmantel und Hoechstetter über die Schulter. Schließlich bückte sich Langenmantel und drückte dem Bürgermeister die Augen zu. Die Waibel bekreuzigten sich erneut. Langenmantel zupfte an dem dunklen Stoff, in den sich der Tote verwickelt hatte, und zerrte unter dessen Kinn etwas hervor, das wie eine zerrissene, enge Kapuze aussah, in die dicht nebeneinander zwei Löcher geschnitten waren. Er betrachtete sie ratlos, dann legte er sie zurück und stand auf.

Ich selbst befand mich in seltsamer Stimmung. Als ich den Toten dort zwischen den Brennnesseln und dem hohen Gras liegen sah, erkannte ich, dass ich ihn trotz seiner Ruppigkeit gemocht hatte. Er war ein aufrechter Mann gewesen, der weniger schön geredet als gehandelt hatte. Ich bedauerte seinen Tod. Dennoch war ich gleichzeitig erleichtert. Die Art und Weise des Mordes zeigte deutlich, dass der Täter ein Mann war.

Meine Tochter Maria war unschuldig.

Gregor saß im Arbeitszimmer des Bischofs und wühlte in Papieren. Als ich eintrat, sah er auf, dann lächelte er und packte sie weg, um mir zu zeigen, dass er ganz für mich da war. Er hatte noch tiefere Augenringe als sonst, und sein Nasenrücken war beinahe weiß, so gespannt war die Haut darüber.

»Wo treibst du dich denn die ganze Zeit herum?«, fragte er und versuchte, aufgeräumt zu wirken. »Ich habe dich gesucht.«

»War Albert nicht bei dir?«

»Der alte Idiot? Nein. Wieso denn?«

»Weißt du denn nicht, was passiert ist?«

Er sah mich einen Augenblick lang schweigend an. »Onsorg ist tot«, sagte er dann.

»Woher …?«

»Die Spatzen pfeifen es schon von den Dächern.« Er blickte zum Fenster hinüber, das nachtschwarz war und ihn und mich und das Dutzend Lichter widerspiegelte, die im Raum brannten. »Oder eher die Eulen, in diesem Fall.«

»Warum bist du nicht dort gewesen?«

»Was sollte ich dort? Das ist Sache der Stadt.«

»Das ist ein Notfall. In Notfällen haben der Bischof und die Stadt noch immer zusammengearbeitet.«

Er zuckte mit den Schultern und betrachtete die Tischplatte. »Ich glaube nicht, dass ich willkommen gewesen wäre.«

»Dort aufzukreuzen und Hilfe anzubieten hätte deinen Zwist mit den Stadtbehörden vielleicht beigelegt.«

Er zuckte wieder mit den Schultern.

»Außerdem war Ulrich Hoechstetter auch dort.«

Georg sah überrascht auf. »Ist er zurück?«

»Ja, gerade eben.«

»Mhm.« Er nickte und kniff die Lippen zusammen. Unbewusst rieb er sich über den Bauch und seufzte. Ich spürte plötzlich meine eigenen Schmerzen wieder und das Pochen in meinem Schädel. Obwohl ich mir geschworen hatte, mich nie mehr auf den Bittstellerhocker vor dem Tisch des Bischofs zu setzen, ließ ich mich doch darauf niedersinken. Gleich danach fragte ich mich, wie ich ohne fremde Hilfe jemals wieder in die Höhe kommen sollte. »Du bist der Ansicht, ich hätte draußen bei den Heidengräbern sein sollen, stimmt's? Ich verhalte mich wie ein gefühlloser Klotz. Ich sollte mich betroffen zeigen … ich sag dir was: Warum soll ich Mitgefühl mit Onsorg heucheln? Du hast selber mitbekommen, dass er nicht unbedingt mein Freund war. Ich bin nicht gut im Heucheln … wahrscheinlich ist es das, was die Kerle im Rat immer an mir stört, dass ich geradeheraus bin und mich nicht verstelle. Das ist es, was mein Fortkommen verhindert, aber anders kann ich nicht … so tief möchte ich nicht sinken.«

»Und Albert war nicht hier und hat dich alarmiert?«

»Ich hätte ihn gar nicht hereingelassen. Wie kommst du darauf, dass der Trottel von Onsorgs Tod gehört haben soll?«

»Weil ich ihn beauftragt habe, dir Bescheid zu sagen.«

Gregor beugte sich plötzlich über den Tisch und kniff die Augen zusammen. Er musterte mich. In seiner Kurzsichtigkeit fiel ihm erst jetzt auf, dass etwas nicht stimmte. »Wie siehst du denn aus?«

»Ich bin einem Esel vor die Hufe geraten.«

Er klappte den Mund auf und sah mich dümmlich an. »Was?«

»Ich hatte Streit mit einem von Stinglhammers ehemaligen Dienstboten. Kannst du dich an den kahl geschorenen Kerl erinnern, der dich einen Arschabwischer nannte?«

Er dachte nach. »Vage.« Dafür, dass er sich so über Lutz und seine Frechheiten erregt hatte, war seine Erinnerung an ihn bemerkenswert trüb. Wahrscheinlich tendierte er dazu, die Leute zu vergessen, die ihm nicht den nötigen Respekt bezeigten.

»Worüber seid ihr in Streit geraten?«

Ich machte eine unentschiedene Handbewegung. »Du weißt ja, dass man bei Ermittlungen manchmal mit den Leuten über Kreuz kommt.«

»Das kann man wohl sagen.« Er schob die Angelegenheit beiseite. »Wenigstens ist dir nicht viel passiert – nur ein zerkratztes Gesicht und ein geschwollenes Ohr.«

»Ja, ein Glück«, sagte ich.

Er seufzte erneut und wies auf den jetzt leeren Arbeitstisch. »Nach der Pleite heute Mittag mit Stinglhammers Papieren habe ich beschlossen, zunächst meinen Pflichten als Burggraf nachzukommen. Wenn man sich nicht selbst kümmert, läuft alles aus dem Ruder. Vielleicht sollte ich die Ermittlungen einfach einstellen, was meinst du? Ich werde hier nötiger gebraucht … ich sag dir was: Der Bischof kann froh sein, dass ich seinen Stall in Ordnung halte, wenn er weg ist, und er verlässt sich auf mich … voll und ganz. Ich sag dir was: Ich kann dieses Vertrauen doch nicht enttäuschen, oder?«

»Und deine Pläne? Die Stelle des Stadtvogts? Hoechstetters Fürsprache?«

Er rieb sich mit Daumen und Zeigefinger über die Nasenwurzel. »Ich bin erledigt«, sagte er. »Ich bin den halben Tag in der Stadt herumgeritten und habe bis jetzt Papiere studiert. Ich sollte ins Bett gehen.«

»So resigniert hab ich dich noch nie gesehen«, stieß ich gegen meinen Willen hervor.

Er lächelte müde. »Tatsächlich? Was haben wir denn bis jetzt erreicht? Ich sag dir was: nichts. Nun ist noch ein Mord passiert, und alles, was wir geschafft haben, ist, in ein versiegeltes Haus einzudringen und die Drecksarbeit für Jos Onsorg zu machen … nein, nein, jetzt, da der Bürgermeister tot und Ulrich Hoechstetter zurück ist, werden sie nicht ruhen, bis sie eine Erklärung für die Morde gefunden haben. Und auf mich werden sie zuletzt hören.«

»Hast du gesagt, sie suchen nach einer Erklärung oder sie suchen nach dem Mörder?«

»Glaubst du denn, dass sie einen finden werden?«

»Ich dachte, die Stelle des Stadtvogts habe dir wirklich was bedeutet.«

Er schwieg. Ich hörte das Rattern von Holzrädern und das Klappern von Hufen draußen. Jemand trieb ein Kutschpferd rücksichtslos voran. Ich überlegte, wie das Aufstehen am wenigsten schmerzhaft sein würde.

»Vielleicht doch nicht«, sagte Gregor und seufzte. »Du meinst vielleicht, das sei nicht richtig, bei alldem, was ich bei diesen Ermittlungen mitgemacht habe ... ich sag dir was: Erlitten ist das richtige Wort. Beschimpft, ausgelacht, wie ein Dienstbote vor der Tür stehen gelassen ...«

Es ging, wenn ich mich seitwärts drehte, die Arme gegen die Rippen presste und mich dann in die Höhe stemmte, ohne die Muskulatur des Oberkörpers anzustrengen. Meine Hüfte protestierte zwar, und das aufgerissene Schienbein brannte, doch waren die Schmerzen erträglicher als die Stiche, die von meinen Rippen ausgingen, wenn ich mich unvorsichtig bewegte. Gegen das Schwindelgefühl und die Kopfschmerzen konnte ich ohnehin nichts unternehmen. Der Ritt hinaus zu den römischen Gräbern hatte meine Verfassung nochmals verschlechtert. Ich war ein Fall für ein Ruhelager, Kräutertränke und Heilsalben, wenn ich nicht einen bleibenden Schaden davontragen wollte, das war mir bewusst. Dennoch reizte mich Gregors Resignation, nötigenfalls auch ohne ihn weiterzuforschen. Gregor sah mir bei meinen Verrenkungen zu und machte ein Gesicht wie jemand, der einem Kerngesunden dabei zusieht, wie er krank spielt. Ich humpelte zum Fenster hinüber.

»Hast du deine Tochter gefunden?«, fragte Gregor zu meiner Überraschung.

Ich gab seinen Blick zurück und fühlte plötzlich das Bedürfnis, ihm meine Befürchtungen Maria betreffend und meine Erleichterung darüber mitzuteilen, dass sie durch den Mord an Onsorg als Verdächtige ausschied. In diesem Moment rasselte und klapperte draußen die Kutsche und kam vor dem Eingang zum Stehen. Das Pferd wieherte. Ich hörte Alberts tragende Stimme durch das geschlossene Fenster.

»Du kannst das nicht verstehen«, sagte Gregor. »Ich sag dir was: Für dich ist das alles hier nur ein Spiel ... wenn es dich langweilt, mir zuzuarbeiten, packst du einfach deinen Kram und verschwindest. Ich kann dich nicht halten, höchstens um unserer Freundschaft willen, derer ich manchmal nicht einmal sicher bin ... Ich sag dir was: Das kannst du nicht verstehen, wenn du nicht in meiner Haut steckst.«

Was ich ihm hatte anvertrauen wollen, blieb ungesagt. Stattdessen sagte ich: »Ich habe sie noch nicht gefunden.«

»Das ist wahrscheinlich das Einzige, was dich noch hier hält«, erklärte er voller Pathos und hatte zur Abwechslung einmal beinahe Recht. »Wenn du sie aufgestöbert hast, kehrst du mir den Rücken.«

Ich hörte Albert mit den Pferdeknechten zanken, wandte mich um und riss das Fenster auf, um mich in die warme, tiefdunkle Sommernacht hinauszubeugen. Das Rathaus war hell erleuchtet von Fackeln und Öllampen, und ich konnte mir vorstellen, wer dort zum letzten Mal eingetroffen war. Die Lichter, die an den finstersten und unübersichtlichsten Ecken Augsburgs an den Gassenecken angebracht waren, sorgten nur für einzelne, schütter verstreute helle Pünktchen, als wären trübe Sterne vom Himmel gefallen, mit helleren Inseln da, wo die Häuser der wohlhabenden Patrizier durch opulentere Beleuchtung den Reichtum der Bewohner und ihre Sorge um die Sicherheit der städtischen Gassen demonstrierten. Dort, wo Ulrich Hoechstetters Haus zu vermuten war, war das Licht besonders hell. Direkt unter mir stritten sich zwei Knechte mit Stroh in Haaren und Kleidung mit Albert herum und wollten ihn nicht hereinlassen.

»Was ist denn nun schon wieder los?«, stöhnte Gregor. »Können sie mir denn keine Ruhe lassen?«

»Albert!«, rief ich hinunter.

Der alte Kutscher zuckte zusammen und sah herauf. Sein

Finger schoss nach oben, deutete auf mich. Sein Haar stand nach allen Seiten ab, und sein Gesicht war verzerrt im Fackellicht.

»BUB!«, schrie er und schüttelte den Finger gegen mich. Er keuchte vor Anstrengung. »Bub!«

»Schon gut. Komm rauf. Ich hab es ihm selbst gesagt. Kein Problem.«

»Bub …« Er versuchte zu Atem zu kommen.

»Komm rauf«, rief ich. »Um Himmels willen, du weckst noch die Mäuse drüben im Dom auf.«

Ich sah ihn die Hände zu Fäusten ballen und seine Atemlosigkeit verwünschen. Dann hastete er steifbeinig zum Eingang und ließ die Kutsche bei den Pferdeknechten zurück. Bemerkenswert! Ich machte das Fenster zu und fühlte ein leises Ziehen im Bauch. Dass er seinen Auftrag, Gregor zu benachrichtigen, nicht ausgeführt hatte, konnte ihn nicht so stark beunruhigen, dass er die Kutsche des Bischofs im Stich ließ.

»Wer soll raufkommen?«, fragte Gregor.

»Albert. Ich hatte ihn im Hoechstetter-Haus zurückgelassen, und eigentlich hätte er dich benachrichtigen sollen. Er hat es wieder vergessen …«

»Der Alte hat hier oben nichts zu suchen.«

»Er geht gleich wieder«, beruhigte ich ihn. Gregor machte ein finsteres Gesicht. »Wozu hast du ihn überhaupt zu Hoechstetter mitgenommen?«

»Ich dachte, nicht so weit laufen zu können«, antwortete ich schulterzuckend.

»Reiß dich mal ein bisschen zusammen. Du hättest ja auch ein Pferd nehmen können.«

Albert platzte herein. Die Tür flog auf und krachte in den Angeln. Sein Gesicht war hochrot von der schnellen Fahrt mit der Kutsche und dem Weg die Treppe herauf, seine Augenbrauen sträubten sich noch mehr als seine Haare.

»Bub!«, keuchte er und rang nach Atem. »Bub …« Er ignorierte Gregor, woraufhin dieser sich prompt in seinem Stuhl aufrichtete und sich empört aufzuplustern begann. »… tot …«, japste Albert.

Elisabeth Klotz kam hinter Albert in das Arbeitszimmer des Bischofs. Gregor riss die Augen auf und vergaß, was er zu Albert hatte sagen wollen. Sie war nicht weniger aufgelöst als ihr Großvater. Ich hatte sie unten nicht gesehen, wahrscheinlich war sie zur anderen Seite der Kutsche hin vom Kutschbock geklettert und Albert gefolgt, als dieser sie unten zurückließ. Ich sah sie an, und mein Herz sank.

Ich hatte geglaubt, einen Fehler gemacht zu haben, als ich mich auf Karl Hoechstetter konzentrierte.

Dabei hatte ich die ganze Zeit über richtig gelegen, und mein eigentlicher Fehler war gewesen, den Faktor zu verlassen.

Zu früh gefreut, Narr.

Ich erwiderte Elisabeths Blick in Erwartung dessen, was sie sagen würde. Maria war wieder im Spiel.

»Karl Hoechstetter ist ermordet worden.«

5.

Ulrich Hoechstetter hatte gehandelt, sobald er zurückgekommen war und seinen Vetter tot vorgefunden hatte. Sein Haus war hell erleuchtet, mit Fackeln in allen Ringen und Öllampen und Tranfunzeln in jedem Fenster. Ein dichter Kordon aus seinen eigenen Leuten und einigen Waibeln von der Nachtwache riegelte das Gebäude bis weit in die Gasse hinein ab. Wir trafen zusammen mit Johann Langenmantel ein. Gregor – den ich zu diesem Besuch nicht hatte überreden müssen – verzog das Gesicht, als er ihn sah. Langenmantel nickte ihm zu.

»Stadtvogt«, sagte Gregor zwischen den Zähnen und nickte zurück.

Ich ließ Langenmantel den Vortritt. Die Waibel ließen uns hinter ihm durchschlüpfen.

»Langenmantel ist der Stadtvogt?«, flüsterte ich überrascht. Gregor machte eine unzufriedene Geste und stapfte hinter dem Vogt her. Ich bildete den Abschluss. Die wenigen Male, die ich Langenmantel begegnet war, hatte er einen ruhigen, kompetenten Eindruck gemacht – ein weiterer, vollkommen unrealistischer Traum Gregors von der Übernahme der Macht.

Vor dem Eingang zu Karl Hoechstetters Arbeitszimmer standen weitere Bedienstete des Haushalts. Die Farben Gelb und Blau dominierten, obwohl sie im Licht der Ölfunzeln zu krankem Braun und Grün gerannen. Im Gang hing der Geruch eines Kaminfeuers, dessen Rauchabzug nicht richtig funktioniert hat, und dazwischen noch ein anderer, wesentlich unangenehmerer Duft. Ulrich Hoechstetter stand vor der Tür und blickte uns entgegen. Er war blass. Zwei Tote am Tag seiner Rückkehr waren selbst für ihn zu viel. Wahrscheinlich war es der Hektik und seiner Erschütterung zuzuschreiben, dass er nicht auf den Gedanken kam zu fragen, weshalb ich jedes Mal an den Fundorten der Leichen auftauchte.

»Wer hat ihn gefunden?«, fragte Langenmantel.

»Ich«, sagte Hoechstetter rau. »Als ich zurückkam, wollte ich ihm berichten, wie Onsorg zu Tode gekommen ist, und von ihm erfahren, was während meiner Abwesenheit vorgefallen war. Im Rathaus hatte ich nur die unsinnigsten Gerüchte und Spekulationen gehört …«

»Das ist meine Ermittlung«, sagte Gregor und deutete mit einer theatralischen Geste auf Langenmantel. »Der Stadtvogt hat hier nichts verloren.«

Langenmantel und Hoechstetter starrten ihn an. Ich tat das Weise und machte einen Schritt beiseite, als gehörte ich nicht zu ihm. Ich konnte es mir nicht leisten, zusammen mit ihm aus dem Haus gewiesen zu werden.

»… und ich hoffte, Karl könne mir etwas mitteilen, das nicht gar so fantastisch klang. Aber er hatte seine Tür versperrt. Ich klopfte – ich konnte nicht glauben, dass er sich schon schlafen gelegt hatte, nachdem ich gerade angekommen und gleich wieder weggeritten war. Außerdem hatte er einen schmerzhaften Podagra-Anfall, und ich kenne das: Wenn es mich erwischt, schlafe ich oft die ganze Nacht nicht.«

»Wussten Sie denn nicht, was in den letzten Tagen in Ihrem Haus passiert war?«, fragte Langenmantel.

»Nein, niemand hat mich benachrichtigt. Ich verstehe das selbst nicht. Zwar wurde ich mit meinen Waren ein, zwei Tage in München aufgehalten, weil ich noch eine Ladung Salz transportierte, und sie haben dort das Stapelrecht … aber …«

»Ich möchte, dass der Stadtvogt von der Ermittlung in diesem Fall ausgeschlossen wird …«, verlangte Gregor.

»In welchem Fall, zum Henker?!«, brauste Hoechstetter auf. »Wenn das stimmt, was ich höre, ist in meinem Haus der Teufel aus- und eingegangen. Was ist hier wirklich geschehen?«

»Wenn man Onsorg dazuzählt«, seufzte Langenmantel, »ist das hier der vierte Mord innerhalb weniger Tage. Drei davon stehen mit Ihrem Haus in Verbindung. Den Teufel haben die

Leute ins Spiel gebracht – wenn ich allerdings bedenke, wie die Morde verübt wurden und was allein heute Nacht mit Jos Onsorg passiert ist, kann ich sie durchaus verstehen.«

»Dann sehen Sie sich das hier an«, sagte Hoechstetter und trat beiseite.

Gregor drängte sich grob vor. Als er einen Blick in Hoechstetters Zimmer werfen konnte, blieb er wie angewurzelt stehen.

Ich hatte ihn vorher schon wahrgenommen: den Geruch von verbranntem Fleisch zwischen dem kalten Rauch. Als Gregor einen weiteren Schritt in den Raum machte und den Durchgang freigab, konnten auch Ulrich Hoechstetter, Langenmantel und ich eintreten. Der Lehnstuhl, der in der Mitte des Raums gestanden hatte, war umgestürzt. Aus seiner Lage war zu schließen, dass Karl Hoechstetter ihn vor die Kaminöffnung gezogen hatte. Ein Teil der Rückenlehne war abgebrochen – der Stuhl war nicht einfach nur umgefallen. Im Inneren des Raumes war der Geruch stärker. Karl Hoechstetter hatte die beiden Ratschläge des Abends – Lutz' zynischen und Ulrich Hoechstetters ungeduldigen – offenbar befolgt und ein Feuer im Kamin angezündet. Er hatte den Stuhl davor gezerrt und versucht, die Schmerzen in seinem Knie mit der trockenen Hitze des Kaminfeuers zu bekämpfen. Nun würde er nie wieder Schmerzen im Knie haben.

»Mein Gott«, sagte Langenmantel angesichts Karl Hoechstetters Leiche, als wäre er ein Echo von Ulrich Hoechstetters Worten. »So sterben zu müssen.«

»Die Tür war von innen verriegelt«, erklärte Hoechstetter ruhig. »Ich musste sie eintreten.«

Der Faktor des Hauses Hoechstetter lag in seinen teuren Mantel gekleidet zwischen dem umgekippten Stuhl und der Kaminöffnung, ein scharlachrotes Mahnmal seines eigenen Todes im Ruß und der Asche des ehemaligen Kaminfeuers. Die angesengten Holzklötze waren zum Teil aus dem Kamin gerollt und lagen um ihn herum. Das Feuer konnte nicht lange gebrannt haben. An ein paar Stellen war der Holzboden schwarzfleckig, wo die dort zum Liegen gekommenen Äste weitergeschwelt und die Bohlen versengt hatten. Eines der Stücke war neben Karl Hoechstetters Gesicht gerollt, hatte seinen Bart in Flammen gesetzt und den unteren Teil seines Gesichts verbrannt. Das war die Quelle des Gestanks nach verbrannter Haut. Es sah scheußlich genug aus, hatte ihm vermutlich aber keine Qual mehr bereitet.

Gregor wandte sich um. Er zeigte mit etwas auf den toten Faktor und holte Luft. Tatsächlich hatte er das Stöckchen mit der elfenbeinernen Hand mitgebracht, mit dem er bereits Stinglhammers Leiche untersucht hatte. Aus irgendeinem Grund brachte mich das lächerliche Werkzeug gegen ihn auf.

»Es ist wie bei allen anderen«, sagte er bedeutungsvoll. »Ich werde Ihnen erklären, was ich herausgefunden habe … Hören Sie gut zu, Stadtvogt … Herr Hoechstetter … ich sag Ihnen was …«

»Es ist nicht wie bei allen anderen«, sagte ich.

Drei Köpfe fuhren zu mir herum.

Maria, dachte ich. Du kannst es nicht gewesen sein, oder? Meine Instinkte sagen Nein und meine Furcht sagt Ja. Aber wie sehr auf meine Instinkte Verlass ist, sehen wir nun. Hätte ich meinen Beobachtungsposten nicht aufgegeben, wäre das hier anders verlaufen.

Wahrscheinlich hätte ich den Mord verhindern können. Stattdessen war ich zu einem anderen Mord hinausgeritten, der schon geschehen war. Meine Kopfschmerzen pochten heftig, aber nicht heftiger oder schneller als mein Herz.

»Es hat einen Kampf gegeben«, erklärte ich. »Das Holz ist nicht von allein aus dem Kamin gerollt, und der Stuhl wurde fast zerschmettert. Die beiden anderen Opfer wurden überrascht, er hier hatte erwartet, dass er der Nächste sein würde.«

»Das ist natürlich klar«, sagte Gregor. »Das brauchte ich nicht erst zu erwähnen. Aber abgesehen davon …«

»… ist noch etwas anders.«

»Wer sind Sie eigentlich?«, fragte Ulrich Hoechstetter misstrauisch. »Ich dachte, Sie wollten Karl einen Besuch abstatten?«

»Er ist einer von Bischof Peters ehemaligen Leuten«, sagte Langenmantel und zuckte mit den Schultern. »So wie der Burggraf, nur ist er nicht in Augsburg geblieben. Ich weiß es von Jos Onsorg.«

Ulrich Hoechstetter betrachtete mich einen langen Augenblick. »Und was tun Sie hier? Arbeiten Sie mit dem Burggrafen zusammen?«

»Ja«, antwortete ich, während Gregor gleichzeitig »Nein« sagte. Wir starrten uns an.

Hoechstetter und Langenmantel sahen von einem zum anderen. Plötzlich grinste Hoechstetter. Es war kein Ausdruck von Freude, nicht mit dem toten Mann vor unseren Füßen. »Sie sind der, der dem Bischof den Dienst aufgekündigt hat«, sagte er. »Damals, nach dem Markgrafenkrieg.«

»Es hatte nichts mit meiner Wertschätzung des Bischofs zu tun«, erwiderte ich steif.

»Das glaube ich. Er war nicht gerade ein einfacher Charakter, aber einer der ehrlichsten und aufrechtesten Männer, die ich kennen gelernt habe – außerhalb und innerhalb der Kirche. Besonders innerhalb. Wenn Sie der sind, den ich meine, dann waren Sie einer der wenigen, die seine persönliche Freundschaft besaßen.«

»Ich habe damals einen Fehler gemacht.«

»Wenn ich an seiner Stelle gewesen wäre, wäre ich mit der Stadt nicht anders umgesprungen. Es ging um die Würde seines Amtes, und was noch wichtiger ist: um seine Finanzen. Er führte das Bistum wie ein Handelshaus und hatte es im Griff. Ich erinnere mich, dass ich Sie und die Leute, die für ihn arbeiteten, manchmal beneidete. Ich stand nur zufällig auf der anderen Seite, weil ich als Bürger der Stadt geboren wurde und nicht als Angehöriger des Bistums. Ich mochte ihn.«

Ich nickte. Hoechstetter atmete ein und deutete auf die Leiche seines Faktors. »Wieso glauben Sie, dass Sie was zur Aufklärung dieser scheußlichen Geschichte beitragen können?«

»Er ist mein Gehilfe«, sagte Gregor. »Das meinte ich, als ich sagte, wir würden *nicht* zusammenarbeiten.«

»Bei Stinglhammers Leiche fand sich ein Trigramm, das mit Ruß auf den Boden gemalt war«, erklärte ich. Gregors Gesicht lief rot an, seine Augen funkelten. Er schüttelte heftig den Kopf, um mich zum Schweigen zu bringen. »Ich war zwar nicht dabei, aber ich bin sicher, dass es bei Dädalus' Leiche ebenso war.«

»Warum ist es so wichtig, dass es hier fehlt?«

»Weil der Mörder Ihres Vetters der gleiche ist wie der von Dädalus und Stinglhammer und sich hier das Muster geändert hat.« Bedeutete das, dass nicht Maria es gewesen war? Mein Kopf war trotz des Geruchs, des Anblicks in Hoechstetters Zimmer und der Schmerzen leicht. Gregor starrte zu Boden und mahlte mit den Kiefern. Tut mir Leid, Gregor, dachte ich, das hast du dir selbst eingebrockt.

»Ein Trigramm?«, fragte Langenmantel. »Wenn mich nicht alles täuscht …«

»Ja, es ist ein nigromantisches Symbol. Es ist das Tor zur Dämonenwelt, dessen innerster Kreis den Zutritt zu unserer Welt erlaubt. Die Leute glauben deswegen, der Engel Gottes oder ein Dämon habe die drei Männer ermordet.«

»Ein Abgesandter Gottes«, sagte Hoechstetter und gestattete sich ein kleines Lächeln, »bräuchte kein lächerliches Symbol.«

»Und ein Dämon, wenn es einen geben würde«, erwiderte ich, »wäre nicht in der Lage, selbst das Tor zu zeichnen, durch das er in die Welt kommt.«

»Mich brauchen Sie nicht zu überzeugen, dass wir es mit einem Täter aus Fleisch und Blut zu tun haben«, erklärte Langenmantel.

»Mit einem, der zwar noch genügend Zeit fand, die Tür von innen zu verriegeln, aber nicht mehr, um das Symbol zu zeichnen.«

»Sie reden, als ob Sie einen Verdacht hätten.«

»Welchen Verdacht hatte Jos Onsorg?«

Langenmantel schnaubte. »Seltsame Frage.«

»Warum?«

»Weil Jos bis heute Mittag halb und halb glaubte, die Grubenleute trieben noch ihr Unwesen in der Stadt.«

Hoechstetter sah Langenmantel überrascht an. Ich kam ihm zuvor. »Damit war er nicht allein.«

Hoechstetters Augenbrauen hoben sich noch weiter. Er sah plötzlich aus wie jemand, der in sein Haus zurückgekommen und darüber ungehalten ist, dass ein paar Mäuse über den Fußboden laufen, und nun entdeckt hat, dass in den anderen Häusern rund herum die Mäuse schon längst das Kommando übernommen haben.

Langenmantel sagte: »Heute nach dem Mittagläuten kam er zu mir und meinte: Die Grubenleute kannst du vergessen, die waren es nicht. Als ich ihn fragte, warum er das auf einmal glaubte, erklärte er, er müsse noch etwas nachprüfen, dann verwandele sich dieser neue Glaube wahrscheinlich in Gewissheit. Das war das letzte Mal, dass ich ihn lebend gesehen habe.«

»Die Grubenleute gibt es nicht mehr«, sagte ich. »Was es gibt, ist ihr schlecht gewordener Nachgeschmack, Milch, die zu lange auf der Fensterbank stand und nicht nur sauer geworden ist, sondern zu schimmeln angefangen hat.«

»Und die Geschehnisse in meinem Haus?«, stieß Hoechstetter hervor. »Drei Tote? Hat das auch was mit verschimmelter Milch zu tun?«

»Überlass das mir«, sagte Gregor an mich gewandt und rang sich ein Lächeln ab, das nachsichtig wirken sollte, jedoch nur zu einer verzerrten Grimasse geriet. »Du solltest nicht alle meine Schlussfolgerungen vorwegnehmen, mein Freund.« Er wandte sich an Hoechstetter und Langenmantel. »Ich sag Ihnen was …«

Ich erfuhr nie, welche Plattheit er von sich geben wollte. Einer der Männer in Gelb und Blau stürzte plötzlich zur Tür herein und keuchte: »Wir haben den Mörder geschnappt. Er wollte sich gerade rausschleichen.«

Mein Herz blieb stehen. Als es wieder schlug, sandte es Eiseskälte bis in meine Zehenspitzen.

Maria!

Der Mörder hatte eine zierliche Gestalt, die in den Händen der Männer zerbrechlich wirkte. Dem Anschein nach waren sie die Übeltäter und er das Opfer. Er wehrte sich mit kreischender Stimme und strampelnden Füßen, doch sie hoben ihn einfach vom Boden auf, als er versuchte, sich im Türrahmen abzustützen und zu verhindern, dass sie ihn zu uns hereinbrachten. Als er den Toten auf dem Boden liegen sah, wurde sein Gesicht grau, und er gab seinen Widerstand auf.

Es war Hilarius Wilhelm, und er war noch betrunkener als am Morgen.

Der Alchimist starrte mich mit hervortretenden Augen an wie ein Ertrinkender, der plötzlich einen tief hängenden Ast in Reichweite erspäht hat. »Wo ist der Junge?«, lallte er.

Ich starrte zurück. So viele Gedanken und Bilder purzelten auf einmal in meinem Kopf durcheinander, dass ich nichts sagen konnte. Hoechstetter und Langenmantel sahen von Hilarius zu mir; selbst Gregor wusste nicht, was er sagen sollte. Aber er war der Erste, der sich wieder fing. Das Stöckchen mit der elfenbeinernen Hand schwang sich in die Höhe, und der Finger deutete auf den betrunkenen Wilhelm.

»Ich bin Ihnen schon die ganze Zeit auf der Spur gewesen«, sagte er mit schneidender Stimme. »Ich war mir schon fast sicher, als Sie uns heute Morgen in Stinglhammers Haus auflauerten.«

»In Stinglhammers Haus?«, fragte Langenmantel.

»Ich bekenne vor Gott, dass ich den Fehler gemacht habe, diesen Kerl dort noch mal laufen zu lassen. Aber ich gab ihm den Vorteil des Zweifels, den jeder weise Mann seinem Verdacht auferlegen sollte. Ich sag Ihnen was: Ich hätte es nicht tun sollen. Das Blut dieses armen Mannes kommt auch über mich …«

»Was hatten Sie in Stinglhammers Haus zu suchen?«, fragte Langenmantel. »Es gehört zur Jurisdiktion der Stadt. Sie hatten dort nichts verloren. Außerdem hatte es der rechtmäßige Eigentümer, die Firma Hoechstetter, versiegelt.«

»Wissen Sie, wo der Junge ist?«, flehte Hilarius und wandte seinen Blick nicht von mir.

»Sie sind die französische Lösung«, sagte ich.

»Was?«

»Am französischen Hof wimmelt es von Ihresgleichen. Daher hatte Dädalus die Idee. Stellt ihn auf die Füße«, befahl ich Hoechstetters Männern. »Er wird nicht fliehen.«

»Er lief wie ein Hase, bevor wir ihn einholten.«

»Jetzt wird er nicht mehr laufen.«

Sie warfen einen Blick zu Ulrich Hoechstetter hinüber, ohne meinem Befehl auch nur ansatzweise nachzukommen. Der Kaufmann musterte mich eindringlich, dann zuckte er mit den Schultern und nickte. Seine Männer zogen sich zurück, blieben jedoch vor der Tür draußen stehen. Ich konnte ihre langen Schatten im Licht der Ölfeuer sehen, die im Gang brannten. Sie ließen es nicht darauf ankommen, dass der Hase noch einmal ein paar Haken schlug.

Hilarius stand schwankend auf den Beinen, dann stolperte er auf mich zu und hielt sich an meinem Arm fest.

»Sie wüssten doch gar nicht, worum es hier geht, wenn ich nicht schon so viel Vorarbeit geleistet hätte«, sagte Gregor zu Langenmantel.

»Sie wissen es auch nicht, trotz der ganzen Vorarbeit«, erwiderte Langenmantel trocken. »Der Einzige, der etwas zu wissen scheint, ist Ihr Gehilfe. Dabei frage ich mich allerdings, wer bei wem am Rockzipfel hängt.«

»Dieser Mann hier heißt Hilarius Wilhelm«, sagte ich zu Ulrich Hoechstetter. Mein Herz schlug schnell. Noch während ich redete, versuchte ich, meine Gedanken zu ordnen und zu beten: Gib, dass ich Recht habe. »Er ist ein Alchimist.«

Hoechstetters Gesicht verzog sich verächtlich. »Hoffentlich glauben Sie nicht, dass ihn das auszeichnet.«

»Außerdem kennt und verübt er nigromantische Praktiken.«

Wilhelm starrte mich an. Es war schmerzhaft zu sehen, wie die Hoffnung in seinen Augen langsam dem Entsetzen wich. Er ließ meinen Arm los, aber ohne ihn war er zu betrunken, um sich auf den Beinen zu halten. Ich hielt ihn fest und spürte jede Stelle meines Körpers, gegen die Lutz getreten hatte.

»Sie haben den Dämon selbst losgelassen, stimmt's?«, flüsterte ich beinahe. Er versuchte etwas zu sagen. »Sie sind mir nicht nachgelaufen, um sich zu profilieren, sondern um die Katastrophe, an der Sie schuld sind, einzudämmen.«

»Ich bin … ich habe …«

»Sie waren betrunken, genauso wie jetzt, genauso wie heute Morgen. Genauso wie Sie immer betrunken sind, wenn Sie für etwas genügend Mut brauchen, und genauso wie der Mut dann mit Ihnen durchgeht und Sie Dinge tun lässt, zu denen Sie normalerweise viel zu ängstlich wären. Zum Beispiel sich hier einzuschleichen, um eine kleine, feine Beschwörung zu vollziehen. Oder um in das Haus eines Toten einzubrechen, um dort das Gleiche zu praktizieren. Oder, zum Beispiel um … was? Was zu tun?«

Langenmantel breitete die Arme aus. »Das ist es? Das ist der Mann, der vier Menschen umgebracht hat? Und der sich von Ulrich Hoechstetters Knechten fangen lässt wie ein Vöglein?« Er wirkte beinahe enttäuscht.

»Ich habe meinen Gehilfen auf seine Fährte gesetzt«, erklärte Gregor und setzte sein Stöckchen wieder in Aktion. »Von dem Moment an, als er sich mit seinem blöden Knaben Zutritt zu meinen Arbeitsräumen im Bischofspalast verschaffte …«

»Gregor«, sagte ich und meinte es so, »halt den Mund, oder ich vergesse mich.«

Gregor lief rot an und schnappte nach Luft. Ulrich Hoechstetter ließ ein rasches Grinsen über sein Gesicht huschen. Langenmantel seufzte und setzte sich in Bewegung. »Ich alarmiere die Wache«, erklärte er.

»Bleiben Sie hier, Stadtvogt, Sie ziehen vorschnelle Schlüsse. Aber wenn Sie schon dort bei der Tür stehen, sagen Sie den Männern draußen, sie sollen das erste Geschoss dieses Hauses verlassen. Alle. Niemand außer uns sollte hier sein.«

Langenmantel warf mir einen misstrauischen Blick zu. Ich wandte mich an Hoechstetter. »Sie werden mir dankbar sein, wenn das, was jetzt kommt, nicht zu viele Zeugen hat.«

»Was kommt denn?«

»Sie werden in Ihrem Haus eine Dämonenbeschwörung zulassen.«

Er schnaubte. »Bis jetzt habe ich Sie für den Vernünftigeren von euch beiden gehalten«, er deutete auf Gregor und mich, »doch jetzt enttäuschen Sie mich.«

»Glauben Sie, dass ein Dämon erscheinen wird?«

»Nein, natürlich nicht ...«

»Was hindert uns also?«

Er zog die Augenbrauen zusammen und starrte mich an, als sähe er mich eben zum ersten Mal genau. Ich spürte, wie mir das Herz immer noch bis zum Hals schlug, und bemühte mich, unter diesem forschenden Blick nicht zu blinzeln und nicht zu schlucken.

»Ich möchte mich für meinen Gehilfen entschuldigen«, versuchte Gregor sich einzumischen, »er ist schon lange aus dem Geschäft. Ich sag Ihnen was: Ich wollte ihm nur einen Gefallen tun und ihn an den Ermittlungen beteiligen ...«

»Sagen Sie den Männern, Sie sollen unten warten«, befahl Hoechstetter dem Stadtvogt. »Wenn wir es so machen, wie dieser Mann vorschlägt, dann hält der Burggraf vielleicht endlich seinen Mund.«

»Fangen Sie an«, sagte ich zu Wilhelm, der verwirrt von einem zum anderen blickte und versuchte, die Situation zu begreifen.

»Womit anfangen ...?«

»Sie sind mir bei jedem unserer Treffen in den Ohren gelegen, dass Sie den Dämon bannen wollten, der die Morde Ihrer Meinung nach begangen hat. Es ist Ihr Dämon, oder? Sie haben ihn losgelassen. Also los – ich biete Ihnen die Chance, ihn wieder einzufangen. Der mächtigste Kaufherr der Stadt und ihr Vogt sind Zeugen. Ich dachte, Sie wollten ein Publikum, dem Sie beweisen können, was Sie zu tun imstande sind?«

»Ich ... ich ...«

»Fangen Sie endlich an!«

»... ich brauche doch den Jungen!«, schrie er auf. »Er ist mein Medium.«

»Sie müssen es eben ohne versuchen.«

»Das geht nicht!«

»Dann tue ich es.«

»Nein ... nein ... um Himmels willen ...!«

»Ich könnte natürlich aus Versehen noch mehr Dämonen in die Welt lassen, habe ich Recht?«

»Ich tue es«, sagte er und sackte in sich zusammen. Der Blick, den er mir zuwarf, war voller stillem Vorwurf. »Sie handeln unrecht an mir. Ich habe Sie im Schwarzen Fass vor dem Schläger gerettet.«

Er hatte Recht. Trotzdem konnte ich nicht zulassen, dass er sich herauswand. Ich wusste immer noch nicht, ob meine Vermutung zutraf, aber der Verdacht war so stark, das ich ihm folgen musste. Und es war die einzige Möglichkeit, Maria von allem reinzuwaschen.

»Fangen Sie an«, sagte ich leiser. »Ich bin immer noch Ihr einziger Freund, auch wenn Sie es nicht glauben.«

Er hatte noch nicht einmal genügend Zeit, das Trigramm fertig zu zeichnen. Alles, dessen es bedurfte, war sein heiserer Singsang aus verballhornten lateinischen Worten und abgehackten Phrasen aus der heiligen Messe. Aus dem Nirgendwo ertönten ein Stöhnen und die Geräusche eines Körpers, der versucht, aus einem Gefängnis auszubrechen. Die drei Männer wurden bleich. Wilhelm geriet ins Stottern, aber er machte weiter. Seine Hand zitterte, als er versuchte, das Kreidesymbol auf dem Boden zu vollenden.

Eine erstickende schwarze Wolke hüllte uns ein. Gregor schrie auf und bekreuzigte sich.

Die Wolke kam aus dem Kamin, und mit ihr kam eine schwarze Gestalt, ein keuchendes, fauchendes Wesen aus der Hölle mit blutrotem Gesicht und der Statur des Teufels selbst: breit, massiv, erdrückend.

Das Höllenwesen trat einen Schritt in den Raum, stolperte über Karl Hoechstetters Leichnam, fiel vor Hilarius Wilhelm auf den Boden und begann mit heiserer Stimme zu weinen.

»Da haben Sie Ihren Dämon«, sagte ich zu dem Alchimisten, dessen Gesicht weiß wie die Wand geworden war.

Es war der schwachsinnige Junge.

Wilhelms Geschichte war kurz und gemein, so gemein wie die Menschen, die die Handlung festgelegt hatten, so gemein wie das Leben.

Dädalus, der viel gereist war, hatte die Lösung am französischen Königshof gesehen: die Lösung zu dem Dilemma, das er und Karl Hoechstetter verursachten, als sie eine gewaltige Summe von Ulrich Hoechstetters Kapital in den Aufstand der Familie Pazzi gegen Lorenzo de' Medici steckten – ungefragt, unerlaubt und vor allem unbedacht – und der Aufstand fehlschlug. Dädalus hatte den Hoechstetter-Stützpunkt in Bologna fluchtartig verlassen, bevor Lorenzos Anhänger die Spuren bis zu ihm verfolgen konnten. Wäre Ulrich Hoechstetter nicht im Burgundischen auf Reisen gewesen, wäre die Geschichte sofort aufgeflogen. Doch er hatte als Wächter über seine Angelegenheiten Ludwig Stinglhammer zurückgelassen – ein seit Jahren bestehendes Arrangement, von dem Dädalus und Karl nichts wussten. So kamen sie auf den Gedanken, zu versuchen, den Geldverlust irgendwie auszugleichen. Das schien das, was Dädalus in Frankreich gesehen hatte, möglich zu machen: Alchimisten. Weise Männer, die aus Dreck Gold machten.

»Das kann nicht sein«, sagte Ulrich Hoechstetter heftig. »Die beiden waren Kaufleute. Kein Kaufmann glaubt an so etwas.«

»Jeder Kaufmann glaubt daran, dass sich Geld vermehren lässt«, erwiderte ich. »Lassen Sie ihn weiterreden.«

Hilarius Wilhelms Experimente hielten nicht, was Dädalus und Karl Hoechstetter sich davon versprochen hatten. Die Zeit war zu kurz. Der Druck war zu groß. Die Essenzen waren zu schwach. Wenn das nicht die Gründe waren, war es etwas anderes. Irgendwann kamen sie zu dem Schluss, dass sie auf die Art niemals an Gold kämen und dass das schlicht und einfach daran lag, dass Hilarius Wilhelm es nicht konnte.

Sie entließen ihn aus ihren Diensten.

»Das war das einzig Vernünftige an dieser ganzen Wahnsinnstat«, bemerkte Ulrich Hoechstetter.

Ach ja? Hilarius Wilhelm raffte sich auf und taumelte mit betrunkener Würde aus seiner kauernden Position in die Höhe. Er zerrte sich das Hemd vom Leib, und wir zogen die Luft ein. Sein Oberkörper war eine Landschaft aus verkrusteten Blutergüssen und abgeschürften Stellen. Er sah beinahe schlimmer aus als ich.

Man hatte ihn zu einem Treffpunkt in einer der Lagerhallen bei den Fischergräben bestellt und dort von einem der Dienstboten halb tottreten lassen. Glücklicherweise hatte er den Jungen nicht mitgenommen, sonst hätte dieser sich sicher auf den Peiniger gestürzt, und dann wären sie vermutlich beide an Ort und Stelle erschlagen worden. Jedenfalls hatte Hilarius Wilhelm den Eindruck, dass man seiner Dienste nicht mehr bedurfte. Während er vor Schmerz wimmernd auf dem Boden lag, hatte der Mann, der ihn getreten hatte, in aller Seelenruhe seine Taschen ausgeräumt. Der Alchimist band sein Hemd wieder zu.

»Das war unrecht«, knurrte Hoechstetter.

»Danach haben Sie sich betrunken«, sagte ich. »Sie wollten sich rächen, aber zur Rache gehört Mut, wovon Sie nicht viel besitzen. Sie haben den Jungen aufgestachelt, ihre Peiniger nach und nach umzubringen. Ich habe selbst erlebt, dass er alles tut, was man ihm eindringlich genug erklärt. Sein Körper macht das, was seinem Gehirn fehlt, mehr als wett. Die Zimmer der Ermordeten waren von innen abgeschlossen, weil er selbst sie versperrte, um genug Zeit für den Rückweg zu haben. Und der führte ihn wie der Hinweg durch den Kamin. Im Sommer bestand keine Gefahr, dass jemand das Feuer anzündete. Außer bei Karl Hoechstetter, dem die Gicht zu schaffen machte.« Ich wies auf das verbrannte Gesicht und die blasigen Hände des Knaben. »Er steckte so lange im Kamin, bis er merkte, dass er entweder geröstet oder ersticken würde. Dann sprang er auf die brennenden Scheite herab, verstreute sie im Zimmer und stürzte sich auf Hoechstetter. Ich wette, der Faktor dachte bis zuletzt, dass ihn der leibhaftige Teufel holt.«

»Nein«, sagte Wilhelm und ließ den Kopf sinken, »so war es nicht. Nicht ganz.«

»Wie war es dann?«

Er schwieg. Wir alle sahen ihn erwartungsvoll an. Gregors Lippen zuckten. Ich wusste, dass er bereits an einer Formulierung feilte, die erklärte, dass er dies alles bereits geahnt hatte und dass ein tieferer, absolut genialer Plan dahinter lag, dass er Wilhelm nicht einfach vor Tagen auf der Straße verhaftet hatte.

»Ich … ich …«, stotterte Wilhelm.

»Reden Sie«, sagte Hoechstetter. »Sie tun sich damit selbst einen Gefallen. Fangen Sie jetzt nicht zu lügen an.«

Wilhelm schwankte. Plötzlich schlug er die Hände vor den Mund. Ich dachte, er würde sich übergeben, doch er stöhnte nur dumpf in die Muschel hinein, die er vor seinen Lippen gebildet hatte.

»Wollen Sie, dass wir das Gespräch in der kleinen Kammer im Rathauskeller fortsetzen?«, fragte Langenmantel. »Ersparen Sie sich und uns das. Was hindert Sie daran, den Rest zu erzählen? Das meiste haben Sie doch schon gestanden.«

»Ich sag Ihnen was …«, begann Gregor.

»Ich habe den Jungen nicht aufgehetzt«, sagte Wilhelm in seine Hände hinein. »Ich habe mich hingesetzt und einen Dämon beschworen.«

Tu ohne Zögern, was immer ich dir befehle.

Hilarius Wilhelm, der ächzend von einer Ecke seiner Bleibe zur anderen taumelt, der Bleibe, die er bald aus Geldmangel wird räumen müssen, und wohin dann mit ihm und seinem Begleiter, seinem Medium, seinem Schützling? Die Schmerzen nehmen ihm den Atem, nicht einmal der billige Wein kann etwas dagegen ausrichten. Der Junge beobachtet ihn mit dem Äquivalent dessen, was in seinem schlecht funktionierenden Gehirn als Sorge durchgehen könnte. Hilarius murmelt aufgebracht vor sich hin. Er ist sehr betrunken und sehr wütend. Er versucht vor dem Jungen zu verbergen, dass Tränen des Zorns und der Demütigung in seinen Augen stehen.

Lutz hat seine Taschen geleert, als er wehrlos auf dem Boden lag, und Dädalus und Hoechstetter haben dabei zugesehen. Weg ist der kleine Bergkristall in der Bleifassung, der zu Weihnachten die Zukunft voraussagen kann, wenn ein unschuldiges Kind ihn befragt, weg ist die wundertätige Hasenhaut mit dem Zeichen des Engels Abamixtra, zerrissen sind die heiligen Pergamente mit den dreiunddreißig Namen Gottes. Weg ist auch das bisschen Geld, das er besaß. Seine einzigen Besitztümer sind der Weinschlauch, den er vor Schmerz stöhnend zum Mund hebt, seine Kleider und das Stückchen Kreide, mit dem er seine magischen Zirkel und Symbole auf den Boden zu malen pflegt.

Plötzlich schießt ein Gedanke durch seinen Kopf. Er starrt die Kreide an. Seine zauberkräftigen Besitztümer sind in den Händen eines ungebildeten Totschlägers, doch was ist wirklich die Waffe eines zauberkräftigen Mannes? Sein Können und seine Macht, die Geister der Zwischenwelt herbeizurufen! Und was benötigt er dazu? Seinen Geist, seine Ausbildung und ein Tor, durch das die Dämonen eintreten können. Hilarius nimmt die Kreide auf und hebt sie vor seinen Augen in die Höhe. Ein Stück fest zusammengepressten Pulvers, nicht mehr, aber auch ein Schreibkiel ist nicht mehr als ein Stück ausgerissener Feder, die in schwarze Tusche getaucht ist, und doch kann ein einziger Strich mit diesem Federkiel Kriege beginnen oder beenden und ganze Völker von der Erde vertilgen. Er beginnt ein Trigramm auf den Boden zu malen.

Der Junge kriecht näher. Das hat er schon öfter gesehen, und es ist interessant. Gleich wird sein weiser Freund ihm befehlen, im Zentrum des fünften Kreises Platz zu nehmen. Er wird ein Feuer anzünden und Weihrauch verbrennen und sich vielleicht sogar mit dem Messer in den Daumenballen stechen, damit das Blut die Zeremonie besonders wirksam macht. Ihm wird schwindlig im Kopf werden, von dem duftenden Rauch, angenehm schwindlig, er wird das Singen und die getragene Beschwörung hören und die Augen schließen und sich in der Gewissheit sonnen, dass er in diesem Moment ein wichtiger Bestandteil der Zeremonie ist. Die Kinder auf der Straße lachen ihn aus, die Frauen machen einen Bogen um ihn, die Halbwüchsigen werfen ihm Steine an den Kopf, wenn niemand hinsieht, und die Männer grinsen herablassend – aber sein Freund, der um den Kreis herumgeht und die Blutstropfen aus dem Daumenballen presst und murmelt und beschwört und singt und den Weihrauch aufwallen lässt, sein Freund ist nicht wie die anderen. Er braucht ihn, er hält zu ihm, er gibt ihm zu essen und zu trinken und lässt ihn teilhaben an der ZEREMONIE.

Aber sein Freund leidet. Man hat ihm Schmerzen zugefügt. Vielleicht hat man auch nach ihm mit Steinen geworfen? Das darf nicht sein. Sein Freund ist etwas Besonderes, niemand darf ihm wehtun. Und abgesehen davon – was würde aus ihm werden, wenn sein Freund nicht mehr da wäre. Wenn man ihm so stark wehtun würde, dass er tot wäre? Wer hat seinem Freund diese Schmerzen zugefügt? Es muss verhindert werden, dass sie es noch einmal tun. Der Weihrauch duftet süß und verwirrt die einfachen Sinne, der Boden scheint zu schwanken und die grobe Zimmerdecke sich um ihn herum zu drehen, und die Stimme seines Freundes beschwört und befiehlt, bittet und betet, schmeichelt und singt.

Dass du Schaden tust und Übel diesem Diener Gottes …

… was ich von dir verlange, das tue sogleich!

Und selbst wenn es nicht so wäre, dass sein Freund beschützt werden muss, dann müsste man doch dieser Stimme gehorchen, gehorchen, gehorchen …

»Sie meinen … der Junge hielt sich für den Dämon, der beschworen werden sollte?«, fragte Langenmantel ungläubig.

»Nein. Ich bezweifle, dass dem Jungen überhaupt klar war, was Wilhelm vorhatte. Er saß im Inneren des Kreises und war der Mittelpunkt aller Gedanken, und was er hörte, das bezog er auf sich. Wilhelm dachte, er befehle dem Dämon, aber in Wahrheit befahl er seinem schwachsinnigen Freund.«

Wilhelms Rausch schien vollkommen verflogen zu sein. Der Junge war zu ihm hingekrochen und hatte den Kopf in seinen Schoß gelegt, und der Alchimist streichelte über seine rußigen, verfilzten Haare. »Ich bemerkte erst am nächsten Tag, was ich getan hatte. Ich war so betrunken, dass mir die ganze Nacht fehlt. Ich wachte neben dem verwischten Trigramm auf dem Boden auf und fragte mich voller Furcht, was ich eigentlich getan hatte.«

»Was nun?«, fragte Ulrich Hoechstetter ratlos, und dass er diese Frage stellte, bewies, dass Moral für ihn nicht nur ein leeres Wort war. Gregor von Welden, der Burggraf, bewies mit seiner Antwort das Gegenteil.

»Was wohl?«, stieß er hervor. »Der Junge hat vier Menschen umgebracht. Er muss hängen.«

»Er ist nicht bei Trost«, erklärte Langenmantel. »Niemand verurteilt und hängt einen Schwachsinnigen.«

»Jeden Tag werden Schwachsinnige verurteilt«, widersprach Gregor.

»Nicht in Augsburg«, sagte Hoechstetter. »Nicht, solange ich im Kleinen Rat bin und etwas zu sagen habe.«

»Und nicht, solange ich Stadtvogt bin.«

»Wer weiß, wie lange das noch sein wird«, zischte Gregor und funkelte Langenmantel an. »Es geht hier nicht nur um drei Leute aus Ulrich Hoechstetters Haus. Es geht auch darum, dass der Bürgermeister umgebracht wurde.«

»Ich lasse nicht zu, dass der arme Teufel, der nicht weiß, was er getan hat, aufgeknüpft wird«, erklärte Hoechstetter kalt.

»Dann erhebe ich hiermit Anspruch auf Jurisdiktion des Bischofs.«

»Mit welchem Grund denn, um Himmels willen?«

»Es handelt sich hier um einen Fall von Nigromantie. Das ist Teufelswerk. Das ist Hexerei!«

»Unfug.«

»Der Junge«, sagte ich, »hat keinerlei nigromantische Praktiken betrieben. Wenn du so willst, ist er ein Opfer dessen. Er ist zu schützen, nicht zu bestrafen.«

»Dann muss Wilhelm vor Gericht!« Gregor richtete sein Stöckchen auf den Alchimisten. Dieser warf mir einen gehetzten Blick zu.

»Unter welcher Anklage?«

»Das habe ich gerade erklärt.«

»Alles, was Wilhelm getan hat, ist, ein läppisches Symbol auf den Boden zu malen und am nächsten Tag mit einem dicken Kopf daneben aufzuwachen. Nennst du das Nigromantie?«

»Wir werden sehen, ob er bei der peinlichen Befragung etwas anderes aussagt.«

»Hoppla«, sagte Ulrich Hoechstetter, und er machte kein Hehl daraus, dass er in den letzten Minuten eine kräftige Abneigung gegen Gregor gefasst hatte: »Für eine Anklage dieser Güte und für eine solche Befragung bedarf es einer Inquisition. Wissen Sie, was es heißt, den Inquisitor in seine Stadt zu lassen, Burggraf?«

»Als der englische Mönch im Frühjahr vor Gericht stand, waren Sie derjenige, der am stärksten gegen eine Inquisition opponiert hat«, erinnerte Langenmantel. »Sie sagten, ein solcher Scheiterhaufen würde bis nach Rom zu sehen sein, und dann hätten wir die nächsten hundert Jahre keine Ruhe mehr vor den Schnüfflern des Papstes.«

Gregor blickte von einem zum anderen und kniff die Lippen zusammen. Er ließ das Stöckchen sinken und begann, sich mit der freien Hand über den Bauch zu reiben. Seine Wangen brannten vor Wut. »Ich … ich …«, stotterte er und brach ab, sprachlos vor Zorn, dass niemand auf ihn hörte und er sogar noch mit seinen eigenen Worten lahm gelegt wurde.

»Abgesehen davon haben weder Wilhelm noch der Junge mit dem Mord an Jos Onsorg zu tun«, sagte ich.

Alle Blicke richteten sich auf mich. Sogar Wilhelm hob den Kopf und starrte mich an.

»Der Junge hatte keine Zeit, bis zur Wertach hinauszulaufen, Jos Onsorg zu erstechen, ihn ins Wasser zu werfen, hierher zu kommen und sich im Kamin zu verstecken. Abgesehen davon ist an ihm kein nasser Faden, und Onsorg wurde nicht wie den anderen drei Opfern das Genick gebrochen.« Nun sahen alle unwillkürlich zu Karl Hoechstetter hinüber. Ulrich Hoechstetter registrierte plötzlich, dass noch niemand die Augen des

Toten zugedrückt hatte, und runzelte die Stirn, aber er blieb stehen und hörte weiter zu.

»Wer hat dann den Bürgermeister auf dem Gewissen?«, fragte Langenmantel. Ich sah aus dem Augenwinkel, dass Gregor mich finster fixierte, aber auf meine Antwort wartete wie alle anderen.

»Der Bürgermeister trug einen seltsamen Mantel über seinen Sachen«, sagte ich. »Sie haben ihn selbst begutachtet.«

»Es war wie eine zerrissene Gugel.« Langenmantel schüttelte den Kopf. »Stimmt, ich habe mich noch gefragt, was das darstellen sollte. Wahrscheinlich etwas, um sich gegen das Viehzeug zu schützen, das in der Nacht am Wasser herumfliegt.«

»Nein, es war eine Maske.«

»Eine was?«

»Die enge Kapuze war eine Gesichtsmaske und die Löcher darin nicht willkürlich. Es waren Sehschlitze.«

»Wozu um alles in der Welt hätte Jos Onsorg ...?«

»Er hat die Verkleidung verwendet, die ihn schon einmal geschützt hatte. Ich weiß nicht, wie er den Treffpunkt auf eigene Faust finden konnte, aber das ist auch unwichtig. Jedenfalls ging er heute Nacht nochmals hin, verkleidet wie beim letzten Mal, um nachzuprüfen, inwieweit Stinglhammers Nachforschungen der Realität entsprachen und wie sie ihm helfen konnten. Er konnte nicht ahnen, dass jemand ihn dort abfangen und umbringen würde.«

»Wozu hätte der Bürgermeister eine Verkleidung gebraucht?«, knurrte Ulrich Hoechstetter. »Und was hatte mein Buchhalter damit zu tun?«

»Was Ihr Buchhalter damit zu tun hatte, wissen Sie am besten«, sagte ich. »Sie haben ihm aufgetragen, auf alles und jedes ein waches Auge zu haben, solange Sie unterwegs waren. Ich will annehmen, dass Sie nicht beabsichtigten, dass Stinglhammer sich durch diese Anweisung in eine schnüffelnde Ratte verwandelte. Und zum Wohl Stinglhammers will ich annehmen, dass er sein Wissen lediglich dazu benutzen wollte, Ihnen zu helfen – wenn mich die unmenschliche Art, mit der er dieser Aufgabe nachging, auch abstößt. Tatsache ist, dass der Bürgermeister und er herausgefunden haben, dass eines der am abergläubischsten geflüsterten Gerüchte dieser Stadt wahr ist: die Grubenleute.«

Sie zuckten zurück. Gregor schnaubte und warf die Hände in die Luft. »Nicht doch, Peter, du nicht auch noch!«

»Irgendwo im Haus des Bürgermeisters oder im Rathaus werden sich die Unterlagen von Ludwig Stinglhammer finden. Sie, Ulrich Hoechstetter, werden daraus ablesen können, wie Dädalus und Ihr Vetter zu vertuschen versuchten, dass sie Ihr Unternehmen so gut wie ruiniert haben, und Sie, Stadtvogt, werden feststellen, dass der Buchhalter fast alles über die Grubenleute zusammengetragen hat, was sich außerhalb des Mythos an Tatsachen findet.«

»Sie meinen – es gibt sie wirklich?«

»Was von ihnen übrig ist. Ein trauriger Haufen, der von einem gewissenlosen Burschen angeführt wird und dessen einziges Ziel es ist, dem Meister zu gehorchen. Sie und die Bürger dieser Stadt brauchen sie nicht zu fürchten. Sie sind nur eine Gefahr für sich selbst.«

»Sie vergessen den Bürgermeister.«

»Nein, tue ich nicht. Ihr Anführer, ihr Oberpriester – er stellt wirklich eine Gefahr dar, für die, die ihm auf die Schliche zu kommen drohen. Ich gehe davon aus, dass er selbst Jos Onsorg auf dem Gewissen hat.«

»Wer ist es? Und wo treffen sich die Brüder?«

»Was passiert mit Wilhelm und dem Jungen?«, fragte ich zurück.

Langenmantel blinzelte überrascht und schwieg einige Augenblicke. Der Alchimist senkte den Blick und begann wieder, das Haar des Jungen zu streicheln, der während der gesamten Diskussion leise vor sich hingewimmert hatte. Seine Haut war an vielen Stellen verbrannt, doch Ruß und Asche ließen es schlimmer aussehen, als es war. Die Wunden würden heilen.

»Sie kommen vor Gericht«, sagte der Stadtvogt schließlich zögernd.

»Das will ich meinen!«, bekräftigte Gregor. »Dann werden wir ja sehen, was sie uns über den Bürgermeister erzählen können. Grubenleute!« Er warf mir einen verächtlichen Blick zu. »Pah! Wer drei umbringt, macht auch vor einem vierten nicht Halt. Wilhelm hatte doch niemanden so sehr zu fürchten wie den Bürgermeister mit seiner Hexenhysterie … ich sag Ihnen was: Onsorg hätte ihm persönlich den Kopf abgerissen und …«

»Onsorg war nicht hysterisch«, sagte Langenmantel kühl. »Er war der Einzige im Rat, der einen klaren Kopf bewahrte. Er wäre diesem Mann und seinem Schützling ohne Vorurteil entgegengetreten.«

»Na, das … das ist doch …« Gregor geriet ins Stottern, dann fing er sich wieder. »Das konnte dieser Unglücksmensch ja wohl nicht wissen, oder?«

»Sie regen sich unnötig auf, Burggraf«, erklärte Ulrich Hoechstetter. »Die Morde sind in meinem Haus passiert, und die Opfer gehörten zu meinem Personal. Ich bin der Meinung Ihres ›Gehilfen‹ – Jos Onsorg wurde nicht von diesem Jungen dort umgebracht, der nicht wusste, was er tat. Und so bleibt es an mir zu entscheiden, was geschehen soll.«

»Sie brauchen nur ein Wort zu sagen, und ich lasse die beiden verhaften«, sagte Langenmantel.

Hoechstetter schüttelte den Kopf. Er sah zu Wilhelm hinab.

»Sind Sie mit dem Jungen verwandt?«

Wilhelm schüttelte den Kopf.

»Wie sind Sie zu ihm gekommen?«

»Ist das wichtig?«, fragte Wilhelm mit müder Stimme.

»Ja.«

»Ich habe ihn einer Truppe Gaukler abgekauft.«

»Abge*kauft*?«

»Es war eine große Gruppe mit Hunden, Bären und sogar einem uralten Löwen. Der Junge war der Tierbändiger und trat zugleich als Kämpfer gegen den Bären an.«

»Als Kämpfer?«

»Der Bär tat ihm nichts. Sie rangen nur miteinander. Ich

glaube, der Bär mochte ihn. Alle Tiere mochten ihn und gehorchten ihm aufs Wort, ob sie ihn nun kannten oder nicht. Und er mochte die Tiere. Lieber als die Menschen, denke ich.«

»Sie sind mit den Gauklern gegangen, sonst wüssten Sie das nicht«, sagte ich.

Er senkte den Kopf und zuckte mit den Schultern. »Fast ein Jahr.«

»Sie mögen ihn ›gekauft‹ haben in dem Sinn, dass Sie Geld zahlten, aber in Wirklichkeit haben Sie nur die Verantwortung für ihn übernommen«, knurrte Hoechstetter. »Menschen kann man nicht kaufen wie ein Ding.«

»Wenn ich damals gewusst hätte, dass ich heute hier landen würde, hätte ich es nicht getan.«

»Ist das wirklich Ihre Meinung?«

»Nein«, sagte Wilhelm fast unhörbar. »Ich konnte nicht mehr mit ansehen, dass sie ihn mit den Tieren zusammen hielten und ihm das gleiche Essen vorwarfen. Es schien ihm nichts auszumachen. Aber mir machte es etwas aus. Nein.« Er straffte sich und tätschelte dem Jungen die Schultern. »Von all dem unseligen Mist, den ich in meinem Leben gemacht habe, war das die einzig anständige Tat.«

»Der Junge kann nicht vor Gericht. Ich werde dafür sorgen, dass sich eines der Klöster seiner annimmt«, sagte Hoechstetter.

Langenmantel zuckte mit den Schultern.

»Das meinen Sie nicht ernst!«, rief Gregor fassungslos. »Er hat vier Menschen auf dem Gewissen. Ich habe mir die Beine ausgerissen, um Ihnen seine Schuld zu beweisen, da können Sie ihn doch nicht einfach laufen lassen!«

»Sie«, sagte Hoechstetter und sah Wilhelm lange in die Augen, »Sie allerdings können sehr wohl vor Gericht gestellt werden.«

»Wenn Sie versprechen, dass dem Jungen nichts geschieht …« Wilhelm versuchte tapfer zu sein, doch plötzlich brach seine Stimme ab. Er sah von Hoechstetter zu Langenmantel und schließlich zu mir. Sein Adamsapfel zuckte, »… dann können Sie mich meinetwegen mitnehmen«, fuhr er schließlich fort.

»Da gibt es nicht viel zu versprechen«, sagte Hoechstetter und verzog das Gesicht. »Denken Sie etwa, der Junge hätte meinen Vetter und die anderen auch nur angerührt ohne Ihren faulen Zauber?«

Wilhelm stieß die Luft aus. Seine Hand, die auf der Schulter des Jungen lag, zitterte. »Ich weiß ja, ich weiß«, stöhnte er.

»Jetzt reden Sie wieder wie ein vernünftiger Mann«, lobte Gregor. »Wenn Sie es wünschen, trete ich gern als Ankläger auf … ich sag Ihnen was: Das wird ein kurzer, sauberer Gerichtsprozess. Wir brauchen nicht einmal den Bischof dazu …«

Hoechstetter sah mich an. Ich wusste nicht, wie ich seinen Blick zu deuten hatte, doch war klar, dass er auf eine Aussage von mir wartete, und ich hatte nicht vor, sie zu verweigern.

»Es gibt noch eine zweite Möglichkeit«, sagte ich.

»Welche?«

»Denken Sie an das, was vorhin gesagt wurde. Wenn Sie Wilhelm den Prozess machen, wird es wegen nigromantischer Praktiken sein. Die Bürger dieser Stadt haben einmal zugelassen, dass ein Nigromant sang- und klanglos aufgehängt wurde. Einen zweiten werden sie brennen sehen wollen, und Sie können nicht verhindern, dass der Rauch dieses Feuers überall zu sehen sein wird.«

»Wenn Sie mir das Feuer ersparen«, stöhnte Wilhelm, »nehme ich die Morde alle auf mich. Nicht das Feuer, bitte …«

»Das meinte ich nicht, als ich von einer zweiten Möglichkeit sprach.«

Hoechstetter kratzte sich am Kopf. »Das Kloster?«, fragte er schließlich.

»Der Junge hat sich an Wilhelm gewöhnt. Er wird sich ohne Klage in das Kloster fügen, wenn er bei ihm bleiben könnte.«

»Nein!«, stieß Gregor hervor. »Sie können ihn doch nicht straflos …«

»Wenn Sie ihn hängen, begehen Sie einen Mord, denn Sie

wissen, dass er die drei Männer nicht eigenhändig umgebracht hat. Genau genommen hat er nicht einmal befohlen, die Morde zu begehen. Er hat sie nur laut gewünscht. Wenn Sie für jeden Mann, dem Sie im Zorn den Tod gewünscht haben, gehängt worden wären, wie oft hätten Sie dann schon mit der Seilerstochter getanzt?«

Hoechstetter zuckte mit den Schultern. Ich sah in das steinerne Gesicht Langenmantels, der abzuwarten schien, was aus dieser ganzen Sache wurde. Gregor war hochrot, und die Augen traten ihm aus dem Kopf. Seine Finger krampften sich um das Stöckchen. Der gelbe Totenfinger an dessen Ende bebte.

»Wenn Sie ihm für das den Prozess machen, was er wirklich getan hat, dann muss er brennen. Dann wird die ganze Welt glauben, dass Dädalus, Stinglhammer und Ihr Vetter von einem Wesen aus der Zwischenwelt ermordet worden sind. Und dann haben Sie das geschafft, was Wilhelm mit seiner Kreide, seinen Blutstropfen und seinen abstrusen Versen nicht vermocht hat: Dann haben Sie einen Dämon erschaffen.«

Plötzlich hing mir die Sache so zum Hals heraus, dass ich keine Luft mehr bekam. Mein zerschlagener Körper schmerzte, ich hatte das Gefühl, als wäre die Haut rund um meine Wunden aus heißem Glas und mein Kopf so geschwollen wie eine Pestbeule. Ich stieß die Luft aus und machte einen Schritt zum Ausgang hin.

»Was haben Sie eigentlich hier getan, als ich zum ersten Mal auf Sie stieß?«, fragte Hoechstetter auf einmal. »Dass Sie meinen Vetter aufsuchen wollten, war ja wohl eine Lüge.«

»Ich versteckte mich in Ihrem Lagerraum. Ich wollte ihn vor seinem Mörder beschützen.«

Hoechstetter riss die Augen auf. Ich sah aus dem Augenwinkel, wie Gregors Unterkiefer herunterklappte.

»Als ich hörte, dass man Onsorgs Leiche gefunden hatte, dachte ich, ich hätte mich geirrt. Dabei beging ich den wirklichen Fehler, als ich Ihren Vetter hier allein ließ.«

»Setzen Sie sich deshalb für Wilhelm ein?«

»Nein, deshalb nicht. Auch nicht, weil er mir bei einer

Auseinandersetzung im Schwarzen Fass das Leben gerettet hat, wenn Sie es genau wissen wollen.« Ich zuckte mit den Schultern. Ganz leise hörte ich über all die Jahre hinweg meine eigene Stimme eine Beschwörung murmeln und roch das Wachs der Kerzen in der Lambertikapelle. »Ich bin müde und am ganzen Körper zerschlagen. Lassen Sie mich gehen.«

»Wenn Sie sich die nächsten Tage zur Verfügung halten ...«, sagte Langenmantel.

»Ich kann die Stadt ohnehin so schnell nicht verlassen.«

»Was ist nun eigentlich Ihr Grund, sich für Wilhelm zu verwenden?«

»Sagen wir, er liegt in der Vergangenheit.«

Hoechstetter legte den Kopf schief und musterte mich. »Ist es das, was der alte Bischof unter Gerechtigkeit verstanden hat?«

»Nein, es ist das, was er darunter verstand, eine miese und gemeine Geschichte so anständig wie möglich abzuschließen.«

Hoechstetter lächelte. »Ich glaube fast, er ist zu früh von uns gegangen.«

Ich drehte mich noch einmal um. »Dieser Überzeugung bin ich schon lange«, sagte ich. »Lassen Sie Ihre Tuchballen überprüfen, bevor Sie sie weiterverkaufen. Wenn Ihnen was fehlt, würde ich empfehlen, im Haus Ludwig Stinglhammers nachzusehen.«

Als ich aus dem Eingangstor stolperte, sah ich zu meiner Überraschung die Kutsche des Bischofs. Albert kletterte vom Kutschbock und machte mir den Schlag auf. Ich wollte ihn fragen, ob Bischof Peter ihm wieder erschienen war und ihm erlaubt hatte, dass ich hinten Platz nahm, aber ich verzichtete darauf. Ich war so müde, dass ich meine Zunge nicht mehr unnötig bewegen mochte.

»Ich bring dich nach Hause, Bub«, sagte Albert.

Ich schüttelte den Kopf und ließ mich auf die Bank fallen.

»Nein«, sagte ich langsam. »Fahr mich zum Gräberfeld hinaus.«

»Jetzt? Mitten in der Nacht?«

»Die finstersten Geheimnisse lösen sich nur im Dunkeln.« Ich bemühte mich um ein Grinsen. »Weck mich auf, wenn wir dort sind.«

Der Himmel war klar, doch nach dem Neumond war der Mond nur eine dünne Sichel, die nicht viel Licht spendete. Ich kletterte unbeholfen aus der Kutsche und sah mich um. Die Pfahlsiedlung lag still und dunkel hinter uns. Das Ufergebüsch vor uns war eine kompakte Masse aus Schatten. Albert musterte mich zweifelnd. Ich stolperte ein paar Schritte auf und ab und fand schließlich die Stelle wieder, an der ich bei meinem letzten Besuch ins Gebüsch eingedrungen war.

»Der Bischof«, meinte Albert mit seinem dröhnenden Flüstern, »sagt immer, dass du dich noch auf dem Abtritt verirrst, wenn dir niemand den Weg beschreibt.«

»Ich werde mir Mühe geben, ihn Lügen zu strafen.«

Albert wendete die Kutsche und fuhr zurück zu der Hütte, bei der er sie auch das letzte Mal abgestellt hatte. Ich konnte nur hoffen, dass er sich nicht wieder auf die Suche nach einem Gespenst machen würde. Doch im Hof von Ulrich Hoechstetters Haus hatte er sich immerhin als zuverlässig erwiesen.

Ich schaute in den Sternenhimmel und fragte mich, wie spät es sein mochte. Nach meinem Gefühl war der neue Tag bereits angebrochen und eigentlich noch zu jung, um mit Schmutz besudelt zu werden. Ich seufzte und folgte dem Trampelpfad, der nicht mehr war als ein noch dunklerer Schatten inmitten der Finsternis.

Außer den Grubenleuten trieb sich hier kaum jemand herum. Ich hoffte darauf, früher oder später auf den Eingang zu ihren Katakomben zu stoßen, wenn ich nur den geheimen Pfaden folgte. So stolperte ich durch das Gezweig der Büsche und lief zweimal in einen Baumstamm hinein, einmal so heftig, dass ich mehrere Augenblicke lang stehen bleiben und mich an dem Baum festhalten musste, der sich mir in den Weg gestellt hatte. Ich hätte eine Fackel brauchen können, doch ich durfte nicht gesehen werden. Also raffte ich mich zusammen und stolperte weiter. Obwohl ich nicht schnell ging, klebte mir nach kurzer Zeit das Hemd am Körper. Ein Ast fegte mir den Hut vom Kopf. Die Farbe des Stoffes war mir ohnehin nicht bekommen.

Als ich den Eingang fand, war mir übel vor Erschöpfung. Ich drückte die Knie durch und blieb eine Weile mit zitternden Beinen stehen. Als mein Herz wieder leiser klopfte, mein Atem ruhiger ging und ich die Geräusche der Umgebung wieder hören konnte, schlich ich ein paar Schritte hinein. Es war nichts zu hören, nichts zu sehen. Der Rauchgeruch der Fackeln war kalt und nicht von diesem Tag. Ich war tatsächlich als Erster angekommen.

Die Fackeln lagen dort am Boden, wo sie beim letzten Mal an die Ankömmlinge ausgeteilt worden waren. Ich raffte eine auf und hielt sie wie einen Prügel in der Hand, ohne sie anzuzünden. Der Weg bis in die letzte Kammer der Katakomben war beschwerlich. Jetzt konnte ich mich nicht mehr verlaufen, doch dafür war die Dunkelheit absolut. Ein paar Mal geriet ich mit meinen tastenden Händen in die Begräbnisnischen und taumelte gegen die Wand, was nicht weniger schmerzvoll war, als draußen gegen einen Baum zu laufen. Auf halber Strecke blieb ich stehen und lehnte mich gegen die Mauer. Die Stille war vollkommen, und die vielen Biegungen, die ich zurückgelegt hatte, machten es unmöglich, den Eingang zu sehen. Es konnte sein, dass ich bereits nicht mehr allein war, es konnte sein, dass der, den ich hier erwarten wollte, schon hinter der nächsten Kurve heranschlich. Ich würde den Lichtschein seiner Fackel sehen, doch dann war es bereits zu spät.

Ich gab mir einen Ruck. Die finstersten Geheimnisse lösen sich nur im Dunkeln. Allerdings hörte sich das heroischer an, wenn man es im Inneren einer komfortablen Kutsche sagte.

Das Wasser, das bei meinen unbeholfenen Schritten aufspritzte, sagte mir, dass ich in der Kammer angekommen war, in der die Messe gehalten wurde. Der Geruch nach Weihrauch hing noch immer in der Dunkelheit, abgestanden und ranzig. Ich streckte die Hände nach vorn aus und schlurfte in die Kammer hinein.

Es war das kürzeste und zugleich längste Stück des ganzen Weges. Meine Hände fanden keine Stütze, ich hatte keine Ahnung, in welche Richtung ich mich bewegte, und schon nach wenigen Schritten war ich mir nicht mehr sicher, ob ich nicht vielleicht schon von der Geraden abgewichen war. Ich konnte es mir nicht leisten, hier im Kreis zu laufen, bis man mich fand. Ich biss die Zähne zusammen und zwang mich, ein wenig schneller durch das Wasser und den Schlick zu waten. Als es ein wenig bergauf ging, geriet ich ins Stolpern und kam schwitzend zum Stehen. Wenn ich stürzte, war ich jeglicher Ahnung, in welcher Richtung der Altar lag, beraubt. Ich hätte meine Schritte zählen sollen. Ich hatte es versäumt. Welchen Durchmesser hatte der Raum gehabt? In meiner Erinnerung war er riesig. Ich ging und ging, einen Schritt vor dem anderen, ohne irgendwo anzukommen. Meiner Berechnung nach hätte ich schon längst an der gegenüberliegenden Wand angekommen sein müssen. Ich hatte den trockenen Teil der Kammer erreicht, gut. Bis dahin war ich geradeaus gegangen. Aber wenn ich durch das Stolpern aus der Bahn gekommen war? Ich breitete die Arme aus und unterdrückte den Impuls, mich einmal um mich selbst zu drehen. Die unangezündete Fackel wog schwer – vielleicht hatte sie mich zur Seite gezogen, ohne dass ich es gemerkt hatte? Ich machte einen weiteren Schritt und durchpflügte mit den Armen die Luft vor mir. Nichts. Dabei hätte ich mindestens schon vor der Erhöhung zum Altar stehen müssen. Ich machte noch einen Schritt, stieß an eine Stufe und fiel mit rudernden Armen nach vorn. Sofort ließ ich die Fackel los und fing mich an rauem Stein ab. Statt mir den Schädel einzuschlagen, überdehnte ich so nur meine Handgelenke, dass es knackte. Ich zog mich an dem Stein empor, als wäre er ein Holzstück in einem weiten See und ich ein Ertrinkender. Als ich die Füße nachzog, spürte ich die Fackel. Mit beinahe unendlicher Langsamkeit bückte ich mich danach, schmerzhaft verkrampft, weil ich meinen Fuß nicht mehr bewegen wollte, tastete mich an meinem eigenen Bein nach unten und bekam die Fackel zwischen die Finger. Ich richtete mich auf wackeligen Beinen auf und stieß den Atem aus. Für ein paar Augenblicke war ich froh, nichts sehen zu können, denn ich wusste, dass die Kammer sich schwankend um mich drehte.

Das Einfachste an der ganzen Angelegenheit war geschafft.

Ich holte Feuerstein und Zunder aus der Tasche, legte die Fackel vorsichtig auf den Altar und machte mich daran, einen Funken in ihren pechverklebten Kopf zu schlagen.

Das Schlimmste kam noch.

Er kam herein, als ich meine Fackel längst gelöscht und mich in eine der Nischen beim Eingang zur Kammer gezwängt hatte. Er keuchte und überquerte mit langen Schritten das Wasser, das in der Kammer stand, eine hoch gewachsene Gestalt mit dunklem Mantel und über den Kopf gezogener Kapuze. Ich dachte an Jos Onsorg, wie sich seine und meine Blicke über die gebeugte Menge hinweg gekreuzt hatten, ohne dass wir uns gegenseitig erkannt hätten, während der Mann, der jetzt ungeduldig damit begann, den Inhalt einer der Nischen hinter dem Altar auf den Boden zu werfen, die Messe gehalten hatte, verborgen hinter dem Rauchschleier des Weihrauchs, vermummt hinter der goldenen römischen Gesichtsmaske. Ich hörte ihn einen Fluch zischen, als die Nische leer war. Er leuchtete mit der Fackel alle Ecken aus, dann trat er mit dem Fuß in dem Häuflein altersgrauer Lumpen herum, als hoffte er, er habe das, was er suchte, aus Versehen mit herausgeworfen. Dann hielt er die Fackel in die Nischen rechts und links davon, die ebenso leer waren. Er schwieg.

Ich schwang die Beine aus der Nische und hielt die Gesichtsmaske hoch.

»Suchst du das hier?«, fragte ich.

Er wirbelte herum und schrie auf vor Schreck. Die Kapuze fiel von seinem Kopf. Im Fackellicht sah er so jung aus wie damals, als ich ihn das erste Mal getroffen hatte.

»Hallo, Gregor«, sagte ich. »Wie gehen die Geschäfte jetzt?«

BAHRPROBE

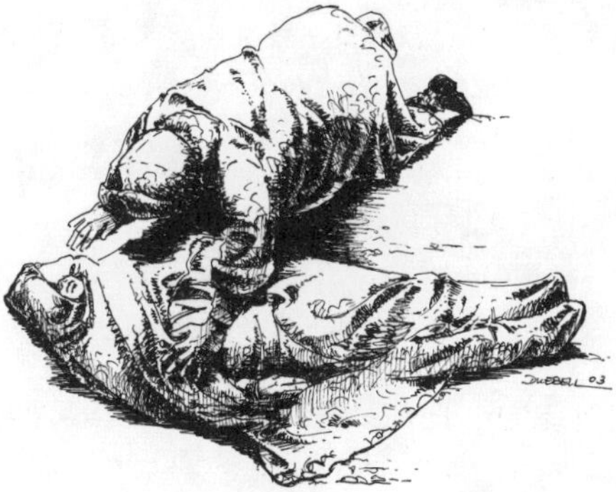

1.

»Der Mord an Jos Onsorg«, sagte ich, »das warst du.«

Er ließ die Fackel sinken. »Wie kommst du hierher?«, krächzte er.

»Es ist schon mein zweiter Besuch, wenn du es genau wissen willst.«

Er starrte mich an. Die Hand, in der er die Fackel hielt, zitterte. Das Licht flackerte über die Steine an Wänden und Decken und ließ die Schatten in den Nischen tanzen, in denen einst die Toten der kleinen christlichen Gemeinde des römischen Augsburgs zur Ruhe gebettet worden waren.

»Du hast in keinem der Briefe an Bischof Johann die Morde erwähnt«, sagte ich, während ich zu ihm hinüberging. »Hättest du es getan, wäre er schnellstens nach Augsburg zurückgekommen; er hat ja nicht einmal so viel Vertrauen in dich, dass er dir in einer scheinbar vollkommen ruhigen Zeit die zweitägigen Rechenschaftsberichte erlässt. Die drei Toten im Haus Hoechstetter wären ihm vielleicht nicht wichtig gewesen, aber die Gerüchte über das Wiederauftauchen der Grubenleute hätten ihn sicher vehement interessiert. Und das konntest du nicht brauchen.«

Gregor stand hinter dem Altar, ohne etwas zu sagen. Seine Augen schienen ebenso schwarze Löcher zu sein wie die der alten römischen Maske.

»Dabei war es nicht das, was mich stutzig gemacht hat. Doch dass du nicht mit hinauskamst zu der Stelle, an der Jos Onsorg gefunden wurde, hat mir zu denken gegeben. Und noch ein paar andere kleinere Dinge, zum Beispiel, warum Jos Onsorg für das Treffen in dieser Nacht ausgerechnet die Maskerade wählte, die er verwendet hatte, als er bei deinen so genannten heiligen Messen spionierte. Und dass er ausgerechnet an dem Tag in der Nähe des Gräberfeldes ermordet wurde, an dem er eine Menge Informationen über die Grubenleute bekommen hatte. Aber, wie gesagt, so wirklich auffällig war, dass du nicht zum Fundort der Leiche mit hinauskamst, während du bei den anderen Leichenfunden immer einer der Ersten warst.«

»Ich hatte keine Zeit«, sagte Gregor rau.

»Du hattest Angst vor der Bahrprobe. Du hattest Angst, dass das Blut des Leichnams plötzlich wieder zu fließen beginnt, wenn du in seine Nähe kommst, und dass alle dich anstarren und anfangen könnten, sich Fragen zu stellen. Aberglauben verleiht nicht nur Macht über andere Menschen, er hat auch Macht über dich.«

Ich legte die Maske auf den Altar. Gregor rührte sich nicht, doch sein Blick folgte jeder meiner Bewegungen. Die Maske schimmerte im Fackellicht. Aus der Nähe und im Licht besehen war sie stumpf, voller Dellen und an manchen Stellen voll Grünspan. Sie war nicht einmal aus Gold, sondern aus Messing.

»Was hat dich auf die Idee gebracht?«, fragte ich. »Die Grubenleute, die sich lieber von Bischof Peter und den Behörden aus der Stadt verbannen ließen, anstatt ihrem Glauben und ihrem Anführer abzuschwören?«

»Du hast mich auf die Idee gebracht.«

»Wie?«

»Deine Beschwörung. Als du diesem Idioten damals eingeredet hast, er wäre besessen. Ein guter Witz, oder? Du wolltest es nicht mal. Ich sag dir was: Alles, was es brauchte, war ein bisschen Feuer, Weihrauch, Brimborium und die Bereitschaft zu glauben.«

»Hast du mich deswegen nie verraten? Weil du dir diesen Weg zur Macht offen halten wolltest?«

»Ich hab dich nicht verraten, weil ich dein Freund war. Ich bin es immer noch. Was denkst du, was Bischof Peter mit dir angestellt hätte, wenn er …«

»Ich habe es ihm ein paar Wochen später gebeichtet.«

Gregor musterte mich. »Ich hätte mir denken können, dass du Narrenfreiheit hattest.« Er versuchte, es gemessen klingen zu lassen, doch bei den letzten Silben begann seine Stimme zu zittern.

»Hat er es getan? Der arme Teufel? Legion? Hat er die Tochter von Wolfartshauser und ihre Zofe umgebracht?«, fragte ich Gregor.

»Woher soll ich das wissen?«

»Komisch, dass einem manche Details erst auffallen, wenn man genügend Abstand hat. Die Kette, mit der Legion in der Gefängniszelle gefesselt war, war zu kurz. Er hätte sich gar nicht selbst den Schädel einrennen können. Jedenfalls nicht an der Wand, in die das Trigramm geritzt war.«

»Das fällt dir nach so vielen Jahren ein?«

»Wolltest du ihn zum Schweigen bringen, damit die Geschichte nicht hochkochte? So wie du verhindert hast, dass dein Anhänger, der englische Mönch, der die beiden Chorknaben missbrauchte, verbrannt wurde, damit sein Feuertod die Neugier der kirchlichen Inquisition nicht aus Versehen auf deine eigene kleine Unternehmung lenkte. Hast du ihm einen leichten Tod versprochen dafür, dass er dich und seine Glaubensbrüder nicht verrät? Es ist immer das gleiche Muster. Oder hätte Legion etwas sagen können, das dich in Schwierigkeiten gebracht hätte?« Ich hatte plötzlich Mühe, weiterzusprechen. Ich räusperte mich. »War er in der Nacht in der Zelle zu sich gekommen und konnte sich an das erinnern, was wirklich geschehen war?«

»Versuchst du jetzt, deine Schuld zu leugnen, Peter?« Gregor grinste. »Willst du dein Gewissen erleichtern? Sag bloß, Bischof Peter hat dir nicht die Absolution erteilt.«

»Es sind nicht alle Grubenleute gegangen damals. Es gibt immer ein paar Mitläufer, die am Tag der Prüfung dem Glauben abschwören. Und es gibt immer mindestens einen Verräter, der das, was geschehen ist, zu seinem eigenen Vorteil nutzt. Mit Judas Ischariot hat das seinen Anfang genommen.«

Gregor sah mich abwartend an.

»Einer blieb ebenfalls zurück. Einer, der erkannt hatte, dass blinder Glaube demjenigen, der ihn nutzen kann, mehr Macht verleiht als jedes Amt. Einer, der beschloss, einfach in Deckung zu gehen und seine eigene kleine Sekte zu gründen, sobald sich der aufgewirbelte Staub gelegt hätte. Eine Sekte, die weder einen neuen Glauben verkünden noch ein System stürzen wollte, sondern nur der Machtbefriedigung ihres Anführers diente. Eine, die das Vakuum, das die Vertreibung der Grubenleute hinterlassen hatte, mit Abfall, hohlen Ritualen und …«, ich biss die Zähne zusammen, »… mit dem impotenten Schwanz ihres Oberpriesters füllte, der sich nur dann erhob, wenn er es in einer möglichst demütigenden Weise tun konnte.«

»So, wie du es sagst, hört es sich fast plausibel an.«

»Als Legion und seine beiden Freunde mit ihrem nigromantischen Unsinn begannen, konntest du in deinem eigenen Interesse nicht zulassen, dass sie die Aufmerksamkeit der päpstlichen Jagdhunde auf Augsburg lenkten. Warum hast du es so weit kommen lassen, dass sie zwei Morde begingen?«

»*Ich* habe es so weit kommen lassen?«

»Du hast nie gewusst, wann die Zeit gekommen ist, die Initiative zu ergreifen. Du hast immer gewartet, bis dir jemand das Stichwort gab. Selbst bei deinem Götzendienst lässt du dir von deiner Gemeinde vorschreiben, wann es Zeit für ein Blutopfer ist.«

»Du weißt gar nichts, mein Freund.«

»Ich weiß, was ich gesehen habe, als ich dir und deinen Machenschaften hier beiwohnen durfte.«

»Ach? Und was hast du gesehen? Hast du ihre gebeugten Rücken gesehen? Ihre Ehrfurcht? Wie sich die Weiber überschlagen haben, zu mir zu kommen? Und die Männer würden es genauso tun, wenn mir danach wäre. Ich habe sie alle in der Hand. Ich sag dir was: Wenn ich ihnen einen Wunsch erfülle, dann, weil *ich* ihn erfüllen *will*.«

»Kannst du dich noch an den Kerl erinnern, der dich in Stinglhammers Haus einen Arschabwischer nannte?«

»Was willst du denn schon wieder mit dem?«

»Er ist eines deiner Schäfchen.«

Gregor versuchte, seine Überraschung zu verbergen. »Na und? Es werden täglich mehr.«

»Glaubst du, sein Respekt wäre so groß, wenn er wüsste, dass ausgerechnet der Arschabwischer von Burggraf unter der Maske steckt?«

Gregor räusperte sich und bemühte sich, seine Wut hinunterzuschlucken. Er wollte etwas sagen, aber ich kam ihm zuvor.

»Er war im Übrigen derjenige, der dir befohlen hat, das Opfer zu bringen.«

»Niemand befiehlt mir hier was! Außerdem – was soll's? Ich hatte ja vorgesorgt!«

»Muss man *vorsorgen*, wenn man der Herr ist?«

»Was willst du eigentlich andeuten?«

»Du glaubst, die Leute beugen den Nacken vor dir, dabei beugen sie ihn vor der Maske. Indem du deine Gilde heulender, sich selbst befriedigender Kleingeister so organisiert hast, wie du es getan hast, hast du gleichzeitig den Menschen Gregor von Welden von jeglicher Macht ausgeschlossen.«

»Du verstehst doch gar nichts von dem, was ...«

»Über kurz oder lang wirst du einen Nachfolger haben. Einen, der heute wegen seiner Läuse einen geschorenen Kopf hat. Und dich werden sie in irgendeiner Gasse finden, und was Hilarius Wilhelm und mir passiert ist, wird eine Streicheleinheit sein, im Vergleich zu dem, was er mit dir anstellen wird. Und weißt du, was dein Nachfolger – er heisst übrigens Lutz, merk dir den Namen –, weißt du, was er sagen wird, wenn er dir den letzten Tritt versetzt?«

Gregor funkelte mich an. Im Licht der Fackel zuckten seine Wangenmuskeln unkontrolliert.

»So, wird er sagen, wieder ein Arschabwischer weniger.«

»Lächerlich!«, schrie Gregor. Seine Stimme verklang mit einem dumpfen Misston im steinernen Gewölbe der Katakomben. »Ich brauch nur mit dem Finger zu schnippen, und schon ist er das nächste Opfer!«

»Du glaubst doch nicht wirklich, dass deine Schäfchen dir bis zu einem Menschenopfer folgen würden?«

Er lächelte herablassend. »Du hast nicht nur keine Ahnung, du hast auch noch ein schlechtes Gedächtnis.«

»Willst du mir jetzt etwa weismachen, die Morde damals – Agnes Wolfartshauser und ihre Zofe – seien Menschenopfer gewesen?« Nun lächelte ich herablassend. Gregors Augen verengten sich zu Schlitzen. »Dass Wolfartshauser es damals glaubte, ist eine Sache. Aber dass du es mir nach all den Jahren nun auch so verkaufen willst! Mach dich nicht noch lächerlicher! Soll ich dir sagen, was damals passiert ist? Die Zofe war eine von den Grubenleuten, genau wie du. Ist dir schon aufgefallen, dass es fast durchweg die Dienstboten und das Gesindel sind, die sich um deinen Altar scharen? Was war das Problem? Wollte sie dich verraten? Du hast sie zum Fluss hinausgelockt und dort umgebracht. Aber ihre Herrin suchte sie, als sie plötzlich nicht mehr auftauchte. Ist sie dir auf die Spur gekommen? War auf einmal noch ein zweiter Mord nötig, um das Geheimnis zu schützen, dass Gregor von Welden genau wie der dümmste Dienstbote und der leichtgläubigste Handwerker einem Ersatzglauben nachlief, weil auch er nur ein Zuhause suchte?«

Gregor presste die Lippen zusammen. Er machte eine heftige Bewegung, dass die Fackel aufloderte. Mit der anderen Hand rieb er sich über den Bauch. »Du bist so schlau!«, zischte er. »Und weißt gar nichts!«

Ich breitete die Arme aus. »Dann erleuchte mich, o Herr!«, rief ich. »Bislang sehe ich nur einen armseligen Popanz, der es geschafft hat, die Dummen und die Leichtgläubigen zu beeindrucken.« Ich gab der Maske einen Stoß. »Sogar das hast du nur einem unbedeutenden Toten aus dem Grab gestohlen.«

»So? Ich sag dir was: Bei allem, was ich damals tat, hast du mir noch in die Hände gearbeitet! Wie hast du das dumme Arschloch genannt: Legion? Er und seine drei Freunde haben die beiden Weiber kaltgemacht – auf meinen Befehl! Legion war ein Halbidiot. Ihm einzureden, er sei von einem Dämon besessen, der ihm die Morde befiehlt, war ein Klacks für mich!

Und du hast das Ganze mit deiner lächerlichen Zeremonie vollendet. Ich sag dir was: Alles, was ich zu tun hatte, war, nachts in seine Zelle zu gehen, das Trigramm zu zeichnen und ihm zu befehlen, gegen die Wand zu rennen. Ich machte die Fußfessel auf, er rannte los, und als er tot war, band ich ihn wieder an.«

»Ich hätte mich damals schon fragen sollen, wie er es schaffte, das Zeichen in die Wand zu ritzen, wo er gar keine Handfessel trug, mit der er die Steine hätte bearbeiten können.« Gregor lachte wild.

»Als Wolfartshauser den Spuren folgte, die seine Tochter hinterlassen hatte, und den vieren auf die Schliche kam, musstest du die Initiative ergreifen. Du hast den Bischof benachrichtigt, weil du wusstest, dass auch er versuchen würde, die Geschichte unter der Decke zu halten – er hatte ja auch die Vertreibung der Grubenleute lieber zusammen mit der Stadt in die Wege geleitet, anstatt Rom zu alarmieren. Mit den anderen dreien hast du ein Geschäft gemacht: Du garantiertest ihnen, dass Legion allein für die Morde bezahlen würde, wenn sie sich entsprechend verhielten.«

»Du hast bloß sieben Jahre gebraucht, um dahinter zu kommen. Gratulation.«

»Vierzehn Jahre«, sagte ich. »Es sind vierzehn Jahre, Gregor.«

Er lachte rau. »Das macht es nicht besser.«

»Um dahinter zu kommen, wer Onsorg umgebracht hat, habe ich nur ein paar Stunden gebraucht.«

»Wer sagt, dass du dich nicht selbst noch verbessern kannst?«

»Als Onsorg Stinglhammers Unterlagen an sich nahm, war dir klar, dass er damit in der Lage war, deine Machenschaften aufzudecken. Du wusstest zwar nicht, wie viel Stinglhammer herausbekommen hatte, aber das Risiko war zu groß. Also hast du Ohnsorg zur Wertach hinaus gebeten – mit einem Brief?«

»Hochverehrter blablabla, ich weiß, dass Sie den Grubenleuten auf der Spur sind. Ich kann Ihnen helfen, das Gesindel aus der Stadt zu jagen. Als Fremder sieht man manchmal mehr, und Sie kennen ja meine Vergangenheit. Kommen Sie nach Sonnenuntergang zur Wertach hinaus, zu den alten Heidengräbern. Ich möchte Ihnen etwas zeigen. Aber seien Sie vorsichtig, dass niemand Sie erkennt.«

»Als Fremder …?«

»Unterschrift: Peter Bernward.«

Jetzt starrte ich ihn fassungslos an. In meinem Magen bildete sich ein Klumpen.

»Wer ist jetzt der Dumme von uns beiden?«

Ich hörte mich sagen: »Wenn er den Brief nicht vernichtet hat …«

Gregor fasste in seine Kutte und holte ein zusammengefaltetes Papier heraus. Er faltete es auseinander und hielt es in die Höhe. »Nun, er hatte ihn dabei.«

Er ließ die Hand sinken und lächelte. »Nachdem ich herausgefunden hatte, dass du mich hintergehst, musste ich mich absichern, oder?«

»Gar nichts hast du herausgefunden.« Ich hörte mich reden und hatte das unangenehme Gefühl, dass ich die gleichen Worte sprach, die vorher Gregor hervorgestoßen hatte.

»Nein? Ich sag dir was: Wer hat sich denn in Ulrich Hoechstetters Haus versteckt wie eine Ratte, ohne seinem Partner was davon zu erzählen?«

»Den Brief hast du geschrieben, bevor du das wusstest.«

»Warum hast du mich betrogen? Nach all unseren Gesprächen! Ich war immer dein bester Freund, und du …«

»Geht der Tod von Ulrich Schwarz auch auf dein Konto?«

»Schwarz? Wie kommst du auf den?«

»Schwarz war der Hexenfresser von den beiden Bürgermeistern, die Augsburg in diesem Jahr verloren hat. Onsorg wollte bloß die Ruhe in der Stadt wiederherstellen. Wahrscheinlich hätte er sich sogar damit begnügt, dich und deine Anhänger aus der Stadt zu weisen. Schwarz hätte den Galgenstrick für euch knüpfen lassen, wenn er nicht gleich das Feuer angezündet hätte. Erzähl mir nicht, dass dir das nicht klar war.«

»Schwarz war ein Aufrührer. Er wollte den Handwerkszünften die Macht zuschanzen und die reichen Kaufleute und die Patrizier benachteiligen. Als sich Jörg Vittel beim Kaiser über seine Machenschaften beschwerte, hat Schwarz ihn und seinen Bruder aufhängen lassen. Das hat ihm selbst letztlich das Genick gebrochen …«

»Es kommt mir komisch vor, dass Jörg Vittel plötzlich so Hals über Kopf zum Kaiser reiste, um Schwarz dort anzuklagen, ohne sich mit dem Rat abzustimmen oder sich zu versichern, dass er bei seiner Rückkehr nicht von Schwarz einen Kopf kürzer gemacht würde. Vielleicht hatte er ja einen Ratgeber? Ich kannte weder ihn noch seinen Bruder persönlich, aber ich weiß, dass das Vittel'sche Haus direkt bei den Häusern der Domherren steht. Kein weiter Weg zum Fronhof. Noch ein kürzerer zum Burggrafenturm.«

»Der Landvogt hat Schwarz aufknüpfen lassen, also was soll's?«

»Du warst immer bedacht, dass kein Inquisitor nach Augsburg kommt. Was ich über dich in dieser Hinsicht gehört habe, klang immer viel vernünftiger, als ich dir zugetraut hätte. Dabei ging es immer nur darum, zu vermeiden, dass ein päpstlicher Schnüffler deiner Abendbeschäftigung auf die Spur kam.«

»Wenn man einen Inquisitor hereinlässt, weiß man nie, wie es ausgeht.«

»Goldene Worte von Bischof Peter von Schaumberg.«

»Was wirst du jetzt unternehmen? Ich meine: als Mordverdächtiger?« Er wedelte mit dem Brief und bemühte sich um ein herablassendes Grinsen.

»Ich habe keine Beweise für das, was du getan hast. Weder echte noch selbst angefertigte.« Ich nickte mit Blick auf den Brief in seiner Hand, und er hielt inne mit seinem spöttischen Gewedel.

»Was heißt …?«

»Nichts. Das war's. Vier Menschen sind tot, die nicht mitgezählt, die du vor Jahren ermordet hast. Diejenigen, die immer glaubten, dass ein Dämon in schwarzem Gewand durch die

Stadt streicht, hatten Recht. Der Dämon bist du und der Todesengel zugleich, und alles, was dahinter steckt, ist ein jämmerlicher kleiner Mann, der Bauchweh hat und kurzsichtig ist und sich hinter der metallenen Maske eines namenlosen römischen Soldaten verbirgt, um von seinen Anhängern so etwas wie Anbetung zu erzwingen. Hilarius Wilhelm hätte keine erbärmlichere Kreatur aus der Hölle hervorrufen können.«

»Du reißt die Klappe weit auf für einen, auf den der Henker wartet«, zischte Gregor erstickt. Ich zuckte mit den Schultern.

»Wenigstens wird der fünfte Tote in dieser Stadt weder mit gebrochenem Genick in einem abgeschlossenen Zimmer in seinem Haus gefunden werden, noch mit einem halben Dutzend Messerstichen im Bauch. Das ist vorbei.«

»Nein«, rief Gregor mit verzerrtem Gesicht, »der fünfte Tote wird sich bei jedem sanften Lüftchen um sich selber drehen, während die Aasvögel auf seinem Kopf sitzen und auf ihn hinabscheißen.« Er umklammerte den Brief und hielt ihn mir wie eine Anklageschrift entgegen.

Ich gab seinen Blick zurück. »So ist es«, sagte ich.

»Peter!« Er legte die Fackel auf den Altar und streckte die freie Hand nach mir aus. »Du kannst immer noch für mich arbeiten. Vergessen wir das Ganze. Jetzt beginnt eine neue Ära. Nach zwei toten Bürgermeistern wird der Rat Langenmantel zum Teufel jagen. Was taugt ein Stadtvogt, der nicht einmal den wichtigsten Beamten der Stadt beschützen kann? Ich sag dir was: Wenn ich seinen Platz einnehme, werde ich mich schon erkenntlich zeigen.«

Er sah den Brief in seiner Hand an. Plötzlich hielt er ihn an die Fackel. Das Papier loderte auf. Er hielt es an einer Ecke, bis es zu heiß wurde, dann ließ er es zu Boden fallen. Als bis auf ein daumennagelgroßes Stück alles verbrannt war, verlosch das Feuer. Gregor zertrat die Asche. Er hob den Kopf und zwinkerte mir zu.

»Wie damals, oder? Noch einmal decke ich deine Verfehlungen.«

Ich wandte mich ab und ging wortlos in den dunklen Gang

hinein, der von der Kammer wieder hinaus ins Freie führte. Ich hielt es für überflüssig, die Fackel mitzunehmen.

»Peter?«

Der Gang war schon nach wenigen Schritten so finster, als hätte es niemals Licht gegeben. Mein Nacken prickelte. Ich fühlte Gregors Blick noch, nachdem ich bereits um ein paar Ecken gebogen war.

»Peter! Komm zurück. Was willst du? Ich hab dir doch verziehen!«

In der nächsten Kammer stand Bischof Peter von Schaumberg. Er nickte mir zu.

»Nicht Sie sind zu früh gegangen«, sagte ich zu ihm. »Ich war es.«

Der Bischof verschwand. Er war nie da gewesen.

Gregor heulte weit hinter mir auf. »Lasst mich nur alle im Stich! Ich schaff es auch ohne euch! Ihr könnt es nur nicht ertragen, dass ich derjenige bin, der was zu sagen hat. Hörst du, Peter? Du bist genau wie alle anderen! Du hättest von mir lernen können. Ich hätte dich groß gemacht. Wen hätte ich wohl zum Burggrafen vorgeschlagen, wenn nicht dich? Ich sag dir was …«

Die nächste Biegung verschluckte den Schall seines Geschreis. Seine Stimme verklang, ohne dass ich sie noch einmal gehört hätte.

Als ich die Kutsche erreichte, war sie leer. Stöhnend kletterte ich auf den Kutschbock. Ich hatte das Gefühl, meine Kopfschmerzen wären größer als mein Kopf, und mein Gesicht fühlte sich in der lauen Luft der Sommernacht geschwollen und heiß an. Albert stolperte aus dem Schatten einer Hütte und fummelte an seiner Schamkapsel herum.

»Rück beiseite, Bub!«, dröhnte er. »Kann man nicht mal ein Stück Erde düngen, ohne dass einem gleich die Arbeit weggenommen wird?«

»Ich dachte, du seist wieder auf die Suche nach Bischof Peter gegangen.«

»Der Bischof ist tot.«

Ich sank auf dem Kutschbock zusammen. Albert warf mir einen Seitenblick zu und trieb dann das Pferd an. Die Kutsche fuhr mit einem Ruck los und schaukelte zwischen den Schattenfeldern der Häuser auf die Straße hinaus. Ich hätte Albert bitten können, mich bei Marias Hütte vorbeizufahren. Ich sagte kein Wort.

»Für die anderen jedenfalls«, fuhr Albert fort. »Für mich nicht.«

»War er wieder in der Kutsche?«, fragte ich nach einer langen Pause.

»Bis grade eben. Dann stieg er aus und ging in das Heidengräberfeld hinein. Er sagte, er will sich von dir verabschieden. Hast du ihn getroffen?«

Ich spürte, wie ein Frostschauer über meinen Rücken lief. So heiß mein Gesicht vorher noch gewesen war, so kalt und klamm fühlte es sich auf einmal an. Alberts laute Altmännerstimme klang von weit weg an meine Ohren.

»Ja, habe ich«, flüsterte ich.

»Hast du gefunden, was du gesucht hast?«

»Ich habe was gefunden, was ich nie finden wollte.«

Albert erwiderte nichts. Nach einiger Zeit nickte er. Wahrscheinlich hatte ihm Bischof Peter das schon lange verraten.

2.

Ich lag tagelang wie tot. Erst am dritten Tag, als ich allein auf den Abtritt gehen konnte, bemerkte ich, dass ich mich nicht im Bischofspalast befand, sondern im Haus von Ulrich Hoechstetter. Nach dem langen Weg zurück in mein Krankenzimmer (bei der Rückkehr fiel mir auf, dass es früher einmal Karl Hoechstetter gehört hatte, aber ich war zu müde, um mich zu fragen, ob meine Unterbringung ein schlechter Scherz oder auf den nüchternen Pragmatismus des Hausherrn zurückzuführen war), stieß ich auf eine aufgebrachte Person, die die ganze Zeit über meine Genesung bewacht hatte und über mein plötzliches Verschwinden vollkommen aus dem Häuschen war. Ich schlurfte in mein Bett zurück.

»Mach nicht so einen Lärm, Elisabeth«, flüsterte ich. »Es gibt Orte, die muss ein Mann allein aufsuchen.«

»Besonders, nachdem ihm die letzten drei Tage eine Frau mit der Bettpfanne zur Hand gegangen ist«, erklärte sie trocken, und ich beschloss, dass ich noch zu angeschlagen war, um mich mit ihr auf eine Diskussion einzulassen.

»Spar dir die Kräfte für morgen«, sagte sie und legte mir eine Hand auf die Stirn. Ihr Lächeln sagte, dass sie keinen wirklichen Groll mehr hegte. Ich hielt ihre Hand fest.

»Was ist morgen?«

»Wir machen eine Reise. Nach Sankt Ulrich.«

»Ich glaube, der Weg auf den Abtritt war der längste Fußmarsch, den ich den nächsten Wochen bewältigen werde.«

Sie lachte und entzog mir ihre Hand. »Du bist schneller wieder auf den Beinen, als du denkst. Aber keine Sorge: Bis zur Kirche wirst du gefahren.«

»Albert?«

Sie nickte.

»Dann ist Bischof Johann noch nicht wieder zurück?«

»Nein, aber er hat sich bereits durch einen Boten ankündigen lassen, und es kann sich nur noch um ein paar Tage handeln. Er hat einen Brief von Johann Langenmantel erhalten, der ihn über die Geschehnisse aufgeklärt hat. Wie es heißt, hat Bischof Johann alle seine Geschäfte abgebrochen und hält nur dort an, wo er unbedingt muss.«

»Was ist passiert, während ich mich hier auskurierte?«

Sie schüttelte den Kopf. »Du bist ein zu neugieriger Kranker. Du musst dich für morgen ausruhen.«

»Wenn ich darüber nachdenken muss, was ich alles nicht weiß, kann ich in der Regel nicht schlafen.«

Elisabeth wurde ernst. Sie lehnte sich gegen die Wand, an die sie die Truhe geschoben hatte, und schloss die Augen. »Also gut«, seufzte sie.

So erfuhr ich, dass Ulrich Hoechstetter trotz des Durcheinanders meinen kurz hingeworfenen Satz über die nötige Prüfung seiner Tuchballen gehört und befolgt hatte. Er war dem Diebstahl nachgegangen und hatte ihn aufgeklärt. Schon am nächsten Tag (gestern, um das Datum in meine aus den Fugen geratene Zeitrechnung einzusortieren) war ein Esel durch die Stadt getrabt, an dessen Schwanz ein stämmiger, fast kahlköpfiger Mann gebunden war. Der Oberkörper des Mannes war nackt, und die Weidenruten, die die beiden Knechte des Henkers mit aller Wucht schwangen, peitschten ihm um die Ohren. Sein Wehgeschrei übertönte das Klappern der Eisenplatten an seinen Stiefelsohlen. Der Esel zog, und die Henkersknechte peitschten ihn aus der Stadt und erklärten ihm, dass er ein toter Mann sei, wenn er seinen Fuß noch einmal in das Stadtgebiet Augsburg oder der der Stadt zugehörigen Ortschaften setzte. Die Behörden arbeiteten schnell und effizient, wenn ein Mann wie Ulrich Hoechstetter sie benötigte, um den Augiasstall auszumisten, zu dem sein Haus während seiner Abwesenheit verkommen war.

»Wie der Fisch«, murmelte ich. »Eine andere Geschichte, aber das gleiche Ende.«

»Ich bin froh, dass Lutz weg ist«, erklärte Elisabeth resolut. »Wenn er sich an mich herangemacht hätte, hätte ich ihm das Gesicht zerkratzt, und ich vermute, ich hätte es fünf Minuten später bitter bereut.«

»Er hätte sich nicht an dich herangemacht«, sagte ich. »Er war auch nur einer von denen, die die Schwachen für ihre Zwecke missbrauchen. Um dich hätte er einen weiten Bogen gemacht.«

Sie sah mich zweifelnd an, dann zuckte sie mit den Schultern. Ich wollte ihr das Gefühl der Erleichterung, dass der kahl geschorene Schurke aus der Stadt verbannt worden war, nicht nehmen.

Während Lutz mit gefesselten Händen hinter dem Esel herstolperte und seine Eisensohlen in den Äpfeln ausrutschten, die das Tier fallen ließ, versammelte sich fast ganz Augsburg, um einem Mann den Abschied zu geben, der dessen würdiger war: Jos Onsorg. Der Burggraf fehlte in der Kirche, doch er tauchte auf dem Kirchhof auf, als man Onsorg gerade in die Erde hinunterlassen wollte. Vielleicht war sein teures schwarzes Pferd zu schnell gelaufen; ich wäre jede Wette eingegangen, dass Gregor gehofft hatte, erst anzukommen, nachdem schon die ersten Schaufeln auf das Totenbrett gehäuft worden waren. Wie die Dinge standen, konnte er nicht mehr umkehren, ohne aufzufallen. Er stieg vom Pferd und zerrte es am Zügel hinter sich her, während er auf das offene Grab und die stille Gestalt daneben zuging, als wollte er sich gesondert vom Bürgermeister verabschieden. Das Pferd war nervös in der Menge und tänzelte, und plötzlich machte es einen Satz nach vorn und stieß seinem Herrn in den Rücken. Der Burggraf taumelte, stolperte und fiel der Länge nach über den eingewickelten Leichnam. Die Menge schrie auf. Nach ein paar Schrecksekunden sprangen die Vordersten zum Grab und halfen Gregor von Welden in die Höhe. Der Burggraf war weiß wie ein Laken und so steif wie ein Erfrorener. Diejenigen, die ihm aufhalfen, sagten, seine Hände seien kalt gewesen, als wäre er der Leichnam und nicht der selige Jos Onsorg zu seinen Füßen. Der harte Zusammenprall hatte eine verborgene Tasche mit Körperflüssigkeit im Inneren des Leichnams geöffnet; noch während Gregor von Welden von den hilfsbereiten Männern aufrecht gehalten und vom Grab weggezogen wurde, breitete sich ein kleiner nassroter Fleck auf der Vorderseite der Leichentücher aus, mit denen Jos Onsorg umwickelt war; ein unbedeutender Fleck, geringer als die Fläche einer Kinderhand, und niemand nahm wirklich Notiz davon.

Niemand außer Gregor von Welden, der mit weit aufgerissenen Augen und laut stöhnend auf sein Pferd sprang und davonritt, als hetzten alle Teufel der Hölle hinter ihm her. Vielleicht dachte er kurz daran, was Albert Klotz stets verkündet hatte: dass man Pferden nicht trauen durfte.

Die Leute zuckten teilnahmsvoll mit den Schultern. Wenn sie von ihrem eigenen Pferd in die Umarmung mit einem Leichnam gestoßen worden wären, wer weiß, ob sie nicht ebenso die Nerven verloren hätten?

Am nächsten Tag brachte mich Elisabeth wie angekündigt zur Kirche von Sankt Ulrich. Meine Verfassung war – ebenfalls wie angekündigt – besser als noch drei Tage zuvor, als mich Albert Klotz und Elisabeth die Treppen in Ulrich Hoechstetters Haus hinaufgeschleift hatten. Ich wusste, wen ich in Sankt Ulrich finden würde. Die Überraschung darüber, dass Elisabeth es auch wusste und mich dorthin gebracht hatte, war größer als die über die tatsächliche Begegnung.

Maria kniete bei einer der Tafeln, die in der Außenseite der Kirche eingelassen waren. Ich ging auf tauben Beinen zu ihr hinüber, ohne zu wissen, was ich sagen sollte. Sie sah erst auf, als ich dicht neben ihr stand, dann senkte sie den Blick wieder. Ich betrachtete die Tafel an der Wand. Der Name Kleinschmidt war darin eingeritzt.

»Es steht zu viel zwischen uns«, sagte sie.

»Wir können es wegräumen.«

»Nein.«

»Die Behörden wissen über die Grubenleute Bescheid. Vielleicht werden sie zu eurer nächsten Zusammenkunft die Waibel schicken.«

»Ich gehe nicht mehr hin.«

Ich war klug genug, nichts dazu zu sagen. Nach einer Weile kramte ich Janas Brief heraus und reichte ihn ihr. Sie schüttelte den Kopf, ohne erstaunt darüber zu sein, dass ich ihn hatte.

»Behalt ihn«, sagte sie. »Ich weiß, was drinsteht.«

»Sie hat mich edler dargestellt, als ich in Wirklichkeit bin.«

»Sie hat dich so dargestellt, wie sie dich sieht.«

»Weißt du, dass du im Haus Hoechstetter eine Freundin hast? Lucia, Georgs Frau.«

Sie zuckte mit den Schultern. »Mit dem Namen Hoechstetter verbinde ich nur Schmerz.«

»Die dafür verantwortlich sind, sind tot.«

Sie seufzte und richtete sich auf. Ich sah, dass sie sich gründlich gewaschen hatte. Ihr Kleid war vorn voll dunkler Flecken, wo Blut und Ruß sich nicht ganz hatten entfernen lassen, und an den Säumen noch feucht von der Wäsche. Sie hatte nur dieses eine Kleid, und sie hatte es angezogen, bevor es trocken war. Das Haar, das unter ihrem Tuch hervorlugte, war struppig, aber nicht mehr voll Fett und Schmiere. Sie roch nach nichts, weder gut noch schlecht. In ihrer Blässe und Magerkeit und dem ausgebleichten Kleid wirkte sie, als wäre sie nur zu einem geringen Teil anwesend.

»Du hast geglaubt, ich wäre es gewesen, nicht wahr?«

»Eine kleine Weile, ja.« Es hatte keinen Zweck, es zu leugnen.

»In meinen Träumen war ich es.«

Ich dachte an Hilarius Wilhelm. »Mit unseren Träumen bestrafen wir uns manchmal selbst.«

»Was hättest du getan, wenn ich es wirklich gewesen wäre?«

Wie lange hatte ich darüber nachgedacht! »Ich wäre mit dir geflohen.«

»Und hättest ungesühnte Morde hinter dir gelassen?«

»Ich hätte nicht zugelassen, dass sie hier an dir gesühnt würden.«

»Aber die Sühne – dafür hättest du gesorgt?«

Ich ließ den Kopf hängen. »Ich weiß es nicht«, flüsterte ich.

»Wie war es mit Johann?«

»Ich habe keine Genugtuung dabei empfunden, das kannst du mir glauben.«

»War es so, wie Jana es geschildert hat?«

»Sein Anteil daran, ja.«

»Er hat mir nicht einen einzigen Brief geschrieben, nachdem er ins Gefängnis gekommen war. Er hätte mehrere Wochen Zeit dafür gehabt, bevor …«

»Vielleicht ließen sie keine Briefe raus. Er hatte sich des schwersten Verbrechens schuldig gemacht, das die Florentiner Behörden kannten.«

Sie schnaubte. »Sein Beichtvater hat mir geschrieben. Diesen Brief haben sie durchaus rausgelassen.«

Ich war erstaunt. Sie zuckte mit den Schultern und zupfte an den Nähten des Kleides.

»Ich habe mir den Brief übersetzen lassen.«

»Hat er dir geholfen?«

»Ich brachte es nicht über mich, ihn zu lesen. Ich habe die Übersetzung verbrannt.«

Ich nickte.

»Deine Briefe habe ich gelesen. Was ich letztens zu dir sagte, war gelogen.«

»Ich fürchte, sie waren alle schlecht.«

»Sie haben es nicht vermocht, meinen Hass auf dich zu dämpfen, wenn du das meinst.«

»Und jetzt?«

»Vater, wir können nicht in der Zeit zurückgehen und so tun, als wäre nichts gewesen.«

»Nein, aber wir können einen neuen Anfang machen.«

»Es wird für jeden von uns einen eigenen neuen Anfang geben.«

»Keine Gemeinsamkeit?« Meine Kehle war eng, als ich es aussprach.

»Es hat nichts mit Johann zu tun. Ich verstehe, dass du in dieser Sache nicht anders handeln konntest, auch wenn dieses Verstehen mir nicht dabei hilft, über meinen Schmerz hinwegzukommen. Für uns hätte es aber auch ohne diese Tragödie keinen neuen Anfang gegeben.«

»Wenn wir uns bemühen …«

»Du hast eine neue Familie. Geh zu ihr.«

»Und du?«

»Es ist zu spät, sich jetzt Sorgen um mich zu machen.«

»Ich bin dein Vater. Ich werde nie aufhören …«

Sie winkte ab. »Du hast eine zweite Chance bekommen und sie konnte nicht darin bestehen, uns alle wieder zu einer Familie zu vereinen. Das muss dir klar sein.«

»Es geht mir wie dir. Ich verstehe es, aber es hilft mir nicht in meinem Schmerz.«

Sie streckte plötzlich eine Hand aus, legte sie auf meinen Oberarm und ließ sie gleich wieder sinken, bevor ich sie ergreifen konnte.

»Wir sind uns ähnlich, stimmt's, Vater?«

Ich lächelte mühsam. »Du warst mir immer ähnlicher als die anderen beiden.«

Sie lächelte ebenfalls. »Das ist unser Fluch.«

»Maria …«

»Auf Wiedersehen, Vater. Ich möchte noch ein wenig Abschied nehmen von meinem Mann. Ich muss diese Geschichte beenden, damit ich etwas Neues beginnen kann. So wie du unsere Geschichte für dich beenden musst.«

»Muss es denn endgültig sein?«

»Nichts ist endgültig. Wir gehen auf einer langen Straße …«

»… mit vielen Kurven, und alles, was wir zuversichtlich sagen können, ist, dass hinter der nächsten Kurve eine weitere kommen wird.«

»Habe ich dich zitiert?«

»Schon möglich. Aber eigentlich waren es Bischof Peters Worte.«

Sie hielt mir die Hand hin. Ich gab noch nicht auf.

»Du hast mir das Leben gerettet.«

»Es war das Beste, was ich Johanns Tod entgegensetzen konnte.«

»Jana würde glücklich sein, dich kennen zu lernen.«

»Auf Wiedersehen, Vater.«

Ich schüttelte ihre Hand. Zu einer Umarmung reichte es nicht. Sie wandte sich ab und kniete wieder vor der Grabplatte nieder. Ich blieb ein paar Sekunden stehen. Schließlich ging ich weg.

Sie hatte Auf Wiedersehen gesagt, nicht Lebwohl, doch ich würde klug beraten sein, mich auch daran nicht festzuhalten.

Draußen auf dem Platz warteten Elisabeth und Albert. Elisabeth musterte mich, dann griff sie in ihre Schürze und holte etwas heraus. Sie hielt es mir vor die Nase.

»Was ist das?«

»Ich habe es aus der Küche mitgenommen. Früchtebrot. Iss es.«

»Sie hat es selbst gebacken, Bub«, dröhnte Albert mit vollen Backen. »Tu, was sie sagt.«

Ich biss hinein. Es schmeckte sauer und süß zugleich. Ich kaute und schluckte und sah die lange Gasse hinunter, an deren Ende sich der Domberg erhob. Ich aß, während mir die Tränen die Wangen hinunterliefen und ich Dankbarkeit gegen Elisabeth fühlte, dass sie nichts tat und sagte, sondern nur dastand und darauf wartete, dass ich meine Fassung wiedergewann.

Darauf wartete, dass ich endgültig Abschied nahm.

3.

Wiederum drei Tage später verließ ich Augsburg in Richtung Nordosten, um Jana einzuholen. Bischof Johann, der neu ernannte Bürgermeister Johann Langenmantel und der ebenfalls neu ernannte Stadtvogt Jörg Ott, der Sohn des alten Ott, der unter Bischof Peter Stadtvogt gewesen war, hatten die Dinge vollkommen unter Kontrolle gebracht.

Um das Oblattertor zu erreichen, musste ich am Dom vorbeireiten. Ich war schon fast vorüber, als mir eine Bewegung an einem der Türme auffiel. Auf einem der engen Balkone an der Außenseite stand ein Mensch. Er war dunkel gekleidet und trug einen offenen Mantel, der nicht zur Jahreszeit passte. Der Wind, der in der Höhe am Turm vorbeibrauste, zerrte an dem Mantel und ließ ihn flattern, als schlügen schwere, schwarze Flügel. Es sah aus, als würde er abheben und die Erde verlassen wollen, ohne es zu können. Es sah aus, als würde er im nächsten Moment herunterspringen. Ich wandte mich ab und trieb mein Pferd an. Ich wusste, dass Gregor niemals springen würde.

Wahrscheinlich würde Bischof Johann ihn, sobald er zusammen mit dem Bürgermeister und dem Stadtvogt Ruhe in die Stadt gebracht hatte, als Burggraf absetzen. Er hatte ihn zu sehr hintergangen, als dass der Bischof ihn noch im Amt behalten konnte. Gregor hatte sich selbst um alles gebracht, was ihm außerhalb seiner unwirklichen Welt in den Katakomben etwas bedeutet hatte. Dass diese nicht mehr lange Bestand haben würde, konnte er sich ausrechnen. Dennoch stand er oben auf dem Turm, als gehörte ihm die Stadt.

Während ich wegritt, wurde mir bewusst, dass es für mich persönlich anders aussah: Mein Lebensretter, ehemaliger Partner und Freund hatte endgültig den Boden unter den Füßen verloren.

NACHWORT

Ausgehend von zwei realen Geschehnissen in Augsburg im Jahr 1478, der Hinrichtung von Bürgermeister Ulrich Schwarz und dem ungeklärten Mord an seinem Nachfolger, Jos Onsorg, wenige Monate später, habe ich eine Geschichte entwickelt, die einige Ereignisse des späten fünfzehnten Jahrhunderts in der freien Reichsstadt auf einen zeitlich engeren Raum als in Wirklichkeit zusammendrängt. Ich nutze dieses Nachwort wie auch in meinen anderen Werken sehr gern, um der historischen Realität mehr Platz einzuräumen, als ich ihr aus dramaturgischen Gründen in der Geschichte selbst gewähren konnte.

Tatsächlich starb Ulrich Schwarz im April 1478 am Galgen, und tatsächlich war der letzte Auslöser für sein Todesurteil die im Jahr zuvor erfolgte Hinrichtung der Brüder Vittel, die Schwarz angeordnet hatte. Tatsächlich hatte sich Jörg Vittel zuvor über Ulrich Schwarz beim Kaiser beschwert, und tatsächlich hatte der Bürgermeister eine Reform in Angriff genommen, die den Handwerkszünften mehr Einflüsse zu Lasten des Patriziats sichern sollte. Aber dass jemand auf Jörg Vittel Einfluss genommen hätte, um ihn als Strohmann bei der Beseitigung von Schwarz aus dem Bürgermeisteramt zu benutzen und damit ganz eigene Ziele zu verfolgen, ist meiner Fantasie entsprungen.

Jos Onsorg als Schwarz' Nachfolger wurde im darauf folgenden Sommer Opfer eines Mordes, der bis heute ungeklärt geblieben ist. Die Umstände seines Todes habe ich erfunden. Nicht erfunden ist, dass Johann Langenmantel, Angehöriger eines alten Adelsgeschlechts, nach ihm die Amtskette nahm; dass er zuvor als Stadtvogt beamtet war, entspringt jedoch der dramaturgischen Anforderung, eine Geschichte nicht mit allzu vielen handelnden Personen zu überfrachten. Der echte damalige Stadtvogt wird es mir nachsehen, ebenso Johann Langenmantel selbst (hoffe ich doch).

Die Gruppe, die im Roman als Grubenleute vorkommt, gab es tatsächlich. Es handelte sich um waldensische Ketzer, deren letzte Reste Mitte des fünfzehnten Jahrhunderts aus Augsburg vertrieben wurden. Ihren Namen, »Grüblinsleut«, hatten sie von ihren heimlichen Zusammenkünften in den Kellern ihrer Häuser. Hier habe ich also ein Begebnis ein paar Jahre nach vorn verschoben. Dennoch stimmt die Darstellung, dass ihre Vertreibung erstaunlich unblutig verlief und dass die Behörden und der Bischof, sonst mit der Stadt verfeindet, zusammenarbeiteten, um die Geschichte in vernünftiger Art und Weise vom Tisch zu bekommen. Ob nicht trotzdem ein paar von ihnen zurückblieben, um sich noch heimlicher als zuvor zu treffen, kann man mit letzter Gewissheit weder bejahen noch verneinen – doch sicherlich gibt es in der Chronik Augsburgs keine Beschreibung einer Sekte wie der, zu der ich die Überreste der Waldenser habe verkommen lassen. Es bleibt allerdings festzuhalten, dass das ganze fünfzehnte Jahrhundert über immer wieder Aktionen gegen Ketzergruppen und Andersgläubige gestartet wurden, sodass meine Darstellung der Atmosphäre in der Stadt vielleicht nicht genau in das Jahr 1478 passt, aber für die letzten Dekaden des fünfzehnten Jahrhunderts insgesamt stimmig sein dürfte. Denken wir auch daran, dass die Augsburger ihren Bürgermeister am Galgen baumeln sahen und sein Nachfolger ermordet wurde – so dürfte die Anspannung in der Stadt auch im realen Jahr 1478 recht groß gewesen sein.

Die Streitigkeiten zwischen Bischof Peter von Schaumberg und der Stadt sind überliefert, ebenso sein verfrühter Rückzug aus dem politischen Geschehen und die Einsetzung seines Koadjutors Johann von Werdenberg als sein Nachfolger. Ich habe schon lange über eine Möglichkeit nachgedacht, Peter Bernwards ehemaligem Freund und Mentor etwas Platz auch außerhalb Peters wehmütigen Erinnerungen einzuräumen; ich hoffe, mit diesem Buch ist es mir gelungen, seiner Gestalt mehr

Tiefe zu geben. Bischof Peter wird in den Schilderungen, die mir zugänglich waren, zum Teil sehr zwiespältig dargestellt; die Ambivalenz, mit der die handelnden Personen von ihm sprechen, hat in diesen Schilderungen ihre Nahrung gefunden. In der Tat hat er sich auf seinem Kenotaph im Augsburger Dom als verfallender Leichnam darstellen lassen; ein doppelt betroffen machender Anblick, wenn man ihn mit der Bronzefigur von Bischof Wolfhard vergleicht. Die Gründe für die Streitigkeiten zwischen Bischof Peter und den Stadtbehörden habe ich so wahrheitsgetreu wie möglich geschildert, wenn auch vereinfacht, von den nicht eichgemäßen Milchkannen angefangen bis zum Verlust der Herrschaft über Schwabmünchen. Auch die Geschichte mit dem Domherrn Doktor Andreas, den man mit Nachdruck davon überzeugen musste, dass er sich wie alle anderen an das Waffenverbot in der Stadt zu halten hatte, stammt aus den Augsburger Chroniken.

Was uns zu der erfundenen Figur von Gregor von Welden und seinem historisch realen Amt, dem des Burggrafen, bringt. Der Machtverlust dieses bischöflichen Beamten ist beurkundet, ebenso die verzweifelten Versuche der jeweiligen Amtsinhaber, dagegen zu wirken. Im sechzehnten Jahrhundert verlor das Amt des Burggrafen endgültig auch die letzten Reste seiner früheren Bedeutung, und es wurde aufgelöst.

Im Wesentlichen handelt mein Roman von der Macht der Manipulation; nicht zuletzt erliegt auch Peter Bernward lange Zeit über den Machenschaften Gregor von Weldens. Selbst in dem Augenblick, in dem er erkennt, dass Gregor mit ihm gespielt hat – außerhalb des Fugger'schen Hauses –, wird ihm nicht bewusst, dass Gregor mit seinem scheinheiligen Geständnis ihn nur wieder aufs Neue manipuliert. In diesem Sinne habe ich auch die Thematik der Nigromantie abgehandelt, die im späten Mittelalter weit verbreitet war und von eher lächerlich anmutenden Experimenten (der kleine König auf dem Fingernagel eines Knaben) bis zu blutigen Beschwörungszeremonien reichte. Allen Auswüchsen gemeinsam ist der feste Glaube, Dämonen oder die Geister der Toten heraufbeschwören und zum Gehorsam zwingen zu können, um Dienste für den Nigromanten zu leisten. Die Praktik wäre nicht so lange beliebt gewesen, wenn sie nicht den einen oder anderen Erfolg gezeitigt hätte, und das ist es, was für mich die Verbindung zur Manipulation herstellt. Ob es sich um Legion handelt oder die Mitglieder von Gregors Sekte oder um den schwachsinnigen Begleiter von Hilarius Wilhelm, sie alle sind Täter und Opfer zugleich, Opfer der Manipulationen, denen man sie – beabsichtigt oder nicht – unterworfen hat und die sie am Ende glauben ließen, was man sie glauben machte. Wenn ein Mensch glaubt, dass etwas Schlechtes auf ihn zukommt, so wird sein Geist schwach und das Übel nimmt seinen freien Lauf; so erklärt Ralph Higden, und diese Aussage lässt sich auf alles anwenden, was ein Mensch nur glauben mag. Hilarius Wilhelms trunkene Überzeugung, einen Dämon herbeizitieren zu können, um den Männern zu schaden, die ihn gedemütigt haben, ist es, die die drei Morde begeht; der schwachsinnige Knabe ist lediglich Werkzeug für diesen Glauben.

Was die Familie Hoechstetter betrifft, die zu jener Zeit tatsächlich die Nummer eins in Augsburg war und deren Name im weiteren Verlauf der Geschichte hinter denen der Fugger und Welser zurückgetreten ist (man munkelt, Jakob Fugger habe den Bankrott der Familie Hoechstetter in den zwanziger Jahren des sechzehnten Jahrhunderts gesteuert), hatte ich eine unschätzbare Hilfe bei meiner Recherche: die Familienhistorikerin Adelheid Hoechstetter-Müller, die mich mit allen Informationen versorgte, die ich mir über ihre Ahnen nur wünschen konnte. Aber auch hier waren aus dramaturgischen Gründen einige Änderungen nötig. Ulrich Hoechstetter hatte seine Firma zu gut im Griff, als dass zur Zeit seiner Anwesenheit das hätte passieren können, was in meinem Roman passiert. Ich musste ihn daher eine Reise antreten lassen, die sich im Jahr 1478 in Wahrheit erst abzeichnete – die geschäftliche Verbindung nach Burgund war noch im Entstehen und nicht, wie von mir impliziert, bereits etabliert. Georg Hoechstetter, Ulrichs zweitältester Sohn, wurde während Ulrichs echten Geschäftsreisen mit großer Wahrscheinlichkeit als sein Stellvertreter und damit weisungsbefugt gegenüber den Buchhaltern, Faktoren und sonstigen Geschäftspartnern des Hauses eingesetzt (was auch im Roman dargestellt wird); berücksichtigt man Ulrich Hoechstetters Umsicht in geschäftlichen Dingen, kann Georg jedoch nicht der leicht beeinflussbare junge Mann gewesen sein, als den ich ihn geschildert habe. Seinen expliziten Kleidergeschmack habe ich von dem der realen Person zugeschriebenen Kunstsinn übernommen, dem Augsburg einige wunderbare Artefakte verdankt. Ansonsten habe ich dem echten Georg Hoechstetter aber mit meiner Charakterisierung ziemlich sicher Unrecht getan. Hierfür sowie für die Fehler, die ich unabsichtlich begangen habe, bitte ich um Verzeihung.

Die unappetitliche Geschichte mit dem englischen Mönch entspricht der historischen Realität, ebenso die Anekdote mit dem mörderischen Wirtspaar, wenn sie auch beide nicht in Augsburg geschahen. Für die Schilderung der nigromantischen Praktiken und die Einordnung ihres Stellenwerts im Gefüge mittelalterlichen Aberglaubens habe ich mich eng an Richard Kieckhefers Studien gehalten; lediglich der Inhalt des Sektengottesdienstes in den Katakomben des alten römischen Gräberfeldes entspringt der schriftstellerischen Fantasie.

Die Innenarchitektur des Bischofspalastes habe ich, wo ich sie beschrieben habe, den Erfordernissen meines Romans angepasst. Zustatten kam mir dabei unter anderem, dass die Lambertikapelle, Schauplatz von Peter Bernwards gut gemeinter, schlecht getaner Dämonenbeschwörung, nicht lange nach den fiktiven Ereignissen des Buchs abgerissen wurde, sodass ich mich in ihrer Beschreibung etwas freier fühlte. Ich habe jedoch wie immer überall dort, wo ich das Gefühl hatte, die Darstellung der historischen Realität sei wichtig, größte Sorgfalt walten lassen; dies gilt für die Beschreibung des Fronhofs ebenso wie für alles andere, seien es Gassennamen, Standorte von Gebäuden, politische und gesellschaftliche Strukturen oder so etwas Spezielles wie die Augsburger Marktordnung. Auch hierbei bin ich nochmals Adelheid Hoechstetter-Müller zu

Dank verpflichtet, die mich davor bewahrte, bei der Situierung des Hoechstetter'schen Firmensitzes im Jahr 1478 auf einen weit verbreiteten Irrtum hereinzufallen.

Ein Wort zu dem Spiel, das Lutz und sein unseliger Trinkgenosse im Schwarzen Fass veranstalten. Auf Tanz- oder Dorffesten gab es unter den jungen Leuten aus dem »gemeinen« Volk jede Menge Wettbewerbe, die bei uns heutigen Menschen bestenfalls Kopfschütteln hervorrufen. So manches können wir wahrscheinlich nachvollziehen, zum Beispiel die beliebten akrobatischen Tanzfiguren, die die Mädchen über die Köpfe ihrer Tanzpartner hinweg vollführten – beliebt bei den Burschen, weil es ihnen die Möglichkeit gab, einen kurzen Blick unter die Röcke der Mädchen zu tun, beliebt bei den Mädchen, weil es ihnen die Möglichkeit gab, die Burschen bis fast zur Schamröte zu reizen. Das Sauschlagen (zwei Männer mit verbundenen Augen – wahlweise auch zwei Blinde – werden zu einer schlachtreifen Sau in den Pferch gesperrt und versuchen diese mit Prügeln tot- und sich gegenseitig möglichst nicht zu Krüppeln zu schlagen) oder das Katzenspiel, das ich in einem meiner vorhergehenden Bücher beschrieben habe, können uns dagegen sicher nicht erheitern. In allen Fällen dürfen wir uns aber kein Urteil anmaßen über die Versuche, sich in einer von harten Regeln und unnachsichtigen Vorschriften geprägten Zeit Ablenkung zu verschaffen. Wie man in den Wald hineinruft, so schallt es heraus, und wer als Zuschauer einer Hinrichtung Zeuge geworden war, wie ein besonders hart bestrafter Delinquent bei lebendigem Leib kastriert und ausgedärmt wurde, der machte sich über das unnötige Leiden der niederen Kreatur sicherlich keine großen Gedanken. Wie auch immer, auch das Beweisen großen körperlichen Geschicks gehörte zu den Vergnügungen, denen sich die jungen Leute auf Festen unterwarfen, und speziell das Springen (über Tische und Bänke, über hoch lodernde Sonnwendfeuer oder über die gekrümmten Rücken möglichst vieler Spielpartner hinweg) war über viele Jahre große Mode. Insofern lag es also näher – und erschien dramaturgisch interessanter –, Lutz auf diese Art und Weise mit

Peter anbandeln zu lassen, als ihn einfach nur als pöbelnden Wirtshausschläger darzustellen.

Soll ich noch einmal darauf herumreiten, dass die Personen in meinem Buch sich einer recht modernen Sprechweise bedienen? Falls es Sie gestört hat: Peter Bernward und seine Zeitgenossen haben die für ihre Epoche jeweils modernste Ausformung ihres Idioms, in diesem Fall des Gemeindeutschen, gesprochen, und nichts anderes als das habe ich darzustellen versucht. In der heutigen Zeit en vogue geratene Sprachmuster habe ich selbstverständlich nicht formuliert, das wäre ebenso wenig authentisch wie das bewusste Verwenden geschraubter, uns Heutigen »mittelalterlich« anmutender Formeln. Falls es Ihnen die Personen näher gebracht hat als die edel dozierenden Gestalten C.S. Forresters: Dann habe ich mein Ziel erreicht.

DANKE

Ich habe die Freude, wieder mal ein paar Leuten danken zu können. Wenn Sie das schon kennen, überspringen Sie es einfach. Ich möchte Ihnen aber sagen: Sie haben es verdient:

Meiner Frau Michaela und meinem Sohn Mario für alles. Ich liebe euch.

Rudi Heilmeier, Mike und Michele Schenker, Martin Fehrer und Heidi Haimerl für ihre Freundschaft und ihre offenen Ohren auch für meine abstrusesten Theorien.

Anke Vogel, der besten Literaturagentin der Welt, dafür, dass sie mich meinem Ziel mit großen Sprüngen näher bringt.

Anja Rüdiger von der Verlagsgruppe Lübbe für ihre gewohnt treffsicheren Verbesserungsvorschläge zu meinem Manuskript; allen anderen im Verlag für die partnerschaftliche und kreative Zusammenarbeit, von der Herstellung angefangen bis zum Vertrieb. Wenn man sieht, wie viele Menschen sich mit einem Buch befassen, bekommt man fast ein schlechtes Gewissen, ihnen allen so viel Arbeit zu machen …

Georg Feuerer vom Stadtarchiv Augsburg für Geduld, Interesse und vor allem für stets offene Türen; und seinen Kolleginnen und Kollegen, speziell Kathy Stuart, für ihre Unterstützung bei meinen Recherchen.

Ganz besonders: Adelheid Hoechstetter-Müller für ihre Offenheit gegenüber der Verwendung ihrer Vorfahren in einem Kriminalroman und für ihre wirklich SENSATIONELLE Zusammenarbeit und ihre Insider-Informationen. So gut ist es mir noch bei keiner Recherche ergangen!

Meinen Probelesern Sabine Stangl und Thomas Schuster, dass sie beide mich unabhängig voneinander davor bewahrten, die sprichwörtliche Geschichte vom toten Hund zu erzählen;

und natürlich auch für ihr Engagement und dafür, dass ich mich auf ihr Urteil verlassen kann.

Danke auch an alle, die mir mittlerweile in meinem Gästebuch auf meiner Homepage einen Eintrag hinterlassen haben, für Ihren Zuspruch, Ihre Kritik und dafür, dass Sie sich mit meinen Büchern auf die eine oder andere Weise auseinander gesetzt und sich die Zeit genommen haben, mich darüber in Kenntnis zu setzen. Danke ebenso allen anderen, die sich auch mit meinen Büchern beschäftigt, aber keine Nachricht eingetragen haben. Für Sie alle schreibe ich am liebsten; ohne Sie alle würde es keinen großen Sinn machen zu schreiben.

www.duebell.de

QUELLENANGABEN

Duby, George: *Geschichte des privaten Lebens*, Band 2, Verlag S. Fischer, Frankfurt, 1990.

Gottlieb, Gunther u.a.: *Geschichte der Stadt Augsburg von der Römerzeit bis zur Gegenwart*, Konrad Theiss Verlag, Stuttgart, 1985.

Häußler, Franz: *Die Kaisermeile, Augsburgs Prachtstraße von St. Ulrich zum Dom*, Wißner Verlag, Augsburg, 2000.

Häußler, Franz: *Marktstadt Augsburg*, Wißner Verlag, Augsburg, 1998.

Kieckhefer, Richard: *Magie im Mittelalter*, Verlag C.H. Beck, München 1992.

Kießling, Rolf: *Bürgerliche Gesellschaft und Kirche in Augsburg im Spätmittelalter*, Verlag Mühlberger, Augsburg, 1971.

Trauchburg, Gabriele von: *Häuser und Gärten Augsburger Patrizier*, Deutscher Kunstverlag, München, 2001.

Historischer Kreuzzugs-Krimi im Stil von Ellis Peters und Paul Harding

Simon Beaufort
DAS GEHEIMNIS
DER HEILIGEN STADT
Historischer Roman
416 Seiten
ISBN 3-404-15344-8

Jerusalem, im Jahre 1100 n. Chr.: Die Eroberung der Heiligen Stadt liegt ein Jahr zurück, doch die Sarazenen sind keineswegs besiegt, und in der Stadt gibt es viele Widerstandsnester. Geoffrey Mappestone ist einer der wenigen Ritter, die den Kreuzzug überlebt haben. Doch nun droht ihm neue Gefahr. Ein Mörder schleicht durch die Gassen der Stadt und tötet Ritter und Mönche. Die Mächtigen der Stadt beauftragen Geoffrey, den Fall zu untersuchen. Schon bald gerät er zwischen die Fronten und stellt fest, dass eine Intrige im Gange ist – und dass selbst seine engsten Freunde auch tödliche Feinde sein könnten …

Bastei Lübbe Taschenbuch

Die alte Saga der Loreley, wie sie noch niemand kennt

Kai Meyer
LORELEY
Historischer Roman
464 Seiten
ISBN 3-404-15334-0

Was verbirgt sich im Lurlinberg, den wir heute Loreley nennen? 1320 leben im Schatten dieses Berges die beiden Freundinnen Ailis und Fee. Eine Tages entdeckt Ailis in einem vergitterten Brunnenschacht ein Mädchen, dessen Gesang sie völlig in seinen Bann zieht. Doch schließlich ist es Fee, Nichte des Grafen Wilhelm Katzenellenbogen, die das Wesen befreit und damit eine unwägbare Macht entfesselt, die Schrecken und Verderben über das Land am Rhein bringt. Um die Menschen zu retten, muss Ailis in den Kampf gegen ihre beste Freundin Fee ziehen …

Bastei Lübbe Taschenbuch

Wer den Kopf verlieren soll, ersäuft nicht.
Eine wahre Räubergeschichte

Tilman Röhrig
DIE BALLADE
VOM FETZER
Historischer Roman
256 Seiten
ISBN 3-404-15326-X

Seine Zeitgenossen nannten ihn den »Fetzer«. Mit bürgerlichem Namen Mathias Weber, wurde er 1778 in Grefrath geboren und 1803 auf dem Alter Markt in Köln mit einer Guillotine hingerichtet. Es war die letzte öffentliche Hinrichtung in Köln. Er war nicht nur Zeitgenosse des Schinderhannes, sondern gewissermaßen auch Kollege und weit erfolgreicher. Doch während der eitle Räuber aus dem Hunsrück zum Volkshelden wurde, hat man den Fetzer bald vergessen. Tilman Röhrig zeichnet in seinem faktenreichen Roman nicht nur ein buntes Panorama der Franzosenzeit am Rhein, sondern auch das Porträt eines Menschen, der nicht zum Rebellen taugte und darum zum Räuber wurde.